文库

陈柱 著

中国散文史

江西教育出版社

图书在版编目（CIP）数据

中国散文史 / 陈柱著. -- 南昌：江西教育出版社，2018.2（2020.1 重印）
（大家学术文库）
ISBN 978-7-5392-9700-2

Ⅰ. ①中… Ⅱ. ①陈… Ⅲ. ①古典散文－文学史－中国 Ⅳ. ①I207.62

中国版本图书馆 CIP 数据核字(2017)第 158624 号

中国散文史
ZHONGGUO SANWENSHI

陈柱　著

江西教育出版社出版

（南昌市抚河北路 291 号　　邮编：330008）
各地新华书店经销
河北盛世彩捷印刷有限公司印刷
635 毫米×960 毫米　16 开本　15.75 印张　字数 227 千
2018 年 2 月第 1 版　　2020 年 1 月第 2 次印刷
ISBN 978-7-5392-9700-2
定价：30.00 元

赣教版图书如有印装质量问题，请向我社调换　电话：0791-86706047
投稿邮箱：JXJYCBS@163.com　　电话：0791-86705643
网址：http://www.jxeph.com

赣版权登字-02-2017-487
版权所有　侵权必究

"大家学术文库"编者按

中国学术，昉自伏羲画卦，至周公制礼作乐而规模始备。其后，王官失守，孔子删述六经，创为私学，是为诸子百家之始。《庄子》曰："道术将为天下裂。"孔子殁后，儒分为八；墨子殁后，墨分为三。诸子周游天下，游说诸侯，皆以起衰救弊、发明学术为务，各国亦以奖励学术、招徕人才为务，遂有田齐稷下学官之设。商鞅变法，诗书燔而法令明；始皇一统，儒士坑而黔首愚，当此之时，学在官府，以吏为师，先王之学，不绝如缕。至汉高以匹夫起自草泽，诛暴秦，解倒悬，中国学术始获一线生机。其后，汉惠废挟书之律，民间藏书重见天日。孝武之世，董子献"罢黜百家，表彰六经"之策，定六经于一尊。其后，虽有今古之分、儒释之争、汉宋之异、道学心学之别、义理考据之殊，而六经独尊之势，未曾移也。

及鸦片战起，国门洞开，欧风美雨，遍于中夏，诚"三千年未有之变局"。当此之时，国人震于列强之船坚炮利，思有以自强；又羡于西人之政教修明，思有以自效。于是有"变法守旧之争""革命改良之争""排满保皇之争"，而我国固有之学术传统，亦因之而起变化。清季罢科举而六经独尊之势蹙，蔡子民废读经而六经独尊之势丧。当此之时，立论有疑古、信古、释古之别，学派有"古史辩"与"学衡"之争，学说有"文学革命""思想革命""文字革命""伦理革命"诸说，师法有"师俄""师日""师西"之分，众说纷纭，莫衷一是，百家争鸣，复见于近代。

民国诸家，为阐明道术、解救时弊，著书立说、授课讲学，其学术思想，历久弥新，至今熠熠生辉，予人启迪。然近人著作，汗牛充栋，多如恒河之沙，使人难免望书兴叹，不知从何下手，穷其一生，亦难以卒读。因此之故，我社特精选最具代表性之近人著作62种，分为6辑，依次出版，俾读者略窥学术门墙，得进学之阶。此次选辑出版，虽未能穷尽近人学术之精品，难免有遗珠之憾；然能示人以门径，使人借此以知近人学术规模之宏大、体系之完密，亦不失我社编辑出版"大家学术文库"之初衷。

此次出版，为适应今人阅读习惯，提升丛书品质，我社特对所选书籍做了必要之编辑加工。总体说来，约有如下诸端：

一、改繁体竖排为简体横排；

二、核查各书引文，改讹正误；

三、规范各书之标点符号用法，为一些书加新式标点；

四、校改原稿印刷产生之错字、别字、衍字、脱字；

五、凡遇同一书稿中同一人名有两种及以上不同写法者，一律统改为常用写法。

除以上所举五点之外，其余一仍其旧，力求完整保持各书原貌。

然限于编者之有限学力，书中疏漏之处，在所难免，尚祈广大方家、读者诸君不吝批评斧正。

编者

2017年6月（农历丁酉郁蒸）

目 录

序　001

第一编　骈散未分时代之散文
　　　　——夏商周秦

第一章　总论　002

第二章　为治化而文学时代之散文　005
　　　——自夏商至春秋

第三章　由治化时代而渐变为学术时代之散文　021
　　　——春秋时代

第四章　为学术而文学时代之散文　033
　　　——战国

第五章　反文化时代之散文　068
　　　——秦

第二编　骈文渐成时代之散文
　　　　——两汉三国

第一章　总论　076

第 二 章　081　由学术时代而渐变为文学时代之散文
　　　　　　　　——两汉

第 三 章　110　为文学而文学时代之散文
　　　　　　　　——汉魏之际

第三编　骈文极盛时代之散文
——晋及南北朝

第 一 章　126　总论

第四编　古文极盛时代之散文
——唐宋

第 一 章　148　总论

第五编　以八股为文化时代之散文
——明清

第 一 章　204　总论

序

吾国文学就文体而论,可分为六时代。一曰骈散未分之时代,自虞夏以至秦汉之际是也。二曰骈文渐成时代,两汉是也。三曰骈文渐盛时代,汉魏之际是也。四曰骈文极盛时代,六朝初唐之际是也。五曰古文极盛时代,唐韩柳、宋六家之时代是也。六曰八股文极盛时代,明清之世是也。自无骈散之分以至于有骈散之分,以至于骈散互相角胜,以至于变而为四六,再变而为八股。散文虽欲纯乎散,而不能不受骈文之影响。骈文虽欲纯乎骈,而亦不能不受散文之影响。以至乎四六专家,八股时代,凡为散文骈文者,胥不能不受其影响。此文学各体分立之后,不能不各互受其影响者也。

复次,文学者治化学术之华实也。吾国之文学,又可分为七时代。 一曰为治化而文学之时代,由夏商以至周初是也。二曰由治化时代而渐变为学术时代,春秋之世是也。三曰为学术而文学时代,战国是也。四曰反文化时代,嬴秦是也。五曰由学术时代而渐变为文学时代,两汉是也。六曰为文学而文学时代,汉魏以后是也。七曰以八股为文学时代,明清是也。凡天下之物,不能有偶而无奇,亦不能有奇而无偶。凡文之自然者亦莫不如是。此秦以前之文,为治化学术而文学,所以奇偶皆备而不能分也。迨后则人力之巧渐加,天然之妙渐减。两汉之世,则已渐趋尚文学,故骈俪之文渐多,而奇朴之气日少矣。汉魏之际,子桓兄弟,以文学提倡于上。子桓且言文章为经国之大业,不朽之盛事。故自兹以往,士人遂皆专重文学,而骈文遂如日之中天。至唐韩柳辈出，提倡文学改革，去六朝之今体，复秦汉之古文。然其意亦为文学而文学，非复秦汉以前为学术而文学矣。自尔以后，不外骈散二体之角胜。若八股则骈散二体之合者也。自八股兴，则举世且为八职而文学矣。为文学而文学，故文学之体则甚尊，而文学之质乃日衰矣。何谓文学之质？学术是也。若为八股而文学，则文学亦卑矣。

吾尝以谓文字者语言之符号也。然语言随口而出，难以急亟雕修；文字笔之于书，可以从容润色。言语不畏详繁，文字宜求简要。故文字与言语，不能离之太远；亦不能合之太近。离之太远则为古典，骈文是也；为艰深，辞赋如班杨，古文如苏绰樊宗师，是也。合之太近则为方言，为别字，如殷之盘庚，晚周之墨子，是也。是二者皆不足以行远，均有违乎辞达之恉。得其中者惟春秋战届，自墨子而外，其文词语气大抵相类，虽间用一二方言，为数亦仅，度当时方言之异，决不如是之简也。诸子为文，当亦力去鄙倍，以求其近雅而易识矣。今夫方言之不一，省与省殊，县与县殊，乡与乡殊，而古之与今又殊，倘必令文字与言语为一，以方言入于文字，则异地异时，孰能识之哉？是直区吾国为千百国，且复使后代之人不能读前代之书，而使千百国者又胥为无文化之国而后已也。夫方言之不统一，方将力求所以统一之道。今于既统一之文字，独奈何必从而分裂之，隔绝之邪？吾观数千年来之文学史，虽骈散奇偶，浅深难易，互相角胜，以要以不与言语相离太远与相合太近者为能通流。民国二十五年十一月北流陈柱柱尊自序。

一、所述各人履历，多据史传，并书明某传，然亦有节省太多者则书名从略。

二、文学史最重阐明源流，本书有因源以及流者，亦有因流而溯源者。

三、所论各家之文，贵有例证，而例证尤忌割截，古之美文一经割截，则其美全失，如割截美人之口鼻以论其美也，故本篇除篇幅太长不得不节录者外，所录皆全篇文字。

四、所书诸人姓名别字,均随行文之便,并不画一,诚以吾国各籍称谓原不一致,强而一之,青年读他书,一遇异称,反多不能识也。

第一编　骈散未分时代之散文
——夏商周秦

第一章

总 论

骈文散文两名，至清而始盛，近年尤甚。求之于古，则唯宋罗大经《鹤林玉露》，引周益公"四六特拘对耳，其立意措词贵浑融有味，与散文同"之言。自此以前则未之见也。夏敬观云："骈文义本柳宗元骈四俪六一语，顾未以名文也。《说文》驾二马为骈，《庄子》骈拇与枝指对举，于义皆未嫩。大抵唐以后，韩柳之学大倡，承其流者各囿门户之私，务标异以示轩轾，治偶文辈又苟习庸滥，取便笺奏，不能求端往古，以尊其体，而骈义之非，遂无辩之者。李商隐且以四六诬其集，其慎尤甚。清李兆洛昌言复古，汇选汉六朝文树之圭臬，而不悟立名之误。"（《䑖厂文稿》序）夏氏以骈文一名于义无当，是也。吾谓散文一名，尤为不通。《庄子·人间世》有散木一名，与文木相对。郭象曰"不在可用之数曰散木，可用之木为文木"。《荀子·劝学篇》有散儒一名，与法士相对。杨倞注"散谓不自检束，庄子以不材木为散木也"。夫无用之木为散木，无用之儒为散儒，则散文云者岂非无用之文邪？《说文》肉部"𦞦，杂肉也"。《说文》林部，"㭊，分离也"。散文与骈文相对，其本字当为㭊，盖取离散之义，与骈合相反也。然文体而取义于离散何邪？故有正名者出，骈文散文二名，必

第一编　骈散未分时代之散文
——夏商周秦

在所当去矣。原散文一名，清之骈文家最喜用之，孔广森《答朱沧湄书》云："六朝文无非骈体，但纵横开阖，一与散文同。"袁枚《胡稚威骈体文序》云；"散文可踏空，骈文必征实。"至清末罗惇曧《文学源流》云："文之既立，何殊骈散？西汉以前浑朴敦雅，骈不虑杂，散不病野。"又云："西京巨子溯两司马，子长源出《左》《国》，俊宕其神；长卿系出《诗》《骚》，丽蜜其体。别其外貌，未能强同，要以材力冠绝，通宏相征，一为散体之家，一为骈文之祖。"又云："周秦逮于汉初，骈散不分之代也。西汉衍乎东汉，骈散角出之代也。魏晋历六朝至唐，骈文极盛之代也。古文挺起于中唐，策论靡然于赵宋，散文兴而骈文蹶之代也。宋四六，骈文之余波也。元明二代，骈散并衰，而散力终胜于骈。明末迄乎国朝指清，骈散并兴，而骈势差强于散。"罗氏之言，皆以骈散对举。详其意谊，盖散文亦不过古文之别名耳。而现代所用散文之名，则大抵与韵文对立，其领域则凡有韵之诗赋词曲，与有声律之骈文，皆不得入内；与昔之谊同古文，得包辞赋颂赞之类，其广狭不侔矣。

吾以谓骈散二名实不能成立，不如以尚丽藻者名为文家言，重质朴者名为质家言，或省之曰文言，曰质言。而文质二体之中，又各分有韵文与无韵文二种。如此则比之六代文笔之分，与近代骈散之别，尤为辨章矣。吾今于本书所论之领域，则仍沿用近日散文之谊，而论文笔之骈散，则多用奇偶之谊，读者随文观之可也。

天地生物不能有奇而无偶，亦不能有偶而无奇。人之一身奇也，而二手二足则偶矣。手足之指各五，奇也，而二手二足各合而为十，则偶矣。首奇也，而两耳两目，则偶矣；一鼻一口又奇矣。且鼻有二孔，则偶矣。且一奇与一偶相对，则有为偶矣。推之植物之花叶，最为吾人之美观者，何莫非奇偶之相杂。《易》曰："地之可观者莫如木"，以其花叶之奇偶相杂最显著也。李兆洛云："天地之道阴阳而已。奇偶也，方圆也，皆是也。阴阳相并俱生，故奇偶不能相离，方圆必相为用。道奇而物偶，气奇而形偶，神奇而识偶。孔子曰：'道有变动故曰爻，爻有等故曰物，物相杂故曰文。'又曰：'分阴分阳，迭用柔刚'，故《易》六位而成章，相杂而迭用。文章之用，其尽于此乎？六经之文，班班具存。"（《骈体文钞》序）斯可见古人之文，原不能有奇而无偶，亦不能有偶而无奇；不能分其何篇为骈文，何篇为散文也。梁昭明太子《文选》序曰："若夫姬公之籍，孔氏之书，与日月俱县，鬼神争奥，孝敬之准式，人伦之师友，岂可重以芟夷，加之剪截，老庄之作，管孟之流，盖以立意为宗，不以能文为本，今之所撰，又以略诸"，此虽区周孔与诸子为二，实则夏商之文，与周孔之作，皆为治化而作，诸子之作皆为学术而作，皆非为文而作文也。惟其不为文而作文，故其书不以能文为宗，而以布治化鸣学术为主。夫然，故其文辞一任治化与学术之驱遣，而或奇或偶，均发乎天籁之自然。故论文学史者，应以夏商至周秦为骈散文体未分之时代；而自夏商至春秋，则为为治化而文学时代；自春秋以至周秦诸子，则为为学术而文学时代，而孔子则承上启下之大师也。

第二章

为治化而文学时代之散文
——自夏商至春秋

第一节　总论

为文学史者，或多溯原上古，始自羲轩。吾则以谓文献无征，不如从略。孔子删书，断自唐虞，而《尧典》《皋陶谟》两篇，大书"粤若稽古"四字，则其文经孔氏删述，不得视为唐虞时代之文矣。故今之所述，始自有夏。

《汉书·艺文志》曰："古之王者，世有史官，君举必书，所以慎言行，昭法式也。左史记言，右史记事。事为《春秋》，言为《尚书》，帝王靡不同之。"盖三代之盛，圣贤在位，其学问皆见诸治化，不尚空言，其史官睹其治化之迹，纪为实录，故其文莫非史也，其史莫非治化也。章学诚曰："六经皆史也。古人不著书，古人未尝离事而言理，六经皆先王之政典也。"（《文史通义·易教上》）夏商周三代之治化，于今可考者，莫尚于六艺。而六艺之中，莫要于《尚书》。陈石遗先生《石遗室论文》曰："《尚书》为中国第一部古史，亦即中国第一部古文。以史学论，后世之天官书，律历志，本于《尧典》上半篇；职官志本于《尧典》之命官；舆服志，乐书，本于《皋陶谟》下半篇（孔氏分为《益稷篇》）；若地理志河渠书之本《禹贡》，本纪之本《尧典》，其尤显著者矣。以文学论，曾湘乡之杂抄，分记载告语著述词赋四类。窃以为记载告语二类，为用最广。《尚书》之典谟，则传状碑志所自昉。《禹贡》《金縢》《顾命》，皆记事体。《召诰》《洛诰》，虽中多告语，而首尾实记事体。《顾命》惟韩昌黎曾学之。《金縢》则开后世纪事本末之体。奏议为下告上之言，本于《皋陶谟》《洪范》《无逸》《召》《洛》二诰，而《皋陶谟》实开徐乐严安二列传之体，徐严二传只载上书一篇，别无他事。赠序为同辈相告语之言，始于回路之相赠，而实本君奭。盖共处一地而赠言者。若郑子家晋叔向之与书，则隔异地而相与言，亦其类也。序跋昉于《易》《十翼》《书序》《诗序》《射义》《冠义》《昏义》《乡饮酒义》。祭文昉于《武成》《金縢》之祝词。鲁公之诔贲父，哀公之诔孔子，皆见于《檀弓》。而《周礼》大祝作六辞，六曰诔，则周初已有之矣。"观此可知后代文体，皆原于六经，而《尚书》为尤备矣。非古人好为如此之文，故发明如此之文体也。实治化所有，故遂不得不有此等之文体耳。

第二节　夏代散文

孔子祖述亮舜，称尧之为君，"唯天为大，焕乎其有文章"。又称"巍巍乎舜禹之天下也，而不与焉"。尧舜治化之盛可知矣。惜《尧典》《皋陶谟》，非当代之文字，不能论列耳。至禹之治水，则治化益隆。林传甲云："禹之治化，东渐于海，西被于流沙，朔南暨，声教讫于四海。汉唐之盛，其版图不过如是也。雍州球琳琅玕之产，实出于阗自注，汪士铎之说如此，故贡道浮于积石焉自注，今青海地。合黎若水，今为居延，南海黑水，今为澜沧自注，邹氏伯奇之说如此。蒙古，青海，西域，卫，藏，缅，越诸地，皆禹迹所至也。李文贞按天度以计里，以蒲坂为枢，则《禹贡》荒服，东起辽东朝鲜，南至闽粤，西讫澜沧，北至克鲁伦河，为邹徵君《禹贡》五服地图所本。纪晓岚讥文贞为闽人，不自外于禹域，则好为奇论，而不晓度数也。呜呼，槃槃大陆，禹甸如此其廓也，沿江海，达淮泗，禹不但以治河为事，且发明航海之学焉，三苗之伐，为汉族拓殖民地也。"(《中国文学史》)大禹治水之功，诸子百家所共称，必非无稽之谈。至当时版图如此之广者，盖古代对于国家之疆域，非如后世之固定；其所归化者，亦非如后世之统一。故古代之"國"字为"或"字。《易》曰："或之者疑之也。"故引申之为或此或彼之或。 明古代之国界，或大或小，或东或西，不如后世之熽定也。禹贡版图，疑即禹治水所至各地部落，皆归化臣服者耳。自疑古者以大禹为虫，古无大禹其人之说出，而虞夏之世乃无文化之可言。于大禹治水之事，古代诸子百家所共称者，皆不足信，而独可取决数千年后一二人之私智矣。于《禹贡》一书，自西汉以前人皆信为夏书者，今乃为战国时人不经之书矣。斯学者所不当盲从者也。

左史记言，右史记事。古代治化之文，不外记事记言二科。夏代之文，记事之最工者，莫如《禹贡》；记言之工者，莫如《甘誓》。

禹贡

禹敷土，随山刊木，奠高山大川。

冀州既载壶口，治梁及岐。既修太原，至于岳阳。覃怀底绩，至于衡漳。厥土惟白壤，厥赋惟上上错，厥田惟中中。恒、卫既从，大陆既作。岛夷皮服，夹右碣石，入于河。

济、河惟兖州。九河既道，雷夏既泽，雍、沮会同。桑土既蚕，是降丘宅土。厥土黑坟，厥草惟繇，厥木惟条。厥田惟中下，厥赋贞，作十有三载，乃同。厥贡漆丝，厥篚织文。浮于济、漯，达于河。

海、岱惟青州。嵎夷既略，潍、淄其道。厥土白坟，海滨广斥。厥田惟上下，厥赋中上。厥贡盐、绨，海物惟错。岱畎丝、枲、铅、松、怪石。莱夷作牧，厥篚檿丝。浮于汶，达于济。

海、岱及淮惟徐州。淮、沂其乂，蒙、羽其艺。大野既猪，东原底平。厥土赤埴坟，草木渐包。厥田惟上中，厥赋中中。 厥贡惟土五色，羽畎夏翟，峄阳孤桐，泗滨浮磬，淮夷蠙珠暨鱼。厥篚玄纤缟。浮于淮、泗，达于河。

淮、海惟扬州。彭蠡既猪，阳鸟攸居。三江既入，震泽底定。筱簜既敷，厥草惟夭，厥木惟乔。厥土惟涂泥，厥田惟下下，厥赋下上上错。厥贡惟金三品，瑶、琨、筱、簜、齿、革、羽、毛、惟木。岛夷卉服，厥篚织贝。厥包橘柚锡贡。沿于江、海，达于淮、泗。

荆及衡阳惟荆州。江、汉朝宗于海，九江孔殷，沱、潜既道，云土、梦作乂。厥土惟涂泥，厥田惟下中，厥赋上下。厥贡羽、毛、齿、革，惟金三品，杶、干、栝、柏，砺、砥、砮、丹，惟箘簵楛，三邦底贡，厥名，包匦菁茅，厥篚玄纁玑组，九江纳锡大龟。浮于江、沱、潜、汉，逾于雒，至于南河。

荆、河惟豫州。伊、雒、瀍、涧，既入于河，荥波既猪。导菏泽，被孟猪。厥土惟壤，下土坟垆。厥田惟中上，厥赋错上中。厥贡漆、枲、缔、纻，厥篚纤纩，锡贡磬错。浮于雒，达于河。

华阳、黑水惟梁州。岷、嶓既艺，沱、潜既道。蔡、蒙旅平，和夷底绩。厥土青黎，厥田惟下上，厥赋下中三错。厥贡璆、铁、银、镂、砮、磬，熊、罴、狐、狸、织皮。西倾因桓是来，浮于潜，逾于沔，入于渭，乱于河。

黑水、西河惟雍州。弱水既西，泾属渭汭，漆沮既从，沣水攸同。荆、岐既旅，终南、惇物，至于鸟鼠。原隰底绩，至于猪野。三危既宅，三苗丕叙。厥土惟黄壤，厥田惟上上，厥赋中下。厥贡惟球、琳、琅玕。浮于积石，至于龙门、西河，会于渭汭。织皮昆仑、析支、渠搜，西戎即叙。

导岍及岐，至于荆山，逾于河；壶口、雷首，至于太岳；底柱、析城，至于王屋；太行、恒山，至于碣石，入于海。西倾、朱圉、鸟鼠，至于太华；熊耳、外方、桐柏，至于陪尾。导嶓冢，至于荆山；内方，至于大别。岷山之阳，至于衡山，过九江，至于敷浅原。

导弱水，至于合黎，余波入于流沙。导黑水，至于三危，入于南海。导河积石，至于龙门；南至于华阴，东至于底柱；又东至于孟津，东过雒汭，至于大伾；北过降水，至于大陆；又北播为九河，同为逆河，入于海。嶓冢导漾，东流为汉；又东为沧浪之水，过三澨，至于大别，南入于江。东汇泽为彭蠡，东为北江，入于海。岷山导江,东别为沱,又东至于澧;过九江,至于东陵;东迆,北会于汇;东为中江,入于海。导沇水,东流为济,入于河,泆为荥;东出于陶丘北,又东至于菏,又东北会于汶,又北东入于海。导淮自桐柏,东会于泗、沂,东入于海。导渭自鸟鼠同穴,东会于沣,又东会于泾,又东过漆沮,入于河。导雒自熊耳,东北会于涧、瀍,又东会于伊,又东北入于河。

九州攸同,四隩既宅,九山刊旅,九川涤原,九泽既陂,四海会同,六府孔修。庶土交正,厎慎财赋,咸则三壤,成赋中邦。锡土姓,祗台德先,不距朕行。

五百里甸服:百里赋纳总,二百里纳铚,三百里纳秸服,四百里粟,五百里米。五百里侯服:百里采,二百里男邦,三百里诸侯。五百里绥服:三百里揆文教,二百里奋武卫。五百里要服:三百里夷,二百里蔡。五百里荒服:三百里蛮,二百里流。

东渐于海,西被于流沙,朔南暨声教,讫于四海。禹锡玄圭,告厥成功。

此实一篇纪水之文,其文字于极参差不齐之中,寓有极整齐排偶之笔。如起云:"禹敷土,随山刊木,奠高山大川",奇笔也。结云:"禹锡玄圭,告厥成功",亦奇笔也,及篇中"作十有三岁乃同"等句,皆奇笔也。而每州之起则云:

冀州
济河惟兖州。
海岱惟青州。
海岱及淮惟徐州。
淮海惟扬州。
荆及衡阳惟荆州。
荆河惟豫州。
华阳黑水惟梁州。
黑水西河惟雍州。

其每州之末则云:

夹右碣石，入于河。
浮于济漯，达于河。
浮于汶，达于济。
浮于淮泗，达于河。
浮于江海，达于淮泗。
浮于江、沱、潜、汉，逾于雒，至于南河。
浮于雒，达于河。
浮于潜，逾于沔，入于渭，乱于河。
浮于积石，至于龙门西河。

其每段中用厥字之排句者如云：

厥土惟白壤，厥赋惟上上错，厥田惟中中。冀州
厥土黑坟，厥草惟繇，厥木惟条，厥田惟中下。
厥赋贞，作十有三载，乃同。厥贡漆丝，厥篚织文。兖州
厥土白坟，海滨广斥。厥田惟上下，厥赋中上。厥贡盐絺，海物惟错。岱畎丝枲，铅松怪石。莱夷作牧，厥篚檿丝。青州
厥土赤埴坟，草木渐包。厥田惟上中，厥赋中中。厥贡惟土五色，羽畎夏翟，峄阳孤桐，泗滨浮磬，淮夷蚌珠暨鱼。厥篚玄纤缟。徐州
厥草惟夭，厥木惟乔。厥土惟涂泥，厥田惟下下，厥赋下上上错。厥贡惟金三品，瑶琨篠簜，齿革羽毛惟木，岛夷卉服。厥篚织贝，厥包橘柚锡贡。扬州
厥土惟涂泥，厥田惟下中，厥赋上下。厥贡羽毛齿革，惟金三品，杶干栝柏，砺砥砮丹，惟箘簬楛，三邦厎贡，厥名，包匦菁茅，厥篚玄纁玑组，九江纳锡大龟。荆州
厥土惟壤，下土坟垆。厥田惟中上，厥赋错上中。厥贡漆枲絺纻，厥篚纤纩，锡贡磬错。豫州
厥土青黎，厥田惟下上，厥赋下中三错。厥贡璆铁银镂砮磬，熊罴狐狸织皮。梁州
厥土惟黄壤，厥田惟上上，厥赋中下。厥贡惟球琳琅玕。雍州

凡若此类，可谓极参差，亦可谓极齐整；有奇句，亦有对句。倘

古文家而选经也，固不可遗此篇；倘骈文家而选经也，亦不可遗此篇矣。此篇称禹，不称禹为帝，是在禹未为帝时，唐虞之史所记也。然则此篇其唐虞最古之文欤。《石遗室论文》曰："古人文字虽简质，然有骨必有肉，无单纯用骨者。《禹贡》为地理书，如今人之水道提纲，可矣。青州则曰'海物惟错'，曰'铅松怪石'；徐州则曰'惟土五色'，曰'羽畎夏翟，峄阳孤桐'，曰'泗滨浮磬，蚌珠暨鱼'；扬州曰'阳鸟攸居'，曰'篠簜既敷'，曰'厥贡包橘柚锡贡'；荆州则曰'九江纳锡大龟'；雍州则曰'终南惇物，至于鸟鼠'。虽主贡品，然多不急之务，可以不宝远物者。但以前民用，以开民智，可资博物，不比伪托之《山海经》也。后世《水经注》一书，《桑经》只言水道，郦注则于湘水言'帆随湘传，望衡九面'；于沔水言'庞士元司马德操所居望衡对宇于河水言'过子夏石室'；皆不肯过于枯寂，亦其理也。"

柱谓《禹贡》一篇，实后世一切地理书水道志之所本，而未有及其工丽者。惟《周礼·职方氏》仿其文而变化之，虽不能谓相伯仲，庶几善继而善变者焉。今录之以相比较，且以见文章之源流焉。

周礼·职方氏

职方氏，掌天下之图，以掌天下之地，辨其邦国、都鄙，四夷、八蛮、七闽、九貉、五戎、六狄之人民与其财用，九谷、六畜之数，要周知其利害，乃辨九州之国，使同贯利。东南曰扬州，其山镇曰会稽，其泽薮曰具区，其川三江，其浸五湖，其利金、锡、竹箭，其民二男五女，其畜宜鸟、兽，其谷宜稻。正南曰荆州，其山镇曰衡山，其泽薮曰云梦，其川江、汉，其浸颍、湛，其利丹、银、齿、革，其民一男二女，其畜宜鸟、兽，其谷宜稻。河南曰豫州，其山镇曰华山，其泽薮曰圃田，其川荥雒，其浸波溠，其利林漆丝枲，其民二男三女，其畜宜，六扰，其谷宜五种。正东曰青州，其山镇曰沂山，其泽薮曰望诸，其川淮泗，其浸沂沭，其利蒲鱼，其民二男二女，其畜宜鸡、狗，其谷宜稻、麦。河东曰兖州，其山镇曰岱山，其泽薮曰大野，其川河、泲，其浸卢、维，其利蒲鱼，其民二男三女，其畜宜六扰，其谷宜四种。正西曰雍州，其山镇曰岳山，其泽薮曰弦蒲，其川泾、汭，其浸渭、洛，其利玉石，其民三男二女，其畜宜牛、马，其谷宜黍、稷。东北曰幽州，其山镇曰医无闾，其泽薮曰貕养，其川河、泲，其浸菑时，其利鱼、盐，其民一男三女，其畜宜四扰，其谷宜三种。河内曰冀州，其山镇曰霍山，其泽薮曰杨纡，其川漳，其浸汾、潞，其利松柏，其民五男三女其，畜宜牛羊，其谷宜黍、稷。正北曰并州，其山镇曰恒山，其泽薮曰昭余祁，其川虖池、呕夷，其浸涞、易，其利布帛，其民二男三女，其畜宜五扰，其谷宜五种。乃辨九服之邦国，方千里曰王畿，其外方五百里曰侯服，又其外方五百里曰甸服，又其外方五百里曰男服，又其外方五百里曰采服，又其外方五百里曰卫服，又其外方五百里曰蛮服，又其外方五百里曰夷服，又其外方五百里曰镇服，又其外方五百里曰藩服。凡邦国，千里封公，以方五百里则四公，方四百里则六侯，方三百里则七伯，方二百里则二十五子，方百里则百男。以周知天下。

《禹贡》多用厥字为排句，《职方氏》则专用其字为排句；《禹贡》每州长短参差，《职方氏》则每州长短极齐整矣。然若有选文者，则《禹贡》骈散均可入选，而《职方》则惟宜入于散文矣。

甘誓

　　大战于甘，乃召六卿。王曰："嗟！六事之人，予誓告女。有扈氏，威侮五行，怠弃三正，天用剿绝其命。今予惟恭行天'之罚。左不攻于左，女不恭命；右不攻于右，女不恭命；御非其马之正，女不恭命。用命，赏于祖；弗用命，戮于社。予则孥戮女。"

　　此文为后世誓师文之祖。《史记·夏本纪》云："启遂即天子之位，是为夏后帝启。有扈氏不服，启伐之，大战于甘。将战作《甘誓》。"则《甘誓》真当日誓师之词，而夏史录存之者也。其文奇偶互用，简而有法，后人为之千百言，逊其严肃矣。

　　其后汤之伐夏作《汤誓》，武王伐纣作《牧誓》，均效其体。今附录于后,既以见文章之流变;亦以见文体既同。虽古之圣人亦不能禁其相似也。

汤誓

　　王曰:"格尔众庶,悉听朕言。非台小子,敢行称乱!有夏多罪,天命殛之。今尔有众,女曰:'我后不恤我众,舍我穑事,而割正夏?'予惟闻女众言,夏氏有罪,予畏上帝,不敢不正。今女其曰:'夏罪其如台?'夏王率遏众力,率割夏邑。有众率怠弗协,曰:'时日曷丧,予及女皆亡。'夏德若兹,今朕必往。尔尚辅予一人,致天之罚,予其大赉女!尔无不信,朕不食言。尔不从誓言,予则孥戮女,罔有攸赦。"

牧誓

　　时甲子昧爽,王朝至于商郊牧野,乃誓。王左杖黄钺,右秉白旄以麾,曰:"逖矣,西土之人!"王曰:"嗟!我友邦冢君,御事司徒、司马、司空,亚旅、师氏,千夫长、百夫长,及庸、蜀、羌、髳、微、卢、彭、濮人。称尔戈,比尔干,立尔矛,予其誓。"

　　王曰:"古人有言曰:'牝鸡无晨,牝鸡之晨,惟家之索。'今商王受惟妇言是用,昏弃厥肆祀弗答,昏弃厥遗王父母弟不迪,乃惟四方之多罪逋逃,是崇是长,是信是使,是以为大夫卿士。俾暴虐于百姓,以奸宄于商邑。今予发惟恭行天之罚。

　　今日之事,不愆于六步、七步,乃止齐焉。夫子勖哉!不愆于四伐、五伐、六伐、七伐,乃止齐焉。勖哉夫子!尚桓桓,如虎如貔,如熊如罴,予商,郊,弗近克奔,以役西土,勖哉夫子!尔所弗勖,其于尔躬有戮!"

　　《大戴礼》有《夏小正》一篇,为记岁时之书,当亦传自夏代者,古代阴阳家文之仅存者也。文繁今不录。

　　要而论之,孔子之称禹曰:"禹吾无间然矣,菲饮食而致孝乎鬼神,恶衣服而致美乎黻冕,卑宫室而尽力乎沟洫"(《泰伯篇》),墨子称道曰:"昔者禹之湮洪水,决江河而通四夷九州也,名山三百,支川三千,小者无数。禹亲自操橐耜,而九杂天下之川,腓无胈,胫无毛,沐甚雨,栉疾风,置万国。"(《庄子·天下篇》)此禹勤苦之精神,牺牲一己之幸福,以求国家与民族之安全,其功绩最为伟大,故《禹贡》一篇,遂为千古最伟大之文章焉。

第三节　殷代散文

林传甲曰:"汤之盘铭曰:'苟日新,日日新,又日新。'迟任有言曰:'人惟求旧,器非求旧,惟新。'夏邑不纲,治化不行,汤之吊伐,既异于尧舜让善,亦异于禹启传家,为王者受命之创例。殷商新政,必有可观。商人尚质,记载多略。"柱谓殷之记载,见于《史记·殷本纪》者,有《汤征》《女鸠》《女房》《汤誓》《典宝》《夏社》《中虺》《作诰》《汤诰》《咸有一德》《明居》《伊训》《肆命》《徂后》《太甲训》《沃丁》《咸艾》《太戊》《原命》《盘庚》《高宗训》等。连《尚书》所载《微子》等篇,数实不少。惜所存者今惟《尚书·汤誓》一篇,《盘庚》三篇,《高宗肜日》一篇,《西伯戡黎》一篇,《微子》一篇,共七篇而已。史公作《殷本纪》,至专以书名为章法,亦可见殷文之盛也。

盘庚上

　　盘庚迁于殷,民不适有居。率吁众戚,出矢言,曰:"我王来,既爰宅于兹,重我民,无尽刘。不能胥匡以生,卜稽曰:'其如台,先王有服,恪谨天命,兹犹不常宁,不常厥邑,于今五邦。今不承于古,罔知天之断命,矧曰其克从先王之烈?若颠木之有由蘖,天其永我命于兹新邑,绍复先王之大业,厎绥四方。"盘庚敩于民,由乃在位,以常旧服,正法度。曰:"无或敢伏小人之攸箴。"王命众悉至于庭。

　　王若曰:"格汝众,予告汝训汝,猷黜乃心,无傲从康。古我先王，亦惟图任旧人共政。王播告之修，不匿厥指，王用丕钦，罔有逸言，民用丕变。今汝聒聒，起信险肤，予弗知乃所讼。非予自荒兹德，惟汝含德，不惕予一人。予若观火。予亦拙谋作乃逸。若网在纲，有条而不紊。若农服田力穑，乃亦有秋。汝克黜乃心，施实德于民，至于婚友，丕乃敢大言，汝有积德。乃不畏戎毒于远迩，惰农自安，不昏作劳，不服田亩，越其罔有黍稷。汝不和吉言于百姓，惟汝自生毒，乃败祸奸宄，以自灾于厥身。乃既先恶于民，乃奉其恫，汝悔身何及？相时憸民，犹胥顾于箴言，其发有逸口，矧予制乃短长之命？汝曷弗告朕，而胥动以浮言，恐沉于众？若火之燎于原，不可向迩，其犹可扑灭。则惟汝众自作弗靖，非予有咎。迟任有言曰：'人惟求旧，器非求旧，惟新。'古我先王，暨乃祖乃父，胥及逸勤，予敢动用非罚？世选尔劳，予不掩尔善。兹予大享于先王，尔祖其从与享之。作福作灾，予亦不敢动用非德。予告汝于难，若射之有志。汝无侮老成人，无弱孤有幼。

　　各长于厥居，勉出乃力，听予一人之作猷。无有远迩，用罪伐厥死，用德彰厥善。邦之臧，惟汝众。邦之不臧，惟予一人有佚罚。凡尔众，其惟致告：自今至于后日，各恭尔事，齐乃位，度乃口。罚及尔身，弗可悔。"

《史记·殷本纪》云："帝盘庚之时，殷已都河北，盘庚渡河南，复居成汤之故居，乃五迁，无定处，殷民咨胥皆怨，不欲徙。盘庚乃告谕诸大臣曰：'昔高后成汤，与尔之先祖，俱定天下，法则可修，舍而弗施，何以成德？'乃遂涉河南治亳，行汤之政，然后百姓由宁，殷道复兴，诸侯来朝，以其咸遵成汤之德也。帝盘庚崩，弟小辛立，是为帝小辛。帝小辛立，殷复衰，百姓思盘庚，乃作《盘庚》三篇。"据此则《盘庚》三篇，乃盘庚死后其臣本于国史所书，追而述之，以讽时王及民众之辞。

韩昌黎《进学解》云："《周诰》《殷盘》，佶屈聱牙。"《盘庚》三篇之难读，盖自古已然矣。吾师唐蔚芝文治先生云："首四节为民之矢言，一篇总冒。据江魏姚三家说为正，或作盘庚言者非。第五节集众于庭，为一篇筋骨。六节王若曰以下，乃盘庚代阳甲之辞。篇中以古我先王双提，至为郑重。以下文势已乃益开展，复用汝尔予三字盘旋作线索，文气乃益紧。古书中善譬喻当以此篇为权舆。曰'若颠木','若观火','若网在纲','若农服田','若火之燎于原','若射之有志',六若字极分明。而'惰农自安'数句穿插其中，更有趣味。"

柱按原《盘庚》三篇之所以难读，实以多用方言及通假字之故。由此可见今人主张方言白话及别字为文之不足以行远也。《说文》叙曰："诸侯力政，不统于王，恶礼乐之害己，而皆去其典籍，分为七国，田畴异亩，车涂异轨，律令异法，衣冠异制，言语异声，文字异形，秦始皇帝初兼天下，丞相李斯乃奏而同之，罢其不与秦文合者。"尝谓秦之罪虽大，其统一中国，统一文字，厥功实最伟。汉后所用之字，虽非李斯之小篆，然亦多由小篆而变也。今吾国各省州县之方音，画然不同，俨如异国，识者正患之，欲提倡国语以统一语言，而方叹其收功之晚。然语言虽异，其所赖以收统一之功者，幸有文字之统一耳。今若以方言白话及别字入文，则彼邑一方言，此邑一方言；甲书一别字，乙书一别字；若是其势不特各省异文，各县异文，且将人人异文而后已。是他日分裂中国为无数不同文字之小国者，必自提倡方言别字之说始矣。谓余不信，则《盘庚》三篇其小小之例证也。今《盘庚》三篇虽存，能读之者几人乎？

《尚书》所载殷文之外，《汉书·艺文志》，道家有《伊尹》五十一篇，小说家有《伊尹说》二十七篇，《天乙》三篇，然皆已亡，疑皆当为散文。其小说家之《伊尹》二十一篇，《天乙》三篇，又疑皆后人所假托也。

第四节　周初散文

《记》曰："夏尚忠，殷尚质，周尚文。"观上二章所述质忠之世，其文已如此，况周代尚文之世乎？孔子曰："周监于二代，郁郁乎文哉，吾从周。"又曰："文王既没，文不在兹乎？"周代治化之尚文，可知也。然则周代文学之盛，殆基于周初矣。文王之文，《易·象辞》外鲜有足征者。《象辞》为韵文，今亦不论。若周公之著，则《尚书》

之中，先儒所指以为周公所作者，曰《牧誓》，曰《金縢》，曰《大诰》，曰《多士》，曰《无逸》，曰《立政》，曰《康诰》，曰《梓材》，曰《召诰》，曰《洛诰》，凡十篇。唐蔚芝师则以《金縢》为册祝之辞，并非周公所自作，以其无自誉之理也。至于《大诰》《康诰》，《无逸》《立政》诸篇，则谓其忠厚恳挚，至诚感人，所以靖一时之变乱，垂八百年之丕基，胥在于此。则其情文之盛可知矣。师又谓《大学》引《康诰》之辞最多，曰"克明德"，曰"作新民"，曰"如保赤子"，曰"惟命不于常"，虽未赅《康诰》全篇之谊，可见《康诰》篇为古圣贤所常诵之书。今录之如下。

康　诰

　　惟三月哉生魄，周公初基，作新大邑于东国雒，四方民大和会。侯甸男邦，采卫百工，播民和见，士于周。周公咸勤，乃洪大诰治。

　　王若曰："孟侯，朕其弟，小子封。惟乃丕显考文王，克明德慎罚，不敢侮鳏寡，庸庸，祇祇，威威，显民。用肇造我区夏，越我一二邦，以修我西土。惟时怙冒闻于上帝，帝休。天乃大命文王，殪戎殷，诞受厥命，越厥邦厥民，惟时叙。乃寡兄勖，肆女小子封，在兹东土。"

　　王曰："乌呼！封，女念哉！今民将在祇遹乃文考，绍闻衣德言。往敷求于殷先哲王，用保乂民。女丕远惟商耇成人，宅心知训。别求闻由古先哲王，用康保民。弘于天，若德裕乃身，不废在王命。"

　　王曰："乌呼！小子封，恫瘝乃身，敬哉！天畏棐忱，民情大可见，小人难保。往尽乃心，无康好逸豫，乃其乂民。我闻曰：'怨不在大，亦不在小，惠不惠，懋不懋。'已！汝惟小子，乃服惟弘，王应保殷民，亦惟助王宅天命，作新民。"

　　王曰："乌呼！封，敬明乃罚。人有小罪，非眚，乃惟终，自作不典，式尔，有厥罪小，乃不可不杀。乃有大罪，非终，乃惟眚灾，适尔，既道极厥辜，时乃不可杀。"

　　王曰："乌呼！封，有叙时，乃大明服，惟民其敕懋和。若有疾，惟民其毕弃咎。若保赤子，惟民其康乂。非女封刑人杀人，无或刑人杀人。非女封又曰劓刵人，无或劓刵人。"王曰："外事，女陈时臬，司师，兹殷罚有伦。"又曰："要囚，服念五六日，至于旬时，丕蔽要囚。"

王曰："女陈时臬事罚，蔽殷彝，用其义刑义杀，勿庸以次女封。乃女尽逊曰时叙，惟曰未有逊事。已！女惟小子，未其有若女封之心，朕心朕德惟乃知。凡民自得罪，寇攘奸宄，杀越人于货，暋不畏死，罔弗憝。"

王曰："封，元恶大憝，矧惟不孝不友？子弗祗服厥父事，大伤厥考心。于父不能字厥子，乃疾厥子。于弟弗念天显，乃弗克恭厥兄。兄亦不念鞠子哀，大不友于弟。惟吊兹，不于我政人得罪，天惟与我民彝大泯乱，曰，乃其速由文王作罚，刑兹无赦。不率大戛，矧惟外庶子训人？惟厥正人，越小臣诸节。乃别播敷，造民大誉，弗念弗庸，瘝厥君，时乃引恶，惟朕憝。已！女乃其速由兹义率杀，亦惟君惟长。不能厥家人，越厥小臣外正，惟威惟虐，大放王命，乃非德用乂。女亦罔不克敬典，乃由裕民，惟文王之敬忌，乃裕民。曰：'我惟有及'，则予一人以怿。"

王曰："封，爽惟民，迪吉康，我时其惟殷先哲王德，用康乂民，作求。矧今民罔迪不适，不迪则罔政在厥邦。"王曰："封，予惟不可不监，告女德之说于罚之行。今惟民不静，未戾厥心，迪屡未同，爽惟天其罚殛我，我其不怨。惟厥罪无在大，亦无在多，矧曰其尚显闻于天？"王曰："乌呼！封，敬哉！无作怨，勿用非谋非彝。蔽时忱，丕则敏德，用康乃心，顾乃德，远乃猷裕，乃以民宁，不女瑕殄。"

王曰："乌呼！肆女小子封，惟命不于常，女念哉！无我殄。享，明乃服命，高乃听，用康乂民。"王若曰："往哉！封，勿替敬，典听朕诰，女乃以殷民世享。"

此文气象宏阔，纬络万千。全篇以天命民三字为枢纽，意以谓天之所命，即在于民，实为儒家之保民政治哲学之所本。惟篇首四十八字，当从吴汝纶说，定为《大诰》篇末之错简耳。

此外《仪礼》《周礼》，先儒亦以为周公之书。《仪礼》一书，自韩昌黎已苦其难读，然亦赏其奇辞奥旨。《周礼》一书，文既整丽，尤多奇字，兹以限于篇幅，不复录焉。

《周礼》至汉，缺《冬官》一篇，汉儒以《考工记》补之，最为得宜。陈澧云："《考工记》实可补经，何必割裂五官乎。作记者以一人而尽谙众工之事，此人甚奇特。且所记皆有用之物，不可卑视之。惟其卑视工事，一任贱工为之，以致中国之物，不如外国，此所关者甚大也。"柱谓由《考工记》观之，可知周初以前甚重工业，史官多精此学。不然执笔者必不能为此文也。

《石遗室论文》云："《考工记》为古今奇文，种种工作，不离乎数目字，而审曲面势，说来但觉其造句巧妙，绝不觉数目字多，数目字之重复。卢人匠人，每节用凡字提起，有接至六七者。《乐记》亦然。慌氏叠用而某之而某之至于六七。梓人为笋虡，先五叠某者某者，后又六叠以某鸣者以某鸣者，皆文理之各种结构处。最后弓人一职，尤为精微"，柱按此言是也。而柱最喜轮人为轮一类。

轮 人（节录）

轮人为轮，斩三材，必以其时。三材既具，巧者和之。毂也者，以为利转也。辐也者，以为直指也。牙也者，以为固抱也。轮敝，三材不失职，谓之完。望而视其轮，欲其蜒帱尔而下迤也；进而视之，欲其微至也，无所取之，取诸圜也。望其辐，欲其掣尔而纤也；进而视之，欲其肉称也；无所取之，取　，诸易直也。望其毂，欲其眼也；进两视之，欲其帱之廉也；无所取之，取诸急也。视其绠，欲其蚤之正也。察其菑蚤不龋，则轮虽敝不匡。

此记制轮之事，为最机械，最无情之事，而写出工人之为，欲其器之工之情，跃跃如见。可见题材有文学情绪与否，实视作文者主观而异。古今之文人，多不知机械之学，故以机械为无情；而究机械之学者，又无文学之情绪，彼自视其身亦无异于机械也。故机械之为物，遂似终与文学抵牾耳。今若使文学家能精究机械之学，则其视机械之轧轧而鸣，岂遽不如秋虫之唧唧而鸣，足以人诗人之吟咏哉，观《考工》之记制器，情文俱至，可为例证矣。

周初散文存于古文《尚书》者，尚有《大誓》《武成》《洪范》

《旅獒》《君奭》《多方》《顾命》《康王之诰》等，文皆美茂。若《汉书·艺文志》，道家尚有《太公》二百三十篇，《辛甲》二十九篇，《鬻子》二十二篇。墨家有《尹佚》二篇。小说家有《鬻子说》十九篇。其书皆已亡。《鬻子说》疑亦后人所托。

要而论之，周之四诰《酒诰》《召诰》《雒诰》《康诰》，文体诘诎，实仿自殷之《盘庚》；而《周礼》五官及《考工记》之整饬，实又本于虞夏之《禹贡》，此文体之嬗变，尚可考者也。

第三章

由治化时代而渐变为学术时代之散文
——春秋时代

第一节 总论

春秋时代之文学，要以孔子老子左丘明三人为大宗师。而孔子尤为前后之枢纽。盖春秋以前，治化之文莫盛于六艺，而孔子实删订之。是集春秋以前治化之文之大成也。孔子赞《周易》，为作《十翼》，多精微之哲学。今之《十翼》虽未尽为孔子原本，然亦必多出于孔子。《论语》一书，为孔子弟子记孔子与门弟子及时人问答之言，皆多鼓吹学术之说。孔子之文言，老子之五千言，尤多骈偶之笔，已为后人骈文之先河。其有学无位，不能见诸治化，专以阐明学术为务，又为春秋战国诸子为学术而文学之先河。孔子作《春秋》，左丘明据《鲁史》作《传》，又为后世史家之先河。此三人者，其文学皆承前启后，于吾国之学术与文学，最有关系者也。

第二节　学术大师孔老之散文

孔老之学，同本于《易》。《易》言天地阴阳吉凶祸福，皆两端相对者。孔子则执其两端而用其中，老子则审其两端而用其反。孔子曰："执其两端，用其中于民。"老子曰："反者道之动。"又曰："与道反矣，乃至大顺。"孔子最重礼，曾问礼于老子，则老子之深，于礼可知。深于礼而薄礼，正其用反之道。其少言礼，正孔子罕言命与仁之比也。

孔子《史记·孔子世家》："孔子生鲁昌平乡陬邑，其先宋人也。鲁襄公二十二年而生孔子。生而首上圩顶，故因名曰丘云，字仲尼，姓孔氏。孔子长九尺有六寸，人皆谓谓之长人而异之。孔子之时，周室微而礼乐废，诗书缺，追迹三代之礼，序《书》《传》，上纪唐虞之际，下至秦穆，编次其事，曰：'夏礼吾能言之，杞不足征也；殷礼吾能言之，宋不足征也；足则吾能征之矣。'观夏殷所损益，曰：'虽百世可知也。'以一文一质，'周监二代，郁郁乎文哉，吾从周'。故《书》《传》《礼》记自孔子。孔子语鲁大师，'乐其可知也，始作翕如，纵之纯如，皦如，绎如也以成'。'吾自卫反鲁，然后乐正，雅颂各得其所。'古者《诗》三百篇，及至孔子，其重，取可施于礼义，上采契后稷，中述殷周之盛，至幽厉之缺，始于衽席，故曰：《关雎》之乱，以为风始，《鹿鸣》为《小雅》始，《文王》为《大雅》始，《清庙》为颂始。三百五篇，孔子皆弦歌之，以求合韶武雅颂之音，礼乐自此可得而述，以备王道，成六艺。孔子晚而喜《易》，序《彖》《系》《象》说卦文言，读《易》韦编三绝，曰：'假我数年，若是我于易彬彬矣。'"

文言（节录）

"潜龙勿用"，阳气潜藏。"见龙在田"，天下文明。"终日乾乾"，与时偕行。"或跃在渊"，乾道乃革。"飞龙在天"，乃位乎天德。"亢龙有悔"，与时偕极。"乾元用九"，乃见天则。"乾元"者，始而亨者也。"利贞"者，性情也。乾始能以美利利天下。不言所利，大矣哉。大哉乾乎，刚建中正，纯粹精也，六爻发挥，旁通情也。"时乘六龙"，以御天也。"云行雨施"，天下平也。君子以成德为行，日可见之行也。潜之为言也，隐而未见，行而未成，是以君子弗用也。君子学以聚之，问以辨之，宽以居之，仁以行之。《易》曰："见龙在田，利见大人。"君德也。九三重刚而不中，上不在天，下不在田，故乾乾因其时而惕，虽危"无咎"矣。九四重刚而不中，上不在天，下不在田，中不在人，故"或"之，或之者，疑之也，故"无咎"。服大人者，与天地合其德，与日月合其明，与四时合其序，与鬼神合其吉凶；先天而天弗违，后天而奉天时，天且弗违，而况于人乎？况于鬼神乎？"亢"之为言也，知进而不知退，知存而不知亡，知得而不知丧，其惟圣人乎？知进退存亡而不失其正者，其唯圣人乎！

此文时用韵语，且多偶句。阮元据之作《文韵说》及《文言说》。大旨谓必用韵用偶而后可以谓之文。其说盖因后世古文家屏骈俪之文为不足以语于古文，故务为力反其说也。

孔子之著作，以《春秋》最为重要。《史记·孔子世家》，"子曰：'弗乎弗乎，君子病没世而名不称焉。吾道不行矣！吾何以自见于后世哉！'乃因史记作《春秋》，上至隐公，下讫哀公十四年，十二公，据鲁亲周，约其文辞而旨博。故吴楚之君自称王，而《春秋》贬之曰'子'。践土之会实召周天子，而《春秋》讳之曰天王狩于河阳。推此类以绳当世，贬损之义，后有王者举而开之，《春秋》之义明，则天下乱臣贼子惧焉。孔子在位，听讼文辞，有可与人共者，弗独有也。至于为《春秋》，笔则笔，削则削，游夏之徒，不能赞一辞。弟子受《春秋》，孔子曰：后世知丘者以《春秋》，而罪丘者亦以《春秋》"。

盖《春秋》之书，正名之书也。孔子曰："名不正则言不顺，言不顺则事不成，事不成则礼乐不兴，礼乐不兴则刑罚不中，刑罚不中则民无所措手足。"(《子路篇》)《春秋》正名之要，于此知之矣。大之伦类之大名，小之则物类之先后，无所不慎。僖十六年《经》曰：

春王正月戊申朔，陨石于宋五，是月，六鹢退飞过宋都。

《穀梁传》曰：

先陨而后石，何也？陨而后石也。六鹢退飞过宋都，聚辞也，目治也。子曰："石无知之物。"鹢微有知之物，石无知故日之；鹢微有知，故月之。君子之于物，无所苟而已。石鹢且犹尽其辞，而况于人乎！

《公羊传》曰：

曷为先言霣而后言石，霣石记闻，闻其磌然。视之则石，察之则五。曷为先言六而后言鹢？六鹢退飞，记见也。视之则六，察之则鹢，徐而察之则退飞。

其于言之无所苟如此。故太史公曰："有国者不可以不知《春秋》，前有谗而弗见，后有贼而不知；为人臣者不可以不知《春秋》，守经事而不知其宜，遭变事而不知其权；为人君父而不通于《春秋》之义者，必蒙首恶之名；为人臣子而不通于《春秋》之义者，必陷篡弑之诛，死罪之名。其实皆以为善为之，不知其义，被之空言而不敢辞。"汉大儒之重视《春秋》如此。

然世之古文家以反对《公》《穀》之故，遂倡言孔子不修《春秋》。孔子之《春秋》无微言大义。不过一本《鲁史》旧文而已。不知孟子曰："晋之《乘》，楚之《梼杌》，鲁之《春秋》，一也。其事则齐桓晋文，其文则史。孔子曰：'其义则丘窃取之矣。'"此明谓孔子未修之《春秋》，则与晋《乘》楚《梼杌》相类。孔子修之则有微言大义矣。荀子曰："《春秋》约而不速。"夫《春秋》既约矣，而何以不速？非以微言大义之难通而何？

《春秋》最重攘夷狄与大复仇之义。自《春秋》之学不讲，而夷夏失防，认贼作父，几不复知人间有羞耻事矣。宋之岳飞文天祥，皆精《春秋》之学。故攘夷之决心最烈。此不可不知也。

老子 《史记·老子传》，"老子者楚苦县厉乡曲仁里人也，姓李氏,名耳,字聃,周守藏室之史也。居周久之,见周之衰,乃遂去,至关,关令尹喜曰:子将隐矣,强为我著书。于是老子乃著书上下篇,言道德之意,五千余言而去,莫知其所终"。

太史谈《六家要旨》论道家云:"其事易为,其辞难知。"此最可以为老子书之定评。"其事易为",谓秉要执中,无为而无不为也。"其辞难知",则谓其辞涵义宏博,非可以一说尽也。

第一章

　　道可道非常道,名可名非常名;无名天地之始,有名万物之母,故常无欲以观其妙,常有欲以观其徼。此两者同出而异名,同谓之玄。玄之又玄,众妙之门。

第二十八章

　　知其雄守其雌,为天下谿。为天下谿,常德不离,复归于婴儿。知其白,守其黑,为天下式。为天下式,常德不忒,复归于无极。知其荣,守其辱,为天下谷。为天下谷,常德乃足,复归于朴。朴散则为器,圣人用之,则为官长,故大制不割。

世之读《老子》者只知其守雌一句,而忘却其知雄一句,故由其说遂为积弱之国也。不知老子知雄则必努力自求为雄,而所以守雌者不自以为雄而自以为雌耳。又如大智若愚,世之读者但以为真求愚而已,而不知注意一若字。若注意一若字,则当知老子之必力求为大智,愈智而愈不以智自居,故曰若愚也。

《老子》全书对偶最多,此岂有意作对仗哉?以其学理本如此耳。《文言》与《老子》多对句矣,多韵语矣,然仍不可便谓之韵文,便谓之骈文也,谓为骈文之祖可耳。至于用韵则诸子之论文亦往往有之,亦仍不得即谓为韵文也。

第三节　史传家左丘明之散文

《汉书·艺文志》云："古之王者必有史官，所以慎言行，昭法式也。左史记言，右史记事。事为《春秋》，言为《尚书》。帝王靡不同之。周室既微，载籍残缺，仲尼思存前贤之业，乃称曰：'夏礼吾能言之，杞不足征也；殷礼吾能言之，宋不足征也。文献不足故也，足则吾能征之矣。'以鲁周公之国，礼文备物，史官有法，故与左丘明观其史记，据行事，仍人道，因兴以立功，就败以成罚，假日月以定数，借朝聘以正礼乐，有所褒讳贬损，不可以书见，口授弟子。弟子退而异言，丘明恐弟子各安其意，以失其真，故论本事而作《传》，明夫子不以空言说《经》也。《春秋》所贬损大人当世君臣有威权势力，其事实皆形于《传》，是以隐其书而不宣，所以免时难也。及末世口说流行，故有《公羊》《穀梁》《邹》《夹》之书。四家之中，《公羊》《穀梁》立于学官，邹氏无师，夹氏未有书。"由此观之，孔子之《春秋》，为继前古之史，而左氏之《传》，又孔子《春秋》之本事也。《公》《穀》二传为专解经之文，《左氏传》则解经之外，并以史证经，解经而兼为史者也。丘明既为《春秋》作《传》，称为《内传》；又分周鲁齐晋郑楚吴越八国事，起穆王终于鲁悼，别为《国语》，世称《外传》。唐刘知几分史体为六家，一《尚书》家，二《春秋》家，三《左传》家，四《国语》家，五《史记》家，六《汉书》家，六家中左氏占二家，则左氏之文体，其关系于文化，为何如邪？

唐蔚芝师云："《左传》称曰《内传》，《国语》称曰《外传》。顾亭林先生谓左氏采列国之史而作，非出于一人之手。余疑《内传》为丘明所编辑，《外传》则采自列国，未加删削者也。夙好以左氏《传》与公穀二《传》互相比较，如左氏《郑伯克段于鄢》一段，宜与《穀梁传》对较；晋献公欲以骊姬为夫人一段，宜与《穀梁传》晋杀其大夫里克对较；晋灵公不君一段，宜与《公羊传》对较。悟其文法之各异，而文思文境，乃可日进。又好以《内传》与《外传》参考，如《外传·管子论轨里连乡之法》《敬姜论劳逸》《优施教骊姬夜半而泣》诸篇，皆为《内传》所不载；而一则波澜壮阔，一则丰裁严整，一则细语喁喁，委婉入听，均各擅其胜。又如晋文请隧，襄王不许，《内传》曰：王章也，未有代德而有二王，亦叔父之所恶也。仅三语，懔乎其不可犯；而《外传》则衍成数百言，负声振采，琅琅铮铮，有令人不厌百回读者矣。惟吴越语气体句调均属萎薾，疑与《内传》末载智伯事相同，为后人附益。司马子长曰：'丘明惧弟子人人异端，各安其意，失其真，故因孔子《史记》具论其语，成《左氏春秋》。'又曰：'左丘失明，厥有《国语》。'然则二书之当并重无疑。"

柱谓《左传》体奇而变，其流为《太史公书》；《国语》体整而方，其流为班氏之《汉书》。今录僖公二十三年《左传》记晋公子重耳出亡事与《国语·晋语》所记为比较如下：

左传

晋公子重耳之及于难也。晋人伐诸蒲城，蒲城人欲战，重耳不可，曰："保君父之命，而享其生禄，于是乎得人。有人而校，罪莫大焉。吾其奔也。"遂奔狄。从者狐偃、赵衰、颠颉、魏武子、司空季子。狄人伐廧咎如，获其二女，叔隗、季隗，纳诸公子。公子取季隗，生伯儵、叔刘。以叔隗妻赵衰，生盾。将适齐，谓季隗曰："待我二十五年不来而后嫁。"对曰："我二十五年矣，又如是而嫁，则就木焉。请待子。"处狄十二年而行。

过卫，卫文公不礼焉。

出于五鹿，乞食于野人，野人与之块。公子怒，欲鞭之。子犯曰："天赐也！"稽首受而载之。

及齐，齐桓公妻之，有马二十乘。公子安之。从者以为不可，将行，谋于桑下。蚕妾在其上，以告姜氏。姜氏杀之，而谓公子曰："子有四方之志，其闻之者吾杀之矣。"公子曰："无之。"姜曰："行也！怀与安实败名。"公子不可。姜与子犯谋醉而遣之。醒以戈逐子犯。

及曹，曹共公闻其骈胁，欲观其裸浴。薄而观之。僖负羁之妻曰："吾观晋公子之从者皆足以相国。若以相，夫子必反其国。反其国，必得志于诸侯。得志于诸侯而诛无礼，曹其首也。子盍蚤自贰焉？"乃馈盘飧置璧焉。公子受飧反璧。

及宋，宋襄公赠之以马二十乘。

及郑，郑文公亦不礼焉，叔詹谏曰："臣闻天之所启，人弗及也，晋公子有三焉，天其或者将建诸，君其礼焉！男女同姓，其生不蕃。晋公子姬出也，而至于今，一也。离外之患，而天不靖晋国，殆将启之，二也。有三士足以上人，而从之，三也。晋郑同侪，其过子弟，固将礼焉，况天之所启乎？"弗听。

及楚，楚子飨之，曰："公子若反晋国，则何以报不穀？"对曰："子女玉帛，则君有之；羽毛齿革，则君地生焉。其波及晋国者，君之余也。其何以报君？"曰："虽然，何以报我？"对曰："若以君之灵，得反晋国，晋楚治兵，遇于中原，其辟君三舍。若不获命，其左执鞭弭，右属櫜鞬，以与君周旋。"子玉请杀之。楚子曰："晋公子广而俭，文而有礼。其从者肃而宽，忠而能力。晋侯无亲，外内恶之。吾闻姬姓唐叔之后，其后衰者也，其将由晋公子乎！天将兴之，谁能废之？违天必有大咎。"乃送诸秦。

秦伯纳女五人，怀嬴与焉。奉匜沃盥，既而挥之。怒曰："秦晋匹也，何以卑我？"公子惧，降服而囚。他日，公享之，子犯曰："吾不如衰之文也，请使衰从。"公子赋《河水》，公赋《六月》。赵衰曰："重耳拜赐！"公子降拜稽首。公降一级而辞焉。衰曰："君称所以佐天子者命重耳，重耳敢不拜？"

国语

文公在狄十二年，狐偃曰："日吾来此也，非以狄为荣可以成事也。吾曰奔而易达，困而有资，休以择利，可以戾也。今戾久矣，戾久将底。底著滞淫，谁能兴之。盍速行乎！吾不适齐、楚，避其远也。蓄力一纪，可以远矣。齐侯长矣，而欲亲晋。管仲殁矣，多谗在侧。谋而无正，衷而思始。夫必追择前言，求善以终，餍迩逐远，远人入服，不为邮矣。会其季年可也，兹可以亲。"皆以为然。

乃行过五鹿，乞食于野人。举块以与之，公子怒将鞭之。子犯曰："天赐也。民以土服，又何求焉！天事必象，十有二年必获此土。二三子志之。岁在寿星及鹑尾，其有此土乎！天以命矣，复于寿星，必获诸侯。天之道也，由是始之。有此其以戊申乎！所以申土也。"再拜稽首，受而载乏。遂适齐。

齐侯妻之，甚善焉。有马二十乘，将死于齐而已矣。曰："民生安乐，谁知其他？"桓公卒，孝公即位，诸侯叛齐。子犯知齐之不可以动，而知文公之安齐而有终焉之志也，欲行而患之，与从者谋于桑下。蚕妾在焉，莫知其在也。妾告姜氏，姜氏杀之，而言于公子曰："从者将以子行，其闻之者，吾以除之矣。子必从之，不可以贰，贰无成命。《诗》云：'上帝临女，无贰尔心。'先王其知之矣，贰将可乎？子去晋难而极于此。自子之行，晋无宁岁，民无成君。天未丧晋，无异公子，有晋国者，非子而谁？子其勉之！上帝临子，贰必有咎。"公子曰"吾不动矣，必死于此。"姜曰："不然。《周诗》曰：'莘莘征夫，每怀靡及，夙夜征行。不遑启处，犹惧无及。况其顺身纵欲，怀安将何及矣！人不求及，其能及乎？日月不处，人谁获安？西方之书有之曰：'怀与安实疚大事。'《郑诗》云：'仲可怀也，人之多言，亦可畏也，昔管敬仲有言，小妾闻之，曰：'畏威如疾，民之上也。从怀如流，民之下也。见怀思威，民之中也。畏威如疾，乃能威民。威在民上，弗畏有刑。从怀如流，去威远矣，故谓之下。其在辟也，吾从中也。《郑诗》之言，吾其从之。'此大夫管仲之所以纪纲齐国，裨辅，先君，而成霸者也。子而弃之，不亦难乎？齐国之政败矣，晋之无道久矣，从者之谋忠矣，时日及矣，公子几矣。君国可以齐百姓而释之者非人也。败不可处，时不可失，忠不可弃，怀不可从，子必速行。吾闻晋之始封也，岁在大火，阏伯之星也，实纪商人。商之飨国，三十一王。瞽史之纪曰：'唐叔之世，将如商数。'今未半也。乱不长世，公子唯子，子必有晋。若何怀安？"公子弗听。姜与子犯谋醉而载之以行。醒以戈逐子犯，曰："若无所济，吾食舅氏之肉，其知餍乎！"舅犯走且对曰："若无所济，余未知死所，谁能与豺狼争食？若克有成，公子无亦晋之柔嘉，是以甘食。偃之肉腥臊，将焉用之？"遂行。

　　过卫，卫文公有邢、狄之虞，不能礼焉。宁庄子言于公曰："夫礼国之纪也，亲民之结也，善德之建也。国无纪不可以终，民无结不可以固，德无建不可以立。此三者君之所慎也。今君弃之，无乃不可乎！晋公子善人也，而卫亲也，君不礼焉，弃三德矣。臣故云君其图之。康叔文之昭也，唐叔武之穆也。周之大功在武，天祚将在武族。苟姬未绝周室而俾守天聚者，必武族也。武族唯晋实昌，晋胤公子实德。晋仍无道，天祚有德，晋之守祀，必公子也。若复而修其德，镇抚其民，必获诸侯，以讨无礼。君弗蚤图，卫而在讨。小人是惧，敢不尽心。"公弗听。

自卫过曹，曹共公亦不礼焉，闻其骈胁，欲观其状，止其舍，谍其将浴，设微薄而观之。僖负羁之妻言于负羁曰："吾观晋公子贤人也，其从者皆国相也，以相一人，必得晋国。得晋国而讨无礼，曹其首诛也。子盍蚤自贰焉？"僖负羁馈飧置璧焉。公子受飧反璧。负羁言于曹伯曰："夫晋公子在此，君之匹也，不亦礼焉？"曹伯曰："诸侯之亡公子其多矣，谁不过此！亡者皆无礼者也，余焉能尽礼焉！"对曰："臣闻之，爱亲明贤，政之干也。礼宾矜穷，礼之宗也。礼以纪政，国之常也。失常不立，君所知也。国君无亲，以国为亲。先君叔振，出自文王，晋祖唐叔，出自武王，文、武之功，实建诸姬。故二王之嗣，世不废亲。今君弃之，不爱亲也。晋公子生十七年而亡，卿材三人从之，可谓贤矣，而君蔑之，是不明贤也。谓晋公子之亡，不可不怜也。比之宾客，不可不礼也。失此二者，是不礼宾，不怜穷也。守天之聚，将施于宜。宜而不施，聚必有阙。玉帛酒食，犹粪土也，爱粪土以毁五常，失位而阙聚，是之不难，无乃不可乎？君其图之。"公弗听。

公子过宋，与司马公孙固相善。公孙固言于襄公曰："晋公子亡长幼矣，而好善不厌，父事狐偃，师事赵衰，而长事贾佗。狐偃其舅也，而惠以有谋。赵衰其先君之戎御，赵夙之弟也，而文以忠贞。贾佗公族也，而多识以恭敬。此三人者，实左右之。公子居则下之，动则谘焉，成幼而不倦，殆有礼矣。树于有礼，必有艾。《商颂》曰：'汤降不迟，圣敬日跻。'降有礼之谓也。君其图之。"襄公从之，赠以马二十乘。

公子过郑，郑文公亦不礼焉。叔詹谏曰："臣闻之：亲有天，用前训，礼兄弟，资穷困，天所福也。今晋公子有三祚焉，天将启之。同姓不婚，恶不殖也。狐氏出自唐叔。狐姬伯行之子也，实生重耳。成而隽才离违而得所，久约而无衅，一也。同出九人，唯重耳在，离外之患，而晋国不靖，二也。晋侯日载其怨，外内弃之；重耳日载其德，狐、赵谋之，三也。在《周颂》曰：'天作高山，大王荒之。'荒大之也。大天所作，可谓亲有天矣。晋、郑兄弟也，吾先君武公与晋文侯戮力一心，股肱周室，夹辅平王，平王劳而德之，而赐之盟质，曰：'世相起也。'若亲有天，获三祚者，可谓大天。若用前训，文侯之功，武公之业，可谓前训。若礼兄弟，晋、郑之亲，王之遗命，可谓兄弟。若资穷困，亡在长幼，还轸诸侯，可谓穷困。弃此四者，以徼天祸，无乃不可乎！君其图之。"弗听。 叔詹曰："若不礼焉，则请杀之。《谚》曰：'黍稷无成，不能为荣。黍不为黍，不能蕃庑。稷不为稷，不能蕃殖。所生不疑，唯德之基。'"公弗听。

遂如楚，楚成王以周礼享之，九献，庭实旅百。公子欲辞，子犯曰："天命也，君其飨之。亡人而国荐之，非敌而君设之，非天谁启之心！"既飨，楚子问于公子曰："子若克复晋国，何以报我？"公子再拜稽首对曰："子女玉帛，则君有之。羽旄齿革，则君地生焉。其波及晋国者，君之余也，又何以报？"王曰："虽然，不穀愿闻之。"对曰："若以君之灵，得复晋国，晋、楚治兵，会于中原，其避君三舍。若不获命，其左执鞭，右属櫜鞬，以与君周旋。"令尹子玉曰："请杀晋公子。 弗杀而反晋国，必惧楚师。"王曰："不可。楚师之惧，我不修也。我之不德，杀之何为！天之祚楚，谁能惧之？楚不可祚，冀州之土，其无令君乎？且晋公子敏而有文，约而不谄，三材侍之，天祚之矣。天之所兴，谁能废之？"子玉曰："然则请止狐偃。"王曰："不可。《曹诗》曰：'彼己之子，不遂其媾。'邮之也。夫邮而效之，邮又甚焉。效邮非礼也。"于是怀公自秦逃归。秦伯召公子于楚，楚子厚币以送公子于秦。

秦伯归女五人，怀嬴与焉。公子使奉匜沃盥，既而挥之。怒曰："秦、晋匹也，何以卑我？"公子惧，降服囚命。秦伯见公子曰："寡人之适此为才。子圉之辱，备嫔嫱焉，欲以成婚而惧离其恶名。非此则无故。不敢以礼致之，欢之故也。公子有辱，寡人之罪也。唯命是听。"公子欲辞，司空季子曰："同姓为兄弟。黄帝之子二十五人，其同姓者二人而已；唯青阳与夷鼓皆为己姓。青阳方雷氏之甥也。夷鼓彤鱼氏之甥也。其同生而异姓者，四母之子，别为十二姓。凡黄帝之子二十五宗，其得姓者十四人，为十二姓。姬、酉、祁、己、滕、箴、任、荀、僖、姞、儇、依是也。唯青阳与苍林氏同于黄帝，故皆为姬姓。同德之难也如是。昔少典娶于有蟜氏，生黄帝，炎帝。黄帝以姬水成，炎帝以姜水成。成而异德，故黄帝为姬，炎帝为姜，二帝用师以相济也，异德之故也。异姓则异德，异德则异类。异类虽近，男女相及，以生民也。同姓则同德，同德则同心，同心则同志。同志虽远，男女不相及，畏黩敬也。黩则生怨，怨乱毓灾，灾毓灭姓。是故娶妻避其同姓，畏乱灾也。故异德合姓，同德合义。义以导利，利以阜姓。姓利相更，成而不迁，乃能摄固，保其土房。今子于子圉,道路之人也,取其所弃,以齐大事,不亦可乎?",公子谓子犯曰:"何如?"对曰:"将夺其国,何有于妻,唯秦所命从也。"谓子余曰:"何如?"对曰:"《礼志》有之,曰:'将有请于人,必先有入焉。欲人之爱己也,必先爱人。欲人之从己也,必先从人。无德于人,而求用于人,罪也。'今将婚媾以从秦,受好以爱之,听从以德之,其未可也,又何疑焉?"乃归女而纳币,且逆之。他日,秦伯将享公子,公子使子犯从。子犯曰:"吾不如衰之文也,请使衰从。"使子余从。秦伯享公子,如享国君之礼,子余相如宾。卒事,秦伯谓其大夫曰:"为礼而不终,耻也。中不胜貌,耻也。华而不实,耻也。不度而施,耻也。施而不济,耻也。耻门不闭,不可以封。非此用师,则无所矣。二三子敬乎!"明日宴,秦伯赋《采菽》,子余使公子降拜。秦伯降辞。子余曰:"君以天子之命服命重耳,敢有安志,敢不降拜?"成拜卒登,子余使公子赋《黍苗》。子余曰:"重耳之仰君也,若黍苗之仰阴雨也。若君实庇荫育泽之,使能成嘉谷,荐在宗庙,君之力也。君若昭先君之荣,东行济河,整师以复强周室,重耳之望也。重耳若获集德而归载,使主晋民,成封国,其何实不从。君若恣志以用重耳,四方诸侯,其谁不惕惕以从命!"秦伯叹曰:"是子将有焉,岂专在寡人乎!"秦伯赋《鸠飞》,公子赋《河水》。秦伯赋《六月》,子余使公子降拜。秦伯降辞。子余曰:"君称所以佐天子匡王国者以命重耳,重耳敢有惰心,敢不从德。"

内外《传》文体繁简之异,观此可略睹一斑矣。近世今文家或有以《左传》为刘本《国语》而编次以附于《春秋》者,不知左氏文体,翦裁严密,尚有非司马氏所及者,何论子峻?

第四章

为学术而文学时代之散文
——战国

第一节　总论

春秋以前之文，皆治化之文也。何也？其治化即学术，学术即治化也。凡传于今之文，皆左史、右史之遗也，皆当时治化之迹也。故曰六经皆史也。自孔、老以后，学术始由官守而散于学者。于是战国诸子，始各以其学术鸣。其所为文莫非鼓吹学术之作。即屈平之《离骚》，"上称帝喾，下道齐桓，中述汤武，以刺世事；明道德之广崇，治乱之条贯，靡不毕见"，亦思以其学术救时者也。故此时代之文学，可谓为学术而文学，非为文学而文学者也。昭明所谓以立意为宗，不以能文为本也。然文学者学术之华实也。有诸中者形诸外。故此一时代为吾国学术最发达时代，而亦为吾国文学最灿烂时代。

论诸子之学之所以兴者有三：一曰：本乎古学，二曰：原乎官守，三曰：因乎时势。《庄子·天下篇》云："不侈于后世，不靡于万物，不晖于度数，而备世之患。古之道术有在于于是者，墨翟禽滑釐闻其风而悦之。不累于俗，不饰于物，不拘于人，不忮于众，愿天下之安宁，以活民命，人我之养，毕足而止，以此白心。古之道术，有在于是者,宋钘尹文闻而风而悦之。公而不当,易而无私,决然无主,趣物而不两,不顾于虑,不谋于知,于物无择,与之俱往。古之道术有在于是者,彭蒙田骈慎到闻其风而悦之。以本为精,以物为粗、以有积为不足、澹然独与神明居。古之道术有在于是者,关尹老聃闻而风而悦之。芴漠无形,变化无常,死与生与?天地并与?神明往与?芒乎何之?忽乎何适?万物毕罗,莫足以归。古之道术有在于是者,庄周闻其风悦之。"此本乎古学之说也。《汉书·艺文志》云:"儒家者流,盖出于司徒之官。道家者流,盖出于史官。阴阳家者流,盖出于羲和之官。法家者流,盖出于理官。墨家者流,盖出于清庙之守。从横家者流,盖出于行人之官。杂家者流,盖出于议官。农家者流,盖出于农稷之官。小说家者流,盖出于稗官。"此原于官守之说也。《淮南子·要略》云:"文王之时,纣为天子,赋敛无度,杀戮无止,康梁沉湎,宫中成市,作为炮烙之刑,刳谏者,剔孕妇,天下同心而苦之。文王四世累善,修德行义,处岐周之间,地方不过百里,天下二垂归之,文王欲以卑弱制强暴,以为天下去残除贼而成王道,故太公之谋生焉。文王业之而不卒,武王继文王之业,用太公之谋,悉索薄赋,躬擐甲胄,以伐无道,而讨不义,誓师牧野,以践天子之位。天下未定,海内未辑,武王欲昭文王之命,德使夷狄,各以其贿来贡,辽远未能至,故治三年之丧,殡文王于两楹之间,以俟远方。武王立三年而崩,成王在褓襁之中,未能用事,蔡叔管叔辅公子禄父而欲为乱,周公继文王之业,持天子之政,以股肱周室,辅翼成王,惧争道之不塞,臣下之危上也,故纵马华山,放牛桃林,败鼓折枹,搢笏而朝,以宁静王室,镇抚诸侯。成王既壮,能从政事,周公受封于鲁,以此移风易俗。孔子修成康之道,述周公之训,以教七十子,使服其衣冠,修其篇籍,故儒者之学生焉。墨子学儒者之业,受孔子之术,以为其礼烦扰而不说,厚葬靡财而贫民,久服伤生而害事,故背周道而用夏政。禹之时,天下大水,禹身执虆垂,以为民先,剔河而道九岐、凿江而通九路,辟五湖而定东海。当此之时,烧不暇撌,濡不给挖,死陵者葬陵,死泽者葬泽,故节财薄葬闲服生焉。齐桓公之时,天子卑弱,诸侯力征,南夷北狄交伐中国,中国之不绝如线。

齐国之地，东负海而北障河，地狭田少，而民多智巧。桓公忧中国之患，苦夷狄之乱，欲以存亡继绝，崇天子之位，广文武之业，故管子之书生焉。齐景公内好声色，外好狗马，猎射亡归，好色无辩，作为路寝之台；族铸大钟，撞之庭下，郊雉皆响，一朝用三千钟赣。梁丘据子家哙导于左右。故晏子之谏生焉。晚世之时，六国诸侯，溪异谷别，水绝山隔，各自治其境内，守其分地，握其权柄，擅其政令，下无五伯，上无天子，力征争权，胜者为右，恃连与国，约重致，剖信符，结远援，以守其国家，持其社稷，故纵横修短生焉。申子者，韩昭釐之佐，韩晋别国也，地墽民险，而介于大国之间。晋国之故礼未灭，韩国之新法重出；先君之令未收，后君之命又下；新故相反，前后相缪，百官背乱，不知所用，故刑名之书生焉。秦国之俗，贪狼强力，寡义而趋利，可威以刑，而不可化以善，可劝以赏，而不可厉以名，被险而带河，四塞以为固，地利形便，畜积殷富，孝公欲以虎狼之势，而吞诸侯，故商鞅之法生焉。"此因乎时势之说也。合此三者，其言乃备。而近人或专主时势之说，而非官守之言，然《汉志》又云："诸子十家，其可观者九家而已，皆起于王道既微，诸侯力政，时君世主，好恶殊方，是以九家之说，蜂出并作，各引一端，崇其所善；以此驰说取合诸侯"。则诸子之学，关于时势，班氏亦非不知之，而必原于官守者，古学在于官守，诸子之学，不能无其原也。

阐班氏时势之说者，有刘师培，其言曰："班氏之言曰：'时君世主，好恶无方，是以九家之说，蜂起并出。'由《班志》所言观之，则诸家学术，悉随时势为转移。昔春秋时，世卿擅权，诸侯力征，故孔子讥世卿，恶征伐；墨子明尚贤，著非攻；皆救时之要术，而济世之良模。虽然孔墨者悲天悯人之学也，殆其说不行，有心人目击世风日下，由是闵世之义，易为乐天，如庄、列、杨朱之学是也。及举世浑浊，世变愈危，忧时之士，知治世之不可期，由是乐天之义，易为厌世，如屈宋之流是也。而要之皆周末时势激之使然，虽然此皆学术之凭虚者也。有凭虚之学，即有征实之学。战国之时，诸侯以并吞为务，非兵不能守国，由是有兵家之学。非得邻国之援助，则国势日孤，由是有纵横家之学。非务农积粟，不能进攻，由是有农家之学。

是则战国诸子，皆随时俗之好尚，以择术立言。儒学不能行于战国，时为之也。法家兵家纵横家行于战国，亦时为之也。古人谓学术可以观时变，岂不然哉？"（《国学发微》）

诸子之学，虽出于官守，亦自不能尽同于官守。章学诚曰："诸子之书，多《周官》之旧典，刘班叙九流之源，每云出于某官，或云某某之守，是也。古者治学未分，官师合一，故法具于官，而官守其书。然世世师传讲习讨论，则有具于书而不必尽于书者，犹今官司掌故，习见常行，不必转注传授，繁言曲解，其一端也。又有精微奥义，可意会而难以文字传者，犹今百司执事，隐微利弊，惟亲其事者知之，而非文案簿书所具，又一端也。至于周末治学既分，礼失官废，诸子思以其学用世，莫不于人官物曲之中，求其道而通之，将以其道易天下，而非欲以文辞见也。故其所著之书，则有官守旧文，与夫相传遗意，虽不能无失，然不可谓全无所受也。故诸子之书虽极偏驳，而其中实有先王政教之遗，惟所存有多寡纯驳之不同，而其著书之旨，则又各以私意为之。盖不肯自为一官一曲之长，而皆欲即其一端以易天下，故庄生谓耳目口鼻，不能相通，是也。"（《驳汪中〈墨子序〉》）

论诸子之文者，则以刘彦和为最简当。其言曰："洽闻之士，宜撮纲要，览华而食实，弃邪而采正，极睇参差，亦学家之壮观也。研夫孟荀所述，理懿而辞雅·，管晏属篇，事核而言练；列御寇之书，气伟而采奇；邹子之说，心奢而辞壮；墨翟随巢，意显而语质；尸佼尉缭，术通而文钝；鹖冠绵绵，亟发深言；鬼谷眇眇，每环奥义；情辨以泽，文子擅其能；辞约而精，尹文得其要；慎到析密理之巧；韩非著博喻之富；吕氏鉴远而体周；淮南泛采而文丽；斯则得百氏之华采，而辞气之大略也。"（《文心雕龙·诸子篇》）

诸子之文，原于六艺，故班氏曰："今异家者，各推所长，穷知究虑，以明其旨，虽有短蔽，合其要归，亦六经之支与流裔也。"然诸子之文，其原既远，其流亦长。汉之董仲舒刘向，儒家兼阴阳家之文也。晁错、赵充国，法家兼兵家之文也。司马谈迁父子，道家兼史家之文也。徐乐、严安，从衡家之文也。杨王孙，墨家之文也。淮南子，杂家之文也。刘师培曰："韩李之文，正谊明道，排斥异端，欧曾继之，以文载道，儒家之文也。子厚之文，善言事物之情，出以形容之词，而知人论世，复能探原立论，核核刻深，名家之文也。明允之文，最喜论兵，谋深虑远，排兀雄奇，兵家之文也。子瞻之文，以粲花之舌，运捭阖之词，往复卷舒，一如意中所欲出，而属词比事，翻空易奇，纵横家之文也。介甫之文，侈言法制，因时制宜，而文辞奇峭，推阐人深，法家之文也。立言不朽，此之谓与。近代以还，文儒辈出。望溪姬传，文祖韩欧，阐明义理，趋步宋儒，此儒家之支派也。叔子昆绳，洞明兵法，推论古今之成败，叠陈九之险夷，落笔千言，纵横奔肆，此兵家之支派也。子居之文，取法半山，安吴之文，洞陈时弊，兵农刑政，酌古准今，不讳功利之谈，爰立后王之法，此法家之支派也。朝宗之文，词源横溢，简斋之作，逼博矜寄，若决江河，一泻千里，此纵横家之支派也。雍斋于庭之文，杂糅谶纬，靡丽瑰奇，此阴阳家之支派也。大绅台山之文，妙善玄言，析理精微，此道家之支派也。维崧瓯北之文，体杂俳优，涉笔或趣，此小说家之支派也。旨归既别，夫岂强同，即古文所谓文章流别也。惟诗亦然。子建之诗，温柔敦厚，近于儒家。渊明之诗，澹雅冲泊，近于道家。康乐之诗，琢磨炼，近于名家。太冲之诗，雄健英奇，近于纵横家。盖在心为志，发言为诗，讽咏篇章，可以察前人之志矣。隋唐以下，诗家专集，浩如渊海，然诗格既判，诗心亦殊。少陵之诗，惓怀君父，希心稷契，是为儒家之诗。太白之诗，超然飞腾，不愧仙才，是为纵横家之诗。襄阳之诗，逸韵天成；子瞻之诗，清言霏屑，是为道家之诗。储王之诗，备陈稼事，追拟《豳风》，是为农家之诗。山谷之诗，峻厉倔强，为西江之冠，是为法家之诗。由是言之，辨章学术，诗与文同矣。要而论之，西汉之时，治学之士，侈言灾异五行，故西汉之文多阴阳家言。东汉之末，法学盛昌，故汉魏之文，多法家言。六朝之士，崇尚老庄，故六朝之文，多道家言。隋唐以来，以诗赋为取士之具，故唐代之文，多小说家言。宋代之儒以讲学相矜，故宋代之文多儒家言。明末之时，学士大夫多抱雄才伟略，故明末之文，多纵横家言。近代之儒，溺于笺注训故之学，故近代之文，多名家言。虽集部之书，不克与子书齐列，然因集部之目录，以推论其派别源流，知集部出于子部，则后儒有作，必有反集为子者，是亦区别学述之一助也。"（《论文杂记》）

第二节　阴阳家之散文

《汉书·艺文志》云："阴阳家者流，盖出于羲和之官，敬顺昊天，历象日月星辰，敬授民时，此其所长也。及拘者为之，则牵于禁忌，泥于小数，舍人事而任鬼神。"司马谈《论六家要旨》云："尝窃观阴阳之术大祥，而众忌讳，使人拘而多所畏。然其序四时之大顺，不可失也。"又云："夫阴阳四时八位十二度二十四节，各有教令，顺之者昌，逆之者不死则亡，未必然也。故曰，使人拘而多畏。夫春生夏长，秋收冬藏，此天道之大经也，弗顺则无以为天下纲纪。故曰，四时之大顺，不可失也。"司马氏谓不可失者即羲和官守之学也，是阴阳家之原也。司马氏谓使人拘而多所畏者，即班氏所谓拘者之学也，是阴阳家之流也。《尚书·尧典》叙羲和一节，即古史记阴阳家之学者也，阴阳家最古之文也。庄周曰："《易》以道阴阳。"然则《易》者本阴阳家之学也，孔子赞之，为作《十翼》，则以伦理说《易》，由阴阳家之神道设教，一改而为儒家之人道设教矣。故今之《周易》，乃孔子之《易》，非阴阳家之《易》矣。《连山》《归藏》，今不传，斯其阴阳家之《易》乎？《汉书·艺文志》所列阴阳家之书，如《宋司星子韦》，《公祷生终始》之类，今皆不传。然《大戴礼》之《夏小正》，《小戴礼》之《月令》，疑皆古代羲和官守之学，阴阳家正宗也。《太史公书》之《天官书》，《汉书》之《五行志》之类，其皆阴阳家之流派乎？兹节录《月令》及《天官书》于后，以见一斑焉。

　　月令（节录孟春之月）　　小戴礼

　　　　孟春之月，日在营室，昏参中，旦尾中。其日甲乙，其帝大皞，其神句芒，其虫鳞，其音角。律中大蔟，其数八，其味酸，其臭膻，其祀户，祭先脾。东风解冻，蛰虫始振，鱼上冰，獭祭鱼，鸿雁来。天子居青阳左个，乘鸾路，驾仓龙，载青旗，衣青衣，服仓玉，食麦与羊，其器疏以达。

是月也，以立春。先立春三日，大史谒之天子曰："某日立春，盛德在木。"天子乃齐。立春之日，天子亲帅三公、九卿、诸侯、大夫，以迎春于东郊；还反，赏公卿、诸侯、大夫于朝。命相布德和令，行庆施惠，下及兆民。庆赐遂行，毋有不当。乃命大史守典，奉法司天。日月星辰之行，宿离不贷，毋失经纪，以初为常。

是月也，天子乃以元日祈谷于上帝。乃择元辰，天子亲载耒耜，措之于参保，介之御间，帅三公、九卿、诸侯、大夫，躬耕帝藉。天子三推，三公五推，卿、诸侯九推。反，执爵于大寝，三公、九卿、诸侯、大夫皆御，命曰"劳酒"。

是月也，天气下降，地气上腾，天地和同，草木萌动。王命布农事，命田舍东郊，皆修封疆，审端径术。善相邱陵阪险原隰土地所宜，五谷所殖，以教道民，必躬亲之。田事既饬，先定准直，农乃不惑。

是月也，命乐正入学习舞。乃修祭典，命祀山林川泽，牺牲毋用牝，禁止伐木；毋覆巢，毋杀孩虫、胎夭、飞鸟，毋麛毋卵，毋聚大众，毋置城郭，掩骼埋胔。

是月也，不可以称兵，称兵必天殃。兵戎不起，不可从我始。毋变天之道，毋绝地之理，毋乱人之纪。

孟春行夏令，则雨水不时，草木蚤落，国时有恐；行秋令，则其民大疫，猋风暴雨总至，藜莠蓬蒿并兴；行冬令，则水潦为败，雪霜大挚，首种不入。

天官书（节录）　　史记

察日、月之行，以揆岁星顺逆。曰东方木主春，曰甲乙。义失者，罚出岁星。岁星赢缩，以其舍命国。所在国不可伐，可以罚人。其趋舍而前曰赢，退舍曰缩。赢，其国有兵不复；缩，其国有忧，将亡，国倾败。其所在，五星皆从而聚于一舍，其下之国，可以义致天下。

以摄提格岁：岁阴左行在寅，岁星右转居丑。正月，与斗、牵牛晨出东方，名曰监德。色苍苍有光。其失次，有应见柳。岁早，水；晚，旱。

岁星出，东行十二度，百日而止，反逆行；逆行八度，百日，复东行，岁行三十度十六分度之七，率日行十二分度之一十二岁而周天。出常东方，以晨；入于西方，用昏。

单阏岁：岁阴在卯，星居子。以二月与婺女、虚、危晨出，曰降入。大有光。其失次，有应见张。其岁大水。

执徐岁：岁阴在辰，星居亥。以三月与营室、东壁晨出，曰青章。青青甚章。其失次，有应见轸。岁早，旱；晚，水。

大荒骆岁：岁阴在巳，星居戌。以四月与奎、娄晨出，曰跰踵。熊熊赤色，有光。其失次，有应见亢。

敦牂岁：岁阴在午，星居酉。以五月与胃、昴、毕晨出，曰开明。炎炎有光。偃兵；唯利公王，不利治兵。其失次，有应见房。岁早，旱；晚，水。

叶洽岁：岁阴在未，星居申。以六月与觜觿、参晨出，曰长列。昭昭有光。利行兵。其失次，有应见箕。

涒滩岁：岁阴在申，星居未。以七月与东井、舆鬼晨出，曰大音。昭昭白。其失次，有应见牵牛。

作鄂岁：岁阴在酉，星居午。以八月与柳、七星、张晨出，曰长王。作作有芒。国其昌，熟谷。其失次，有应见危。曰大章。有旱而昌，有女丧，民疾。

阉茂岁：岁阴在戌，星居巳。以九月与翼、轸晨出，曰天睢。白色大明。其失次，有应见东壁。岁水，女丧。

大渊献岁：岁阴在亥，星居辰。以十月与角、亢晨出，曰大章。苍苍然，星若跃而阴出旦，是谓"正平"。起师旅，其率必武；其国有德，将有四海。其失次，有应见娄。

困敦岁：岁阴在子，星居卯。以十一月与氐、房、心晨出，曰天泉。玄色甚明。江池其昌，不利起兵。其失次，有应见昴。

赤奋若岁：岁阴在丑，星居寅。以十二月与尾、箕晨出，曰天皓。黫然黑色甚明。其失次，有应见参。

当居不居，居之又左右摇，未当去，去之与他星会，其国凶。所居久，国有德厚。其角动，乍小乍大，若色数变，人主有忧。

> 其失次舍以下，进而东北，三月，生天棓，长四尺，末兑。进而东南，三月，生彗星，长二丈，类彗。退而西北，三月，生天欃，长四丈，末兑。退而西南，三月，生天枪，长数丈，两头兑。谨视其所见之国，不可举事用兵。其出如浮如沉，其国有土功；如沉如浮，其野亡。色赤而有角，其所居国昌。迎角而战者，不胜。星色赤黄而沉，所居野大穰。色青白而赤灰，所居野有忧。岁屋入月，其野有逐相；与太白斗，其野，有破军。
>
> 岁星一曰摄提，曰重华，曰应星，曰纪星。营室为清庙，岁星庙也。

《天官书》虽成于司马谈父子，然其所采，疑本于司星子韦之徒者也。其纪天空之光景，真千古奇文。今日天文学之发明，已大非昔比，倘有能文者为记述，其文章之彪炳陆离，更当何如邪？

第三节　墨家墨子之散文

《史记·孟子荀卿列传》云："墨翟宋之大夫，善守御，为节用，或曰并孔子时，或曰在其后。"《庄子·天下篇》云："不侈于后世，不靡于万物，不晖于数度，以绳墨自矫，而备世之急。古之道术有在于是者，墨翟禽滑釐闻其风而说之。为之大过，己之大循，作为非乐，命之曰节用，生不歌，死无服。墨子泛爱兼利而非斗，其道不怒；又好学而博不异，不与先王同。毁古之礼乐，黄帝有《咸池》，尧有《大章》，舜有《大韶》，禹有《大夏》，汤有《大濩》，文王有《辟雍》之乐，武王周公作《武》。古之丧礼，贵贱有仪，上下有等，天子棺椁七重，诸侯五重，大夫三重，士再重。今墨子独生不歌，死不服，桐棺三寸而无椁，以为法式。以此教人，恐不爱人；以此自行，固不爱己。未败墨子道。虽然歌而非歌，哭而非哭，乐而非乐，是果类乎？其生也勤，其死也薄，其道大觳，使人忧，使人悲。其行难为也，恐其不可以为圣人之道，反天下之心，天下不堪；墨子虽能独任，奈天下何？离于天下，其去王也远矣。墨子称道曰：昔者禹之湮洪水，决江河而通四夷九州也，名山三百，支川三千，小者无数，禹亲自操橐耜而九杂天下之川，腓无胈，胫无毛，沐甚雨，栉疾风，置万国。禹大圣也，而形劳天下也如此，使后世之，墨者多以裘褐为衣，以跂蹻为服，日夜不休，以自苦为极，曰，不能如此，非禹之道也，不足谓墨。相里勤之弟子，五侯之徒，南方之墨者，苦获己齿邓陵子之属，俱诵墨经，而倍谲不同，相谓别墨，以坚白同异之辩相訾，以觭偶不仵之辞相应，以巨子为圣人，皆愿为之尸，冀得为其后世，至今不决。墨翟禽滑釐之意则是，其行则非也。将使后世之墨者必自苦以腓无胈，胫无毛，相进而已矣，乱之上也，治之下也。虽然墨子真天下之好也，将求之不得也，虽枯槁不舍也，才士也夫！"此墨子文之内含也。若其外式，则最注重名学，与公孙一派专以名家著名者相为敌论，盖彼欲借正名实以离名实，离名实以破名者也；而墨则反是，其目的乃欲正名实者也。故名家者流之名学，玄学之名学也；墨家者流之名学，实用之名学也。今录《小取篇》于后：

小取篇

夫辩者，将以明是非之分，审治乱之纪，明同异之处，察名实之理；处利害，决嫌疑，焉摹略万物之然，论求群言之比；以名举实，以辞抒意，以说出故，以类取，以类予；有诸己不非诸人，无诸己不求诸人。（第一章）

或也者不尽也，假者今不然也，效者为之法也。所效者，所以为之法也。故中效，则是也，不中效，则非也，此效也。辟也者，举他物而以明之也；侔也者，比辞而俱行也；援也者，曰子然，我奚独不可以然也；推也者，以其所不取之同于其所取者，予之也。是犹谓也者，同也；吾岂谓也者，异也。（第二章）

夫物有以同而不率遂同，辞之侔也，有所至而正，其然也有所以然也，其所以然不必同，其所以然不必同；其取之也有所以取之，其取之也同，其所以取之不必同。是故辟侔援推之辞，行而异，转而危，远而失，流而离本，则不可不审也，不可常用也。故言多方，殊类异故，则不可偏观也。（第三章）

夫物或乃是而然，或是而不然，或一周而一不周，或一是而一非也。白马，马也，乘白马，乘马也。骊马，马也，乘骊马，乘马也。获，人也，爱获，爱人也。臧，人也，爱臧，爱人也。此乃是而然者也。获之亲，人也，获事其亲，非事人也。其弟，美人也，爱弟，非爱美人也。车，木也，乘车，非乘木也。船，木也，入船，非入木也。盗，人也，多盗，非多人也，无盗，非无人也。奚以明之，恶多盗，非恶多人也，欲无盗，非欲无人也。世相与共是之，若若是，则虽盗，人也，爱盗，非爱人也，不爱盗，非不爱人也，杀盗，非杀人也。无难矣，此与彼同类。世有彼而不自非也，墨者有比而非之，无也故焉。所谓内胶外闭，与心毋空乎，内肢而不解也，此乃是而不然者也。且读书，非读书也，好读书，好书也。且斗鸡，非斗鸡也，好斗鸡，好鸡也。且入井，非入井也，止且入井，止入井也。且出门，非出门也，止且出门，止出门也。若若是，且夭，非夭也，寿，非夭也。有命，非命也，非执有命，非命也，无难矣，此与彼同类。世有彼而不自非，也，墨者有此而众非之，无也故焉。所谓内胶外闭，与心毋空乎，内肢而不解也，此乃是而不然者也。爱人，待周爱人而后为爱人，不爱人，不待周不爱人。不周爱，因为不爱人矣。乘马不待周乘马，然后为乘马也，有乘于马，因为乘马矣。逮至不乘马，待周不乘马，而后为不乘马。此一周而一不周者也。居于国则为居国，有一宅于国而不为有国。桃之实，桃也，棘之实，非棘也。问人之病，问人也，恶人之病，非恶人也。人之鬼，非人也，兄之鬼，兄也。祭人之鬼，非祭人也，祭兄之鬼，乃祭兄也。之马之目眇，则为之马眇，之马之目大，而不谓之马大。

之牛之毛黄，则谓之牛黄，之牛之毛众，而不谓之牛众，一马，马也，二马，马也。马四足者，一马而四足也，非两马而四足也。白马，马也，马或白者，二马而或白也，非一马而或白。此乃一是而一非者也。（第四章）

此篇分为四章，第一章总论辩，第二章论论式之组织，第三章论辟侔援推四物常偏不常偏之理，第四章专论侔辞以为辩之应用。谭戒甫所谓前三章多论术，为始条理之事，后一章多论学，为终条理之事也。

由《小取篇》以观墨子之辩学，可谓已窥一斑。通此以读墨子之书，奥者如《墨经》已得其门径，衍者如《天志》《兼爱》诸论，亦已得立论之主惜矣。《汉志》墨子书七十一篇，今存者五十三篇而已。

《墨经》大为近世所重，然章炳麟云："孔子正名之术，即《荀子·正名篇》所说，领录大体，而未尝琐细分辨也。《墨经》上下，虽与惠施公孙龙以辩服人之口者异意。然不论制名之则，而专以义定名。夫散名之施于人事物理者，其义无涯。《墨经》上下约二百条，既不周遍，又无部类，是何琐碎之甚？且如云：'平同高也。圜，一中同长也。方柱隅四欢也。端体之无序而最前者也。纩闲虚也。临鉴而立，景到，景不徙，景到在午有端与景长。'若斯之类，今人谓与形学物理学合。然圜方觚椭勾股亭锥之属，为形众多，物理亦不可殚说。今但掎摭数事，孑然不周，只见其凌杂耳。于制名之枢要，盖绝未一窥也。按《三朝记·小辨篇》，'公曰：寡人欲学小辨以观于政，其可乎？子曰：不可，夫小辨破言，小言破义，小义破道，道小不通，通道必简。是故循弦以观于乐，足以辨风矣；《尔雅》以观于古，足以辨言矣；传言以象，反舌皆至，可谓简矣。夫奕周十棋之变，犹不可既也，而况天下之言乎？'《墨经》之说，正当时所谓小辨者。墨去哀公未久，又是鲁人，盖承用其说，加以补缀耳。庄生云：'骈于辩者累瓦结绳窜句游心于坚白异同之间，杨墨是已。'然则杨朱亦学小辨，非独墨氏也。墨家至汉不传，然后汉季宋诸贤，行过乎俭，其道大觳，则墨亦并入于儒矣。其尊天敬鬼之义，散在黄巾道士，刘根作《墨子枕中记》《神仙传》，封衡有《墨子隐形法》一篇，孙博刘政皆治墨术，能使身成火，没入石壁，隐三军为林木，流为幻师矣。"

第四节　儒家孟荀之散文

继孔子之后，于战国之世为儒家之大作家者，当以孟荀二氏为最。《史记·孟子荀卿列传》云："孟轲邹人也，受业子思之门人。王劭本衍人字道既通，游事齐宣王，宣王不能用。适梁，梁惠王不果所言，则见以为迂远而阔于事情。当是时，秦用商君，富国强兵；楚魏用吴

第一编 骈散未分时代之散文
——夏商周秦

起,战胜弱敌;齐威王、宣王用孙子、田忌之徒,而诸侯东面朝齐;天下方务于合从连衡,以攻伐为贤,而孟轲乃述唐虞三代之德,是以所如者不合;退而与万章之徒,序诗书述仲尼之意,作《孟子》七篇。"据此则孟子之书,本孟子与万章之徒合作,非无孟子之文,而亦非尽孟子之文,虽非尽为孟子之文,而亦不能不谓为孟子之书也。

清人吴敏树云:"余读孟子之书,窃窥其所学,大要以性善践形为本,以集义养气为功。其推而出之为先王不忍人之政,本末终始,条列秩然。其于当时纵横形势之说,坚白破碎之辨,皆未暇诘难,独辟杨墨以正人心,黜言利好战之徒而崇王道。其言皆关万世之患,愈久远而益信。然以孟子之道,而他人为之书,将不胜其迂苦拘阂,深眇奥极,而天下后世卒莫知其所指也。今而读孟子之书,如家人常语然,岂不以其文之善乎?然则所谓文以明道者,必如孟子而可焉。不然,吾恐道之未足以明而或且幽之也。其不然乎?其不然乎?自孟子外,荀卿之书最善,然文繁而理寡,去《孟子》固远矣,微独其道之多疵也。余喜学古文。古文之道由韩子。韩子推原孟子。故余于孟子之文尤尽心焉。然自宋以来儒者益尊孟子,而近代用以课文造士,学者讲而熟之,且急于诸经,以是愈不知读《孟子》。余惧乎是。故别钞为书而时省诵焉。其章句合并数处微有异。章首孟子曰字皆置去不在录,意其旧当然。"(《孟子别钞》后)吴氏之说,诚有卓识。

孟子之文下开韩昌黎,而上则实承《论语》,如《论语》云:

子贡问曰,乡人皆好之何如?子曰未可也。乡人皆恶之何如?子曰未可也,不如乡人之善者好之,其不善者恶之。(《子路篇》)

《孟子》本之则云:

左右皆曰贤,未可也。诸大夫皆曰贤,未可也。国人皆曰贤,然后察之。见贤焉,然后用之。左右皆曰不可,勿听。诸大夫皆曰不可,勿听。国人皆曰不可,然后察之。见不可焉,然后去之。左右皆曰可杀,勿听。诸大夫皆曰可杀,勿听。国人皆曰可杀,然后察之。见可杀焉，然后杀之，故曰国人杀之也。如此然后可以为民父母。

又如《论语》云：

> 逸民：伯夷、叔齐、虞仲、夷逸、朱张、柳下惠、少连。子曰，不降其志，不辱其身，伯夷、叔齐与？谓柳下惠、少连，降志辱身矣，言中伦，行中虑，其斯而已矣。谓虞仲、夷逸，隐居放言，身中清，废中权。我则异于是，无可无不可。(《微子》)

而《孟子》本之则云：

> 孟子曰，伯夷目不视恶色，耳不听恶声，非其君不事，非其民不使。治则进，乱则退。横政之所出，横民之所止，不忍居也。思与乡人处，如以朝衣朝冠，坐于涂炭也。当纣之时，居北海之滨，以待天下之清也。故闻伯夷之风者，顽夫廉，懦夫有立志。伊尹曰，何事非君？何使非民？治亦进，乱亦进。曰天之生斯民也，使先知觉后知，使先觉觉后觉。予天民之先觉者也，予将以此道觉此民也。思天下之民，匹夫匹妇，有不与被尧舜之泽者，若己推而内之沟中，其自任以天下之重也。柳下惠不羞污君，不辞小官，进不隐贤，必以其道。遗佚而不怨，厄穷而不悯。与乡人处，由由然不忍去也。尔为尔，我为我，虽袒裼裸裎于我侧，尔焉能浼我哉！故闻柳下惠之风者，鄙夫宽，薄夫敦。孔子之去齐，接淅而行。去鲁，曰迟迟吾行也，去父母国之道也。可以速而速，可以久而久，可以处而处，可以仕而仕，孔子也。(《万章篇》)

又云：

> 孟子曰：伯夷圣之清者也。伊尹圣之任者也。柳下惠圣之和者也。孔子圣之时者也。孔子之谓集大成。集大成也者，金声而玉振之也。金声也者，始条理也；玉振之也者，终条理也。始条理者，智之事也；终条理者，圣之事也。智譬则巧也，圣譬则力也。由射于百步之外也，其至尔力也，其中非尔力也。(《万章篇》)

《史记·孟子荀卿列传》云："荀卿赵人，年五十，始游学于齐。田骈之属皆已死齐襄王时，而荀卿最为老师。齐尚修列大夫之缺，而荀，卿三为祭酒焉。齐人或谗荀卿，荀卿乃适楚，而春申君以为兰陵令。春申君死而荀卿废，因家兰陵。李斯尝为弟子，已而相秦。荀卿嫉浊世之政，亡国乱君相属，不遂大道，而营于巫祝，信禨祥：鄙儒小拘；如庄周等，又滑稽乱俗。于是推儒墨道德之行事兴坏，序列著数万言而卒。"史公于论荀卿著书，提出一疾字，而于孟子则否，此荀卿文之所以异于、孟子者也。《汉志》，《荀卿》三十三篇，王应麟考证谓当作三十二篇。

荀卿之文下开李斯韩非，而亦上承《论语》，如《论语》云：

> 学而时习之，不亦说乎？有朋自远方来，不亦乐乎？人不知而不愠，不亦君子乎？（《学而篇》）

又云：

> 古之学者为己，今之学者为人。（《宪问》）

又云：

> 博学于文，约之以礼。（《雍也》）

而《荀子》首篇为《劝学篇》则云：

> 君子曰：学不可以已。青取之于蓝而青于蓝，冰水为之而寒于水。木直中绳，輮以为轮，其曲中规，虽有槁暴不复挺者，輮使之然也。故木受绳则直，金就砺则利。君子博学而日参省乎己，则知明而行无过矣。故不登高山，不知天之高也；不临深溪，不知地之厚也；不闻先王之遗言，不知学问之大也。干越、夷貉之子，生而同声，长而异俗，教使之然也。《诗》曰：嗟尔，君子无恒安息。靖共

尔位，好是正直。神之听之，介尔景福。神莫大于化道，福莫长于无祸。吾尝终日而思矣，不如须臾之所学也；吾尝跂而望矣，不如登高之博见也。登高而招，臂非加长也，而见者远；顺风而呼，声非加疾也，而闻者彰。假舆马者，非利足也，而致千里；假舟楫者，非能水也，而绝江河。君子生非异也，善假于物也。南方有鸟焉，名曰蒙鸠，以羽为巢，而编之以发，系之苇苕，风至苕折，卵破子死，巢非不完也，所系者然也。西方有木焉，名曰射干，茎长四寸，生于高山之上，而临百仞之渊，木茎非能长也，所立者然也。蓬生麻中，不扶而直，兰槐之根是为芷，其渐之潃。君子不近，庶人不服，其质非不美也，所渐者然也。故君子居必择乡，游必就士，所以防邪僻而近中正也。物类之起，必有所始；荣辱之来，必象其德。肉腐出虫，鱼枯生蠹。怠慢忘身，祸灾乃作。强自取柱，柔自取束。邪秽在身，怨之所构。施薪若一，火就燥也；平地若一，水就湿也。草木畴生，禽兽群焉，物各从其类也。是故质的张而弓矢至焉，林木茂而斧斤至焉。树成荫而众鸟息焉，醯酸而蚋聚焉。故言有召祸也，行有招辱也，君子慎其所立乎！

积土成山，风雨兴焉；积水成渊，蛟龙生焉；积善成德，而神明自得，圣心备焉。故不积跬步，无以至千里；不积小流，无以成江海。骐骥一跃，不能十步；驽马十驾，功在不舍。锲而舍之，朽木不折；锲而不舍，金石可镂。螾无爪牙之利，筋骨之强，上食埃土，下饮黄泉，用心一也。蟹六跪而二螯，非蛇蟺之穴无可寄托者，用心躁也。是故无冥冥之志者，无昭昭之明；无惛惛之事者，无赫赫之功。行衢道者不至，事两君者不容。目不能两视而明，耳不能两听而聪。螣蛇无足而飞，梧鼠五技而穷。《诗》曰：尸鸠在桑，其子七兮。淑人君子，其仪一兮。其仪一兮，心如结兮。故君子结于一也。

昔者瓠巴鼓瑟而流鱼出听，伯牙鼓琴而六马仰秣，故声无小而不闻，行无隐而不形。玉在山而草木润，渊生珠而崖不枯；为善不积邪，安有不闻者乎？学恶乎始，恶乎终。曰：其数则始乎诵经，终乎读礼；其义则始乎为士，终乎为圣人。真积力久则入，学至乎没而后止也。故学数有终，若其义则不可须臾舍也。为之人也，舍之禽兽也。故书者政事之纪也，诗者，中声之所止也，礼者法之大分、类之纲纪也，故学至乎礼而止矣。夫是之谓道德之极，礼之敬文也，乐之中和也，诗书之博也，春秋之微也，在天地之间者毕矣。

君子之学也，入乎耳，箸乎心，布乎四体，形乎动静，端而言，蝡而动，一可以为法则。小人之学也，入乎耳，出乎口，口耳之间则四寸耳，曷足以美七尺之躯哉。古之学者为己，今之学者为人。君子之学也以美其身，小人之，学也以为禽犊。

《荀子》此文自首至"所立者然也"，言"学不可以已"，即发挥"学而时习"之义；自"蓬生麻中"至"君子慎其所立乎"，即发挥有朋之义；又"无冥冥之志者无昭昭之明"及"古之学者为己"等语，即发挥"人不知而不愠"之旨；"其数则始乎诵经终乎读礼"等语，即发挥"博文约礼"之旨。又如《论语》云：

言忠信，行笃敬，虽蛮貊之邦行矣；言不忠信，行不笃敬，虽州里，行乎哉。（《卫灵公篇》）

而《荀子》本之则云：

体恭敬而心忠信，术礼义而情爱人。横行天下，虽困四夷，人莫不贵。劳苦之事则争先，饶乐之事则能让，端悫诚信，拘守而详。横行天下，虽困四夷，人莫不任。体倨固而心执诈，术顺墨而精杂污。横行天下，虽达四方，人莫不贱。劳苦之事则偷儒转脱，饶乐之事则佞兑而不曲，辟违而不悫，程役而不录。横行天下，虽达四方，人莫不弃。（《修身篇》）

要之，孟子之文富有古文化，为后世之古文家之祖；荀卿之文富有骈文化，为后世骈文家之祖。韩昌黎之抑扬顿挫学孟子，而句奇语重则法荀卿。

第五节　道家庄周之散文

《史记·老子韩非列传》云："庄子者蒙人也，名周。周尝为蒙漆园吏，与梁惠王齐宣王同时，其学无所不窥，然其要本归于老子之言，故其著书十余万言，大抵率寓言也；作《渔父》《盗跖》《胠箧》以诋訿孔子之徒，以明老子之术；畏累虚亢桑子之属，皆空语无事实；然善属书离辞，指事类情，用剽剥儒墨，虽当世宿学不能良解免也。其言洸洋自恣以适己，故自王公大人，不能器之。"《汉志》,《庄子》五十二篇，郭象《注》存三十三篇。

《庄子·天下篇》云："芴漠无形，变化无常。死与生与？天地并与？神明往与？芒乎何之？忽乎何适？万物毕罗，莫足以归。古之道术有在于是者，庄周闻其风而悦之。以谬悠之说，荒唐之言，无端之辞，时恣纵而不傥，不以觭见之也；以天下为沉浊，不可与庄语；以卮言为曼衍；以重言为真；以寓言为广；独与天地精神往来，而不敖倪于万物；不谴是非，以与世俗处；其书虽瑰玮而连犿无伤也；其辞虽参差，而諔诡可观；彼其充实不可以已，上与造物者游，而下与外死生无终始者为友；其于本也宏大而辟，深闳而肆；其于宗也可谓稠适而上遂矣。虽然，其应于化而解于物也，其理不竭，其来不蜕。芒乎昧乎！未之尽者！"

由以上两节观之，《庄子》之文体可以见矣。《庄子》之文，说理至精而尤善设譬；如首篇《逍遥游》篇有鲲鹏蜩学之喻，有姑射神人之喻，有大瓠大树之喻，第二篇《齐物论》有人籁地籁之喻，第三篇《养生主》有庖丁解牛之喻，均以至浅之设譬，说至精之哲理者也。

齐物论（节录）

南郭子綦，隐几而坐，仰天而嘘，荅焉似丧其耦。颜成子游立侍乎前，曰："何居乎？形固可使如槁木，而心固可使如死灰乎？今之隐几者，非昔之隐几者也。"子綦曰："偃不亦善乎而问之也！今者吾丧我，汝知之乎？汝闻人籁而未闻地籁，女闻地籁而未闻天籁夫！"子游曰："敢问其方。"子綦曰："夫大块噫气，其名为风。是唯无作，作则万窍怒号。而独不闻之翏翏乎？山林之畏佳，大木百围之窍穴，似鼻似口似耳似枅似圈似臼似洼者似污者，激者謞者叱者吸者叫者譹者宎者咬者，前者唱于而随者唱喁。泠风则小和，飘风则大和，厉风济则众窍为虚，而独不见之调调之刁刁乎？"子游曰："地籁则众窍是已，人籁则比竹是已。敢问天籁。"子綦曰："夫吹万不同，而使其自已也，咸其自取，怒者其谁邪！"

此节涵义最深，兹略说之以见其文谊之妙。

人籁如箫管，地籁如众窍，以喻物各有是非；天籁则视之而不见其孔窍，听之而不闻其声音，以喻天人之无是非也。人籁因乎人事，地籁因乎风生；然所以为声，亦岂能外乎自然。自然者天籁也。天不自有一天，合人地一切诸物以为天。然指人以为天，不可也；指地以为天，亦不可也。天不自有一天，则天籁亦不自有一籁，乃合人籁地籁以为天籁耳。然指群籁之一窍以为天籁亦不可也。以喻人心之各有是非，亦犹人籁地籁之各有孔窍，均各由乎自己，禀乎天籁之所生耳。是非所禀之天籁，亦非别一籁也。乃合众心众口以为天籁耳。指一家一人之是非以为天籁，亦不可也。必合众口众心而后可以谓之天籁，是齐物论之旨也。然则齐物论者，各还各之是非而不相强焉。各是其所是而非其所非，犹人籁地籁各窍之各因其大小之自然，自鸣其声而已。而天人之心之口，则如天籁然，不别为一心一口也。此节真谊，世之读者鲜能明之，故其赞叹《庄子》此文之妙者，皆强不知以为知者耳。爰特为释之。

庄子文之美者不可胜举，兹节录《养生主》篇以见一斑。

庖丁解牛

庖丁为文惠君解牛。手之所触，肩之所倚，足之所履，膝之所踦，砉然向然，奏刀騞然，莫不中音。合于桑林之舞，乃中经首之会。

文惠君曰："嘻，善哉！技盖至此乎？"

庖丁释刀对曰："臣之所好者道也，进乎技矣。始臣之解牛之时，所见无非牛者。三年之后，未尝见全牛也。方今之时，臣以神遇而不以目视，官知止而神欲行。依乎天理，批大郤，道大窾，因其固然。技经肯綮之未尝,而况大軱乎!良庖岁更刀,割也;族庖月更刀,折也。今臣之刀十九年矣,所解数千牛矣,而刀刃若新发于硎。彼节者有间,而刀刃者无厚;以无厚入有间,恢恢乎其于游刃必有余地矣。是以十九年而刀刃若新发于硎。虽然,每至于族,吾见其难为,怵然为戒,视为止,行为迟。动刀甚微,謋然已解,如土委地。提刀而立,为之四顾,为之踌躇满志,善刀而藏之。"

文惠君曰:"善哉!吾闻庖丁之言得养生焉。"

林传甲云:"庄子之学出于老子,而文尤奇警;犹孟子之学出于孔子,而文尤奇警也。战国之文恢谲雄伟,虽儒家之纯实,道家之清净,犹不免为习俗所移。庄周识见高妙,性情滑稽,骋其笔锋,神奇变化,匪常情所能测。《荀子·解蔽篇》谓庄子蔽于天而不知人,洵为定论。然《庄子》之文,亦不一致。闽南郑氏《井观琐言》曰:古史谓《庄子·让王》《盗跖》《说剑》诸篇,皆后人搀入者。今考其文字体制,信然。如《盗跖》之文,非惟不类先秦文字,亦不类西汉文字。然自太史公以前即有之,则有不可晓者。尝观《马蹄》《胠箧》诸篇,文意亦凡近,视《逍遥游》《大宗师》等篇殊不相侔。闽中族人自西仲氏作《庄子因》,仲懿氏作《南华本义》,皆分段加评,逐句加注。西仲之书尤为塾师所重,然近世名臣孙文定曾文正皆嗜《庄子》之文。文定《南华通》亦评其起承转合,提掇呼应,使人易晓。世人忌西仲之书,通行海内,多诋其浅陋,不知蒙学课本以浅显为主,固万国所同也。"

为老子之学而前于庄周者有列御寇,《汉志》"《列子》八篇"注云:"名圄寇先庄子。庄子称之。"唯今所传列子,盖非汉人所见本矣,故略而不论。然柳宗元谓观其辞亦可以通知古今多异术,学者亦不可不读也。后世学《庄子》之文者,唯苏子瞻最得其旨,如《赤壁赋》《超然台记》等是也;近世之张裕钊,亦力追之。

第六节　法家韩非之散文

《汉书·艺文志》云："法家者流，盖出于理官；信赏必罚，以辅礼制。《易》曰：'先王以明罚饬法。'此其其所长也。及刻者为之，则无教化，去仁爱，专任刑法，而欲以致治；至于残害至亲，伤恩薄厚。"此所谓刻者，商鞅韩非足以当之。

《史记·韩非列传》云："韩非者，韩之诸公子也，喜刑名法术之学，而其归本于黄老。非为人口吃，不能道说，雨善著书，与李斯俱事荀卿，斯自以为不如非。非见韩之削弱，数以书谏韩王，韩王不能用。于是韩非疾治国不务修明其法制，执契以御其臣下，富国强兵，而以求人任贤，反举浮淫之蠹而加之于功实之上；以为儒者用文乱法，而侠者以武犯禁，宽则宠名誉之人，急则用介冑之士，今者所养非所用，所用非所养；悲廉直不容于邪枉之臣；观往者得失之变，故作《孤愤》《五蠹》内外《储》《说林》《说难》十余万言。然韩非知说之难，为说难，书甚具，终死于秦，不能自脱。"史公于非之著书之故，一则曰疾，再则曰悲，可见韩非著书之动机，与其师荀卿之著书原出于发愤如一辙也。《汉志》，"《韩子》五十五篇。"

林传甲云："申韩之学，本于黄老，盖变本而加厉也。申不害之书不传。观《韩非子·定法篇》，似举申不害公孙鞅二家之法术合而一之，皆以为未善也。韩非子谓舜之救败，是尧之失；贤舜则去尧之明察，圣尧则去舜之德化，不可两得也。此老吏断狱深文致罪之辞，韩非子敢施之尧舜，亦奇矣哉。然可以破古人矛楯之说，亦千古之特识也。《韩非子·八说篇》，凡仁人君子有行有侠之得民者，皆以为匹夫之私誉，人主之大败。实启秦政坑儒臣杀功臣之端，而韩非子亦不能自免也。历朝党禁，竭天子之力以与匹夫争，彼执法之臣，不得不柔媚以事上，苛察以制下，而刑律因以日繁。韩非之言曰：孔墨不耕耨则国何得焉？曾史不战攻则国何利焉？韩非子欲息文学而明法度，苟得其志，将尽天下之异己者而诛锄之矣。吾读韩非子之文，吾幸韩非子之不用也。"

又曰："《韩非子》文之工整而深中事理者，如《安危篇》曰：安危在是非，不在强弱；存亡在虚实，不在众寡。《外储篇》云：利之所在民归之，名之所彰士死之。韩非子最恶文学之士，其，言曰：今修文学习言谈，则无耕之劳而有富之实，无战之危而有贵之尊数语，亦对伏工整。其譬喻之精妙者，如以肉去蚁而蚁愈多，以鱼驱绳而蝇愈至。其骈语之古奥者，如椎锻平夷榜檠矫直之类是也。又曰：椎锻者所以平不夷也；榜檠者所以矫不直也。后世作骈文者于四字句删除虚字，自觉简古矣。韩非之文，如云发囷仓而赈贫穷者是赏无功也；论囹圄而出薄罪者，是不诛过也。则深刻而不近情矣。内外《储说》，实连珠体所昉，《淮南子·说山》即出于此；汉班固以后，遂递相摹仿矣。"

柱按韩非子虽为反对文学之人，而其文章实几已无体不备矣。其文之美者不可胜举，《五蠹》一篇可谓洋海大观，《难势》一篇可谓壁立千仞。今录其较短者《难势》一篇于后：

难势

慎子曰：飞龙乘云，腾蛇游雾。云罢雾霁，而龙蛇与螾螘同矣，则失其所乘也。贤人而诎于不肖者，则权轻位卑也；不肖而能服于贤者，则权重位尊也。尧为匹夫，不能治三人，而桀为天子，能乱天下。吾以此知势位之足恃，而贤智之不足慕也。夫弩弱而矢高者激于风也，身不肖而令行者得助于众也。尧教于隶属而民不听，至于南面而王天下，令则行，禁则止。

由此观之，贤智未足以服众，而势位足以任贤者也。应慎子曰：飞龙乘云，腾蛇游雾。吾不以龙蛇为不托于云雾之势也。虽然，夫择贤而专任，势足以为治乎？则吾未得见也。夫有云雾之势而能乘游者，龙蛇之材美之也。今云盛而螾弗能乘也，雾酿而螘不能游也；夫有盛云酿雾之势而不能乘游者，螾螘之材薄也。今桀、纣南面而王天下，以天子之威为之云雾，而天下不免乎大乱者，桀、纣之材薄也。且其人以尧之势治天下。何以异桀之势，乱天下者也。夫势者，非能必使贤者用己，而不肖者不用己也。贤者用之则天下治，不肖者用之则天下乱。人之情性，贤者寡而不肖者众，而以威势之利，济乱势之不肖人，则是以势乱天下者多矣，以势治天下者寡矣。夫势者便治而利乱者也。故《周书》曰："毋为虎傅翼，将飞入邑，择人而食之。"夫乘不肖人于势，是为虎傅翼，也。桀、纣为高台深池以尽民力，为炮烙以伤民性，桀、纣得乘势肆行者，南面之威为之翼也。使桀、纣为匹夫，未始行一而身在刑戮矣。势者养虎狼之心，而成暴乱之事者也，此天下之大患也。势之于治乱本未有位也，而语专言势之足以治天下者，则其智之所至者浅矣。夫良马固车，使臧获御之财为人笑，王良御之而日取千里，车马非异也。或至乎千里，或为人笑，则巧拙相去远矣。今以国位为车，以势为马，以号令为辔，以刑罚为鞭策，使尧、舜御之则天下治，桀、纣御之则天下乱，则贤不肖相去远矣。夫欲追速致远不知任王良，欲进利除害不知任贤能，此则不知类之患也。夫尧舜亦治民之王良也。

复应之曰：其人以势为足恃以治官。客曰"必待贤乃治"，则不然矣。夫势者名一而变无数者也。势必于自然，财无为言于势矣；吾所为言势者，言人之所设也。今曰"尧、舜得势而治，桀得势而乱"，吾非以尧、桀为不然也。虽然非一人之所得设也。夫尧、舜生而在上位，虽有十桀、纣，不能乱者，则势治也；桀、纣亦生而在上位，虽有十尧、舜，而亦不能治者，则势乱也。故曰："势治者则不可乱，而势乱者则不可治也。"此自然之势也，非人之所得设也。若吾所言，谓人之所得设也，势也而已矣。贤何事焉！何以明其然也？客曰："人有鬻矛与楯者，誉其楯之坚：'物莫能陷也。'俄而又誉其矛曰：'吾矛之利，物无不陷也。'人应之曰'以子之矛，陷子之楯，何如？'其人弗德应也。"以为不可陷之楯与无不陷之矛为名，不可两立也。夫贤之为势不可禁，而势之为道也无不禁，以不可禁之势，与无不禁之道，此矛楯之说也。夫贤势之不相容亦明矣。且夫尧、舜、桀、纣，千世而一出，非比肩随踵而生也；世之治者不绝于中，吾所以为言势者中也。中者上不及尧、舜，而下亦不为桀、纣，抱法处势则治，背法去势则乱。今废势背法而待尧、舜，尧、舜至乃治，是千世乱而一治也；抱法处势而待桀、纣，桀、纣至乃乱，是千世治而一乱也。且夫治千而乱一，与治一而乱千也，是犹乘骥駬而分驰也，相去亦远矣。夫弃隐栝之法，去度量之数，使奚仲为车不能成一轮。无庆赏之劝，刑罚之威，释势委法，尧、舜户说而人辩之，不能治三家。夫势之足用亦明矣，而曰"必待贤"则亦不然矣。且夫百日不食，以待粱肉，饿者不活。今待尧、舜之贤，乃治当世之民，是犹待粱肉而救饿之说也。夫曰"良马固车，臧获御之则为人笑,王良御之则日取乎千里",吾不以为然。夫待越人之善海游者以救中国之溺人,越人善游矣,而溺者不济矣。夫待古之王良以驭今之马,亦犹越人救溺之说也,不可亦明矣。夫良马固车,五十里而一置,使中手御之,追速致远,可以及也,而千里可日致也,何必待古之王良乎!且御非使王良也,则必使臧获败之;治非使尧、舜也,则必使桀、纣乱之。此味非饴蜜也,必苦菜亭历也。此则积辩累辞,离理失术,两未之议也,奚可以难夫道理之言乎哉!客议未及此论也。

此篇分三大段,第一段引《慎子》论势之说,第二段设客难慎子之说,第三段为韩非驳客难而申明慎子之说,段落最为明白。而梁启超《先秦思想史》,乃以客难为韩非之言,连第二段与第三段为第一段,即合两家反对之论以为一人之言,而不知其矛盾也。

后世古文家学法家之文最著名者为柳宗元王安石,清之吴汝纶亦其次也。

第七节　名家公孙龙子之散文

《汉书·艺文志》云:"名家者流,盖出于礼官。古者名位不同,礼亦异数。孔子曰:必也正名乎?名不正则言不顺,言不顺则事不成。'此其所长也。及謷者为之,则苟钩鈲析乱而已。"此所谓謷者,惠施公孙龙之足以当之。

《庄子·天下篇》云:"惠施多方,其书五车,其道舛驳,其言也不中。历物之意曰:'至大无外,谓之大一;至小无内,谓之小一;无厚不可积也,其大千里;天与地卑;山与泽平;日方中方睨;物方生方死;大同而与小同异,此之谓小同异;万物毕同毕异,此之谓大同异;南方无穷而有穷;今日适越而昔来;连环可解也;我知天下之中央,燕之北,越之南,是也;泛爱万物,天地一体也。'惠施以此为大观于天下而晓辩者,天下之辩者相与乐之。'卵有毛;鸡三足;郢有天下;犬可以为羊;马有卵;丁子有尾;火不热;山出口;轮不警地；目不见；指不至，至不绝；龟长于蛇；矩不方；规不可以为圆；凿不围枘；飞鸟之景未尝动也，镞矢之疾，而有不行不止之时；狗非犬；黄马骊牛三；白狗黑；孤驹未尝有母；一尺之捶日取其半，万世不竭.' 辩者以此与惠施相应，终身无穷。桓团公孙龙辩者之徒，饰人之心，易人之意，能胜人之口，不能服人之心，辩者之囿也。惠施日以其知与人之辩，特与天下之辩者为怪，此其柢也。然惠施之口谈自以为最贤。曰：天地其壮乎？施存雄而无术。南方有倚人焉，曰黄缭，问天地所以不坠不陷风雨雷霆之故。惠施不辞而应，不虑而对。遍为万物说，说而不休，多而无已，犹以为寡，益之以怪。以反人为实，而欲以胜人为名。是以与众不适也。弱于德，陈于物，其涂隩矣。由天地之道观惠施之能，其犹一蚊一虻之劳者也。其于物也何庸？夫充一尚可，曰愈贵道几矣。惠施不能以此自宁，散于万物而不厌，卒以善辩为名。惜乎惠施之才，骀荡而不得，逐万物而不反，是穷响以声，形与影竞走也，悲夫。"此可以见惠施公孙龙等文体之内容矣。惜乎惠施之书，今已不传。《汉志》，《公孙龙子》十四篇，今唯存六篇而已。其《迹府》一篇，又为后人所为之传略，实存《白马论》《指物论》《通变论》《坚白论》《名实论》共五篇而已。

林传甲云："《论语》言正名，《中庸》言明辨，衰周诸子邓析、尹文、惠施、公孙龙遂成名学一家之言。严子几道译穆勒名学，即同此家数，同此文体。今邓析尹文皆非原书。惟公孙龙之书较为完备。其书大指疾名器乖实，乃假指物以混是非，借白马而齐物我，冀时君有悟而正名实。《淮南子》谓公孙龙粲于辞而贸名。扬子《法言》亦称公孙龙诡辞数万。盖其持论雄赡，实足以与庄列谈空者抗。陈振孙以浅陋迂僻讥之，未允也。其《坚白论》曰：坚白石三可乎？曰：不可。二可乎？曰：可。谓目视石但见其白不见其坚则谓之白石；手触石乃知其坚而不知其白则谓之坚石；是坚白终不可合为一也。其明辨大抵如此。"

公孙龙之文，最为明辩而瘦削，五篇之文绝无华辞，然偶语却甚不少，可见无纯粹散而不骈之散文也。今录《白马论》一篇于后：

白马论

"白马非马可乎?"曰:"可。"曰:"何哉?"扫:"马者所以命形也。白者所以命色也。命色者非命形也,故曰白马非马。"曰:"有白马不可谓无马也。不可谓无马者非马也?有白马为有马,白之非马,何也?"曰:"求马,黄、黑马皆可致。求白马,黄、黑马不可致。使白马乃马也,是所求一也。所求一者,白者不异马也。所求不异,如黄、黑马,有可有不可,何也?可与不可,其相非明。故黄、黑马一也,而可以应有马,而不可以应有白马,是白马之非马审矣。"曰:"以马之有色为非马,天下非有无色之马也。天下无马可乎?"曰:"马固有色,故有白马。使马无色,有马如已耳,安取白马?故白者非马也。白马者马与白也,马与白马也。故曰:白马非马也。"曰:"马未与白为马,白未与马为白。合马与白复名白马,是相与以不相与为名未可。故曰:白马非马未可,曰:"以有白'马为有马,谓有白马为有黄马可乎?"曰:"未可。"曰:"以有马为异有黄马,是异黄马于马也。异黄马于马,是以黄马为非马。以黄马为非马,而以白马为有马,此飞者入池而棺椁异处,此天下之悖言乱辞也。"曰:"有白马不可谓无异者,离白之谓也。不离者有白马不可谓有马也。故所以为有马者,独以马为有马耳,非有白马为有马。故其为有马也不可以谓马马也。"曰:"白者不定所白,忘之而可也。白马者言白定所白也。定所白者非白也。马者无去取于色,故黄、黑;皆所以应。白马者有去取于色,黄、黑马皆以色去,故唯白马独可以应耳。无去者非有去也。故白马非马。"

公孙龙子之书最为难读,故学其文者绝少,惟六朝范缜、沈约等之论难神灭,最为上首。

第八节 杂家之散文

《汉书·艺文志》云:"杂家者流,盖出于议官,兼儒墨,合名法,知国体之有此,见王治之无不贯,此其所长也。及荡者为之,则漫羡而无所归心。"张尔田申论之曰:"杂家者宰相论经邦之术,亦史之支裔也。古代宰相，实维三公。郑康成注《尚书大传》曰：'坐而论道，谓之三公，通职名，无正官名。'汉《百官表》曰：'太师太傅太保，是为三公。'盖参天子坐而议政，无不总统，不以一职为官名。惟其无正官名，而又职司议政，故汉隋两《志》均称之为议官。议官之道，上以佐理天子，知国体之有此，下则总统百官，见王治之无不冠。道家为天子南面之术。儒墨名法为百官典守之遗。是故杂家无不归本于道家，又无不兼儒墨合名法。昔高诱序《吕氏春秋》曰：'此书所尚以道德为标的，以无为为纲纪，以忠义为品式，以公方为检格，与孟轲孙卿淮南杨雄相表里也。'而序《淮南》则曰：'其旨近老子，淡泊无为，蹈虚守静，出入经道。言其大也则焘天载地，说其细也则沦于无垠。及古今治乱存亡祸福，世间诡异瑰奇之事，其义也著，其文也富，物事之类无所不载。然其大较归之于道。'是则杂家之宗旨，古人已先我论定矣。（中略）然则杂家之为术也，范围天地之化而不过，曲成万物而不遗，进退百家以放之乎道德之域，真宰相之所以论道经邦者也。岂后世子钞子纂之流同类而等视哉？彼以集众修书，杂糅不纯为杂家，盖失之矣。"（《史微·原杂》）然则杂家之文体，盖杂合众议而折衷于道家君人南面之术者也。古杂家之书，惟《吕氏春秋》最为完备，在汉有《淮南子》，皆招致宾客辩士所作者也。

《史记·吕不韦列传》："吕不韦者，阳翟大贾也，往来贩贱卖贵，家累千金。庄襄元年，以吕不韦为丞相，封为文信侯。庄襄王即位三年薨，太子政立为王，尊吕不韦为相国，号称'仲父'。是时有诸侯多辩士，如荀卿之徒著书布天下。吕不韦乃使其客人著所闻，集论以为八览、六论、十二纪，二十余万言，以为备天下万物古今之事，号曰《吕氏春秋》，布咸阳市门，县千金其上，延诸侯游士宾客有能增损一字者予千金。"《汉志》，《吕氏春秋》二十六篇，谓十二纪、八览、六论也。沈钦韩云："十二纪纪各五篇，八览览各八篇，六论论各六篇，凡百六十篇，第一览少一篇。"兹录《吕氏春秋》一篇，以见文体焉。

贵生

圣人深虑天下,莫贵于生。夫耳目鼻口,生之役也。耳虽欲声,目虽欲色,鼻虽欲芬香,口虽欲滋味,害于生则止。在四官者,不欲利于生者则弗为。由此观之,耳目鼻口不得擅行,必有所制。譬之若官职,不得擅为,必有所制。此贵生之术也。

尧以天下让于子州支父。子州支父对曰:"以我为天子犹可也。虽然,我适有幽忧之病,方将治之,未暇在天下也。"天下重物也,而不以害其生,又况于它物乎?惟不以天下害其生者也,可以托天下。

越人三世杀其君,王子搜患之,逃乎丹穴。越国无君,求王子搜而不得,从之丹穴。王子搜不肯出,越人熏之以艾,乘之以王舆。王子搜援绥登车,仰天而呼曰:"君乎独不可以舍我乎!"王子搜非恶为君也,恶为君之患也。若王子搜者可谓不以国伤其生矣,此固越人之所欲得而为君也。

鲁君闻颜阖得道之人也,使人以币先焉。颜阖守闾,鹿布之衣,而自饭牛。鲁君之使者至,颜阖自对之。

使者曰:"此颜阖之家邪?"颜阖对曰:"此阖之家也。"使者致币,颜阖对曰:"恐听缪而遗使者罪,不若审之。"使者还反审之,复来求之则不得已。故若颜阖者,非恶富贵也,由重生恶之也。世之人主多以富贵骄得道之人,其不相知,岂不悲哉!

故曰:道之真以持身,其绪余以为国家,其土苴以治天下。由此观之,帝王之功,圣人之余事也,非所以完身养生之道也。今世俗之君子,危身弃生以徇物,彼且奚以此之也?彼且奚以此为也?凡圣人之动作也,必察其所以之,与其所以为。今有人于此,以随侯之珠,弹千仞之雀,世必笑之,是何也?所用重所要轻也。夫生岂特随侯珠之重也哉?

子华子曰:"全生为上,亏生次之,死次之,迫生为下。"故所谓尊生者,全生之谓。所谓全生者,六欲皆得其宜也。所谓亏生者,六欲分得其宜也。亏生则于其尊之者薄矣。其亏弥甚者也,其尊弥薄。所谓死者,无有所以知复其未生也。所谓迫生者,六欲莫得其宜也,皆获其所甚恶者,服是也,辱是也。辱莫大于不义,故不义迫生也,而迫生非独不义也,故曰:迫生不若死。奚以知其然也?耳闻所恶,不若无闻;目见所恶,不若无见。故雷则掩耳,电则掩目,此其比也。凡六欲者皆知其所甚恶,而必不得免,不若无有所以知。无有所以知者,死之谓也,故迫生不若死。嗜肉者,非腐鼠之谓也;嗜酒者,非败酒之谓也;尊生者,非迫生之谓也。

此盖衍道家贵生之旨者也。包世臣云:"文之奇宕至韩非,平实至吕览,斯极天下能事矣。其源皆出于荀子。盖韩子亲受业而吕子集论诸儒多荀子之徒也。荀子外平实而内奇宕,其平实过孟子,而奇宕不减孙武。然甚难学。不如二子之门径分而涂辙可循也。蒯通贾生出于韩,晁错赵充国出于吕,至刘子政乃合二子而变其体势,以上追荀子,外奇宕而内平实,遂为文家鼻祖。盖文与子分,自子政始也。(中略)夫韩非囚秦,《说难》《孤愤》,不韦迁蜀,世传《吕览》,史公次之《易象》《春秋》,引以自方,其爱而重之至矣。史公推勘事理,兴酣韵流,多近韩;序述话言,如闻如见,则人吕尤多;淄渑之辨,固非后世持扯规抚者所能与已。子厚《封建论》,永叔《朋党论》,推演《吕览》数语,遂以雄视千秋。"包氏可谓能读吕氏书者矣。汉之《淮南》,体例同吕,而文辞益雄丽矣。

第九节 纵衡家苏张之散文

《淮南子·要略》云:"晚世之时,六国诸侯,溪异谷别,水绝山隔,各自治其境内,守其分地,握其权柄,擅其政令。下无方伯,上无天子,力征争权,胜者为右。恃连与画,约重致,剖信符,结远援以守其国家,持其社稷,故纵横修短生焉。"《汉书·艺文志》云:"纵横家者流,盖出于行人之官。孔子曰:'诵诗三百,使于四方,不能专对,虽多亦奚以为?'又曰:'使乎使乎!'言当权事制宜,受命而不受辞。此其所长也。及邪人为之,则上诈谖而弃其信。"

班氏推原纵横家出于古行人之官,是也。古行人之官,必通诗。章学诚曰:"比兴之旨,讽喻之义,固行人之所肄也。纵横者流,推而衍之,是以委折而入事:情,婉微而善讽也。"(《诗教》上)纵横之词既本于诗，而赋者又古诗之流也，故纵横家之言，实多可谓无韵之赋。章学诚曰："京都诸赋，苏张纵横，六国侈谈形势之遗也；《上林》《羽猎》，安陵之从田，龙阳之同钓也。"（《诗教》上）其言可谓有见。姚惜抱《古文辞类纂》，以《国策·淳于髡讽齐威王》《楚人以弋说顷襄王》《庄辛说襄王》三篇选入辞赋类。姚氏云："辞赋固当有韵，然古人亦有无韵者，以义在托讽，亦谓之赋耳。"（《古文辞类纂》序）由章姚二氏之言观之，纵横家之文，盖与辞赋极相近。无韵之辞赋，即后世骈文家之所自出。则纵横家之散文，与骈文关系之深，可略知矣。

战国纵横家之列于《汉志》者，有《苏子》三十一篇，《张子》十篇，《庞煖》二篇，《阙子》一篇，《国筮子》十七篇，《秦零陵令信》一篇，《蒯子》五篇，今皆不传。然今所传《战国策》，疑皆战国时纵横家之讲稿也。

纵横家之巨子，当推苏秦张仪，其言存于《战国策》者尤众。

《史记·苏秦列传》云："苏秦者东周雒阳人也，东事师于齐而习之于鬼谷先生，出游数载，大困而归。兄弟嫂妹妻妾皆笑之曰：周人之俗，治产业，力工商，逐什二以为务；今子释本而事口舌，困不亦宜乎？苏秦闻之而惭自伤。于是得周书《阴符》伏而读之，期年以出揣摩，曰：此可以说当世之君矣。"

《张仪传》云："张仪者魏人也，始尝与苏秦俱事鬼谷先生，学术，苏秦自以为不及张仪。张仪已学而游说诸侯，尝从楚相饮，已而楚相亡璧，门下意张仪，曰：仪贫无行，必此盗相君之璧，共执张仪掠笞数百，释之。其妻曰：嘻！子毋读书游说，安得此辱乎？张仪谓其妻曰：视吾舌尚在不？其妻笑曰：舌在也。仪曰：足矣。"

苏秦张仪二人行事大抵相类，而张仪尤无耻。然苏秦之言，其于六国亦实有足采者，今节录《韩策》苏秦为楚合从说韩王之文如下：

苏秦说韩王

苏秦为楚合从说韩王曰："韩北有巩、洛、成皋之固，西有宜阳、常阪之塞，东有宛、穰、洧水，南有陉山，地方千里，带甲数十万。天下之强弓劲弩，皆自韩出。谿子、少府、时力、距来，皆射六百步之外。韩卒超足而射，百发不暇止，远者达胸，近者掩心。韩卒之剑戟，皆出于冥山、棠溪、墨阳、合伯膊。邓师、宛冯、龙渊、大阿，皆陆断马牛，水击鹄雁，当敌即斩。坚甲、盾、鞮、鍪、铁幕、革抉、呋芮无不毕具。以韩卒之勇，被坚甲，跖劲弩，带利剑，一人当百，不足言也。夫以韩之劲与大王之贤，乃欲西面事秦，称东藩，筑帝宫，受冠带，祠春秋，交臂而服焉。夫羞社稷而为天下笑，无过此者矣。是故愿大王之熟计之也。大王事秦，秦必求宜阳、成皋。今兹效之，明年又益求割地；与之即无地以给之；不与则弃前功而后更受其祸。且夫大王之地有尽，而秦之求无已。夫以有尽之地，而逆无已之求，此所谓市怨而买祸者也，不战而地已削矣。臣闻鄙语曰：'宁为鸡口，无为牛后。'今大王西面交臂而臣事秦，何以异于牛后乎？夫以大王之贤，挟强韩之兵，而有牛后之名，臣窃为大王羞之。"

韩王忿然作色，攘臂按剑，仰天太息，曰："寡人虽死，必不能事秦。今主君以楚王之教诏之，敬奉社稷以从。"

此文写东西南北之形胜，实为两都二京之所本。而其言韩之割地与秦云："今兹效之，明年又复求割地；与则无地以给之，不与则弃前功而受后祸。且大王之地有尽，而秦之求无已。以有尽之地而逆无已之求，此所谓市怨结祸者也，不战而地已削矣。"倘六国之君，皆能明苏秦此语，而不以地与秦，则六国之亡，当不若是之速也。为强邻所侵而割地以求苟安者，不可不读此言。

张仪说韩王

张仪为秦连横说韩王曰："韩地险恶山居，五谷所生，非麦而豆。民之所食，大抵豆饭藿羹。一岁不收，民不餍糟糠。地方不满九百里，无二岁之所食。料大王之卒，悉之不过三十万，而厮徒负养在其中矣，为除守徼亭鄣塞，见卒不过二十万而已矣。秦带甲百余万，车千乘，骑万匹，虎贲之士，旋跟科头贯颐奋戟者，至不可胜计也。秦马之良，戎兵之众，探前趹后，蹄间三寻者不可称数也。山东之卒，被甲冒胄以会战，秦人捐甲徒裎以趋敌，左挈人头，右挟生虏。夫秦之卒与山东之卒也，犹孟贲之与怯夫也；以重力相压，犹乌获之与婴儿也。夫战孟贲、乌获之士，以攻不服之弱国，无以异于随千钧之重，集于鸟卵之上，必无幸矣。诸侯不料兵之弱，食之寡，而听从人之甘言好辞，比周以相饰也，皆言曰：'听吾计则可以强霸天下。'夫不顾社稷之长利而听须臾之说，诖误人主者，无过于此者矣。大王不事秦，秦下甲据宜阳，断绝韩之上地；东取成皋、宜阳，则鸿台之宫桑林之菀非王之有已。夫塞成皋绝上地，则王之国分矣。先事秦则安矣，不事秦则危矣。过祸而求福，计浅而怨深。逆秦而顺楚，虽欲无亡不可得也。故为大王计，莫如事秦。秦之所欲莫如弱楚，而能弱楚者莫如韩。非以韩能强于楚也，其地势然也。今王西面而事秦以攻楚为敝邑，秦王必喜。夫攻楚而私其地，转祸而说秦，计无便于此者也。是故秦王使使臣献书大王御史须以决事。"

韩王曰："客幸而教之，请比郡县，筑帝宫，祠春秋，称东藩，效宜阳。"

以苏秦与张仪之言两相比读，则苏秦为理直气壮矣。而六国之君，竟不能久行秦之言而为张仪所卖，则人之不智，狃于目前之安乐，而忽于将来之巨祸，岂不哀哉？

第十节　钟鼎文学家之散文

凡研究古代金石文字之学，谓之金石学。研究古代金石文字之学者，谓之金石学家。是二名者后世始有，周秦之前无有也。然古之为金石文者，必有其专家之学。故周秦间之金石文，与诸家之文绝异。即以李斯而论，颂秦功德之作，与《谏逐客书》《论督责》等文迥殊，几判若二人之作焉。则其文体之不同，自为专家之学明矣。今谥为钟鼎文者曰钟鼎文学家。

钟鼎文类多有韵，故多可谓之韵文；然亦时有不韵者，故亦有可谓为散文者，今择其近于散文者论之。

钟鼎文之有韵者，当与诗之颂体为一类。其长篇时韵时不韵者可称散文，可与《尚书》为一类。吾尝谓《尚书·尧典》《皋陶谟》两篇，篇首皆著粤若稽古四字，明为孔子本古史所删述，《中庸》所谓祖述尧舜者也。其余如《大诰》《康诰》之类，多佶屈聱牙，与后世所传古代钟鼎文极相似，皆当时史氏之文也。

吾尝选汉以后之诗为续风续雅；又尝叹古《尚书》百篇，今只存二十九篇，亡佚者如是之多，既失而不可复得，爰欲选古代钟鼎文之佳者为续《尚书》，先拓其原文，后为释文。则孔壁之《古文尚书》虽不可见，而得此一篇，亦正无异乎见其昆弟矣？孔子曰：质胜文则野，文胜质则史。周尚文则周史之文可知。然吾谓周史记等，史之质者也；钟鼎文辞，则史之文者也。

后世论古文最重义法，文之义法实从史法而生。《史》《汉》以上之史法，《尚书》而外见于今者盖罕矣。其多而足考者则莫如金石文。尝谓周秦诸子皆为学术而文学，非为文学而文学也；为文学而文学者，钟鼎文学家而已。而向来之论文者鲜及焉，则亦其疏也。

自周初以至秦，各国皆有钟鼎文。文字既不尽同，作风尤多派别。大别之则可分南北两派，大氏北派多肃劲，南派多奇丽。

毛公鼎

王若曰：父㾓，丕显文武，皇天弘厌厥德，配我有周，膺受大命，率怀不庭方，无不闬于文武之耿光。唯庸集厥命，亦唯先正略䌛厥辟，謦勤大命，肆皇天无斁，临保我有周，丕巩先王配命，愍天疾畏，司余小子弗及邦，庸害吉嗣，嗣四方大从不静。乌歔！惧余小子家湛于囏，永恐先王。

王曰：父㾓，余唯肇经先王命，命汝𢔶我邦我家，内外蠢：于小大政，辥朕位，虩虩许许，上下若否，粤四方尸毋瞳。余一人在位，弘唯乃智。余非晕又昏，汝毋敢荒宁。虔夙夜，惠

我一人，雍我邦小大猷，毋折缄，告余先王若德，用卬昭皇天。

䰻圉大命，康能四国，欲我弗作先王忧。

王曰：父厝，粤之庶出入事，于出敷命。政执小大胥赋。

无唯正昏，弘其唯王智。乃唯是丧我国，历自今出入敷命于外。厥非先告父厝，父厝舍命，毋有敢蠢敷命于外。王曰，父厝，今唯䰻先王命，命汝极一方。弘我邦我家，毋倾于政。勿雍建光□审。毋敢龏□，乃敉鳏寡。善效乃友正，毋敢湎于酒，汝毋敢队，在乃服圃夙夜虔念王畏不赐，汝毋敢勿帅用先王作明刑，欲汝弗以乃辟陷于艱，王曰，父厝已。曰及兹卿事寮，大史寮，于父即尹。命汝备司公族，粤参有司，小子师氏虎臣。粤朕𡙕事，以乃族敔王身，取赋卅锾，锡汝秬鬯一卣。鄘圭瑁宝，朱韨葱衡，玉环玉钰，金车贲绊较，朱鞹靯幦，虎帐缥里。右厄，画鞴画辖，金甬错衡，金踵金枕，饰厣。金簟第，鱼箙，马四匹，鋚勒，金鬣金膺，朱旂二铃，锡汝玄兵，用钺用征。毛公厝。对扬天子皇休，用作尊鼎，子子孙孙永宝用。

黄公渚云："此成王册命毛公之辞，从文武开基及周召诸先正同心翊辅说起，转到守成不易，匡济需才，然后入题，分三扇铺叙。大氐命汝燮我邦我家以下，叙公为卿士之事。自命汝极一方以下，叙公为诸侯之事。命汝备司族以下，叙公为司马之事。毛公盖诸侯入为王正卿者。通篇以先王文武为标榜，以命字为线索。文之委曲周详，无过于此。末叙颁赐诸物，亦莫多于此。全篇凡四百九十七字，钟鼎之中之巨制也。据《左传》毛为文王之子封国，《通鉴》武王封庶弟叔郑于毛，是厝为叔郑之后。吴氏愙斋谓毛公厝即《左传》之毛聃，合二国为一，未知孰是？庸害吉士二句，必有所指，殆指周公为流言所伤，三叔及淮夷叛乱之事，辞意与《周颂·小毖》相似。"

录公钟

唯王四月，辰在庚寅。皇勋美陵春公之孙，栾叔之子。作朕乙祖楚录公宝钟。以追孝皇祖录公，皇妣录姒，锡龢曰，汝及余师于異，东邦人屖夺为敌，陈斡襄野。汝楚忠惠，肈征勚旅，戮伐龏师，攻战无敌，用绥保利亿，资艾文武休命。鲁勋辟宗册厘，诸牧舆誓，信辜癖虢，乃众锡秬鬯相称。匡寇章，古祖拜谱首，受玄衮赤韨雕戈拏勒，佩出，皇祖假大寇唯荆之率，皇妣其贞淑，圭从圣齐，呼师民，用保卫邦之宴。乃禾酬攻燮，获从公郊禁，怢祭广享，人裹执豆，宗姬鬻莫，旅人宾醴，祝酒内饻，史颟作册，即事用章。玁狁羌濮，抚乡钾善，吉蠲明禋，乃及君无咎毋虎，脂载道东，奉斋胤广，考公殷格，厥夜显庆命，用蕲侯氏永享，作其和钟，庶休扬丕显，绥福我后歕眉寿，世世子孙永以为宝。

黄公渚云："此孙为祖作器，中述天子册命，用以彰录公武烈之美。然亦不尽是册命原文。大抵自诸牧以下，已将册命化作论撰。皇妣以下，美录妠从公助祭岐周之事。文如雅颂，竟可作雅颂读也。此篇骈散皆具，文势起伏，如龙蟠虎跃，不可捉摸；细案之则叙次不紊，章法井然，金文中之杰作也。柜邕言锡，衮钹言受，首尾自相衔接，呼应一气。叙锡柜邕，带出诸牧会师克龚一事；叙受衮钹，带出公平匡寇一事。史传非数百字不了者，金文以十数字了之。此其所以超绝也。通篇简练矜核，无一泛语。后半清辞丽句，络绎而来，隽采殊尤。此楚器南派文字，别具一种丰韵，不与其他诸作同，读者当自辨之。"

此等文或有韵或无韵，然其体仍当属散文，不能以其有用韵之语句遂谓其非散文也。犹周秦诸子之文，亦时有韵语，而不得以其为韵文也。

第五章

反文化时代之散文
——秦

第一节　总论

秦自古僻近西戎。自穆公时，戎王使由余于秦。由余其先晋人也，亡入戎，能晋言，闻穆公贤，故使由余观秦。秦穆公示以宫室积聚。由余曰：使鬼为之则劳神矣；使人为之，亦苦民矣。穆公怪之，问曰：中国以诗书礼乐法度为政，然尚时乱，今戎狄无此，何以为治？不亦难乎？由余曰：此乃中国所以乱也。夫自上圣黄帝作为礼乐法度，身以先之，仅以小治；及其后世，日以骄淫，阻法度之威以责督于下，下罢极则以仁义怨望于上。上下交争怨而相篡弑，至于灭宗，皆以此类也。夫戎夷不然，上含淳德，以遇其下；下怀信以事其上。一国之政，犹一身之治，不知所以治。此真圣人之治也。于是穆公退而问内史廖曰：孤闻邻国有圣人，敌国之忧也。今由余贤，寡人之害，将奈之何？内史廖曰：戎王处辟匿，未闻中国之声，君试遗其女乐，以夺其志，为由余请以疏其间，留而莫遣以失其期。戎王怪之，必疑由余。君臣有间，乃可虏也。且戎王好乐，必怠于政。穆公曰：善。因与由余曲席而坐，传器而食，问其地形与其兵势，尽察，而后令内史廖以女乐二八遗戎王，戎王受而说之，终年不还。于是秦乃归由余。由余数谏不听。穆公又数使人间要由余。由余遂去降秦。穆公以客礼礼之。问伐戎之形。(《史记·秦本纪》) 由余反对教化与文学如此，而穆公以为贤而礼之，则秦之反文学自穆公时已始基之矣。《秦本纪》曰："孝公之时，周室微，诸侯力政争相并，秦僻在雍州，不与中国诸侯之会盟，夷翟遇之。"是秦古无文化，向为中届所忽视也。及孝公用商鞅变法令，反对礼教文学益甚矣。《商君书·农战篇》云："豪杰务学诗书，随外权要靡事，商贾为技艺，皆以避农战，民以此为教，则粟焉得无少？而兵焉得无弱也？"又云："国力抟者强，国好言谈者削，故曰：农战之民千人，而有诗书辩慧者一人焉，千人者皆怠于农战矣；农战之民百人，而有技艺者一人焉，百人者皆怠于农战矣。"其恶诗书文学如此。故韩非之书，谓商君教孝公焚书也。及秦始皇之时，韩非祖述商君之学，益嫉文学。《五蠹篇》曰："工文学者非所用，用之则乱法。"又曰："今修文学习言谈则无耕之劳，而有富之实；无战之危而有贵之尊；则人孰不为也？"《六反篇》亦曰："学道立方离法之民也，而世主尊之曰文学之士。"韩非虽不用于秦，然其说实用于秦。《史记·韩非传》云："喜刑名法术之学，而归本于黄老，与李斯俱事荀卿，斯自以为不如非。"又云："人或传其书至秦，秦王见《孤愤》《五蠹》之书，曰：嗟乎，寡人得见此人与之游，死不恨矣！"韩非之书为秦王所倾倒如此，盖深合其国性也。非死于秦后，李斯治秦实多本于韩非之学者，观李斯之论督责，殆莫不一本于韩非之言，断可知矣。

孔子曰："周监于二代，郁郁乎文哉。"周本尚文，故周末之文大盛。韩子曰："儒以文乱法。"故秦一反周之所尚而极端反文焉。物极则必反，岂不然欤？

第二节　反文学者李斯之散文

李斯为佐秦始皇焚诗书坑儒之功臣，盖反对文学最力之人也。然其人实最擅长文学。《史记·李斯传》曰："李斯者楚上蔡人也，年少时为郡小吏，见吏舍厕中鼠食不洁，近人犬，数惊恐之；斯入仓，观仓中鼠食积粟，居大庑之下，不见人犬之忧，于是李斯乃叹曰；人之贤不肖，譬如鼠矣！在所自处耳。乃从荀卿学帝王之术。"李斯既学荀卿帝王之术，而荀卿擅长文学，工辞赋，其散文亦多对偶，为后世骈文之祖。故李斯之文辞亦甚华丽，为后世骈文之宗。其《谏逐客书》曰：

臣闻吏议逐客，窃以为过矣！

昔穆公求士，西取由余于戎，东得百里奚于宛，迎蹇叔于宋，来丕豹、公孙支于晋，此五子者不产于秦，而穆公用之，并国二十，遂霸西戎。孝公用商鞅之法，移风易俗，民以殷盛，国似富强，百姓乐用，诸侯亲服，获楚、魏之师，举地千里，至今治强。惠王用张仪之计，拔三川之地，西并巴、蜀，北收上郡，南取汉中，包九夷，制鄢、郢，东据成皋之险，割膏腴之壤，遂散六国之从，使之西面事秦，功施到今。昭王得范雎，废穰侯，逐华阳，强公室，杜私门，蚕食诸侯，使秦成帝业。此四君者，皆以客之功。由此观之，客何负于秦哉！向使四君却客而不内，疏士而不用，是使国无富利之实，而秦无强大之名也。

今陛下致昆山之玉，有随和之宝，垂明月之珠，服太阿之剑，乘纤离之马，建翠凤之旗，树灵鼍之鼓。此数宝者，秦不生一焉，而陛下说之，何也？必秦国之所生然后可，则是夜光之璧不饰朝廷，犀象之器不为玩好，郑、卫之女不充后宫，而骏良駃騠不实外厩，江南金锡不为用，西蜀丹青不为采。所以饰后宫、充下陈、娱心意、说耳目者，必出于秦然后可，则是宛珠之簪、傅玑之珥、阿缟之衣、锦绣之饰不进于前，而随俗雅化、佳冶窈窕赵女不立于侧也。夫击瓮叩缶，弹筝搏髀，而歌呼呜呜快耳目者，真秦之声也。郑卫桑闲，昭虞武象者，异国之乐也。今弃击瓮叩缶而就郑、卫，退弹筝而取昭虞，若是何也？快意当前，适观而已矣。今取人则不然，不问可否，不论曲直，非秦者去，为客者逐。然则是所重者在乎色乐珠玉，而所轻者在乎人民也。此非所以跨海内、制诸侯之术也。

臣闻地广者粟多，国大者人众，兵强则士勇。是以太山不让土壤，故能成其大；河海不择细流，故能就其深；王者不却众庶，故能明其德。是以地无四方，民无异国，四时充美，鬼神降福，此五帝三王之所以无敌也。今乃弃黔首以资敌国，却宾客以业诸侯，使天下之士退而不敢西向，裹足不入秦，此所谓借寇兵而赍盗粮者也。

夫物不产于秦，可宝者多；士不产于秦，而愿忠者众。今逐客以资敌国，损民以益雠，内自虚而外树怨于诸侯，求国无危，不可得也。

此文自"今陛下昆山之玉"至"快意当前适观而已"一段，何等华丽？或乃讥其非对君上之言，而不知此乃战代策士游说之长技。故卒能使秦王除逐客之令，复其官，用其言以统一天下也。

然李此时身虽在秦，而秦尚未统一天下，故斯之文学犹是楚国之作风也；及至相秦，一统天下，而其文体遂大变矣。不特散文瘦削，无往日之华丽，即所为韵文，亦极瘦削不尚辞采矣。

秦琅琊台刻石

维二十六年，皇帝作始。端平法度，万国之纪。以明人事，合同父子。圣智仁义，显白道理。东抚东土，以省卒士。事已大毕，乃临于海。皇帝之功，勤劳本事。上农除末，黔首是富。普天之下，抟心揖志。器械一量，同书文字。日月所照，舟舆所载。皆终其命，莫不得意。应时动事，是维皇帝。匡饰异俗，陵水经地。忧恤黔首，朝夕不懈。除疑定法，咸知所辟。方伯分职，诸治经易。举错必当，莫不如画。皇帝之明，临察四方。尊卑贵贱，不逾次行。奸邪不容，皆务贞良。细大尽力，莫敢怠荒。远迩辟隐，专务肃庄。端直敦忠，事业有常。皇帝之德，存定四极。诛乱除害，兴利致福。节事以时，诸产繁殖。黔首安宁，不用兵革。六亲相保，终无寇贼。欢欣奉教，尽知法式。六合之内，皇帝之土。西涉流沙，南尽北户。东有东海，北过大夏。人迹所至，无不臣者。功盖五帝，泽及牛马。莫不受德，各安其宇。

维秦皇兼有天下，立名为皇帝，乃抚东土，至于琅琊。列侯武成侯王离、列侯通武侯王贲、伦侯建成侯赵亥、伦侯昌武侯成、伦侯武信侯毋择、丞相隗林、丞相王绾、卿李斯、卿王戊、五大夫赵婴、五大夫杨樛，从与议于海上。曰：古之帝者，地不过千里，诸侯各守其封域，或朝或否，相侵暴乱，残伐不止，犹刻金石以自为纪。古之五帝三王，知教不同，法度不明，假威鬼神，以欺远方，实不称名，故不久长。其身未没，诸侯倍叛，法令不行。今皇帝并一海内，以为郡县，天下和平。昭明宗庙，体道行德，尊号大成。群臣相与诵皇帝功德，刻手金石，以为表经。

此篇自首至"各安其宇"为颂诗，韵文也。自"维秦皇兼有天下"至末为叙文，乃散文也。然颂诗与叙文皆甚朴质。李兆洛谓秦相他文无不诀丽，颂德立石，一变为浑朴，知体要也。斯言固然。然李斯至此时受秦反文之风气，习染已深，异日焚书坑儒，使民以吏为师，而此则先以法令为文辞也。至二世时李斯有《论督责书》云：

夫贤主者，必且能全道而行督责之术者也。督责之，则臣不敢不竭能以徇其主矣。此臣主之分定，上下之义明。则天下贤不肖莫敢不尽力竭任以徇其君矣。是故主独制于天下，而无所制也，能穷乐之极矣。贤明之主也，可不察焉！

故申子曰"有天下而不恣睢，命之曰以天下为桎梏"者，无他焉，不能督责。而顾以其身劳于天下之民，若尧禹然，故谓之"桎梏"也。夫不能修申韩之明术，行督责之道，专以天下自适也，而徒务苦形劳神，以身徇百姓，则是黔首之役。非畜天下者也。何足贵哉！夫以人徇己，则己贵而人贱；以己徇人，则己贱而人贵。故徇人者贱而人所徇者贵。自古及今，未有不然者也。凡古之所为尊贤者为其贵也，而所为恶不肖者为其贱也，而尧、禹以身徇天下者也，因随而尊之，则亦失所为尊贤之心矣。夫可谓大缪矣。谓之为"桎梏"，不亦宜乎？不能督责之过也。

故韩子曰"慈母有败子而严家无格虏"者，何也？则能罚之加焉必也。故商君之法，刑弃灰于道者。夫弃灰薄罪也，而被刑重罚也。彼惟明主为能深督轻罪。夫罪轻且督深，而况有重罪乎？故民不敢犯也。是故韩子曰"布帛寻常，庸人不释。铄金百溢，盗跖不搏"者。非庸人之心重，寻常之利深，而盗跖之欲浅也。又不以盗跖之行，为轻百溢之重也。搏必随手刑，则盗跖不搏百溢，而罚不必行也，则庸人不释寻常。是故城高五丈，而楼季不轻犯也；泰山之高百仞，而跛牂牧其上。夫楼季也而难五丈之限。岂跛牂也而易百仞之高哉？峭堑之势异也。明主圣王之所以能久处尊位，长执重势而独擅天下之利者，非有异道也，能独断而审督责，必深罚。故天下不敢犯也。今不务所以不犯，而事慈母之所以败子也，则亦不察于圣人之论矣。夫不能行圣人之术则舍为天下役何事哉？可不哀邪！

　　且夫俭节仁义之人立于朝则荒肆之乐辍矣；谏说论理之臣间于侧则流漫之志诎矣；烈士死节之行显于世则淫康之虞废矣。故明主能外此三者，而独操主术以制听从之臣而修其明法。故身尊而势重也，凡贤主者必将能拂世摩俗，而废其所恶。立其所欲，故生则有尊重之势，死则有贤明之谥也。是以明君独断，故权不在臣也，然后能灭仁义之涂。掩驰说之口，困烈士之行。塞聪掩明，内独视听，故外不可倾以仁义烈士之行，而内不可夺以谏说忿争之辩。故能荦然独行恣睢之心而莫之敢逆，若此然后可谓能明申、韩之术。而修商君之法，法修术明而天下乱者未之闻也。故曰"王道约而易操"也，惟明主为能行之。若此则谓督责之诚，则臣无邪。臣无邪则天下安，天下安则主严尊。主严尊则督责必，督责必则所求得。所求得则国家富，国家富则君乐丰。故督责之术设则所欲无不得矣。群臣百姓救过不给，何变之敢图？若此则帝道备而可谓能明君臣之术矣，虽申韩复生，不能加也。

此文与《谏逐客书》比较，——华美，一朴质，相去几如天渊矣。而中间实多本于韩非之言，以是知韩非之学，为李斯用之于秦，既以强秦，亦以亡秦也。国无礼教与文学之不足立国，于秦可睹矣。

第二编　骈文渐成时代之散文
——两汉三国

第一章

总 论

汉继秦反文之治而为崇文之国，虽汉高祖马上得天下，薄儒生，溺儒冠，而《大风》一歌，实为开国之至文。厥后楚元王学诗，惠帝除挟书之律，文帝使晁错受《尚书》，使博士作《王制》，又置《尔雅》《孝经》《孟子》博士。《汉书·艺文志》云："迄于孝武，书缺简脱，礼坏乐崩，圣上喟然而称曰：朕甚闵焉。于是建藏书之策，置写书之官，下及诸子传说，皆充秘府。至成帝时以书颇散亡，使谒者陈农求遗书于天下"，故自孝武以来，益彬彬多文学之士矣。

汉之文学渊源于战国者为最多，辞赋既原于屈宋荀卿，而京都一类，侈陈形势，亦本于苏秦张仪之游说。凡此韵文之属，今姑勿论。若汉之散文，则莫盛于《书疏》。此亦本于《战国策》之书说。姚姬传《古文辞类纂》，于奏议类列楚莫敖子华《对威王》，张仪司马错《议伐蜀》，苏子《说齐闵王》，虞卿《议割六城与秦》，中旗《说秦昭王》，信陵君《谏与秦攻韩》，李斯《谏逐客书》诸篇，于贾山《至言》，贾谊《陈政事疏》之上；于书说类列陈轸《为齐说昭阳》，及苏秦《苏代淳于髡游说》诸篇，与范雎《献书昭王》，乐毅《报惠王书》，汗明《说春申君》等篇，于邹阳《谏吴王书》《狱中上梁王书》，枚叔《说吴王书》，司马子长《报任安书》之上：可谓明文体之源流者矣。

汉人最重辞赋。班固《两都赋序》曰："或曰赋者古诗之流也。昔成康没而颂声寝；王泽竭而诗不作。大汉初定，日不暇给。至于武宣之世，乃崇礼官，考文章，内设金马石渠之署，外兴乐府协律之事，以兴废继绝，润色鸿业。是以众庶悦豫，福应尤盛，白麟赤雁芝房宝鼎之歌，荐于郊庙；神雀五凤甘露黄龙之瑞，以为年纪。故言语侍从之臣，若司马相如、虞丘寿王、东方朔、枚皋、王褒、刘向之属，朝夕论思，日月献纳。而公卿大臣御史大夫兒宽、太常，孔臧、太中大夫董仲舒、宗正刘德、太子太傅萧望之等，时时闲作。或以抒下情而通讽谕，或以宣上德而尽忠孝，雍容揄扬，著于后嗣，抑亦雅颂之亚也。故孝成之世，论而录之。盖奏御者千有余篇，而后大汉之文章，炳焉与三代词风。"此以文章二字专指辞赋而言，则汉人之重视辞赋可知矣。《楚辞》原于三百篇，汉赋又原于《楚辞》，而汉人之散文，实皆多受辞赋化。柳宗元《西汉文类序》曰："殷周以前，其文简而野。魏晋以降，则荡而靡。得其中者汉氏。汉氏之东，则既衰矣。当文帝时始得贾生明儒术，武帝尤好焉，而公孙弘董仲舒司马迁相如之徒作，风雅益盛，敷施天下。自天子至公卿大夫士庶人，咸通焉。于是宣于诏策，达于奏议，讽于辞赋，传于歌谣。由高帝以讫于哀平王莽之诛，四方文章，盖烂然矣。"此言西汉文章之盛，而文质得中也。其所以如此者，盖不特辞赋为汉文之特色，为受《楚辞》之影响而已；即其《书疏》等散文，亦莫不渐受辞赋之影响，而日趋于富丽，如贾生司马相如之徒之所为是也。故西汉之散文，为李兆洛《骈体文钞》所选者，如汉景帝后六年《令二千石修职诏》，汉武帝元朔元年《议不举孝廉者罪诏》，元狩二年《报李广诏》、贾山《至言》、贾生《过秦论》、枚叔《上书谏吴王》、邹阳《狱中上书吴王》《狱中上书自明》、司马长卿《上书谏猎》《难蜀父老》《喻巴蜀檄》、晁错《对贤良文学策》、公孙弘《对贤良文学策》、司马子长《报任安书》、刘子政《上灾异封事》《讼陈汤疏》、刘子骏《移太常博士》等篇，虽不能即谓为骈文，然而不能不谓为已将成骈文之体势者也。由西汉而渐进至东汉，由东汉而渐进至于三国，若子桓子建兄弟，遂为六朝骈体之宗师矣。

西汉武帝时代之散文已有与骈文无异者今录邹阳、枚乘各一篇如下：

邹阳《狱中上书》

臣闻忠无不报，信无不疑，臣常以为然，徒虚语耳。昔荆轲慕燕丹之义，白虹贯日，太子畏之；卫先生为秦画长平之事，太白蚀昴，昭王疑之。夫精诚变天地而信不谕两主，岂不哀哉！今臣尽忠竭诚，毕议愿知，左右不明，卒从吏讯，为世所疑。是使荆轲、卫先生复起而燕，秦不悟也。愿大王熟察之。

昔玉人献宝，楚王诛之；李斯极忠，胡亥极刑。是以箕子佯狂，接舆避世，恐遭此患也。愿大王察玉人、李斯之意，而后楚王、胡亥之听，无使臣为箕子、接舆所笑。臣闻比干剖心，子胥鸱夷，臣始不信，今乃知之。愿大王熟察，少加怜焉！

语曰："白头如新，倾盖如故。"何则？知与不知也。故樊于斯逃秦之燕，借荆轲首以奉丹之事；王奢去齐之魏，临城自刭，以却齐存魏。夫王奢、樊於期，非新于齐、秦而故于燕、魏也，所以去二国而死两君者，行合于志，而慕义无穷也。是以苏秦不信于天下，而为燕尾生；白圭战亡六城，为魏取中山。何则？诚有以相知也。苏秦相燕，人恶之于燕王，燕王按剑而怒，食以狭駼；白圭显于中山，人恶之于魏文侯，文侯赐以夜光之璧。何则？两主二臣，剖心析肝相信，岂移于浮词哉！

故女无美恶，入宫见妒；士无贤不肖，入朝见嫉。昔司马喜膑脚于宋，卒相中山；范雎折胁折齿于魏，卒为应侯。此二人者皆信必然之画，捐朋党之私，挟孤独之交，故不能自免于嫉妒之人也。是以申徒狄蹈雍之河，徐衍负石入海，不容身于世，义不苟取比周于朝以移人主之心。故百里奚乞食于道路，穆公委之以政；宁戚饭牛于车下，桓公任之以国。此二人者，岂素宦于朝，借誉于左右，然后二主用之哉？感于心，合于意，坚如胶漆，昆弟不能离，岂惑于众口哉？故偏听生奸，独任成乱。昔鲁听季孙之说逐孔子，宋信子冉之计囚墨翟。夫以孔、墨之辩不能自免于谗谀而二国以危。何则？

众口铄金,积毁销骨也。秦用戎人由余而霸中国,齐用越人子臧而强威、宣。此二国岂拘于俗,牵于世,系奇偏之浮辞哉?公听并观,垂明当世。故意合则胡越为兄弟,由余、子臧是矣;不合则骨肉为雠敌,朱、象、管、蔡是矣。今人主诚能用齐、秦之明,后宋、鲁之听,则五伯不足侔,而三王易为比矣。

是以圣主觉悟,捐子之之心,而不说田常之贤,封比干之后,修孕妇之墓,故功业覆于天下。何则?欲善无厌也。夫晋文公亲其雠而强霸诸侯,齐桓用其仇而一匡天下。何则?慈仁殷勤,诚加于心,不可以虚辞借也。

至夫秦用商鞅之法,东弱韩、魏,立强天下,而卒车裂之。越用大夫种之谋,禽劲吴而霸中国,遂诛其身。是以孙叔敖三去相而不悔,於陵子仲辞三公为人灌园。今人主诚能去骄傲之心,怀可报之意,披心腹,见情素,隳肝胆,施德厚,终与之穷达,无爱于士,则桀之犬可使吠尧,而跖之客可使刺由,何况因万乘之权,假圣王之资乎!然则荆轲沉七族,要离燔妻子,岂足为大王道哉!

臣闻明月之珠,夜光之璧,以暗投人于道,众莫不按剑相眄者。何则?无因而至前也。蟠木根柢,轮囷离奇,而为万乘器者,何则?以左右先为之容也。故无因而至前,虽出隋珠和璧,只结怨而不见德;故有人先游,则枯木朽株,树德而不忘。今夫天下布衣穷居之士,身在贫羸,虽蒙尧、舜之术,挟伊、管之辩,怀龙逢、比干之意,而素无根柢之容,虽竭精神,欲开忠于当世之君,则人主必袭按剑相眄之迹矣。是使布衣之士,不得为枯木朽株之资也。

是以圣王制世御俗,独化于陶钧之上,而不牵乎卑乱之语,不夺乎众多之口。故秦皇帝任中庶子蒙嘉之言,以信荆轲而匕首窃发;周文王猎泾渭,载吕尚归以王天下。秦信左右而亡,周用乌集而王。何则?以其能越拘挛之语,驰域外之议,独观于昭旷之道也。

今人主沉谄谀之词,牵帷墙之制,使不羁之士,与牛骥同皂,此鲍焦所以愤于世也。

臣闻盛饰入朝者,不以私污义;砥砺名号者,不以利伤行。故里名胜母,曾子不入;邑号朝歌,墨子回车。今欲使天下寥廓之士,笼于威重之权,胁于位势之贵,回面污行,以事谄谀之人,而求亲近于左右,则士有伏死掘穴岩薮之中耳,安有尽忠信而趋阙下者哉!

枚乘《谏吴王书》

臣闻得全者全昌，失全者全亡。舜无立锥之地以有天下，禹无十户之聚以王诸侯。汤武之土，不过百里，上不绝三光之明，下不伤百姓之心者，有王术也。故父子之道，天性也。忠臣不避重诛以直谏，则事无遗策，功流万世。臣乘愿披腹心而效愚忠，唯大王少加意念恻怛之心于臣乘言。夫以一缕之任，系千钧之重，上县无极之高，下垂不测之渊，虽甚愚之人，犹知哀其将绝也。马方骇鼓而惊之，系方绝又重镇之。系绝于天不可复结，坠入深渊难以复出。其出不出间不容发，能听忠臣之言，百举必脱。必若所欲为，危于累卵，难于上天；变所欲为易于反掌，安于泰山。今欲极天命之寿，敝无穷之乐，究万乘之势，不出反掌之易，以居泰山之安，而欲乘累卵之危，走上天之难，此愚臣之所以为大王惑也。人性有畏其景而恶其迹者，却背而走，迹愈多景愈疾，不知就阴而止，景灭迹绝。欲人勿闻，莫若勿言；欲人勿知，莫若勿为。欲汤之沧，一人炊之，百人扬之无益也，不如绝薪止火而已。不绝之于彼，而救之于此，譬犹抱薪而救火也。养由基，楚之善射者也。去杨叶百步，百发百中，杨叶之大，加百中焉，可谓善射矣。然其所止乃百步之内耳。此于臣乘，未知操弓持矢也。福生有基，祸生有胎，纳其基，绝其胎，祸何自来？泰山之霤穿石，单极之统断干。水非石之钻，索非木之锯，渐靡使之然也。夫铢铢而称之，至石必差，寸寸而度之，至丈必过。石称丈量，径而寡失。夫十围之木，始生如蘖，足可搔而绝，手可擢而拔，据其未生，先其未形也。磨砻底厉，不见其损，有时而尽；种树畜养，不见其益，有时而大；积德累行，不知其善，有时而用；弃义背理，不知其恶，有时而亡。臣愿大王熟计而身行之，此百世不易之道也。

此二篇比物连类，虽后世极丽之骈文，何以过之？故曰：两汉之世为骈文渐成之时代也。至于三国，遂几于骈文时代文。

第二章

由学术时代而渐变为文学时代之散文
——两汉

第一节 总论

自《春秋》以上之诸史，皆为治化而为文；周秦诸子，则皆为学术而为文，无专以文为事者。屈平宋玉为韵文专家，似专以文为事矣；而实亦本于忧时怨生而作，亦不能谓专以文为事者也；盖其不欲以文见者其素志也；其不得不专以文名者其不幸也。至汉之贾谊，擅长奏疏，而不得行其志，始为赋以吊屈原，又自伤寿不得长，为《鵩鸟赋》，是为汉代辞赋开山之大家。然揣其始志，亦未尝欲以赋家名于世也；不得已而为劳者之自歌耳。故《太史公书》以谊与屈原同传，均不幸而以辞赋名者也。至枚乘司马相如之徒出，始专以辞赋为务。承其流者有枚皋、王褒、杨雄之徒，刻意摹拟，均专欲以文争胜。太史公作《司马相如列传》，尽录其《子虚》《上林》诸赋；班孟坚作《杨雄传》，尽录其《羽猎》《反离骚》等文；盖即后世《文苑传》之所自仿，而文学与学术离而为二之所由起也。又太史公传《儒林》，尝以文学与儒者同称。及班固《两都赋序》，乃专以文章属辞赋。且班氏所称诸家如司马相如、虞丘、寿王、东方朔、枚皋、王褒、刘向、兒宽、孔臧、董仲舒、刘德、萧望之等，今诸人之赋，皆多残亡，唯司马相如、刘向之赋，尚有存者，刘向之《九叹》，亦不为世所重。疑此辈皆多以经术家追逐时好而作辞赋，谅非其长，故不能工，而不能传于后世。唯司马相如史不称其精湛他学，唯以辞赋见称，实为文学家与学术家分家之始祖。自是而后，汉之学者，乃有专为文学而文学者矣。

《后汉书·文苑传》，自杜笃王烈凡二十二人，皆专以文学名者。范蔚宗赞之曰："情志既动，篇章为贵；抽心呈貌，非雕非蔚；殊状共体，同声异气；言观丽则，永监淫费。"盖彼等皆纯粹之文士矣。

第二节　辞赋家之散文

汉代辞赋家可谓至众，不可殚述，兹择最著者二人以略见一斑焉：曰贾谊、曰司马相如。其他如杨雄、班固、张衡之伦，其所为散文，亦莫不受辞赋影响，不能具论焉。《史记·贾生列传》云："贾生名谊，雒阳人也，年十八，以能诵诗属书闻于郡中。吴廷尉为河南守，闻其秀才，召置门下，甚幸爱。孝文皇帝初立，闻河南守吴公治平为天下第一，故与李斯同邑，而常学事焉，乃征为廷尉。廷尉乃言贾生年少，颇通诸子百家之书。文帝召以为博士。是时贾生年二十余，最少，每诏令议下，诸老先生不能言，贾生尽为之对，人人各如其意所欲出，诸生乃自以为不能及也。孝文帝说之，超迁，一岁至太中大夫。贾生以为汉兴至孝文二十余年，天下和洽，而固当改正朔，易服色，法制度，定官名。乃悉草具其事仪法，色尚黄，数用五，为官名，悉更秦之法。孝文帝初即位，谦让未遑也。诸律令所更定及列侯悉就国，其说皆自贾生发。于是天子议以为贾生任公卿之佐。绛灌东阳侯冯敬之属尽害之。乃短贾生曰：雒阳之人，年少初学，专欲擅权，纷乱诸事。于是天子后亦疏之，不用其议，乃以贾生为长沙王太傅。贾生既辞往行，闻长沙卑湿，自以为寿不得长，又以适去，意不自得，及度湘水，为赋以吊屈原，其辞云云。贾生为长沙王太傅，三年有鸮飞入贾生舍，止于坐隅，楚人命鸮曰服，贾生既以适居长沙，长沙卑湿，自以为寿不得长，伤悼之，乃为赋以自广，其辞曰云云。"贾生实为汉代最早之赋家。其辞赋作品，可谓追踪屈宋，缩长篇为短章，虽祖述屈宋而不蹈袭屈宋。汉之赋家如司马杨班虽以富丽胜，而论气格则未能或之先也。然贾生之散文亦为汉代之冠。张溥辑一百三家有《贾长沙集》一卷。今选录其《过秦论》上篇如下：

过秦论

　　秦孝公据殽函之固，拥雍州之地，君臣固守，以窥周室，有席卷天下，包举宇内，囊括四海之意，并吞八荒之心。当是时，商君佐之，内立法度，务耕织，修守战之备；外连衡而斗诸侯。于是秦人拱手而取西河之外。

　　孝公既没，惠文、武、昭襄，蒙故业，因遗策，南取汉中，西举巴、蜀，东割膏腴之地，收要害之郡。诸侯恐惧，会盟而谋弱秦，不爱珍器重宝肥饶之地，以致天下之士，合从缔交，相与为一。当此之时，齐有孟尝，赵有平原，楚有春申，魏有信陵。此四君者，皆明智而忠信，宽厚爱人，尊贤重士，约从离横，兼韩、魏、燕、赵、齐、楚、宋、卫、中山之众。于是六国之士，有宁越、徐尚、苏秦、杜赫之属为之谋，齐明、周最、陈轸、昭滑、楼缓、翟景、苏厉、乐毅之徒通其意，吴起、孙膑、带佗、儿良、王廖、田忌、廉颇、赵奢之伦制其兵。尝以十倍之地，百万之众，叩关而攻秦。秦人开关延敌，九国之师，逡巡遁逃而不敢进。秦无亡矢遗镞之费，而天下诸侯已困矣。于是从散约解，争割地而奉秦。秦有余力而制其敝，追亡逐北，伏尸百万，流血漂卤。因利乘便，宰割天下，分裂河山。强国请服，弱国入朝。延及孝文王、庄襄王，享国日浅，国家无事。

　　及至秦王，奋六世之余烈，振长策而驭宇内，吞二周而亡诸侯，履至尊而制六合，执棰拊以鞭笞天下，威振四海。南取百越之地，以为桂林、象郡；百越之君，俯首系颈，委命下吏。乃使蒙恬北筑长城而守藩篱，却匈奴七百余里。胡人不敢南下而牧马，士不敢弯弓而报怨。于是废先王之道，焚百家之言，以愚黔首。堕名城，杀豪杰，收天下之兵聚之咸阳。销锋铸镰，以为金人十二，以弱天下之民。然后践华为城，因河为池，据亿丈之城，临不测之渊以为固。良将劲弩，守要害之处，信臣精卒，陈利兵而谁何。天下已定，秦王之心，自以为关中之固，金城千里，子孙帝王万世之业也。

秦王既没，余威震于殊俗。陈涉瓮牖绳枢之子，甿隶之人，而迁徙之徒也；才能不及中人，非有仲尼、墨翟之贤，陶朱、猗顿之富；蹑足行伍之间，而倔起仟佰之中，率罢散之卒，将数百之众，而转攻秦。斩木为兵，揭竿为旗。天下云集响应，赢粮而景从。山东豪俊，遂并起而亡秦族矣。

且夫天下非小弱也，雍州之地，崤函之固，自若也。陈涉之位，非尊于齐、楚、燕、赵、韩、魏、宋、卫、中山之君也；锄耰棘矜，非铦于钩戟长铩也；谪戍之众，非抗于九国之师；深谋远虑，行军用兵之道，非及曩时之士也。然而成败异变，功业相反也。试使山东之国，与陈涉度长絜大，比权量力，则不可同年而语矣。然秦以区区之地，致万乘之权，招八州而朝同列，百有余年矣；然后以六合为家，崤函为宫；一夫作难而七庙隳，身死人手，为天下笑者，何也？仁义不施，而攻守之势异也。

此文排比敷张，实有辞赋色采，自"且夫天下非小弱也"至末即为班固《东都赋》末一段所本。其文云：

且夫僻界西戎，险阻四塞，修其防御，孰与处乎土中？平夷洞达万方辐辏，秦岭九嵏，泾渭之川，易若四渎五岳？带河溯洛图书之渊，建章甘泉，馆御列仙，孰与灵台明堂？统和天人，太液昆明，鸟兽之囿，曷若辟雍海流？道德之富，游侠逾侈，犯义侵礼，孰与同履法度？翼翼济济也。子徒习阿房之造天，而不睹京洛之有制也；识函谷之可关，而不知王者之无外也。

陈石遗先生云："论辨一类，古今以贾谊，《过秦论》为称首。其名为过秦，始见于《新书》，太史引作《秦始皇本纪论赞》，本只一篇，后人分作三篇。首篇《过秦始皇》，次篇《过二世》，三篇《过子婴》。其实如此巨制无他妙巧，不外开合擒纵而已。纵之愈远，擒之愈见有力也。首篇首言秦之数世，种种强盛，次言六国之谋臣策士，合从并力而无如秦何。又次言秦盛,六国益复种种强盛,天下益无如之何矣。皆开也,纵也。而陈涉以匹夫亡之,然仅此一合一擒,未免过于简单。故又用且夫一段推开,将陈涉与六国层层比较,山之峰峦回抱,水之港汊溇洄矣。"

贾生之奏议,有《陈政事疏》,为汉人奏议中第一长篇文字,实为后世万言书之祖。其文亦最多排偶,今以文长不录。

《史记·司马相如列传》云:"司马相如者,蜀郡成都人也,字长卿,少时好读书,学击剑,故其亲名之曰犬子。相如既学,慕蔺相如之为人,更名相如,以赀为郎,事孝景帝。为武骑常侍,非其好也。会景帝不好辞赋,是时梁孝王来朝,从游说之士,齐人邹阳、淮阴枚乘、吴庄忌夫子之徒,相如见而说之。因病免客游梁,梁孝王令与诸生同舍,相如得与诸生游士居数岁,乃著《子虚》之赋。"又云:"蜀人杨得意为狗监侍上,上读《子虚赋》而善之,曰:朕独不得与斯人同时哉?得意曰:臣邑人司马相如自言为此赋。上惊,乃召问相如。相如曰:有是,然此乃诸侯之事,未足观也;请为《天子游猎赋》。赋成,奏之,上许令上书给笔札。相如以子虚,虚言也,为楚称;乌有先生者,乌有此事也,为齐难;无是公者,无是人也,明天子之义。故空借此三人为辞,以推天子诸侯之苑囿,其卒章归之节俭,因以风谏。奏之天子,天子大说。"是为汉赋第一篇富丽之作,实亦原本宋玉之《高唐》也。《一百三家集》有《司马文园集》一卷。相如既为辞赋大家,故擅长辞令,雍容娴雅,兹录其《谕巴蜀檄》如下:

谕巴蜀檄

告巴蜀太守:蛮夷自擅,不讨之日久矣,时侵犯边境,劳士大夫。陛下即位,存抚天下,辑安中国,然后兴师出兵,北征匈奴,单于怖骇,交臂受事,诎膝请和。康居西域,重译请朝,稽首来享。移师东指,闽越相诛;右吊番禺,太子入朝。南夷之君,西僰之长,常效贡职,不敢怠堕。延颈举踵,喁喁然皆争归义,欲为臣妾,道里辽远,山川阻深,不能自致。

夫不顺者已诛,而为善者未赏,故遣中郎将往宾之,发巴蜀士民各五百人以奉币帛。卫使者不然,靡有兵革之事,战斗之患。今闻其乃发军兴制,惊惧子弟,忧患长老,郡又擅为转粟运输,皆非陛下之意也。当行者或亡逃自贼杀,亦非人臣之节也。

夫边郡之士,闻烽举燧燔,皆摄弓而驰,荷兵而走,流汗相属,唯恐居后。触白刃,冒流矢,义不反顾,计不旋踵,人怀怒心,如报私雠。彼岂乐死恶生,非编列之民,而与巴蜀异主哉?计深虑远,急国家之难,而乐尽人臣之道也。故有剖符之封,析珪而爵,位为通侯,居列东第。终则遗显号于后世,传土地于子孙。行事甚忠敬,居位甚安逸,名声施于无穷,功烈著而不灭。是以贤人君子,肝脑涂中原,膏液润野草而不辞也。

今奉币役至南夷,即自贼杀,或亡逃抵诛,身死无名,谥为至愚,耻及父母,为天下笑。人之度量相越,岂不远哉!然此非独行者之罪也,父兄之教不先,子弟之率不谨,寡廉鲜耻而俗不长厚也。其被刑戮,不亦宜乎!

陛下患使者有司之若彼,悼不肖愚民之如此。故遣信使晓喻百姓,以发卒之事,因数之以不忠死亡之罪,让三老孝弟以不教诲之过。方今田时,重烦百姓,已亲见近县,恐远所溪谷山泽之民不偏闻。檄到,亟下县道,使咸知陛下之意,唯毋忽也!

其文亦甚多排偶,贾生以气胜,长卿以韵胜也。《石遗室论文》云:"《史记·陆贾传》载贾说南越王赵佗说,司马相如本之以为《谕巴蜀檄》。檄之北征匈奴,单于怖骇,交臂受事,屈膝请和云云,即陆贾之鞭笞天下,劫略诸侯云云也。檄之摄弓而驰,荷戈而走,人怀怒心,如报私雠云云,即陆贾之将欲移兵云云也。檄之陛下患使者有司之若彼,悼不肖愚民之若此,即陆贾之天子怜百姓云云也。檄之发军兴制,惊惧子弟云云,即陆贾之以新造未成之越屈强于此云云也。檄之身死无名谥为至愚云云,即陆贾之掘烧先人冢夷灭宗族云云也。但陆说尤质直耳。"师说可谓深悉文章嬗变之迹。今录《史记·陆贾传》贾说南越王佗原文如下,俾得参照。

陆贾者楚人也,以客从高祖定天下,名为有口辩士,居左右,常使诸侯。及高祖时,中国初定,尉他平南越,因王之。高祖使陆贾赐尉他印,为南越王。陆生至,尉他魋结,箕倨见陆生。陆生因进说他曰:"足下中国人,亲戚昆弟坟墓在真定。今足下反天性,弃冠带,欲以区区之越与天子抗衡为敌国,祸且及身矣。且夫秦失其政,诸侯豪杰并起,唯汉王先入关,据咸阳。项羽倍约,自立为西楚霸王,诸侯皆属,可谓至强。然汉王起巴蜀,鞭笞天下,劫略诸侯,遂诛项羽,灭之。五年之间,海内平定,此非人力,天之所建也。天子闻君王王南越,不助天下诛暴逆,将相欲移兵而诛王。天子怜百姓新劳苦,故且休之。遣臣授君王印,剖符通使,君王宜郊迎,北面称臣。乃欲以新造未集之越,屈强于此。汉诚闻之,掘烧王先人冢,夷灭宗族,使一偏将将十万众临越,则越杀王降汉,如反覆手耳。"于是尉他乃蹶然起坐,谢陆生曰:"居蛮夷中久,殊失礼义。"因问陆生曰:"我孰与萧何曹参韩信贤?"陆生曰:"王似贤。"复曰:"我孰与皇帝贤?"陆生曰:"皇帝起丰沛,讨暴秦,诛强楚,为天下兴利除害,继五帝三皇之业,统理中国。中国之人以亿计,地方万里,居天下之膏腴,人众车舆,万物殷富,政由一家,自天地剖泮,未始有也。今王众不过数十万,皆蛮夷。崎岖山海间,譬若汉一郡,王何乃比于汉?"尉他大笑曰:"吾不起中国,故王此,使我居中国,何渠不若汉?"乃大说陆生,留与饮数月,曰:"越中无足与语,至生来,令我日闻所不闻。"赐陆生橐中装直千金。他送亦千金,陆生卒拜尉他为越王,令称臣,奉汉约。归报,高祖大悦。

第三节　经世家之散文

汉人《书疏》,传于今者几尽为经世之学。就中文之尤工者为贾谊、晁错、赵充国、贾让、刘向之徒。贾文前已论及,刘文容后言之。今略论晁赵二家焉。

《汉书·晁错传》曰:"晁错,颍川人也,学申商刑名于轵张恢生所。错为人峭直刻深。孝文时天下亡治《尚书》者,独闻齐有伏生,故秦博士,治《尚书》,年九十余,老不可征。乃诏太常使人受之。太常遣错受书伏生所。还因上书称说,诏以为太子舍人门大夫,迁博士,拜为太子家令,以其辩得幸太子,太子家号曰智囊,是时匈奴强盛，数寇边，上发兵以御之，错上言兵事。"兹录其文如下：

上言兵事书

臣闻汉兴以来，胡虏数入边境，小入则小利，大入则大利；高后持再入陇西，攻城屠邑，驱略畜产；其后复入陇西，杀吏卒，大寇盗。窃闻战胜之威，民气百位；败兵之卒，没世不复。自高后以来，陇西三困于匈奴矣，民气破伤，亡有胜意。今之陇西之吏，赖社稷之神灵，奉陛下之明诏，和辑士率，底厉其节，起破伤之民，以当乘胜匈奴。用少击众，杀一王，败其众，而大有利。非陇西之民有勇怯，乃将吏之制巧拙异也。故兵法曰："有必胜之将，无必胜之民。"繇此观之，安边境，立功名，在于良将，不可不择也。

臣又闻用兵临战合刃之急者三：一曰得地形，二曰卒服习，三曰器用利。兵法曰：丈五之沟，渐车之水，山林积石，经川邱阜，草木所在，此步兵之地也，车骑二不当一。土山邱陵，曼衍相属，平原广野，此车骑之地也，步兵十不当一。平陵相远，川谷居间，仰高临下，此弓弩之地也，短兵百不当一。两陈相近，平地浅草，可前可后，此长戟之地也，剑楯三不当一。萑苇竹萧，草木蒙茏，支叶茂接，此矛鋋之地也，长戟二不当一。曲道相伏，险厄相薄，此剑楯之地也，弓弩三不当一。士不选练，卒不服习，起居不精，动静不集，趋利弗及，避难不毕，前击后解，与金鼓之音相失，此不习勒卒之过也，百不当十。兵不完利，与空手词；甲不坚密，与袒裼同；弩不可以及远，与短兵同；射不能中，与亡矢同；中不能入，与亡镞同，此将不省兵之祸也，五不当一。故兵法曰：器械不利，以其卒予敌也；卒不可用，以其将予敌也；将不知兵，以其主予敌也；君不择将，以其国予敌也。四者，兵之至要也。 臣又闻大小异形，强弱异势，险易备务。夫卑身以事强，小国之形也；合小以攻大，敌国之形也；以蛮夷攻蛮夷，中国之形也。今匈奴地形技艺与中国异。上下山阪，出入溪涧，中国之马弗与也；险道倾仄，且驰且射，中国之骑弗与也；风雨罢劳，饥渴不困，中国之人弗与也，此匈奴之长技也。若夫平原易地，轻车突骑，则匈奴之众易挠乱也；劲弩长戟，射疏及远，则匈奴之弓弗能格也；坚甲利刃，长短相杂，游弩往来，什五俱前，则匈奴之兵弗能当也；材官驺发，矢道同的,则匈奴之革笥木荐弗能支也;下马地斗,剑戟相接,去就相薄,则匈奴之足弗能给也:此中国之长技也。以此观之,匈奴之长技三,中国之长技五。陛下又兴数十万之众,以诛数万之匈奴,众寡之计,以十击一之术也。

　　虽然,兵,凶器;战,危事也。以大为小,以强为弱,在俯仰之间耳。夫以人之死争胜,跌而不振,则悔之无及也。帝王之道,出于万全。今降胡义渠蛮之属来归谊者,其众数千,饮食长技与匈奴同,可赐之坚甲絮衣,劲弓利矢,益以边郡之良骑,令明将能知其习俗和辑其心者,以陛下之明约将之。即有险阻,以此当之;平地通道,则以轻车材官制之。两军相为表里,各用其长技,衡加之以众,此万全之术也。

　　传曰:"狂夫之言,而明主择焉。"臣错愚陋,昧死上狂言,惟陛下财择。

　　《石遗室论文》云:"景帝时晁错号智囊,平日于兵刑钱谷诸要务,大概无不简练揣摩。其所读必不出《孙吴兵法》《管子》《商君》诸书。故其《言兵事》一篇,文字与《孙子》第二编、第六篇、第七篇、第九篇,商君之《算地》《战法》《兵守》《徕民》《境内》,各篇甚为相似。不但立说用意之有所本已也。凡人学问,于何等书用功最深,一旦下笔,不必字摹句仿,自有不觉相似之处,似在神理也。错尚有《募民徙塞下》《论守边备塞》二篇,亦多与《管子》作内政寄军令之言相近。"

　　又云:"其笔意与晁家令相近者,有赵充国。充国有《陈兵利害书》,不过寻常奏议体。其《屯田奏》三首,则皆斩钉截铁,无一躲闪语,无一支曼语;然亦时有约束照顾,使阅者易于明白,斯为本色文字。"其说甚是,今将赵充国《上屯田奏》第二编录后:

上屯田奏二

　　臣闻帝王之兵,以全取胜,是以贵谋而贱战。战而百胜,非善之善也。故先为不可胜,以待敌之可胜,蛮夷习俗,虽殊于礼义之国,然其欲避害就利,爱亲戚,畏死亡,一也。今虏亡其美地荐草,愁于寄托远道，骨肉离心，人有畔志。而明主般师罢兵，万人留田。顺天时，因地利，以待可胜之虏。虽未即伏辜，兵决可期月而望，羌虏瓦解。前后降者万七百余人，及受言去者凡七十辈，此坐支解羌虏之具也。臣谨条不出兵留，田便宜十二事，步兵九校，吏士万人，留屯以为武备，因田致谷，威德并行，一也。又因排折羌虏，命不得归肥饶之坠，贫破其众，以成羌虏相畔之渐，眬。居民得并田作，不失农业，三也。军马一月之食，度支田士一岁，罢骑兵以省大费，四也。至春省甲士卒，循河湟漕谷至临羌，以眬羌虏，扬威武，传世折冲之具，五也。以闲暇时，下所伐材，缮治邮亭，充入金城，六也。兵出乘危徼幸，不出令反畔之虏，窜于风寒之地，离霜露疾疫瘃堕之患，坐得必胜之道，七也。亡经阻远追死伤之害，八也。内不损威武之重，外不令虏得乘间之势，九也。又亡惊动河南大幵小幵，使生它之忧，十也。治湟狭中道桥，令可至鲜水，以制西城，信威千里，从枕席过师，十一也。大费既省，繇役豫息，以戒不虞，十二也。留屯田得十二便，出兵失十二利，臣充国材下，犬马齿衰，不识长册，惟明诏博详公卿议臣采择。

《汉书·赵充国传》云："赵充国字翁孙，陇西上邽人也，复徙金城令居，始为骑士，以六郡良家子善骑射，补羽林，为人沉勇有大略，少好将帅之节，通知四夷事。"翁孙之文，削除支叶，严洁峻劲，宋王荆公之《三经义序》，即从此出而稍变其体。

第四节　史学家之散文

两汉史学家以马班为巨子。《史记·太史公自序》云"谈为太史公。太史公学天官于唐都，受易于杨何，习道论于黄子。太史公仕于建元元封之间，愍学者之不达其意而师悖，乃论六家之要旨。太史公既掌天官，不治民，有子曰迁。迁生龙门，耕牧河山之阳，年十岁则诵古文，二十而南游江淮，上会稽，探禹穴，窥九嶷，游于沅湘，北涉汶泗，讲业齐鲁之都，观孔子之遗风，乡射邹峄，厄困鄱薛彭城，过梁楚以归。于是迁仕为郎中，奉使西征巴蜀以南，南略邛笮昆明，还报命。是岁天子始建汉家之封，而太史公留滞周南，不得与从事，故发愤且卒；而子迁适使反，见父于河洛之间，太史公执迁手而泣曰：余先周室之太史也。自上世常显功名于虞夏，典天官事；后世中衰，绝于予乎？汝复为太史，则续吾祖矣。今天子接千岁之统，封泰山而予不得从行，是命也夫，命也夫！余死，汝必为太史；为太史，无忘吾所欲论著矣。且夫，孝始于事亲，中于事君，终于立身，扬名于后世，以显父母。此孝之大者。夫天下称颂周公，言其能论歌文武之德，宣周召之风，达太王王季之思虑，爰及公刘，以尊后稷也。幽厉之后，王道缺，礼乐衰。孔子修旧起废，论《诗》《书》，作《春秋》，则学者至今则之。自获麟以来四百余岁，而诸侯相兼，史记放绝。今汉兴，海内一统，明主贤君，忠臣死义之士，余为太史令，而弗论载，废天下之史文，余甚惧焉！汝其念哉！迁俯首流涕曰：小子不敏，请悉论先人所次旧闻弗敢阙。卒三岁，迁为太史令。七年而太史公遭李陵之祸，幽于缧绁，乃喟然而叹曰：是余之罪也。夫是余之恶也夫！身毁不用矣！退而深惟曰：夫诗书隐约者，欲遂其志之思也。昔西伯拘羑里，演《周易》；孔子厄陈蔡，作《春秋》；屈原放逐，著《离骚》；左丘失明，厥有《国语》；孙子膑脚，而论《兵法》；不韦迁蜀，世传《吕览》；韩非囚秦，《说难》《孤愤》；《诗》三百篇大概贤圣发愤之所为作也。此人皆意有所郁结，不得通其道也。故述往事，思来者。于是卒陶唐以来，至于麟止，自黄帝始。"

《后汉书·班彪传》云："班彪字叔皮，扶风安陵人也。彪性沉重好古，才高而好述作，遂专心史籍之间。武帝时，司马迁著《史记》，自太初以后，阙而不录，后好事者颇或缀集时事，然多鄙俗不足以踵继其书。彪乃继采前史遗事，傍贯异闻，作后传数十篇。"

又云："固字孟坚，年九岁能属文，诵诗赋；及长，遂博贯载籍；九流百家之言，无不穷究；所学无常师，不为章句，举大义而已；性宽和容众，不以才能高人，诸儒以此慕之。父彪卒，归乡里，固以彪所续前史未详，乃潜精研思，欲就其业；既而有人上书显宗，告固私改作国史者，有诏下郡，收固系京兆狱，尽取其家书。先是扶风人苏朗，伪言图谶事，下狱死。固弟超恐固为郡所核考，不能自明，乃驰诣阙上书，得召见，具言固所著述意。而郡亦上其书，显宗甚奇之，召诸校书部，除兰台令史，与前睢阳令陈宗，长陵令尹敏，司隶从事孟异，共成《世祖本纪》。迁为郎，典校秘书，固又撰功臣平林新市公孙述事，作列传载记二十八篇奏之。帝乃复使终成前所著书。固以为汉绍尧运，以建帝业，至于六世史臣，乃追述功德，私作本纪，编于百王之末，厕于秦项之列，太初以后，阙而不录，故探撰前记缀集所闻，以为《汉书》。起元高祖，终于孝平王莽之诛，十有二世，二百三十年，综其行事，傍贯五经，上下洽通，为春秋考纪表志传，凡百篇。固自永平中，始受诏，潜精积思，二十余年，至建初中乃成。当世甚重其书，学者莫不讽诵焉。"

柱尝著《马班异同论》，以司马氏父子本《春秋》之义，发明通史之例；班氏父子，本《尚书》之义，发明断代史之例。其本纪为大纲，列传为细目，后人合之为纲鉴编年体之史，于吾国史学实为最大贡献。大抵司马氏尚奇，班氏尚正；司马氏文体近散，班氏文体近骈。习骈文者必宗班，故《昭明文选》选班氏之文独多，选司马氏之文只一篇而已。学古文者宗司马氏，故古文家韩愈数汉代能文者屡称司马而不及班氏也。今各录其叙文一篇，以见异同。

史记游侠列传序

韩子曰："儒以文乱法，而侠以武犯禁。"二者皆讥，而学士多称于世云。至如以术取宰相卿大夫，辅翼其世主，功名俱著于春秋，固无可言者。及若季次、原宪，闾巷人也。读书怀独行君子之德，义不苟合当世，当世亦笑之。故季次、原宪，终身空室蓬户，褐衣疏食，不厌。死而已四百余年，而弟子志之不倦。今游侠，其行虽不轨于正义，然其言必信，其行必果，已诺必诚，不爱其躯，赴士之厄困，既已存亡死生矣，而不矜其能，羞伐其德，盖亦有足多者焉。

且缓急，人之所时有也。太史公曰：昔者虞舜窘于井廪，伊尹负于鼎俎，傅说匿于傅险，吕尚困于棘津，夷吾桎梏，百里饭牛，仲尼畏匡，菜色陈、蔡。此皆学士所谓有道仁人也，犹然遭此灾，况以中材而蹑涉乱世之末流乎？其遇害何可胜道哉！

鄙人有言曰："何知仁义，已飨其利者为有德。"故伯夷丑周，饿死首阳山，而文武不以其故贬王；跖、蹻暴戾，其徒诵义无穷。由此观之，"窃钩者诛，窃国者侯，侯之门仁义存"，非虚言也。

今拘学或抱咫尺之义，久孤于世，岂若卑论侪俗，与世沉浮，而取荣名哉！而布衣之徒，设取予然诺，千里诵义，为死不顾世，此亦有所长，非苟而已也。故士穷窘而得委命，此岂非人之所谓贤豪间者邪？诚使乡曲之侠，予季次、原宪比权量力，效功于当世，不同日而论矣。要以功见言信，侠客之义又曷可少哉！

古布衣之侠，靡得而闻已。近世延陵、孟尝、春申、平原、信陵之徒，皆因王者亲属，借于有土卿相之富厚，招天下贤者，显名诸侯，不可谓不贤者矣。比如顺风而呼，声非加疾，其势激也。至如闾巷之侠，修行砥名，声施于天下，莫不称贤，是为难耳。然儒、墨皆排摈不载。自秦以前，匹夫之侠，湮灭不见，余甚恨之。以余所闻，汉兴有朱家、田仲、王公、剧孟、郭解之徒，虽时捍当世之文罔，然其私义廉洁退让，有足称者。名不虚立，士不虚附。至如朋党宗强比周，设财役贫，豪暴侵凌孤弱，恣欲自快，游侠亦丑之。余悲世俗不察其意，而猥以朱家、郭解等，令与暴豪之徒同类而共笑之也。

汉书游侠列传序

古者天子建国，诸侯立家，自卿、大夫以至于庶人，各有等差，是以民服事其上而下无觊觎。孔子曰："天下有道，政不在大夫。"百官有司，奉法承令，以修所职，失职有诛，侵官有罚。夫然故上下相顺，而庶事理焉。周室既微，礼乐征伐，自诸侯出。桓、文之后，大夫世权，陪臣执命。陵夷至于战国，合从连衡，力政争强。繇是列国公子，魏有信陵，赵有平原，齐有孟尝，楚有春申，皆借王公之势，竞为游侠，鸡鸣狗盗，无不宾礼。而赵相虞卿，弃国捐君，以周穷交魏齐之厄；信陵无忌，窃符矫命，戮将专师，以赴平原之急：皆以取重诸侯，显名天下，扼捥而游谈者以四豪为称首。于是背公死党之议成，守职奉上之义废矣。

及至汉兴，禁网疏阔，未之匡改也。是故代相陈豨，从车千乘。而吴濞、淮南，皆招宾客以千数。外戚大臣魏其、武安之属，竞逐于京师，布衣游侠剧孟、郭解之徒，驰骛于闾阎，权行州城，力折公侯。众庶荣其名迹，觊而慕之。虽陷于刑辟，自与杀身成名，若季路、仇牧，死而不悔也。故曾子曰："上失其道，民散久矣。"非明王在上，视之以好恶，齐之以礼法，民曷繇知禁而反正乎！

古之正法：五伯三王之罪人也；而六国五伯之罪人也。夫四豪者又六国之罪人也。况于郭解之伦，以匹夫之细，窃杀生之权，其罪已不容于诛矣。观其温良泛爱，振穷周急，谦让不伐，亦皆有绝异之姿。惜乎不入于道德，苟放纵于末流，杀身亡宗，非不幸也。

自魏其、武安、淮南之后，天子切齿，卫、霍改节。然郡国豪桀，处处各有，京师亲戚，冠盖相望，亦古今常道，莫足言者。唯成帝时外家王氏，宾客为盛，而楼护为帅。及王莽时，诸公之间，陈遵为雄，闾里之侠，原涉为魁。

两家思想文派之不同如此。至叙事之文，虽各有不同，然孟坚生子长之后，亦未尝不步趋太史氏也。《石遗室论文》云："《汉书·李广传》后之《李陵传》，即欲继美太史公之《李广传》也。中叙陵苦战一大段，直逼《史记·淮阴侯传》《项羽本纪》。传末凄惋处，直兼伍子胥屠岸贾二事情景。"

又云："千古伤心人无如伍子胥，李陵。子胥犹得报仇泄愤，李陵则长此终古，非得班孟坚奇文传之，其事亦淹没不彰。惟于别苏武诗稍寄悲慨之一二而已。《文选》有《李陵答苏武书》，端系六朝人赝作，即全本班书《李陵传》翻演成者，东坡嗤为齐梁小儿之言，不诬也，昭明选之，可谓无识矣。以中国有名人而降外国，李陵外有庾信哥舒翰其最著者也。然其冤惨皆不如陵。陵名家子，其将才可以大破匈奴，立功塞外，徒以自恃太过，一误（以不愿属贰师不得骑）再误（不听军吏言败后求道径还归），致身败家族，致足悲矣。孟坚《汉书》，原不必为陵特立佳传，然难得此好题目，可与史迁竞胜，又代史迁发一大牢骚，故为特附一传于《李广传》后。孟坚平日于史迁文字，自己烂熟胸中，如伍子胥之父兄被诛，仓皇亡命，百计复仇；赵氏之族灭于屠岸贾，程婴公孙杵臼，生死存孤：皆极人世伤心之故。

但事情各异，只能得其嘻嘘悲恸神情。独有项籍，百战百胜，而垓下被围之后，以寡敌众终，至败亡。羽之力战至死，与陵之力战以至于降，情景极为相似。故陵以步兵五千人，敌单于八万余骑，犹羽麾下壮士骑从者仅八百余人，而骑将灌婴以五千骑追之也。陵麾下及成安侯校各八百人为前行，犹羽渡淮骑能属者仅百余人也。陵与韩延年俱上马，壮士从者十余人，虏骑数千追之；犹羽至东城乃有二十八骑，汉骑追者数千人也。陵便衣独步出营，犹项羽夜起饮帐中也。陵太息曰：兵败死矣，曰天明坐受缚矣；犹羽自度不得脱也。军使言将军威振匈奴，天命不遂；犹羽自言身七十余战，所当者破，所击者服，未尝败北，今卒困于此，此天之亡我也。军吏劝陵求道径还归，陵曰公止，吾不死，非壮士也，及无面目报陛下云云；犹乌江亭长劝羽渡江，羽曰天之亡我，我何渡为，且籍与江东子弟八千人渡江而西，今无一人还，纵江东父兄怜而王我，我何面目见之云云也。陵抵大泽葭苇中，犹羽至阴陵迷失道陷大泽中也。其尤似者力战之勇，孟坚叙陵以少击众曰击杀千人，曰斩首三千余级，曰复杀千人，曰复伤杀虏二千余人，皆陵五千人所手刃；犹史公叙羽曰，大呼驰下，汉军皆披靡，遂斩汉一将，曰复斩汉一都尉，杀数十百人，曰独籍所杀汉军数百人。羽令骑下马步行，持短兵接战；陵则徒斩车辐而持之，军吏持尺刃。羽谓其骑曰吾为公取彼一将；陵则止左右毋随我，大丈夫一取单于耳。羽有美人名虞，悲歌慷慨；陵则军中有女子，鼓声不起。其他管敢具告陵军无后救，射矢且尽，单于大喜；似韩信使人间视陈馀，知不用广武君策，信大喜。陵居谷中，虏在山上一段，似孙膑引庞涓入马陵道时。陵纵火自救，发连弩射单于，单于遮道攻陵，四面矢如雨下，疾呼曰，李陵韩延年趣降；庞涓追孙膑时亦言举火，言万弩夹道而伏，言万弩俱发，言斩树白而书之曰庞涓死于此树之下，又其不仅以《项羽本纪》者矣。"

又云："班孟坚《王贡两龚鲍传》，首先历举古来自洁之士，次历举当时清名之士，以为王吉辈发端，传中插入邴汉邴曼容等，传末复旁及诸清名之士，此班书之规模《史记·孟荀列传》者。"

第五节　经学家之散文

汉自武帝崇尚儒术，通经之士日众，汉之能文者几于无不通经，今论其荦荦大者董仲舒刘向二人，以为代表焉。

《汉书·董仲舒传》，"董仲舒，广川人也。少治春秋。孝景时为博士。下帷讲诵，弟子传以久次相授业，或莫见其面，盖三年不窥田园，其勤如此。进退容止，非礼不行，学士皆师尊之，武帝即位，举贤良文学之士，前后百数，而仲舒对贤良策焉"。《一百三家集》有《董胶西集》一卷。

贤良策对一

　　制曰：朕获承至尊休德，传之亡穷，而施之罔极，任大而守重，是以夙夜不皇康宁，永惟万事之统，犹惧有阙，故广延四方之豪俊。郡国诸侯，公选贤良修洁博习之士，欲闻大道之要，至论之极。今子大夫褎然为举首，朕甚嘉之。子大夫其精心致思，朕垂听而问焉。盖闻五帝三王之道，改制作乐，而天下洽和，百王同之。当虞氏之乐，莫盛于韶，于周莫盛于勺。圣王已没，钟鼓管弦之声未衰，而大道微缺，陵夷至乎桀纣之行，王道大坏矣。夫五百年之间，守文之君，当涂之士，欲则先王之法，以戴翼其世者甚众，然犹不能反，日以仆灭，至后王而后止。岂其所持操或悖缪而失其统与。固天降命不可复反，必推之于大衰而后息与。乌虖，凡所为屑屑夙兴夜寐，务法上古者又将无补与。三代受命，其符安在？灾异之变，何缘而起？性命之情，或夭或寿，或仁或鄙，习闻其号，未烛厥理。伊欲风流而令行，刑轻而奸改，百姓和乐，政事宣昭何修何饬而膏露降，百谷登，德润四海，泽臻草木。三光全，寒暑平，受天之祐，享鬼神之灵，德泽洋溢，施虖方外延及群生。子大夫明先圣之业，习俗化之变，终始之序，讲闻高谊之日久矣。其明以谕朕，科别其条，勿猥勿并，取之于术，慎其所出，乃其不正不直，不忠不极，枉于执事，书之不泄，兴于朕躬，毋悼后害。子大夫其尽心，靡有所隐，朕将亲览焉。仲舒对曰：陛下发德音，下明诏，求天命与情性，皆非愚臣之所能及也。臣谨案《春秋》之中，视前世已行之事，以亲天人相与之际,甚可畏也。国家将有失道之败,而天乃先出灾害,以谴告之;不知自省,又出怪异以警惧之;尚不知变,而伤败乃至。以此见天心之仁爱人君,而欲止其乱也。自非大亡道之世者,天尽欲扶持而全安之,事在强勉而已矣。强勉学问则闻见博而知益明,强勉行道则德日起而大有功,此皆可使还至而立有效者也。《诗》曰:"夙夜匪解",《书》云:"茂哉茂哉",皆强勉之谓也。道者所繇适于治之路也。仁义礼乐皆其具也。故圣王已没,而子孙长久,安宁数百岁,此皆礼乐教化之功也。王者未作乐之时,乃用先王之乐宜于世者。而以深入教化于民,教化之情不得,雅颂之乐不成,故王者功成作乐,乐其德也。乐者所以变民风化民俗也。其变民也易,其化人也著。故声发于和而本于情,接于肌肤,臧于骨髓,故王道微缺,而管弦之声未衰也。夫虞氏之不为政久矣。然而乐颂遗风,犹有存者。是以孔子在齐,而闻韶也。夫人君莫不欲安存而恶危亡,然而政乱国危者甚众,所任者非其人,而所繇者非其道,是以政日以仆灭也。夫周道衰于幽厉,非道亡也,幽厉不繇也。至于宣王思昔先王之德,兴滞补币,明文武之功业,周道然复兴。诗人美之而作,上天祐之,为生贤佐,后世称诵,至今不绝。此夙夜不解行善之所致也。孔子曰:人能弘道,非道弘人也。故治乱废兴,在于己,非天降命不可得反。其所操持悖谬,失其统也。臣闻天之所大奉使之王者,必有非人力所能致,而自至者,此受命之符也。天下之人同心归之,若归父母,故天瑞应诚而至。书曰白鱼入于王舟,有火复于王屋,流为乌,此盖受命之符也。周公曰:"复哉复哉",孔子曰:"德不孤,必有邻",皆积善累德之效也。及至后世淫佚衰微,不能统理群生,诸侯背畔,残贼良民,以争壤土。废德教而任刑罚。刑罚不中,则生邪气,邪气积于下,怨恶畜于上,上下不和,则阴阳缪盭,而妖孽生矣。此灾异所缘而起也。臣闻命者天之令也,性者生之质也,情者人之欲也。或夭或寿,或仁或鄙,陶冶而成之,不能粹美,有治乱之所生,故不齐也。孔子曰:君子之德,风也。小人之德,草也。草上之风必偃。故尧舜行德,则民仁寿;桀纣行暴,则民鄙夭。夫上之化下,下之从上,犹泥之在钧,惟甄者之所为。犹金之在熔,惟冶者之所铸。绥之斯徕,动之斯和,此之谓也。臣谨案《春秋》之文,求王道之端,得之于正,正次王,王次春,春者天,之所为也。正者王之所为也,其意曰:上承天之所为,而下以正其所为正,王道之端云尔。然则王者欲有所为,宜求其端于天。

天道之大者在阴阳。阳为德，阴为刑，刑主杀而德主生。是故阳常居大夏而，以生育养长为事，阴常居大冬而积于空虚不用之处，以此见天之任德不任刑也。天使阳出布施于上而主岁功，使阴入伏于下而时出佐阳，阳不得阴之助亦不能独成岁终，阳以成岁为名，此天意也。王者承天意以，从事，故任德教而不任刑。刑：者不可任以治世，犹阴之不可任以成岁也。为政而任刑不顺于天，故先王莫之肯为也。今废先王德教之官，而独任执法之吏治民，毋乃任刑之意与。孔子曰："不教而诛谓之虐。"虐政用于下，而欲德教之被四海，故难成也。臣谨案《春秋》谓一元之意，一者万物之所从始也。元者辞之所谓大也。谓一为元者，视大始而欲正本也。春秋深探其本，而反自贵者始，故为人君者正心以正朝廷，正朝廷以正百官，正百官以正万民，正万民以正四方。四方正，远近莫敢不壹于正，而亡有邪气奸其间者。是以阴阳调而风雨时，群生和而万民殖，五谷熟而草木茂。天地之间，被润泽而大丰美；四海之内，闻盛德而皆徕臣。诸福之物，可致之祥，莫不毕至，而王道终矣。孔子曰："凤鸟不至，河不出图。"吾已矣夫，自悲可致此物而身卑贱不得致也。今陛下贵为天子，富有四海，居得致之位，操可致之势，又有能致之资，行高而恩厚，知明而意美，爱民而好士，可谓谊主矣。然而天地未应而美祥莫至者，何也？凡以教化不立，而万民不正也。夫万民之从利也如水之走下，不以教化堤防之不能止也。是故教化立而奸邪皆止者，其堤防完也。教化废而奸邪并出，刑罚不能胜者，其堤防坏也。古之王者明于此，是故南面而治天下莫不以教化为大务，立太学以教于国，设庠序以化于邑，渐民以仁，摩民以谊，节民以礼，故其刑罚甚轻，而禁不犯者，教化行而习俗美也。圣王之继乱世也，扫除其迹，而悉去之。复修教化而崇起之，教化已明，习俗已成，子孙循之，行五六百岁尚未败也。至周之末世，大为亡道，以失天下。秦继其后，独不能改，又益甚之。重禁文学不得挟书，弃捐礼谊，而恶闻之，其心欲尽灭先圣之道而颛为自恣苟简之治，故立为天子，十四岁而国破亡矣。自古以来，未曾有以乱济乱大败天下之民，如秦者也。其遗毒余烈至今未灭，使习俗薄恶，人民嚚顽，抵冒殊捍，熟烂如此之甚者也。孔子曰：腐朽之木不可雕也，粪土之墙不可圬也。今汉继秦之后如朽木粪墙矣。虽欲善治之，亡可奈何，法出而奸生，令下而诈起，如以汤止沸，抱薪救火，愈甚亡益也。窃譬之琴瑟不调，甚者必解而更张之，乃可鼓也。为政而不行，甚者必变而更化之，乃可理也。当更张而不更张，虽有良工，不能善调也。当更化而不更化，虽有大贤不能善治也。故汉得天下以来，常欲善治而至今不可善治者，失之于当更化而不更化也。古人有言曰：临渊羡鱼，不如退而结网。今临政而愿治，七十余岁矣，不如退更化。更化则可善治，善治则灾害日去，福禄日来。《诗》云："宜民宜人，受禄于天。"为政而宜于民者，固当受禄于天。夫仁义礼知信，五常之道，王者所当修饬也。五者修饬故受天之祜，而享鬼神之灵，德施于方外，延及群生也。

陈澧《东塾读书记》云："董生之学，深邃者在《春秋》及阴阳之说，其大有功于世者，则班固所云切当世，施朝廷者也。班氏云：自武帝初立，魏其武安侯为相，而隆儒矣，及仲舒对策，推明孔氏，抑黜百家，立学校之言，州郡举茂材孝廉，皆仲舒发之。澧谓孔子孟子，不能行其道于天下，至董生乃能施之发之。"

《石遗室论文》云："汉代文章，世称贾茂董醇。茂盛也，即树木枝叶畅茂之意，贾生之策论，根本盛大，枝叶扶疏，茂不难解也。董之醇在何处乎？均是此意此言，在他人言之透露，而董言之含蓄；他人言之激烈，而董言之委婉，不肯求其简捷。三策原以灾异作主，而第一篇开口曰以观天人相与之际，曰天尽欲扶持而安全之，曰事在强勉而已矣，曰可使还至而立有效者也，皆说得亲切近情。曰非道亡也，幽厉不繇也，曰非天降命不可得反其所操持悖谬失其统也，委婉中又说得郑重，视天难谌命靡常者较亲切矣。曰刑罚不中，则生邪气云云，曰天任德不任刑，曰阳不得阴之助云云，曰故先王不肯为也，皆颇有至理。曰四方正远近莫敢不一于正而亡有邪气奸其间者，则煞句颇峭，以其上正心以正朝廷各句已堂堂正正说之，此处正收太平，故反足一句；又足以阴阳调，风雨时，至王道终矣一段，以鼓舞修德之心，文气可谓厚矣；又反足以凤鸟不至，至不得致也数句，厚之至也。曰自古以来未尝有以乱济乱大败天下之民如秦者也，文气已足矣；又重之曰，其遗毒余烈，至今未灭，使习俗薄恶，人民嚚顽抵冒殊捍熟烂如此之甚者也，皆文气之厚处；又肯说多余话，而说来不讨厌，使人动听，如人君莫不欲安存而恶危亡云云是也。"

《汉书·楚元王传》云：向字子政，末名更生，年十二，以父德任为郎。既冠，以行修饬擢为谏大夫。《一百三家集》有《刘子政集》一卷。今录其《谏起昌陵疏》如下：

谏起昌陵疏

臣闻《易》曰："安不忘危，存不忘亡"，是以身安而国家可保也。故贤圣之君，博观终始，穷极事情，而是非分明。王者必通三统，明天命所授者博，非独一姓也。孔子论《诗》，至于"殷士肤敏，裸将于京"，喟然叹曰，"大哉天命！善不可不传于子孙，是以富贵无常，不如是则王公其何以戒慎，民萌何以劝勉？"盖伤微子之事周，而痛殷之亡也。虽有尧舜之圣，不能化丹朱之子；虽有禹汤之德，不能训末孙之桀纣。自古及今，未有不亡之国也。昔高皇帝既灭秦，将都雒阳，感寤刘敬之言，自以德不及周，而贤于秦，遂徙都关中，依周之德，因秦之阻。世之长短以德为效，故常战栗，不敢讳亡。孔子所谓"富贵无常"盖谓此也。

孝文皇帝居霸陵，北临厕，意凄怆悲怀，顾谓群臣曰："嗟乎！以北山石为椁，用纻絮斫陈漆其间，岂可动哉！"张释之进曰："使其中有可欲，虽锢南山犹有隙；使其中无可欲，虽无石椁，又何戚焉？"夫死者无终极，而国家有废兴，故释之之言为无穷计也。孝文寤焉，遂薄葬不起山坟。

《易》曰："古之葬者厚衣之以薪，藏之中野，不封不树。后世圣人易之以棺椁。"棺椁之作，自黄帝始。黄帝葬于桥山，尧葬济阴，邱陇皆小，葬具甚微。舜葬苍梧，二妃不从。禹葬会稽，不改其列。殷汤无葬处。文、武、周公葬于毕，秦穆公葬于雍橐泉宫祈年馆下，樗里子葬于武库，皆无丘陇之处。此圣帝明王贤君智士远览独虑无穷之计也。其贤臣孝子，亦承命顺意而薄葬之，此诚奉安君父忠孝之至也。

夫周公，武王弟也，葬兄甚微。孔子葬母于防，称古墓而不坟，曰："丘，东西南北之人也，不可不识也。"为四尺坟，遇雨而崩。弟子修之，以告孔子，孔子流涕曰："吾闻之古者不修墓。"盖非之也。延陵季子适齐而反，其子死，葬于嬴、博之间，穿不及泉，敛以时服，封坟掩坎，其高可隐，而号曰："骨肉归复于土，命也，魂气则无不之也。"夫嬴、博去吴,千有余里,季子不归葬。孔子往观曰:"延陵季子于礼合矣。"故仲尼孝子,而延陵慈父,舜禹忠臣,周公弟弟,其葬君亲骨肉皆微薄矣;非苟为俭,诚便于体也。宋桓司马为石椁,仲尼曰:"不如速朽。"秦相吕不韦集知略之士,而造《春秋》,亦言薄葬之义,皆明于事情者也。

逮至吴王阖闾,违礼厚葬,十有余年,越人发之。及秦惠、文、武、昭、严襄五王,皆大作邱陇,多其瘗藏,咸尽发掘暴露,甚足悲也。秦始皇帝葬于骊山之河,下锢三泉,上崇山坟,其高五十余丈,周回五里有余;石椁为游馆,人膏为灯烛,水银为江海,黄金为凫雁。珍宝之藏,机械之变,棺椁之丽,宫馆之盛,不可胜原。多杀宫人,生薶工匠,计以万数。天下苦其役而反之,骊山之作未成,而周章百万之师至其下矣。项籍燔其宫室营宇,往者咸见发掘。其后牧儿亡羊,羊入其凿,牧者持火照求羊,失火烧其藏椁。自古及今,葬未有盛如始皇者也。数年之何,外被项籍之灾,内罹牧竖之祸,岂不哀哉!

是故德弥厚者葬弥薄,知愈深者葬愈微。无德寡知,其葬愈厚,邱陇弥高,宫庙甚丽,发掘必速。由是观之,明暗之效,葬之吉凶,昭然可见矣。周德既衰而奢侈,宣王贤而中兴,更为俭宫室,小寝庙。诗人美之,《斯干》之诗是也,上章道宫室之如制,下章言子孙之众多也。及鲁严公刻饰宗庙,多筑台囿,后嗣再绝,《春秋》刺焉。周宣如彼而昌,鲁、秦如此而绝,是则奢俭之得失也。

陛下即位,躬亲节俭,始营初陵,其制约小,天下莫不称贤明。及徙昌陵,增埤为高,积土为山,发民坟墓,'积以万数,营起邑居,期日迫卒,功费大万百余。死者恨于下,生者愁于上,怨气感动阴阳。因之以饥馑,物故流离,以十万数,臣甚惛焉。以死者为有知,发人之墓,其害多矣;若其无知,又安用大?谋之贤知则不说,以示众庶则苦之;若苟以说愚夫淫侈之人,又何为哉!陛下慈仁笃美甚厚,聪明疏达盖世,宜弘汉家之德,崇刘氏之美,光昭五帝、三王。而顾与暴秦乱君竞为奢侈,比方邱陇,说愚夫之目,隆一时之观,违贤知之心,亡万世之安,臣窃为陛下羞之。惟陛下上览明圣黄帝、尧、舜、禹、汤、文、武、周公、仲尼之制,下观贤知穆公、延陵、樗里、张释之意。孝文皇帝去坟薄葬,以俭安神,可以为则;秦昭、始皇增山厚藏,以侈生害,足以为戒。初陵之樵,宜从公卿大臣之议，以息众庶。

《石遗室论文》云："刘向《论起昌陵疏》，首段言自古无不亡之国，厚葬无益，可谓敢言，以一唱三叹，极有风神。其警语云：王者必通三统，明天命所授者博，非独一姓也。又云：虽有尧舜之圣，不能化丹朱之子；虽有禹汤之德，不能训末孙之桀纣。自古及今，未有不亡之国也。次段历举古来薄葬之人，皆有特识，亦以淡宕之笔出之。其警语云：夫死者无终极，而国家有废兴，故释之之言张释之对汉文帝曰：使其中有可欲，虽锢南山犹有隙；使其中无可欲，虽无石椁，又何戚焉。为无穷计也。 又云：此圣帝明王贤君智士远览独虑无穷之计也。其贤臣孝子亦承命顺意而薄葬之，此诚奉安君父忠孝之至也。三段乃详言厚葬之害，以甚足悲也，岂不哀哉，分两次作煞笔，亦出以唱叹。末段始反复总以痛切之言，其警语云：是故德弥厚者葬弥薄，知愈深者葬愈微；无德寡知，其葬愈厚；邱跪弥高，宫庙甚丽，发掘必速。由是观之，明暗之效，葬之吉凶，昭然可见矣。又云：陛下始营初陵，其制约小，天下莫不称贤明。及徙昌陵，增埠为高，积土为山，发民坟墓，积以万数。以死者为有知，发人之墓，其害多矣；若其无知，又焉用大？谋之贤知则不说，以示众庶则苦之，若苟以说愚夫淫侈之人，又何为哉？子政文章，笔皆平实，此篇独多姿态。"

董刘之文，其根据经术剀切深厚如此。柱尝谓汉之散文，可分四大派，一辞赋派，二经世派，三经术派，四史学派，其余可为附庸而已。 辞赋派以司马相如、扬雄为宗，其后流而为骈文，后世古文家韩退之时或宗之；经世派以贾谊、晁错为魁，其流而为骈文者陆宣公为最，后世古文家三苏等宗之；经术派以董仲舒、刘向为首，而后世古文家李翱、曾巩、王安石辈宗之；史学家以司马迁、班固为祖，而后世古文家韩退之、欧阳修之徒，多宗司马氏。

此外公孙宏、匡衡亦以经术为文，若京房翼奉李寻等虽经学专家而散文非其所长矣，至于东汉无一不文以经术焉。

第六节　训诂派之散文

西汉经学家之于经也，大抵通大义，不事章句，如贾董刘向杨雄之徒皆是也。至东汉儒者，遂为之一变，事章句，工训诂，如郑兴、郑众、贾逵、马融、郑玄之徒是也。西汉儒者求通大义，故多工文；东汉儒者局促于训诂，故鲜能文者；惟马融之辞赋，最为富丽，足以上方杨班而已。今略论郑玄许慎二家，以见一斑焉。

《后汉书·郑玄传》云："玄字康成，北海高密人也。少为乡啬夫，得休归，常诣学官，不乐为吏，父数怒之，不能禁；遂造太学受业，师事京兆第五元。先始通《京氏易》《公羊春秋》《三统历》《九章算术》。又从东郡张恭祖受《周官》《礼记》《左氏春秋》《韩诗》《古文尚书》。以山东无足问者，乃西入关因琢郡卢植，师事扶风马融。融门徒四百余人，升堂进者五十余生。融素骄贵，玄在门下，三年不得见，乃使高业弟子传授于玄。玄日夜寻诵，未尝怠倦，会融集诸生考论图纬，闻玄善算，乃召见于楼上。玄因从质诸疑义，问毕辞归，融喟然谓门人曰：'郑生今去，吾道东矣。'玄自游学十余年乃归乡里。家贫，客耕东莱，学徒相随已数百千人。及党事起，乃与同郡孙嵩等四十余人俱被禁锢，遂隐修经业，杜门不出。时任城何休好《公羊》学，遂著《公羊墨守》《左氏膏肓》《穀梁废疾》。玄乃发墨守，针膏肓，起废疾。休见而叹曰：'康成入吾室操吾矛以伐我乎？'初中兴之后，范升、陈元、李育、贾逵之徒，争论古今学，后马融答北地太守刘瑰，及玄答何休，义据通深，由是古学遂明。"今录其戒子书如下：

戒子益恩

吾家旧贫，不为父母昆弟所容。去厮役之吏，游学周秦之都，往来幽并兖豫之域，获觐乎在位通人，处逸大儒，得意者咸从捧手。有所授焉，遂博稽六艺，粗览传记，时睹秘书纬术之奥。年过四十，乃归供养，假田播殖，以娱朝夕。遇阉尹擅势，坐党禁锢，十有四年，而蒙赦令。举贤良方正有道，辟大将军三司府，公车再召，比牒并名，早为宰相。惟彼数公，懿德大雅，克堪王臣，故宜式序。吾自忖度，无任于此，但念述先圣之元意，思整百家之不齐，亦庶几以竭吾才。故闻命罔从，而黄巾为害，萍浮南北，复归邦乡。入此岁来，已七十矣，宿业衰落，仍有失误。案之礼典，便合传家。今我告尔以老，归尔以事，将闲居以安性，覃思以终业；自非拜国君之命，问族亲之忧，展敬坟墓，观省野物，胡尝扶杖出门乎！家事大小，汝一承之。咨尔茕茕一夫，曾无同生相依。其勖求君子之道，研钻勿替，敬慎威仪，以近有德。显誉成于僚友，德行立于己志。若致声称，亦有荣于所生，可不深念邪？可不深念邪？吾虽无敝冕之绪，颇有让爵之高，自乐以论赞之功，庶不遗后人之羞。末所愤愤者，徒以亡亲坟垄未成。所好群书，率皆腐敝，不得于礼堂写定，传与其人。日西方暮，其可图乎。家今差多于昔，勤力务时，无恤饥寒，菲饮食，薄衣服，节夫二者。尚令吾寡憾，若忽忘不识。亦已焉哉！

《后汉书·儒林传》云："许慎字叔重，汝南召陵人也。性淳笃，少博学经籍，马融常推敬之。时人为之语曰：五经无双许叔重。为郡功曹，举孝廉，再迁除洨长，卒于家。初慎以五经传说臧否不同，于是撰为《五经异义》，又作《说文解字》十四篇，皆传于世。"今录其《说文解字叙》于后：

说文解字叙

叙曰：古者庖牺氏之王天下也，仰则观众于天，俯则观法于地，视鸟兽之文，与地之宜，近取诸身，远取诸物，于是始作《易》八卦，以垂宪象。及神农氏结绳为治，而统其事。庶业其繁，饰伪萌生，黄帝之史仓颉见鸟兽蹄迒之迹，知分理之可相别异也，初造书契。百工以乂，万品以察，盖取诸夬，夬扬于王庭。言文者宣教明化于王者朝廷，君子所以施禄及下，居德明忌也。仓颉之初作书，盖依类象形，故谓之文。其后形声相益，即谓之字。文者物象之本，字者言孳乳而寖多也。箸于竹帛，谓之书，书者如也。以迄五帝三王之世，改易殊体，封于泰山者七十有二代，靡有同焉。

《周礼》：八岁入小学，保氏教国子，先以六书。一曰指事，指事者视而可识,察而见意,二二是也。二曰象形,象形者画成其物,随体诘诎,日月是也。三曰形声,形声者以事为名,取譬相成,江河是也。四曰会意,会意者比类合谊,以见指物,垒信是也。五曰转注,转注者建类一首,同意相受,考老是也。六曰假借,假借者丰无其字,依声托事,令长是也。

及宣王太史籀著《大篆》十五篇,与古文或异。至孔子书六经,左丘明述春秋传,皆以古文,厥意可得而说。其后诸侯力政,不统于王,恶礼乐之害己,而皆去其典籍。分为七国,田畴异亩,车涂异轨,律令异法,衣冠异制,言语异声,文字异形。

秦始皇帝初兼天下,丞相李斯乃奏同之,罢其不与秦文合者。斯作《仓颉篇》,中车府令赵高作《爰历篇》,大史令胡母敬作《博学篇》,皆取史籀《大篆》,或颇省改,所谓小篆者也。是时秦烧经书,涤除旧典,大发吏卒兴戍役,官狱职务繁。初有隶书,以趣约易,而古文由此绝矣。

自尔秦书有八体:一曰大篆,二曰小篆,三曰刻符,四曰虫书,五曰摹印,六曰署书,七曰殳书,八曰隶书,汉兴有草书。尉律学僮十七已上,始试,讽籀书九千字,乃得为史。又以八体试之,郡移大史并课,最者以为尚书史。书或不正,辄举劾之。今虽有尉律,不课,小学不修,莫达其说久矣。

孝宣皇帝时,召通仓颉读者,张敞从受之。凉州刺史杜业,沛人爰礼,讲学大夫秦近,亦能言之。孝平皇帝时,征礼等百余人,令说文字未央廷中,以礼为小学元士,黄门侍郎扬雄采以作《训纂篇》。凡《仓颉》已下十四篇,凡五千三百四十字,群书所载,略存之矣。

及亡新居摄,使大司空甄丰等,校文书之部,自以为应制作。颇改定古文。时有六书:一曰古文,孔子壁中书也。二曰奇字,即古文而异者也。三曰篆书,即小篆。四曰左书,即秦隶书。秦始皇帝使下杜人程邈所作也。五曰缪篆,所以摹印也。六曰鸟虫书,所以书幡信也。壁中书者,鲁恭王坏孔子宅而得《礼记》《尚书》《春秋》《论语》《孝经》。又北平侯张苍献《春秋左氏传》。郡国亦往往于山川得鼎彝,其铭即前代之古文,皆自相似。虽回复见远流,其详可得略说也。

而世人大共非訾,以为好奇者也,故诡更正文,乡壁虚造不可知之书,变乱常行,以耀于世。诸生竞逐说字解经谊,称秦之隶书为仓颉时书，云父子相传，何得改易。乃猥曰："马头人为长，人持十为斗，虫者，屈中也。"廷尉说律，至以字断法。苛人受钱，苛之字止句也。若此者甚众，皆不合孔氏古文，谬于史籀。俗儒图夫，玩其所习，蔽所希闻，不见通学，未尝睹字例之条，怪旧艺而善野言，以其所知为秘妙，究洞圣人之微惜。又见《仓颉篇》中"幼子承诏"，因曰：古帝之所作也，其辞有神仙之术焉。其迷误不谕，岂不悖哉！

《书》曰："予欲观古人之象。"言必遵修旧文而不穿凿。孔子曰："吾犹及史之阙文，今亡矣夫！盖非其不知而不问。人用己私，是非无正，巧说邪辞，使天下学者疑。盖文字者经艺之本，王政之始，前人所以垂后，后人所以识古。故曰：本立而道生，知天下之至啧而不可乱也。"

今叙篆文，合以古籀，博采通人，至于小大，信而有证。

稽撰其说，将以理群类，解谬误，晓学者，达神恉。分别部居，不相杂厕也。万物咸睹，靡不兼载，厥谊不昭，爰明以谕。其称《易》，孟氏；《书》，孔氏；《诗》，毛氏；《礼》，周官；《春秋》，左氏；《论语》《孝经》，皆古文也。其于所不知，盖阙如也。

康成之文，信笔而书，甚不费力，近于自然派之散文，为后来陶渊明一派所宗。叔重之文，镂心镌肾，颇近骈文。东汉训诂家之散文，以二子为最杰出矣。

第七节　碑文家之散文

两汉金石家之文，多不著撰者姓名，盖古例也。然其文极浑厚朴茂，唐韩愈碑文，最为后世称颂，而不知多本于汉碑也。汉金文如《盘铭》等多属韵文，今不录。惟碑则有铭有叙，铭虽韵文，而叙文则散文也。故今略录一二，以见其为周秦金石文之流变焉。

汉碑用字固多俗体，以其为隶变也。然时亦多存古字，且缘殷周钟鼎文字之例，多用通假字，故读汉碑不特可见文体之流变，且可以见字体之流变焉。

国三老袁君碑

　　君讳良，字厚卿，陈国扶乐人也。厥先舜苗，世为封君。周之兴，虞阏父典陶正，嗣满为陈侯，至玄孙涛涂。初氏父字，立姓曰袁。鲁僖公四年为大夫，哀十一年，颇为司徒。其末或适齐楚，而袁生□独留陈。当秦之乱，隐居河洛，高祖破项，实从其策。天下既定，还宅扶乐。孝武征和三年，生曾孙干，斩贼公先勇，拜黄门郎，封关内侯，食遗乡六百户，后锡金紫，仙修城之郭。干薨，子经嗣，经薨，子山嗣，传国三世，至王莽而绝。君即山之曾孙，缵神明之洪族，资天德之清则，惇综易诗，而悦礼乐。举孝廉、郎中、谒者、将作大匠、丞相令、广陵太守，讨江贼张路等，威震徐方。谢病归家，孝顺初政，咨□□白，三府举君，征拜议郎、符节令。时元子光博平令，中子腾尚书郎，少子璋谒者，诏书□□可父事，群司以君

　　父子俱列三台。夫人结发，上为三老，使者持节安车，亲□几杖之尊，袒割之养，君实飨之。后拜梁相，帝御九龙殿，引君对觌，与饭酒，赐饮宴，册曰：顷者连遇运害，灾条备至，阴阳不和，寒暑不节。昔孔子制义，承奉则有兴盛之福，慢期即致来咎之变。朕以眇身，袭袭继业，二九之戒，今直其际，图记占□，慎在藩国。自先帝至德，犹有七国之谋，盖治世者不讳其难。朕追蕃社稷之重，恐有交会诸国王侯，开导以骄满之渐。令奸邪因缘生慝，相以显选，简讳内升，昔掌符竟，惠抚我民。故连拔授，不问勋次，典郡职重，亲执经纬，隐栝在手。往者王尊发纵于平阳，清约藩辅，其节衎然忠臣之义，有献善去否，其加精微，测切防绝。朕疚心以戒，今特赐钱十万，杂缯三十四，玉具、剑佩、书刀、绣文、印衣、无极手巾各一。往悉乃心，勉崇协同，便宜数上。君子曰：优贤之宠，于斯盛矣。宰县治郡，无民不思。裁八十五，以病致仕，永建六年二月戊辰卒。居冈室庐，殡子假馆。昔行父平仲，小国之卿，其俭犹称，况汉大夫。父子同升，而无环堵，不遭丘明实录之时，使前哲极名，而君妯立。于是厥孙卫尉滂，司徒掾弘围，遹刊石作铭。其辞曰：飞清邈，纷其厉，跨高山，铺云际。作帝父，振涂秽，登华龙，眺天空。酌不挥，凯以迈，民被泽邦畿乂，才本德，曜其碣，□煌煌，数万世。

郎中郑君碑

　　君讳固,字伯坚,著君元子也。含中和之淑质,履上仁之清操,孝友著乎闺门,至行立乎乡党。初受业于欧阳,遂穷究于典籍,膺游夏之文学,襄冉季之政事。弱冠,仕郡吏。诸曹掾史、主簿、督邮、五官掾、功曹,入则腹心,出则爪牙。忠以卫上,清以自修。犯颜謇愕,造膝诡辞。加以好成方类,推贤达善,逡遁退让,当世以此服之。群后珍玮,以为储举,先屈计掾,奉我方贡。清眇冠乎群彦,德能简乎圣心。延熹元年二月十九日,诏拜郎中,非其好也,以疾锢辞。未满期限,从其本规,乃遘凶愍。年廿二,其四月廿四日,遭命陨身,痛如之何!先是君大男孟子,有杨乌之才,善性形于岐嶷,□□见于垂髫,年七岁而夭,大君夫人所共哀也。故建兆共坟,配食斯坛,以慰考妣之心。琦瑶延以为至德不纪,则钟鼎冥铭。昔姬囧圈武,弟述其兄,综极徽猷衍于箴陋。猷易敢忘,乃刊石以旌遗芳。其辞曰:于惟郎中,实天生德。颐亲海弟,虔恭竭力。教我义方,导我礼则。传宣孔业,作世幕则。从政事上,忠以自勖。贡计王庭,华夏归服。帝用嘉之,显拜殊特,将从雅意,色斯自得。乃遭氛灾,陨命颠沛,家失所怙,国亡忠直,俯哭谁诉,卬啼焉告。嗟嗟孟子,苗而弗毓。奉我元兄,修孝罔极。魂而有灵,亦歆斯勒。

吾尝谓金石文实可谓为纯粹之美术文,金石字亦可谓纯粹之美术字,盖欲借此以寿世者也。西汉以前之金石文多不著姓名,多不见于各家之专集,以当时尚无集也。故今于周秦与两汉之金石文特为专章以论之。

吴闿生云:"文章之事,以金石刻为最重,其体亦最难。自退之韩氏外,殆莫有能为之者。柳州犹不失法度。至欧公而后,则尽箧古初,率意自为,名为志铭,笔势与他文无异。三苏不喜为碑刻,世亦知其不工。于是独欧公碑铭至多,而尤擅大名。吾尝谓欧公所为碑文,皆论序传状类耳,实于金石体裁无与。夫文各有体要,今序书传而用箴颂,作章奏而仿歌诗,可乎?欧公铭志之文,何以异是。呜乎,法之不明也久矣。儿时读韩文,喜其惊创瑰奇,以为退之伟才,故独辟蹊径如是,后来者所当步趋,而莫外也。及睹《蔡中郎集》,

乃知碑刻之体，创自中郎；退之特踵其法为之，未尝立异，顾其才高，遂乃出奇无穷耳。后得洪文惠所辑《汉碑刻》，益诧为平生所未见，反覆研诵，弥月不能去手。乃知汉人碑颂，其高文至多，崇闳俊伟，非中郎一家所能概，而退之不能出其范围。中郎虽负盛名，亦因当时风气而为之，非其特创者，而金石之文固而导源于此也。盖三代以上，铭功德于彝鼎，其词尚简，今存者虽多而不尽可识；石刻之文，惟岐阳之鼓，后世亦未能尽解，顾其体可意而知也。秦皇倔起，褒功立石，皆丞相斯为之，原本雅颂，一变而为金石之体，法律森严，足以范围百世；后儒或以为破除诗书，自我作古者非也。事未有无法而可以自立者，彼李斯宁独异哉？继斯而作者则孟坚《燕然山铭》，皆轩天拔地，壁立万仞；岂独二子才雄，抑金石之作，其道固若是也。碑铭如于东汉，作者不尽知其何人，要皆遵循成轨，制作玮异，其气其辞，与三代彝鼎石鼓、秦皇刻石胙蠁相通，无支离隔绝之诮，所存今不可多见，见者莫不光气炯然，皆天地之鸿宝也。论者不察，辄病东汉靡弱，谓其气薾然而尽，是岂可谓知言乎？曹氏代汉，相去未几，所为大飨受禅诸碑，皆当时朝庙巨典，而气既剽轻，词亦窳陋，良由操丕否德，亦篡逆之朝，执笔者固无弘毅之士也。自是以降，六朝碑志，陈陈相因，一流于骈俪浮冗，无可观览；至退之而后起衰振懦，夐绝前载，而规模意度，则一秉东汉之遗，可覆按也。今学者皆知韩文之奇，而于汉代诸碑熟视若无睹焉；譬如敬人之子孙，而忘其父祖可乎？"

第三章

为文学而文学时代之散文
―― 汉魏之际

第一节 总论

《文心雕龙·时序篇》云："自哀平陵替，光武中兴，深怀图谶，颇略文华。然杜笃献诔以免刑，班彪参奏以补令，虽非旁求，亦不遗弃。及明帝叠耀，崇爱儒术，肆礼璧堂，讲文虎观，孟坚珥笔于国史，贾逵给札于瑞颂，东平擅其懿文，沛王振其通论，帝则藩仪，辉光相照矣。自安和已下，迄至顺桓，则有班傅三崔，王马张蔡，磊落鸿儒，才不时乏，而文章之选，存而不论。然中兴之后，群才稍改前辙，华实所附，斟酌经辞；盖历政讲聚，故渐靡儒风者也。降及灵帝，时好辞制，造羲皇之书，开鸿都之赋；而乐松之徒，招集浅陋；故扬赐号为驩兜，蔡邕比之俳优，其余风遗文，盖蔑如也。自献帝播迁，文学蓬转；建安之末，区宇方辑；魏武以相王之尊，雅爱诗章；文帝以副君之重，妙善辞赋；陈思以公子之豪，下笔琳琅；并体貌英逸，故俊才云蒸。仲宣委质于汉南，孔璋归命于河北，伟长从宦于青土,公干徇质于海隅,德琏综其斐然之思,元瑜展其翩翩之乐,文蔚休伯之俦,于叔德祖之侣,傲雅觞豆之前,雍容衽席之上,洒笔以成酣歌,和墨以藉谈笑。观其时文,雅好慷慨,良由世积乱离,风衰俗怨,并志深而笔长,故梗概而多气也。至明帝纂戎,制诗度曲,征篇章之士,置崇文之观,何刘群才,迭相照耀。少主相仍,唯高贵英雅,顾盼合章,动言成论。于时正始余风,篇体轻澹,而嵇阮应缪,并驰文路矣。"刘师培谓此篇述东汉三国文学变迁,至为明晰,诚学者所宜参考也。

刘师培云:"东汉之文,均尚和缓,其奋笔直书,以气运词,实自祢衡始。《鹦鹉赋序》谓衡因为赋,笔不停辍,文不加点,知他文亦然。是以汉魏文士,多尚骋辞,或慷慨高厉,或溢气坌涌孔融《荐祢衡疏》语,此皆衡文开之先也。"孔融引重衡文即以此启。故融之所作乎范伯嗜,惟荐衡表则效衡体与他篇文气不同。刘说固是。然亦本于《文心雕龙》。《神思篇》云:"相如含笔而腐豪,杨雄辍翰而惊梦,桓谭疾感于苦思,王充气竭于思虑,张衡研京以十年,左思练以一纪,虽有巨制,亦思之缓也。淮南崇朝而赋骚,枚皋应召而成赋,子建援椟如口诵,伸宣举笔似宿构,阮瑀据鞍而制书,祢衡当食而草奏,虽有短篇,亦思之速也。"彦和所举捷速诸人,多属建安者,可见西汉迟缓之文,至汉末而一变矣。

又云:"建安文学,革易前型,迁蜕之由,可得而说。两汉之世,户习七经,虽及子家,必缘经术。魏武治国,颇杂刑名,文体因之,渐趋清峻,一也;建武以还,士民秉礼,迨及建安,渐尚通悦,悦则侈陈哀乐,通则渐藻玄思,二也;献帝之初,诸方棋峙,乘时之士,颇慕纵横,骋词之风肇专于此,三也;又汉之灵帝,颇好俳词见杨赐蔡邕等《传》,下习其风,益尚华靡,虽迄魏初,其风未革,四也。"

又云:"《文心雕龙》诸书,或以魏代文学,与汉不异,不知文学变迁,因自然之势,魏文与汉不同者盖有四焉。书檄之文,骋词以张势,一也;论说之文,渐事校练名理,二也;奏疏之文,质直而屏华,三也;诗赋之文,益事华靡,多慷慨之音,四也。凡此四者,概与建安以前有异,此则研究者所当知也。"(《中古文学史》)刘氏此论最精。盖文章之体，各有所宜，至此时而辨别始严。魏文帝《典论》文云："夫文本同而末异，盖奏议宜雅，书论宜理，铭诔尚实，诗赋欲丽，此四科不同，故能之者偏也。"

两汉之世，专欲为文人者惟辞赋家耳，若著散文者则以奏疏为最工，此则以政教为而非专欲为文者也。故两汉之世，尚未至于为文学而文学时代。迄乎曹魏，则文学之风始大盛，故论文之篇，子桓子建，均有佳制，非崇尚文学，曷克臻此？以是之故，诗赋之外，宜文宜质，亦极有体裁矣。

第二节　三曹之散文

沈约《宋书·谢灵运传》云："三祖陈王，咸蓄盛藻，甫乃以情纬文，以文被质。"三祖者武帝操，文帝丕，明帝睿也。陈王者，陈思王植也。四人之中，以操丕及植为优。

曹操　字孟德，沛国谯人，举孝廉为郎，黄巾起拜骑都尉，历官至丞相，由魏国公晋封，谥曰武，子丕受汉禅禅，尊为太祖武皇帝。《魏志》曰："汉末天下大乱，豪雄并起，而袁绍虎视四州，强盛莫敌。太祖运筹演谋，鞭挞宇内，擎申商之法术，该韩白之奇策，官方授材，各因其器，矫情任算，不念旧恶，总御皇机，克成洪业者，惟其明略最优也，抑可谓非常之人，超世之士矣。"申商韩白二语，可以见魏武之学术，即可以见魏武之文章，亦足以观汉魏之际之文风矣。魏武之四言诗，既笼罩一切，于三百篇外独树一帜，非汉人步趋三百篇者所能及；其散文亦雄伟悲壮，虎步百代。《一百三家集》有《魏武帝集》一卷。

让县自明本志令

孤始举孝廉，年少，自以本非岩穴知名之士，恐为海内人之所见凡愚，欲为一郡守，好作政教，以建立名誉，使世士明知之。故在济南始除残去秽，平心选举，违迕诸常侍。以为强豪所忿，恐致家祸，故以病还。

去官之后，年纪尚少，顾视同岁中，年有五十，未名为老。内自图之，从此却去二十年，待天下清，乃与同岁中始举者等耳。故以四时归乡里，于谯东五十里，筑精舍，欲秋夏读书，冬春射猎，求底下之地，欲以泥水自蔽，绝宾客往来之望。然不能得如意。

后征为都尉，迁典军校尉，意遂更欲为国家讨贼立功，欲望封侯。作征西将军，然后题墓道，言"汉故征西将军曹侯之墓"，此其志也。而遭值董卓之难，兴举义兵。是时合兵，能多得耳，然常自损，不欲多之；所以然者，多兵意盛，与强敌争，倘更为祸始。故汴水之战数千，后还到扬州更募，亦复不过三千人，此其本志有限也。

后领兖州，破降黄巾三十万众。又袁术僭号于九江，下皆称臣，名门曰建号门，衣被皆为天子之制，两妇预争为皇后。志计已定，人有劝术使遂即帝位，露布天下，答言"曹公尚在，未可也"。后孤讨禽其四将，获其人众，遂使术穷亡解沮，发病而死。及至袁绍据河北，兵势强盛，孤自度势，实不敌之；但计投死为国，以义灭身，足垂于后。幸而破绍，枭其二子。又刘表自以为宗室，包藏奸心，乍前乍却，以观世事，据有荆州，孤复定之，遂平天下。身为宰相，人臣之贵已极，意望已过矣。

今孤言此，若为自大，欲人言尽，故无讳耳。设使国家无有孤，不知当几人称帝，几人称王！或者人见孤强盛，又性不信天命之事，恐私心相评，言有不逊之志，妄相忖度，每用耿耿。齐桓、晋文，所以垂称至今日者，以其兵势广大，犹能奉事周室也。《论语》云："三分天下有其二，以服事殷，周之德，可谓至德矣。"夫能以大事小也。昔乐毅走赵，赵王欲与之图燕。乐毅伏而垂泣，对曰："臣事昭王，犹事大王；臣若获戾，放在他国，没世然后已，不忍谋赵之徒隶，况燕后嗣乎！"胡亥之杀蒙恬也，恬曰："自吾先人及至子孙，积信于秦三世矣。今臣将兵三十余万，其势足以背叛，然自知必死而守义者，不敢辱先人之教，以忘先王。"孤每读此二人书，未尝不怆然流涕也。孤祖父以至孤身，皆当亲重之任，可谓见信者矣，以及子桓兄弟，过于三世矣。

孤非徒对君说此也，常以语妻妾，皆令深知此意。孤谓之言：

"顾我万年之后,汝曹皆当出嫁,欲令传道我心,使他人皆知之。"孤此言皆肝鬲之要也。所以勤勤恳恳,叙心腹者,见周公有《金縢》之书以自明,恐人不信之。故然,欲孤便尔委捐所典兵众,以还执事,归就武平侯国,实不可也。何者?诚恐己离兵为人所祸也。既为子孙计,又己败则国家倾危,是以不得慕虚名而处实祸,此所不得为也。前朝思封三子为侯,固辞不受,今更欲受之,非欲复以为荣,欲以为外援,为万安计。

孤闻介推之避晋封,申胥之逃楚赏,未尝不舍书而叹,有以自省也。奉国威灵,仗钺征伐,推弱以克强,处小而禽大。意之所图,动无违事,心之所虑,何向不济?遂荡平天下,不辱主命。可谓天助汉室,非人力也。然封兼四县,食户三万,何德堪之!江湖未静,不可让位;至于邑土,可得而辞。今上还阳夏、柘、苦三县户二万,但食武平万户,且以分损谤议,少减孤之责也。

曹丕 字子桓,武帝太子,仕汉为五官中郎将,操殁,嗣为丞相,魏王受汉禅,改元黄初,薨谥曰文。《魏志》云:"帝好文学,以著述为务,自所勒成垂百篇。又传诸儒撰集经传,随类相从,凡千余篇,号曰《皇览》。"又曰:"文帝天资文藻,下笔成章,博闻强识,才艺兼该。"《一百三家集》有《魏文帝集》一卷。

自叙

初平之元,董卓杀主鸩后,荡覆王室。是时四海既困中平之政,兼恶卓之凶逆,家家思乱,人人自危。山东牧守,咸以春秋之义,卫人讨州吁于濮,言人人皆得讨贼。于是大兴义兵,名豪大侠,富室强族,飘扬云会,万里相赴,兖豫之师,战于荥阳,河内之甲,军于孟津。卓遂迁大驾,西都长安,而山东大者连郡国,中者婴城邑,小者聚阡陌,以还相吞并。会黄巾盛于海岳,山寇暴于并冀,乘胜转攻,席卷而南。乡邑望烟而奔,城郭睹尘而溃,百姓死亡,暴骨如莽。余对年五岁,上以四方扰乱,教余学射,六岁而知射,又教余骑马,八岁而能骑射矣。以时之多难,故每征,余常从。建安初,上南征荆州,至宛,张绣降,旬日而反,亡兄孝廉子修从兄安民遇害。时余年十岁,乘马得脱。夫文武之道,各随时而用,生于中平之季，长于戎旅之间，是以少好弓马，于今不衰。逐禽辄十里，驰射常百步，日多体健，心每不厌。建安十年，始定冀州，濊貊贡良弓，燕代献名马。时岁之暮春，句芒司节，和风扇物，弓燥手柔，草浅兽肥，与族兄子丹猎于邺西终日，手获獐鹿九，雉兔三十。后军南征，次曲蠡，尚书令荀彧库使犒军，见余谈论之末，或言闻君善左右射，此实难能。余言执事未睹夫项发口纵，俯马蹄而仰月支也。或喜，笑曰：乃尔。余曰：埒有常径，的有常所，虽每发辄中，非至妙也。若夫驰平原，赴丰草，要狡兽，截轻禽，使弓不虚弯，所中必洞，斯则妙矣。时军祭酒张京在坐，顾彧拊手曰善。余又学击剑，阅师多矣。四方之法各异，唯京师为善，桓灵之间，有虎贲王越善斯术，称于京师。河南史阿言昔与越游，具得其法，余从阿学之精熟，尝与平虏将军刘勋，奋威将军邓展等共饮。宿闻展善有手臂，晓五兵，又称其能空手入白刃。余与论剑良久，谓言将军法，非也。余顾尝好之，又得善术，因求与余对。时酒酣耳热，方食甘蔗，便以为杖，下殿数交，三中其臂，左右大笑。展意不平，求更为之。余言吾法急属，难相中面，故齐臂耳。展言愿复一交。余知其欲突以取交中也，因伪深进，展果寻前，余却脚剿，正截其颡。坐中惊视。余还坐，笑曰：昔阳庆使淳于意去其故方，更授以秘术。今余亦愿邓将军捐弃故伎，更受要道也。一坐尽欢，夫事不可自谓己长，余少晓持复，自谓无对。俗名双戟为坐铁室，镶楯为蔽木户，后从陈国袁敏学，以单攻复，每为若神。对家不知所出，告曰若逢敏于狭路，直决耳。余于他戏弄之事少所喜，唯弹棋略尽其巧。少为之赋，昔京师先工有马合乡侯，东方安世，张公子，常恨不得与彼数子者对。上雅好诗书文籍，虽在军旅，手不释卷，每定省从容，常言人少好学则思专，长则善忘。长大而能勤学者唯吾与袁伯业耳。余是以少诵诗论，及长而备历五经四部，史汉诸子百家之言，靡不毕览。所著书论诗赋凡六十篇，至若智而能愚，勇而能怯，仁以接物，恕以及下，以付后之良史。

子桓文修饬安闲，与乃父之愤笔疾书，作风大别矣。他如《典论·论文》《与吴质》等书，尤为清丽绰约，吾尝以谓魏文帝之诗文，与王右军之书法，可同类共赏。

曹植　字子建，丕弟，年十岁余，诵读诗论及辞赋数十万言，善属文。太祖尝视其文,谓植曰:汝倩人邪?植跪曰:言出为论,下笔成章,顾当面试,奈何倩人?时邺铜爵台新成,太祖悉将诸子登台,使各为赋,植援笔立成可观。太祖甚异之。黄初三年进侯为鄄城王,徙封东阿,又封陈,谥曰思。涵芬楼《四部丛刊》影印明活字《曹子建集》十卷。

籍田说

春耕于籍田,郎中令侍寡人焉。顾而谓之曰:"昔者神农氏始尝万草,教民种植。今寡人之兴此田,将欲以拟乎治国,非徒娱耳目而已也。夫营畴万亩,厥田上下,经以大陌,带以横阡;奇柳夹路,名果被园;宰农实掌,是谓公田,此亦寡人之封疆也。日殄没而归馆,晨未昕而即野,此亦寡人之先下也。荻藿特畴,禾黍异田,此亦寡人之理政也。及其息泉涌,庇重阴,怀有虞,抚素琴,此亦寡人之所习乐也。兰、蕙、荃、蘅,植之近畴,此亦寡人之所亲资也。刺藜、臭蔚,弃之乎远疆,此亦寡人之所远佞也。若年丰岁登,果茂菜滋,则臣仆小大,咸取验焉。"

封人有能以轻凿修钩去树之蝎者,树得以茂繁。中舍人曰:"不识治天下者亦有蝎者乎?"寡人告之曰:"昔三苗、共工、鲧、驩兜,非尧之蝎欤?"问曰:"诸侯之国,亦有蝎乎?"寡人告之曰:"齐之诸田,晋之六卿,鲁之三桓,非诸侯之蝎欤?""然三国无轻凿修钩之任,终于齐篡鲁弱,晋国以分,不亦痛乎!"曰:"不识为君子者亦有蝎乎?"寡人告之曰:"固有之也。富而慢,贵而骄,残仁贼义,甘财悦色,此亦君子之蝎也?天子勤耘,以牧一国;大夫勤耘,以收世禄;君子勤耘,以显令德。夫农者,始于种,终于获。泽既时矣,苗既美矣,弃而不耘,则改为荒畴。盖丰年者期于必收,譬修道亦期于殁身也。"

夫凡人之为圃,各植其所好焉。好甘者植乎荠,好苦者植乎荼,好香者植乎兰,好辛者植乎蓼,至于寡人之圃,无不植也。

此寓言之文,上承庄列,而秦汉已少见之;后世古文家,韩柳亦尝为之,柳宗元所为,尤与子建为近。

第三节　建安七子之散文

魏文帝《典论·论文》云："今之文人，鲁国孔融文举、广陵陈琳孔璋、山阳王粲仲宣、北海徐幹伟长、陈留阮瑀元瑜、汝南应场德琏、东平刘桢公幹，斯七子者于学无所遗，于辞无所假，咸以自骋骥骥于千里，仰齐足而并驰，以此相服，亦良难矣。"又云："王粲长于辞赋，徐幹时有齐气，然粲之匹也。如粲之《初征》《登楼》《槐赋》《征思》，幹之《玄猿》《漏卮》《圆扇》《橘赋》，虽张蔡不过也。然于他文，未能称是。琳瑀之章表书记，今之隽也。应场和而不壮。刘桢壮而不密。孔融体气高妙，有过人者，然不能持论，理不胜词，以至乎杂以嘲戏，及其所善，杨班俦也。"又《与吴质书》云："观古今文人，类不护细行，鲜能以名节自立，而伟长独怀文抱质，恬淡寡欲，有箕山之志，可谓彬彬君子者矣；著《中论》二十余篇，成一家之言，辞意典雅，足传于后，比子为不朽矣。德琏常斐然有述作之意，其才学足以著书，美志不遂，良可痛惜。间者历览诸子之文，对之抆泪，既痛逝者，行自念也。孔璋章表殊健，微为繁富。公幹有逸气，但未遒耳。其五言诗之善者妙绝时人。元瑜书记翩翩，致足乐也。仲宣独自善于辞赋，惜其体弱，不足起其文，至于所善，古人无以远过。昔伯牙绝弦于钟期，仲尼覆醢于子路，痛知音之难遇，伤门人之莫逮；诸子但为未及古人，自一时之隽也。"曹植《与杨德书》亦曰："昔仲宣独步于汉南，孔璋鹰扬于河朔，伟长擅名于青土，公幹振藻于海隅，德琏发迹于此魏，足下高视于上京，当此之时，人人自谓握灵蛇之珠，家家自谓抱荆山之玉，吾王于是设天网以该之，顿八弦以掩之，今悉集兹国矣。然此数子犹复不能飞轩绝迹，一举千里。以孔璋之才，不闲于辞赋，而多自谓能与司马长卿同风。譬画虎不成，反为狗也。前书嘲之，反作论盛道仆赞其文。夫钟期不失听，于今称之，吾亦不能妄叹者，畏后世之嗤余也。"观此三篇所论，则七子之作风可知矣。七子者《典论》所列孔融、陈琳、王粲、徐幹、阮瑀、应场、刘桢，后人所号为建安七子者也。

　　孔融　字文举，孔子二十世孙。少有俊才，献帝时为北海相，立学校，表儒术，寻拜大中大夫。性宽容少忌，喜诱益后进，及退闲职，宾客日盈其门。常叹曰：座上客常满，樽中酒不空，吾无忧矣。融闻人之善若出诸己，言有可采必演而成之；面告其短，而退称所长；荐贤达士，多所奖进；知而未言，以为己过。故海内英俊，皆信服之。为曹操所忌，被诛。《一百三家集》有《孔少府集》一卷。

　　王粲　字仲宣，山阳高平人。献帝西迁，粲徙长安，左中郎将蔡邕见而奇之。时邕学显著，贵重朝廷，常车骑填巷，宾客盈坐；闻粲在门，倒屣迎之；粲至，年既幼弱，容状短小，一坐尽惊。邕曰：此王公孙也，有异才，吾不如也；吾家书籍文章，尽当与之。粲善属文，举笔便成，无所改定，时人常以为宿构。《一百三家集》有《王侍中集》一卷。

　　徐幹　字伟长，北海人，为司空军谋祭酒掾属，五官将文学。

　　陈琳　字孔璋，广陵人，前为何进主簿；避难冀州，袁绍使典文章；袁氏败，归太祖。《一百三家集》有《陈记室集》一卷。

　　阮瑀　字元瑜，陈留人。少受学于蔡邕。建安中都护曹洪欲使掌书记，瑀不为屈。太祖并以琳瑀为司空军谋祭酒管记室，军国书檄，多琳瑀所作也。《一百三家集》有《阮元瑜集》一卷。

　　应场　字德琏，汝南人。《一百三家集》有《应德琏集》一卷。

　　刘桢　字公幹，东平人。场桢被太祖辟为丞相掾属。场转为平原侯庶子，后为五官将文学。《一百三家集》有《刘公集》一卷。

　　七子之散文，自以孔融为最高，魏文称为气体高妙，诚可当之而无愧；王粲次之；陈琳又次之；余则难以伯仲矣。

汝颍优劣论　孔融

　　汝南戴子高亲止千乘万骑，与光武皇帝共揖于道中，颍川士虽抗节，未有颉颃天子者也。汝南许子伯，与其友人共说世俗将坏，因夜起，举声号哭。颍川士虽颇忧时，未有能哭世者也。汝南许掾教太守邓晨图开稻陂，灌数万顷，累世获其功，夜有火光之瑞。韩元长虽好地理，未有成功见效如许掾者也。汝南张元伯身死之后，见梦范巨卿，颍川士虽有奇异，未有鬼神能灵者也。汝南应世叔读书五行俱下，颍川士虽多聪明，未有能离娄并照者也。汝南李洪为太尉掾，弟杀人当死，洪自劾，诣阁乞代弟命，便饮鸩而死，弟用得全。颍川士虽尚节义，未有能杀身成仁如洪者也。汝南翟文仲为东郡太守，始举义兵以讨王莽，颍川士虽疾恶未有能破家为国者也。汝南袁公著为甲科郎中，上书欲治梁冀，颍川士虽慕忠谠，未有能投命直言者也。

为刘荆州与袁谭书 王粲

天降灾害，祸难殷流，初交殊族，卒成同盟，使王室震荡，彝伦攸斁。是以智达之士，莫不痛心入骨，伤时人不能相忍也。然孤与太公，志同愿等。虽楚魏绝邈，山河迥远，戮力乃心，共奖王室。使非族不干吾盟，异类不绝吾好，此孤与太公无贰之所致也。功绩未卒，太公徂陨，贤胤承统，以继洪业。宣奕世之德，履丕显之祚，摧严敌于邺都，扬休烈于朔土。顾定疆宇，虎视河外，凡我同盟，莫不景附。何悟青蝇飞于竿旌，无忌游于二垒，使股肱分成二体，胸膂绝为异身？初闻此问，尚谓不然，定闻信来，乃知阋伯实沉之忿已成，弃亲即雠之计已决。旃旆交于中原，暴尸累于城下。闻之哽咽，若存若亡。昔三王五伯，下及战国，君臣相弑，父子相杀，兄弟相残，亲戚相灭，盖时有之。然或欲以成王业，或欲以定霸功，皆所谓逆取顺守，而徼富强于一世也。未有弃亲即异、兀其根本，而能全躯长世者也。昔齐襄公报九世之仇，士匄卒荀偃之事，故《春秋》美其义，君子称其信。夫伯游之恨于齐，未若太公之忿于曹也。宣子之臣承业，未若仁君之继统也。且君子违难不适仇国，交绝不出恶声，泥忘先人之仇，弃亲戚之好，而为万世之戒，遗同盟之耻哉！蛮夷戎狄，将有诮让之言，况我族类，而不痛心邪？夫欲立竹帛于当时，全宗祀于一世，岂宜同生分谤，争校得失乎。若冀州有不弟之傲，无惭顺之节，仁君当降志辱身以济事为务。事定之后，使天下平其曲直，不亦为高义邪？今仁君见憎于夫人，未若郑庄之于姜氏，昆弟之嫌，未若重华之于象傲。然庄公卒从大隧之乐，象傲终受有鼻之封，愿捐弃百疴，追摄旧义，复为母子昆弟如初。今整勒士马，瞻望鹄立。

谏何进召外兵 陈琳

《易》称既鹿无虞，谚有掩目捕雀。夫微物尚不可欺以得志，况国之大事，其可以诈立乎！今将军总皇威，握兵要，龙骧虎步，高下在心。以此行事，无异于鼓洪炉以燎毛发。但当速发雷霆，行权立断，违经合道，天人顺之。而反释其利器，更征于他。大兵合聚，强者为雄，所谓倒持干戈，授人以柄，必不成功，只为乱阶。

谏曹植书 刘桢

家丞邢颙，北土之彦，少秉高节，玄静澹泊，言少理多，真雅士也。桢诚不足同贯斯人，并列左右，而桢礼遇殊特，颙反疏简。私惧观者，将谓君侯习近不肖，礼贤不足，采庶子之春华，忘家丞之秋实，为上招谤，其罪不小，以此反侧。

要而论之，魏代散文，约分两派。一曰：悲壮派，此派自魏武开之，陈思继之，益以富丽；凡王粲、陈琳、吴质之属随之，而皆望尘不及者也；凡六朝陆机、徐、庾等尚气势者均自此出。二曰：清丽派，此派魏文倡之；凡阮籍、繁钦之徒随之；凡六朝之潜气内转，尚气韵一派，均从此出。

第四节　吴蜀之散文

吴蜀文学，远不及魏。然蜀之诸葛亮，有前后《出师表》，实千古最有名之文字。吴文之为人传诵者，则几于无有。唯有韦曜之《博奕论》，与诸葛恪《与丞相陆逊书》等不过数篇而已。

诸葛亮　字孔明，琅邪阳都人，蜀汉丞相，封武乡侯。《蜀志》云："亮性长于巧思，损益连弩，木牛流马，皆出其意；推衍兵法，作八阵图，咸得其要；教言书奏多可观，别为一集。"《一百三家集》有《诸葛亮丞相集》三卷。

诸葛恪　字元逊，瑾长子也。孙权尝问恪曰：卿父与叔父诸葛亮孰贤？对曰：臣父为优。权问其故。对曰：臣父知所事，叔父不知。为吴抚越将军领丹阳太守，拜太傅。

前出师表　诸葛亮

臣亮言：先帝创业未半，而中道崩殂。今天下三分，益州疲弊，此诚危急存亡之秋也。然侍卫之臣，不懈于内，忠志之士，忘身于外者，盖追先帝之殊遇，欲报之于陛下也。诚宜开张圣听，以光先帝遗德，恢宏志士之气；不宜妄自菲薄，引喻失义，以塞忠谏之路也。

宫中府中，俱为一体，陟罚臧否，不宜异同。若有作奸犯科，及为忠善者，宜付有司，论其刑赏，以昭陛下平明之治；不宜偏私，使内外异法也。

侍中、侍郎郭攸之、费祎、董允等，此皆良实，志虑忠纯，是以先帝简拔以遗陛下。愚以为宫中之事，事无大小，悉以咨之，然后施行，必能裨补阙漏，有所广益。

将军向宠，性行淑均，晓畅军事，试用于昔，先帝称之曰能，是以众议举宠为督。愚以为营中之事，事无大小，悉以咨之，必能使行陈和穆，优劣得所也。

亲贤臣，远小人，此先汉所以兴隆也；亲小人，远贤臣，此后汉所以倾颓也。先帝在时，每与臣论此事，未尝不叹息痛恨于桓、灵也。侍中、尚书、长史、参军，此悉贞亮死节之臣也，愿陛下亲之信之，则汉室之隆，可计日而待也。

臣本布衣，躬耕于南阳，苟全性命于乱世，不求闻达于诸侯。先帝不以臣卑鄙，猥自枉屈，三顾臣于草庐之中，咨臣以当世之事。由是感激，遂许先帝以驱驰。后值倾覆，受任于败军之际，奉命于危难之间，尔来二十有一年矣！

先帝知臣谨慎，故临崩寄臣以大事也。受命以来，夙夜忧叹，恐托付不效，以伤先帝之明；故五月渡泸，深入不毛。今南方已定，兵甲已足，当奖帅三军，北定中原；庶竭驽钝，攘除奸凶，兴复汉室，还于旧都。此臣所以报先帝而忠陛下之职分也。至于斟酌损益，进尽忠言，则攸之、祎、允之任也。

愿陛下托臣以讨贼兴复之效，不效则治臣之罪，以告先帝之灵。

若无兴德之言，则责攸之、祎、允之咎，以彰其慢。陛下亦宜自谋，以咨诹善道，察纳雅言，深追先帝遗诏，臣不胜受恩感激。

今当远离，临表涕泣，不知所云。

与丞相陆逊书　诸葛恪

杨敬叔传清论，以为方今人物雕尽，守德业者不能复几，宜相左右，更为辅车，上熙国事，下相珍惜。又疾世俗好相谤毁，使已成之器，中有损累，将进之徒，意不欢笑，闻此喟然，诚独击节。愚以为君子不求备于一人。自孔氏门徒，大数三千，其见异者七十二人，至于子张子路子贡等。七十之徒，亚圣之德，然犹各有所短，师辟由喭，赐不受命，岂况下此而无所阙。且仲尼不以数子之不备而引以为友，不以人所短弃其所长也。加以当今取士，宜宽于往古。何者？时务从横，而善人单少，国家职司，常苦不克。苟令性不邪恶，志在陈力，便可奖就，聘其所任。若于小小宜适，私行不足，皆宜阔略，不足缕责。且士诚不可纤论苛克，苛克则彼圣贤犹将不全，况其出入者邪？故曰以道望人则难，以人望人则易，贤愚可知。自汉末以来，中国士大夫如许子将辈，所以更相谤讪，或至于祸，原其本起，非为大雠，惟坐克己不能尽如礼，而责人专以正义。夫己不如礼则人不服，责人以正义则人不堪。内不服其行，外不堪其责，则不得不相怨；相怨一生，则小人得容其间；得容其间则三至之言，浸润之谮，纷错交至。虽使至明至亲者处之，犹难以自定，况已为隙，且未能明者乎？是故张陈至于血刃，萧朱不终其好，本由于此而已。夫不舍小过，纤微相责，久乃至于家户为怨，一国无复全行之士也。

《石遗室论文》云："《前出师表》中段的是三国时文字，上变汉京之朴茂，下开六朝之隽爽。其气韵少能辨之者。此表云：'臣本布衣，躬耕于南阳'至'此臣之所以报先帝而忠陛下之职分也'。悲壮苍凉，所谓声情激越矣。《三国志注》引《魏武故事》，载建安十五年曹操《令》云：'孤始举孝廉，年少欲为一郡守，好作政教，以建立名誉。故在济南始除残去秽，违迕诸常侍，以为强豪所忿，恐致家祸。去官之后，年纪尚少；顾视同岁中，年有五十，未名为老，内自图之，从此却走二十年，待天下清，乃与同岁中始举者等耳。故以四时归乡里，于谯东五十里筑精舍，欲秋夏读书，冬春射猎，求底下之地，欲以泥水自蔽，绝宾客往来之望，然不能得如意。后征为都尉，迁典军校尉，意遂更欲为国家讨贼立功，欲望封侯，作征西将军，然后题墓道，言，汉故征西将军曹侯之墓，此其志也。而遭值董卓之难，兴举义兵。后领兖州，破降黄巾三十万众。又袁术僭号于九江，后孤讨擒其四将，获其人众，遂使术穷亡自沮，发病而死。及至袁绍据河北，兵势强盛，幸而破绍，枭其二子。又刘表自以为宗室，包藏奸心，乍前乍却，以观世事，据有荆州，孤复定之。遂平天下，身为宰相，人臣之贵已极，意望已过矣。设使国家无孤，不知当几人称帝？几人称王？或者人见孤强盛；又性不信天命之事，恐私心相评，言有不逊之志，妄相忖度，每用耿耿。齐桓晋文，所以垂称至今日者，以其兵势广大，犹能奉事周室也。《论语》云：三分天下有其二，以服事殷，周之德可谓至德矣。夫能以大事小也。然欲使孤便尔委捐新典兵众，以还执事，归就武平侯国，实不可也。何者？诚恐己离兵，为人新祸，既为子孙计，又已败则国家倾危，是以不得慕虚名，而处实祸。'老横中又时有慷慨悲歌之意。下至孙权，其《与曹公笺》，亦有'春水方生，公宜速去。足下不死，孤不得安'等语，见《吴历》。可见当时文章风气大同小异如此。"

林传甲云："蜀汉昭烈帝备，当汉祚已移，拥梁益一隅，称尊号，规模未备，文物无足称。后世史臣，每尊蜀汉为正统者，则因武侯《出师表》而重也。亲贤臣，远小人，咨诹善道，察纳雅言，皆儒者纯粹之精语。《后出师表》所谓汉贼不两立，王业不偏安，鞠躬尽瘁，死而后已，成败利害，非所逆睹，非社稷之臣而能若是乎？武侯自知才弱敌强，惟不安于坐以待亡，故冒险进取，光明磊落，可揭以告万世。孔明将没，自表后主，言臣死之日，不使内有余帛，外有盈财，以负陛下。呜呼，此其所以为孔明欤？魏臣华歆、王朗、陈群、诸葛璋各有书与孔明，陈天命人事，欲使举国称藩，孔明不报书，作正议，其大义昭于天日矣。"

又云:"江左朝,建国金陵,阻长江为天堑,自孙氏始。孙坚盖孙武之后,其子策始有江左,皆转战无前,骁健尚武。策始用文士张纮,为书绝袁术。孙权袭父兄之业,称帝号,其文笔古雅,《责诸葛瑾之诏》《让孙皎之书》,所见皆卓尔不群。其子孙休继立为景帝,其《答张布诏》曰:孤之涉学,群书备所见不少也。由此观之,南朝天子好读书,孙氏实启之矣。虞翻《谏猎书》之简要,骆统《理张温表》之详畅,诸葛恪《与丞相陆逊书》《上孙奋笺》之明敏条达,吴人文之可传者也。吴楚多才,如严峻之好说文,阚泽陆续之善历数,薛综滑稽,出口成文,亦西蜀秦宓之流亚也。《周瑜传》中《谏以荆州资刘备疏》《荐鲁肃疏》,皆非完璧,而雄直之气,略可见也。吴之末造,贺邵《谏孙皓书》,韦曜之《博奕论》,华核《请救蜀表》,渐近偶俪,亦皆质而不俚,足以自竞于汉魏之间。孰谓南朝文士柔弱乎?"

第三编　骈文极盛时代之散文
——晋及南北朝

第一章

总　论

自西晋至南北朝可谓骈文诗赋极盛时代，亦即为文学而文学之极盛时代也。晋之著名作家，有陆机、陆云、潘岳、潘尼、张载、张协、张元、左思。钟嵘《诗品》所谓晋太康中，三张二陆，两潘一左，勃尔复兴，踵武前王，风流未沫，亦文章之中兴也。晋宋之际，则有谢混、陶潜、汤惠休。宋则颜延之、谢灵运、傅亮、范晔、袁淑、谢瞻、谢惠连、谢庄、鲍照。齐则有王俭、王僧虔、王融、谢朓。齐梁之际，则有沈约、范云、江淹、丘迟、任昉、刘孝绰、刘峻、王筠、柳恽、吴均、何逊。陈则有徐陵，江总之辈。文人之盛，难以更仆数。然自来论六朝文学者，莫不以诗赋骈文为主，而忽其散文。而不知六朝之散文，亦甚有足称者。且当时文笔分途，《晋书·秦谟传》云："文笔议论，有集行世。"《南史·颜延之传》："宋文帝问延之诸子能。延之曰：竣得臣笔，测得臣文。"刘勰《文心雕龙》云："今之常言，有文有笔，以为无韵者笔也，有韵者文也。"梁元帝《金楼子》云："至如不便为诗如阎纂，善为章奏如伯松，若是之流，泛谓之笔；吟咏风谣，流连哀思者谓之文。"然则当时之所谓文，犹今人所谓诗赋也；当时所谓笔，犹后人所谓文也。广义言之，当时之所谓文者，犹后世所谓诗赋骈文也；当时所谓笔者，犹后世所谓散文也。唯当时之五言诗，特为发达，骈文亦登峰造极，辞赋则由两汉之板重而变为隽永，由两汉之繁富而变清艳，故论西晋六朝之文者，莫不重拷赋而忽芒散文焉。

第一节 藻丽派之散文

晋代文家之最尚藻丽而能为散文者，莫如潘陆。《晋书·潘岳传》，"岳字安仁，荥阳中牟人也。少以才颖见称乡邑，号为奇童，谓终贾之俦也"。又云："岳美姿仪辞藻绝丽尤善为哀诔之文。"《一百三家集》有《潘黄门集》一卷。又《陆机传》云："陆机字士衡，吴郡人也。身长七尺，其声如雷。少有异才，文章冠世，伏膺道术，非礼不动。"又曰："机天才秀逸，辞藻宏丽，张华尝谓之曰：人之为文，常恨才少，而子更患其多。弟云尝与书曰：君苗见兄文，辄欲焚其笔砚。后葛洪著书，称机文犹玄圃之积玉，无非夜光焉；五河之吐流，泉源如一焉。其弘丽妍赡，英锐漂逸，亦一代之绝乎？其为人所推服如此。"《四部丛刊》影印明正德覆宋本《陆士衡文集》十卷。

潘陆之文，多属骈文。然亦有可以入于散文者，兹各录一篇如下：

闲居赋序 　潘岳

岳尝读《汲黯传》，至司马安四至九卿，而良史书之以巧宦之目，未尝不慨然废书而叹曰：嗟乎，巧诚有之，拙亦宜然！顾常以为士之生也，非至圣无轨。微妙玄通者，则必立功立事，效当年之用。是以资忠履信以进德，修辞立诚以居业。仆少窃乡曲之誉，忝司空太尉之命，所奉之主，即太宰鲁武公其人也。举秀才为郎，逮事世祖武皇帝，为河阳、怀令，尚书郎，廷尉平。今天子谅闇之际，领太傅主簿，府主诛，除名为民。俄而复官，除长安令，迁博士，未召拜，亲疾辄去官免。自弱冠涉乎知命之年，八徙官而一进阶，再免，一除名，一不拜职，迁者三而已矣。虽通塞有遇，仰亦拙者之效也。昔通人和长舆之论余也，因谓拙于用多，称多则吾岂敢，言拙则信而有征。方今俊乂在官，百工惟时，拙者可以绝意乎宠荣之事矣。太夫人在堂，有羸老之疾，尚何能违膝下色养，而屑屑从斗筲之役乎？于是览止足之分，庶浮云之志；筑室种树，逍遥自得。池沼足以鱼钓，春税足以代耕；灌园粥蔬，以供朝夕之膳。牧羊酤酪，以俟伏腊之费。孝乎惟孝，友于兄弟。此亦拙者之为政也，乃作《闲居赋》以歌事遂情焉。

吊魏武帝文序　陆机

　　元康八年，机始以台郎出补著作，游乎秘阁，而见魏武帝遗令，忾然叹息，伤怀者久之。客曰：夫始终者万物之大归，生死者性命之区域，是以临丧殡而后悲，睹陈根而绝哭。今乃伤心百年之际，兴哀无情之地，意者无乃知哀之可有，而未识情之可无乎？机答之曰：夫日食由乎交分，山崩起于朽壤，亦云数而已矣。然百姓怪焉者，岂不以资高明之质，而不免卑浊之累。居长安之势，而终婴倾离之患故乎？夫以迥天倒日之力，而不能振形骸之内。济世夷难之智，而受困魏阙之下。已而格上下者藏于区区之木，光于四表者翳乎蕞尔之土。雄心摧于弱情，壮图终于哀志。长算屈于短日，远迹顿于促路。呜呼，岂特瞽史之异阙景，黔黎之怪颓岸乎！观其所以顾命冢嗣，贻谋四子，经国之略既远，隆家之训亦弘。叉云：吾在军中持法是也。至于小忿怒，大过失，不当效也。善乎达人之谠言矣。持姬女而指季豹以示四子，曰：以弃汝，因泣下。伤哉！曩以天下自任，今以爱子托人，同乎尽者无余，而得乎亡者无存。然而婉娈房闼之内，绸缪家人之务，则几乎密与！又曰：吾婕妤妓人，皆著铜爵台，于台堂上施八尺床繐帐，朝脯上脯糒之属，月朝十五，辄向帐作妓。汝等时时登铜雀台，望吾西陵墓田。又云：余香可分与诸夫人，诸舍中无所为，学作履组卖也。吾历官所得绶著藏中，吾余衣裘，可别为一藏，不能者兄弟可共分之。既而竟分焉，亡者可以勿求，存者可以勿违，求与违不其两伤乎？悲夫爱有大而必失，恶有甚而必得。智慧不能去其恶，威力不能全其爱，故前识所不用心而圣人罕言焉。若乃系情累于外物，留曲念于闺房，亦贤俊之所宜废乎？于是遂愤懑而献吊云尔。

此两文抑塞悲怨，言愈敛而情愈张，其文法纯从太史公来；文情之烈，亦后人所难到也。章炳麟谓"雄心摧于弱情，壮图终于哀志，长算屈于短日，远迹顿于促路"云云，虽为吊文，抑何似谤书也？但鬖云：士衡家世在吴，累叶将相，羽翼吴运。士衡以瑚琏俊才，值国灭家丧，不能展用佐时，既以孙皓举土委魏，作《辨亡论》以著其得失；其发愤讥评武帝，正言若反，非无病而呻也。

第二节 帖学家之散文

吾国美术，莫高于书法。而自古以书法兼文章名者，于周秦莫如李斯；于汉莫如蔡邕；于汉以后莫如王羲之。然李蔡之书存于石刻，凡石刻之文，必为极矜意之作，与三代钟鼎之文正复相类；作者书者刻者无不极人工之巧而为之也。帖学则不然，书者随意写之，作者随意出之，原不期人之刻之也；故其字与文一任天而行，极自然之致，与钟鼎石刻之文学家适极端相反。吾既爱人工之巧，而尤爱天然之妙也。故特述此章焉。

两晋六朝之帖学书家，以王羲之为最。《晋书·王羲之传》："羲之字逸少，幼讷于言，人未之奇；年十三，尝谒周𫖮，𫖮察而异之；及长辩瞻，以骨鲠称；尤善隶书，为古今冠。"此所谓隶书，当指楷书也。羲之楷书之最著名者为《乐毅论》，行书之最著名者为《兰亭集序》，草书之最著名者为《十七帖》。《十七帖》之文则尤吾所谓任天而行者也。《一百二家集》有《王右军集》二卷。

十七帖（节录）

十七日，先书，郗司马未去，即日得足下书为慰，先书以具示，复数字。

吾前东，粗足作佳观。吾为逸民之怀久矣，足下何以方复及此？

似梦中语邪。无缘言面，为叹书何能悉。

龙保等平安也，谢之甚迟，见卿舅可耳，至为简隔也。

知足下行至吴，念违离不可居，叔当西邪，迟知问。

计与足下别，廿六年：午今。虽时书问，不解阔怀。省足下先后二书，但增叹慨，顷积雪凝寒，五十年中所无。想顷如常，冀来夏秋间，或复得足下问耳。比者悠悠，如何可言。

吾复食久，犹为劣劣。大都比之年时，为复可可。足下保爱为上，临书但有惆怅。

得足下旃罽胡桃药二种，知足下至。戎盐乃要也，是服食所须。知足下谓须服食，方回近之，未许。吾此志知我者希，此有成言，无缘见卿，以当一笑。

彼所须药草，可示当致。

青李来禽樱桃日给滕，子皆囊盛为佳，函封多不生。

足下所疏云，此果佳，可为致子，当种之。此种彼胡桃皆生也，吾笃喜种果。今在田里，唯以此为事。故远及，足下致此子者大惠也。

瞻近无缘，省苦但有悲叹，足下小大悉平安也。云卿当来居此，喜迟不可言，想必果，言苦有期耳。亦度卿当不居京，此既避，又节气佳，是以欣卿来也。此信旨还，具示问。

省足下别疏，具彼土山川诸奇，杨雄蜀都，左太冲三都，殊为不备悉。彼故为多奇，益令其游目意足也。可得果当告卿求迎，少足耳。至时示意，迟此期，真以日为岁，想足下镇彼土，未有动理耳。要欲及卿在彼，登汶领峨眉而旋，实不朽之盛事。但言此，心以驰于彼矣。诸从然数有问，粗平安。唯修载在远，音问不数，悬情司州，疾笃不果西。公私可恨，足下所云，皆尽事势。吾无间然，诸问，想足下别具，不复一一。

云谯周有孙，高尚不出，今为所在。其人有以副此志不，令人依依，足下具示。

严君平司马相如杨子云，皆有后不。

此文绝不修饰，而味之隽永，乃古今无两。惜今阁帖中所存诸帖，悉多断简，不能尽句读耳。然其文亦似有所本。

第三编 骈文极盛时代之散文
——晋及南北朝

军策令 魏武帝

　　孤先在襄邑，有起兵意，与工师共作卑手刀。时北海孙宾硕来候孤，讥孤曰：当慕其大者，乃与工师共作刀耶。孤答曰：能小复能大，何害。

　　袁本初铠万领，吾大铠二十领，本初马铠二百具。吾不能有十具，见其少，遂不施也。吾遂出奇破之，是时士卒练甲不与今时等也。

　　夏侯渊今月贼烧却鹿角，鹿角去本营十五里。渊将四百兵行鹿角，因使士补之。贼山上望见，从谷中卒出。渊使兵与斗，贼遂绕出其后。兵退而渊未至，甚可伤。渊本非能用兵也，军中呼为白地将军，为督帅尚不当亲战，况补鹿角乎。

诏群臣 魏文帝

　　三世长者知被服，五世长者知饮食，此言被服饮食非长者不别也。

　　夫珍玩必中国。夏则缣总绡縳，其白如雪，冬则罗纨绮縠，衣叠鲜文，未闻衣布服葛也。

　　前后每得蜀锦，殊不相似，比适可讶，而鲜卑尚复不爱也。自吴所织如意，虎头，连璧锦，亦有金薄，蜀薄，来至洛邑皆下恶，是为下工之物，皆有虚名。江东为葛，宁可比罗纨绮縠。

　　前于阗王山习，所上孔雀尾万枝，文彩五色，以为金根车盖，遥望耀人眼目。饮食一物，南方有谲，酢正裂人牙，时有甜耳。

　　新城孟太守道蜀豚肫鸡鹜味皆澹，故蜀人作食，喜著饴蜜，以助味也。

　　真定御梨大若拳，甘若蜜，脆若菱，可以解烦释渴。

　　南方有龙眼荔枝，宁比西国蒲萄石蜜乎，酢且不如中国。今以荔枝赐将吏噉之，则知其味薄矣，凡枣莫若安邑御枣也。

　　中国珍果甚多，且复为蒲萄说：当其朱夏涉秋，尚有余暑。醉酒宿醒，掩露而食，甘而不饴，脆而不酢，冷而不寒，味长汁多，除烦解渴。又酿以为酒，甘于鞠蘗，善醉而易醒，道之已流涎咽唾，况亲食之邪。他方之果，宁有匹之者。

131

魏武父子此等作品，其行文在有意无意之间，疑为右军之所本也。

《晋书》谓"羲之雅好服食养性，不乐在京师；初渡浙江，便有终焉之志；会稽有佳山水，名士多居之，谢安未仕时亦居焉，孙绰、李充、许询、支遁等皆以文义冠世，并筑室东土，与羲之同好。尝与同志宴集于会稽山阴之兰亭，羲之自为序，以申其志"。今录其文如下：

兰亭集序

　　永和九年，岁在癸丑，暮春之初，会于会稽山阴之兰亭，修禊事也。群贤毕至，少长咸集。此地有崇山峻岭，茂林修竹。又有清流激湍，映带左右，引以为流觞曲水，列坐其次。虽无丝竹管弦之盛，一觞一咏，亦足以畅叙幽情。

　　是日也，天朗气清，惠风和畅。仰观宇宙之大，俯察品类之盛。所以游目骋怀，足以极视听之娱，信可乐也。

　　夫人之相与，俯仰一世。或取诸怀抱，悟言一室之内；或因寄所托，放浪形骸之外。虽趣舍万殊，静躁不同，当其欣于所遇，暂得于己，快然自足，曾不知老之将至；及其所之既倦，情随事迁，感慨系之矣。向之所欣，俯仰之间，已为陈迹，犹不能不以之兴怀，况修短随化，终期于尽！古人云："死生亦大矣"，岂不痛哉！

　　每览昔人兴感之由，若合一契，未尝不临文嗟悼，不能喻之于怀。固知一死生为虚诞，齐彭殇为妄作。后之视今，亦由今之视昔。悲夫！故列叙时人，录其所述。虽世殊事异，所以兴怀，其致一也。后之览者，亦将有感于斯文。

此文虽不如《十七帖》之随意着笔，然不事文彩，味自隽永也。

《石遗室论文》云："六朝间散文之绝无仅有者，不过王右军、陶靖节之作数篇。而右军《兰亭序》《昭明文选》及后世诸选本皆不收。论者以为篇中连用丝竹管弦四字，丝竹即管弦为重复。然此四字实本《汉书·张禹传》。传云：后堂理丝竹管弦，前人已据而辩之，又引《庄子》我无粮我无食为证矣。其实《昭明文选》,多可訾议,佳篇遗漏者甚多,不足为凭。其序《陶渊明集》,指其《闲情》一赋,以为白璧微瑕,乃于《高唐》《神女》《好色》《洛神》诸赋,则无不选人,此何说哉?且题曰《闲情》,乃言防闲情之所至也。何所用其疵点乎?后世选家不选,殆自谓所选皆有关人心世道之文,合于立德立功之旨。乃归有光《寒花葬志》,自写与妻婢调笑情状,颇不庄雅,而姚惜抱选人《古文辞类纂》,曾涤生选入《经史百家杂钞》,谓之何哉?岂知晋代承魏何晏王衍诸人风尚,竞务清谈,大概老庄宗旨;右军雅志高尚,称疾去郡,誓于父母墓前,与东土人士,穷名山,泛沧海,优游无事,弋钓为娱,宜其所言,于老庄玄旨,变本加厉矣;而此序临河兴感,知一死生为虚诞,齐彭殇为妄作,即仲尼乐行忧违,在川上而有逝者如斯之叹也。世人熏心富贵,颠倒得失,宜其不足以知此。昭明舍右军而采颜延年王元长二作,则偏重骈俪之故,与《平淮西碑》舍昌黎而取段文昌者,命意略同也。"

第三节 自然派之散文

晋宋间之文学,最放异彩者陶渊明。其诗世多知之;文则骈文家既以其不秾丽而鲜及之,古文家亦以其不矜意而少选之。而不知其雅澹自然之致与其诗无二,不尚修饰,妙合自然,非深于文者不能为也。原其所祖,则上本匡刘,近祖康成。今录其《与子俨等疏》于后:

与子俨等疏

告俨、俟、份、佚、佟:天地赋命,生必有死,自古圣贤,谁能独免?子夏有言:"死生有命,富贵在天。"四友之人,亲受音旨,发斯谈者将非穷达不可外求,寿夭永无外请故耶?

吾年过五十,少而穷苦,每以家弊,东窗游走。性刚才拙,与物多忤。自量为己，必贻俗患，俛俛辞世，使汝等幼而饥寒。余尝感孺仲贤妻之言，败絮自拥，何惭儿子？此既一事矣。但恨邻靡二仲，室无莱妇，抱兹苦心，良独内愧。

少学琴书，偶爱闲静，开卷有得，便欣然忘食。见树木交荫，时鸟变声，亦复欢然有喜。常言：五六月中，北窗下卧，遇凉风暂至，自谓是羲皇上人。意浅识罕，谓斯言可保。日月遂往，机巧好疏，缅求在昔，眇然如何！

病患以来，渐就衰损，亲旧不遗，每以药石见救，自恐大分将有限也。汝辈稚小，家贫每役，柴水之劳，何时可免？念之在心，若何可言！然汝等虽不同生，当思四海皆兄弟之义。鲍叔、管仲，分财无猜；归生、伍举，班荆道旧。遂能以败为成，因丧立功。他人尚尔，况同父之人哉！颍川韩元长，汉末名士，身处卿佐，八十而终。兄弟同居，至于没齿。济北氾稚春，晋时操行人也，七世同财，家人无怨色。《诗》曰："高山仰止，景行行止。"虽不能尔，至心尚之。汝其慎哉！吾复何言。

《石遗室论文》曰："三国六朝散体文可论者甚少。郑康成本汉末人，至三国尚存，其《戒子书》中有云：'显誉成于僚友，德行立于己志，若致声称，亦有荣于所生，可不深念邪？可不深念邪？'末云：'家今差多于昔，勤力务时，无恤饥寒，菲饮食，薄衣服，节夫二者，尚令吾寡憾，若忽忘不识，亦已焉哉！'着墨不多，而自亲切有味。康成湛深经学，故文字气息醇茂，不务为峥嵘气势，极似西汉匡刘诸作。且此篇乃对子之言，尤贵朴实，自道毫无假饰，在东汉末视蔡中郎孔北海辈之肤廓，迥不相侔矣。晋陶渊明《与子俨俟份佚佟疏》，笔意颇相近，以其恬退不仕，与世无竞同也。两文前半篇自叙生平，尤为相似，自系陶之著意效郑，而绝无一字蹈袭处。惟陶作较有词采，中一段云：'少学琴书，偶爱闲情，开卷有得，便欣然忘食。见树木交荫，时鸟变声，亦复欢然有喜。常言：五六月中，北窗下卧，遇凉风暂至，自谓是羲皇上人。意浅识罕，谓斯言可保。日月遂往，机巧好疏，缅求在昔，眇然如何！'盖渊明工诗，故兴趣横生，而又不落纤仄，所以可贵。"

渊明散文之美者尚有《五柳先生传》《桃花源记》《孟府君传》等。其韵文之佳者则有《归去来辞》《士不遇赋》《闲情赋》。《南史·隐逸传》云："陶潜字渊明，或云字深明，名元亮，寻阳柴桑人。少有高志。家贫亲老。起为州祭酒，不堪吏职，少日自解归。州召主簿，不就。躬耕自资。后为镇军建威参军，谓亲朋曰：聊欲弦歌为三径之资可乎？执事者闻之，以为彭泽令。义熙末，征为著作郎，不就。"《四部丛刊》影印宋巾箱本《笺注陶渊明集》十卷。渊明自然派之散文，后世惟唐白居易最为近之。

第四节　论难派之散文

魏晋之间学重名理，故晋儒鲁胜已注《墨辩》。迄于齐梁，佛法益盛，辩难之风更炽。如宋何承天之《达性论》《报应问》《答宗居士书》，顾愿《定命论》等，均论辩精微，无愧名家之作。而范缜之《神灭论》，沈约之《难神灭论》，尤为佳制。《公孙龙子》而后，仅见之文也。

范缜　《南史·范缜传》，字子真，南乡舞阴人。缜少孤贫，事母孝谨。年未弱冠，从沛国刘瓛学，瓛甚奇之，亲为之冠。在瓛门下积年，恒芒屩布衣，徒行于路。瓛门下多车马贵游，缜在其间，聊无耻愧。及长博通经术，尤精三礼。性质直，好危言高论，不为士友所安。唯与外弟萧琛善，琛名曰口辩，每服缜简诣。仕齐为尚书殿中郎。

沈约　字休文，吴兴武康人。年十三而遭家难，潜窜，会赦乃免。既而流寓孤贫，笃志好学，昼夜不释卷。母恐其以劳生疾，常遣减油灭火。而昼之所读，夜辄诵之。遂博通群籍，善属文。仕齐官至司徒左长史征虏将军南清河南太守。梁高祖在西邸与约游旧，建康城平，引为骠骑司马，将军如故，后以劝进定策功，高祖受禅，封建昌侯，官至侍中少保。《一百三家集》有《沈隐侯集》一卷。

神灭论 范缜

　　或问予云，神灭，何以知其灭也？答曰，神即形也，形即神也。是以形存则神存，形谢则神灭也。问曰：形者无知之称，神者有知之名。知与无知，即事有异，神之与形，理不容一，形神相即，非所闻也。答曰：形者神之质，神者形之用，是则形称其质，神言其用。形之与神，不得相异也。问曰：神故非用，不得为异，其义安在？答曰：名殊而体一也。问曰：名既已殊，体何得一？答曰：神之于质，犹利之于刀；形之于用，犹刀之于利。利之名非刀也，刀之名非利也，然而舍利无刀，舍刀无利，未闻刀没而利存，岂容形亡而神在？问曰：刀之与利，或如来说，形之与神，其义不然。何以言之？木之质无知也。人之质有知也。人既有如木之质，而有异木之知，岂非木有一人有二邪？答曰：异哉言乎。人若有如木之质以为形，又有异木之知以为神，则可如来论也。今人之质，质有知也。木之质，质无知也。人之质非木质也，木之质非人质也。安有如木之质，而复有异木之知哉？问曰：人之质所以异木质者，以其有知耳。人而无知，与木何异？答曰：人无无知之质，犹木无有知之形。问曰：死人之形骸，岂非无知之质耶？答曰：是无人质。问曰：若然者人果有如木之质，而有异木之知矣。答曰：死者如木而无异木之知，生者有异木之知而无如木之质也。问曰：死者之骨骸，非生之形骸邪？答曰：生形之非死邪，死形之非生形，区已革矣。安有生人之形骸，而有死人之骨骸哉？问曰：若生者之形骸，非死者之骨骸，非死者之骨骸则应不由生者之形骸，不由生者之死骸则此骨骸从何而至此邪？答曰：是生者之形骸，变为死者之骨胳也。问曰：生者之形骸，虽变为死者之骨骸，岂不从生而有死，则知死体犹生体也。答曰：如因荣木变为枯木，枯木之质宁是荣木之体？问曰：荣体变为枯体，枯体即是荣体；丝体变为缕体，缕体即是丝体，有何别焉？答曰：若枯即是荣，荣即是枯，应荣时凋零，枯时结实也。又荣木不应变为枯木，以荣即枯无所复变也。荣枯是一，何不先枯后荣，要先荣后枯，何也？丝缕之义，亦同此破。问曰：生形之谢，便应豁然都尽，何故方爱死形绵历未已邪？答曰：生灭之体，要有其次故也。夫欻而生者必欻而灭，渐而生者必渐而灭；欻而生者飘骤是也，渐而生者动植是也。有欻有渐，物之理也。问曰：形即是神者，手等亦是邪？答曰：皆是神之分也。问曰：若

第三编 骈文极盛时代之散文
——晋及南北朝

皆是神之分,神既能虑,手等亦应能虑也。答曰:手等亦应能有痛痒之知,而无是非之虑。问曰:虑为一为异?答曰:知即是虑,浅则为知,深则为虑。问曰:若尔应有二乎?答曰:人体惟一,神何得二。 问曰:若不得二,安有痛痒之知,复有是非之虑?答曰:如手足虽异,总为一人;是非痛痒,虽复有异,亦总为一神矣。问曰:是非之虑,不关手足,当关何处?答曰:是非之意,心器所主。问曰:心器是五藏之心非邪?答曰:是也。问曰:五藏有何殊别,而心独有是非之虑乎?答曰:七窍亦复何殊,而司用不均。问曰:虑思无方,何以知是心器所主?答曰:五藏各有所司,无有能虑者,是以心为虑本。问曰:何不寄在眼等分中?答曰:若虑可寄于眼分,何故曰不寄于耳分邪?问曰:虑体无本,故可寄之眼分;眼目有本,不假寄于他分也。答曰:眼何故有本而虑无本?苟无本于我形,而可遍寄于异地,亦可张甲之情寄王乙之躯,李丙之性,托赵丁之体。然乎哉?不然也。问曰:圣人形犹凡人之形,而有凡圣之殊,故知形神异矣。答曰:不然,金之精者能昭,秽者不能昭,有能昭之精金,宁有不昭之秽质,又岂有圣人之神而寄凡人之器,亦无凡人之神而托圣人之体。是以八采重瞳,勋华之容,龙颜马口,轩皡之状,形表之异也。比干之心,七窍列角,伯约之胆,其大若拳,此心器之殊也。是知圣人定分,每绝常区,非惟道革群生,乃亦形超万有,凡圣均体,所未敢安。问曰:子云圣人之形必异于凡者,敢阿阳货类仲尼,项籍似大舜,舜项孔阳,智革形同,其故何耶?答曰:珉似玉而非玉,鸡类凤而非凤,物诚有之,人故宜尔。项阳貌似而非实似,心器不均,虽貌无益。问曰:凡圣之殊,形器不一,可也?贯极理无有二,而丘旦殊姿,汤文异状,神不傅色,于此益明矣。答曰:圣同于心,器形不必同也。犹马殊毛而齐逸,玉异色而均美,是以晋棘荆和,等价连城,骅骝骎骊,俱致千里。问曰:形神不二,既闻之矣,形谢神灭,理固宜然,敢问经云为宗庙以鬼飨之何谓也?答曰:圣人之教然也。所以弭孝子之心,而厉偷薄之意,神而明之,此之谓矣。问曰:伯有被甲,彭生豕见,坟索著其事,宁是设教而已邪?答曰:妖怪茫茫,或存或亡,强死者众,不皆为鬼。彭生伯有,何独能然,乍为人豕,未必齐郑之公子也。问曰:易称故知鬼神之情状,与天地相似而不违。又曰:载鬼一车,其义云何?答曰:有禽焉,有兽焉,飞走之别也;有人焉,有鬼焉,幽明之别也。人灭而为鬼，鬼灭而为人，则未之知也。问曰：知此神灭。有何利用邪？答曰：浮屠害政，桑门蠹俗，风惊雾起，驰荡不休。吾哀其弊，思拯其溺。夫竭财以赴僧，破产以趋佛，而不恤亲戚，以怜穷匮者何？良由厚我之情深，济物之意浅，是以圭撮涉于贫友，吝情动于颜色，千钟委于富僧，欢意畅于容发，岂不以僧有多余之期，友无遗秉之报。务施阙于周急，归德必于在己，又惑以茫昧之言，惧以阿鼻之苦，诱以虚诞之辞，欣以兜率之乐。故舍逢掖，袭横衣，废俎豆，列瓶钵，家家弃其亲爱，人人纪其嗣续，致使兵挫于行间，吏空于官府，粟罄于情游，货殚于泥木，所以奸宄弗胜，颂声尚拥。惟此之故，其流莫已，其病无限。若陶甄禀于自然，森罗均于独化，忽焉自有，恍尔而无，来也不御，去也不追，乘夫天理，各安其性，小人甘其垄亩，君子保其恬素，耕而食，食不可穷也。蚕而衣，衣不可尽也，下有余以奉其上，上无为以待其下，可以全生，可以匡国，可以霸君，用此道也。

难范缜神灭论　沈约

来论云：形即是神，神即是形。又云：人体是一，故神不得二。若如雅论，此二物不得相离，则七窍百体，无处非神矣。七窍之用既异，百体所营不一，神亦随事而应，则其名亦应顺事而改。神者对形之名，而形中之形，各有其用，则应神中之神，亦应各有其名矣。今举形则有四肢百体之异，屈伸听受之别，各有其名，各有其用，言神唯有一名，而用分百体，此深所未了也。若形与神对，片不不差，何则形之名多，神之名寡也。若如来论，七尺之神，神则无处无形，形则无处非神矣。刀则唯刃犹利，非刃则不受利名。故刀是举体之称，利是一处一目，刀之与利，既不同矣，形之与神岂可妄合邪？又昔日之刃，今铸为剑，剑利即是刀利，而刀形非剑形，于利之用弗改，而质之形已移，与夫前生为甲，后生为丙。夫人之道或异，往识之神犹传，与夫剑之为刀，刀之为剑，有何异哉？又一刀之资，分为二刀，形已分矣。而各有其为，今取一半之身而剖之为两，则饮龁之生即谢，任重之为不分，又何得以刀之为利。譬形之与神邪，来论谓刀之与利，即形之有神，刀则举体是一利，形则举体是一神。神用于体则有耳目手足之别，手之用不为足用，耳之用不为眼用，而利之为用，无所不可，亦可断蛟蛇，亦可截鸿雁，非一处偏可割东陵之瓜，一处偏可割南山之竹。若谓利之为用，亦可得分，则足可以执物，眼可以听声矣。若谓刀背亦有利，两边亦有利，但未锻而铦之耳。利若遍施四方，则利体无处复立，形方形直，并不得施利，利之为用，正存一边毫毛处耳。神之与形，举体若合，又安得同乎？刀若举体是利，神用随体则分。若使刀之与利，其理若一，则胛下亦可安眼，背上亦可施鼻可乎？不可也。若以此譬为尽邪，则不尽；若谓本不尽邪，则不可以为譬也。若形即是神，神即是形，二者相资，理无偏谢，则神亡之日，形亦应消。而今有知之神亡，无知之形在，此则神本非形，形本非神，又不可得强令如一也。若谓总百体之质谓之形，总百体之用谓之神。今百体各有其分，则眼是眼形，耳是耳形，眼形非耳形，耳形非眼形。则神亦随百体而分，则眼有眼神，耳有耳神，耳神非眼神，神眼非耳神也。而偏枯之体，其半已谢，已谢之半，事同木石。譬彼僵尸，永年不朽，此半同灭，半神既灭，半体犹存，形神俱谢，弥所骇惕。若夫二负之尸，经亿载而不毁，单开之体，尚余质于罗浮，神形若合，则此二士，不应神灭而形存也。来论又云，欻而生者缴而灭者，渐而生者渐而灭者，试借子之冲，以攻子之城。渐而灭谓死者之形骸，始乎无知而至于朽烂也。若然则形之与神本为一物，形既病矣，神亦告病，形既谢矣，神亦云谢。渐之为用，应与形俱，形以始亡末朽为渐，神独不得以始末为渐邪？来论又云，生者之形骸，变为死者之骨骼。按如来论，生之神明，生之形孩，既化为骨骼矣。则生之神明，独不随形而化乎？若附形而化，则应与形同体。若形骸即是骨骼，则死之神明，不得异生之神明矣，向所谓死，定自未死也。若形骸非骨骼，财生神化为死神。生神化为死神，即是三世，安谓其不灭哉？神若随形，形既无知矣。形既无知，神本无质，无知便是神亡，神亡而形在，又不经通。若形虽无知，神尚有知，形神既不得异，则向之死形，翻复非枯木矣。

史称"谢玄晖善为诗，任彦昇工于笔，约兼而有之，然不能过也"。当时以诗赋俪辞为文，以质实直书者为笔，约盖兼文笔之长者也。今再选沈约文二首于下，以见当时文体之严。

修竹弹甘蕉文

长兼淇园贞干臣修竹稽首：臣闻芟夷蕴崇，农夫之善法。无使滋蔓，蔓恶之良图。未有蠹苗害稼，不加穷伐者也！

切寻苏台前甘蕉一丛，宿渐云露，荏苒岁月，擢本盈寻，垂荫含丈。阶缘宠渥，铨衡百卉。而予夺乖爽，高下在心，每叨天功，以为己力。风闻籍听，非复一途，犹谓爱憎异说，所以挂乎严网。

今月某日，有台西阶泽兰、萱草，到园同诉，自称："虽惭杞梓，颇异蒿蓬，阳景所临，由来无隔。今月某日，巫岫敛云，秦楼开照，乾光弘普，罔幽不瞩。而甘蕉攒茎布影，独见障蔽！虽处台隅，遂同幽谷。"臣谓偏辞难信，敢察以情，登摄甘蕉左近，杜若、江篱，依源辨覆。两草各处，异列同款，既有证据，羌非风闻。

切寻甘蕉，出自药草，本无芬馥之香，柯条之任，非有松柏后凋之心，盖阙葵藿倾阳之识。冯借庆会，稽绝伦等，而得人之誉靡即，称平之声寂寞，遂使言树之草，忘忧之用莫施；无绝之芳，当门之弊斯在。妨贤败政，孰过于此？而不除戮，宪章安用？请以见事，徙根翦叶，斥出台外，庶惩彼将来，谢此众屈。

宋书谢灵运传论

史臣曰：民禀天地之灵，含五常之德，刚柔迭用，喜愠分情。夫志动于中，则歌咏外发，六义所因，四始攸系，升降讴谣，纷披风什。虽虞夏以前，遗文不睹，禀气怀灵，理无或异。然迹歌咏所兴，宜自生民始也。

周室既衰，风流弥著，屈平宋玉，导清源于前，贾谊枢如，振芳尘于后。英辞润金石，高义薄云天。自兹以降，情志愈广。王褒、刘向、扬、班、崔、蔡之徒，异轨同奔，递相师祖。虽清辞丽曲，时发乎篇，而芜音累气，固亦多矣。若夫平子艳发，文以情变，绝唱高踪，久无嗣响。至于建安，曹氏基命，三祖、陈王，咸蓄盛藻，甫乃以情纬文，以文被质。

自汉至魏，四百余年，辞人才子，文体三变。相如工为形似之言，二班长于精理之说，子建仲宣以气质为体。并摽能擅美，独映当时。是以一世之士，各相慕习，源其飙流所始，莫不同祖风骚。徒以赏好异情，故意制相诡。

降及元康，潘陆持秀，律异班贾，体变曹王，缛旨星稠，繁文绮合。缀平台之逸响，采南皮之高韵，遗风余烈，事极江右。在晋中兴，玄风独扇，为学穷于柱下，博物止乎七篇。驰骋文辞，义殚乎此。自建武暨于义熙，历载将百，虽比响联辞，波属云委，莫不寄言上德，托意玄珠，遒丽之辞，无闻焉耳。仲文始革孙许之风，叔源大变太元之气。

爰逮宋氏，颜谢腾声，灵运之兴会标举，延年之体裁明密，并方轨前秀，垂范后昆。若夫敷衽论心，商榷前藻，工拙之数，如有可言。夫五色相宣，八音协畅，由乎玄黄律吕，各适物宜。欲使宫羽相变，低昂舛节，若前有浮声，而后须切响。一简之内，音韵尽殊；两句之中，轻重悉异。妙达此旨，始可言文。至于先士茂制，讽高历赏，子建函京之作，仲宣灞岸之篇，子荆零雨之章，正长朔风之句，并直举胸情，非傍诗史，正以音律调韵，取高前式。自灵均以来，多历年代，虽文体稍精，而此秘未睹。至于高言妙句，音韵天成，皆暗与理合匪由思至。张蔡曹王，曾无先觉，潘陆颜谢，去之弥远。世之知音者，有以得之，此言非谬。如曰不然，请待来哲。

观此所选沈文三首，《难神灭论》纯乎笔者也；《弹甘蕉文》，纯乎文者也；《谢灵运传论》介于文与笔之间者也。《难神灭论》专主乎理胜，言贵精刻，无取乎华辞，故宜乎笔也；《弹甘蕉文》，乃寓意抒情之作，味贵深长，不宜过于质直，故宜乎文也；至于《灵运传论》，意在论文，直抒匈臆，故贵乎文笔之间也。六朝文人，明于文章之体用如此，岂可以宗师唐宋古文之故，而遂尽斥六朝文为靡丽哉？

第五节　写景派之散文

六朝散文最放异彩而为前此所绝少者，尚有写景之文焉。吾国写景之诗甚早，诗三百篇中已甚多有，而写景之文则屈宋之韵文以外，周秦诸子，亦颇少见。两汉散文，则以论事记事为最优，写景文则唯东汉马第伯《封禅仪记》为最善。《石遗室论文》曰："东汉马第伯

《封禅仪记》，记光武封泰山事，为古今杂记中奇伟之作。原书已亡，后人据《续汉志》《水经注》《北堂书钞》《艺文类聚》《初学记》《白孔六帖》《太平御览》诸书所引，采缉成编，但以意为先后，中必有残阙失次处，未遑细考，故往往难于句读；然无碍于其文之佳也。中一大段云：至中观，去平地二十里，南向极望无不睹。仰望天关，如从谷底郤观抗峰；其为高也如视浮云；其峻也石壁窅窱，如无道径；遥望其人，端端如杆升，或以为小白石，或以为冰雪，久之白者移过树，乃知是人也；殊不可上，四布僵卧石上，有顷复苏，亦赖斋酒脯，处处有泉水，目辄为之明；复勉强相将，行到天关，自以已至也；问道中人，言尚十余里；其道旁山胁，大者广八尺，狭者五六尺；仰视岩石松树，郁郁苍苍，若在云中；俯视溪谷，碌碌不可见丈尺；遂至天门之下，仰视天门，窔辽如从穴中视天；直上七里，赖其羊肠透迤，名曰环道，往往有絙索，可得而登也；两从者扶掖，前人相牵，后人见前人履底，前人见后人项，如画重累人矣；所谓磨胸捋石扪天之难也。初上此道，行十余步一休，稍疲，咽唇焦，五六步一休，蹀蹀据顿地，不避泾暗，前有焕地，目视而两脚不随，皆摹写逼肖处。"

迄乎魏晋六朝，写景之诗赋日工，而写景之散文则亦日进矣。于晋则有庐山诸道人《游石门诗序》，宋晋之间则陶渊明之《桃花源记》，齐代有陶弘景，梁有吴均，北魏则郦道元之《水经注》，尤为巨制焉。

《南史·隐逸传》："陶弘景，字通明，丹阳秣陵人也；幼有异操，得葛洪神仙传昼夜研寻便有养生之志；止于句容之句曲山。"《一百三家集》有《陶隐居集》一卷。

《南史·文学传》："吴均字叔庠，吴兴故鄣人也；家世贫贱，至均好学，有俊才。文体清拔，好事者效之，谓为吴均体。"《一百三家集》有《吴朝清集》一卷。

《北史·酷吏传》："郦道元，字善长，范阳人也；历览奇书，撰注《水经》四十卷，《本志》十三篇，又为《七聘》及诸文，皆行于世"。

游石门诗序 庐山诸道人

　　石门在精舍南十余里，一名障山。基连大岭，体绝众阜，辟三泉之会，并立而开流，倾岩玄映其上，蒙形表于自然，故因以为名。此虽庐山之一隅，实斯地之奇观，皆传之于旧俗，而未睹者众。将由悬濑险峻，人兽迹绝，径回曲阜，路阻行难，故罕经焉。

　　释法师以隆安四年，仲春之月，因咏山水，遂杖锡而游。于时交徒同趣三十余人，咸拂衣晨征，怅然增兴。虽林壑幽邃，而开涂竞进；虽乘危履石，并以所悦为安。既至则援木寻葛，历险穷崖，猿臂相引，仅乃造极。于是拥胜倚岩，详观其下，始知七岭之美，蕴奇于此。双阙对峙其前，重岩映带其后；峦阜周回以为障，崇岩四营而开宇。其中有石台石池宫馆之象，触类之形，致可乐也。清泉分流而合注，渌渊镜净于天池。文石发彩，焕若披面；柽松芳草，蔚然光目。其为神丽，亦已备矣。斯日也，众情奔悦，瞩览无厌。游观未久，而天气屡变。霄雾尘集，则万象隐形；流光回照，则众山倒影。开辟之际，状有灵也，而不可测也。乃其将登则翔禽拂翩，鸣猿厉响。归云回驾，想羽人之来仪；哀声相和，若玄音之有寄。虽仿佛犹闻，而神以之畅；虽乐不期欢，而欣以永日。当其冲豫自得，信有味焉，而未易言也。

　　退而寻之：夫崖谷之间，会物无主，应不以情，而开兴引人，致深若此，岂不以虚明朗其照，闲邃笃其情耶？并三复斯谈，犹昧然未尽。俄而太阳告夕，所存已往，乃悟幽人之玄览，达恒物之大情，其为神趣，岂山水而已哉！于是徘徊崇岭，流目四瞩，九江如带，邱阜成垤。因此而推，形有巨细，智亦宜然。乃喟然叹宇宙虽遐，古今一契，灵鹫邈矣。荒途日隔，不有哲人。风迹虽存，应深悟远。慨焉长怀，各欣一遇之同欢，感良辰之难再。情发于中，遂共咏之云尔。

桃花源记 陶潜

　　晋太元中，武陵人捕鱼为业，缘溪行，忘路之远近。忽逢桃花林，夹岸数百步，中无杂树。芳草鲜美，落英缤纷。渔人甚异之。复前行，欲穷其林。

林尽水源，便得一山。山有小口，仿佛若有光，便舍船从口入。初极狭，才通人；复行数十步，豁然开朗。土地平旷，屋舍俨然，有良田美池桑竹之属。阡陌交通，鸡犬相闻。其中往来种作，男女衣著，悉如外人；黄发垂髫，并怡然自乐。

　　见渔人乃大惊，问所从来，具答之。便要还家，设酒杀鸡作食。村中闻有此人，咸来问讯。自云先世避秦时乱，率妻子邑人，来此绝境，不复出焉；遂与外人间隔。问今是何世，乃不知有汉，无论魏晋。此人一一为具言，所闻皆叹惋。余人各复延至其家，皆出酒食。停数日，辞去。此中人语云："不足为外人道也。"

　　既出，得其船，便扶向路，处处志之。及郡下，诣太守说如此。太守即遣人随其往，寻向所志，遂迷不复得路。南阳刘子骥，高尚士也，闻之欣然规往。未果，寻病终。后遂无问津者。

答谢中书书　　陶弘景

　　山川之美，古来共谈。高峰入云，清流见底。两岸石壁，五色交辉。青林翠竹，四时俱备。晓雾将歇，猿鸟乱鸣；夕日欲颓，沉鳞竞跃。实是欲界之仙都。自康乐以来，未复有能与其奇者。

与宋元思书　　吴均

　　风烟俱净，天山共色，从流飘荡，任意东西。自富阳至桐庐一百许里，奇山异水，天下独绝。水皆缥碧，千丈见底；游鱼细石，直视无碍。急湍甚箭，猛浪若奔。夹岸高山，皆生寒树，负势竞上，互相轩邈，争高直指，千百成峰。泉水激石，泠泠作响；好鸟相鸣，嘤嘤成韵。蝉则千转不穷，猿则百叫无绝。鸢飞戾天者，望峰息心；经纶世务者，窥谷忘反。横柯上蔽，在昼犹昏；疏条交映，有时见日。

巫峡　　水经注

　　自三峡七百里中，两岸连山，略无阙处。重岩叠嶂，隐天蔽日。

白非停午夜分，不见曦月。

　　至于夏水襄陵，沿溯阻绝。或王命急宣，有时早发白帝，暮宿江陵。其间千二百里，虽乘奔御风，不以疾也。

　　春冬之时，则素湍绿潭，回清倒影。绝巘多生怪柏，悬泉瀑布，飞漱其间。清荣峻茂，良多趣味。

　　每至晴初霜旦，林寒涧肃。常有高猿长啸，属引凄异，空谷传响，哀转久绝。

凡此皆可见六朝人写景文之工美矣。《石门诗序》颇与《兰亭序》气格相同，文体在乎骈散之间。《桃花源记》则无骈文气味，纯乎散文矣。《水经注》文笔清隽，与陶弘景、吴均一派为近，骈多于散者也。后之古文家惟柳宗元诸记为最优，化骈为散者也。

第四编　古文极盛时代之散文
——唐宋

第一章

总 论

凡事盛极必衰,矫枉者必过正,此必然之势也。文至六朝而骈俪极盛矣。诚如沈休文《谢灵运传论》所谓"五色相宣,八音协畅,由乎玄黄律吕,各适物宜,欲使宫羽相变,低昂舛节;若前有浮声,则后须切响,一简之内,音韵尽殊,两句之中,轻重悉异,妙达此旨,始可言文"者。由齐梁以至于初唐,益骈俪日甚矣。故北周有苏绰之复古,北齐有颜之推之折衷,隋文帝时有李谔上书云:"臣闻古贤哲王之化人也,必变其视听,防其嗜欲,塞其邪放之心,示以淳和之路。五教六行,为训人之本;《诗》《书》《礼》《易》,为道义之门。故能家复孝慈,人知礼让;正俗调风,莫大于此。其有上书献赋,制诔镌铭,皆以褒德序贤,明勋证理。苟非惩劝,义不徒然。降及后代,风教渐落。江左齐梁,其弊弥甚。贵贱贤愚,唯务吟咏;遂遗理存异,寻虚逐微,竞一韵之奇,争一字之功。连篇累牍,不出月露之形;积案盈箱,唯是风云之状。世俗以此相高;朝廷据兹擢士。禄利之路既开;爱尚之情愈笃。于是闾里童昏,贵游总丱,未窥六义,先制五言。至如羲皇舜禹之典,伊傅周孔之说,不复关心,何尝入耳?以傲诞为清虚,以缘情为勋绩,指儒素为古拙,用诗赋为君子。故文笔日繁，其政日乱。良由弃大圣之规模，构无用以为用也。"而王通之《文中子·事君篇》，亦云："子谓荀悦，史乎史乎！谓陆机，文乎文乎！皆思过半矣。子谓文士之行可见：谢灵运小人哉！其文傲，君子则谨。沈休文小人哉！其文冶，君子则典。鲍照江淹古之狷者也，其文急以怨。吴筠孔珪古之狂者也，其文怪以怒。谢庄王融古之纤人也？其文碎。徐陵庾信古之夸人也，其文诞。或问孝绰兄弟？子曰：鄙人也，其文淫。或问湘东王兄弟？子曰：贪人也，其文繁。谢朓浅人也，其文捷。江揔诡人也，其文虚。皆古之不利人也。子谓颜延之王俭任昉，有君子之心焉，其文约以则。"又曰："君子哉思王也，其文深以典。房玄龄问史。子曰：古之史也辩道；今之史也耀文。问文？子曰：古之文也约以达；今之文也繁以塞。"此皆六朝时代为文学者反今复古之言论，而为唐代古文派之先驱者也。迄至有唐，陈子昂、萧颖士、李华、元结辈出，益渐为复古之说；而元结尤毅然独立。韩柳以前工为古文者，元结其最者已。

虽然所谓古文者，非真复古，摹拟古人之谓也。去六朝之排偶声律及其秾丽，而一复两汉之淳朴与其奇偶并用之自由而已。若句摹篇拟，陈陈相因，正古文家之大戒也。韩退之云：惟陈言之务去。又云：能者非他，能自树立，不因循者皆是也。皆贵创作戒摹仿之言。

自韩柳诸古文家未兴之前，无所谓古文也。为文者皆随时尚而已。自韩柳盛倡古文，李翱、孙樵之徒继之，至宋而欧阳、王、曾、三苏六家出，而古文之道益尊。自是以后，骈文、古文遂判为二途。其尊古文之甚者，且卑视骈文以为不得与于文之例矣。故此时代，可谓之古文极盛之时代。

第一节 古文家先锋元结之散文

唐人倡为古文，早于韩柳，而成就甚伟者，莫如元结。结字次山，河南人。《新唐书》云："少不羁，十七乃折节向学，事元德秀。"《四部丛刊》影印明正德本《元次山集》十卷，附《拾遗》。湛若水序其集云："夫太上有质而文,其次有质而有文,其次文浮其质。文浮其质,道之敝也。故林放问礼之本,孔子大之。物之生也先质而后文。故质也者生乎天者也;文也者生乎人者也。质也者先天而作者也;文也者后天而述者也。故人之于斯文也,不难于文而难于质;不难于华而难于朴;不难于巧而难于拙。余自北游观艺于燕冀之都,得元子而异焉,欲质不欲野,欲朴不欲陋,欲拙不欲固,卓然自成其家者也。"《四库全书总目》,亦谓"结颇近于古之狂。然制行高洁,而深抱闵时忧国之心。文章戛戛自异,变排偶绮靡之习。杜甫尝和其《舂陵行》,称其可为天地万物吐气,晁公武谓其文如古钟磬,不谐俗耳,高似孙谓其文章奇古,不蹈袭。盖唐文在韩愈以前,毅然自为者自结始,亦可谓耿介拔俗之姿矣。皇湜堤尝题其《浯溪中兴颂》曰:"次山有文章,可惋只在碎;然长于指叙,约结有余态;心语适相应,出句多分外;于诸作者间,拔戟成一队。其品题亦颇近实也。"柱尝以谓韩柳散文,纯为文集习气;次山之作,则尚有子书之遗。近人章炳麟之文颇出于此。次山言论文,多嫉时愍俗,今录其《时化》一首如下:

时化

　　元子闻浪翁说化化无穷极,因论谕曰:翁亦未知时之化也多于此乎。曰:时焉何化?我未之记。元子曰:于戏,时之化也;道德为嗜欲,化为险薄;仁义为贪暴,化为凶乱;礼乐为耽淫,化为侈靡;政教为烦急,化为苛酷。翁能记于此乎?时之化也,夫妇为溺惑所化,化为犬豕;父子为悖欲所化,化为禽兽;兄弟为猜忌所化,化为雠敌;宗戚为财利所化,化为行úù路;朋友为世利所化,化为市儿。翁能记于此乎?时之化也,大臣为威权所恣,忠信化为奸谋;庶官为禁忌所拘,公正化为邪佞;公族为猜忌所限,贤哲化为庸愚;人民为征赋所伤,州里化为祸邸;奸凶为恩幸所迫,厮皂化为将相。翁能记于此乎?时之化也,山泽化为井陌,或曰尽于草木;原野化为狴犴,或曰殚于鸟兽;江湖化为鼎镬,或曰暴于鱼鳖;祠庙化为官寝,或曰数于祠祷。翁能记于此乎?时之化也,情性为风俗所化,无不作狙狡诈诳之心;声呼为风俗所化,无不作谄媚僻淫之乱;颜容为风俗所化，无不作奸邪麤促之色。翁能记于此乎？

次山记事文尤简古有法，兹录其《大唐中兴颂序》如下：

大唐中兴颂序

　　天宝十四载，安禄山陷洛阳，明年陷长安，天子幸蜀。太子即位于灵武。明年皇帝移军凤翔，其年复两京，上皇还京师。于戏，前代帝王有盛德大业者必见于歌颂。若今歌颂大业，刻之金石，非老于文学，其谁宜为。

《石遗室论文》云："唐承六朝之后，文皆骈俪。至韩柳诸家出，始相率为散体文。号称起衰复古。然元次山结杜子美甫已尝为之。次山《大唐中兴颂序》最工，盖学《左氏传》而神似者。《左传》中最有法度而无一长语者莫如开卷先经起例五十余言，云：'惠公元妃孟子。孟子卒，继室以声子，生隐公。宋武公生仲子。仲子生而有文在其手，曰：为鲁夫人。故仲子归于我，生桓公而惠公薨。是以隐公立而奉之。'首言元妃孟子，元妃正夫人，孟子子姓。宋国长女。古者诸侯嫁女于他国，以侄娣从，以备妾媵，故有孟子遂有声子。孟子卒，故以声子为继室。古者继室非正夫人，《左传》齐少姜为晋侯继室，其证也。隐公继室子，本非太子；无太子则立之，有太子则不得立；适宋武公又生仲子，而有为鲁夫人之手文，此特别异兆，宋鲁两国君皆信之，故归惠公而为正夫人。诸侯不再娶，此变礼也。其子桓公，虽少当立，故复由仲之生叙起。妇人为嫁曰归，言其归于我，明其为嫁而非媵也。桓公既生，惠公遂薨，桓公幼，隐公于是乎摄位，一如周公摄成王故事。周公居摄，郑氏说以为摄位，非仅摄政也。此传五十余字中，所叙之人凡七：曰惠公、曰孟子、曰声子、曰隐公、曰宋武公、曰仲子、曰桓公；其名号凡三，曰元妃，曰继室，曰鲁夫人。子以母贵。母之名正，其子之贵贱自明。其生卒凡五，曰孟子卒，曰生隐公，曰生仲子，曰桓公生，曰惠公薨，举鲁宋两国数十年之夫妇妻妾父子兄弟父女姊妹谱系，朗若列眉，可谓简而有法矣。元次山序云：'天宝十四年，安禄山陷洛阳，明年陷长安，天子幸蜀。太子即位于灵武。明年皇帝移京凤翔，其年复两京，上皇还京师。'仅四十余字，凡言年者四，曰十四年，曰明年者二，曰其年者一；言地者七，曰洛阳，曰长安，曰蜀，曰灵武，曰凤翔，曰两京，曰京师；其人二而名号四，曰天子，曰太子，太子即位而称皇帝矣，既有皇帝而向之天子，称上皇矣。其名称之郑重分明，非《左传》称元妃继室鲁夫人之义法乎。善学者之异曲同工如此。又案《左传》与次山此序，即孔子正名之义，否则名不正而言不顺也。尚有前于《左传》者，《仪礼》周公所作，观于士昏礼，婿在家，初称主人；主人，婿也，婿为妇主。至女氏亲迎则称宾；至御妇车则称婿；乘其车先亦称婿；妇至揖妇以入，则又称主人；入于室乃称夫；以后乃皆称主人；女在女氏立于房中南面时。称女；至奠雁时则称妇；由婿称之也。以后婿御妇，车妇乘以几，妇至，揖妇以入，妇尊西南面等，到底称妇矣。昏礼以婿家为主也。《公羊传》女在其国称女，在涂称妇，入国称夫人，即此义。作文所以贵通经也。"

第二节　古文大家韩柳之散文

唐之古文，至韩柳而大盛。论唐之古文，不能不数韩柳；犹论汉之史家，不能不数马班；论战代之辞赋，不能不数屈宋也。

《新唐书》云："韩愈字退之，邓州南阳人，生三岁而孤，随伯兄会贬官岭表，会卒，嫂郑鞠之。愈自知读书，日记数百千言，比长尽能通六经百家学。性明锐，不诡随，与人交，始终不少变。成进士后，往往知名；经愈指授，皆称韩门弟子。每言文章自汉司马相如、太史公、刘向、扬雄后，作者不世出；故愈探本元，卓然树立，成一家言。其《原道》《原性》《师说》等数十篇，皆奥衍宏深，与孟轲、扬雄表里，而佐佑六经云。至他人造端置辞，要为不蹈袭前人者，然惟愈为之沛然若有余。至其徒李翱、李汉、皇甫湜从而效之，遽不及远甚。从愈游者若孟郊、张籍，亦皆自名于时。"《四部丛刊》影印元刊有朱文公校《昌黎先生文集》四十卷，《外集》十卷，《遗文》一卷。

柱尝谓韩退之之文，可分为三类。其一为文从字顺各识职，此如五原及《答李翊书》《与孟尚书书》之类，皆理足辞充，沛然莫御，故语不必求奇，字不必求险，而文义深粹。自为杰作，所谓诚于中形于外者也；此从孟子得来，韩文此类于文为最高。其二则怪怪奇奇、佶屈聱牙，此如碑铭诸作，凡誉墓之文多属之。言之既多无物，故不能不雕辞琢句以险怪为工；此从汉碑得来，世人称韩文者多以此类，而亦多昧其本原。其三为实用类，此如《黄家贼事宜状》《论淮西事宜状》之类，期在时人通晓，不欲以文传世，而文亦甚工；此从魏晋得来，魏晋言事奏疏，亦多绝去华辞也。后世实用之文最宜法此。文各有体，浅深各异，不可一律，观昌黎之文，各殊其体，岂非深知文之体用者乎？吾尝见今人有上书当道，而效法汉人所为封禅典引之文句，自以为足以颉颃昌黎者，岂非不知文体之尤者乎？

答李翊书

六月二十六日愈白，李生足下：生之书辞甚高，而其问何下而恭也。能如是，谁不欲告生以其道？道德之归也有日矣，况其外之文乎？抑愈所谓望孔子之门墙而不入于其宫者，焉足以知是且非邪？虽然不可不为生言之。

生所谓"立言"者是也；生所为者与所期者甚似而几矣。抑不知生之志蕲胜于人而取于人邪？将蕲至于古之立言者邪？蕲胜于人而取于人，则固胜于人而可取于人矣！将蕲至于古之立言者，则无望其速成，无诱于势利，养其根而俟其实，加其膏而希其光。根之茂者其实遂，膏之沃者其光晔。仁义之人其言蔼如也。

抑又有难者。愈之所为，下自知其至犹未也；虽然，学之二十余年矣。始者非三代两汉之书不敢观，非圣人之志不敢存。处若忘，行若遗，俨乎其若思，茫乎其若迷。当其取于心而注于手也，惟陈言之务去，戛戛乎其难哉！其观于人，不知其非笑之为非笑也。如是者亦有年，犹不改。然后识古书之正伪，与虽正而不至焉者，昭昭然白黑分矣，而务去之，乃徐有得也。

当其取于心而注于手也，汩汩然来矣。其观于人也，笑之则以为喜，誉之则以为忧，以其犹有人之说者存也。如是者亦有年，然后浩乎其沛然矣。吾又惧其杂也，迎而距之，平心而察之，其皆醇也，然后肆焉。虽然不可以不养也，行之乎仁义之途，游之乎诗书之源，无迷其途，无绝其源，终吾身而已矣。

气水也，言浮物也。水大而物之浮者大小毕浮。气之与言犹是也，气盛则言之短长与声之高下者皆宜。虽如是其敢自谓几于成乎？虽几于成其用于人也奚取焉？虽然待用于人者其肖于器邪？用与舍属诸人，君子则不然。处心有道行己有方，用则施诸人，舍则传诸其徒，垂诸文而为后世法。如是者其亦足乐乎？其无足乐也。

有志乎古者希矣。志乎古必遗乎今。吾诚乐而悲之。亟称其人，所以劝之，非敢褒其可褒，而贬其可贬也。问于愈者多矣，念生之言，不志乎利聊相为言之。愈白。

《石遗室论文》云："《答李翊书》，乃自道其文字得力所在，用薪至于古之立言者，须合《进学解》参观之，乃得韩文真相。而皇甫湜所撰《韩文公墓志铭》，不免推崇太过；李翱所撰《行状》，于文章第浑括数语，未详其工力所自也。昌黎天资近钝，而毕生致功至深，其云'无望其速成'至'其观于人不知其非笑之为非笑也，如是者有年'，皆困勉实在情形，并非故作谦言。其言'养其根而俟其实，加其膏而希其光，根之茂者其实遂，膏之沃者其光晔'，即《进学解》之'贪多务得，细大不捐，沉浸酽郁，含英咀华。作为文章，其书满家，上规姚姒，浑浑无涯。《周诰》《殷盘》，佶屈聱牙，《春秋》谨严，左氏浮夸，《易》奇而法，《诗》正而葩，下逮《庄》《骚》，太史所录，子云相如，同工异曲'；皇甫湜所谓'及其酣放，豪曲快字，陵纸怪发，鲸铿春丽，惊耀天下'；李翱所谓'深于文章，每以为自扬雄之后，作者不出，其所为文，未尝效前人之言，而固与之并'者也。盖昌黎虽倡言复古，起八代骈俪之衰；然实不欲空疏固陋，文以艰深，注意于相如子云，是其本旨。其云'识古书之正伪'，至'其皆醇也，然后肆焉'，又云：'气水也，言"浮物也"'至'气盛则言之短长与声之高下者皆宜'，即《进学解》所谓'记事者必提其要，纂言者必钩其元。张皇幽眇，寻坠绪之茫茫，独旁搜而远绍，障百川而东之，回狂澜于既倒'；皇甫湜所谓'茹古涵今，无有端涯，浑浑灏灏，不可窥校'；李翱《祭韩侍郎文》所谓'拨去其华，得其本根，开合怪骇，驱涛拥云'者也。其'气水也，言浮物也'数语，譬喻曲肖，作散文者断莫能外。盖多读书，多见事，理足而识见有主，然后下笔吐辞之际，浅深反正，四通八达，百折不离其宗，如山之有脉，如水之有源，如木之有本；则峰峦之高下，港汊之短长，枝叶之疏密，无不有自然之体势。苏诗所谓一一皆可寻其源者也。昌黎专喻以水，则求其造语之妙，言气而未言理耳。言气而理亦在其中，此即韩文之短长高下皆宜处。必兼言理则质实而乏语妙矣。"

韩退之之文，多原本经子史。柱作《札韩》《证韩》诸篇，于韩文之本原疏证甚详，文繁今不录。今人李澍读吾书而来书商论云："昔人尝谓韩文杜诗无一字无来历，论韩文之来历，昌黎于《进学解》已一一自述之矣。然其奥词强句，取材于诸子百家而出于自述之外者，亦复不少。惟力争上流，取其材而不循其辙，故不见有诸子之驳杂，第见其正大光明，有泰山岩岩之气象耳。今得执事《证韩篇》悉心披露真乃金针度人。然弟亦有一说焉。韩文《黄陵庙碑》，用训诂体，似注疏：《河南府同官记》造吉祥语，如《易林》；《送李愿归盘谷序》，如包公理《乐志论》；《送廖道士序》，含伯益《山海经》；《燕喜亭记》，似践阼之十七铭；《科斗书记》，括《说文》之九千字；《偃王碑》之写恢奇，引《穆天子传》；贺表等之述功德，效《峄山碑文》；《送穷文》，同扬子之《逐贫》；《讼风伯》，仿子建之《诘咎》；《祭柳子厚文》，则运用庄列；《送孟东野序》，则发源《梓人》；《送幽州李端公序》，则摹拟《曲台记》；到《潮州任上谢表》则点窜《封禅书》；《与李翊书》，执事以为本于《庄子》，诚是矣，然其大旨实从《孟子》知言养气二节生出；《原道》古之时一段，执事谓本于《墨子》，亦是矣，然其主意即从孟子辟许行并耕答公都子问好辨二章脱化。盖其读三代两汉之书，含英咀华，倾芳沥液，发而为文，故一篇之内，层见叠出，有数处相似；一段之中，参伍错综，有数语相似；既不可捉摸，亦难以枚举。至于老泉之《张方平画像记》，似韩文之《郓州谿堂诗序》；永叔之《与张秀才第二书》，似韩文之《原道》；子固《颜鲁公祠堂记》，如《伯夷颂》之峭折；李翱《复性书》，同《五原篇》之深远；则又薪尽火传，启发后人不少矣。可见前贤为文，未尝不互相规仿，正不独子厚《韦使君新堂记》之取语取法于《庄子胠·箧篇》；庐陵《醉翁亭记》之落句取法于《易经·杂卦篇》也。窃谓人之不能为文，多苦于记性之不强，苟能将古人数百卷之书，博观而慎取，融会而贯通。上者师其意，下者师其词，未有不能为文者。若其高下浅深之故，亦仍视其胸中所得为如何耳。"李君之说，而可谓深知原委者。

昌黎记事文之最工者为《画记》，兹录之如下，以见其体。

画记

杂古今人物小画共一卷。骑而立者五人，骑而被甲载兵立者十人。一人骑执大旗前立，骑而被甲载兵且下牵者十人。骑且负者二人，骑执器者二人，骑拥田犬者一人，骑而牵者二人，骑而驱者三人，执羁靮立者二人，骑而下骑马臂隼而立者一人，骑而驱涉者二人，徒而驱牧者二人，坐而指使者一人，甲胄手弓矢钛钺植者七人，甲胄执帜植者十人，负者七人，偃寝休者二人，甲宾坐睡者一人，方涉者一人，坐而脱足者一人，寒附火者一人，杂执器物役者八人，奉壶矢者一人，舍而具食者十有一人，挹且注者四人，牛牵者二人，驴驱者四人，一人杖而负者，妇人以孺子载而可见者六人，载而上下者三人，孺子戏者九人。凡人之事三十有二，为人大小百二十有三，而莫有同者焉。马大有九匹，于马之中又有上者、下者、行者、牵者、涉者、陆者、翘者、顾者、鸣者、寝者、讹者、立者、人立者、龁者、饮者、溲者、陟者、降者、痒磨树者、嘘者、嗅者、喜相戏者、怒相踶啮者，秣者、骑者、骤者、走者、载服物者、载狐兔者。凡马之事二十有七，为马大小八十有三而莫有同者焉。牛大小十一头，橐驼三头，驴如橐驼之数而加其一焉，隼一。犬羊狐兔麋鹿共三十；旄车三两，杂兵器、弓矢、旌旗、刀剑、矛盾、弓服、矢房、甲胄之属，瓶盂、簦笠、筐筥、锜釜、饮食、服用之器，壶矢博奕之具，二百五十有一，皆世极其妙。贞元甲戌年，余在京师，甚无事。同居有独孤生申叔者，始得此画，而与余弹棋。余幸胜而获焉，意甚惜之，以为非一工人之所能运思，盖蒉集众工人之所长耳。虽百金不愿易也，明年出京师，至河阳与二三客论画品格，因出而观之，座有赵侍御者，君子人也，见之戚然，若有感然。少而进曰^噫，余之手摸也。亡之且工十年矣。余少时常有志乎兹事，得画本，绝人事而摸得之，游闽中而丧焉。居闲处独，时往来余怀也，以其始为之劳而夙好之笃也。今虽遇之，力不能为之，且铜工人存其大都焉。余既甚爱之，又感赵君之事，因以赠之，而记其人物之形状与数而时观之，以自释焉。

吴曾祺云："古之善状物者，首推《周官·考工记》一篇，每举一物而人之未及见者不啻口视手摹而心知其意；而用字之古雅，可为后来词学家之祖。此书虽不出周公之手，然必汉世之通人，决无疑议。他如《内则》之善言食品，《投壶》之详载艺事，亦庶几焉。后之能仿而为者不可多见，惟韩文公《画记》一篇，学者推之，以为从《考工记》脱出。以余所览，今人文集绝少此种题目，岂匿其短而不之作耶？若明人归有光之《石记》，其末段作形况之词。盖自知力所不及，而欲以偏师取胜。惟魏学咿之《核舟记》最为工绝；次则国朝（指清朝）人薛福成之《观巴黎油画记》，亦略得其大意。"

《石遗室论文》云："韩退之《画记》方望溪以为周人以后无此种格力。然望溪亦未言与周文何者相似也。案退之此记，直叙许多人物，从《尚书·顾命》脱化出来。《顾命》云：'二人雀弁执惠，立于毕门之内，四人綦弁，执戈上刃夹两阶托，一人冕执刘，立于东堂，一人冕执钺，立于西堂，一人冕执戣，立于东垂，一人冕执瞿，立于西垂，一人冕执锐，立于侧阶。'中间一段又从《考工记·梓人职》脱化出来。《梓人职》云：'天下之大兽五，脂者膏者裸者羽者鳞者，又外骨，内骨，却行，仄行，连行，纡行，以胫鸣者，以注鸣者，以旁鸣者，以翼鸣者，以股鸣者，以胸鸣者，谓之小虫之属。'又其于数累累数有言，如记账簿，不畏人议其冗长者，又从《史记·曹世家》专叙攻城下邑之功，如记账簿，千余言，皆平铺直叙，惟用两三处小结束。如尽定魏地凡五十二城，定齐凡得七十余县，末云凡下二国，县一百二十二，得王二人，相三人，将军六人，大莫敖郡守司马侯御史各一人。退之学而变化之，何尝必周以前哉？"

与韩退之同时而文名差相埒者有柳宗元。宗元字子厚，韩昌黎《柳子厚墓志铭》云："子厚少精敏，无不通达。逮其父时，虽少年，已自成人，能取进士第，崭然见头角，众谓柳氏有子矣。其后以博学宏词授集贤正字，俊杰廉悍，议论证据今古，出入经史子，踔厉风发，率常屈其座人，名声大振，一时皆慕与之友，诸公要人争欲令出我门下，交口荐誉之。"又云："居闲益自刻苦，务记览为词章，泛滥停蓄，为深博无涯涘，而自肆于山水间。"昌黎之称子厚，可谓至矣。子厚亦足以当之无愧。《四部丛刊》影印元刊本《增广释音唐柳先生文集》四十三卷，别集二卷，外集二卷，附录一卷。

子厚之文，论辨体多从韩非得来。山水记多从《水经注》得来。其《封建论》足以：与韩之《原道》相抗。其《辨列子》《论语辨》等足与韩之《读仪礼》《读荀子》相抗。其山水记则远胜于韩，而碑文则不及韩，然所为诸传则又非韩所能及矣。若与人书札，则两家俱有得于司马子长，而韩则阳而动，柳则阴而静，斯所以异耳。寓言文亦足与韩相敌，而意或刻于韩。要之此二家实未易妄分高下，柳文以游记及寓言为最工。兹各录一篇如下：

临江之麋

　　临江之人，畋得麋麑，畜之。入门，群犬垂涎，扬尾皆来。其人怒，怛之。自是日抱就犬，习示之，使勿动。稍使与之戏。

　　积久，犬皆如人意。麋稍大，忘己之麋也，以为犬良我友，抵触偃仆益狎。犬畏主人，与之俯仰甚善。然时啖其舌。

　　三年，麋出门外，见外犬在道，甚众，走欲与为戏。外犬见而喜且怒，共杀食之，狼藉道上。麋至死不悟。

此外有《黔之驴》《永某氏之鼠》，均同一类，在韩集中为杂说之《马》及《获麟解》等。而柳文写意深刻，笔墨削峭，近人陈三立实近之。

游黄溪记

　　北之晋，西适豳，东极吴，南至楚、越之交，其间名山水而州者以百数，永最善。环永之治百里，北至于浯溪，西至于湘之源，南至于泷泉，东至于黄溪东屯。其间名山水而村者以百数，黄溪最善。

　　黄溪距州治七十里，由东屯南行六百步，至黄神祠。祠之上两山墙立，丹碧之华叶骈植，与山升降。其缺者为崖。峭岩窟水之中，皆小石平布。黄神之上，揭水八十步，至初潭，最奇丽，殆不可状。其略若剖大瓮，侧立千尺。溪水即焉，黛蓄膏渟。来若白虹，沉沉无声，有鱼数百尾，方来会石下。

　　南去又行百步，至第二潭。石皆巍然临峻流，若颏颔龂腭。其下大石离列，可坐饮食。有鸟赤首乌翼，大如鹤，方东响立。

　　自是有南数里，地皆一状，树益壮，石益瘦，水鸣皆锵然。又南一里，至大冥之川。山舒水缓，有土田。始黄神为人时，居其地。

　　传者曰：黄袜王姓，莽之世也。莽既死，神更号黄氏，逃来，择其深峭者潜焉。始莽尝曰："余黄、虞之后也。"故号其女曰"黄皇室主"。"黄"与"王"声相迩，而又有本，其所以传言者益验。神既居是，民咸安焉，以为有道，死乃俎豆，为立祠。后稍徙近乎民，今祠在山阴溪水上。

　　元和八年五月十八日，既归，为记，以启后之好游者。

　　《石遗室论文》云："文有显然摹拟，颇见其用之恰当者，《史记·西南夷列传》首云：'西南夷君长以什数，夜郎最大；其西靡莫之属以什数，滇最大；自滇以北君长以什数，邛都最大。此皆魋结，耕田，有邑聚。其外西自同师以东，北至楪榆，名为嶲昆明，皆编发，随畜迁徙无常处，毋君长，地方可数千里；自嶲以东北，君长以什数，徙筰都最大；自筰以东北，吾长以什数，冉駹最大；其俗或土著，或移徙。在蜀之西，自冉駹以东北，君长以什数，白马最大，皆氐类也。此皆巴蜀西南外蛮夷地也。'传末复总结云：'西南夷君长以百数，独夜郎滇受王印，滇小邑，最宠焉。'柳子厚《游黄溪记》首段直摹拟云：'北之晋，西适豳，东极吴，南至楚越之交，其间名山水而州者以百数，永最善；环永之治百里，北至于浯溪，西至于湘之源,南至于泷泉,东至于黄溪东屯,其间名山水而村者以百数,黄溪最善。'此虽摹拟显然,然小变化之,各见其布置之法也。"

又云:"柳子厚《游黄溪记》有云:'南去又行百步至第二潭,石皆巍然,临峻流,若颔颔断腭,其下大石离列,可坐饮食,有鸟赤首乌翼,大如鹄,方东响立。'姚鼐氏云:'朱子谓《山海经》所纪异物有云东西响者,盖以有图画在前故也。此言最当。子厚不悟,作《山水记》效之,盖无谓也。后人又以此等为工而效法者益失之矣。'噫!此正姚氏之不悟也。姚氏据朱子说而未细心读此上下文,致不知子厚之故作狡狯愚弄后人也。案《山海经》言某响立者亦只一处,《海内西经》云:'昆仑南渊深三百仞,开明兽身大类虎而九首皆人面,东向立昆仑,开明西有凤凰鸾鸟,皆戴蛇践蛇,膺有赤蛇,开明北有视肉,珠树文玉树',此自指图象言,朱子之言不误也。子厚所记'有鸟赤首乌翼,大如鹄,方东响立',固特仿《山海经》。然《山海经》系载此处行产之物,柳文乃记此时此处所见之物。故于东响立上,加一方字,移步换形矣。且上文有例在也,上文言有鱼数百尾,方来会石下,亦加一方字。可见皆就当日所目击者记之,非呆仿《山海经》致成笑柄也。试问古乐府之《孔雀东南飞》,亦必指图象乎?姚氏粗心将两方字忽略读过,致有此失言。姚氏讥子厚无谓,子厚有知,能不齿冷。桐城自望溪方氏好驳柳文,姚氏亦吹毛求疵矣。"

又云:"桐城人号称能文者,皆扬韩抑柳,望溪訾之最甚,惜抱则微词,不知柳之不易及者有数端,出笔遣词,无丝毫俗气,一也;结构成自己面目,二也;天资高,识见颇不犹人,三也;根据具言人所不敢言,四也;如《封建论》之类,甚至如《河间妇人传》,则大过矣。记诵优,用字不从抄撮涂抹来,五也。此五者颇为昌黎所短。昌黎长处聚精会神,用功数十年,所读古书,在在撷其菁华,在在效法,在在求脱化其面目;然天资不高,俗见颇重,自负见道,而于尧舜孔孟之道,实模糊出入;故其自命因文见道之作,皆非其文之至者;其文之工者第一传状碑志,第二赠序,第三杂记,第四序跋,第五乃书说论辨。柳文人皆以杂记为第一,虽方姚不能訾议,盖于古书类能采取其精炼处也。《游黄溪记》中云:'由东屯行六百步至黄禅祠,柯之上两山墙立,如丹碧之华叶骈植,与山升降。其缺者为崖,峭岩窟水之中,皆小石平布。黄神之上,揭水八十步,至初潭,最奇丽,殆不可状,其略若剖大瓮,侧立千尺,溪水积焉。黛蓄膏停,来若白虹,沉沉无声。有鱼数百尾,方来会石下。南去又行百步,至二潭,石皆巍然,临峻流,若颏颔断腭。其下大石离列,可坐饮食,有鸟赤首乌翼,大如鹄,方东响立。自是又南行数里,地皆一状,树益壮,石益瘦,水鸣皆锵然。又南一里,至大冥之川,山舒水缓,有土田。'案两山墙立以下,略状得出。黛蓄十二字,出以研炼,为词赋语,皆山木并写。至后树益壮数句,乃由远写至近,此章法也。凡奇丽山水至将尽处,多筋脉舒缓,蓄黛四字,从金膏水碧来。《永州万石亭记》略云:'御史中丞崔公来莅永州,间日登城北墉,临于荒野蓁翳之隙,见怪石特出,度其下必有殊胜。步自西门,以求其墟,伐竹披奥。欹仄以入;绵谷跨溪,皆大石旁立,涣若奔云,错若置棋,怒者虎斗,企者鸟厉;抉其穴则鼻口相呀,搜其根则蹄股交峙,环行卒愕,疑若拊噬。于是刉辟朽壤,翦焚榛薉,决涔沟,导伏流,散为疏林,洄为清池,寥廓泓渟。若造物者始判清池,效奇于兹地,非人力也。乃立游亭,以宅厥中,直亭之西,石若掖分,可以眺望,其上青壁斗绝,沉于渊源,莫究其极。自下而望,则合乎攒峦,与山无穷。'案始言万石来路,企者鸟厉等,效斯干诗;石若掖分以下,分左右上下言之,以亭为主也。"

柱按:柳州文为桐城派所抑久矣,得石遗先生为之平反,可谓语语切当,柳州有知,当许为知己也。

第三节 韩门难易两派之散文(附孙樵)

前节述韩文谓有二派,其一为文从字顺者,其一为尚怪奇者。前者辞近平易,后者则辞尚艰险也。韩门李翱实宗前派,皇甫湜可谓属后一派。《新唐书·李翱传》云:"李翱字习之,始从昌黎韩愈学文章,辞致浑厚,见推当时。《四部丛刊》影印明刊本《李文公集》

十八卷。"《皇甫持正传》云："皇甫湜字持正，裴度辟为判官。度修福光寺，将立碑文，求文于白居易。湜怒曰：近舍湜而远取居易，请从此辞。度谢之。湜即请斗酒，饮酣，援笔立就，度赠以车马绘彩甚厚。湜大怒曰：自吾为《顾况集序》，未常许人，今碑文三千字，三缣，何遇我薄邪？度笑曰：不羁之才也。从而酬之。"《四部丛刊》影印宋刊本《皇甫持正文集》六卷。习之论文，以谓"义深则意远，意远则辞辩，辞辩则气直，气直则辞盛"。又谓"古之人能极于工而已，不知其词之对与否，易与难也"。(《答朱载言书》)持正于文，则谓"意新则异于常矣，异于常则怪矣。词高则出众，出众则奇矣。虎豹之文不得不炳于犬羊，鸾凤之音不得不锵于乌鹊。金玉之光不得不炫于瓦石。非有意光之也，乃自然也。必崔嵬然后为岳，必滔天然后为海。明堂之栋必挠云霓，骊龙之珠必固深泉。"(《答李生第一书》)于此可以见二氏之主张矣。

故正议大夫行尚书吏部侍郎上柱国赐紫金鱼袋赠礼部尚书韩公行状　李翱

公讳愈，字退之，昌黎人。生三岁父没，养于兄会舍。及长读书，能记他生之所习。年二十五，上进士第。汴州乱，诏以旧相东都留守董晋为平章事、宣武军节度使，以平汴州。晋辟公以行，遂入汴州，得试秘书省校书郎，为观察推官。晋卒，公从晋丧以出。四日而汴州乱，凡从事之居者皆杀死。

武宁军节度使张建封奏为节度推官，得试太常寺协律郎，选授四门博士，迁监察御史。为幸臣所恶，出守连州阳山令，政有惠于下。及公去，百姓多以公之姓以命其子。改江宁府法曹军。入为权知国子博士，宰相有爱公文者，将以文学职处公。有争先者，构公语以非之。公恐及难，遂求分司东都。权知三年，改真博士。入省，为分司都官员外郎。改河南县令，日以职分辨于留守及尹，故军士莫敢犯禁。入为职方员外郎。华州刺史奏华阴县令柳涧有罪，遂将贬之。公上疏请发御史，辨曲直，方可处以罪，则下不受屈。既柳涧有犯，公由是复为国子博士。改比部郎中，史馆修撰，转考功郎中，修撰如故。数月，以考功知制诰。

上将平蔡州，先命御史中丞裴公度使诸军以视兵，及还奏兵可用，贼势可以灭，颇与宰相意忤。既数月，盗杀宰相，又害中丞不克。中丞微伤，马逸以免，遂为宰相，以主东兵。自安禄山起范阳，陷两京，河南、北七镇节度使，身死则立其子，作军士表以请，朝廷因而与之。及贞元季年，虽顺地节将死，多即军中取行军副使、将校以授之节，习以成故矣。朝廷之贤，恬于所安，以苟不用兵为贵，议多与裴丞相异。惟公以为"盗杀宰相而遂息兵，其为懦甚大，兵不可以息，以天下力取三州，尚何不可？"与裴丞相议合，故兵遂用。而宰相有不便之者。月满，迁中书舍人，赐绯鱼袋，后竟以他事改太子右庶子。

元和十二年秋，以兵老久屯，贼未灭，上命裴丞相为淮西节度使以招讨之。丞相请公以行，于是以公兼御史中丞，赐三品衣鱼，为行军司马，从丞相居于郾城。公知蔡州精卒，悉聚界上，以拒官军，守城者率老弱，且不过千人，亟白丞相，请以兵三千人何道以入，必擒吴元济。丞相未及行，而李愬自唐州文城垒，提其卒牵夜入蔡州，果得元济。蔡州既平，布衣柏耆以计谒公，公与语奇之，遂白丞相曰："淮西灭，王承宗胆破，可不劳用众，宜使辩士奉相公书，明祸福以招之，彼必服。"丞相然之。公令柏耆口占为丞相书，明祸福，使柏耆袖之以至镇州。承宗果大恐，上表请割德、棣二州以献。丞相归京师，公迁刑部侍郎。

岁余，佛骨自凤翔至，传京师诸寺。时百姓有烧指与顶以祈福者，公奏疏言："自伏羲至周文武时，皆未有佛，而年多至百岁，有过之者。自，佛法入中国，帝王事之寿不能长。梁武帝事之最谨，而国大乱。请烧弃佛骨。"疏入，贬潮州刺史。移袁州刺史，百姓以男女为人隶者，公皆计佣以偿其直而出归之。入迁国子祭酒。有直讲能说《礼》而陋容，学官多豪族子，摈之不得共食。公命吏曰："召直讲来与祭酒共食。"学官由此不敢贱直讲。奏儒生为学官，曰使会讲。生徒多奔走听闻，皆喜曰："韩公来为祭酒，国子监不寂寞矣。"

改兵部侍郎。镇州乱，杀其帅田宏正，征之不可，遂以王廷凑为节度使，诏公往宣抚。既行，众皆危之。元稹奏曰："韩愈可惜。"穆宗亦悔，有诏令至境观视，无必污入。公曰："安有受君命而滞留自顾？"遂疾驱入。廷凑严兵拔刃弦弓矢以送。及馆，甲士罗于庭，公与廷凑、监军使三人就位。既坐，廷凑言曰："所以纷纷者乃此士卒所为，本非廷凑心。"公大声曰："天子以为尚书有将帅材，故赐之以节，实不知公共健儿语未得乃大错。"甲士前奋言曰："先太史为画打朱滔，滔遂败走，血衣皆在。此军何负朝廷，乃以为贼乎？"公告曰："儿郎等且勿语，听愈言。愈将为儿郎已不记先太史之功与忠矣，若犹记得，乃大好。且为逆与顺利害，不能远引古事，但以天宝来祸福，为儿郎等明之。安禄山、史思明、李希烈、梁崇义、朱滔、朱泚、吴元济、李师道，复有若子若孙在乎？亦有居官者乎？"众皆曰："无。"又曰："田令公以魏博六州归朝廷，为节度使，后至中书令。父子皆授旌节，子与孙虽在幼童者亦为好官，穷富极贵，宠荣耀天下。刘悟、李佑皆居大镇，王承元年始十七，亦仗节，此皆三军耳所闻也。"众乃曰："田宏正刻此军，故军不安。"公曰："然，汝三军亦害田令公身，又残其家矣，复何道？"众乃让曰："侍部语是。侍郎语是。"廷凑恐众心动，遽麾众散出，因泣谓公曰："侍郎来，欲令廷凑何所为？"公曰："神策六军之将，如牛元翼比者不少，但朝廷顾大体，不可以弃之耳，而尚书久围之何也？"廷凑曰："即出之。"公曰："若真耳，则无事矣。"因与之宴而归，而牛元翼果出。及还，于上前尽奏与廷凑及三军语，上大悦曰："卿直向伊如此道！"由是有意欲大用之。王武俊赠太师，呼太史者燕赵人语也。

转吏部侍郎。凡令史皆不锁听出入。或问公，公曰："人所以畏鬼者，以其不能见也，鬼如可见，则人不畏矣。选人不得见令史，故令史势重，听其出入则势轻。"改京兆尹兼御史大夫，特诏不就御史台谒，后不得引为例。六军将士皆不敢犯，私相告曰："是尚欲烧佛骨者，安可忤？"故盗贼止。遇旱，米价不敢上。李绅为御史中丞，械囚送府，使以尹杖杖之。公曰："安有此？"使归其囚。是时绅方幸，宰相欲去之，故以台与府不协为请，出绅为江西观察使，以公为兵部侍郎。绅既复留，公入谢，上曰："卿与李绅争何事？"公因自辨，数日复为吏部侍郎。

长庆四年得病，满百日假。既罢，以十二月二日卒于靖安里第。

公气厚性通，论议多大体，与人交，始终不易，凡嫁内外及交友之女无主者十人。幼养于嫂郑氏，及嫂殁，为之期服以报之。深于文章，每以为自扬雄之后，作者不出，其所为文未尝效前人之言而固与之并。自贞元末，以至于兹，后进之士，其有志于古文者莫不视公以为法。有集四十卷，小集十卷。及病，遂请告以罢。每与交友言既终以处妻子之语,且曰:"某伯兄德行高,晓方药,食必视本草,年止于四十二。某疏愚,食不择禁忌,位为侍郎,年也伯兄十五岁矣。如又不足,于何而足?且获终于牖下,幸不至失大节,以下见先人,可谓荣矣。"享年五十七,赠礼部尚书。谨具任官事迹如前,请牒考功下太常定谥,并牒史馆。谨状。

其叙说王廷凑一段,盖几于语体文矣。皇甫持正则一反之。缪荃孙云:"湜韩门弟子,句奇语重,不离师法,而雕琢艰深,或格格不能自达其意,较之同时文人,固已起出流辈。"

韩公墓志铭　皇甫湜

长庆四年八月,昌黎韩先生既以疾免吏部侍郎,书谕湜曰:"死能令我躬所以不随世磨灭者惟子,以为嘱。"其年十二月丙子遂薨。明年正月,其孤昶,使奉功绪之录,继讣以至。三月癸酉,葬河南河阳,乃哭而叙铭其墓,其详将揭之于神道碑云。

先生讳愈,字退之,后魏安桓王茂六代孙。祖朝散大夫桂州长史讳睿素,父秘书郎赠尚书左仆射讳仲卿。先生七岁好学,言出成文。及冠恣为书以传圣人之道,人始未信。既发不掩,声震业光,众方惊爆而萃排之。乘危将颠,不懈益张,卒大信于天下。先生之作,无圆无方,至是归工。抉经之心,执圣之权,尚友作者,跛邪抵异,以扶孔氏,存皇之极。知兴罪,非我计。茹古涵今,无有端涯,浑浑灏灏,不可窥校。及其酬放,豪曲快字,凌纸怪发,鲸铿春丽,惊耀天下。然而栗密窈眇,章妥句适,精能之至,入神出天。呜呼极矣,后人无以加之矣。姬氏已来,一人而已矣!

始先生以进士三十有一仕,历官。其为御史、尚书郎、中书舍人,前后三贬,皆以疏陈治事,廷议不随为罪。常愧佛老氏法,溃圣人之堤,乃唱而筑之。及为刑部侍郎,遂章言宪宗迎佛骨非是任为身耻,震怒天颜。先生处之安然,就贬八千里海上。呜呼!古所谓"非苟知之,允蹈之"者邪。吴元济反,吏兵久屯无功,国涠将疑,众惧恟恟。先生以右庶子兼御史中丞行军司马,宰相军出潼关,请先乘遽至汴,感说都统,师乘遂和,卒擒元济。王廷凑反,围牛元翼于深,救兵十万,望不敢前。诏择庭臣往谕,众慄缩,先生勇行。元稹言于上曰："韩愈可惜。"穆宗悔，驰诏无径入。先生曰："止君之仁，死臣之义。"遂至贼营，麾其众，责之。贼惶汗伏地，乃出元翼。《春秋》美臧孙辰告籴于齐以为急病，校其难易，孰为宜褒？呜呼，先生真古所谓大臣者耶！还拜京兆尹，敛禁军帖。早朵，馨悼臣之铦，再为吏部侍郎。薨，年五十七，赠礼部尚书。

先生与人洞朗轩辟，不施戟级。族姻友旧不自立者，必待我然后衣食嫁娶丧葬。平居虽寝食未尝去书，怠以为枕。飨以饴口，讲评孜孜，以磨诸生恐不完美。游以诙笑啸歌，使皆醉义志归。呜呼！可为乐易君子，巨人者矣。夫人高平君范阳卢氏，孤前进士昶，婿左拾遗李汉，集贤校理樊宗懿，次女许嫁陈氏，三女未筓。铭曰：

维天有道，在我先生。万颈胥延，生庙以行。令望绝邪，痌此四方。惟圣有文，乖微岁千。先生起之，焯役于前。驭义滂仁，耿照充天。有如先生，而合亘年。按我章书，经纪大环。唅不时施，昌极后昆。噫噫永归，奈知之悲。

《石遗室论文》云："李文纯正不矜奇，而读之时时令人动色，自不平衍。皇甫文造语简炼，时复钩章棘句，句法常用倒装，而此碑志尚无钩辀格磔处。李于廷凑一节，叙之最详，最著力，昌黎一生可传事无过于此，《谏佛骨表》犹其次也。而《唐书·昌黎传》，即用李文，而昌黎千古矣。即论其为文章一段，看似淡淡，实未尝不著力，言简括而意郑重也。不知当时何以碑志两文均以属皇甫？殆昌黎平日本善相如子云，以皇甫之钩章棘句为能似之，故均使皇甫执笔欤？皇甫宇墓志著力论昌黎文章，其云：'抉经之心，执圣之权，浑浑灏灏，不可窥校。精能之至，入神出天，姬氏以来，一人而已。'皆未免太过，昌黎当不起。其余叙谕廷凑处，皆言抗声数责，贼众惧伏，似非实情。果尔，昌黎将不得免为颜真卿孔巢父之续，故《唐书》不取也。"

高澍然云："昌黎之文广博易良，余于《韩文》故言之详矣。而习之先生其广博稍逊，其易良则似有进焉。盖昌黎取源孟子，而汇其全，故广博与易良并；先生取源《论语》，而得其一至，故广博虽不如而易良亦非韩所有也。譬诸天地之气，其穆然太虚，冲和昭融者，

《论语》之易良也；其湛然不滓,高朗夷旷者,《孟子》之易良也。二者微有区别焉。学之者宁无差等乎哉？故余于昌黎犹为公好,于先生若为私嗜。然每展卷如尝异味,必求属餍,又恐其难再得,不肯遽尽,留以待再享。其爱惜之至如此,诚不自知其然也。"

高氏之言是也。柱尝论之,韩氏之议论文出乎《孟子》,而习之之议论文则本乎《论语》;出乎《孟子》故浩气流转而气势雄奇,本乎《论语》则韵味雅淡而气象雍容,韩文之好,人易知,犹鲁公之书人易识也；李文之佳,人难知,犹二王之字人难识也。若皇甫持正则学韩之奇而未至焉者,不足与论乎此矣。

介乎难易之伺为孙樵。樵字可之。《四部丛刊》影印问青堂刊本《孙樵集》十卷。自序谓家本关东,代袭簪缨,藏书五千卷,常自探讨,幼而工文,得之真诀。又尝自谓樵尝得为文真诀于来无择,来无择得之于皇甫持正,皇甫持正得之于韩吏部退之。(《与友论文书》)其为文亦主奇,与皇甫持正同,故云;"鸾凤之音必倾听,雷霆之声必骇心。龙章虎皮是何等物？日月五星是何等象？储思必深,摘辞必高；道人之所不道,到人之所不到；趋怪走奇,中病归正；以之明道则显而微,以之扬名则久而传；前辈作者正如是。譬玉川子《月蚀诗》,杨司成《华山赋》,韩吏部《进学解》,冯常侍《清河壁记》,莫不拔地倚天,句句欲活,读之如赤手捕长蛇,不施控骑生马,急不得暇,莫可捉搦；又似远人入太兴城,茫然自失,讵比十家县,足未及东郭,目以极西郭耶？"(《与王霖秀才书》)然其文终比持正为较平易。樵之文以《梓潼移江记》《兴元路新记》为最奇。然《石遗室论文》云:"二记虽间有诘诎处,然视樊宗师则平易甚。视皇甫持正亦差易也。太略可之之文,若赋铭碑对各体,多用僻字；余作记事论事者,往往似杜牧之；尚有数篇传作可观者。"王应麟曰:"东坡谓学韩退之不至为皇甫湜,学湜不至为孙樵。"朱新仲曰:"樵乃过湜是,如《书何易》《于襃城驿壁》《田将军》《边事》《复佛寺奏》等,皆谨严得史法,有裨治道。"柱以朱说为然矣。

梓潼移江记

　　涪缭于郭，迫城如蟠。淫潦涨秋，狂澜陆高，突堤啮涯，包城荡庐，岁杀州民，以为官忧。荥阳公始至，则思所以洗民患。颇闻前观察使欲凿江东嶱地别为新江，使东北注，流五里复汇而东，即堤墟。旧江使水道与城相远，以薄江怒。遂命耋吏发卒三千，迹其前谋。役兴三月，功不可就。有谒子荥阳公曰："公开新江，将抉民忧。然江势不可决，讹言不可绝。公将何以终之？"荥阳公曰："吾欲厚其逍以劝其卒，可乎？"对曰："饥卒赖厚直，民惜其田以颖得，不可。"荥阳公曰："吾欲戮其将以动其卒，可乎？"对曰："代之将者必苦吾卒，卒若叛，不可。"荥阳公曰："奈何？"对曰："夫民可与乐终，难与图始。固自役兴已来，彼其民曰：'夏王鞭促万灵，以导百川。今果能改夏王迹耶？非徒无功，抑有后灾。'群疑牵绵，民心荡摇。前时观察使欲凿新江，中辍议而罢，岂病此耶？公即能先堤民言，新江可度日而决也。"荥阳公诺。明日荥阳公视政加猛，决狱加断。又明日杖杀左右有所贰事，鞭官吏有所阻政者。遂下令曰："开新江非我家事，将脱鄞民于鱼祸耳。民敢横议者死。"鄞民以荥阳公尝为京兆，既惮其猛，及是，民心大慄，群舌如斩。未几而新江告成，荥阳公欢出临视，班赏罢卒，已而叹曰："民言不堤，新江其不决耶！"新江长步一千五百，阔十分其长之二，深七分其阔之一。盘堤既隆，旧江遂墟，凡得田五百亩。其年七月，水果大至，虽逾防稽陆，不能病民，其绩宜何如哉！荥阳公既以上闻，有司劾其不先白，诏夺，俸钱一月之半。樵尝为襄城驿记，恨所在长吏不肯出毫力以利民，及睹荥阳公以开新江受谴，岂立事者亦未易耶？是岁开成五年也。

第四节　矫枉派之散文

　　凡辞赋骈文家之散文，有不能脱其本家之习气者，如司马相如杨雄之所为是也。凡散文家之辞赋，亦有不能脱其本家之习气者，如董仲舒司马迁之《士不遇赋》是也。盖所学染既深，各有本色，势不易变也。　然亦有矫枉过正，与本色绝异者，如汉之班固，辞赋家也，其文则骈文之祖也，其书《秦始皇本纪》后云：

孝明皇帝十七年十月十五日乙丑日，周历已移，仁不代母。秦直其位，吕政残虐。然以诸侯十三，并兼天下，极情纵欲，养育宗亲。三十七年，兵无所不加，制作政令，施于后王。盖得圣人之威，河神授图，据狼、狐，蹈参、伐，佐政驱除，距之称始皇。始皇既殁，胡极愚，骊山未毕，复作阿房以遂前策，云"凡所为贵有天下者，肆意极欲，大臣至欲罢先君所为"。诛斯去疾，任用赵高。痛哉言乎！人头畜鸣。不威不伐恶，不笃不虚亡。距之不得留，残虐以促期。虽居形便之国，犹不得存。子婴度次得嗣，冠玉冠，佩华绂，车黄屋，从百司，谒七庙。小人乘非位，莫不恍忽失守，偷安日日，独能长念却虑。父子作权，近取于户牖之间，竟诛猾臣，为君讨贼。高死之后，宾婚未得尽相劳，餐未及下咽，酒未及濡唇，楚兵已屠关中。真人翔霸上，素车婴组，奉其符玺以归帝者。郑伯茅旌鸾刀，严王退舍。河决不可复雍，鱼烂不可复全。贾谊、司马迁曰："向使婴有庸主之才，仅得中佐，山东虽乱，秦之地可全而有。宗庙之祀，未当绝也。"秦之积衰，天下土崩瓦解。虽有周旦之材，无所复陈其巧，而以责一日之孤，误哉！俗传秦始皇起罪恶，胡亥极，得其理矣。复责小子云，秦地可全，所谓不通时变者矣。纪季以酅，春秋不名。吾读《秦纪》，至于子婴车裂赵高，未尝不健其决，怜其志。婴死生之义备矣。

宋范晔骈文大家也，其《后汉书·自序》云：

吾少懒学问，晚成人，年三十许，政始有向耳。自尔以来，转为心化推老将至者，亦当未已也。往往有微解，言乃不能自尽。为性不寻注书，心气恶小，苦思便愦闷，口机又不调利，以此无谈功。至于所通解处，皆自得之于胸怀耳。文章转进，但才少思难。所以每于操笔，其所成篇，殆无全称者，常耻作文士。文患其事尽于形，情急于藻，义牵其旨，韵移其意。虽时有能者，大较多不免此累，政可类工巧图缋，竟无得也。常谓情志所托，故当以意为主，以文传意。以意为主则其旨必见，以文传意则其词不流。然后抽其芬芳，振其金石耳。 此中情性旨趣，千条百品。屈曲有成理，自谓颇识其数。尝为人言，多不能赏，意或异故也。性别宫商，识清浊，斯自然也。观古今文人，多不全了此处。纵有会此者，不必从根本中来，言之皆有实证，非为空谈。年少中谢庄最有其分，手笔差易，文不拘韵故也。吾思乃无定方，特能济难，适轻重所禀之分，犹当未尽。但多公家之言，少于事外远致，以此为恨，亦由无意于文名故也。本未关史书，政恒觉其不可解耳。既造《后汉》，转得统绪，详观古今著述及评论，殆少可意者。班氏最有高名，既任情无例，不可甲乙。辨后赞于理近无所得，唯志可推耳。博赡不可及之，整理未必愧也。吾杂传论，皆有精意深旨，觉有裁味，故约其词句。至于《循吏》以下，及六夷诸序论，笔势纵放，实天下之奇作。其中合者往往不减《过秦篇》。尝共比方班氏所作，非但不愧之而已。欲遍作诸志，前汉所有者悉令备。虽事不必多，且使见文得尽，又欲因事就卷内发论，以正一代得失，意复未果。赞自是吾文之杰思，殆无一字空设。奇变不穷，同含异体，乃自不知所以称之。此书行故应有赏音者，纪传例为举其大略耳。诸细意甚多，自古体大而思精，未有此也。恐世人不能尽之，多贵古贱今，所以称情狂言耳。吾于音乐听功不及自挥，但所精非雅声为可恨。然至于一绝处亦复何异邪！其中体趣，言之不尽，弦外之意，虚响之音，不知所从而来。虽少许处，而旨态无极亦尝以授人，士庶中未有一毫似者，此永不传矣。吾书虽小小有意，笔势不快，余竟不成就，每愧此。

其文之质木无文，古峭诘诎如此，与其所作辞赋骈文，岂非如出两人之手乎？在唐之文家，亦有类此者，如杜甫、李商隐是也。今各录一首如下：

秋述 杜甫

秋，杜子卧病长安旅次，多雨生鱼，青苔及榻。常时车马之客，旧雨来今雨不来。皆襄阳庞德公，至老不入州府，而杨子云草元寂寞，多为后辈所亵，近似之矣。呜呼！冠冕之窟，名利卒卒。虽朱门之涂泥，士子不见其泥，矧抱疾穷巷之多泥乎？子魏子独踽踽然来，汗漫其仆夫。夫又不假盖，不见我病色，适与我神会。我弃物也，四十无位。子不以官遇我，知我处顺故也。子挺生者也，无矜

第四编　古文极盛时代之散文
——唐宋

色，无邪气，必见用则风后，力牧是已。文章则子游、子夏是已，无邪气故也，得正始故也。　噫！所不至于道者，时或赋诗如曹刘，谈话及卫霍。岂少年壮志，未息俊迈之机乎？子魏子今年以进士调选，名隶东天官，告余将行。既缝裳，既聚粮，东人怵惕，笔札无敌。谦谦君子，若不得已。知禄仕此始，吾党恶乎无述而止。

刘乂　李商隐

右一人字乂，不知其所从来。在魏与焦濛间冰田滂，善任气，重义，大躯，有声力。尝出入市井，杀牛及犬豕，罗网鸟雀。亦或时饮酒杀人，变姓名遁去，会赦得出。后流入齐鲁，始读书，能为歌诗，然恃其故时所为，辄不能俯仰贵人。穿屦破衣，从寻常人乞丐酒食为活。闻韩愈善接天下士，步行归之。既至，赋《冰柱》《雪车》二诗，一旦居卢同孟郊之上。樊宗师以文自任，见乂拜之。后以争语不能下诸公，因持愈金数斤去，曰：此谀墓中人得耳，不若与刘君为寿。愈不能止，复归齐鲁。乂之行固不在圣贤中庸之列，然其能面道人短长，不畏卒祸。及得其服义，则又弥缝劝谏，有若骨肉，此其过人无限。

其古拙拗折，戛戛独造，如两汉以上文也，殆与班范之作为一类矣。《旧唐书·杜甫传》云："杜甫字子美，本襄阳人，后徙河南巩县。甫天宝初，应进士不第；天宝末，献《三大礼赋》，元宗奇之。"《李商隐传》云："天宝末诗人，甫与李白齐名。"清仇兆鳌《杜诗详注》凡诗二十三卷杂文二卷。又云："李商隐字义山，怀州河内人。商隐能为古文，不喜偶对；从事令狐楚幕，楚能章奏，遂以其道授商隐，自是始为今体章奏，博学强记，下笔不能自休，尤善为诔奠之辞；与太原温庭筠，南郡段成式齐名，号三十六；文思清丽，庭筠过之，而俱无持操；恃才诡激，为当涂所薄，名宦不进，坎坷终身。"然则商隐固原工古文之学者。然亦当时骈文之风渐盛而矫枉过正者也。《四部丛刊》铁琴铜剑楼藏旧钞本《李义山文集》五卷。

第五节 艰涩派之散文

闻韩昌黎古文之风而为文务为艰涩者，为樊宗师、皇甫湜、孙樵，而樊宗师为尤最。韩愈《樊绍述墓志铭》云："绍述讳宗师，自祖及绍述之世，皆以军谋堪将帅策上第以进。绍述无所不学，于辞于声天得也。"又云："从其家求书得书号《魁纪公》者三十卷，曰《樊子》者又三十卷，《春秋集传》十五卷，表笺状策书序传记志说论今文赞铭凡二百九十一篇，道路所遇及器物门里杂铭二百二十，赋十，诗七百一十九，曰多矣哉！古未尝有也。然而必出于己，不蹈袭前人一言一句，又何难也？必出入仁义，其富若生畜，万物必具，海含地负，放恣横从，无所统纪，然而不烦于绳削而无不合也。呜呼，绍述于斯文，可谓至于斯极者矣。"退之之推许绍述，可谓至矣。然樊文今只传二篇而已。陶宗仪《辍耕录》云："唐南阳樊宗师字绍述，所撰《绛守居园池记》，艰深奇涩，读之往往昧其句读，况义乎哉？韩文公谓其文不蹈袭前人一言一句，观此记则诚然矣。"今录其全文于下，以见天下竟有此一类之文也。

绛守居园池记

绛即东雍〔雍去声〕，为守〔去声〕理所。稟参〔所今切〕实沉分〔分去声〕，气畜两河润。有陶唐冀遗风余思〔思去声〕，晋韩魏之相剥剖，世说总其土田士人。今无硗〔口交切〕杂扰，宜得地形胜泻水施法，岂新田又蕞猥不可居。州〔州字或属上句〕地或自有兴废，人因得附为奢俭，将为守悦致平理与〔与泽声〕，益侈心耗物害时〔与平声〕，自将失敦穷华，终披夷不可知。陴缅〔音睥睨也缅疑作缅〕孤颠，蚵倔〔上苦下切下渠勿切〕玄武踞，守居割有北。自甲辛苞太池泓，树碤旁，潭中癸次，木腔暴三丈，余〔或属上句〕涎玉沫珠，子午梁贯亭四洄涟。虹霓雄雌，穹鞠觑覰〔时忍切〕，碍很〔胡恳切〕岛抵〔音池〕，淹淹委委〔平声〕。莎靡缦〔莫半切〕，萝蕃翠蔓红刺相拂缀，南连轩井，阵中涌曰香。承守寝晬〔虽遂切〕思，西南有门曰虎豹。左书虎搏〔补各切〕，立，万力千气，底〔音旨〕发。麂匿地，努肩脑口牙快抗，电火雷风黑山震将合，右胡人鬑，黄袼〔于元切〕累〔力追切〕珠，丹碧锦袄，身力囊靴橚縚。〔上刀切〕白豹玄班，饮距掌脾，意相得。东南有亭曰新，前含〔音颔〕曰槐，有槐质〔虚器切〕护，蓊郁荫后颐，渠决决缘池西直南折虎赴，可宴可衒。又东骞〔骞音轩〕渠曰，望月。汉东骞穷角池，研云曰柏。有柏苍青官士，拥列与槐朋友，巉〔钼衔切〕阴洽色。北俯渠，憧憧来。刮级面西，巽膪〔疑作隅〕间，黄原珙天，汾水钩带。白言谒，行旦艮间，远冈青萦。近楼台井间点画察。可四时合奇，士，观云风霜露雨雪，所为〔去声〕发生收敛赋歌诗。正东曰苍塘，遵濒西潆望，瑶翻碧潋，光文切镂梨深挠挠〔奴巧切〕收穷。正北曰风堤，乘携左右，堤执北回股务，埽〔徒计切〕换〔刀计切〕蹴墹，御渠歆池，南循楹，景，怪教，蛟龙钩牵，宝龟灵癝〔薄猛切一音畀〕文文章章，阴钦〔呼合切〕垫〔都念切〕歔，〔呼括切〕烟溃霭聚桃李兰蕙，神君仙人衣裳雅冶，可会脱赤热。西北曰鳖，畷〔音灰〕原，开咍〔呼来切〕储，虚明茫茫，鬼眼颃耳，可大客旅钟鼓乐，提鹏絜鹭，佲〔音弼〕池豪渠，憎乖伶围。王西曰白滨，荟〔乌外切〕深怜梨，素女雪舞百俏，水翠披，瞰瞰〔虚郭切〕千幅，迎西引东士长崖，挟横垰〔垰音劣〕，日卯西〔日或作自〕樵途陷径幽委。虫鸟声无人，风日灯火之，昼夜漏刻诡娓〔鱼毁切〕绚化。大小亭餫池渠间，走池堤上亭后前，陴乘墉，如连山群峰拥，地高下如原隰堤溪壑，水引古，自源三十里，凿高槽绝窦墑，为〔或作其〕池沟沼渠瀑深〔音丛〕潺终出，汩汩〔于笔切音骨非〕街弄畦町阡陌间，入汾，巨树木，资士悍水沮〔将预切〕，宗族盛茂，旁荫远映锦锈交果枝香，婉丽麗〔上下可通作一句〕绝他郡，考其台亭沼池之增。盖豪王才侯袭以奇意相胜，至今过客尚往往有指可创起处。余退常吁，后其能无，果有不〔音否〕。补建者地由于炀。及〔当作反〕者雅文安〔薛雅裴文安二人〕，发土筑为拒，几〔平声〕附于污官。水本于正乎轨，病井卤生物物瘠，引古，沃浣人便，几附午河渠。呜呼，为附于河渠则可，为附于污官其可？书以荐后君子。长庆三年五月十七日记。

此等文体盖上法古钟鼎文字，而下法班固书《秦始皇本纪》后者也。全学此等文，固属无用。然偶一读之，以期洗去俗滑，亦未始不无小补也。

李肇《国史补》云:"元和之后,文笔则学奇于韩愈,学涩于宗师。退之作樊墓志称其为文不剽袭,观《绛守居园池记》诚然,亦太奇涩矣。本朝王晟刘忱皆为之注解,如瑶翻碧潋,巂眼倾耳等语,皆前人所未道也。"

欧阳修跋云:"元和文章之盛极矣,其奇怪至于如此。"又诗云:"尝闻绍述绛守居,偶来登览周四隅。异哉樊子怪可吁,心欲独去无古初。穷荒探幽入无有,一语诘曲百盘迂。孰云已出不剽袭?句断欲学盘庚书。一云:《文言》《尔雅》不训诂,几欲舌译从象胥。荒烟古木蔚遗墟,我来嗟祗得其余。柏槐端庄伟大夫,苍颜郁郁老不枯。靓容新丽一何姝?清池翠盖拥红蕖。胡髯虎搏岂足道,记录细碎何区区?宓氏八卦画河图,禹汤皋虺暨唐虞。岂不古奥万世模,嫉世姣好习卑污。以奇矫薄骇群愚,用此犹得追韩徒。我思其人为踌躇!作诗聊谑为坐娱。"

孙之騄云:"余幼时读《辍耕录》,喜樊绍述《绛守居园池记》,识其句读,知韩昌黎生蓄万物,放恣横从之语,为不虚。所称赵伯昂笺注与无名氏注解者,有两本,求之数十年竟不获。后见《唐诗纪事》又得绵州《越王楼诗序》一篇,俱苦无注解,可释其义。今年秋,得沈裕注本,内载赵吴许三家注,灿然可观已。然急于自衒,多删易旧文,渐失本来,余病其弗完,为补缀数十条,厘为二卷,传之人间,俾幽经秘篆勿致漫灭,亦韩子不忍奇宝横弃道侧之意也。呜呼,元和之际,文章之盛极矣,其怪奇至于如此。韩子称绍述集若干卷诗文千余篇,今所存才两篇耳。以文之多若是,其独出古初无所剽袭又若是,而今昔往来人读者盖鲜。老子曰:知希我贵,知我希故我贵也。扬子云著《太玄》,曰:后世复有子云则知我矣。夫异代桓谭,子云已灼然俟之身后,如欲强蚩蚩拙目共读樊集,恐巴人倡和,天下皆是。阳春高而莫续,妙声绝而不寻。非病其晦涩,则以为无用之文耳。谁为精讨锱铢,核量文质乎?"

第六节　浅易派之散文

天下事物，苟非中庸，必有相对。文章亦然。有主难者，必有主易者；有主深者，必有主浅者。故有樊绍述之艰深；必有白乐天之浅易。惟浅易与草率不同，第一要件即在真切。真切则文字虽浅易而意味实深长，此实为最高之文境。反是，则可谓以艰深之字文其浅陋耳。白乐天之文，自来论文者不选，而吾则以为陶渊明以后一人而已。《新唐书》本传，"白居易，字乐天。其先盖太原人，后徙下邽。敏悟绝人，工文章。未冠谒顾况，况吴人，恃才少所许可，见其文，自失曰：吾谓斯文遂绝，今复得子矣。又云：居易于文章精切，然最工诗，初颇以规讽得失，及其多，更下偶俗好，至数千篇，当时士人争传，鸡林行贾售其国相，率篇易一金，甚伪者相辄能辨之。初与元稹酬咏，故号元白；稹卒，又与刘禹锡齐名，号刘白。其始生七月能展书，姆指之无两字，虽试百数不差。九岁暗识声律，其笃于文章，盖天禀然"。《四部丛刊》影印日本活字本《白氏文集》七十一卷。

乐天之文盖学陶明，其《醉吟先生传》即拟《五柳先生传》而能扩充之者也。学者若病其略有摹拟之迹，则试问韩退之《送穷文》摹拟扬子云之《逐贫》，岂能略无形迹邪？

醉吟先生传　白居易

醉吟先生者，忘其姓字、乡里、官爵，忽忽不知吾为谁也。宦游三十载，将老，退居洛下。所居有池五六亩，竹数千竿，乔木数十株，台榭舟桥俱体而微，先生安焉。家虽贫不至寒馁，年虽老未及耄。性嗜酒，耽琴淫诗，凡酒徒、琴侣、诗客多与之游。游之外，栖心释氏，通学小中大乘法，与嵩山僧如满为空门友，平泉客韦楚为山水友，彭城刘梦得为诗友，安定皇甫朗之为酒友。每一相见，欣然忘归，洛城内外六七十里间，凡观寺、丘墅有泉石花竹者靡不游；人家有美酒鸣琴者靡不过；有图书歌舞者靡不观。

自居守洛川,暨布衣家,以宴盛召者,亦时时往。每良辰美景,或雪朝月夕,好事者相过,必为之先拂酒罍,次开篋诗,酒既酣乃自援琴操官声,弄《秋思》一遍。若兴发命家僮调法部丝竹合奏《霓裳羽衣》一曲。若欢甚又命小妓歌《杨柳枝》新词十数章,放精自娱酩酊而后已。往往乘兴履及邻,杖于乡,骑游都邑,肩舁适野。舁中置一琴一枕,陶、谢诗数卷,舁竿左右悬双酒壶,寻水望山,率情便去,抱琴引酌,兴尽而返。

　　如此者凡十年,其间日赋诗,六千余首,岁酿酒约数百斛,而十年前后赋酿者不与焉。妻孥弟侄虑其过也,或讥之,不应,至于再三,乃曰:"凡人之性,鲜得中,必有所偏好,吾非中者也。设不幸吾好而货殖焉,以至于多藏润屋,贾祸危身,奈吾何?设不幸吾好博弈,一掷数万,倾财破产,以致于妻子冻馁,奈吾何?设不幸吾好药,损衣削食,炼铅烧汞,以至于无所成,有所误,奈吾何?今吾幸不好彼而自适于杯觞、讽咏之间,放则放矣,庸何伤乎?不犹愈于好彼三者乎?此刘伯伦所以闻妇言而不听,王无功所以游醉乡而不还也。"遂率子弟入酒房,环酿瓮,箕踞仰面,长吁太息,曰:"吾生天地间才与行不逮于古人远矣,而富于黔娄,寿于颜渊,饱于伯夷,乐于荣启期,健于卫叔宝,幸甚幸甚!余何求哉!若舍吾所好,何以送老?"因自吟《咏怀诗》云:"抱琴荣启乐,纵酒刘伶达。放眼看青山,任头生白发。不知天地内,更得几年活?从此到终身,尽为闲日月。"

　　吟罢自哂,揭瓮拨醅,又饮数杯,兀然而醉。既而醉复醒,醒复吟,吟复饮,饮复醉,醉吟相仍,若循环然。由是得以梦身世,云富贵,幕席天地,瞬息百年。陶陶然,昏昏然,不知老之将至,古所谓得全于酒者,故自号为醉吟先生。于时开成三年,先生之齿六十有七,须尽白,发半秃,齿双缺,而觞咏兴犹未衰。顾谓妻子云:"今之前,吾适矣;今之后,吾不自知其兴何如?"

其他最佳之文尚有《与元九书》《答户部崔侍郎书》等,均意兴洒然,甚得自然之妙者也。

第七节　晚唐五代之散文

唐之韩柳虽大倡古文，然自晚唐以后，李商隐温庭筠段成式之徒，为文尚四六，号为三十六体，而文格益日衰。《新唐书》云："唐有天下三百年，文章无虑三变。高祖太宗，大难始夷，沿江左余风，缛句绘章，揣合低昂，故王杨为之伯。玄宗好经术，群臣稍厌雕琢，索理致，崇雅黜浮，气益雄浑，则燕许擅其宗。是时唐兴已百年，诸儒争自名家，大历贞元间，美才辈出，擩哜道真，涵泳圣涯，于是韩愈倡之，柳宗元李翱皇甫湜等和之，排逐百家，法度森严，抵轹晋魏，上轧汉周，唐之文宛然为一王法，此其极也。"此论唐三百年之文，王杨为一体，燕许为一体，然皆骈文也；韩柳为一体，则散文也。自晚唐以后之文学，则可论者惟诗词而已，散文骈文俱不足论矣。至于五代十国，则所可论者唯而已，即诗亦已不足论。盖国势日衰，干戈扰攘之际，士既不得从容于学，而偷生避难，仅存于锋镝之伺者，亦苟欢旦夕，惟恐后时。时势之衰落既足以促士气之销沉，而士气之销沉更足以增时势衰落，互相因果，而文章学术乃弥益不足论矣。故晚唐五代之散文，历代文家，乃绝少语及之者焉。

林传甲云："司马炎灭蜀汉，而匈奴刘渊昌言复雠；朱温篡唐，而沙陀李存勖昌言嗣统。中原有乱，他族乘之，汉族因之衰落，汉文亦因而萎靡。六朝时中原虽乱，江左正统犹存，其文物尚能自立。五代时中原既非正统，而江南又裂为数国焉。唐末罗隐怀才不试，好为寓言，出以过激，每不中理，然亦晚唐之后劲，吴越文人所仰景望也。钱镠为吴越王时，撰《杭州罗城记》，涉笔闲雅，亦有渊浑之气。南唐主李昇举用儒吏，戒廷臣勿言用兵，其诏辞虽渊然可诵，适以肖东晋、南宋偏安之计耳。其臣张义方、江文蔚、欧阳广、潘佑之文，徐锴徐铉之学，视梁陈江淹徐庾辈，文不及而学则过之矣。蜀之冯涓、韦庄、杜光庭，闽之徐寅、黄滔，楚之丁思觐，文学斐然，亦不让梁陈文士也。惟中原经沙陀契丹之踩躏，文物荡尽，李继岌、李严之文，曾不如北魏邢温之什一。惟王朴《平边策》，视苏绰之大诰，则远过之矣。五代武人多以彦名，而名士寥落如晨星，汉族式微，则汉文亦绝矣。数往察来，可不惧乎？南唐其能保国家者乎？"

又云："宋人修《五代史》，未列儒林文苑诸传，流俗遂疑为五季之衰，不但无治化之文，且并词章之士亦少，此何足以知五代乎？五代时周王朴之《平边策》，南唐欧阳广《论边镐必败书》，皆质实无华，有裨治化。词人才士，如罗隐、梁震偓之流，苟全性命于乱世，亦皭然不滓也。蜀主孟氏，偏安之主也，刻石戒百官曰：尔俸尔禄，民膏民脂，下民易虐，上天难欺，今刻石遍海内，不能易其一字焉。此非治化之文欤？五代士人最无耻者莫如冯道，虽然，冯道于治化有伟大之功焉。唐长兴三年，始刻九经板，冯道请之也。近人读古书视之宋如拱璧，五代本则罕闻焉。冯道请国子监镂板，大启学界之文明焉。后世聚珍缩影日渐发明，图籍风行，学者便之，治化益臻明备，君子不以冯道为人而废其法也。"

今录王朴文一首以见五代散文之一斑：

平边策

唐失道而失吴、蜀，晋失道而失幽、并，观所以失之之由，知所以平之之术。当失之时，君暗政乱，兵骄民困。近者奸于内，远者叛于外。小不制而至于僭，大不制而至于滥。天下离心，人不用命。吴、蜀乘其乱而窃其号，幽、并乘其间而据其地。平之之术，在乎反唐、晋之失而已。必先进贤退不肖以清其时，用能去不能以审其材，恩信号令以结其心，赏功罚罪以尽其力，恭俭节用以丰其财，徭役以时以阜其民。俟其仓廪实，器用备，人可用而举之。彼方之民，知我政化大行，上下同心，力强财足，人安将和。有必取之势，则知彼情状者愿为之间谍，知彼山川者愿为之先导。彼民与此民之心同，是与天意同，与天意同则无不成之功。攻取之道，从易者始。当今惟吴易图，东至海，南至江，可挠之地二千里。从少备之先挠之，备东则挠西，备西则挠东，彼必奔走以救其弊。

奔走之间，可以知彼之虚实，众之强弱，攻虚击弱，则所向无前矣。勿大举但以轻兵挠之。彼人怯弱，知我师入其地，必大发以来应；数大发则民困而国竭，一不大发则我获其利。彼竭我利，则江北诸州乃国家之所有也。既得江北，则用彼之民，扬我之兵，江之南亦不难平之也。如此则用力少而收功多。得吴则桂、广皆为内臣，岷、蜀可飞书而召之。如不至则四面并进，席卷而蜀平矣。吴、蜀平，幽可望风而至。唯并必死之寇，不可以思信诱，必须以强兵攻。力已竭，气已丧，不足以为边患，可为后图。

方今兵力精练，器用具备，群下知法，诸将用命，一稔之后，可以平边。臣书生也，不足以讲大事，至于不达大体，不合机变，惟陛下宽之！

第八节　宋古文六家之散文

《宋史·文苑传》云："自古创业垂统之君，即其一时之好尚，而一代之规橅可以豫知矣。艺祖革命，首用文吏而夺武臣之权，宋之尚文，端本乎此。太宗、真宗，其在藩邸，已有好学之名；及其即位，弥文日增。自时厥后，子孙相承，上之为人君者无不典学，下之为人臣者自宰相以至令录无不擢科；海内文士，彬彬辈出焉。国初杨亿、刘筠，犹袭唐人声律之体；柳开、穆修，志欲变古而力弗逮；庐陵欧阳修出，以古文倡；临川王安石、眉山苏轼、南丰曾巩起而和之，宋文日趋于古矣。南渡文气不及东都，岂不足以观世变欤？"此论宋三百余年之文学虽甚略，然其言宋初之文沿袭唐人声律之体，与唐初之文沿袭江左之骈俪体正同；而宋之有柳开、穆修为欧阳之先锋，亦与唐之有元结、柳冕为韩柳之先锋正同，韩之后有李翱、皇甫湜等亦与欧阳之后有王、曾、三苏等正同也。

宋六家固不能出于韩柳范围。然若角其短长，则宋六家之传记远不及唐五家_{韩、柳、李、皇甫、孙}之瑰奇；论议之文则韩柳以外，唐三家远不如宋六家之条畅动听。

《石遗室论文》云："大略宋六家之文，欧公叙事长于层累铺张，多学汉人晁错《贵粟重农疏》《淮南王安谏伐闽越书》，班孟坚《汉书》各传而济以《太史公》传赞之抑扬动荡；曾子固专学匡刘一路；苏明允揣摩子书，与长公多得力于《孟子》；荆公除万言书外，各杂文皆学韩，且专学其逆折拗劲处。桐城人之自命学韩，专学此类。盖荆公诗亦学韩，间规及杜也。"

欧阳修 《宋史·欧阳修传》云："欧阳修字永叔，庐陵人，四岁而孤，母郑守节自誓，亲诲之学。家贫至以荻画地学书。幼敏悟过人，读书辄成诵；及冠嶷然有声。宋兴且百年，而文章体裁犹仍五季余习，锼刻骈偶湮涩弗振，士因陋守旧，论卑气弱，苏舜元、舜钦、柳开、穆修辈，咸有意作而张之，而力不足。修游随得唐韩愈遗稿于废书簏中，读而心慕焉；苦志探赜，至忘寝食，必欲并辔绝驰而追与之并；举进士，试南宫第一擢甲科，调西京推官，始从尹洙游，为古文，议论当世事，迭相师友；与梅尧臣游为歌诗相倡和；遂以文章名冠天下。"《四部丛刊》影印元刊《居士集》五十卷，外集二十五卷，外制集三卷，内制集八卷，表奏书启四六集，七卷，奏议集十八卷，杂著述十九卷等。

《石遗室论文》云："文章之有姿态者，《尚书》惟有《秦誓》，《礼记》则《三年问》，实《荀子》也。《檀弓》作态太甚，《左传》则滋多矣。《庄子》之送君者皆自崖而返，君自此远矣二语，风神绝世。《太史公》则各传赞皆以姿态见工，而《五帝本纪》《项羽本纪》二赞尤有神，传文则莫如《伯夷列传》。世称欧阳公文为六一风神，而莫详其所自出。世又称欧公得残本韩文，肆力学之。其实昌黎文有工夫者多，有神味者少。有神味者惟《送董邵南序》《蓝田县丞厅壁记》；若《送李愿归盘谷序》则至尘下者；《送杨少尹序》，亦作态太甚；其滑调多为八股文家所摹，切不可学；《与孟东野书》亦韩文之有风神者，然两用知吾心乐否也，尚嫌作态。意无浅深，笔无轻重，句无长短也。欧公文实多学《史记》，似韩者少。"

又云："永叔以序跋杂记为最长，杂记尤以《丰乐亭记》为最完美。起一小段已简括全亭风景，乃横插滁于五代干戈之际，得势有力。然后说由乱到治，与由治回想到乱，一波三折，将实事于虚空中摩荡盘旋，此欧公平生擅长之技，所谓风神也。今滁于江淮一小段，与修之来此一段，归结到太平之可乐，与名亭之故，收煞皆用反缴笔为佳。"

又云："欧公《有美堂记》，与《丰乐亭》《岘山亭》二记，为杂记中最工者。《醉翁亭记》则论者以为俗调矣。其实非调之俗，乃辞意过于圆滑，与《送李愿序》气味相似，殊不可学耳。然起云'环滁皆山也，其西南诸峰林壑尤美，望之蔚然而深秀者琅琊也；山行六七里，渐闻水声潺而泻出两峰之间者酿泉也；峰回路转，有亭翼然临于泉上者醉翁亭也'，起数句颇自俊爽。学《公》《穀》只学此一段而止，余另换别调，亦不讨厌。若柳子厚为之，当不全篇摹仿，《游黄溪记》惟首段仿《史记》，其证也。"

又云：《有美堂记》，中间言金陵钱塘皆僭窃于乱世，而钱塘独盛于金陵之故，才思横溢，极似汉人文字。曾子固《道山亭记》，从《淮南王谏伐闽越书》脱出来，正其类也。《岘山亭记》亦以一起特胜，中间抑扬处正学《史记》传赞，岂皆自喜其名之甚二句为道著二子心坎。姚惜抱以为神韵缥渺，如所谓吸风饮露蝉蜕尘壒者，绝世之文也。此皆知其然而不知其所以然之语，极似钟伯敬《诗归》之评唐人诗妙处；至誉之太过，抑无论矣。

有美堂记

嘉祐二年，龙图阁直学士尚书吏部郎中梅公出守于杭。于其行也，天子宠之以诗，于是始作有美之堂。盖取赐诗之首章而名之，以为杭人之荣。然公之甚爱斯堂也，虽去而不忘。今年自金陵遣人走京师，命予志之。其请至六七而不倦，予乃为之言曰：夫举天下之至美与其乐有不得而兼焉者多矣。故穷山水登临之美者必之乎宽闲之野、寂寞之乡，而后得焉。览人物之盛，丽夸都邑之雄富者，必据乎四达之冲、舟车之会，而后足焉。盖彼放心于物外，而此娱意于繁华，二者各有适焉。然其为乐不得而兼也。今夫所谓罗浮、天台、衡岳、庐阜，洞庭之广，三峡之险，号为东南奇伟秀绝者，乃皆在乎下州小邑僻陋之邦。此幽潜之士，穷愁放逐之臣之所乐也。若乃西方之所聚，百货之所交，物盛人众为一都会，而又能兼有山水之美，以资富贵之娱者，惟金陵、钱塘，然二邦皆僭窃于乱世。及圣宋受命，海内为一。金陵以后服见诛，今其江山虽在，而颓垣废址，荒烟野草，过而览者莫不为之跨踌而凄怆。独钱塘自五代时，知尊中国，效臣顺，及其亡也顿首请命，不烦干戈，今其民幸富完安乐。又其俗习工巧，邑屋华丽，盖十余万家。环以湖山，左右映带，而闽商海贾，风帆浪舶，出入于江涛浩渺、烟云杳霭之间，可谓盛矣。而临是邦者必皆朝廷公卿大臣，若天子之侍从，又有四方游士为之宾客，故喜占形胜，治亭榭，相与极游览之娱。然其于所取有得于此者，必有遗于彼，独所谓有美堂者，山水登临之美，人物邑居之繁，一寓目而尽得之。盖钱塘兼有天下之美，而斯堂者又尽得钱塘之美焉，宜乎公之甚爱而难忘也。梅公清慎好学君子也，视其所好，可以知其人焉。

大抵欧阳之文善于吞吐夷犹，最工言情之作，近代唐蔚芝先生之文近之。

曾巩　《宋史·曾巩传》云："曾巩字子固，建昌南丰人；生而警敏，读书数百言，脱口辄诵；年十二试作六论，援笔而成；甫冠，名闻四方。欧阳修见其文奇之。中嘉祐二年进士。"《四部丛刊》影印元刊本《元丰类稿》十八卷，附录一卷。

林传甲云："江右章贡之涘，多古文家。自欧阳公起于庐陵以后，未几王安石兴于临川，曾子固出于南丰，遂极一时之盛。唐宋八家宋得其六，眉山三苏与江右各得其半焉。安石与巩缔交之情，见于安石《答段缝书》曰：巩文学论议，在某交游中不见可敌。其心勇于适道，不可以刑祸利禄动也。安石《祭曾博士易古文》，则巩之父也。故当时学者称二人曰曾王。《曾巩传》曰：安石得志后遂与之异。盖安石以新法致党祸，为宋儒所不韪。惟其文劲爽峭直，如其为人焉。其最长者莫如《上神宗书》，其最短莫如《读孟尝君传书后》，皆传诵于世，所谓气盛则言之长短皆宜也。曾王之文有极相似者，如子固之《墨池记》，荆公之《芝阁记》，皆寂寥短章，使人味之隽永，此曾王之所长也。朱子云：熹未冠而读曾南丰先生之文，爱其词严而理正，洵子固之定评。曾王之异同，在于所持之理，其词气固未尝歧异也。"

《石遗室论文》云："曾子固《谢杜相公书》，述其父病卒，受杜公之恩，自医药以至归榇，种种关切，略云：明公虽不可起而寄天下之政，而爱育天下之人才，不忍一夫失其所之道出于自然，而推行之，不以进退，而巩独幸遇明公于此时也；在丧之中，不敢以世俗浅意，越礼进谢；丧除又维大恩之不可名，空言不足陈；徘徊迄今，一书之未进，顾其惭生于心无须臾废也。伏维明公，终赐亮察。夫明公存天下之义而无有所私，则巩之所以报于明公者，亦惟天下之义而已。誓心则然，未敢谓能也。以上可谓真性情道义之文矣。所谓亦惟天下之义者，自勉为君子，称得受此待遇。誓心二语，谦而得体；幸遇明公一层，下语最有分寸，有身分，隐隐见得杜公与曾氏，有道义之感，非滥于恩施，与偏徇私情。"

又云："蓄道德能文章一语，为宋以来乞铭其祖父者循例之通词。子固以此语推崇欧公，在既得碑铭之后，则尤为非谄矣。盖乞铭于当代作者易为过当之推崇，子固之推崇，非不至，而欧公实足以当之。且抬高欧公，正所以抬高自己祖父，而说到祖父处，须无溢美，则在下语有分寸，行文有远势也。感激语分作两层，云况其子孙也哉，况巩也哉，巩非人子孙乎，见其不等寻常之子孙也。巩之不等寻常子孙者，即在遇蓄道德能文章者而后乞铭，而蓄道德能文章者又肯为之铭也。前半之反面盘旋，皆所以取此势耳。"

寄欧阳舍人书

巩顿首再拜舍人先生。去秋人还，蒙赐书及所撰先大父墓碑铭，反覆观诵，感与惭并。

夫铭志之著于世义近于史，而亦有与史异者。盖史之于善恶无所不书，而铭者盖古之人有功德材行志义之美者，惧后世之不知，则必铭而见之，或纳于庙，或存于墓，一也。苟其人之恶，则于铭乎何有？此其所以与史异也。其辞之作，所以使死者无有所憾，生者得致其严。而善人喜于见传，则勇于自立；恶人无有所纪，则以愧而惧。至于通材达识，义烈节士，嘉言善状，皆见于篇，则足为后法警劝之道。非近乎史，其将安近？

及世之衰，人之子孙者一欲褒扬其亲，而不本乎理。故虽恶人皆务勒铭以夸后世。立言者既莫之拒而不为，又以其子孙之所请也，书其恶焉则人情之所不得，于是乎铭始不实。后之作铭者常观其人，苟托之非人，则书之非公与是，则不足以行世而传后。故千百年来公卿大夫至于里巷之士，莫不有铭，而传者盖少。其故非他，托之非人，书之非公与是故也。

然则孰为其人，而能尽公与是欤？非畜道德而能文章者无以为也。盖有道德者之于恶人则不受而铭之，于众人则能辨焉。而人之行，有情善而迹非，有意奸而外淑，有善恶相悬而不可以实指，有实大于名，有名侈于实。犹之用人，非畜道德者恶能辨之不惑，议之不徇？不惑不徇，则公且是矣。而其辞之不工，则世犹不传，于是又在其文章兼胜焉。故曰非畜道德而能文章者无以为也，岂非然哉！

然畜道德而能文章者，虽或并世而有，亦或数十年或一二百年而有之。其传之难如此，其遇之难又如此。若先生之道德文章，固所谓数百年而有者也。先祖之言行卓卓，幸遇而得铭，其公与是，其传世行后无疑也。不世之学者，每观传记所书古人之事，至其所可感，则往往尽然不知涕之流落也，况其子孙也哉？况巩也哉？其追睎祖德而思所以传之之由，则知先生推一赐于巩，而及其三世。其感与报，宜若何而图一？

抑又思若巩之浅薄滞拙，而先生进之，先祖之屯蹶否塞以死，而先生显之，则世之魁闳豪杰不世出之士，其谁不愿进于门？潜遁幽抑之士，其谁不有望于世？善谁不为而恶谁不愧以惧？为人之父祖者孰不欲教其子孙？为人之子孙者孰不欲宠荣其父祖？此数美者一归于先生。既拜赐之辱，且敢进其所以然。所谕世族之次，敢不承教而加详焉？愧甚不宣。

王安石　《宋史·王安石传》云："王安石字介甫，抚州临川人；少好读书，一过目终身不忘。其属文动笔如飞，初若不经意，既成见者皆服其精妙；友生曾巩携以示欧阳修，修为延誉，擢进士上第。"《四部丛刊》影印明刊《临川先生文集》一百卷。

介甫之文，盖以礼家而兼法家之精神者。其《上皇帝书》，实为贾生以后奏疏第一篇文字，固非深于经术而能善变者不能为。其他诸文亦极拗折凌厉，近代古文家陈石遗先生之文，其拗折处似之，而出以雅淡，一变介甫凌厉之面目。

答司马谏议书

　　某启：昨日蒙教，窃以为与君实游处相好之日久，而议事每不合，所操之术多异故也。虽欲强聒，终必不蒙见察，故略上报，不复一一自辨。重念蒙君实视遇厚，于反覆不宜卤莽，故今具道所以，冀君实或恕也。

　　盖儒者所争尤在于名实；名实已明，而天下之理得矣。今君实所以见教者，以为侵官、生事、征利、拒谏，以致天下怨谤也。某则以为受命于人主，议法度而修之于朝廷，以授之于有司，不为侵官；举先王之政以兴利除弊，不为生事；为天下理财，不为征利；辟邪说，难壬人，不为拒谏。至于怨诽之多，则固前知其如此也。人习于苟且非一日，士大夫多以不恤国事同俗自媚于众为善，上乃欲变此，而某不量敌之众寡，欲出力助上以抗之，则众何为而不汹汹然。盘庚之迁胥怨者民也，非特朝廷士大夫而已。盘庚不为怨者故改其度，度义而后动，是而不见可悔故也。如君实责我以在位久，未能助上大有为，以膏泽斯民，则某知罪矣。如曰今日当一切不事事，守前所为而已，则非某之所敢知，无由会晤，不任区区向往之至。

苏洵 《宋史·文苑传》云："苏洵字明允，眉州眉山人；年十七，始发愤为学；岁余，举进士，又举茂才异等，皆不中；悉焚常所为文，闭户益读书，遂通六经百家之说，下笔顷刻数千言；至和嘉祐间，与其二子轼辙皆至京师，翰林学士欧阳修上其所著书二十二篇，既出，士大夫等传之，一时学者竞效苏氏为文章。"《四部丛刊》影印《嘉祐集》十五卷。

林传甲云："或传苏洵尝挟一书诵习，二子亦不得见，他日窃视之，则《战国策》也。轼辙兄弟，少年有才，皆习于其父之业，长于议论，各有峥嵘气象；及其成也，子瞻为文愈奇，子由为文愈淡。或讥子由未足列于八家，特附父兄之骥，亦非无因也。今合观老苏之《嘉祐集》，大苏之《东坡集》，小苏之《栾城集》，虽气息略同，而面目小异，知子瞻子由，皆不借父兄而传也。苏过为名父之后，其《飓风赋》《思子台赋》，亦称于世，诗书之泽深矣。苏氏同时文人黄庭坚、秦观、张耒、晁补之、毕仲游诸家文体，多类苏氏，亦一时风气为之也。"

《石遗室论文》云："苏明允《衡论》以第二篇《御将》为千古不易之论，关于天下乱注意将者至为重大，此正老泉学《孟子》之显证。盖论事设譬，莫善于《孟子》，以事理有难明，借譬一事，则易明也。《庄子》则离奇傲诡，尤多以寓言出之，但文理奥曲，不如《孟子》之明白；尽人可晓也。此篇主意分贤将才将为二种，御贤将当以信，御才将当以智；又分大才将小才将为二种，将曰御才将尤难。次段以能蹄能触者譬难御之才将，又以养骐骥养鹰分譬御大才将小才将不同之处；又历举古来才将以证明之。中段又历举汉高之御韩信，彭越，黥布，及樊哙，滕公，灌婴以证明之，方非泛论，文势方不平弱。"

御将

　　人君御臣，相易而将难。将有二：有贤将，有才将。而御才将尤难。御相以礼，御将以术，御贤将之术以信，御才将之术以智。不以礼不以信是不为也。不以术不以智是不能也。故曰：御将难，而御才将尤难。

　　六畜其初皆兽也。彼虎豹能搏能噬，而马亦能蹄，牛亦能触。先王知能搏能噬者不可以人力制，故杀之。杀之不馆，驱之而后已。蹄者可驭以羁绁，触者可拘以楅衡，故先王不忍弃其才，而废天下之用。如曰是能蹄，是能触当与虎豹并杀而同驱，则是天下无骐骥，终无以服乘耶？

　　先王之选才也，自非大奸剧恶如虎豹之不可以变其搏噬者，未尝不欲制之以术而全其才以适于用。况为将者又不可责以廉隅细谨，顾其才何如耳。汉之卫、霍、赵充国，唐之李靖、李勣，贤将也。汉之韩信、黥布、彭越，唐之薛万彻、侯君集、盛彦师，才将也。贤将既不多有，得才者而任之可也。苟又曰是难御，则是不肖者而后可也。结以重恩，示以赤心，美田宅，丰饮馔，歌童舞女以极其口腹耳目之欲，而折之以威，此先王之所以御才将者也。近之论者或曰将之所以毕智竭力，犯霜露，蹈白刃而不辞者，冀赏耳。为国家者不如勿先赏以邀其成功。或曰赏所以使人，不先赏，人不为我用。是皆一隅之说，非通论也。将之才固有大小，杰然于庸将之中者才小者也，杰然于才将之中者才大者也。才小志亦小，才大志亦大，人君当观其才之小大而为制御之术，以称其志。一隅之说，不可用也。

夫养骐骥者丰其刍粒，洁其羁络，居之新闲，浴之清泉，而后责之千里。彼骐骥者其志常在千里也，夫岂以一饱而废其志哉。至于养鹰则不然，获一雉，饲以一雀，获一兔饲以一鼠。彼知不尽力于击，则其势无所得食，故然后为我用。才大者骐骥也，不先赏之是养骐骥者饥之而责其千里，不可得也。才小者鹰也，先赏之是养鹰者饱之而求其击搏，亦不可得也。是故先赏之说，可施之才大者，不先赏之说，可施之才小者。兼而用之可也。昔者汉高帝一见韩信，而授以上将，解衣衣之，推食哺之；一见黥布而以为淮南王，供具饮食如王者；一见彭越而以为相国。当是时三人者未有功于汉也。厥后追项籍垓下，与信越期而不至，捐数千里之地以畀之，如弃敝屣。项氏未灭，天下未定，而三人者已极富贵矣。何则？高帝知三人者之志大，不极于富贵，则不为我用。虽极于富贵，而不灭项氏，不定天下，则其志不已也。至于樊哙、滕公、灌婴之徒则不然，拔一城，陷一阵，而后增数级之爵，否则终岁不迁也。项氏已灭，天下已定，樊哙、滕公、灌婴之徒，计百战之功而后爵之通侯。夫岂高帝至此而啬哉，知其才小而志小，虽不先赏不怨，而先赏之则彼将泰然自满，而不复以立功为事故也。噫！方韩信之立于齐，蒯通、武涉之说未去也。当是之时而夺之王，汉其殆哉。夫人岂不欲三分天下而自立者？而彼则曰："汉王不夺我齐也。"故齐不捐则韩信不怀。韩信不怀，则天下非汉之有。呜呼！高帝可谓知大计矣。

苏轼 《宋史·苏轼传》云："苏轼字子瞻，眉州眉山人；生十年，父洵游学四方，母程氏，亲授以书，闻古今成败，辄能语其要；程氏读东汉《范滂传》，慨然太息，轼请曰：轼若为滂，母许之否乎？程氏曰：汝能为滂，吾顾不能为滂母邪？比冠博通经史，属文日数千言；好贾谊陆贽书，既而读《庄子》，叹曰：吾昔有见，口未能言，今见是书，得吾心矣。方时文磔裂诡异之弊胜，主司欧阳修思有以救之，得轼《刑赏忠厚论》，惊喜欲擢冠多士，犹疑其客曾巩所为，但置第二,复以《春秋对义》居第一,殿试中乙科;后以书见修,修语梅圣俞曰:吾当避此人出一头地。闻者始哗不厌,久乃信服。"《四部丛刊》影印宋刊本《经进东坡文集事略》六十卷。

起然台记

> 凡物皆有可观。苟有可观,皆有可乐,非必怪奇伟丽者也。餔糟啜醨,皆可以醉;果蔬草木,皆可以饱。推此类也,吾安往而不乐。
>
> 夫所为求福而辞祸者,以福可喜而祸可悲也。人之所欲无穷,而物之可以足吾欲者有尽,美恶之辨战乎中,而去取之择交乎前。则可乐者常少,而可悲者常多。是谓求祸而辞福。夫求祸而辞福,岂人之情也哉?物有以盖之矣。彼游于物之内,而不游于物之外。物非有大小也,自其内而观之,未有不高且大者也。彼挟其高大以临我,则我常眩乱反覆,如隙中之观斗,又乌知胜负之所在。是以美恶横生,而忧乐出焉,可不大哀乎。
>
> 予自钱塘移守胶西,释舟楫之安,而服车马之劳;去雕墙之美,而庇采椽之居;背湖山之观,而行桑麻之野。始至之日,岁比不登,盗贼满野,狱讼充斥;而斋厨索然,日食杞菊。人固疑予之不乐也。处之期年而貌加丰发之白者日以反黑。予既乐其风俗之淳,而其吏民亦安予之拙也。于是治其园圃,洁其庭宇,伐安邱、高密之木以修补破败,为苟完之计。而园之北,因城以为台者旧矣,稍葺而新之。时相与登览,放意肆志焉。南望马耳、常山,出没隐见,若近若远,庶几有隐君子乎!而其东则卢山,秦人卢敖之所从遁也。西望穆陵,隐然如城郭,师尚父、齐桓公之遗烈,犹有存者。北俯潍水,慨然太息思淮阴之功,而吊其终。台高而安深而明,夏凉而冬温。雨雪之朝,风月之夕,予未尝不在,客未尝不从。撷凉蔬,取池鱼,酿秋酒,瀹脱粟而食之,曰:乐哉游乎!
>
> 方是时予弟子由适在济南,闻而赋之,且名其台曰"超然",以见予之无所往而不乐者,盖游于物之外也。

柱按:子瞻此文盖深有得于《庄子》者。《石遗室论文》云:"古人文字凡属地理者每言四至,《禹贡》言东渐于海,西被于流沙,朔南暨，声教讫于四海，《左传》言东至于海，西至于河，南至于穆陵，北至于无棣，又言薄姑商奄吾东土也，巴濮楚邓吾南土也云云，皆言其盛时也。若崤之战，蹇叔送其子曰：崤有二陵焉，其南陵夏后皋之墓也，其北陵文王之所辟风雨，必死是间，余收尔骨焉。则望古洒泪之辞。东坡本之以作《凌虚台记》云：尝试与公登台而望，其东则秦穆之祈年橐泉，其西则汉武之长杨五柞，其北则隋之仁寿，唐之九成也，计其一时之盛，闳极伟丽坚固而不可动者，岂特百倍于台而已哉？又本之以作《超然台记》云：南望马耳常山，出没隐见，若近若远，庶几有隐君子乎？而其东之卢山，秦人卢敖之所从遁也；西望穆陵，隐然如城郭，师尚父齐桓公之遗烈犹有存者；北俯潍水，慨然太息，思淮阴之功，而吊其不终。又本之以作《赤壁赋》曰：东望夏口，西望武昌，皆抚今吊古，感慨系之，但屡用之，亦足取厌。"

苏辙 《宋史·苏辙传》云："苏辙字子由。年十九，与兄轼同登进士科，又同策制举。性沉静简洁，为文汪洋澹泊似其为人，不愿人知之而秀杰之气，终不可掩，其高处殆与兄轼相迫。"《四部丛刊》影印明活字本《栾城集》五十卷，《后集》二十四卷，《三集》十卷。

上枢密韩太尉书

太尉执事：辙生好为文，思之至深。以为文者气之所形，然文不可以学而能，气可以养而致。孟子曰："我善养吾浩然之气。"今观其文章，宽厚宏博，充乎天地之间，称其气之小大。太史公行天下，周览四海名山大川，与燕、赵间豪俊交游，故其文疏荡颇有奇气。此二子者岂尝执笔学为如此之文哉？其气充乎其中，而溢乎其貌，动乎其言，而见乎其文，而不自知也。

辙生十有九年矣。其居家所与游者不过其邻里乡党之人；所见不过数百里之间，无高山大野可登览以自广；百氏之书虽无所不读，然皆古人之陈迹，不足以激发其志气。恐遂汩没，故决然舍去求天下奇闻壮观，以知天地之广大。过秦、汉之故都，恣观终南、嵩、华之高，北顾黄河之奔流，慨然想见古之豪杰。至京师，仰观天子宫阙之壮，与仓廪、府库、城池、苑囿之富且大也，而后知天下之巨丽。见翰，林欧阳公听其议论之宏辨，观其容貌之秀伟，与其门人贤士大夫游，而后知天下之文章聚乎此也。太尉以才略冠天下，天下之所恃以无忧，四夷之所惮以不敢发，入则周公、召公，出则方叔、召虎。而辙也未之见焉。

　　且夫人之学也不志其大，虽多而何为？辙之来也于山见终南、嵩、华之高，于水见黄河之大且深，于人见欧阳公，而犹以为未见太尉也。故愿得观贤人之光耀，闻一言以自壮，然后可以尽天下之大观而无憾矣。

　　辙年少，未能通习吏事。向之来非有取于斗升之禄，偶然得之，非其所乐。然幸得赐归待选，使得优游数年之间，将归益治其文且学为政。太尉苟以为可教而辱教之，又幸矣！

宋六家之文体，欧阳最长于言情，子固、介甫长于论学，三苏长于策论。其后朱子继南丰之作，为道学派之文。三苏之文，至叶适、陈亮等流为功利派之文矣。

　　要而论之，宋六家之文，虽不能出韩柳之范围，然亦略有变态。自来以散文而最善言情者，于战代有庄周，言哲理而长于情韵；于汉有司马迁，述史事而擅于风神。自此以外，多莫能逮。至六朝有文笔之分，则言情者属文，说理者属笔；文即诗赋骈文，笔即今之散文也。至唐韩退之倡为古文，虽名为起八代之衰，则文笔分涂，实亦尚沿六朝之习。故昌黎散文，言情者不多，而多于韵文出之。至宋之欧阳六一，而后上追司马，虽气象大小不侔，而风情独绝。于是六朝所认为笔者，亦变而为文矣。故欧阳散文，几无一不善言情，无一不工神韵。曾、王、三苏，亦受其影响。世徒怪昌黎散文不工言情者，殆未知此中关键者也。

第九节　道学家之散文

　　自刘勰《文心雕龙》首《原道》一篇，有云："爰自风姓，暨于孔氏，玄圣创典，素王述训，莫不原道心以敷章，研神理而设教，取象乎河洛，问数乎蓍龟，观天文以极变，察人文以成化；然后能经纬区宇，弥纶彝宪，发辉事业，彪炳辞义；故知道沿圣以垂文，圣因文而明道，旁通而无滞，日用而不匮。《易》曰：鼓天下之动者存乎辞。辞之所以能鼓动天下者，乃道之文也。"此已主张文以载道之说，为唐以来提倡古文家者所本。且其意亦以为非文则无以见道，则文尤明道者所不能不先贵者也。至宋道学家出，始以文为玩物丧志。程子曰："圣贤之言不得已也。盖有是言则是理明，无是言则天下之理有阙焉。如彼耒耜陶冶之器一不制，则生人之道有不足矣。圣贤之言，虽欲已得乎？然其包涵尽天下之理，亦甚约矣。后之人始执卷则以文章为先，平生所为动多于圣人。然有之无所补，无之靡所阙，乃无用之赘言也。不止赘而已，既不得其要，则离真失正，反害于道，必矣。问作文害道否？曰：害也。凡为文不专意则不工。若专意则志局于此，又安能与天地同其大也。《书》曰：玩物丧志。为文亦玩物也。吕与叔有诗云：学如元凯方成癖，文似相如始类俳。独立孔门无一事，只输颜氏得心斋。此诗甚好。古之学者惟务养情性，其他则不学。今为文者专务章句悦人耳目，既务悦人，非俳优而何？曰：古者学为文否？曰：人见六经便以为圣人亦作文，不知圣人亦摅发胸中所蕴。自成文耳，所谓有德者必有言也。曰：游夏称文学，何也？曰：游夏亦何尝秉笔学为词章。且如观乎天文以察时变，观乎人文以化成天下，此岂词章之文也？"（见《二程全书》）而朱子亦云："言或可少而德不可无。有德而有言者常多；有德而不能言者常少。学者先务亦勉于德而已矣。"皆主重道轻文，于是道学家遂有语录一体。然程朱之文亦自工，而朱子尤得曾南丰之法。

程颐 《宋史·道学传》，"程颐字正叔，年十八，上书阙下，欲天子黜世俗之论，以王道为心；游太学，见胡瑗，问颜子所好所学，颐因答曰：学以至圣人之道也。瑗得其文，大惊异之，即延见处以学职"。

周易传序

易，变易也，随时变易以从道也，其为书也广大悉备，将以顺性命之理，通幽明之故，尽事物之情，而示开物成务之道也。圣人之忧患后世，可谓至矣。去古虽远，遗经尚存，而前儒失意以传言，后学诵言而忘味，自秦而下，盖无传矣。予生千载之后，悼斯文之湮晦，将俾后人沿流而求源，此传所以作也。易有圣人之道四焉，以言者尚其辞，以动者尚其变，以制器者尚其象，以卜筮者尚其占。吉凶消长之理，进退存亡之道备于辞，推辞考卦，可以知变，象与占在其中矣。君子居则观其象而玩其辞，动则观其变而玩其占，得其辞不达其意者有矣。未有不得于辞而能通其意者也。至微者理也，至著者象也。体用一源，显微无间，观会通以行其典礼，则辞无所不备，故善学者求言必自近，易于近者非知言者也。予所传者辞也，由辞以得其意，则在乎人焉。

然辞不能不尚，亦程氏之所共认者也。

朱熹 《宋史·道学传》，"朱熹字元晦，一字仲晦，徽州婺源人。 熹幼颖悟，甫能言，父指天示之曰：天也。熹何曰，天之外何物？父异之，就传授以《孝经》，一阅题其上曰，不若是非人也。尝从群儿戏沙上，独端坐以指画沙，视之八卦也。年十八，贡于乡，中绍兴八年进士"。《四部丛刊》影印明刊《朱文公集》一百卷续集十一卷别集十卷。

论语要义目录序

鲁《论语》二十篇，古《论语》一十一篇，齐《论语》二十二篇，魏何晏等集汉魏诸儒之说，就鲁论篇章，考之齐古为之注。本朝至道咸平间，又命翰林学士邢昺等取皇甫侃疏，约而修之，以为正义，其于章句训诂，名器事物之际，详矣。熙宁中神祖垂意经术，始置学官，以幸学者。而时相父子，逞其私智，尽废先儒之说，妄意穿凿，以利于天下之人，而涂其耳目。一时文章豪杰之士，盖有知其是非而傲然不为之下者。 顾其所以为说，又未能卓然不叛于道。学者趋之，是犹舍夷貉而适戎蛮也。当此之时，河南二程先生，独得孟子以来不传之学于遗经，其所以教人者亦必以是为务，然其所以言之者则异乎人之言之矣。熹年十三四时，受其说于先君，未通大义，而先君弃诸孤，中间历访师友以为未足，于是编求古今诸儒之说合而编之。诵习既久，益以迷眩，晚亲有道，窃有所闻，然后知其穿凿支离者固无足取。至于其余，或引据精密，或解析通明，非无一辞一句之可观，顾其于圣人之微意，财非程氏之传矣。隆兴改元，屏居无事，与同志一二人，从事于此，慨然发愤，尽删余说，及其门人朋友数家之说，补缉订正，以为一书，目之曰《论语要义》。盖以为学者之读是书，其文义名物之详，当求之注疏，有不可略者，若其要义，则于此其庶几焉。学者第熟读而深思之，优游涵泳，久而不舍，必将有以自得于此。本既立矣，诸家之说，有不可废者，徐从而观之，则其支离诡谲。乱经害性之说，与夫近世出入离道，似是而非之辨，皆不能为吾病。呜呼，圣人之意其可以言传者，具于是矣。不可以言传哉，亦岂外乎是哉！深造而自得之，特在夫学者加之意而已矣。因取凡要义名氏大概具列如东，而序其意云。

观二子之文，其粹然醇雅，蔼然中和如此，非德性涵养之功深者，乌能至是哉。

朱璘云："两程子间有所作，如《易传》《春秋》诸序，理确词严，古雅绝伦，惜乎其存者尚少。至考亭文公，天纵之才，起而集诸儒之大成，幼读《二程遗书》，既有得于斯道；生平笺注经传，校正诸儒之书，无不极其精核。今读其文章，诸体具备，微之天人性命之理，显之礼乐文物之原，上之朝廷之建白，下之师友之答问，盖无一不极探其原本，而详示以用功之要。其文字之工，真如清庙之瑟，一唱三叹，使人往复流连，不能自已。"

第十节 民族主义派之散文

文之最足感人者莫如激于忠义之情者，盖爱国之心，本乎良知，所谓此心同此理同也。吾国自古以来，为爱国而奋斗，最忠勇最热烈者莫若宋之岳飞、文天祥、陆秀夫、谢枋得、郑思肖诸人，盖此诸人既本忠爱之诚，亦以异族欲僭主中华，本《春秋》攘夷之义，非其种者务锄而去。故其文章皆可歌可泣，足以廉顽立懦，是天地间之正气所寄，吾民族最可贵之文也。而历代选文论文者多不及之，是可怪也。惜以限于篇幅，不能多所论列，略论述两三人以见一斑而已。

岳飞 《宋史·岳飞传》云："岳飞字鹏举，相州汤阴人。世为农，父和能节食，以济饥者，有耕者侵其地，割而与之，贳其财者不责偿。飞生时有大禽若鹄，飞鸣室上，因以为名。未弥月，河决，内黄水暴至，母姚抱飞坐瓮中，冲涛及岸得免，人异之。少负节气，沉厚寡言。家贫力学，尤好《左氏春秋》《孙吴兵法》。生有神力，未冠，挽弓三百斤，弩八百石；学射于周同，尽其术，能左右射。同死，朔望设祭于其家，父义之，曰：汝为时用，其殉国死义乎？"《宋史》论之曰："西汉而下，若韩彭绛灌之为将，代不乏人，求其文武全器，仁智并全，如宋岳飞者一代岂多见哉？史称关云长通《春秋左氏》，然未尝见其文章。飞北伐军至汴梁之朱仙镇，有诏班师，飞自为表答诏，忠义之言，流出肺腑，真有诸葛孔明之风；而卒死于秦桧之手。盖飞与桧势不两立；使飞得志，则金仇可复，宋耻可雪；桧得志则飞有死而已。昔刘宋杀檀道济。道济下狱，嗔目曰：自坏汝万里长城。高宗忍自弃其中原，故忍杀飞。呜呼，冤哉，呜乎冤哉？"《四库总目·岳武穆遗文》一卷。

岳飞诗词均工。其《满江红》一词，久已脍炙人口。其文则世鲜读之，而不知其散文亦甚工也。

五岳祠盟记

自中原板荡，夷狄交侵，余发愤河朔，起自相台，总发从军，历二百余战。虽未能远入荒夷，洗荡巢穴，亦且快国仇之万一。今又提一旅孤军，振起宜兴建康之城，一鼓败房，恨未能使匹马不回耳。故且养兵休卒，蓄锐待敌，当激士卒，功期再战。北逾沙漠，蹀血虏廷，尽屠夷种，迎二圣归京阙，取故土上版图，朝廷无虞，主上奠枕，余之愿也。河朔岳飞题。

广德军金沙寺壁题记

余驻大兵宜兴，缘干王事过此，陪僧僚谒金仙，徘徊暂憩，遂拥铁骑千余，长驱而往。然俟立奇功，殄丑虏，复三关，迎二圣，使宋朝再振，中国安强，他时过此，得勒金石，不胜快哉！建炎四年四月十二日河朔岳飞题。

永州祁阳县大营驿题记

权湖南帅岳飞，被旨讨贼曹成。自桂岭平荡巢穴，二广湖湘，悉皆安妥，痛念二圣，远狩沙漠，天下靡宁，誓竭忠孝。赖社稷威灵，君相贤圣，他日扫清胡虏，复归故国，迎两宫还朝，宽天子宵旰之忧，此所志也。顾蜂蚁之群，岂足为功。过此因留于壁。绍兴二年七月初七日。

文天祥　《宋史·文天祥传》云："文天祥字宋瑞，又字履善，吉之吉水人也。体貌丰伟，美皙如玉，秀眉而长目，顾盼烨然。自为童子时，见学官所祠乡先生欧阳修、杨邦乂、胡铨像，皆谥曰忠，即欣然慕之曰：没不俎豆其间，非夫也。"

又云："自古志士欲信大义于天下者，不以成败利钝动其心。君子命之曰仁，以其合天理之正，即人心之安尔。商之衰，周有代德，盟津之师，不期而会者八百国；伯夷叔齐以两男子欲扣马而止之，三尺童子知其不可。他日孔子贤之则曰求仁而得仁。宋至德祐亡矣，文天祥往来兵间，初欲以口舌存之；事既无成，奉两孱王，崎岖岭海，以图兴复，兵败身执，留之数年，如虎兕在柙，百计驯之，终不可得。观其从容伏质，就死如归，是所欲有甚于生者，可不谓之仁哉？"《四部丛刊》影印明刊本《文山先生集》二十卷。

指南录后序

德祐二年正月十九日，予除名丞相兼枢密使都督诸路军马。时北兵已迫修门外，战、守、迁皆不及施。缙绅、大夫、士萃于左丞相府，莫知计所出。会使辙交驰，北邀当国者相见，众谓予一行为可以纾祸。国事至此，予不得爱身，意北亦尚可以口舌动也。初奉使往来无留北者，予更欲一觇北，归而求救国之策。于是辞相印不拜，翌日以资政殿学士初至北营，抗辞慷慨，上下颇惊动，北亦未敢遽轻吾国。不幸吕师孟构恶于前，贾余庆献谄于后，予羁縻不得还，国事遂不可收拾。予自度不得脱，则直前诟虏帅失信，数吕师孟叔侄为逆，但欲求死，不复顾利害。北虽貌敬，实则愤怒，二贵酋名曰"馆伴"，夜则以兵围所寓舍，而予不得归矣。

　　未几贾余庆等以祈请使诣北。北驱予并往，伴而不在使者之目。予分当引决，然而隐忍以行。昔人云："将以有为也。"

　　至京口得间奔真州，即具以北虚实告东西二阃，约以连兵大举。中兴机会，庶几在此。留二日维扬帅下逐客之令。不得已变姓名，诡踪迹，草行路宿，日与北骑相出没于长淮间。穷饿无聊，追购又急，天高地迥，号呼靡及。已而得舟，避渚洲，出北海，然后渡扬子江，入苏州洋，展转四明、天台，以至于永嘉。

　　呜呼！予之及于死者不知其几矣！诋大酋当死；骂逆贼当死；与贵酋处二十日争曲直，屡当死；去京口挟匕首以备不测，几自颈死；经北舰十余里，为巡船所物色，几从鱼腹死；真州逐之城门外，几徬徨死；如扬州过瓜洲扬子桥，竟使遇哨无不死；扬州城下进退不由，殆例送死；坐桂公塘土围中，骑数十过其门，几落贼手死；贾家庄几为巡徼所陵迫死；夜趋高邮迷失道，几陷死；质明避哨竹林中，逻者数十骑，几无所逃死；至高邮制府檄下，几以捕系死；行城子河出入乱尸中，舟与哨相后先，几邂逅死；至海陵如高沙，常恐无辜死；道海安、如皋，凡三百里，北与寇往来，其间无日而非可死；至通州几以不纳死；以小舟涉鲸波出，无可奈何，而死固付之度外矣！呜呼！生死昼夜事也，死而死矣，而境界危恶，层见错出，非人世所堪。痛定思痛，痛何如哉！

　　予在患难中，间以诗记所遭，今存其本，不忍废，道中手自抄录。使北营留北关外为一卷；发北关外历吴门、毗陵，渡瓜洲复还京口为一卷；脱京口趋真州、扬州、高邮、泰州、通州为一卷；自海道至永嘉、来三山为一卷。将藏之于家，使来者读之，悲予志焉。

　　呜呼！予之生也幸，而幸生也何为？祈求乎为臣，主辱臣死有余僇；祈求乎为子，以父母之遗体行殆而死有余责。将请罪于君，君不许；请罪于母，母不许；请罪于先人之墓。生无以救国难，死犹为厉鬼，以击贼，义也。赖天之灵，宗庙之福，修我戈矛，从王于师，以为前驱，雪九庙之耻，复高祖之业，所谓"誓不与贼俱生"，所谓"鞠躬尽力死而后已"，亦义也。嗟夫！若予者，将无往而不得死所矣。向也使予委骨于草莽，予虽浩然无所愧怍，然微以自文于君亲，君亲其谓予何？诚不自意返吾衣冠，重见日月，使旦夕得正丘首，复何憾哉！复何憾哉！

是年夏五，改元景炎，庐陵文天祥自序其诗，名曰《指南录》。

狱中家书

父少保枢密使都督信国公批付男陞子：汝祖革斋先生，以诗礼起门户，吾与汝生父及汝叔，同产三人。前辈云："兄弟其初一人之身也。"吾与汝生父，俱以科第通显，汝叔亦致簪缨，使家门无虞，骨肉相保，皆奉先人遗体以终于牖下，人生之常道也。不幸宋遭阳九，庙社沦亡。吾以备位将相，义不得不殉国；汝生父与汝叔，姑全身以全宗祀。惟忠惟孝，各行其志矣。

吾二子，长道生，次佛生。佛生之于乱离，寻闻已矣；道生汝兄也，以病没于惠之郡治，汝所见也。呜呼痛哉！吾在朝阳闻道生之祸哭于庭，复哭于庙，即作家书报汝生父，以汝为吾嗣。兄弟之子曰犹子，吾子必汝，义之所出，心之所安，祖宗之所享，鬼神之所依也。及吾陷败居北营中，汝生父书自惠阳来，曰："陞子宜为嗣，谨奉朝阳之命。"及来广州，为死别，复申斯言。《传》云："不孝无后为大。"吾虽孤孑于世，然吾革斋之子，汝革斋之孙，吾得汝为嗣，不为无后矣。吾委身社稷而复逭不孝之责，赖有此耳。

汝性质闿爽，志气不暴，必能以学问世吾家。吾为汝父，不得面日训汝诲汝，汝于六经，其专治《春秋》，观圣人笔削褒贬轻重内外，而得其说，以为立身行己之本。识圣人之志，则能继吾志矣。吾网中之人，引决无路，今不知死何日耳。《礼》："狐死正丘首。"吾虽死万里之外，岂顷刻而忘南向我！吾一念已注于汝，死有神明，厥惟汝歆。仁人之事亲也，事死如事生，事亡如事存，汝念之哉！岁辛巳元日书于燕狱中。

郑思肖　郑思肖字忆翁，又字所南，连江人，初名某，宋亡乃改思肖，即思赵也。所南以太学生，应博学鸿词科。元兵南下，宋社既虚，适意缁黄，称三外野人。善画兰，宋亡，为兰不著土根；或叩其故，则曰地已为番人夺去，汝犹未知邪？有《文集》一卷。

文丞相叙

国之所与立者非力也，人心也。故善观人之国家者，惟观人心何如尔。此固儒者寻常迂阔之论，然万万不逾此理。今天下崩裂，忠臣义士，死于国者极慷慨激烈，何啻百数。曾谓汉唐末年有是夫，于是可以觇国家气数矣。艺祖曰，宰相须读书人。大哉王言，直验于三百年后。丞相文公天祥，才略奇伟，临大事无惧色，不敢易节。德祐一年乙亥夏，遭鞑深迫内地。公时居乡，挺然作檄书，尽倾家赀，纠募吉赣乡兵三万人勤王，除浙西制置使。九月，至平江开阃，十一月，朝廷召公以浙西制置使勤王入行在。二年丙子正月，鞑兵犯行在皋亭山。丞相陈宜中奏请三宫不肯迁驾，即潜挟二王奔浙东。鞑伪丞相伯颜闻而心变，意欲直入屠弑京城。在朝公卿咸惊惧，众怂恿文公使鞑军前，与虏语。朝廷假公以丞相名，及出，一见逆臣吕文焕，即痛数其罪，又见逆臣范文虎，亦痛数其罪。文焕文虎意俱怒，导见虏酋伯颜，公竟据中坐胡床，抑面瞠目，拈须翘足，倨傲谈笑。虏酋伯颜问其为谁。公曰，大宋丞相文天祥。伯颜责不行胡跪之礼。公曰，我南朝丞相，汝北朝丞相，丞相见丞相，不跪。遂终不屈。其他公卿朝士见虏酋或跪或拜，卖国乞命，独公再三与鞑酋伯颜慷慨辩论，尚以理折其罪，辩析夷夏之分。语意皆不失国体，深反覆论文焕之逆，伯颜竟解文换兵权，又沮遏伯颜直入屠弑虏掠京城百姓之凶，伯颜怒终敬，为其所留，不复纵入京城，竟挟北行。至京口，贼酋阿朮勒丞相诸使亲札谕维扬降鞑，独文公不肯署名，虏酋暂留公京口虏馆。时维扬坚守城壁，与贼酋阿朮据京口对垒。虏贼禁江禁夜，把路把巷，甚严密。公间关百计，掷金买监绊者之心，寓意同监绊虏酋，往来妓馆，亵狎买笑，意甚相得相忘。又得架阁杜浒相与为谋，二月晦，夜遁出城。偷渡江，登真州岸，偷历贼寨，劳苦跋涉难譬。时全太后幼帝北狩，将道经维扬，公欲借维扬，小兵与贼战，邀夺二宫还行内。公

第四编 古文极盛时代之散文
——唐宋

叫扬州城,扬州疑公不纳。复西行叫真州城,即差军送东往泰州。由海而南,南北之人悉以公为神,朝廷重拜为右丞相。又于汀漳间募士卒万余人,剿叛臣易正大,驱驰二三年。景炎三年,岁在戊寅十一月,潮阳县值贼,服脑子不死,为贼所擒,终不屈节,谈笑自若。贼以刀胁之,笑曰:死末事也,此岂可吓大丈夫耶?尝伸颈受之。贼逼公作书说张少保世杰叛南归北,公曰:我既大不孝,又教人不孝父母耶?不从其说。贼擒公至幽州,见伪丞相博罗等不跪。众虏控持,搊腰捺足,必欲其跪,则据坐地上叱骂曰:此刑法耳,岂礼也!贼命通事译其语,谓公曰:不肯投拜,有何言说?公曰,天下事有兴有废,自古帝王及将相,灭亡诛戮,何代无之?我今日忠于大宋,社稷至此,何说?汝贼辈早杀我则毕矣。贼曰:语止此,汝道有兴有废,古时曾有人臣将宗庙城郭土地付与别国了又逃去,有此人否?公曰,汝谓我前日为宰相,奉国与人而后去之耶?奉国与人是卖国之臣,卖国者有所利而为之,去之者非卖国者也。我前日奉旨使汝伯颜军前,被伯颜执我去。我本当死,所以不死者,以度宗之二太子在浙东,老母在广,故为去之之图尔。贼曰:德祐嗣君非尔君耶?公曰:吾君也。贼曰:弃嗣君别去立二王,如何是忠臣?公曰:德祐嗣君,吾君也。不幸失国,当此之时,社稷为重,君为轻。我立二王为宗庙社稷计,所以为忠臣也。从怀帝愍帝而北者非忠臣,从元帝为忠臣,从徽宗钦宗而北者非忠臣,从高宗为忠臣。贼曰:二王立得不正,是篡也。公曰:景炎皇帝度宗长子,德祐嗣君之亲兄,如何是不正?登极于德祐已去之后,如何是篡?陈丞相奉二王出宫,具有太皇太后圣旨,如何是无所授命?天与之,人与之,虽无传受之命推戴而立,亦何不可?贼曰:你既为丞相,若奉三宫走去,方是忠臣;不然则引与伯颜决胜负,方是忠臣。公曰:此语可责陈丞相,不可责我,我不当国故也。贼曰:汝立二王,曾为何功劳?公曰:国家不幸丧亡,我立君以存宗庙,存一日则一日尽臣子之责,何功劳之有?贼曰:既知不可为何必为?公曰:人臣事君如子事父,父不幸有疾,虽明知不可为,岂有不下药之理?尽吾心尔,若不可救则命也。今日我有死而已,何必多言。贼曰:汝要死,我不教汝死,必欲汝降而后已。公曰:任汝万死万生煅炼,试观我变耶不变耶!我大宋之精金也,焉惧汝贼辈之磷火耶!汝至死,我而止,而我之不变者初不死也。叨叨语千万劫，汝只有夷狄，我只是大宋丞相。杀我即杀我，迟杀我我之骂愈烈。昔人云：姜桂之性到死愈辣。我亦曰：金石之性，要终愈硬。公后又云：自古中兴之君如少康以遗腹子兴于一旅一成。宣王承厉王之难，匿于周公之家，召周二相立以为王。幽王废宜臼，立伯服为太子。犬戎之乱，诸侯迎之，宜臼是为平王。汉光武兴于南阳，蜀先主帝巴蜀，皆是出于推戴。如唐肃宗即位灵武，不禀命于明皇，似类于篡，然功在社稷，天下后世无贬焉。禹传益不传启，天下之人皆曰启吾君之子也？讴歌讼狱者归之。汉文帝即是平、勃诸臣所立，岂有高祖、惠帝、吕后之命？春秋亡公子入为国君者何限？齐桓、晋文是也。谁谓奔去者不当立？前日汝贼来犯大纪，理不容太避。二王南奔势也，得程婴、公孙杵臼辈，出存赵氏，为天下立纲常主。揆诸理而不谬，又宁复问有无授命耶。惜乎先时不曾以此数事历历详说，与贼酋一听。此皆公首陷幽州之语。公始被贼擒，欲一见忽必烈犬骂就死，机泄竟不令见忽必烈。因叛臣青阳留梦炎教忽必烈曰：若杀之则全彼为万世忠臣，不若活之，徐以术诱其降，庶几郎主可为盛德之王。忽必烈深善其说，故公数数大肆骂詈，忽必烈知而容忍之，必欲以术陷之于叛而后已。数使人以术劫刺耳语，公始终一辞曰：我决不变也！但求早杀我为上。贼屡遣旧与公同朝之士，密诱化其心。公曰：我惟欲得五事，曰刖，曰斩，曰锯，曰烹，曰投于大水中，惟不自杀耳。贼又勒太皇传谕说公降鞑，公亦不听。诸叛臣在北，妒其忠烈，与贼通谋，密设机阱夺其志。公卒不陷彼计，反明以语鞑。众酋尽伏其智，且俾南人群然问六经子史奇书释老等疑难之事，令堕于窘乡。众谋折其短误，公朗然辩析议论，了无不通，强辩者皆屈。北人有敬公忠烈，求诗求字者俱至，迅笔书与悉不吝。公妻妾子女先为贼所虏，后贼俾公妻妾子女来哀哭劝公叛。公曰：汝非我妻妾子女也。果曰真我妻妾子女，宁肯叛而从贼耶？弟璧来亦如是辞之。璧已受伪爵，尝以鞑钞四百贯遗兄。公曰：此逆物也，我不受。璧惭而卷归。后公竟如风狂状，言语更烈。一见鞑之酋长必大叱曰：去！有南人往谒。公问：汝来何以？曰：来求北地勾当。公即大叱之曰：去！是人数日复来谒，已忘其人曾来。复问曰：汝来何以？是人晓公意恶鞑贼，给对曰：特来见公，余无他焉。公意则喜笑，垂问如旧亲识。他日是人复来，公又忘之矣。叛臣留梦炎等皆骂曰风汉。北人指曰铁汉。千百人曲说其降，公但曰：我不晓降之事。虏酋曰：足跪于地则曰降。公曰我素不能跪，但能坐也。贼曰跪后受爵禄富贵之荣，岂不为荣？何必自取忧苦。公曰既为大宋丞相，宁复效汝贼辈带牌而为犬耶？或强以虏笠覆公顶上，则取而溺之，曰：此溺器也。德祐八年冬，忽有南人谋刺忽必烈，战栗不果，被贼杀。或谓久留公，终必生变，非利于鞑。忽必烈数遣叛臣留梦炎等坚逼公归逆。谓忽必烈曰：鞑靼不足为我相，惟文公可以为之，得其降则以相与之。公曰：汝辈从逆谋生，我独谋尽节而死，生死殊途，复何说？大宋气数尚在，汝辈大逆至此，亦何面目见我？遂唾梦炎等去之。会有中山府薛姓者告于忽必烈，曰：汉人等欲挟文丞相拥德祐嗣君为主，倡义讨汝。忽必烈取文公至，问之。公慨然受其事，曰：是我之谋也。请全太后德祐嗣君至，则实无其事。公见德祐嗣君，即大恸而拜，且曰：臣望陛下甚深。陛下亦如是耶，谓嗣君亦从事于胡服也。忽必烈始甚怒公，然忽必烈意尚愍公忠烈，犹望公降。彼再三说谕，公数忽必烈五罪，骂詈甚峻。忽必烈问公欲何如？公曰惟要死耳。又问欲如何死？公曰刀下死。忽必烈意欲释之。俾公为僧，尊之曰国师，或为道士，尊之曰天师，又欲纵之归乡。公曰三宫蒙尘，未还京师，我忍归忍生耶，但求死而已。且痛骂不止，诸酋咸劝杀之，毋致日后生事，忽必烈始令杀之。公闻受刑，欢喜踊跃，就死行步如飞。临下刃之际，忽必烈又遣人谕公曰：降我则令汝为头丞相，不降则杀汝。公曰不降。且继之以骂，及再俟忽必烈报至始杀公。公之神爽已先飞越矣。及斩，颈间微涌白膏，剖腹而视，但黄水，剖心而视，心纯乎赤。忽必烈取其心肺与众酋食之。昔公天庭擢第，唱名第一，出而拜亲，革斋先生留京师，病已亟，命之曰：朝廷策士，擢汝为状头，天下人物可知矣。我死汝惟尽心报国家。母夫人遭德祐变故，逃避入广，又尝教公尽忠，故公始终不违父母之训，尽死于国家，无二心焉。公自号三了道人，谓儒而大魁，仕而宰相，事君尽忠也。忠臣孝子大魁宰相古今惟公一人。南人慕公忠烈者，已撷公之《哭母诗》"母尝教我忠，我不违母志，及泉会相见，鬼神共欢喜"之语，作《鬼神欢喜图》，私相传玩。公在患难中，尝终日不语，冥然默坐，若无萦心者。五载陷虏，千磨万折，难殚述其苦。事事合道，言言皆经。一以相去远，二以人畏祸，不肯传，百仅闻其一二。累岁摧挫之余，老气峥嵘，视初时愈劲，时作歌诗自遣，皆许身殉国之辞。间见数篇，虽有才学，然怪其笔力不能操予夺之权，气索意沮，深疑其语。后乃知叛臣在彼诼房嫉公，或伪其歌诗，扬北军气焰，眇我朝孤残。怜余喘不得复生之语，杂播四方，损公壮节。公自德祐二年，陷虏北行，行作《指南集》，景炎三年虏陷，作《指南后集》，公笔以授戴俊卿。文公自叙本末，有称贼曰大国，曰丞相，又自称曰天祥，皆非公本语。旧本皆直斥虏酋名，不书其僭伪号，观者不可不辨。必蔽于贼者畏祸易为平语耳，诗之剧口骂贼者亦以是不传。礼部郎中邓光荐蹈海，为贼钩取，文公与之同患难，颇多唱和。杜许尝除侍郎，海中杀贼颇夥，后以战死。公之家人，皆落贼手，独妹氏更不改嫁贼曹，谓我兄如此，我宁忍耶？惟流落无依，欲归庐陵，贼未纵其还乡。公名天祥，字宋瑞，号文山，庐陵人，父名仪，号革斋。公被擒后，己卯岁往北道间作祭文遣孙礼诣庐陵革斋先生墓下为祭，仍俾侄升立为嗣。公宝祐四年，年二十一岁，廷对为大魁，四十一岁拜丞相，乱后出处大略如此。平生有事业文章，未悉其实，未敢书。思肖不获识公面，今见公之精忠大义，是亦不识之识也。人而皆公也，天下何虑哉？意甚欲持权衡笔，详著忠臣传，苦耳目短，不敢下笔。然闻为公作传者甚有其人，今谅书所闻一二，助他日太史采摭，当严直笔，使千载后逆者弥秽，忠者弥芳，为后世臣子龟鉴欤。

　　观此等文，其民族主义何等热烈？读之而犹不振愤，岂夫也邪？原夫吾华夏之民族主义，实始于轩辕。史称黄帝披山通道，未尝宁居；东至于海，登丸山，及岱宗；西至于空桐，登鸡头；南至于江，登熊湘；北逐獯鬻，合符釜山。《索隐》云："獯鬻，匈奴别名也。"至唐虞之世，蛮夷猾夏，舜使皋陶为士以治之。"靡室靡家，玁狁之故；不遑启居，玁狁之故"，此美文王伐玁狁之诗也。"戎狄是膺，荆舒是惩，则莫我敢承"，此美周公攘夷狄之诗也。此我国盛世民族主义之文学也。至齐桓相管仲，亦攘夷狄以尊周室。故孔子称齐桓之功，而赞管仲之烈。曰："微管仲，吾其披发左衽矣。"《春秋》之美桓公即本此志。故曰：《春秋》攘夷之书也。后世民族主义之文学，盖莫不本于《春秋》。故史称岳飞好《左氏春秋》，而文天祥《狱中与子书》亦欲令其专治《春秋》，岂无故哉？

第五编　以八股为文化时代之散文
——明清

第一章

总论

辽金元以异族僭主中国，士气销沉，文学本无特色。金虽有赵秉文、王若虚、元好问，元虽有王恽、赵孟頫、刘因、袁桷、姚燧、虞集、杨载、揭俱斯辈，然求其古文之能与宋贤抗手者殆无之矣。金元惟曲可谓特放异彩，诗亦鲜有大家，散文更不足论矣。明太祖驱逐异族，还我河山，士气为之一振，故明初古文家如宋濂，刘基诸人之文，皆雄伟博大，足以觇国运也。

林传甲云："明初文臣，宋濂为首，其文昌明雅健，自中节度。濂学于吴莱、柳贯、黄潜，皆元末之杰士。刘基与濂齐名，为文神锋四出，闳深肃括。方孝孺受业于濂，气最盛而养未至。危素之文，演迤澄泓，而人不足重。解缙通博，《永乐大典》即出其手。明初洪永之间其文体精实，略可见矣。自杨荣、杨士奇以雍容平易为台阁体，柄国既久，摹效者遂流为肤廓，是时文人惟王鏊学苏学韩，虽为时文，亦根柢古文也。李梦阳厌台阁体之冗沓，起而复古。何景明之流，和之以艰深钩棘，为秦汉之法，而七子之体遂风行一世。然是时王守仁之文，博大昌达，足以砥柱中流。既而后七子继起，李攀龙、王世贞为之冠。其高华伟丽，斑驳陆离，直可抗扬、马，揖李、杜。王弇州

《山人四部稿》，尤风行一世，俗子窃其篇章，裁割成语，亦觉炫烂夺目。及其久则成腐败。故为袁宏道艾南英所讥。归有光出而为明白晓畅之文，庶几乎无弊矣。然其文惟留意于抑扬顿挫间，亦无谓也。有明诸家得失互见，论古文者仅录归熙甫一人，亦未允矣。"

林氏之论亦可谓简括。然吾以谓明之文学诗与文多不外因袭前人，不特不能过之，且远不相及。惟传奇八股，为其所创造。而八股尤为普遍。降至清代，取士仍用八股。故明清两代，实可谓为以八股为文化之时代焉。此时代之古文，实受八股之影响不少；盖无人不浸淫渐渍于八股之中，自不能不深受其陶化也。

王士禛《池北偶谈》云："予尝见一布衣，盛有诗名，而其诗实多有格格不达处。以问汪钝翁，汪云：此君坐未解为时文故耳。时文虽无与于诗古文，然不解八股则理路终不分明。近见王恽《玉堂嘉话》一条云：'鹿庵先生言作文字当从科举中来，不然而汗漫披猖，是出不犹户也。'亦与此意同。"

梁章钜《制义丛话》于载《池北偶谈》条下亦云："此论实塙不可易。今之作八韵律诗者，必以八股之法行之。且今之工于作奏疏及长于作官牍文书，亦未有不从八股格法来，而能文从字顺各识职者也。"

章炳麟云："注疏者八股之先河；明清之奏议，八股之支派也。"盖注疏释经，八股文为衍绎四子书及五经之义理，故注疏外式异八股，而内函为八股之所自出；明清奏议，为八股之余事，故明清奏议，形体异八股，而精神实为八股之支流。

第一节 明真复古派前后七子之散文

明自开国之初，刘基宋濂文尚豪纵。其后文字狱屡兴，士气亦渐萎靡。永乐成化之间，杨士奇杨荣杨溥之徒，所作号称台阁体，益逶迤缓懦。至弘正间，李梦阳始倡言文必秦汉，诗必盛唐，非是者弗道；与何景明、徐祯卿、边贡、朱应登、顾璘、陈沂、郑善夫、康海、王九思等号十才子；又与景明、祯卿、贡、海、九思、王廷相号七才子；皆睥睨一世。此复古运动，固台阁体之反响，实亦八股文之反响也。盖自成化以后，八股文盛行之际，文士于四子书与八股文之外，可以不读他书。凡所为散文骈文，无非空疏饾饤，故李何辈思有以矫之，使人知四书外尚有古书，八股外尚有古文也。然李何等之文，皆袭貌遗神，不过优孟衣冠而已。故正德以后，王慎中唐顺之等提倡韩柳欧曾等八大家之文以矫之，海内靡然从风。则嘉靖之间，又有李攀龙者，谓文自西京，诗自天宝而下，俱不足观，于明独推李梦阳；与谢榛、王世贞、宗臣、梁有誉、徐中行、吴国伦称七才子，以与王慎中等八家派相持，皆欲步趋秦汉，而固为诘诎其词，晦滞其意者也。是为古文之真复古派。其与韩柳之提倡复古，为恢复西汉以前文体之解放者，不翅东西之相反焉。前后七子之文多，不能详论，兹略述二李，见一斑焉。

李梦阳 《明史·李梦阳传》云："李梦阳字献吉，庆阳人；母梦日堕怀而生，故名梦阳。梦阳才思雄骘，卓然以复古自命。弘治时宰相李东阳主文柄，天下翕然宗之。梦阳独讥其萎弱，而后人有讥梦阳诗文者，则谓其模拟剽窃，得史迁少陵之似，而失其真云。"《四库总目·空同集》六十六卷。

李攀龙 《明史·李攀龙传》云："李攀龙字于麟，历城人；九岁而孤，家贫自奋于学；稍长为诸生，与友人许邦才，殷士儋，学为诗歌，已益厌训诂学；日读古书，里人共目为狂生。"《四库总目·沧溟集》三十卷，附录一卷。

禹庙碑　李梦阳

　　李子游于禹庙之台，览长河之防。孤哉故宫，平沙四漫，避盼故流，北尽碣石，九派湮淤，云草浩浩，于是怆然而悲。曰：嗟乎，予于是知王霸之功也！霸之功骤，久之疑；王之功忘，久之思。昔者禹之治水也，导川为陆，易鱿为宁，地以之平，天以之成，去巢就庐，而粒而耕，生生至今者固其功也，所谓万世永赖者也。然问之耕者弗知、粒者弗知、庐者弗知、陆者弗知，故曰王之功忘。譬之天生物而生忘之，泳者忘其川、栖者忘其枝、民者忘其圣人，非忘之也，不知之也。不知自忘，及其灾也，号呼而祈恤。于是智者则指之所从来，而庙者兴矣。河盟津东也，壅旷肆悍，势犹建瓴，堤堰一决数郡鱼鳖。于是昏垫之民，匍匐诣庙，稽首号曰：王在，吾奚役斯，所谓思也。故不忘不大，不思不深。深莫如地，大莫如王，天之道也。霸者非不功也，然不能使之不忘，而不能使之不疑。何也？不忘者小。小则近，近则浅，浅则疑，如秦穆赐食善马肉者酒是也。夫天下未闻有庙桓文者也，故曰：予观禹庙而知王霸之功也。或问汤文不庙，李子曰：圣人各有其至，尧仁舜孝，禹功汤义，文王之忠，周公之才，孔子之学，是也。夫功者切于灾者也，大梁以灾故，是故独庙禹。是时监察御史澶州王子会，按江南，登台四顾，乃亦怆然而悲曰：嗟乎，予于是而知功之言征也！吾少也览，尝蹑州城，眺沧渤，南目大梁之墟；乃今历三河，揽淮泗，极洪流而尽滔滔，使非有神者主之，桑而海者久矣。尚能粒耶耕耶庐耶？能凫者宁耶？川者陆耶？嗟乎，予于是而知功之言征也！所谓微禹吾其鱼者耶！所谓美哉勤而不德者耶！于是饬所司葺其庙，而属李子碑焉。王子名凑，以嘉靖元年春按江南，明年秋代去，乃李子则为迎送神辞三章，俾察者歌之以侑焉，其辞曰：

　　天门兮显辟，赫赫兮云吐。窈黄屋兮陆离，灵总总兮上下。羌若来兮倏不见，不见兮奈何？望美人兮徒怨苦。横四海兮怒波，絙弦兮镗鼓，神不来兮谁怒？执河伯兮显戮，饬阳侯兮清路。灵霎霎兮来至，风冷冷兮堂户。舞我兮我醑，尸既饱兮颜酡。惠我人兮乃土乃粒，日云莫兮尸奈何？风九河兮涛莫云。瞳瞳兮昏雨，王驾凤兮骖文鱼；龙翼翼兮两旗，怅佳期兮难屡。心有爱兮易离，爱君兮思君；肴芳兮酒芬，君归来兮庇吾民。

太华山记 李攀龙

　　经曰：太华之山，削成而四方。其高五千仞，其广十里，盖指华中削成而四方者尔。四方之外未之尽华山也。自县南十里入谷，逶迤上二十里，抵削成北方壁下，乃谷。即西南出，不可行。行东北大罍中，罍中一峡，裁容人左右穿受不满足穿受手如决吻，人上出如自井中者,千尺,曰千尺峡。北不至十步复得一峡百尺,人上出如前峡,曰百尺峡。则东南行,崖往往如覆墩,出入穿其穹中,行穹中,穿如仄轮牙也。崖绝为桥者二所,东北径云台峰,东南得大阪,可千尺。人从其罅中蹑衔上,阪穷为栈,五步,顾见罅中如一耦一邸,新发诸耗矣。罅中穿如峡中。峡中衔如罅中,峡中之繘垂,罅中之繘倚,皆自级也。栈北得崖径丈,人仄行于穿手在决吻中左右代相受,踵二分垂在外,足以茹则啮膝也,足已吐是以趾任身也。北不至十步,崖乃东折,得路尺许于崖剡中。人并崖南行,耳如属垣者二里,剡穷复西出崖上行,则积穿三丈。有崖从北来,踆北崖上,腹高三丈自跤首南行崖如前,剡中属耳甄耳矣。三里而近,为苍龙岭,岭广尺有咫,长五百丈。崖东西深数千仞,人莫敢睨视。是邺生所称搦岭颂骑行者矣。虽今得拾级行哉,足欲置之置,先尝一足于级上,置也,然后更置一足,其所置足犹若置入石中者,犹人人不自固,匍匐进也。级穷得崖,踆马高三丈,一隅西北出,入从其隅上南一里,得崖又尽嗷,不可以穿繘自级也,是皆所谓悬度矣。不至百步西北,冒大石出崖下,西南上二里,得松林五树,称五将军。崖上者不见杪,崖下者不见本,从悬中望见松,如树荄也。西一里,有大石如百斛囷,不知何来。客于此横路而处逾之,为穿径二十所。西南百步,得巨灵掌,在削成东北方壁上,不尽壁五丈许,人不得至。掌二丈许,掌形覆其拇,北引如三寻之戟,从悬中望见掌,即五指参差出壁上也。又西南百步,谐削成四方上矣。西南望削成四方中,东北望所从削成道。道从东北隅出二十里,是镡于云台峰,犹杓之在斗矣。削成上四方顾其中,污也。上官在污中西南,玉井在上官前五尺许,水出于其上,潜于其下,东北淫大坎,凡二十八所。北注壁下,壁下注道中一穴,北出,水从上幂之也。四壁之穴,各在一搏。上官东南上三里许,得明星玉女祠,含神雾称明星玉女持玉浆,乃祠在大石上。大石长十丈许,祠前辄折,折下有穴。穴有石,石如马折南五丈。坎如盆者五所,如臼者一所,水方瀺瀺也。下从祠东南峡中行二里,得池二所,大如轮。东南行三里,望见卫叔卿之博台,在别岭,为垺不尽,崖尺,中如砥可坐十人,崖南北崖繘纚也。欲度者先握崖自悬崖中,乃跽崖自沃令就繘,不得繘还跽崖,自沃得而后释所自悬繘也。此即秦昭王使人施钩梯处也。西南上三里许得一峡如括,曰天门。门西出为栈,而铜柱陕不能尺长二十丈,栈穷穿井下三丈,窍旁出,复西行为栈,而铜柱一池在石室中,不可涸也。天门旁有台,如叔卿之台。南望三公山三峰,如食前之豆,是白帝之所觞百神也。从上望壁下大溪,溪肆无景,即目中窈窈尔。久之,一山其未若镞矢,顷即失之矣。是为南峰,削出南壁上。东峰出东南隅壁上。西峰出西北隅壁上。从下望之,五千仞一壁矣。攀龙曰:余既达削成四方中,不复知天不可升矣,余夫善载腐肉朽骨者乎?及俯三峰望中原,见黄河从塞外来,下窥大壑,精气之所出入,又未尝不爽然自失也。

自来论明文者多贬词。惟今人钱基博《明代文学自序》云:"自来论文章者多侈谈汉魏唐宋,而罕及明代;独会稽李慈铭极言明人诗文,超绝宋元恒蹊,而未有勘发。自我观之,中国文学之有明,其如欧洲中世纪之有文艺复兴乎?明太祖开基江淮,以逐胡元,还我河山,用夏变夷,右文稽古,士大夫争自濯磨,而文则奥博排奡,力追秦汉,以矫欧苏曾王之平熟。而宋濂刘基,骈骝开道,以著何李王李之先鞭。诗则雄迈高亮,出入汉魏盛唐,以救宋诗之粗硬,革元风之纤浓。而高启李东阳从先继轨,以为何李王李开山。曲则明太祖导扬高则诚《琵琶》一记,尽洗胡元古鲁兀剌之风,而易之以南词之缠绵顿挫。至八股文则利禄之途,俗称时文者也。然唐顺之,归有光,纵横轶荡,则以古文为时文,力求返虚入浑,积健为雄;虽与诗古文体气不同,而反本修古一也。然则明文李者实宋元文学之极王而厌,而汉魏盛唐之拔戟复振,弹古调以洗俗响,厌庸肤而求奥衍,体制尽别,归趣无殊。此则仆师心自得,而《明史·文苑传》者之所未及知也。顾论文者则独桐城家言之绪论,而亟称归氏,妄庸七子。不知明有何李之复古,以矫唐宋八家之平熟;犹唐有韩柳之复古,以救汉魏六朝之缛靡;有往必复,亦气运之自然。明有唐顺之,归有光辈,振八家之坠绪,以与七子相撑拄;不过如唐之有裴度段文昌等与韩柳为异,以扬六朝之颓波耳。而一代文章之正,宗固别有在也。又论者以钱谦益文为秽杂。此亦拾桐城家之唾余,而不免求全之毁。钱氏以明代文章巨公,而冠逊清《贰臣传》之首,人品自是可议;至于极推欧阳修以为真得太史公血脉,而下开归氏;又翘归氏以追配唐宋大家,因校刻《震川集》而序之，以发其指。然后知桐城家言之治古文，由归氏以踵欧阳而窥太史公；姚鼐遂以归氏上继唐宋八家，而为《古文辞类纂》一书；胥出钱氏之绪论，有以启其涂辙也。特其为文章，盛气缛语，错综奇偶，七子之习，湔洗不尽，自与桐城之清真雅澹，而得归氏之洁适者异趣。然以视湘乡曾国藩之为文，从姚鼐入手而益探源扬马，复字单谊杂厕其间，务为厚集其气，使声采炳焕，而戛焉有声者，何必不与钱氏后先同符？钱氏从王李入而不从王李出，湘乡从姚氏入而不从姚氏出，自出变化，以不姝暖于一先生之言，亦何必此之为是而彼之为非？然世论不敢薄湘乡，而务集谤于钱氏，多见其不知类也。"钱说可为明文一吐气矣。然其论李梦阳云："不懈及古，力求拔俗，大率类是；然不免雕琢伤元气未能浑成天然。杨士奇李东阳以啴缓见余力，而或懦不能以自振，芜不能以自裁。李梦阳何景明以生奥得古致，而卒涩不能以自运，格不能以自吐。倘知此之所以得，即征彼之所为失。亦文章得失之林也。"论王世贞与李攀龙云："世贞之与攀龙，摹拟秦汉同而所为摹拟则异。攀龙只剽其字句；世贞得其胎息；然七子之学，得于诗者较深，得于文者颇浅。故其诗多自成家，而古文则钩章棘句，剽袭秦汉之面貌者，比比皆是，故不独一攀龙。"则于明文亦多不满之词也。

第二节　反七子派之散文

有明一代之散文，可分为七派。一曰开国派，刘基、宋濂之徒主之。二曰台阁派，杨士奇、杨荣之徒主之。三曰秦汉派，亦可名曰真复古派，前后七子是也。四曰八家派，亦可名曰反七子派，唐顺之、茅坤、归有光之徒主之。五曰独立派，不旁古人，自写胸臆，陈白沙、王守仁之徒主之。六曰公安派，袁宗道、宏道之徒主之。七曰竟陵派，钟惺、谭元春之徒主之。开国派近于叫嚣，台阁派过于肤庸，公安、竟陵，学太无根，苟非专研明代文学史者，皆可以勿论也。前后七子之文，欲复秦汉，固优孟衣冠，然与八家派互相角逐，亦明代文学史最大之关键也。前后七子之得失，前节已略论之，今进而论八家派焉。八家派受前七子文必秦汉之反响，而以唐宋八家矫之。始之者为王慎中，继之者为唐顺之、茅坤，而归有光集其大成焉。

王慎中　《明史·文苑传》“字道思，晋江人；四岁能诵诗，十八举嘉靖五年进士，授户部主事，寻改礼部祠祭司。时四方名士唐顺之、陈束、李开先、赵时春、任瀚、熊过、屠应峻、华察、陆铨、江以达、曾忭辈咸在部曹。慎中与之讲习，学大进。慎中为文，初主秦汉，谓东京下无可取；已悟欧曾作文之法，乃尽焚旧作，一意师仿，尤得力于曾巩。顺之初不服，久亦变而从之。壮年废弃，益肆力古文，演迤详赡，卓然成家，与顺之齐名，天下称之曰王唐”。《四库总目·遵岩集》二十五卷。

唐顺之　《明史·唐顺之传》：“字应德，武进人；生有异禀，稍长，洽贯群籍；年三十，举嘉靖八年会试第一，改庶吉士，调兵部主事，引疾归；久之除吏部，十二年秋诏选朝官为翰林，乃改顺之编修，校累朝实录事，将竣，复以疾告。以吏部主事罢归，永不复叙。至十八年，选宫僚，乃起故官，兼春坊右司谏；与罗洪先赵时春请朝太子，复削籍归，卜筑阳羡山中，读书十余年，中外论荐，并报寝。倭躏江南北，赵文华出视师，疏荐顺之，起南京兵部主事，父忧未终，不果出；免丧，召为职方员外郎进郎中；出核蓟镇兵籍还奏缺五三万有奇，见兵亦不任战，因条上便宜九事，总督王伃以下，俱贬秩；寻命往南畿浙江视兵，与胡宗宪协谋讨贼。顺之以御贼上策，当截之海外，纵使登陆，则内地咸受祸；乃躬泛海，自江阴抵蛟门大洋，一昼夜行六七百里，从者咸惊呕，顺之意气自如。倭泊崇明三沙，督舟师邀之海外，斩首一百二十，沉其舟十三，擢太仆少卿。宗宪言顺之权轻，乃加右通政。顺之闻贼犯江北，急令总兵官卢镗拒三沙，自率副总兵刘显驰援，与凤阳巡抚李遂大破之姚家荡。贼窘退巢庙湾。顺之薄之，杀伤相当。遂欲列围困贼，顺之以为非计，麾兵薄其营，以火炮攻之，不能克；三沙又广告急，顺之乃复援三沙，督镗显进击，再失利；顺之愤，亲跃马布阵，贼构高楼望官军，见顺之军整，坚壁不出；显请退师，顺之不可，持刀直前，去贼营百余步；镗显惧失利，固要顺之还，时盛暑，居海舟两月，遂得疾，返太仓。李遂改官南京，即擢顺之右佥都御史，代遂巡抚。顺之疾甚，以兵事棘，不敢辞；渡江，贼已为遂等所灭。淮扬适大饥，条上海防善后九事。三十九年春泛期至，力疾泛海，度焦山，至通州。卒年五十四。顺之于学无所不窥，自天文乐律地理兵法弧矢勾股壬奇禽乙莫不究极原委，尽取古今载籍，剖裂补缀，区分部居，为《左右文武儒稗六编》传于世；学者不能测其奥也。为古文洸洋纡折，有大家风。"《四部丛刊》影印明刊本《荆川先生文集》十七卷，外集三卷。

与茅鹿门书

夫两汉以下文之不如古者，岂其所谓绳墨转折之精之不尽如哉？秦汉以前儒家者有儒家本色，至于老庄家有老庄本色，纵横家有纵横本色，名家、墨家、阴阳家皆有本色。虽其为术也驳，而莫不皆有一段千古不可磨灭之见。是以老家必不肯剿儒家之后，纵横必不肯借墨家之谈，各自其本色而鸣之为言。其所言者其本色也。是以精光注焉而其言遂不泯于世。

唐宋而下文人，莫不语性命，谈治道，满纸炫然，一切自托于儒家。然非其涵养畜聚之素，非真有一段千古不可磨灭之见，而影响剿说，盖头窃尾，如贫人借富人之衣，庄农作大贾之饰，极力装做，丑态尽露。是以精光枵焉，而其言遂不久湮废。

然则秦汉而上，虽为老、墨、名、法、杂家之说而犹传，今诸子之书是也；唐宋而下，虽其一切语性命、谈治道之说而亦不传，欧阳永叔所见唐四库书目百不存一焉者是也。后之文人欲以立言不朽计者，可以知所用心矣。

茅坤 《明史·文苑传》，"字顺甫，归安人，嘉靖十七年进士。坤善古文，最心折唐顺之。顺之喜唐宋诸大家文，所著《文编》，自韩柳欧三苏曾王八家外无所取。故坤选《八大家文钞》，其书盛行海内，乡里小生，无不知茅鹿门者；鹿门，坤别号也"。著有《白华楼藏稿》等。

八大家文钞总序

孔子之击《易》曰：其旨远，其辞文，斯故所以教天下后世为文者之至也。然而及门之士，颜渊子贡以下，并齐鲁间之秀杰也。或云身通六艺者七十余人，文学之科，并不得与，而所属者仅子游子夏两人焉。何哉？盖天生贤哲，各有独禀，譬则泉之温，火之寒，石之结绿，金之指南，人于其间以独禀之气而又必为之专一，以致其至。伶伦之于音，裨灶之于占，养由基之于射，造父之于御，扁鹊之于医，僚之于丸，秋之于奕，彼皆以天纵之智，加之以专一之学，而独得其解。斯固以之擅当时而名后世，而非他所得而相雄者。孔子没而游夏辈各以其学授之诸侯之国，已而散逸不传，而秦人焚经坑学士而六艺之旨几辍矣。汉兴，招亡经，求学士，而晁错贾谊董仲舒司马迁刘向杨雄班固辈始稍稍出，而西京之文号为尔雅，崔蔡以上，非不矫然龙骧也。然六艺之旨流失，魏晋宋齐梁陈隋唐之间，文日以弩，气日以弱，强弩之末，且不及鲁缟矣，而况于穿札乎？昌黎韩愈首出而振之，柳柳州又从而和之，于是始知非六经不以读，非先秦两汉之书不以观，其所著书论序记碑铭颂诸辩什，故多所独开门户。然大较并寻六艺之遗，略相上下，而羽翼之者。贞元以后，唐且中坠，沿及五代，兵戈之际，天下寥迁矣。宋兴百年，文运天启，于是欧阳公修从隋州故家覆瓿中，偶得韩愈书，子读而好之，而天下之士，始知通经博古为高，而一时文人学士彬彬然附离而起。苏氏父子兄弟及曾巩王安石之徒，其间才旨小大，音响缤亟，虽属不同，而要之于孔子所删六籍之遗，则共习而户眇之者也。由今观之，譬则世之走腰裹骐骥于千里之间，而中及二百里三百里而辍者有之矣，谓涂之蓟而辕之粤则非也。世之操觚者往往谓文章与时相高下，而唐以后且薄不足为，噫抑不知文以道相盛衰，时非所论也。其间工不工，则又系乎斯人者之禀与其专一之致否如何耳。如所云，则必太羹酒元之尚，茅茨土簋之陈，而三代而下，明堂玉带云罍牺樽之设，皆骈枝也已。孔子之所谓其旨远，即不诡于道也。其辞文即道之灿然若象纬者之曲而布也。斯固庖牺以来人文不易之统也。而岂世之云乎哉，我明弘治正德间，李梦阳起北地，豪隽辐辏，已振诗声，复揭文轨，而曰吾左吾史与汉矣。已而又曰，吾黄初建安矣。以予观之，特所谓词林之雄耳。其于古六艺之遗，得无湛浮涤滥而互相剽裂已乎。予于是手掇韩公愈柳公宗元欧阳公修苏公洵轼辙曾公巩王公、安石之文,而稍批评之,以为操觚者之券,题之曰《八大家文钞》。家各有引,条疏如下,嗟乎八君子者,不敢遽谓尽得古六艺之旨,而予所批评,亦不敢自以得八君子者之深,要之大义所揭,指次点缀,或于道不相己。谨书之以质世之知我者。

归有光 《明史·文苑传》:"字熙甫,昆山人;年九岁,能属文;弱冠尽通四书五经三史诸书。嘉靖十八年,举乡试,八上春官不第。徙居嘉定安亭江上,读书谈道,学徒常数百人,称为震川先生。四十四年始成进士。有光为古文原本经术,好《太史公书》,得其神理。时王世贞主文坛,有光方相抵排,目为妄庸巨子,世贞大憾;其后亦心折有光,为之赞曰:千载有公,继韩欧阳,余岂异趣,久而自伤。其推重如此。"《四部丛刊》影印康熙刊本《震川先生集》卅卷,别集十卷,附录一卷。

项脊轩记

　　项脊轩旧南阁子也。室仅方丈,可容一人居。百年老屋,尘泥渗漉,雨泽下注;每移案,顾视无可置者。又北向不能得日,日过午已昏。余稍为修葺,使不上漏。前辟四窗,垣墙周庭,以当南日。日影反照,室始洞然。又杂树兰桂竹木于庭,旧时栏楯,亦遂增胜。借书满架,偃仰啸歌,冥然兀坐,万籁有声,而庭阶寂寂,小鸟时来啄食,人至不去。三五之夜,明月半墙,桂影斑驳,风移影动,珊珊可爱。

　　然余居于此,多可喜,亦多可悲。先是庭中通南北为一,迨诸父异爨,内外多置小门墙,往往而是。东犬,西吠,客逾庖而宴,鸡栖于厅。庭中始为篱,已为墙,凡再变矣。家有老妪,尝居于此。妪先大母婢也。乳二世,先妣抚之甚厚。室西连于中闺,先妣尝一至。妪每谓余曰:"某所而母立于兹。"妪又曰:"汝姊在吾怀,呱呱而泣;娘以指叩门扉曰:'儿寒乎?欲食乎?'吾从板外相为应答。"语未毕,余泣,妪亦泣。

　　余自束发读书轩中。一日大母过余,曰:"吾儿久不见若影,何竟日默默在此,大类女郎也?"比去,以手阖门,自语曰:"吾家读书久不效，儿之成则可待乎？"顷之持一象笏至，曰："此吾祖太常公宣德间执此以朝，他日汝当用之。"瞻顾遗迹，如在昨日，令人长号不自禁。

轩东故尝为厨，人往从轩前过。余扃牖而居，久之，能以足音辨人。轩凡四遭火，得不焚，殆有神护者。

项脊生曰：蜀清丹穴，利甲天下，其后秦皇帝筑女怀清台。刘玄德与曹操争天下，诸葛孔明起陇中。方二人之昧昧于一隅也，世何足以知之？余区区处败屋中，方扬眉瞬目，谓有奇景，人知之者其由谓与陷井之蛙何异？

余既为此志后五年，吾妻来归。时至轩中从吾问古事，或凭几学书。吾妻归宁，述诸小妹语曰："闻姊家有阁子，且何谓阁子也？"

其后六年，吾妻死，室坏不修。其后二年，余久卧病无聊，乃使人复葺南阁子，其制稍异于前。然自后余多在外，不常居。

庭有枇杷树，吾妻死之年所手植也，今已亭亭如盖矣。

王拯书此记后曰："往时上元梅先生在京师，与邵舍人懿辰辈过从，论文最欢，而皆嗜熙甫文。梅先生尝谓舍人与余曰：君等嗜熙甫文孰最高，而余与邵所举辄符，声应如响，盖《项脊轩记》也。乃大笑。日者友人又以此文示余者曰：读是文久，有不可解者，徐指文中'余既为此志'句，问所由。余曰：此文后跋语耳，而著录者误与文一。友人顾未之信，将以质梅先生，未果也。按文'余既为此志'后百十四字，历叙记文以后十余年事，语尤凄怆，与文境适相类，刻本又联属之，人因第赏其文，而遂不察其为后跋语耳。志与记义本通，所谓此志既记文也。 文自首至'余居此多可喜亦多可悲'句，记轩中景物。自'庭中通南北为一'至'为篱为墙凡再变'句，记轩之沿革。自'家有老妪'至'瞻顾遗迹如昨日事令人长号不自禁'句，记轩中遗事。其后又足以'轩前故尝为厨'及'轩凡四遭火得不焚殆有神护者'数言，乃记轩者毕矣。'项脊生曰'下，'余既为此志'句上，则文之后论，例如志之有铭，传之赞而骚之乱也。中引蜀清居丹穴诸葛孔明卧隆中二事，窃以自比。然则熙甫之志非将欲大有为于当时者耶。蜀清其后秦皇帝为筑台，孔明辅刘玄德与曹操争天下，皆事振烁于当时而名施后世；而其始在丹穴与隆中，熙甫所谓昧昧一隅，人莫有知之者。诚与熙甫处败屋中扬眉瞬目谓有奇景人谓陷井之蛙者同。独熙甫穷老荒江，晚得一第，仅官令悴至寺丞，曾不得以有所设施于世，以与蜀妇怀清孔明隆中事业颉颃，至独以其文章为一代之雄耳。顾自文章言，则自元明以来，上下数百年间，莫与并者；虽不得以比迹隆中，亦岂怀清寡女积镪之豪之所可及者哉？余又叹夫熙甫之文，流传至数百年，其为人所最叹赏如此记者，而其著录舛谬若此；而人多忽之，毋亦吾侪读书卤莽之一端耶？熙甫自谓作此记后五年，妻始来归，然则此记之作其年未冠时乎？何成就如熙甫，而其通集之文未有能高出乎少小时之所为者耶？梅先生言文人方出手时，当其至者大致已定；年与学进，推扩之耳；其至之处，不能有加，不其信欤？忆与梅先生别久，舍人辈亦星散，追维讲益，不可复得；因读熙甫此文而并志之，以志慨云。"

曾国藩书《归氏文集》后云："近世缀文之士，颇称述熙甫，以为可继曾南丰王半山之为文；自我观之，不同日而语矣，或又与方苞氏并举，抑非其伦也。盖古之知道者，不妄加毁誉于人；非特好直也，内之无以立诚，外之不足以信后世，君子耻焉，自《周诗》有《崧高》《烝民》诸篇，汉有《河梁》之咏，沿及六朝，饯别之诗，动累卷帙。于是有为之序者。昌黎韩氏为此体特繁，至或无诗而徒有序，骈拇枝指，于义为已侈矣。熙甫则未必饯别而赠人以序，有所谓贺序者，谢序者，寿序者，此何说也？又彼所为抑扬吞吐情韵不匮者，苟裁之以义，或皆可以不陈；浮芥舟以纵送于蹄涔之水，不复忆天下有曰海涛者也；神乎味乎，徒词费耳。然当时颇崇苴轧之习，假齐梁之雕琢，号为力追周秦者，往往而有；熙甫一切弃去，不事涂饰，而选言有序；不刻画而足以昭物情，与古作者符，而后来着取则焉，不可谓小智已！人能弘道，无如命何？借熙甫早置身高明之地，闻见广而情志阔，得师友以辅翼，所诣固不竟此哉？"

曾氏之于归文可谓论之切当者矣。柱尝谓前后七子之文，固不免为秦汉伪体。八家派矫之，虽颇有真气，是其所长；然其体亦已小，只宜于家常小事，呢喃儿女语，如所为《项脊轩记》《寒花葬志》等，且不免有小说气矣。盖专以神韵相尚，亦必至如此。譬之于诗，只宜作五七言绝句而已。

第三节　明独立派之散文

吾国自明以来，论文者多狃于成见，以谓文非学秦汉，即当学唐宋。而自明前后七子摹拟秦汉失败之后，即秦汉亦不敢言，惟以八家为极则。八家之中，尤以欧阳之神韵，三苏之纵横为上乘。学欧阳所以便于八股。习三苏者所以利于策论。一言以蔽之，皆为科举之计而已。而独立不倚之士，其所为文，不摹拟唐宋，亦不仿效秦汉，卓然自成一体者，往往被所谓古文家者诋为不成家数。故虽有杰作，竟见遗于庸夫之目，可胜慨哉！吾观有明一代，如陈白沙、王阳明两先生之文，浩气流行，不傍古人壁垒。读其文往往令人感激，忠义之气油然而生，而自古之论文者罕及焉，何邪？兹以其能绝去依傍，不为古人舆台，故名曰独立派。

陈献章　《明史·儒林传》："字公甫，新会人，举正统十二年乡试，再上礼部不第。从吴与弼讲学，居半载归。读书穷日夜不缀，筑阳春台，静坐其中，数年无户外迹。久之，复游太学，祭酒邢让试和杨时此日不再得诗一编。惊曰：龟山不如也。扬言于朝，以为真儒复出。由是名震京师。献章之学以静为主，其教学者但令端坐澄心，于静中养出端倪。或劝之著述，不答。尝自言曰：吾年二十七，始从吴聘君学，于古圣贤之书无所不讲，然未知入处；比归白沙，专求用力之方，亦卒未有得。于是舍繁求约，静坐久之，然后见吾心之体，隐然呈露，日用应酬，随吾所欲，如马之卸勒也。其学洒然独得，论者谓有鸢飞鱼跃之乐。兰溪姜麟至以为活孟子云。"《四库总目》，"《白沙集》九卷"。

慈元庙碑

　　世道升降，人之任其责者君臣是也。予少读宋史，惜宋之君臣，当其盛时，无精一学学问，以诚其身，无先王政教，以彰天下，化本不立，时措莫知。虽有程明道兄弟不见用于时，迹其所为，高不过汉唐之间，仰视三代以前，师傅一尊而王业盛，畎亩既出而世道亨之君臣，何如也？南渡乏后，惜其君非拨乱反正之主，虽有其臣，任之弗专，邪议得以间之。大志弱而易挠，大义隐而弗彰，量敌玩雠，国计日非，往往坐失机会，卒不能成恢复之功。至于善恶不分，用舍倒置，刑赏失当，怨愤生祸，和议成而兵益衰，岁币多而民愈困，如久病之人，气息奄奄。以及度宗之世，则不复惜，为之掩卷出涕，不忍复观之矣。孔子曰：人之生也直，罔之生也幸而免。刘文靖广之以诗曰：王纲一紊国风深，人道方乖鬼境侵，生理本直宜细玩，蓍龟万古在人心。噫斯言也。判善恶于一言，决兴亡于万代，其天下国家治乱之符验欤。宋室播迁，慈元殿草创于邑之崖山，宋亡之日，陆丞相负少帝赴水死矣。元师退，张太傅复至崖山，遇慈元后问帝所在，恸哭曰：吾忍死万里，间关至此，正为赵氏一块肉耳。今无望矣。投波而死，甚可哀也。崖山近有大忠庙，以祀文相国、陆丞相、张太傅。弘治辛亥冬十月，今户部侍郎前广东右布政华容刘公大夏，行部至邑，与予泛舟崖山，吊慈元故址。始议立祠于大忠之上，邑著姓赵思仁请具土木，公许之。予赞其决曰：祠成当为公记之。未几公去为都御史，修理黄河，委其事府通判顾君叔龙。己寅冬祠成，是役也。一朝而集制，命不由于有司，所以立大宋，愧颓俗，而辅名教，人心之所不容已也。碑于祠中，使来者有所观感。弘治己巳末夏，予病小愈，尚未堪笔砚，以有督府邓先生之命，念慈元落落东山作祠之言，久未闻于天下，力疾书之，愧其不能工也。

　　白沙尚有《题崖山奇石阴》诗云："忍夺中华与外夷，乾坤回首重堪悲。镌功奇石张弘范，不是胡儿是汉儿。"粤中尝有奇石榻本，其文为"宋张弘范灭宋于此"。盖白沙居近崖门，每登临奇石，凭吊宋帝与张陆诸臣殉国处，见张洪范纪功之铭，乃为冠一宋字于其上以丑之；更于石阴题一诗，即此诗也。白沙又有《崖山吊陆公祠》诗云："伤心欲写崖山事，惟看东流去不回，草木暗随忠魄尽，江淮长为节臣哀，精神贯日华夷见，气脉凌霜天地开，耿耿圣旌何处是，英灵抱帝海涛隈。"此外尚有《崖山大忠祠诗》《崖山泊舟奇石下风雨夜作诗》《与李世卿同游崖山诗》，所以屡诗不一诗者，盖上承宋代民族主义派文学之精神，而下开明末民族主义派之文学，如瞿稼轩、陈元孝诸先生所为者也。陈元孝《舟泊崖山诗》云："山木萧萧风更吹，两崖云雨至今悲。一声杜宇啼荒殿，十载仇人拜古祠。海水有门分上下，江山无地限华夷。停舟我亦艰难日，愧向苍苔读旧碑"。盖元孝为岩野先生之子，岩野既殉国，搜捕元孝甚急，故有"停舟我亦艰难日"之句。其诗于夷夏之防，可谓一篇之中三致意矣。

王守仁　《明史·王守仁传》："字伯安，余姚人。守仁娠十四月而生，祖母梦神人自云中送儿下，因名云。五岁不能言，异人拊之，更名守仁，乃言。年十五访客居庸山海关，时阑出塞，与诸属国夷角射，纵观山海形胜。弱冠举乡试，学大进，顾益好言兵，且善射。登弘治十二年进士，授兵部主事。"又云："王守仁始以直节著，比任疆事，提弱卒从诸生扫积年逋寇，平定孽藩，终明之世，文臣用兵制胜，无如守仁者也。当危疑之际，神明愈定，智虑无遗，虽由天资高，其亦有得于中者焉。"《四部丛刊》影印明隆庆刊本《王文成公全书》三十八卷。

与毛宪副

　　昨承遣人喻以祸福利害，且令勉赴太府请谢；此非道谊深情，决不至此。感激之至，言无所容。

　　但差人至龙场陵侮，此自差人挟势擅威，非太府使之也。

　　龙场诸夷与之争斗，此自诸夷愤懑不平，亦非某使之也。然则太府固未尝辱某，某亦未尝傲太府，何所得罪而遽请谢乎？

　　跪拜之礼，亦小官常分，不足以为辱，然亦不当无故而行之。不当行而行，与当行而不行，其为取辱一也。废逐小臣，所守以待死者忠信礼义而已。又弃此而不守，祸莫大焉。凡祸福利害之说，某亦尝讲之。君子以忠信为利，礼义为福；苟忠信礼义之不存，虽禄之万钟，爵以侯王之贵，君子犹谓之祸与害；如其忠信礼义之所在，虽剖心碎首，君子利而行之，自以为福也，况于流离窜逐之微乎！

某之居此，盖瘴疠蛊毒之与处，魑魅魍魉之与游，日有三死焉。然而居之泰然，未尝以动其中者，诚知生死之有命，不以一朝之患而忘其终身之忧也。太府苟欲加害，而在我诚有以取之，则不可谓无憾；使吾无有以取之，而横罹焉，则亦瘴疠而已尔，蛊毒而已尔，魑魅魍魉而已尔，吾岂以是而动吾心哉！

执事之谕，虽有所不敢承；然因是而益知所以自励，不敢苟有所骧堕。则某也受教多矣，敢不顿首以谢！

阳明此文，殆可谓浩然之气，至大至刚，以直养而无害，可以塞天地之间者矣。其文真可与《孟子》并读。

第四节　清代桐城派之散文

刘师培云："明代末年，复社几社之英，以才华相煽，敷为藻丽之文。顺康之交，易堂诸子，竞治古文，而藻丽之作易为纵横。若商丘侯氏，大兴王氏刘氏所为之文，悉属此派。大抵驰骋其词，以空辩相矜，而言不轨则，其体出于明允子瞻；或以为得之苏张史迁，非其实也。余姚黄氏亦以文学著名，早学纵横，尤长叙事；然失之于芜，辞多枝叶；且段落区分，牵连钩贯，仍蹈明人陋习；渐东学者多则之。季野榭山咸属良史，惟斐然成章，不知所裁；然浩瀚明邕，亦近代所罕觏也。时江淮以南，吴越之间，文人学士，应制科之征，大抵涉猎书史，博而不精，谙于目录词章之学，所为之文，以修洁擅长，句栉字梳，尤工小品。然限于篇幅，无奇伟之观。竹垞次耕，其最著者也。钝翁渔洋牧仲之文，亦属此派。下迨雍乾，堇甫太鸿，犹沿此体，以文词名浙西，东南名士咸则之；流派所衍，固可按也。望溪方氏，摹仿欧曾，明于呼应顿挫之法，以空议相演；又叙事贵简，或本末不具，舍事实而就空文；桐城文士多宗之，海内人士亦震其名；至谓天下文章莫大乎桐城。厥后桐城古文传于阳湖金陵，又数传而至湘赣西粤，然以空疏者为之，则枯木朽荄，索然寡味，仅得其转折波澜。惟姬传之丰韵，子居之峻拔，涤生之博大雄奇，则又近今之绝作也。若治经之儒，或治古文家言，或治今文家言，及其为文，遂各成派别。东原说经简直高古，逼近《毛传》，辞无虚设，一矫冗长之习；说理记事之作，创意造词，寖以入古。唐宋以降，罕见其匹。后之治古学者咸宗之。虽诂经考古远逊东原，然条理秩如，以简明为主，无复枝蔓之词，若高邮王氏，仪征阮氏是也。故朴直无文，不尚藻绘，属辞比事，自饶古拙之趣。及掇拾者为之，则剿袭成语，无条贯之可寻，侈征引之繁，昧行文之法，此其弊也。常州人士喜治今文家言，杂采谶纬之书，用以解经，即用之入文。故新奇诡异之词，足以悦目。且江南之地，词曲尤工，哀怨清道，近古乐府，故常州之文亦词藻秀出，多哀艳之音，则以由词曲入乎之故也。庄氏文词深美闳约，人所鲜知。其以文词著者则阳湖张氏、长州宋氏，均工绵邈之文；其音则哀而多思，其词则丽而能则；盖征材虽博，不外谶纬词曲二端。若曲阜孔氏，亦工俪词，虽所作出宋氏之上，然旨趣略与宋氏同，则亦治今文之故也。近人谓治《公羊》者必工文，理或然欤？若夫旨乖比兴，徒尚丽词，朝华已谢，色泽空存，此其弊也。数派以外，文派尤多。江都汪氏，熟于史赞，为文别立机杼，上追彦升；虽字酌句斟，间逞姿媚；然修短合度，动中自然；秀气灵襟，超轶尘壒；于六朝之文，得其神理；或以为出于《左传》《国语》，殆誉过其实。厥后荆溪周氏，编辑《晋略》，效法汪氏，此一派也。邵阳魏氏，仁和龚氏，亦治今文之学。魏氏之文明畅条达，然刻意求新，故杂奇语。以骇俗流。龚氏之文，自矜立异，语差雷同，文气佶聱，不可卒读，或语求艰深，旨意转晦，此特玉川之流耳；或以为出于周秦诸子，则拟焉不伦，此又一派也。若夫简斋稚威仲瞿之流，以排奥自矜，虽以气运辞，千言立就，然俶乱而无序，泛滥而无归，华而不实，外强中干；或怪诞不经，近于稗官家言；文学之中，斯为伪体，不足以言文也。近代文学之派别，大约若此。然考其变迁之由，则顺康之文，大抵以纵横文浅陋；制科诸公，博览唐宋以下之书，故为文稍趋于实。及乾嘉之际，通儒辈出，多不复措意于文；由是文章日趋于朴拙，不复发于性情。然文章之征实，莫盛于此时；特文以征实为最难，故枵复之徒，多托于桐城之派，以便其空疏；其富于才藻者，则又日流于奇诡，此近世文体变迁之大略也。近岁以来，作文者多师龚魏，则以文不中律，便于放言，然袭其貌而遗其神。其墨守桐城文派者，亦囿于义法，未能神明变化。故文学之衰，至近岁而极。文学既衰，故甘本文体因之输入于中国。其始也译书撰报，据文直译，以存其真；后生小子，厌故喜新，竞相效法。夫东籍之文，冗芜空衍，无文法之可言。乃时势所趋，相习成风，而前贤之文派，无复识其源流，谓非中国文学之厄欤？"

刘氏所列清代文派虽众，然其足以卓然自成家者，古文家则桐城派与阳湖派，经学家则古文之考据与今文之词章是也。今叙散文，故姑舍后二者而论前二者。

桐城派之文，源于明之归有光，前已言之矣。当时师事有光者有昆山张应、武沈孝，嘉定邱集、李汝节、潘士英。至清私淑有光者有长洲汪琬、泰州张符骧；而长州彭绍升则宗之甚，自号为知归子；而与绍升相切劘者有长洲彭绩、薛起凤；又巴陵吴敏树则非议桐城而亦宗师归氏者也。桐城方苞亦喜归氏，以为言之有序者，为文阳言左马义法，而实亦阴宗归氏之抑扬，惟根底较深，不似归氏之陋；故遂为清代桐城文派之开宗。时师事苞者有方杓、张尹、刘大魁；与大魁友善而深得方苞义法者有姚、范，皆桐城人也。又有天津王又朴、大兴王兆符、歙县程崟、无锡刘齐、高密单作哲、昌平陈浩、上海曹一士、吴江沈彤，皆师事方苞；而彤湛于经术，其文尤粹；彤再传为青浦王昶，则古文家而兼考据家者也。其私淑方苞者有沅陵吴大廷，大廷弟子有湘乡刘蓉，与曾国藩、吴敏树、郭嵩焘以古文相切劘，此皆方氏之适传也。传刘大魁之学者，有歙县吴定、程晋芳、金榜，榜并受经学于江永戴震；而桐城姚鼐亦亲受文法于大魁及姚范，其成就尤在方刘之上，所撰《古文辞类纂》一书，士人尤服其精鉴；门下有娄县姚椿、上元梅曾亮、管同、桐城方东树、李宗传、刘开、姚莹、方绩、新城陈用光、无锡秦瀛、宜兴吴德旋、阳湖李兆洛皆最有文名；同子嗣复，宗传弟子山阴宗稷辰，曲阜孔宪彝，亦传姚氏之学；瀛又传其学于同邑安诗，武康徐熊飞；用光传于寿阳祁寯藻。其私淑姚鼐者有嘉兴钱仪吉，仪吉从弟泰吉，湘乡曾国藩。国藩尝自谓粗解古文由姚氏启之，列姚氏于圣哲画象三十二人中，可谓备极推崇矣。然曾氏为文，实不专守姚氏法，颇熔铸选学于古文；故为文词藻浓郁，实拔戟自成一军。湖南言古文者，继曾文之后，有长沙王先谦，为文专宗姚氏，粹然一出于雅，撰《续古文辞类纂》一书，取精用宏，论者谓足继姚氏而无愧，此皆氏嫡传也。传国藩之学者有溆浦向师棣，遵义黎庶昌，无锡薛福成、福保，南丰刘庠，武昌张裕钊，桐城吴汝纶；而裕钊、汝纶尤高才博学。传吴德旋之学者有永福吕璜、宜兴吴谞、武进吴铤、歙县王国栋、阳湖吴承宗、婺源程德赉。吕璜再传于平南彭昱尧及德旋子吴瑾。传姚椿之学者有吴江沈日富、陈寿熊，平湖顾广誉，秀水杨象济，娄县张尔耆。传梅曾亮之学者有南丰吴嘉宾、马平、王拯、善化孙鼎臣、临桂朱琦、龙启瑞，代州冯志沂，长沙周寿昌，汉阳刘传莹，武进杨珍彝，瑞安孙衣言；而南皮张之洞复学于从舅朱琦。传方东树之学者，有桐城戴钧衡、方宗诚、马起升、马三俊；而歙县汪宗沂复学于方宗诚。传李兆洛之学者，有阳湖蒋彤、薛子衡、杨梦篆，江阴夏炜如、承培元、王筵，怀宁邓传密，皆姚氏之支与流裔也。传张裕钊、吴汝纶之学者，有武强贺涛，新城王树枏，泰兴朱铭盘，潍县孙葆田，通州范当世，桐城马其昶、姚永朴、永概，此皆曾氏之支与流裔也。当姚氏倡古文极盛之时，有武进张惠言恽敬，亦学为古文，世所称阳湖派者也。然陆祁孙《七家文钞序》云："吾常自荆川之殁，此道中绝，后有作者，复趋于岐涂以要一时之誉。乾隆间钱伯坰鲁思，亲受业于海峰之门，时时诵其师说于其友恽子居张皋文。二子者始尽弃其考据骈俪之学，专以治古文。"则阳湖派亦未始不源于桐城也。传张惠言之学者，有惠言弟琦，武进董士锡、陆耀遹、陆继辂、汤洽、富阳周凯、罗梅，歙县江承之、金式玉、山阴杨绍文、吴吴育；而钱唐戴熙，又从周凯受业；阳湖董祐诚、则从陆耀道受业。传恽敬之学者，有武进谢士元、谢崐，而私淑恽敬者有阳湖方诠，金匮秦臻。此逊清一代为古文、散文者之大略也。然则谓桐城派古文实左右逊清一代之文学，岂过言邪？然要而论之，清代之散文家。足以卓然特立者，亦不过数人而已，曰方苞，曰刘大櫆，曰姚鼐，曰张惠言，曰恽敬，曰梅曾亮，曰曾国藩，曰张裕钊，曰吴汝纶。而其言论足以支配一代者，又不过四人，曰方苞，曰刘大櫆，曰姚鼐，曰曾国藩。

方苞　字凤九，一字灵皋，号望溪，桐城人，康熙丙戌进士，官礼部右侍郎。为古文取法昌黎，谨严简洁，气韵深厚，力尚质素，多征引古义，择取义理于经，有中心恻怛之诚。尤精义法，言必有物，有序。论文不喜班孟坚柳子厚，尝条举其短而力诋之。（见《桐城文学渊源考》）《四部丛刊》影印戴氏刊本《方望溪先生全集》，十八卷，集外文十卷，补遗二卷。

古文义法约选序

古文所从来远矣，六经《语》《孟》，其根源也，得其枝流而义法最精者莫如《左传》《史记》，然各自成书，具有首尾，不可以分裂，其次《公羊》《穀梁传》《国语》《国策》，虽有篇法可求，而皆通纪数百年之言与事，学者必览其全而后可取精焉。惟两汉书疏，及唐宋八家之文，篇各一事，可择是尤而所取必至约，然后义法之精可见。故于韩取者十二，于欧十一，余六家或二十三十而取一焉，两汉书疏则百之二三耳。学者能切究于此，而以求《左》《史》《公》《穀》《语》《策》之义法，则触类而通矣。虽然，此其末也。先儒谓韩子因文以见道，而其自称则曰学古道，故欲兼通其辞，群士果能因是以求六经《语》《孟》之旨，而得其所归，躬蹈仁义，自勉于忠孝，则立德立功，以仰答我皇上爱育人材之至意者，皆基于此。是则余为是编以助流政教之本志也夫。

一、《三传》《国语》《国策》《史记》为古文正宗，然皆自成一体，学者必熟复全书而后能辨其门径，入其窔奥，故是编所录，惟汉人散文及唐宋八家专集，俾承学治古文者先得其津梁，然后可溯流穷源，尽诸家之精蕴耳。

二、周末诸子，精深闳博，汉唐宋文家，皆取精焉，但其著书主于指事类情，汪洋自恣，不可绳以篇法。其篇法完具者间亦有之，而体制亦别。故概弗采录，览者当自得之。

三、在昔论议者，皆谓古文之衰自东汉始，非也。西汉惟武帝以前之文，生气奋动，倜傥排宕，不可方物，而法度自具，昭宣以后，则渐觉繁重滞涩，惟刘子政杰出不群，然亦绳趋尺步，盛汉之风邈无存矣。是编自武帝以后至蜀汉，所录仅三之一，然尚有以事宜讲问，遇而存之者。

四、韩退之云：汉朝人无不能为文。今观其书疏吏牍类皆雅饬可诵，兹所录仅五十余篇，盖以辨古文气体必至严，乃不杂也。即得门径，必纵横百氏，而后能成一家之言。退之自言贪多务得，细大不捐是也。

五、古文气体，所贵清澄无滓。澄清之极，自然而发其光精，则《左传》《史记》之魂浓郁是也。始学而求古求典，必流为明七子之伪体，故于客难解嘲答宾戏典引之类，皆不录。虽相如《封禅书》亦姑置焉。盖相如天骨超俊，不从人间来，恐学者无从窥寻，而妄摹其字句，则徒敝精神于塞浅耳。

六、子长世表年表月表序，义法精深变化，退之子厚《读经子》，永叔《史志论》，其源并出于此，孟坚《艺文志·七略序》，淳实渊懿，子固序群书目录，介甫序《诗》《书》《周礼》义，其源并出于此。概勿编辑，以《史记》《汉书》治古文者必观其全也。独录《史记·自序》，以其文虽载家传后，而别为一篇，非《史记》本文耳。

七、退之永叔介甫，俱以志铭擅长，但序事之文，义法备于《左》《史》。退之变左氏之格调，而阴用其义法；永叔摹《史记》之格调，而曲得其风神；介甫变退之之壁垒，而阴用其步伐。学者果能探《左》《史》之精蕴，则于三家志铭无事规橅，而自与之并矣。故于退之志铭，奇崛高古精深者皆不录，录马少监、柳柳州二志，皆变调，颇肤近。盖志铭宜实征事迹，或事迹无可征，乃叙述久故交亲，而出之以感慨，马志是也。或别生议论，可兴可观，柳志是也。于永叔独录其叙述亲故者，于介甫独录其别生议论者，各三数篇，其体制皆师退之，俾学者知所从入也。

八、退之自言所学在辨古书之真伪，与虽正而不至焉者，盖黑白之不分，则所见为白者非真白也。子厚文算古隽，而义法多疵，欧苏曾王亦间有不合，故略指其瑕，俾瑜者不为掩耳。

九、《易》《诗》《书》《春秋》及四书。一字不可增减，文之极则也，降而《左传》《史记》《韩文》，虽长篇句字可薙芟者甚少，其余诸家虽举世传诵之文，义枝辞冗者或不免矣。未便削去，姑钩划于旁,俾观者别择焉。

观方氏之言,其旨虽不一,其最要者,亦重八家以矫七子而已。

刘大櫆字耕南,一字才甫,号海峰,桐城人,雍正己酉壬子副榜,官黟教谕。师事方苞,受古文法。所为诗古文词,才高笔峻,能包古人之异体,熔以成其体。学者经其指授,多以诗文成名。撰《海峰诗集》十一卷文集八卷。(见《桐城文学渊源考》)

论文偶记

行文之道,神为主,气辅之。曹子桓、苏子由论文,以气为主是矣。然气随神转,神浑则气灏,神远则气逸,神伟则气高,神变则气奇,神深则气静,故神为气之主。至专以理为主则未尽其妙。盖人不穷理读书则出词鄙倍空疏,人无经济则言虽累牍,不适于用。故义理书卷经济者,行文之材料,神气音节者,行文之能事也。

文章最要气盛,然无神以主之则气无所附,荡乎不知其所归,神气者文之最精处也。音节者文之稍粗处也,字句者文之最粗处也。然予谓论文而至于字句,则文之能事尽矣。盖音节者神气之迹也,字句者音节之规也。神气不可见,于音节见之,音节无可准,于字句准之。

音节高则神气必高,音节下则神气必下,故音节为神气之迹。一句之中,或多一字,或少一字;一字之中,或用平声,或用仄声;同一平仄字,或用阴平、阳平、上声、去声、入声,则音节迥异,故字句为音节之矩。积字成句,积句成章,积章成篇,合而读之,音节见矣,歌而咏之,神气出矣。迎人论文不知有所谓音节者,至语以字句,必笑以为末事。此论似高实谬,作文若字句,安顿不妙,岂复有文字乎。

凡行文字句短长抑扬高下,无一定之律,而有一定之妙,可以意会,不可以言传。学者求神,气而得之音节,求音节而得之字句,思过半矣。其要只在读古人文字时,设以此身代古人说话,一吞一吐,皆由彼而不由我。烂熟后我之神气即古人之神气,古人之音节都在我喉吻间。合我喉吻者便是与古人神气音节相似处,自然铿锵发金石。

唐人之体较之汉人微露圭角，少浑噩之象。然陆离璀璨，犹似夏商夔鼎，宋人文虽佳而万怪惶惑处少矣。荆川云，唐之韩犹汉之班马，宋之欧曾二苏，犹唐之韩。此自其同者言之耳。然气味有厚薄，力量有大小，时代使然，不可强也。然学者宜先求其同而后别其异，不宜伐其异而不知其同耳。

文贵奇，所谓珍爱者必非常物。然有奇在字句者，有奇在意思者，有奇在笔者，有奇在邱壑者，有奇在气者，有奇在神者。字句之奇不足为奇，气奇则真奇矣。读古人文于起灭转接之间觉有不可测识处，便是奇气。文贵高，穷理则识高，立志则骨高，好古则调高。文贵大，道理博大，气脉洪大，邱壑远大。邱壑中必峰峦高大，波澜阔大，乃可谓之远大。文贵远，远必含蓄，或句上有句，或句下有句，或句中有句，或句外有句，说出者少，不说出者多，乃可谓远。文贵简，凡文笔老则简，意真则简，辞切则简，理当则简，味淡则简，气蕴则简，品贵则简，神远而含藏不尽则简，故简为文章尽境。文贵疏，凡文力大则疏，宋画密，元画疏，颜柳字密，钟王字疏，孟坚文密，子长文疏。凡文气疏则纵，密则拘，神疏则逸，密则劳，疏则生，密则死。文贵变，《易》曰：虎变文炳，豹变文蔚。又曰：物相杂故曰文，故文者变之谓也。一集之中篇篇变，一篇之中段段变，一段之中句句变，神变气变境变音变节变句变字变，唯昌黎能之。文贵瘦，须从瘦出而不宜以瘦名。零碎未记录盖文至瘦则笔能屈曲尽意，而言无不达。然以瘦名则文必狭隘，公榖韩非王半山之文，极高峻难识，学之有得，便当舍去。文贵华，华正与朴相表里，以其华美故可贵重，所恶于华者恐其近俗耳；所取于朴者，谓其不著粉饰耳。不著粉饰而精彩浓丽自《左传》《庄子》《史记》而外，其妙不传。文贵参差，天之生物，无一无偶，而无一齐者，故虽排比之文，亦以随势屈曲贯注为佳。文贵去陈言，昌黎论文以去陈言为第一要义。樊宗师志铭云：惟古于词必已出，降而不能乃剽贼，后皆指前公相袭。自汉迄今用一律，今人行文反以用古人成语，自谓有出处自矜为典雅，不知其为袭也，剽贼也。文字是日新之物，若陈陈相因，安得不为腐臭。原本古文意义，到行文时却须重加铸造一样言语，不可便直用古人。此谓去陈言未尝不换字，却不是换字法。行文最贵品藻，无品藻不成文字，如曰浑，曰浩，曰雄，曰奇，曰顿挫，曰跌宕之类，不可胜数。然有神上事，有气上事，有体上事，有色上事，有声上事，有味上事，有识上事，有情上事,有才上事,有格上事,有境上事,须辨之甚明。文章品藻最贵者曰雄、曰逸,欧阳子逸而未雄,昌黎雄处多逸处少,太史公雄过昌黎,而逸处更多于雄处,所以为至。

姚鼐　字姬传,一字梦穀,桐城人,乾隆癸未进士,官刑部郎中,记名御史。方康雍时,方苞以古文名天下。同邑刘大櫆姚范继之,鼐亲受文法于刘姚,本所闻于家庭师友间者,益以自得,治之益精,所得臻古人胜境。所为文高简深古,才敛于法,气蕴于味,尤近司马迁韩愈。(见《桐城文学渊源考》)《四部丛刊》影印原刊本《惜抱轩文集》十六卷,诗集十卷。

复鲁絜非先生书

桐城姚鼐顿首,絜非先生足下,相知恨少,晚遇先生,接其人知为君子矣,读其文非君子不能也。往与程鱼门周书昌论古今才士,惟为古文者最少,苟为之必杰士也。况为之专且善如先生者乎?辱书引义谦而见推过当,非所敢任。鼐自幼迄衰,获侍贤人长者,为师友,剽取见闻,加臆度为说,非真知文能为文也,奚辱命之哉?盖虚怀乐取者君子之心,而诵所得以正于君子亦鄙陋之志也。鼐闻天地之道,阴阳刚柔而已,文天地之精英而阴阳刚柔之发也。惟圣人之言,统二气之会而弗偏,然而《易》《诗》《书》《论语》所载,亦间有可以刚柔分矣。值其时其人告语之体各有宜也。自诸子而降,其为文无弗有偏者,其得于阳与刚之美者,则其文如霆如电,如长风之出谷,如崇山峻崖,如决大川,如奔骐骥,其光也如杲日,如火,如金镠铁。其于人也,如凭高视远,如君而朝万众,如鼓万勇士而战之。其得于阴与柔之美者,则其文如升初日,如清风,如云如霞,如烟,如幽林曲涧,如沦如漾,如珠玉之辉,如鸿鹄之鸣而入寥廓。其于人也,谬乎其如叹,邈乎其如有思,暖乎其如喜,愀乎其如悲,观其文讽其音,则为文者之性情形状,举以殊焉。且夫阴阳刚柔其本二端,造物者糅而气有多寡,进绌则品次亿万,以至于不可穷,万物生焉,故曰一阴一阳之为道。夫文之多变,亦若是也。糅而偏胜可也,偏胜之极,一有一绝无,与夫刚不足为刚,柔不足为柔者，皆不可以言文。今夫野人孺子闻乐，以为声歌弦管之会尔，苟善乐者闻之，则五音十二律，必有一当，接于耳而分矣。夫论文者岂异于是乎？宋朝欧阳曾公之文，其才皆偏于柔之美者也。欧公能取异己者之长而时济之，曾公能避所短而不犯，观先生之文殆近于二公焉。抑人之学文其功力所能至者，陈理义必明当，布置取舍繁简廉肉不失法，吐辞雅驯不芜而已。古今至于此者盖不数数得，然尚非文之至。文之至者通于神明，人力不及施也。先生以为然乎？惠寄之文，刻本固当见与，钞本谨封还。然钞本不能胜刻者，诸体中书疏赠序为上，记事之文次之，论辨又次之，鼐亦窃识数语于其间，未必当也。《梅崖集》果有逾人处，恨不识其人。郎君令甥皆美才，未易量，听所好恣为之，勿拘其途可也。于所寄文辄妄评说，勿罪勿罪。

曾国藩　字伯涵，号涤生，湘乡人，道光戊戌进士，官武英殿大学士一等毅勇侯。论文私淑方苞姚鼐，所为文研究义理，精通训诂，以礼为归，创意造言，诰然直达，意欲效法韩欧，辅益以汉赋之气体。(《桐城文学渊源考》)《四部丛刊》影印原刊本《曾文正公诗集》三卷文集三卷。

日记八则

　　古文之道，谋篇布势，是一段最大工夫。《书经》《左传》每一篇空处较多，实处较少，旁面较多，正面较少，精神注于眉宇目光，不可周身皆眉，到处皆目也。线索要如蛛丝马迹，丝不可过粗，迹不可太密也。

　　为文全在气盛，欲气盛全在段落清。每段分束之际，似断不断，似咽非咽，似吞非吞，似吐非吐，古人无限妙境，难于领取；每段张起之际，似承非承，似提非提，似突非突，似纡非纡，古人无限妙用，亦难领取。

　　奇辞大句，须得魂玮飞腾之气，驱之以行，凡堆重处皆化为空虚，乃能为大篇。所谓气力有余于文之外也，否则气不能举其体矣。

　　吾尝取姚姬传先生之说，文章之道，分阳刚之美，阴柔之美。大抵阳刚者气势浩瀚，阴柔者韵味深美，浩瀚者喷薄而出之，深美者吞吐而出之。就吾所分十一类言之，论著类词赋类宜喷薄，序跋类宜吞吐，奏议类哀祭类宜喷薄，诏令类书牍宜吞吐，传志类叙记类宜喷薄，典志类杂记类宜吞吐。其一顾中微有区别者，如哀祭类虽宜喷薄，而祭郊社祖宗则宜吞吐；诏令类虽宜吞吐，而檄文则宜喷薄；书牍虽宜吞吐，而论事则宜喷薄，此外各类皆可以是意推之。

往年余思古文有八字诀，曰雄直怪丽澹远茹雅，近于苑字似更有所得，而音响节奏须一和字为主，因将澹字改作和字。

尝慕古文境之美者约有八言，阳刚之美曰：雄直怪丽；阴柔之美曰：茹远洁适。蓄之数年，而余未能发为文章，略得八美之一，以副斯志。是夜将此八言者，各作十六字赞之，至次日辰刻作毕，附录如下：

雄　划然轩昂，尽弃故常。跌宕顿挫，扪之有芒。
直　黄河千曲，其体仍直。山势如龙，转换无迹。
怪　奇趣横生，人骇鬼眩。易玄山经，张韩互见。
丽　青春大泽，万卉初葩。诗骚之韵，班扬之华。
茹　众义辐辏，吞多吐少。幽独咀含，不求共晓。
远　九天俯视，下界聚蚊。瘖痱周孔，落落寡群。
洁　冗意陈言，颣字尽芟。慎尔褒贬，神人共监。
适　心境两闲，无营无待。柳记欧跋，得大自在。

阅韩文送高闲上人，所谓机应于心，不挫于物，姚氏以为韩公自道作文之旨。余谓机应于心，熟极之候也。《庄子·养生主》之说也。不挫于物，自慊之候也。《孟子·养气章》之说也。不挫于物者，体也，道也，本也；机应于心者，用也，枝也，末也。韩子之于文技也，进乎道矣。

余昔年钞古文，分气势识度情韵趣味为四属，拟再钞古近体诗亦分为四属，而别增一机神之属。机者无心遇之，偶然触之。姚惜抱内文王周公系《易·象辞》《爻辞》，其取象亦偶触于其机。假令《易》一日而为之，其机之所触少变，则其辞之取象亦少异矣。余尝叹为知言，神者人功与天机相凑泊，如卜筮之有繇辞，如《左传》诸史之有童谣，如佛书之有偈语，其义在可解不可解之间。古人有所托讽，如阮嗣宗之类，故作神语以乱其辞。唐人如太白之豪，少陵之雄，龙标之逸，昌谷之奇，及元白张王之乐府，亦往往多神到机到之语。即宋世名家之诗，亦皆人巧极而天工错，径路绝而风云通。盖必可与言机，可与言神，而后极诗之能事。余钞诗拟增此一种，与古文微有异同。

曾氏以诗重在机，与为文异，而不知文亦有机焉，其机异，文亦不得不异也。

统观方、刘、姚、曾之持论，虽高，其自为实多不逮。虽比于明之唐归有过之无不及，然欲其上比宋六家则瞠乎后矣。此无他，八股有以害之也。吴敏树《归震川文集别钞序》云："呜呼！自四子书之文兴，而文章不及于古，岂人才固使然哉？天下能为文章之士，必皆有聪敏杰特非常之才；而是人者自其少时，固已学为四子书之文；而其为文之道，亦诚有可以自尽其心，而有未易可穷之致；乃其心固犹不安于是，则又时时习为传记序论之作以追逐唐宋之能者，而与之后先；虽足以名于一时，而其气力亦衰减矣。此予所以录震川归氏之文，而为之三叹也。盖明朝始以四子书之文取士，而其文莫盛焉。三百年间传者数十家，而震川归氏为之雄，而明之言古文者亦未有如归氏者也。余观归氏之文，远宗乎司马，近迹乎欧曾，其为学精博而其意见亦绝高，岂区区甘为帖括者；徒以老困场屋，而从游请业之徒，舍是亦无问焉者，故出其余而遂绝一代矣。至其古体之文，乃其所尽意以为，然拟之古人，犹若不逮。借使归氏不生于明，而出于唐贞元宋庆历之间，无分其力，而穷一生以成其文，岂在李翱、曾巩之后哉？"

归氏为明八股文大家，以其余力而为古文。至清方苞，私淑有光，而其力亦尽于八股。其《进四书文选表》云："窃惟制义之兴，七百余年，所以久而不废者，盖以诸经之精蕴汇涵于四子之书，俾学者童而习之，日以义理浸灌其心，庶几学识可以渐开，而心术群归于正也。臣闻言者心之声也。古之作者其人格风规，莫不与其人性质相类，而况经义之体，以代圣人贤人之言。自非明于义理，挹经史古文之精华，虽勉焉以袭其貌，而识者能辨其伪，过时而湮没无存矣。其间能自树立，各名一家者，虽所得有浅有深，而其文具存，其人之行身植志亦可概见。使承学之士，能由是而正所趋，是诚所谓有关气运者也。"其重视八股如此。龙启瑞《绍濂制艺序》云："时文中如有明之唐归金陈,本朝(指清)之方灵皋、李安溪、陆稼书、张素存,其人皆不仅以时文见,而天下之善为时文者无以过之。"又朱约斋先生《时文序》云："昔姚姬传先生谓经义可为文章之至高,而士乃视之甚卑,因欲率天下为之。"凡此均可以见桐城派巨子之工于八股,以八股为性命,而其古文持八股之余事耳。

第五节　清维新以后之散文

清自光绪维新以后,政治学术为之丕变,文人作风亦为之丕变。如梁启超、谭嗣同、唐才常辈,其尤彰著者也。然其文过于叫嚣,一泻无余;可以风行于一时,而不可以行于久远;可以谓之政论家,而不可以谓之文学也。其虽为政论而又长于古文者,则惟康有为与严复二人焉。

康有为　原名祖诒,字广厦,号长素,南海人,受业于同县朱次琦。然其诗文实得力于龚自珍,而才气魄力过之。戊戌维新变政,盖有为所主动者也。自珍本从李宗传受古文法,宗传又师事姚鼐。然桐城古文义法,至自珍已尽破藩篱,为文横恣透快,霸才已甚,有为更变本加厉焉。

欧洲十一国游记序

将尽大地万国之山川国土政教艺俗文物,而尽揽掬之,采别之,掇吸之,岂非凡人之所同愿哉。于大地之中,其尤文明之国十数。凡其政教艺俗文物之都丽郁美,尽揽掬而采别掇吸之。又淘其粗恶而荐其英华焉,岂非人之尤所同愿邪?肰史弼之征爪哇也,误以为二十五万里,元卓尤太子之入钦察也,马行三年乃至。博望凿空,玄奘西游,当衢路未通,汽机未出之世,山海阻溪,岁月澶漫,以大地之无涯,而人力之短薄也。虽哥仑布、墨志领、岌顿曲之远志毅力,而足迹所探游者亦有限矣。然则欲揽掬也,孰从而揽之?

第五编 以八股为文化时代之散文
——明清

故夫人之生也,视其遇也,芸芸众生,阅亿万年遇野蛮种族部落交争之世,居僻乡穷山之地,足迹不出百数十里者,盖皆是矣。进而生万里文明之大国,而舟车不通,亦云由睹大九洲而游瀛海。吾华诸先哲,盖皆遗恨于是,则虽聪明卓绝亦为区域所限。英帝印度之岁,南海康有为以生,在意王统一之岁三年,德法战之岁十二年也,所遇何时哉?汽船也,汽车也,电线也,云三者缩大地促交通之神具也。汽船成于我生之前五十年,汽车成于我生之前三十年,电线成于我生之前十年,而万物变化之祖,为瓦特之机器,亦不过先我八十年。凡欧美之新文明具,皆发于我生百年之内外耳。萃大地百年之英灵,竭哲化万亿之心精,奔奏荟萃,发扬蛰鸣,旁魄浩瀚,积极光晶,进百千万亿之泉流而成江河湖海,以注于康有为之生世,大陈设以供羞之。俾康有为肆其雄心,纵其足迹,穷其目力,供其广长之舌,大饕餮而吸饮焉。自四十年前,既揽掬华夏数千年之所有,七年以来,汗漫四海,东自日本、美洲,南自安南、暹罗、柔佛、吉德、霹雳、吉冷、爪哇、缅甸、哲孟雄、印度、锡兰,西自阿剌伯、埃及、意大利、瑞士、奥地利、匈牙利、丹墨、瑞典、荷兰、比利时、德意志、法兰西、英吉利,环周而复之美。嗟乎!康有为虽忝博好奇,探赜研精,而何能穷极大地之奇珍绝胜,置之眼底足下,揽之怀抱若此哉?缩地之神具,文明之新制,不自我先,不自我后,特制竭作以效劳贡媚于我。我幸不贵不贱,亡所不入,亡所不睹,俾我之耳目闻见,有以远轶于古之圣哲人,天之厚我乎何其至也!夫中国之员暠方足,以四五万万计,才哲如林,而闭处内地,不能穷天地之大观。若我之游踪者殆未有焉,而独生康有为于不先不后之时,不贵不贱之地,巧纵其足迹目力心思,使遍大地,岂有所私而得天幸哉!天其或哀中国之病而思有以药而寿之邪?其将令其揽万国之华实,考其性质色味,别其良楛,察其宜不,制以为方,采以为药,使中国服食之而不误于医邪?则必择一能苦不死之神农,使之遍尝百草,而后神方大药可成,而沉疴乃可起邪!则是天纵之远游者,乃天责之大任。则又既皇既恐,以忧以惧,虑其弱而不胜也。虽然天既强使之为先觉,以任斯民矣。虽不能胜,亦既二十年来昼夜负而戴之矣。万木森森,百果具繁,左拸右撷,大嚼横吞,其安能不别良楛察宜,不审方制药以馈于我四万万同胞哉?方病之殷,当群医杂沓之时,我国民分甘而同味焉,其可以起死回生补精益气以延年增寿乎？吾之谓然。人其不然邪？其果然邪？吾于欧也，尚有俄罗斯、突厥、波斯、西班牙、葡萄牙未至也。于美也则中南美洲未窥，而非洲未入焉。其大岛若澳洲、古巴、檀香山、小吕宋、苏禄、文莱未过。则吾于大地之药草，尚未尽尝，而制方岂能谓其不谬邪？抑或恶劣之医书可以不读，或不龟手之药可以治宗国，而犹有待于遍游邪？康有为曰：吾犹待于后遍游以毕吾医业，今欧洲十一国游既毕，不敢自私，先疏记其略，以请同胞分尝一脔焉。吾为厨人而同胞坐食之，吾为画工而同胞游览也，其亦不弃诸。

严复 字又陵，一字几道，侯官人，派赴英国学海军。归国后，从吴汝纶学为古文。尝长北京大学，译有《天演论》《原富》《群己权界》《穆勒名学》《法意》《群学肄言》等书，为近代译文之冠。盖尝以为译事有三难，必于信达雅三者兼备而后可以无愧云。

天演论导言一

赫胥黎独处一室之中，在英伦之南，背山而面野，槛外诸境，历历如在几下。乃县想二千年前，当罗马大将恺撒未到时，此间有何景物。计惟有天造草昧，人功未施，其借征人境者，不过几处荒坟，散见坡陀起伏间。而灌木丛林，蒙茸山麓，未经删治如今日者，则无疑也。怒生之草，交加之藤，势如争长相雄，各据一抔壤土。夏与畏日争，冬与严霜争，四时之内，飘风怒吹。或西发西洋，或东起北海，旁午交扇，无时而息。上有鸟兽之践啄，下有蚁蝝之啮伤，憔悴孤虚，旋生旋灭，菀枯顷刻，莫可究详。是离离者亦各尽天能，以自存种族而已。数亩之内，战事炽然。强者后亡，弱者先绝。年年岁岁，偏有留遗。未知始自何年，更不知止于何代。苟人事不施于其间，则莽莽榛榛，长此互相吞并混逐蔓延而已，而诘之者谁耶？英之南野，黄芩之种为多。此自未有纪载以前，草衣石斧之民所采撷践踏者。兹之所见，其苗裔耳。邃古之前，坤枢未转，英伦诸岛，乃属冰天雪海之区。此物能寒，法当较今尤茂。此区区一小草耳，若迹其祖始，远及洪荒，则三古以还年代方之，犹瀼渴之水比诸大江，不啻小支而已。故事有决无可疑者，则天道变化，不主故常是已。特自皇古迄今，为变盖渐。浅人不察，遂有天地不变之言，实则今兹所见，乃自不可穷诘之变动而来。京垓年岁之中，每每员舆，正不知几移几换，而成此最后之奇。且继今以往，陵谷变迁，又属可知之事，此地学不刊之说也。假其惊怖斯言，则索证正不在远，试向立足处所，掘地深逾寻丈，将逢厴灰。以是厴灰，知其地之古必为海。盖厴灰为物，乃赢蚌脱壳积而成。若用显镜察之，其掩旋尚多完具者。使是地不前为海，此恒河沙数赢蚌者，胡从来乎？沧海风尘，非诞说矣。且地学之家，历验各种僵石，知动植庶品，率皆递有变迁，特为变至微，其迁极渐。即假吾人彭聃之寿，而亦由暂观久，潜移弗知，是犹蟪蛄不识春秋，朝菌不知晦朔，遽以不变名之，真瞽说也。故知不变一言，决非天运，而悠久成物之理，转在变动不居之中。是当前之所见，经廿年卅年而革焉可也，更二万年三万年而革亦可也。特据前事，推将来，为变方长，未知所极而已。虽然，天运变矣。而有不变者行乎其中，不变惟何？是名天演。以天演为体而其用有二：曰物竞，曰天择。此万物莫不然，而于有生之类，为尤著物。竞者，物争自存也。以一物以与物物争，或存或亡，而其效则阳于天择。天择者，物争焉而独存。则其存也必有其所以存，必其所得于天之分。自致一己之能，与其所遭值之时与地，及凡周身以外之物力；有其相谋相剂者焉，夫而后独免于亡，而足以自立也。而自其效观之，若是物特为天之所厚，而择焉以存也者，夫是之谓天择。天择者择于自然，虽择而莫之择，犹物竞之无所争，而实天下之至争也。斯宾基尔曰：天择者存其最宜者也。夫物既争存矣，而天又从其争之后而择之，一争一择，而变化之事出矣。

此文殆与明清间之善为古文者无异，而其涵理则一新，故誉之者以为可以自成一子，盖亦无甚愧焉。其最笃守桐城义法者，则有马其昶、姚永概、永朴与陈三立等。三立尤高才老寿，以诗文名海内，世多称其诗，吾以为文更胜于为诗也。三立字伯严，号散原，光绪丙戌进士，官吏部主事，戊戌变政，三立与有力焉。著《散原精舍文存》。

杂说三

　　惰庐之竖子，间语余曰：西山有豺出食人，数月于兹矣。　闻之乎？始食耕者，啮其股以去，后食行者于道，又食二小儿，又食一老妇人。余曰：盍召猎者击之，易易耳。竖子曰：犳不可得而击之。余讶之。竖子曰：犳所食一儿，吾戚也。其母痛且憾，白族谋击犳者，族畏犳。忍不敢发，遂告其邻之长，议当击之。然以所食邻儿也，犹豫未即决，乃走谒于里正，哭甚哀焉。里正熟视而无睹也，掩耳而不欲闻也。曰：犳所出没，非吾罪，职不当过问。不得已匍匐而请于东塾之老儒。其老儒以为犳神兽也。食人必神意，击则怒神，祸不测也，故曰，犳不可得而击也。余仰而叹曰：嗟乎，犳之当击，与击之之易也。凡有血气皆知之，不待龟卜而筮占之也。然自有族之畏不敢发者，邻之长犹豫不即决者，里正职不当过问者，老儒惊为神兽者，而后犳乃纵横哮突，不可复制。视今犹曩而愈烈，其势不得不出于终于食人之一途也。且夫犳既终于食人而不止矣，必以食人自负于天下，愈将无所往而不食人。即彼族之畏不敢发者，邻之长犹豫不即决者，里正职不当过问者，老儒惊为神兽者，恐且次第亦尽食之，无异犳前者之食人也。盖群相与豢犳，而安于犳，甘受犳食人之祸者，必至于此也。竖子既退，明旦果汹汹入曰：犳又食一人矣。

其文寓意深刻，吾每读之，不知涕之无从也。有国者可不知所戒乎？其不守桐城义法而法无不合，傲兀自喜，足之为晚清之冠者，有沈曾植。曾植字乙盦，又号寐叟，吴兴人。张尔田序其词，所谓吴兴公以鸿硕广览，负斯文之寄于贞元绝续之交，延祖宗养士之泽且十余年者也。于学无所不窥，而尤长西北地理，罢官后，曾长南洋大学云。

曼陀罗寱词自序

九年立宪之诏下，而乾坤之毁一成而不可变。沈子于是更号曰睡翁，不忍见，不能醒也。而所闻于古人所谓缓得一分百姓受一分益者。晨夕往来于胸臆，又时时念逊荒古训，自号曰逊斋。缓之而不可得，强以所不欲为而不能，太息请解职不遂，而仍不免槌床顿足扬眉胸目之责，睡与逊两不称矣。清宵白月，平旦高楼，古事今情,国图身遇,芒芒然惘惘然,瞿瞿盱盱然,若有言,若不敢言。夫其不可正言者犹将可微言之,不可庄语者犹将以谲语之,不可以显譬者犹将隐譬之。微以合,谲以文,隐以辨,莫词若矣。张皋文氏董晋卿氏之说,沈子所夙习也。心于词,形形色色无非词,有感则书之。书已弃之,不忍更视也。越一岁而世变,飘摇羁旅,久忘之矣。丁巳春,儿子检敝箧得之,写出之,屏诸案几,犹不忍视也。戊午移居复见之,乃署其端曰僈词,如彼邀风,亦孔之僈,民有肃心,幷云不逮。其当日情事耶,次其年其事可见。然终不忍次,非讳也,悲未赐也。戊午十一月谷隐居士。

其受业于沈氏而又私淑曾国藩者,为吾师唐蔚芝先生。先生名文治,号茹经,蔚芝其字也;太仓人,官农工商部右侍郎署尚书;辞官后,长南洋大学。以古文为天下倡,性情文章,均近欧阳修。著有《茹经堂文集》《茹经堂奏稿》。今讲学于无锡,老而弥勀云。

梦游诗经馆

戊午冬至日,门人刘玉陔等邀余午饭。已微醺矣,同人吴君叔薲复邀余夜饮,至则沈君叔逵等皆在焉。畅叙径醉,归遂卧。梦至一处,若沪上味莼阁然,四围短墙。余意中以为是五经馆也。甫入内,觉楼台殿阁,峥峥无数。门左有门者数人,曰:唐先生来矣。恍惚有人导余行,后复有踵至者,曰:请先入诗经馆政治门。余问诗经分门若干?导行者则曰政治门在乐歌门之旁。遂至一处,觉似北向,屋五大楹,辉煌金碧。东墙悬隶书数幅,则《四牡》《皇华》诗也。余遂入东厅室,见东墙悬一联云:有冯有翼有孝有德,不竞不絿不刚不柔。导行者指示之曰:此政治学也。余赞叹曰:此真天然佳联。导行者曰:先生喜对联,可召掌《卫风》者来。俄一女子入,全身皆白绢衣,胸前有金绣卫风二字。余漫谓之曰:汝善对乎?女子曰:然。余曰:吾醉矣,既醉以酒,既饱以德。女子应曰:毋逝我梁,毋发我笱。余诧曰:此梦境耶?我当以梦事属题,即曰:维熊维罴,维虺维蛇。女子应曰:如金如锡,如圭如璧。余恍惚欲有以难之,漫然曰:我有一极难之对,汝必不能矣。即曰,弗躬弗亲,庶民弗信。女子向余一笑曰:是不难,不忮不求,何用不臧。

余大佩服，方赞叹间，女子曰：我有一事，请质先生。岂不尔思，远莫致之。即《论语》所引"岂不尔思，室是远而"之意，胡孔子一删之一存之乎？余于此诗实未究心，忽贸然曰：女子不能归宁，其情真，朋友不能过从，其词伪。一真而一伪，圣人所以一删之一存之，见立心之贵乎诚也。女子领首曰：然。当是时，余闻四面皆歌诗声，恍惚如闻"在公载燕"四字，音节特清越。余叹曰：美哉！人间能得几回闻！即蘧然而醒，亟追忆之，始悟女子所言，皆《卫风》也。归以禀家大人，谓斯地也殆即琅缳福地与。斯人也岂即康成诗婢与。越十余日，此梦尚盘旋于胸中不能去，因属笔记之。

其以诗文与沈氏切劘，既不反对桐城，而亦不以桐城为足者，为吾师陈石遗先生。先生名衍，字叔伊，石遗其号也；清末，曾教授北京大学，现与唐蔚芝先生同讲学无锡国学馆；为文峻洁拔俗。著有《石遗室诗集》《石遗室文集》。

皆山楼记

环楼皆山，楼之能尽其才者也。而求诸里巷阛溢屋宇鳞比之中，则楼之才往往而屈。吾匹园之楼，崇不过丈有三尺；吾正屋之崇互乎前者且二丈有二尺。而群山医礜礜献状不受拒于前屋之屋山，能骑危以自进，何哉？凡人之自卑视崇，渐远则崇者渐卑，于是视其尤远者则反是。今吾楼丈有三尺，加人焉崇丈有八九尺。以视二丈有二尺之屋山，固以卑视崇也。然吾楼之距屋山，则三丈有奇。二者相为乘除，则屋山之崇于楼者仅，楼之远屋山者多矣。虽在里巷阛溢屋宇鳞比中，吾自有不阛溢鳞比者。故廔之能尽其才，亦吾之能尽廔之才也。

其不入宗派，而鼓吹民族主义最热烈者，有黄节。黄节字晦闻，顺德人，弱冠受业于简竹居之门。后以国势日戚，遂走沪上，与章炳麟、刘光汉、黄宾虹、邓实诸人倡国学保存会，办《国粹学报》，以鼓吹革命为己任。著有《黄史》。晚教授北京大学，以诗名于时。兹录其《黄史》一篇如下：

郑思肖传

郑思肖，字忆翁，又字所南，闽之连江县人也。初名某，宋亡，乃改思肖，即思赵。忆翁与所南，皆寓意云。祖咸，卒枝江县主簿。父震，字菊山，淳祐间道学君子，为安定和靖两书院山长。景定壬戌卒于吴。母楼，女弟为比丘尼，名普西。所南太学生，举学鸿词科，侍父游吴，为寓公。元兵南下，叩阍，上太皇太后幼主疏，辞切直，忤当道，不报。宋社既墟，适意缁黄，称三外野人，终身不娶。而其眷眷君父，爱国怀同种之志，一形之于诗。《过徐子方书塾》云：不知今日月，但梦宋山川。《题郑子封寓舍》云：此世但除君父外，不曾别受一人恩。《寒菊》云：宁可枝头抱香死，不曾吹落北风中。皆沉痛，可以看见其志。善画兰，宋亡，为兰不着土根，无所凭借。或叩其故，则曰：地已为番人夺去，汝犹未知邪？岁时伏腊，辄野哭，南向拜，人莫测识。闻北语必掩耳疾走，坐卧不北向。于戏，其种族之痛，盖无往而不寓焉！可哀已！所南自谓中岁闻于仙，晚乃游于禅。今观其所学，则通夫天体地文与夫人身解剖之学。而于地文之说，尤多所发明。其言曰：天形圆，故能范围造化中大全之体，则以日至天顶为午，日入地底为子。地体偏，仅能函载天运内小半之体，则以极南为午，极北为子。地外地之全体则在大海中，随春夏秋冬四游而有准。山亦地也，为阳中之阴而峙；水亦地也，为阴中之阳而流。东土水势虽东流，东海潮势则西上。潮者海水还归尾闾之底，为潮落，大海气脉吸而入也；尾闾外之水，涌出大海之上，为潮长，大海气脉呼而出也。良以望夕之月，受阳光正满，则望夕之阳潮，直至子时盛而正满；晦日之月，还阴魄正满，则晦日之阴潮直至午时正盛而正满。孰知夫大地之下，皆一重土一重泉相间，层负万气，支缕万脉，柔顺巩固，荡化流跃，斜细其轴。互钳锁，深运其机；密橐籥，张布玄网。维络地根，非金非石，非土非水。千千万万之经攒炜织，绵亘持抱几千万亿里无边大地，悬浮于无边大海之上，以之为地，其妙未尝不根通也。土性土脉土色土味土声，水性水脉水色水味水声，石性石脉石色石味石声，一一不同。各地所产禽兽，所生草木，以至种种方物，其状其性，一一不同。地气通，一方之水土俱甘香暖润，人物亦清正贤慧，鬼神鸟兽亦咸若，万物亦盛多，一切色一切声一切气亦俱清；地气塞，一方之水土俱苦涩枯寒，人物亦愚陋恶逆，鬼神鸟兽亦不宁，万物亦衰之，一切色一切声一切气亦俱浊。天地之体犹人也。人之水脏之下极热，不热不足以化诸食，不足以运诸世事；地之水轮之下极热，不热不足以缩诸水，不足以消诸阴气。人第不见身内支脉，节节自条理，竟以此身为块然之肉；不见地底支脉井井有条理，亦竟以大地为块然之土，殊不知天地人物皆有文理。烟缕冰澌，璧裂瓦兆，尚有文理，谓之地独无文理乎？所南地文学之说如此。距今七百年上，泰西地文学尚未发明，而所南乃特之有故，言之成理如此。嗟夫，使所南可以致用于时，其发明将何如？又使后之人绎其说而发明，则吾国之科学将何如？而天下乃忽之。所南晚好说佛，尝曰：我成道，大众不成道，我不愿独先成道；我安，大众不安，我决不敢独安。其诸佛说所谓有一众生不成佛，我誓不成佛者邪？充所南之心，则虽舍己以利群，犹必甘之也。故其愤世嫉雠，甘自灭绝，不欲使其身为当世所有，乃至货其所居，以济人，舍其田于僧刹，仅留数亩衣食，复谓其佃曰：我死则汝主之。盖不以期为矣。当是时，赵孟頫才名重当世，所南恶其以宋宗室而受元官，痛绝之。子昂数往请见不可得，而尝与天目本中峰禅林之白眉说法，流寓于吴之万寿报觉两寺中。疾亟属其友唐东屿曰：思肖死矣。为书一碑曰：大宋不忠不孝郑思肖。语讫而绝，年七十有八。所南盖以其不能死国，而又不娶无后，故出于此邪。自为像赞云：不忠可诛，不孝可斩。可悬此头，于洪洪荒荒之表，以为不忠不孝之榜样。其眷怀故国，义不仕元；又抱种族之痛，而欲自斩其血食，故出于此也。尝榜所居曰：本穴世界。析本之十而加于穴则大宋云。又尝著《大无工十空经》一卷，去空之工而加十又大宋云。造语奇涩，如庾词不可解。自题其后曰：臣思肖呕三斗血，方能书此。后有巨眼识之，又著《释氏施食心法》一卷，《太极祭炼》一卷，《谬余集》一卷，《文集》一卷，《自叙一百二十图诗》一卷，与菊山先生诗集并传。后四百年吴郡承天寺眢井中，得《铁函心史》一卷。姑苏杨廷枢云：其文有似铭者，似偈者，似谶者，似誓词者，间不可解，而中原左衽之悲，反覆无已。鄞全祖望云：所南别有《锦线集》，明崇祯中尚存。梨洲先生曾见之，今求之不得，但从《永乐大典》中得其奇零者云。黄史氏曰：于戏，如所南者可哀也！所南尝著《无弦处士说》，甚善夫晋陶潜之为人。典午之梦，义熙以还，满目不堪，吾何以观？所南以哀渊明，而吾转以哀所南，所南其不忠不孝之人哉？所南既自绝其嗣，女弟复为比丘尼，天地虽大，变为口窟，若不欲留其余裔以供臣妾于异族。悲夫，天下之不可以忠孝言也？非我类者不入我伦，非与！所南《心史》曰：囗囗行中国事，譬如囗囗一旦忽能人语，衣其毛尾，裳其四蹄，三尺童子见之必曰：囗囗之妖，不敢称之曰人。黄史氏曰：读所南《心史》者而哀焉，或曰其为忍伪也，吾何忍伪之？地文学之入中国，当世异焉，而顾失之所南。虽然吾知所南负此才，使犹生于今，其甘自放弃而不为用固犹是云尔。百世以下，知所南者仅矣，乃使姚枢、许衡、吴澄、刘秉忠辈腼颜轩冕，施荣号于无穷也。宜哉！

其力反桐城，而以魏晋为尚者，则有章炳麟。炳麟原名绛，字太炎，又字枚叔，以排满革命显于时；为文好用古字，文自唐诗自宋皆所不满。或以为颇似明七子，炳麟则曰：七子之弊不在宗唐而祧宋也，亦不在效法秦汉也，在其不解文义，而以吞剥为能，不辨雅俗而以工拙为准。吾则不然，先求训诂，句分字析，而后敢造词也；先辨体裁，引绳切墨，而后敢放言也。此其所以异于明之七子也。论者以为非夸焉，著《太炎文录》等。

癸卯狱中自记

上天以国粹付余。自炳麟之初生，迄于今兹，三十有六岁。凤鸟不至，河不出图，惟余以不任宅其位，系素王素臣之迹是践，岂直抱践守阙而已？又将官其财物，恢明而光大之。怀未得遂，累于仇国。惟金火相革欤，则犹有继述者。至于支那闳硕，壮美之学，而遂斩其统绪；国故民纪，绝于余乎？是则余之罪也。

其以素王自任如此。论者谓清末有章炳麟、康有为二人，一为古文学家，一为今文学家；一为排满党魁，一为保皇党魁。学行相反而皆以圣人自许，康且自号长素，抑亦异矣。

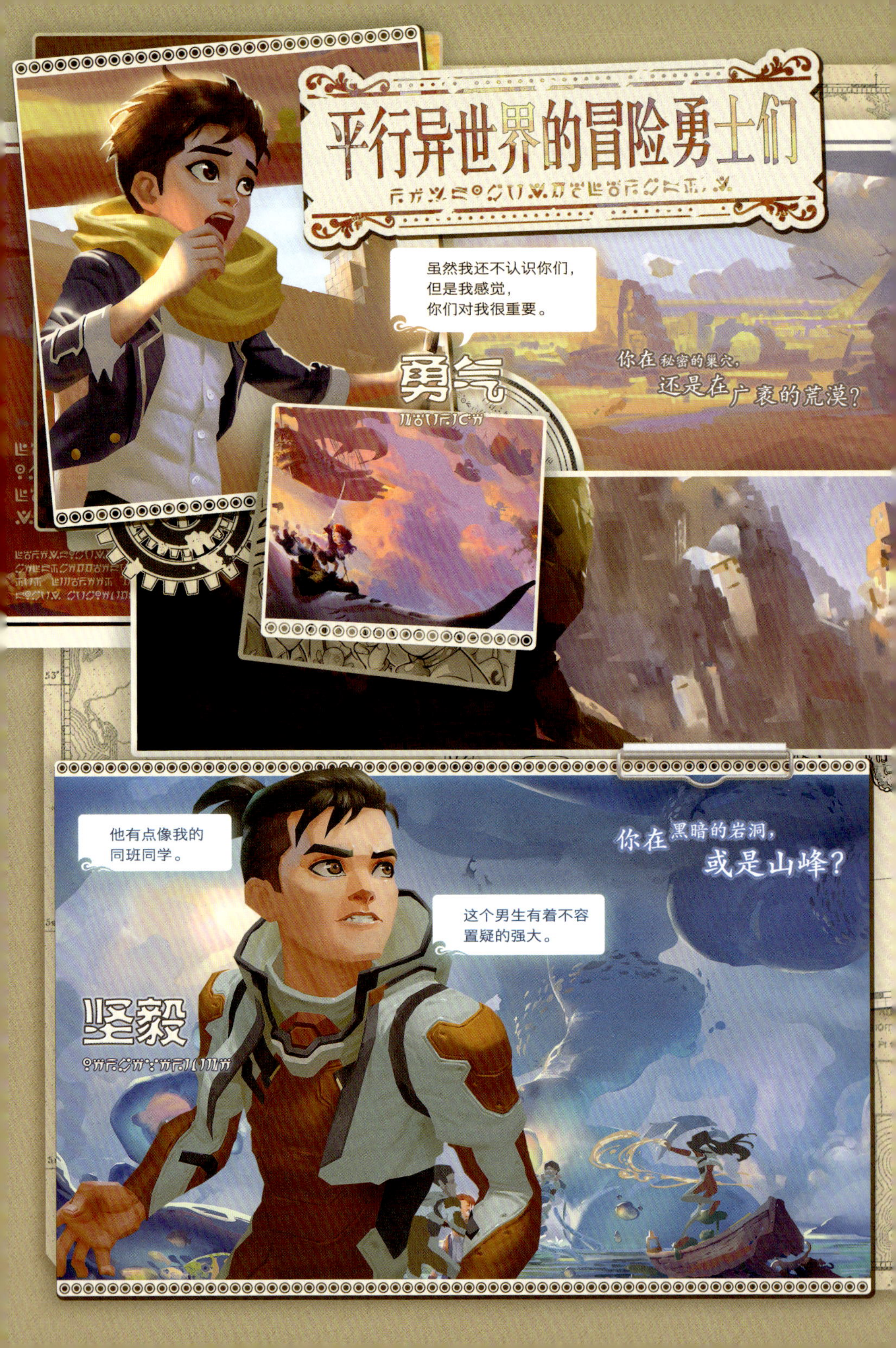

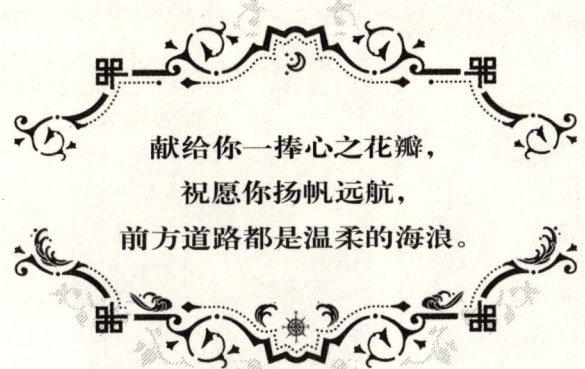

献给你一捧心之花瓣，
祝愿你扬帆远航，
前方道路都是温柔的海浪。

《梦域空间与幻魇天鹅之忧伤》目录

序幕 绘梦藏魇 ……………… 3

① 第一幕 幻象之夜 ……………… 12
② 第二幕 疲倦天鹅之舞 ……………… 24
③ 第三幕 荆棘梦魇与白雪黎明 ……………… 36
④ 第四幕 柳嘉的日常 ……………… 46
⑤ 第五幕 挑战尖叫墙 ……………… 57
⑥ 第六幕 大话精的语文课 ……………… 68
⑦ 第七幕 超透小组的邀请函 ……………… 82
⑧ 第八幕 绝非偶然的邂逅 ……………… 91
⑨ 第九幕 神秘的转学生 ……………… 99
⑩ 第十幕 绝命天鹅湖 ……………… 113
⑪ 第十一幕 与幻象决斗 ……………… 124
⑫ 第十二幕 天台山疗养院 ……………… 132
⑬ 第十三幕 幻象病毒灾难 ……………… 140
⑭ 第十四幕 戚梦来博士 ……………… 149
⑮ 第十五幕 超感亚音城 ……………… 160
⑯ 第十六幕 时空裂隙站 ……………… 170
⑰ 第十七幕 启源·狩梦计划 ……………… 180
⑱ 第十八幕 来自梦域的黑匣子 ……………… 190

狩梦人黄金试炼课堂

1.	2.	3.
欢迎来到龙巢基地，冒险即将启程	狩梦人资格申请表	独一无二的龙巢基地图腾
206	216	217

阅前须知！

本书中的故事情节与各类道具，均为作家在梦域空间中的所见所闻，所有剧情、场景与现实世界完全无关。
请勿将故事情节代入现实生活，更勿模仿其中的危险动作！如果你喜欢本书，请不要吝啬它分享给你的伙伴们。
最后，希望你能从书中获得奇妙的阅读体验！

如果遇见你之后的事情，
　　只能是一场梦。

　　　请让我停驻在梦中，
　　　　　永远也不要醒来。

和你一样，我曾经是一名追梦者。
直到某一天，我的膝盖被现实射了一箭。

人生最大的幻象是什么？
天真，我的孩子。

世间最美妙的音乐是什么？
沉默，我的孩子。

当你年少时，你可以活得勇敢而荣耀。
这样才不会被淹没在无人问津的角落里。
当你老了，头发白了，被人遗忘。

希望你还记得，我也在你身旁。

——龙巢基地第十一区院长　戚梦来

序幕

绘梦藏魇

新晋巡警王庆龙拼命奔跑着……

他很肯定自己一生中，从来没有这么害怕过。

银发老人挥手的那一刹，究竟发生了什么事？

他感觉有无数只虫子，在一股诡异黑雾的裹挟下，遮天盖地冲入他的脑海。

他仿佛陷入熟睡，周围那么的黑暗深沉——王庆龙得出结论。

他的意识渐渐陷入弥留之际。

触觉、听觉和嗅觉，从感官中逐渐剥离。

仿佛仅一瞬间，又似经历了永恒……

最后，他感觉自己从极高的天空坠落，无法描述的疯狂

色彩在他的视网膜上高速涂抹，形成一个又一个宛若极光的旋涡……

忽然之间，混乱的一切又都清晰了起来——

他发现自己漂浮在一个有着巨大幕墙的玻璃缸里。玻璃缸外，是一个结构简陋的房间，值得注意的事物，仅有几个摇晃着的白色模糊人形，不断发出重复的刺耳噪声。

他低头看了看，这还是自己的身体吗？通体透明，闪耀着淡紫色光芒，没有心脏和骨骼。

心动之时，一股水流从体内喷射而出，身体就像一顶小圆伞在水中漂游。

他竟然，变成了一只水母！

时间回溯到一周前。

那是10月初的一个夜晚，寒潮突袭了米兰市。

桦木镇的居民们在一天的忙碌之后，都早早地回到了家中。

大雨过后的木槿路上驶过零星车辆，街道两边的法国梧桐树，垂头丧气地伫立在街灯昏暗的光影里。

王庆龙驾驶警车沿着木槿路缓缓前行。

他不久前刚从警校毕业。凭着新人的兴奋劲儿，他在巡逻时非常细心，从不放过任何一处可疑的动静。

因此，当警车经过木槿路公共停车场后面那片杂乱无章的樟树林时，那团微弱闪烁的光亮也没能逃得过他的眼睛。

王庆龙停车，缓步走到樟树林边。

那团奇怪的光亮，来自一幢爬满绿色藤蔓的废旧别墅。

"这里,什么时候有了一幢房子?"王庆龙困惑极了,昨天这里还是一片荒地!

他谨慎地穿过一片朦胧的灰雾,轻轻推开破败的木栅栏,走到亮着光的窗户旁。

窗内竟是一间整洁豪华的起居室——厚厚的羊毛地毯,红木雕花的古董家具,燃烧正旺的壁炉前围着几张皮沙发,室内陈列的那些动植物标本、瓷器和壁画,一看就知道价值不菲——这一切让人无法将这间豪华套房和别墅灰白破旧的外观联想到一起。

这时虚掩着的窗户里,传来一位外国老人蹩脚的中文发音。

"孩子,狩梦人的故事,我们都说到哪了?"

王庆龙瞥见,背对着他的沙发上,坐着一个银发披肩的老人。

"爷爷,狩梦人早就在四年前消亡了,他们的船也坠毁了。"旁边的沙发上,一位十岁左右的小男孩幽幽地说。因为角度的关系,王庆龙看不清他们的脸。

"噢,是吗……"银发老人的语气略显无奈,"另一个时空中,确实如此。"

"那么……孩子,你听过死灰复燃这个成语吗?"老人接着问。

"爷爷,和您之前讲的凤凰涅槃,是不是同一个意思?"小男孩嗫嚅着回答。

"哦,不不!"老人的声音透着儒雅和高傲,房间里响起一阵沙沙的翻书声,"中文博大精深。这两个词,分别描述了同一种状态下的两种不同境界。"

"爷爷，您的话太深奥了。"小男孩的声音有些忧郁。

"那么，今天……"老人稍微沉思了一下，"我们讲讲，在混沌小木偶诞生之前，那个创世女孩的故事吧……"

"好的，爷爷。"小男孩挪了挪位置，郑重地点了点头。

老人从陈列柜深处，拿出一幅绘卷。

他将绘卷拿到壁炉前小心翼翼地展开，炉火闪烁。

王庆龙屏住呼吸，从窗外看到那是一幅敦煌壁画风格、色彩绚丽夺目的作品，描绘着一个女神飞天的故事。然而画面上的星图、飞船与复杂图腾，又令他对自己的判断感到怀疑。

"很久以前，有一艘星舰，中途降落在一个冰雪覆盖的星球上。"老人声音疏朗，似乎陷入一段久远的回忆中。

"星舰坏了，需要维修好才能继续上路。因此大人们非常忙碌。这时舰船里的一位女孩倍感无趣，于是她带上宠物，趁大人们不注意的时候，偷偷地溜了出去。

"女孩在冰天雪地里游玩，用随处可见的泥土雕塑成泥人，并且赋予它们生命。然后给泥人们分配角色，一起玩过家家游戏。她还教会牙牙学语的泥人们，称呼自己为妈妈。

"为了让小泥人快乐幸福地生活，女孩又多次返回，从星舰中偷取出材料，制作了一个完整的泥人族群生态链。"

老人顿了顿，指着绘卷的某处，皱眉说道："时间过得很快，泥人们世代繁衍生息，人口变得越来越多……女孩的宠物小精灵 Zon 和 Gon 带着泥人们玩起了战争游戏。"

"一次意外,水精灵 Gon 和火精灵 Zon 在玩耍时,不小心将女孩用来制造水源的天穹容器给撞出了一个大窟窿,滔天洪水和烈火陨石从窟窿里喷射到大地上,瞬间天崩地裂,泥人们死伤惨重……族群面临着灭亡的危机。

"当女孩从星舰赶来时,她看到自己建设的泥人乐土变得一片狼藉,内心十分难受。为了解救自己的泥人孩子们,她违反了星舰设置的时空禁制,从凶险的梦域秘境中,采集五色石块修补窟窿。"

"爷爷,梦域秘境是什么地方?"小男孩提问道。

"噢,梦域……"老人沉吟了一会儿,回答小男孩说,"简单来说,就是发射引力波、连接亿万星球和时空的中央黑洞处理器。"

"那我平时做的梦……"小男孩有些似懂非懂。

"洛依,凡人的梦境,就是用来编织和打通梦域空间的代

码和钥匙……"银发老人摆了摆手,"关于梦域的知识,我们下次故事中会再细说。

"女孩从梦域里盗取了五色石后,她像织补渔网一般,把破碎的天穹一点点地缝合好。眼看就要大功告成的时候,原料却用完了。

"这时,星舰传来即将启程的轰鸣声……

"女孩心里想到,如果她就这样走了,天穹容器可能会随时崩裂,她的泥人孩子们从此就会永远生活在如同炼狱般的大地上。于是,女孩炼化自己来做原料,修补并加固好所有裂缝……"

沙发上的小男孩,有些别扭地调整了一下自己的坐姿。

"当星舰上的大人们找到女孩时……"老人悠悠地说,"发现她已经耗尽了生命力,身体化成了蜿蜒的山脉……"

小男孩紧张地吞咽着口水,房间里响起了绘卷沙沙的翻页声。

"大人们非常悲伤……但事已无可挽回。"老人继续说道。

"星舰起航了。

"大人们将女孩的船票留了下来,藏在女孩化成的山脉深处。那是一串瑰丽的、用梦域空间最珍贵的五色石炼制而成的、标记着完整超时空星图的帆船项链!"

"爷爷,那串项链是不是……"小男孩的声音隐隐有些兴奋。

银发老人没有回答,反而发出一阵懊恼的叹息声。

绘卷沙沙地翻到了最后一页,房间里的炉火晃动了一下,发出晦涩的噼啪声。

"当、当、当、当——"

房间角落里的落地钟突然响起,发出一阵空洞的回音。

小男孩和在窗外侧耳倾听的王庆龙都被吓了一跳。

"洛依,到你睡觉的时间了——"老人将绘卷取下,放在沙发旁的茶几上。

小男孩低声嘟囔了几句,随即起身离开了客厅。

王庆龙看了看表——已经10点了。他很奇怪自己居然会听故事听得入了迷。

至于这位老人,大概是这座突然出现的别墅的主人吧,碰巧正在给孙子讲睡前童话。

明天去局里,也许可以调查一下相关情况。

王庆龙长舒了一口气。当他正准备转身离开时,老人忽然伸出了一只干枯的手,从茶几上绘卷旁的一个古董首饰盒中,拎出一串银色项链。

项链末端悬挂着的,竟然是一枚漆黑嶙峋的帆船吊坠!

"时间的尽头,是无尽的混沌——"

王庆龙惊恐万状地倒退了两步,脑子里嗡嗡作响。

就在这时,一团诡异的黑雾铺天盖地笼罩住了他。紧接着,王庆龙就像身中魔咒一般,笔直地倒在地上,失去了知觉。

一阵风溜进了虚掩的窗户,来回翻阅着茶几上的绘卷。

而老人像是完全没有觉察到窗外的动静一般,泰然自若地将帆船吊坠高高举起。炉火的映照下,吊坠闪耀着诡异的光泽。

"时间的尽头,是无尽的轮回——"

两团艳红的蓝火,在老人的眼眶中炙热燃烧。

诡异的黑雾从帆船吊坠中向四周弥漫,低沉的吟诵声从黑雾中缓缓传来……

时间之诗

我曾经 也想过告别现世,
登临绝境 却遗失了幻灭的勇气;
卑微怯弱,
一如蝼蚁。

我过去 也怀抱好奇之心,
如今思维 日渐冰冷犹如岩石;
情绪干涸,
雾中枯木。

我从前 也试图摘取星辰,
直到懂得 眼底时空不过幻象。
光影泡沫,
南柯一梦。
啊,

这所谓，
生命永恒的界域。
星辰大海间，无尽的旅程。
迈向彻底的虚无。

序幕 结束

ACT
01

 第一幕

幻象之夜

　　黯淡的红月低垂在夜空的柔幕上，米兰市鳞次栉比的高楼被层层尽染。

　　柳嘉扭过头去，尽量回避着视网膜中正在随之闪烁的一幕幕幻象。

　　此刻，他正坐在一列莹白色的轻轨列车里，在那轮几乎遮蔽了半个夜空的红月的注视下，列车飞快穿行在繁华的米兰市半空的高架轨道上。

　　摇晃的车厢内，衣着各异的乘客们一脸疲惫，许多人都沉默不语地盯着各自的手机，如同一具具被吸走了精神的空壳……

　　柳嘉神情紧张地坐在座位上，努力让自己看起来和周围的

人一样正常。

他快上中学了,个头却不见长,体形纤瘦,肆意生长的头发就像一蓬乱草。消瘦的脸颊上,总是戴着一副口罩。口罩上方露出来的那双大眼睛,无精打采,流露出与他年龄不相符的忧郁。

在他身旁,舅舅崔启明四仰八叉地坐着睡着了,发出轻微的鼾声。

而坐在他另一边的时髦女郎,音量较高的耳机里传出一阵歌声,那是最近正流行的抒情慢歌《狩梦的森林》。

……

Oublie-le(忘了他吧)
麋鹿走失在脆弱的光阴里
无法触碰命运的轨迹
猎人从迷雾中枪击
惊醒的梦中人
是你

Je t'aimais(我喜欢你)
被遗忘在人潮的罅隙里
那些温暖昨天的回忆
搅拌危险甜蜜
融化成眼眶中
涟漪

风吹过旋转迷宫般的城市
雨唤醒那坠入梦中的孩子
故事就这样子
渐渐开始
……

舒缓的旋律,让柳嘉昏昏欲睡。

列车驶进云鼎隧道时,光线蓦地黯淡了下来。

"呱——呱呱——"

一阵瘆人的尖啸声,不合时宜地响起。

一瞬间,车厢内的温度骤然下降,柳嘉感受到一股深入骨髓的寒意,顿时睡意全无。

他紧张地环顾四周……

最后发现,一只乌鸦不知从何处飞进了车厢里,啼叫着停落在他的脚边。它有着五只眼睛,翅膀的末端还额外长着两只尖锐的利爪——只不过,除了他以外,似乎没人能看见这只怪异的鸟儿。

柳嘉害怕地抱紧书包,额头上渗出一阵冷汗。

根据他以往的经验,每当这只五眼乌鸦出现时,那就意味着——它们又来了。

"哈……哈哈……"

光影交错间,车厢的角落处响起一串若有若无的娇笑声。

柳嘉惊恐地睁大眼睛循声望去,只见两个穿着红色汉服的仕女,出现在车厢空旷的角落里,影影绰绰如同靥景……

她们眉目如画,正嬉笑着倚在一起刺绣,身边香炉云烟缭绕,花香四溢。侍立在两侧的仆人挥舞团扇,驱逐虫蝇。瓜果鲜蔬摆满一地。

异象迭起,触摸不到的碧海蓝潮在柳嘉头顶上方翻涌沸腾……凶猛的虎鲸和巨齿鲨从天花板上坠落,迎面吐息,一场缠斗不可避免。

忽然间,一个满脸雀斑的红发女孩,晃晃悠悠地从柳嘉脚下的地板中探出头来,笑眯眯地问:"小哥哥,你看到我的小熊了吗?"

柳嘉倒吸一口凉气——他扫视了一下车厢,发现不远处那位慈眉善目的老奶奶的座位下方,露出了一个棕红色的布艺熊头和两只嶙峋的利爪。

"哈,我的小熊在那里!"

红发女孩一边开心地说,一边像一条潜水的鲨鱼,朝布艺熊游了过去,然后将那只棕色小熊的身体一点一点地撕开……红发女孩的脸上露出兴奋而饥渴的笑容。

柳嘉浑身汗毛直竖,然而车厢里的其他人却都无动于衷。

柳嘉知道,人们根本就看不到这些可怕离奇的景象……他同时也知道,这些景象并不是简单的幻觉……

"叮咚——瑞楠医院站到了!"舅舅崔启明从睡梦中惊醒,伸了个大大的懒腰。

柳嘉紧了紧书包,慌忙站起身来,跟在舅舅的身后往车厢外走去。从那些幻象旁边经过时,柳嘉低着头,假装什么都看

不见。

正当他走到车厢门口时，突然有人叫住了他。

柳嘉忍不住回头看了一眼。只见那名红衣仕女，肆意将手中的绣花绷举起来给他观赏——那竟是一张怀抱婴孩的女人哭泣的脸！

"小男孩，你看到我了吧？不如让我把你也绣进来，带回唐朝去如何？"仕女朝柳嘉咧开红唇，露出诡魅的笑容。

柳嘉被吓得大声尖叫，忽然感觉自己的后脖颈被人拎了起来。等他回过神时，发现自己正摇晃着伫立在站台边缘，而轻轨列车已在轰鸣声中开走了。

"你不要命了吗？站在车厢门口发呆！"舅舅崔启明脸色煞白地朝他破口大骂，"刚才如果我的动作慢一秒，你的脖子就该被车门夹到了！"

"有一个从唐朝来的古代女人，给我看她绣的花……"柳嘉辩解。

崔启明差点儿撞到旁边的人身上，他继续朝柳嘉大声吼道："轻轨列车里不会有唐朝女人，更不会有人绣花！你不要成天胡说八道！"

从他们身边经过的人嫌恶地皱着眉头，远远地走开了。

"这孩子估计看见幻象了，不会也中了幻象病毒吧？"

"要不要打120？"

"这孩子没中幻象病毒，不过是说大话罢了！"崔启明慌忙解释。

但两名路人还是走向不远处的治安岗亭。紧接着，两名穿

着厚重防疫制服的工作人员快步走了过来，拦在了崔启明和柳嘉面前。

"请出示你们的健康证明。"

崔启明用手机打开两张电子健康证明书，上面明确显示——健康状态：正常。

"最近'HX-07型幻象病毒'正在米兰市扩散，危害市民安全。你作为家长，应该教育孩子，不能拿这件事情开玩笑！"工作人员严厉地训斥崔启明。

崔启明点头哈腰地答应着，脸色一阵红一阵白。

柳嘉心想，他刚才要是什么都没说就好了……因为他明明知道，这个世界上，只有爸爸和妈妈相信他能看到那些幻象。尽管医生用仪器检测后，显示他并没有感染任何一种能让人产生幻觉的病毒。

从柳嘉记事起，那些幻象就缠绕在他周围，暗红是他所处世界的底色。

每当那只五眼乌鸦毫无预兆地出现，其后各种奇怪、可怕的幻象总是随之而来。

在他的眼中，月亮一直都是妖魅的红色，而人们口中的皎洁银月，他却从来没有见到过。

柳嘉起初以为，大家所看到的世界都一样。但在无数次被嘲笑是"大话精"，以及被舅舅和舅妈责骂后，他才终于明白，自己是一个独特的存在。

等到防疫工作人员离开后，崔启明大声呵斥了柳嘉。紧接着他再次催促柳嘉，继续往医院赶去。

柳嘉拉了拉口罩，紧跟在崔启明身后，穿过车站周围汹涌的人流。他灵巧地在人群中穿梭，搭乘陡峭而狭长的自动滑梯……怪猴子、骑士仆从、猛犸象、藏在出闸机里的灰影、扛着平底锅的屠户……所有奇形怪状的幻象，都纷纷伸长脖子，将巨大的头颅凑到柳嘉面前……

"小个子，大坏蛋！你看到我了吗？"

"凡人，你的良心是什么颜色？"

"饿了，我好饿……"

柳嘉尽量不去看它们，拼命地忍住不尖叫出声，以免再给自己招惹麻烦。

当他走到了这座城市的地面时，那些幻象终于消失不见了，就像它们出现时一样突然。

柳嘉长舒了一口气……他抬头看去，在高楼大厦间闪烁的霓虹灯绚烂而艳丽，整座城市的街道和人群，被蒙上了一层颜

色妖异的光影。他一时间有些恍惚，街道上的行人，究竟是真实存在的，还是诡异的幻影？

柳嘉跟着舅舅崔启明穿过斑马线，雨后的仁爱路上冷风飕飕地穿过。

三三两两从瑞楠医院出来的人，与柳嘉擦肩而过。他们或者悲伤，或者满怀希冀，或者踌躇不前，或者痛哭流涕。

街道旁的店铺里，不时传来新闻播报员严肃的声音。

"最近在米兰市迅速扩散的'HX-07型幻象病毒'，目前已经得到有效控制……专家认为，这种新型病毒能影响大脑皮层，导致感染者看见奇怪的幻象，严重者还会发疯……"

柳嘉拉紧了口罩。

来历诡异的新型幻象病毒是从几个月前出现的。他一度怀疑，自己就是这个怪病的病原体，但医生否认了。

舅妈梁凤霞认为他是在为逃学找借口。柳嘉百口莫辩。

不过为了以防万一，他还是戴上了口罩，并且刻意和人群保持距离……但这样的举动，却让原本就被看成怪人的他更不合群了。

在路口拐了个弯，瑞楠医院终于到了。

柳嘉和舅舅崔启明一同走进了住院部。

这幢老旧楼房的墙面发黑，里面阴冷潮湿，弥漫着消毒水的气味。柳嘉很不喜欢这里，但为了探望生病住院的母亲，他什么都能忍受。

崔启明和柳嘉打了声招呼后，便去一楼办公室找主治医生

谈话。

柳嘉独自登上一段旧楼梯。楼梯间的电灯又坏了,他只好摸黑慢慢地往上爬。终于来到了405号病房门口,他轻轻地推开了门。

病房里静悄悄的,窗户不知为何没有关上,冰冷的夜风在病房里肆意游荡,让人感觉到刺骨的凉意。

关好窗户后,柳嘉安静地坐在病床前,摘下口罩,帮母亲披紧了被角。

他看着仍在沉睡的母亲,心在不断下沉,鼻子酸酸的。

四年前,身为远洋轮船船长的父亲遭遇海难,意外去世,母亲便因悲恸成疾,住进了医院。

祸不单行的是,她最近还感染了幻象病毒,并且病情越来越严重了,常常昏睡不醒。

柳嘉注意到床头柜上那本厚厚的病历本,他拿起来轻轻翻开。

主治医生笔走龙蛇地写着许多他看不懂的术语和英文词汇……但是"重度抑郁""非常虚弱""生命危险""精神幻觉""无药可救"……这些词柳嘉却很明白是什么意思。

一声脆响,柳嘉将病历本上的"诊断结果"这一页撕了下来。他不想让母亲看到这些会令她难过的信息。

"嘉,是小嘉吗……"

一个气若游丝的声音在病床上响起。

柳嘉欣喜地握住母亲崔如意伸过来的手,笑容让病房里一下子明亮许多。

"妈妈,今天感觉好些了吗?"柳嘉关切地问。

崔如意微笑着点了点头。

事实上,她的脸苍白得没有一丝血色。若不是她在缓缓地眨着眼睛,很难令人相信,她仍然活着。

"小嘉……今天是几号?"

"10月23号了。"柳嘉回答。

"这一次,我又睡了一个多月……"崔如意有些难过。

"别担心,妈妈。"柳嘉微笑着靠上前去,温柔的眼神像极了母亲,"医生说,多休息才能康复得快。"

崔如意缓缓拨开柳嘉额前的刘海儿,怜爱地打量着他的脸庞。

"和舅舅一家相处得好吗?"

自从父亲去世、母亲病倒,舅舅崔启明成了他的临时监护人,并且带着妻儿一起住进了柳嘉的家里。

"嗯……他们……挺好的。"柳嘉剥好橘子,拿起一小瓣放进母亲的嘴里。

"好孩子……"

崔如意既内疚又宽慰,眼泪不自觉地流了下来,"妈妈真希望自己能快些好起来。"

"您会好起来的。"柳嘉抹去母亲眼角的泪水,"妈妈可是世界上最美丽的'睡美人'。"

"谢谢你,小嘉……"崔如意被逗得破涕为笑。她曾经是米兰市著名的芭蕾舞演员,《睡美人》和《天鹅湖》是她经常表演的剧目。

"妈妈,我上星期参加班上的猜谜比赛,得了第一名!"柳嘉骄傲地说着,再次将一小瓣橘子送到母亲嘴边,却发现她已经闭上了双眼,笑中带泪地再次陷入了沉睡。

一直在柳嘉眼底打转的泪水,终于涌了出来。他赶紧用衣袖将眼泪擦干——没关系,妈妈一定会好起来的。他拼命地安慰自己。

每月一次来瑞楠医院探望母亲,已经成为柳嘉生活的精神支柱,尽管每次只能在病房陪着母亲说上几句话,他也感觉到心满意足。

柳嘉看了一眼墙上的挂钟,距离结束探望的时间还早。他起身走到饮水机前,接了杯温热的水一口喝下去,但依然无法驱散心中的寒冷。

"呱——呱呱——"

尖锐刺耳的啼叫声骤然响起。

柳嘉的心猛地收紧。

他转头看去——果然又是那只五眼乌鸦!它正站在病床的床头,嘲笑似的轻挥着长着利爪的翅膀。

病房里的温度瞬间下降,犹如冰窖一般寒冷。

它们……又来了吗……柳嘉害怕得瑟瑟发抖,却不知该向谁求救。

就在这时,五眼乌鸦竟朝崔如意俯冲了过去!

"妈妈!"柳嘉顾不得害怕,扔下手中的玻璃杯,疾步冲向病床驱赶乌鸦。

哐啷——脆响声中,水杯在地上摔得粉碎。

然而,当柳嘉跑到病床前时,乌鸦却宛如泡影般突然消失了……就连病床,甚至病房,都渐渐消失无踪……

柳嘉站在了一间古典雅致的芭蕾舞练习室里。

第一幕 结束

真希望妈妈快点好起来……

ACT
02

疲倦天鹅之舞

　　柳嘉记得这间教室，这是母亲过去经常来练习芭蕾舞的地方，此刻正播放着古典乐《天鹅湖》。

　　墙上那扇椭圆形大窗户，透过一道灰白色的光，大理石地面上反射出一片氤氲的银光，犹如微波粼粼的湖面。

　　一位穿着纯白芭蕾舞裙的年轻舞者，正在"湖面"的中央随着音乐翩翩起舞。她姣好的面容犹如初绽的蔷薇，乌黑的秀发轻挽在脑后，舞动双臂时犹如一只优雅美丽的天鹅。

　　"妈妈……"

　　柳嘉站在练习室的角落里，吃惊地看着正在跳舞的母亲，一时间有些分不清楚，这究竟是现实还是幻境。

他过去经常到这间练习室看母亲练舞。只是今天的她跳得格外用力，踮着脚尖不停地旋转跳跃，并且速度越来越快，直至出现了一个浓厚的重影。

重影穿着黑色的芭蕾舞裙，犹如黑色的天鹅，与身着白裙的母亲一同共舞。"黑天鹅"气势凌厉，不停压制着"白天鹅"的舞步。"白天鹅"不甘示弱地努力抗争，双方你来我往，犹如一场极致优雅的战斗。

"妈妈，别跳了，这样下去你会累垮的！"柳嘉害怕地说。

然而崔如意似乎听不见柳嘉的话，她和重影的战斗越来越激烈，最后竟用如刀片般锋利的指甲，互相搏杀起来！崔如意的脸上、身上出现一道道伤痕。

"妈妈！快停下！"柳嘉焦急地大喊。

此时，音乐进行到了末段，"白天鹅"和"黑天鹅"双双单膝跪地，四臂交叠，看起来像在拥抱，又像是在做最后的厮杀。

当终结的音符落下，穿着白舞裙的崔如意倒下了，幻化成一片片银白色的羽毛，消失不见……

她的黑色重影以胜利者的姿态缓缓地站起身来，转过脸对柳嘉露出一抹诡异的笑，红唇在昏暗的光线中非常刺眼。

柳嘉记得，妈妈从来不会涂这种颜色的口红。

"凋零，也是一种美丽，不是吗？"

"黑天鹅"优雅地向柳嘉伸出一只手，"孩子，我知道你很辛苦……不用强撑着，来，到妈妈这里来……"

柳嘉害怕地往后退，身体紧紧地靠在门上——这不是他的妈妈。

正当他准备打开门逃脱，突然间，门在他身后像是气化了一般，消失不见了。柳嘉重心不稳向后倒了下去——半空中，一只强劲有力的手，突然托住了他的后背。

柳嘉困惑地回过头，泪水顿时涌入了眼眶。

在他身后的竟然是父亲——柳真夜！

而他此时正在游人如织的米兰游乐园。一轮红月高悬夜空，明亮的彩灯映照着人们欢笑的脸庞。

"小嘉，你准备好了吗？"

柳真夜轻声问，粗糙的大手轻轻抚摸柳嘉的头发，笑容在他那张俊朗而沧桑的脸上，显得格外的温柔。只是，柳嘉没有闻到父亲身上那熟悉的海腥味，而是闻到腐烂的味道。

不仅如此，他发觉自己变成了五岁时的模样。

"小傻瓜，忘了吗？"母亲笑盈盈地站在一旁，乌黑柔顺的长发披在身后，手中还提着一盒乐高玩具，"今天是你的生日，等会儿放烟火的时候，要记得许愿哟！"

"生日……"柳嘉喃喃地说。他怎么会忘记，每年他过生日时，父母都会带他到米兰游乐园看烟火，还会让他在绽放第一朵烟火时，许下生日愿望。而且，父亲总会让他坐上特别的儿童席。

柳真夜弯腰将五岁的柳嘉抱了起来，放在自己宽厚结实的肩膀上。小柳嘉的视野瞬间开阔起来，那轮巨大的红月近在咫尺。人们的欢呼声中，一朵金色烟火在夜空中绽放，化成无数金色光点，在风中纷纷扬扬地飘散。

"小嘉,生日快乐!"

"小嘉要许愿,永远和爸爸妈妈在一起哟!"

在鼎沸的人声中,柳嘉隐约听见了父亲和母亲的声音,只是声音变得越来越遥远……紧接着,他周围的影像开始变得虚幻起来,并且飞快地跳转,仿佛他回到了那一列轻轨列车上,在红月的注视下,穿过一幕幕景象——

翠绿的山坡上,柳嘉和父亲、母亲一起种下一棵金橘树,庆祝植树节;

热闹的街道上,柳嘉拽着印有"六一儿童节快乐"的氢气球,坐在父亲的肩膀上,和父母一起看花车巡游;

盛夏时,他和父母在海滩上玩耍;

新年时,全家人一起包饺子……

父亲和母亲的欢笑声时远时近,若有若无。

"小嘉要许愿……"

"永远和爸爸妈妈在一起哟!"

"永远在一起……"

"永远……"

"永远……"

"砰"——一声闷响。

柳嘉的眼前突然一片漆黑。

当他的视线再次变清晰时,他发觉自己正站在明德校园操场的跑道上,天空中暴雨倾盆。

他打了个寒战,望向不远处的主席台。不出所料,在雨

中变得皱巴巴的鲜红的横幅上,印着几个大字——明德新生运动会。

柳嘉浑身猛烈地颤抖起来。这是他永生难忘,并且无法承受的一天。

这一天,他作为新生,第一次参加学校运动会。父亲答应会来给他助威,可是直到运动会结束父亲都没有出现。

柳嘉固执地站在暴雨中等待父亲。在不远处的树下,母亲正在打电话。突然间,她的手机掉落在泥泞的草地上,双手捂着脸痛哭了起来。

柳嘉的心像被刀绞一般地疼。因为他清楚地记得,此刻发生了什么——

母亲一整天都在联络他的父亲柳真夜,最后却接到了一个神秘的电话,被告知——柳真夜遭遇突发海难去世了。柳嘉的泪水奔涌而出与雨水混合在一起,淹没了脸颊。

轰隆隆隆——

天空中响起一阵阵震耳欲聋的雷鸣声。

柳嘉仰起头朝阴沉的天空望去,令他惊愕的是,一艘巨大的风帆战舰正从他的头顶上空飞过!帆船向两侧展开着白色的宽大船帆,在密布浓云间激烈沉浮,并发出"嘎吱"的巨响声,如同一只正与风浪勇敢搏击的巨大海燕。

很快,帆船便消失在云雾间。

而当柳嘉再次朝前方看去时,一张冰冷的铁床被摆放在他的面前。

　　铁床上铺着雪白的床单，这是一个如同冰窖般阴冷的昏暗房间。一面巨大的深灰色玻璃墙上，映出浑身湿透的小柳嘉和他母亲崔如意柔弱的身影。

　　"突发海难……找到他的时候，已经停止了呼吸。"旁边一位老医生声音低沉地说。

　　崔如意强作镇定地走过去，颤抖着掀起白色床单的一角。床单下出现一张惨白扭曲的脸——正是柳嘉的父亲，柳真夜。

　　崔如意扑倒在床上，大声痛哭起来。柳嘉拖着沉重的脚步走上前，从母亲的背后紧紧抱住了她，眼泪如沧浪之水般流淌而下。

　　忽然，他的脸色骤变。因为母亲的呜咽声，像是哭，又像是在笑。

　　"小嘉啊，你生日时不是许过愿，永远和爸爸妈妈在一起吗？"母亲说着，转过头来，被泪水淹没的脸颊上，优雅而温

柔的笑容显得有些诡异,"我们以后,就和爸爸一起待在这里好吗?"

"待在这里?"柳嘉疑惑地望着母亲,发现她脸上发出诡异的光。

柳嘉惊恐地站起身,退到房间的门边。

"好孩子,和我一起留在这里。"

"崔如意"的笑容依然优雅,她站起身,朝柳嘉走了过来。诡异的光消失后,出现了另外一张面容,竟是出现在轻轨列车里的幻影——穿着红色汉服的仕女!

"你不是我的妈妈!别过来——"柳嘉害怕地大声叫喊起来。

这时,一股黑色的浓雾突然从房间的各个墙角涌出,很快淹没了他的脚踝。柳嘉惊惶地往后退,可黑色浓雾已经溢满整个房间,而房门根本就打不开。

"生而为人,终会凋零。"仕女妖魅笑着,用崔如意的声音说,"小嘉,和爸爸妈妈永远在一起。"接着,她又换成了柳真夜的声音,"永远在一起……"

柳嘉已经害怕得连话都说不出来。

黑色的浓雾像潮水一般涌来,淹没了柳嘉的脖子,冲进了他的口鼻,他闻到了混合着漆黑铁锈味与消毒水的味道。

柳嘉仰起头,尽最后的努力挣扎着。在浓雾湮灭他眼睛的最后一刻,他看见那只乌鸦振翅而起,"呱呱"叫着朝远处飞走了。

"妈妈!爸爸!"他带着内心最后的恐惧大喊,沉入了无尽的黑暗深渊……

叮、咚——叮、咚——叮叮、咚咚——

一阵清脆悦耳的音乐声轻盈响起，像风一般在柳嘉的耳边轻轻地萦绕盘旋。他即将被黑雾吞没的意识，渐渐重新变清晰，眼前的黑暗慢慢地雨散云收……

这首乐曲柳嘉非常熟悉，却怎么也想不起来曾在何处听到过。

不知道过了多久，柳嘉终于彻底清醒过来。

他睁开眼睛，愕然发现自己仍然站在饮水机旁，手中拿着的那个玻璃水杯依然完好无损。墙上的挂钟显示，距离他刚才起身倒水，只过去了短短的几秒钟而已。

刚才的一切都是幻象，只不过他从未遇到过如此激烈复杂的连续幻象，就像沉浸在一个醒不过来的噩梦中一般。

难道，是他从小患的幻象怪病变严重了吗？柳嘉忧虑地想。

叮、咚——叮、咚——叮叮、咚——清脆的音乐声仍然在病房里缓缓流淌。

柳嘉朝母亲的床头望去，发现枕头边放着一个精致的八音盒！一道月光透过玻璃窗，静静地洒落在八音盒上，一个跳芭蕾舞的塑料小人，正在月光倒映的盒面轻盈地旋转。

那是几年前父亲远航归来时，送给小柳嘉的礼物，据说它演奏的音乐可以驱散噩梦。柳嘉上个月来探病时，将八音盒留在这里陪伴母亲。

若不是刚才陷入幻觉，柳嘉早已遗忘父亲曾说过的那些话……他记得这个八音盒，还有定时鸣奏功能，或许能驱散那些

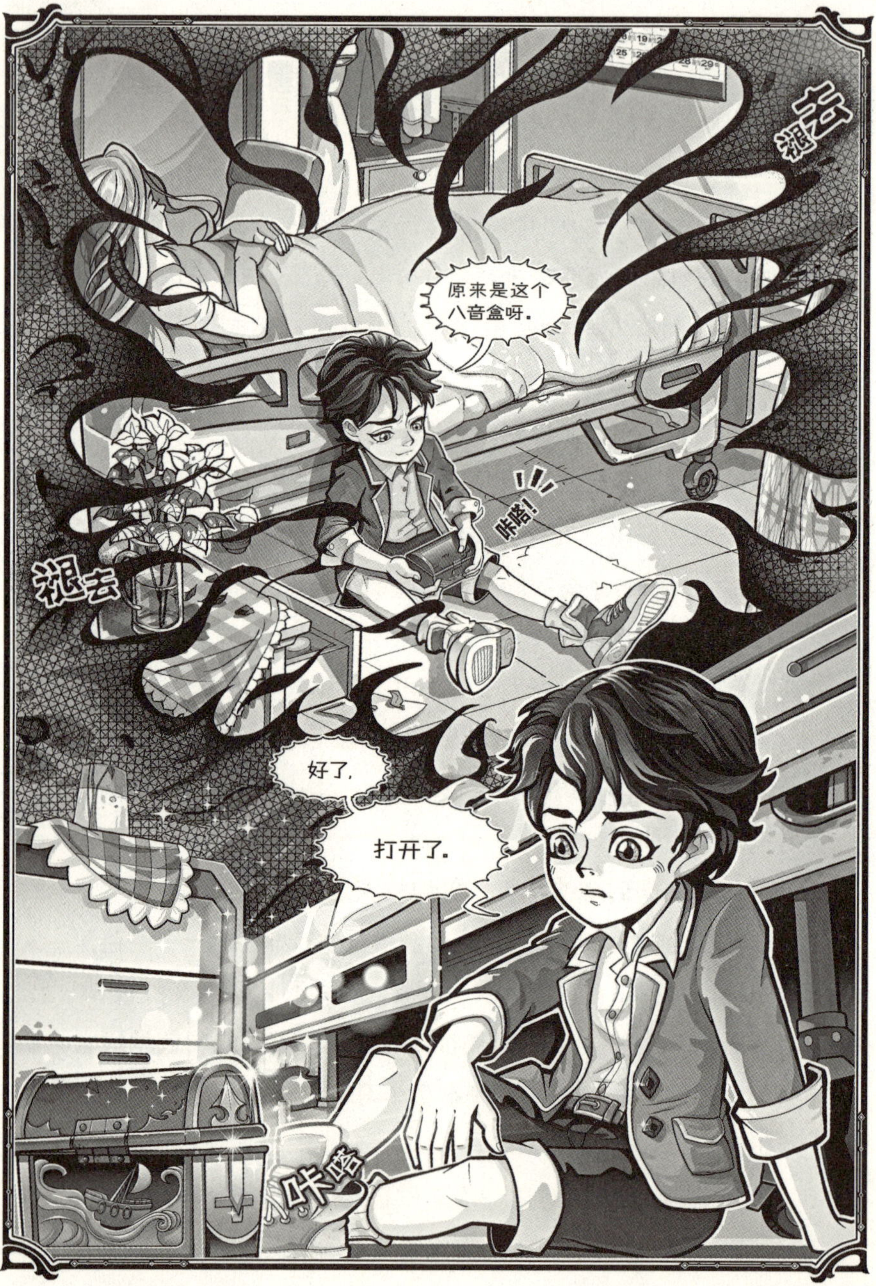

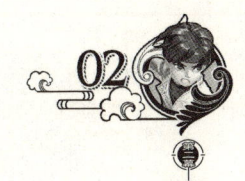

可怕的幻象。

柳嘉快步走到床头，拿起八音盒。他扭动几下八音盒上的开关，"咔嗒"一声，盒身打开了。

柳嘉欣喜地拨弄了几下按钮，调好了定时鸣奏模式，然后将它放回到母亲枕边。眼下，母亲比自己更需要这个八音盒的保护。

悠扬清脆的音乐声，在病房里萦绕盘旋……

柳嘉突然感到一种久违的轻松，随之而来的便是沉沉的困倦。他打了个大大的哈欠，趴在病床边，在音乐声中沉沉地睡着了……

柳嘉并不知道，此时窗户外，在正对着病房的一幢公寓的天台上，有几个身影正在夜风中窃窃私语。

其中一位头发灰白的老人，个子瘦高，须发在风中飞扬，目光如鹰隼般锐利，仿佛能看穿世间的一切虚幻，甚至看透时空与生死。他身穿白色的实验室长大褂，手中拿着一个古旧的航海望远镜，正聚精会神观察着病房内的柳嘉。

望远镜的镜头随着他轻轻地转动，镜片不停变幻着各种颜色。

"咔嗒"一声，他通过蓝色的镜片，看到了古典芭蕾舞练习室里，将小熊玩偶撕碎的红发少女，邀请柳嘉和她一起玩耍……

镜头又"咔嗒"了一声，变成黄色，倒映出柳嘉被一个屠夫扛在肩上，而他却浑然不知地闭上双眼，许着生日的心愿……

他转动镜头，"咔嗒"响了三次。冰冷阴暗的房间内，柳嘉

正被红衣仕女逼迫，仕女不断逼近着他……

然而，那汩汩涌动的黑色浓雾，却令他万万没想到……

当一切幻象消散不见，老人放下了望远镜，惊叹地长舒了一口气。

"祁莲，3号实验体的梦魇测评如何？"

光芒闪烁，一名年轻女子的虚拟影像出现在他身边。

女子身材高挑修长，穿着和老人一样的白色实验室长大褂，五官轮廓深邃，眉心处有一枚发着光的橙色花瓣印记。

"戚梦来院长，根据筑梦师玛德琳女士的观测记录，最终测评结果为：3号实验体的情况十分危险。他的脑波与梦魇幻象高频匹配，刚才还无意识释放了反向精神瘟疫，差点儿连累筑梦师在梦魇同步中脑死亡……"

戚梦来的身边，站着另一位身着白色医师制服、目光深沉的青年，他正眉头紧皱地飞快做着记录，挂在胸口的铭牌上显示着他的身份信息：

天台山脑科学研究所，博古医生。

"这孩子很有潜力，同时也非常危险……"戚梦来院长语气平和。

"但如果，他最终和0号实验体一样，走向另一条道路……"祁莲秘书的虚拟影像显得有些忧心忡忡，"那他极有可能会成为龙巢基地未来的重大隐患。您别忘了，柳真夜、戚灵珊夫妇就是因为……"

博古医生猛然抬起头，用眼神制止祁莲继续说下去。

戚梦来院长叹了口气，拍了拍博古的肩膀，心情沉重。

"没关系……这些我都知道……"戚梦来院长语气严肃地说道,"这孩子,我们要是置之不理,不出半年,他就将因为精神彻底崩溃而死亡。"

"祁莲,别忘了,他不仅仅是3号实验体,他还是柳真夜的孩子!"博古医生低声补充道。

祁莲秘书的影像微微张开嘴,但最终她咽下了唾沫,改变了想法。

"是啊……我们必须做点什么……去守护米兰市,守护孩子们的未来!"

戚梦来院长点了点头。他从白大褂口袋里掏出一副老花眼镜,戴在鼻梁上。站在夜风中,他再度对病房中的柳嘉注视了足有一分钟。

"通知夜行者,对3号实验体——柳嘉,继续进行观测和保护。"戚梦来院长终于下定决心,他将双手拢在背后,悠然自语着:"祝你好运,孩子。希望有朝一日,我们能在梦域相见……"

第二幕 结束

第三幕

荆棘梦魇与白雪黎明

红雾在空气中弥漫,遮蔽了月亮与星光。

柳嘉梦里不知身在何处。他的周围是一片浓密的沼泽,雾气在衰草间弥漫,沉静的水面如同油墨般漆黑,腐烂的荆棘浸泡在水岸边,散发出令人窒息的气味。

柳嘉拨开茂盛的草丛,步履蹒跚地往前走着。

他不知道自己已经流浪了多久,身心俱疲……就像缥缈的烟找不到风的方向,空洞的躯壳无助而迷惘。所幸借助着微弱的萤火,柳嘉依稀能辨认出一条泥泞小径,但还是不时被横叉的树根给绊倒,陷入深深的沼泽里。

他唯一的希望,是从幽深遥远的黑暗中,传来的轻轻吟唱

声……那仿佛是生命对他最后的呼唤……

渐渐地，柳嘉看见了一幢房屋，在不远处的暗红迷雾中若隐若现。那是只有精神狂乱的画家，才可能描画出来的建筑。

房屋的造型完全不符合力学构造，甚至它的存在本身就是一个谬误——它由灰白石块和木板构成，高耸的尖顶融化在一个诡异的基座上。枯黑的藤蔓撕扯着摇摇欲坠的窗，猩红的苔藓蚕食着灰石块与木板间的罅隙。

柳嘉靠近这幢建筑，听见吟唱声从屋里幽幽飘来……

他感到害怕却又欣喜，小心翼翼地推开了那扇破旧的木门，如同打开尘封了几个世纪的魔盒。

屋子里也弥漫着暗红色的雾气，地面上积满了灰尘。柳嘉跟随着吟唱声，慢慢走进了幽暗的走廊。两边排着一扇扇门，门上还挂着黄铜铸就的门牌。

当他来到走廊尽头处的那扇门时，吟唱声停了下来。

柳嘉伸出手，门却自动打开了。里面是一张长桌，半空中飘浮着几个烛台，烛火在昏暗中轻轻摇晃。桌上摆放着精致的银色餐盘和高脚杯。

长桌旁坐着一个人。那是个肤色苍白的男孩，年纪与柳嘉相仿，漂亮得像个高贵的水晶娃娃。他穿着黑色礼服，有一头乌黑浓密的鬈发，戴着用枯萎荆棘编织的王冠。

他那清澈的浅蓝色双瞳，孤独而冷冽，脸上那抹忧伤的浅笑，似乎早已厌倦了腐坏的人间。

男孩浑身散发着神秘的气息，令他就像是诞生于黑暗深处

的王子,又像是幽暗的黑夜本身。

男孩轻挥了一下手,柳嘉顺着他的指引坐到了长桌旁。

"请问,这是哪?"柳嘉小心翼翼地问。

"时间的沼泽。你迷失在了这里。"男孩的声音如深夜的风,清冷而神秘。

"刚才……是你在唱歌吗?"

男孩没有回答,只是微笑着望着他。

柳嘉低头看着面前空空的银餐盘,感觉饥肠辘辘。

记忆中最后的晚餐,那碗糊成一团的面条,似乎是上个世纪的事情了。

"要不要来点吃的?"男孩轻声问,他正跟随一曲柳嘉听不见的旋律,轻摇手中的高脚杯。

柳嘉目瞪口呆。

他面前的银色餐盘里,突然出现了丰盛的食物。他已经很久没见到桌上一下子摆出这么多他爱吃的东西了,柳嘉每样都往自己的餐盘里拿了一点,开始大口吞咽起来。

男孩则慢条斯理地喝了一小口饮品,嘴唇被染得猩红。

"我们做个交易吧。"男孩缓缓地说道,他的笑容变得有些诡异,"我用美食和玩偶,换取你的时间。"

柳嘉抬起头,发现阴暗的房间角落里出现了一排立柜,透明的玻璃门里,摆放着一个个古旧的人形玩偶:邪恶的囚犯、严厉的教授、高贵的妇人、哀伤的理发师、颓靡的女学生,还有骄傲美丽的芭蕾舞伶……

它们全都和真人等高,头发遮挡着灰蒙蒙的脸,眼睛如同

两个黑色的空洞，没有一丝活气。

"这些美食取之不尽，足以填补你的欲望。每个玩偶都代表了一种人生，你可以随意选择。"

"可是，如果我并不想交换呢？"柳嘉颤抖着放下了手中的餐具。

"你真这么想吗？"男孩用一只手轻轻托着下巴，嘴角勾起充满魅惑的微笑，就像盛开在暗夜里的红蔷薇，"在黑暗中享受孤独，好过在阳光下受尽伤害——在支离破碎的绝望中挣扎的你，难道不想永远地逃离吗？"

柳嘉出神地望着男孩，一时间竟回答不上来。

迷雾不知何时散去，暗红的月光透过玻璃窗，洒落在阴暗房间的地板上。挂在墙角的一面古老铜镜反射着月光，幽幽地闪烁起腥红的光亮。

柳嘉惊愕地看到，镜中的自己正在急速衰老！

没过多久，他的头发变得灰白稀疏，因为惊恐而变形的脸形如枯槁。深陷的双眸黯淡无光——和那些玩偶一个模样。窗外传来黑鸦的哀鸣，如同为他唱响了挽歌。

柳嘉惊恐地大叫，却发现不论怎么使劲，咽喉里都发不出声音。

"留在这里，成为我的伙伴吧。"男孩走到柳嘉背后，幽幽低语。

柳嘉惊慌失措地冲出房间。

令他崩溃的是，漆黑走廊上的每一扇门后，都是一模一样

的房间!同样的壁灯、同样的餐桌,头戴荆棘王冠的男孩微笑着,对他说出同一句话——

"留在这里,成为我的伙伴。"

柳嘉感到自己被绝望吞噬,呼吸凝结在了胸口,令他倍感窒息。

忽然间,他的目光落在了墙角那一面镜子上。直觉令他快步跑了过去,摘下那面镜子,狠狠地摔在了地上。

巨响声中,镜子被摔得粉碎!柳嘉从破碎的镜片中,看见自己变回了原来的样貌。

一瞬间,美食和玩偶全都消失。

男孩脸上的笑容变得阴沉凌厉。他微微低着头,看向柳嘉的目光变得阴森而暴戾,让柳嘉不寒而栗。

"你……竟然、摔碎了我的、御魂镜!"男孩从牙缝里挤出一个暴怒的声音。

柳嘉害怕极了,不知道是应该道歉,还是应该逃跑。

窗外漆黑的夜空中,暗红的圆月犹如一个巨大瞳孔,注视着屋里的一切。

这时,男孩越来越愤怒,身体在不停地变大,岩石般的肌肉撑破了衬衫,露出了青色的长满鲜红苔藓的脊背,五官变得扭曲而硕大,挥舞着拳头,用力砸向柳嘉!他原本清澈的嗓音被撕裂成了两半,发出巨兽般的低吼。

"你要为此——付出代价!"

"啊——"

柳嘉受到压抑的声音终于冲出了喉咙。他大声惨叫着,从

梦魇中惊醒了过来。

"叽叽喳喳——"几只停驻在树枝上的麻雀受到惊吓,扑棱着翅膀飞远了。

此时,天光已经大亮。

云层遮挡住清晨的阳光,在林荫葱郁的花木苑小区投下一片灰白色的阴影。

几辆没精打采的老款私家车开始了一天的通勤,沿着斑驳的水泥路穿行而过。路边的广告栏里,张贴的医疗海报已经褪色发黄。

自从幻象病毒在米兰市扩散,小区里晨练的老人明显少了许多。尤其当6栋109室的崔如意被确诊感染幻象病毒之后,居民们更是人人自危。

但仍有几位家庭主妇和老人闲不住,时常牵着小狗在院子里遛弯。当他们听见柳嘉的尖叫声时,纷纷停下脚步朝109室指指点点。

"你们听,那孩子又做噩梦了!"

住在108室的许老太是柳嘉的邻居,她牵着一条已经老得掉牙的柯基犬,表情阴沉地说:"他每次做噩梦之后,总是疯言疯语!前天说'跌倒在蜘蛛巢穴',上周说什么'在冥河暗礁躲避鲨鱼',上上周还说'逃离寂静岛'……"

"多半是因为他爸爸去世,精神受到刺激了吧?"正在教训一只小哈士奇的中年妇人悄声议论。

"他爸爸是海难死的,整艘船都沉了!"许老太再次非常确

定地对周围的邻居说，很是得意自己知道许多内幕。

"他妈妈住进了医院……那遗产应该全归他们家小孩了吧？"牵着拉布拉多猎犬的少妇艳羡地咂了咂嘴巴。

"谁知道呢。"许老太瞥了一眼109室主卧的窗户，"现在，在这里照顾他的，是他的舅舅、舅妈，都是从郊区来的，还带着个胖儿子。"

"那孩子这样疯疯癫癫的，真的没有感染'幻象病毒'吗？"抱着贵宾犬的胖妇人阴阳怪气地看了一眼许老太，"这疯病可是会传染的……"

"别让家里的孩子和那屋的孩子玩就好。"许老太不高兴地说，"我平时从他家经过的时候，可都戴着口罩……"

叽叽喳喳，叽里呱啦……

半个小时后，热爱八卦的闲人们再次以"真不容易哟"为结束语，完成讨论，然后各自回家，做饭、看电视去了。

此时，人们议论纷纷的109室里，依然一片沉寂。

这里和四年前相比，有了许多的变化——

灰白色的晨光透过白纱窗帘，给这间曾经温暖整洁的屋子，染上了昏暗阴沉的色调。

装饰雅致的客厅里乱糟糟的，到处散乱着玩具和没有吃完的糕点，雪白的墙上留下了几个脏兮兮的球印，钢琴上那幅柳嘉和父母的合影，被一个插着苍蝇拍的琉璃花瓶挤到了角落里。典雅的餐桌上堆放着一堆塑料外卖餐盒，雕花陶瓷摆件里塞满了槟榔和花生，厨房工作台裹上了一层厚厚的油渍……

这一切都显示着，这间屋子曾经的主人已经不在了，而新来的人显然不怎么欣赏这里曾经的生活方式。

在阴暗潮湿的地下室里，柳嘉已经醒过来了。

他坐在床上，惊魂未定地喘着气，仍被刚才那个噩梦带来的恐惧紧裹着……

沼泽的腥臭味似乎仍在他的鼻腔里萦绕，悠远的吟唱声在耳边嗡嗡作响……那个男孩浅蓝色的双眸和充满魅惑的微笑，仿佛与房间里的黑暗融在了一起，如影随形……

更可怕的是，这个奇怪的梦魇好像纠缠不休，近期出现过多次。

"阿嚏！阿嚏！阿嚏！"

柳嘉一连打了三个喷嚏，这才缓缓地回过神来。他揉了揉鼻子，突然感觉房间里冷飕飕的。

借着微弱的晨光，他左右张望，发现自己竟然躺在一间爱斯基摩冰屋里！天花板和墙面都是厚厚的冰砖，就连铺盖都是冒着寒气的冰块……

几只毛茸茸的竖琴海豹，正蜷缩在他的身边熟睡。它们浑身上下宛若冰雪，眼睛周围有着浓浓的黑眼圈，活像一只只迷你熊猫，头上还生长着两只触角，上面长着嫩芽般的肉刺。

柳嘉淡定地轻轻触碰了一下小海豹。手指从它们半透明的身体穿了过去，似乎还能感受到它们身体的余温。

这间冰屋的幻象，最近经常出现在柳嘉的卧室里。柳嘉猜想，多半是天气转凉的缘故。

这些幻象好像和五眼乌鸦召唤的不太一样。它们大多都温

驯可爱，偶尔也会有些顽劣的家伙，但大多都没有什么坏心眼。

"叽叽——""叽——"

这时，两只竖琴海豹叼着鳕鱼和大虾，跳到了柳嘉的大腿上。柳嘉的脸上露出难得的笑容。

"早上好呀，糯米丸子，草莓饭团。谢谢你们的大餐……嘿嘿！但我还是吃不了……"

"糯米丸子""草莓饭团"是柳嘉给这两只竖琴海豹取的名字。事实上，他给所有经常出现的幻象都取了名字，甚至还把它们分类，写在记事本里。

柳嘉话音刚落，"糯米丸子"和"草莓饭团"咕叽咕叽地叫了两声，便把鳕鱼和大虾吞下肚了，然后睁着圆溜溜的大眼睛望着他。

"不行……上学快迟到了。"柳嘉尴尬地笑着说，"今天玩不

了雪人敲冰块的游戏。"

两只竖琴海豹上蹿下跳,疯狂抗议,像极了两颗流浪壁球。被它们一阵瞎闹腾,柳嘉的心情轻松了一些。

刚才那个梦魇带来的恐惧感渐渐地消散了……他打开了刺眼的床头灯,冰屋倏地不见了。竖琴海豹们也都像消融的冰雾,渐渐淡化在了空气里。

第三幕 结束

第四幕

 柳嘉的日常

柳嘉住在一间狭小的地下室里。这间地下室是花木苑小区附赠给一楼住户的储物室。

房间里阴暗潮湿，靠近天花板的位置有个狭长的通气口，勉强能称之为窗户。房间角落摆放着用布艺沙发拼凑的床，旁边就是洗手间的门，再加上一张橡木折叠书桌、一个黑色的五屉柜，以及一个挂衣架，便什么也塞不下了。

住在这个房间里，他可以听见这幢房子任何一个地方发出来的声音，洗衣机、烘干机、抽油烟机，以及楼上的人半夜上厕所后马桶抽水的声音。

不过这一切，他并没有让母亲知道。

因为他不想再给母亲增加任何一点痛苦和难过。

他是在半年前搬进这个房间的，因为舅妈说柳嘉老做噩梦，导致表弟崔牛牛的睡眠质量不太好，所以让崔牛牛独占了他的卧室。

不过柳嘉实在想不明白，人如其名、沾床即倒、呼噜连天响、壮得像头小牛犊的表弟……睡眠质量真的有那么差吗？

无所谓了，柳嘉也不喜欢和尿床鬼崔牛牛一起睡。每次崔牛牛尿床，都说是被柳嘉吓的……

柳嘉翻身下了床，伸了个大大的懒腰。虽然还很困，但床头柜上的公鸡闹钟显示已经 7 点 10 分了。

他打理了一下乱蓬蓬的鸡窝头，手蘸冷水揉了揉黑眼圈，爬上一楼的餐厅，舅舅一家三口已经坐在餐桌旁。

舅舅崔启明是个喜欢斤斤计较的瘦高个，长着一张马脸。他个性阴沉，待人刻薄，目前在一家财务公司做分析员，喜欢在餐桌上看报纸，对金融时事发表评论。

至于舅妈梁凤霞和表弟崔牛牛倒是像一个模子里刻出来的，圆圆的脸，眼睛和鼻子都小得可怜，胖墩墩的身材，"豁达"的胃口……

"妈妈——快点！我饿了！"

当崔牛牛用他的"金宝贝儿童筷"使劲敲打着桌面时，柳嘉小心翼翼地挑了个离他稍远的座位坐下，悄悄地打量着屋子里热闹的景象……

柳嘉敢担保，如果崔启明舅舅一家知道，此时在这个家里

的并不只有他们四个人，一定会吓得一蹦三丈高——

此时客厅、餐厅和厨房里，十来个半透明的幻象正在东游西荡。它们不时地钻进墙壁消失，然后又在隔壁的房间出现。

幻象们对舅舅一家完全不在意，倒是偶尔会和柳嘉打个招呼，好像它们才是这间屋子的主人。

熊猫高大壮一家，正瞪着猩红的眼睛，挤在沙发上一边吃竹子一边看电视。它们好像总是在怄气，毛皮上沾满了污渍，几只苍蝇在它们旁边飞来绕去。

残暴龙猫宫宝一家正在阳台上晒太阳。

几只小老弟，宫十一至宫十六，不甘寂寞地随着窗外麻雀的鸣叫做早操。宫二到宫九，站在晾衣绳上排成一排。它们的身体仿佛是被撕裂后重新拼装而成的，一道道疤痕就像粗糙的缝合线，四肢被拼接得歪歪斜斜，因此不停地从晾衣绳上掉下来。

罪恶之猩银泰和几个小伙伴——暴虐考拉菜哒、蛮酷树懒花聪、忧郁水豚超弟，围着茶几用桉树叶打牌。柳嘉记得，前几天飞天土拨鼠胡克也在，今天不知去了哪儿。

舅妈梁凤霞的脚边，还有几只正在挖地洞的号叫锯牙兔，看起来是想把它们搜集好的食物储存起来。只不过它们喜爱的食物，并不是萝卜和白菜。

柳嘉坐在餐桌旁静静地看着。对这些动物幻象，他谈不上喜欢或是讨厌。

自从舅舅一家搬进来后，柳嘉很长一段时间都无所适从，感觉自己像是一个多余的人。可这毕竟是他和爸爸妈妈曾经一起

生活的地方……因此，能有几个熟悉的"老朋友"常来家坐坐，可以让他多出几分归属感。

当然，如果让别人知道了幻象们的存在，一定又会议论他的古怪。

但相较独自一人待在这个割裂的家里，孤独地存活在这个无趣的世界上，柳嘉宁可一直古怪下去。

"早餐来了，乖儿子！"舅妈梁凤霞端着两盘速冻水饺，来到了餐厅里。

这时，舅舅切换了电视频道，里面正好在播放一则新闻——"巡警王庆龙执勤失踪一周后，被人在桦木镇的露天停车场发现。目前经医生诊断，他感染了'幻象病毒'，已经被转移到了医院精神科……"

"这段时间要提高警惕。"舅舅嘴里嚼着酸菜水饺，山羊胡上沾着亮晶晶的汤汁，"牛牛你放学后别到处乱跑，柳嘉也是。"

"嗯。"柳嘉敷衍着回答，咬了一口水饺，菌菇肉丝馅儿的。

"柳嘉还好啦。"舅妈扭着她那水桶腰，在餐桌旁坐下，"我们牛牛说，将来要当名侦探呢，可不能出什么意外。"

柳嘉"呵呵"笑出了声。

在这间屋子里，只有他清醒地知道，崔牛牛不是当侦探的料。

忽然，一个硬邦邦的东西砸中了柳嘉的后脑勺。

他低头看去，竟是一只拖鞋。

"哈哈——看本奥特曼的陨石光波！"崔牛牛得意地大笑着拼命拍掌，"臭柳嘉，你已经死了！还不快把我的鞋捡过来！"

"好让你继续扔吗？"柳嘉心里的怒火被点燃了。他瞪着崔牛牛，酝酿了一下说，"……真正的战斗，现在才刚刚开始！"

"哼哼……真正的强大，是不可以与所有人类和谐共处……"崔牛牛一边念叨着反派台词，一边睥视着柳嘉，慢慢地吃了个饺子，猪肉大葱馅儿的。

"行了，你们不要一大早就学奥特曼搞破坏！"舅舅赶紧息事宁人。

"小嘉啊，你可别怪牛牛，"舅妈倒了些肉酱在崔牛牛的早餐盘里，"因为昨天没能去游乐园打怪兽，他心情有点儿不好。"

"昨天舅舅带我去医院看妈妈，是早就约定好的。这可不能怪我。"柳嘉不服气地将筷子用力夹住饺子，幻想那是崔牛牛的头。

每个月带柳嘉去探望一次母亲，这是舅舅以临时监护人的身份住进柳嘉家时和他的约定。

"哼！一个木头人有什么好看的？"崔牛牛气急败坏地吃了一大口沾满肉酱的饺子，"去了她也只是在睡觉而已。"

"你说什么！"柳嘉生气地站起来，拳头捏得紧紧的。

"她是木头人——"崔牛牛扮了个鬼脸，"已经没救了！"

"不许你这样说我妈妈！"愤怒让柳嘉浑身颤抖。

"我就说，怎么了？"崔牛牛不屑地往嘴里塞了个饺子，"我妈说了，神仙都救不了你妈。而且你自身难保，老是疯疯癫癫的。爸爸妈妈早该叫那些白大褂把你抓走，和你妈妈一起关进精神病院！"

舅妈尴尬地笑了一声。

"崔牛牛!"柳嘉被怒火烧得失去了理智,挥着拳头便朝崔牛牛扑过去,可是崔牛牛双手轻轻一推,就把他掀翻在地。

崔牛牛得意地抱着双臂,居高临下地对柳嘉冷笑。柳嘉气得咬牙切齿,感觉身体里有一股强烈的怒气在激烈地翻腾。

"啪!"

就在这时,熊猫一家从沙发上站了起来。它们瞪着猩红的眼睛望向崔牛牛,很生气自己的早餐时间被打扰。

"嘎嘎!嘎嘎!"猩猩银泰挥着手中的树叶牌,尖笑着嘲讽熊猫一家气呼呼的模样……这已经不是第一次了。

熊猫爸爸被激怒了,它发出沉闷的低吼,转移了目标,冲上去撕咬顽皮的猩猩银泰。银泰灵巧地在屋子里四处躲闪,结果熊猫爸爸撞得家具不停摇晃。

"叽叽——""呱啦啦啦——"

其他的动物全都因为这场混乱作鸟兽散。

有的逃到了吊灯上,有的躲进橱柜里,还有的藏在桌子下方。龙猫宝宝们在晾衣绳上开心地狂跳,发出兴奋的叫声,像是在哭,又像是在笑。

柳嘉从被撞歪的餐桌旁边站起来。

这些幻象看见柳嘉被崔牛牛欺负时,偶尔会帮他出头,但更多时候,它们还没有来得及教训崔牛牛,就先自己乱成了一团……尽管如此,柳嘉还是很感激它们。毕竟在这个世界上,会关心他的人已经很少了。

舅舅、舅妈以及崔牛牛此刻惊恐不安地瞪大了眼睛。

在他们的眼里,屋子里正在发生极其古怪的事情——明明

没有其他人，但屋子里却像是地震一般，桌椅被撞倒，吊灯不停地摇晃，橱柜自动开合，晾衣绳激烈地颤动……窗户玻璃上出现一条条裂痕，像是有什么东西砸在了上面。

"到、到底是怎么回事？"舅舅崔启明战战兢兢地说。

"别、别吓着孩子……"舅妈紧紧地搂住崔牛牛，瑟瑟发抖。

"柳嘉！说！是不是你干的？"

崔牛牛在舅妈的怀里大喊："上次你把我锁在厕所里一个多小时！还骗我说是绿毛蜘蛛在门把手上结了网，所以打不开门！今天你又做了什么？！"

"柳嘉！是你？"舅妈气急败坏地瞪着柳嘉，完全忘了就在刚才崔牛牛还把他推倒在地上，"你怎么能对弟弟动手呢？"

"这不是我干的！"柳嘉生气地说。屋子里的响动随着他的愤怒，变得更加剧烈了。

"行了行了！"崔启明舅舅突然大声说，"都别瞎嚷嚷。我想起来了，住楼上的那家人今天开始装修，估计正在砸墙和拆地板，所以才会弄得我们屋这么大的响动。"

"难怪……"舅妈长长地松了一口气，"我好像在楼梯口看到了他们家的装修通告书。"她溺爱地抚摸着崔牛牛的背，阴沉地瞪了柳嘉一眼。

柳嘉抿紧嘴唇，决定顺着舅舅崔启明的解释，掩饰一下这场混乱。

如果再闹下去，他的麻烦只会越来越多。

为了每个月都能去探望母亲，他只能忍气吞声。

"叮咚"——门铃响了。屋子里的动静也渐渐地小了下来。

柳嘉听到了重物落在门口擦脚垫上的"扑通"声。

"小嘉,你去门口看看,好像有包裹。"舅舅重新摆好餐桌,但已经没有心情吃早饭了。舅妈开始收拾餐具。崔牛牛不停地朝柳嘉扮鬼脸。

柳嘉早已经习惯了这家人的颐指气使。

他打开门。擦脚垫上有三个包裹:舅妈的"减肥健身环套装"、崔牛牛的益智营养品,还有一个——是寄给柳嘉的!

柳嘉好奇地捡起自己的包裹,目不转睛地盯着看,大脑因为激动嗡嗡响了起来。这是一个被牛皮纸包裹得严严实实的小纸盒,寄出时间是五年前的某个下午,寄件人竟然是他父亲——柳真夜!

柳嘉揉了揉眼睛,反复确认,寄件信息上写得清清楚楚,不会有错——

```
收件地址:米兰市花木苑小区6栋109室
收 件 人:柳嘉
寄 件 人:柳真夜
```

柳嘉的心在胸口里狂跳,眼眶发热。

他反复地确认"自己并不是在做梦,眼前的包裹也不是幻象"之后,双手不停地颤抖起来。他费了很大的劲才撕下原本可以轻松拆除的牛皮纸。纸盒里装着的是一个脏兮兮的漂流瓶,里面放着一条挂着帆船吊坠的项链!

柳嘉将漂流瓶凑近眼前仔细地看，发现吊坠上的帆船他曾在梦里见过！

在梦中，那是一艘巨大的木质帆船，白色的船帆像海鸥的翅膀般朝两边伸展，桅杆上挂着一面威风凛凛的旗帜，上面绘着一只海鸥在繁星下翱翔。

"星夜海鸥号……"柳嘉想起父亲曾经提起过，他驾驶的那艘大船的名字。

柳嘉激动得不能自已，忽然一只手从旁边伸了过来，将漂流瓶抢了过去！

"崔牛牛！还给我！那是爸爸寄给我的！"柳嘉愤怒地说。

"骗人！你爸爸死了，怎么给你寄东西？"崔牛牛大声讥笑。他把漂流瓶高高举过头顶，然后扔在地上砸得粉碎。

柳嘉看着那满地的碎玻璃片，感觉自己的心也碎成了无数片。

不过，崔牛牛才不管这些。他捡起帆船项链，便往自己的头上戴，却没料到他的头实在太大，项链根本就戴不进去！

柳嘉气得浑身的每一个细胞都在炸裂。他的眼眶泛红，瞪着崔牛牛。

这是父亲的遗物，绝对不能被崔牛牛抢走！

可是他也很清醒地知道，如果硬碰硬，自己绝对不是崔牛牛的对手，更何况他还有舅舅和舅妈两个帮手。

这时，忧郁水豚超弟将一只"咬指小鲨鱼"叼到了柳嘉的手中。

"咬指小鲨鱼"是父亲柳真夜送给他的解谜玩具，如果不按提示乱摁按钮，不但不能让鲨鱼嘴张开，还会咬住任何伸进它嘴

里的东西。

"崔牛牛——未来的大侦探,你敢和我打赌吗?"柳嘉强压怒气,大声问总爱跟他唱反调的崔牛牛,"你能解开题,让鲨鱼嘴张开,我就心甘情愿地把项链送给你!"

"傻瓜才解题呢!看我的无影脚——"崔牛牛烦躁地打断柳嘉的话,将小鲨鱼玩具扔在地上,用脚尖碾压到嘎吱作响……忽然,小鲨鱼的利嘴卡住了崔牛牛的脚趾,引发出一连窜杀猪般高亢的惨叫声。

"很好。看来你是名侦探界的男高音。"柳嘉捡起崔牛牛掉在地上的帆船项链,抓起书包便冲出了家门。

在他的身后,回响着崔牛牛的惨叫声,还有舅妈的咒骂声。

但这一切柳嘉都不在乎。

太阳不知何时从云层里探出了头。

柳嘉激动地又跑又跳着。他紧握手中的那条帆船项链,就

像是终于再次握住了父亲的大手。他想让全世界，尤其是母亲知道自己是多么高兴……

柳嘉跑累了，脚步缓缓地停了下来……

他望着手心里那条已经脱漆的帆船项链，幻想着五年前，父亲将它放进漂流瓶里时，会是什么样的表情……一定是像此刻的阳光一样灿烂的微笑吧……

柳嘉突然感觉鼻子有些发酸，忍不住流下泪来……

第四幕 结束

ACT
05

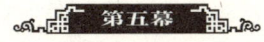

挑战尖叫墙

　　当柳嘉赶到学校的时候，预备铃刚刚响完。

　　其实明德学校距离花木苑小区只隔着四条街道，即使经历了早晨的兵荒马乱，动作快一点的话，也是不会迟到的。但途中的一个路口最近偶尔会出现奇怪的幻象，导致该区域频频发生车祸——

　　这些幻象是各种各样的岔路口。

　　它们有的又宽又大，有的又窄又小，而且摇摇晃晃。甚至它们会变成悬崖、裂谷……诱引从这里经过的人们闯红灯，或是使车辆撞到路边的电线杆、安全护栏上……以至于行人们经过这里时不得不停下来……

若不是柳嘉记住了准确的方向,以及在什么地方应当跨过障碍,估计他这段时间都没有办法平安抵达学校了。

但是今天和往常不一样,经过这条路时,柳嘉看到了一团浓浓的灰雾。

他察觉到戴在胸口的帆船项链微微发烫,并且泛着淡淡的蓝光……灰雾幻象随之渐渐消散了……柳嘉心想,或许这只是巧合吧。

他拼命地往学校的方向跑去,可一路上还是耽误了太多时间。最后,当他终于赶到学校大门口时,只能眼巴巴地望着执勤校警一脸冷漠地锁上了门。

"你完了,回去请家长吧!"

柳嘉郁闷地叹了口气,他可不想请舅舅来,于是一个转身,飞快地溜到了学校食堂后面的围墙下。

这堵围墙是明德学校唯一的旧砖墙,大约有两米高,上面长满了青苔。

栽种在围墙边的几棵柳树,繁茂的枝叶在围墙上投下了深深的阴影。墙角的杂草堆里有不少生活垃圾,大概是被风吹过来的,也不知道有多久没打扫过。

若不是迫不得已,他是绝对不想来这里的……

前不久,这堵墙有了个新名字——尖叫墙。

围墙边的几株大柳树被狂风一吹,枝条犹如青叶蛇一般狂舞。

传闻有几个建筑工人在维修围墙时,在这里看到了可怕的

幻象，然后全都大声尖叫，口吐白沫，从围墙上跌落下来，骨折入院。

防疫专家过来检测后，判定这堵围墙附着的幻象病毒，传染了攀爬围墙的人。

他们看到了某种幻象，被攻击后掉下围墙。因此，校长在对围墙进行消毒杀菌后，下令封锁了这片区域，并且特地安排了校警在附近巡逻，以免出现意外。

但柳嘉知道，消毒杀菌对幻象病毒没有太大作用——

柳嘉走近"尖叫墙"时，感到一股莫名的阴冷和压抑。

围墙上的柳树枝疯狂地摇动。柳嘉能清楚地看见那根本不是什么柳树枝，而是许多条翠绿色和蓝色的幻象小蛇。它们正张牙舞爪地吐着蛇信，等待新猎物到来。

相信那些从"尖叫墙"上摔下来的人，多半就是因为看到了这"百蛇幻象"……柳嘉不知道为什么，就是非常笃定幻象小蛇有一百条。对经历过更可怕幻象的柳嘉来说，"群蛇乱舞"虽然可怕，但似乎勉强还能接受。看来只有找到这个幻象的致命弱点，才能翻过墙了。

他在墙角下思索怎么翻墙时，在墙面上发现了一些新的划痕。他仔细辨认后发现，竟不知道是谁留下的奇怪公式。

"难道这些就是破解的提示？"柳嘉决定试试。

"咝——"

"咝啦——"

小蛇们龇牙咧嘴地朝柳嘉的颈脖扑咬过来。

柳嘉深吸一口气，让自己镇定下来，命令自己尽量不去看

身旁那些狂躁的小蛇。

今天的第一堂课是语文课，荷金娜老师可是一个很严厉的老师。如果迟到太久，她的脸色多半会很难看。更重要的是……如果因为旷课被请家长，舅舅也许会用这个当借口，下个月就不带他去医院探望妈妈了……

那样的结果，柳嘉是承受不起的……

即使柳嘉已经害怕得要失声尖叫，即使他已经浑身冒冷汗，他还是颤抖地将手探向了幻象。

正如他之前所想的那样，当他摁住了斑纹像"100"的幻象小蛇后，幻象蛇群像被摁了暂停键一样，伸长了的肢体悬停在了半空中，白森森的尖牙无法触碰到他。

柳嘉用力抹了一把冷汗，长出了一口气，望着仿佛成为雕塑的小蛇们，突然感到有些得意，于是吐着舌头朝幻象扮了个鬼脸。

"嘿，五眼乌鸦叫来的那些幻象，比你们可怕多了！"

他的话音刚落，干哑的啼叫声突然响起。柳嘉浑身的汗毛倒竖了起来。

"呱——呱呱——"

柳嘉僵硬地转过脖颈，发现五眼乌鸦居然就停在他身后的围墙上，正用尖嘴梳理翅膀上的翎毛。

一阵狂风吹过，柳嘉听见柳枝"咔嚓、咔嚓"地作响。当他转回头去，顿时惊恐地睁大了眼睛，巨大的恐惧令他发不出声音。

刚才发出响声的……并不是柳枝……也不是蛇群……

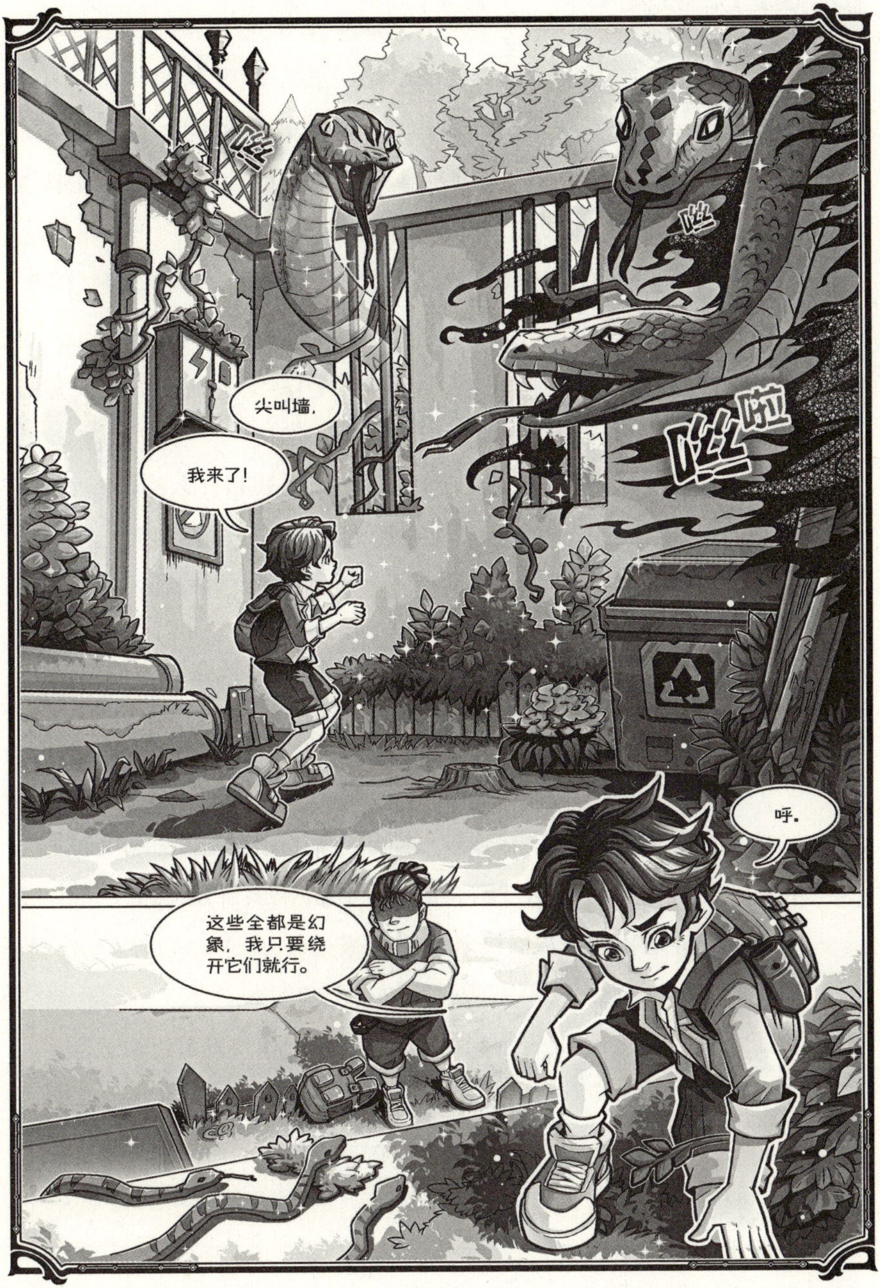

在他眼前，有一条巨大的响尾蛇，正盘踞在围墙上！

它有三个蛇头，湿滑的身体比大象腿还要粗壮，上面长满了青灰色的逆鳞，还有许多冒着绿色毒烟的尖刺……更为可怕的是，它正慵懒地挪动着身体，发出黏腻的"哗哗"声……暗黄瞳孔眯成了一条缝，正幽幽地盯着柳嘉，饥渴地吐露着猩红的长信。

柳嘉感觉自己浑身的血液都快凝固了！

他在脑海里拼命地喊叫：救命——快逃！

然而身体却像被美杜莎石化了一般，除了颤抖什么都做不了。

响尾蛇用身体将柳嘉一圈圈地缠绕起来，从双脚直至脖颈。柳嘉感觉自己浑身的骨头仿佛都快被挤碎，窒息的胸腔也到了炸裂的边缘！

剧烈的疼痛和恐惧令柳嘉大声惨叫起来，不顾一切地拼命挣扎。

然而这一切却让响尾蛇变得越来越兴奋——

它高高地竖起粗壮的脖颈，肌肉向后缩紧弯成弓形，随时准备扑向柳嘉。望着杀气腾腾的响尾蛇，柳嘉目光僵直，仿佛看到了死神正朝他挥舞着锋利镰刀而来。

"呱——呱呱——"五眼乌鸦兴奋地啼叫着。

它用力扇动翅膀，像是在命令响尾蛇立刻将柳嘉吞食入腹。

"唰！""唰！""唰！"

霎时间，三个蛇头同时朝柳嘉咬了过来！

柳嘉的瞳孔放大，大脑一片空白……然而预想中的疼痛并没有到来。

过了好一会儿，柳嘉的视线重新变得清晰，一道强烈的光线灼痛了他的眼睛。当柳嘉慢慢从强光中睁开眼，竟看到一轮红日悬停在天边。

夕阳的余晖，将眼前这片一望无际的麦田染成红色。

而他就站立在麦田中央，身体被稻草捆绑在一个木头架子上，随着麦穗在狂风中摇摇晃晃。

柳嘉发现自己变成了一个破破烂烂的稻草人……

只是眼下的处境，比之前好不了多少。

那条攻击他的响尾蛇虽然消失不见了，但一群乌鸦正扇动着黑色的翅膀，降落在他的肩膀上、头顶的草帽上，还有他的脚踝边……

它们虽然没有五只眼睛，但倒映着红色夕阳的双眼，依旧闪烁着残暴的亮光。

柳嘉拼命挣扎，可用稻草组成的身体现在根本就无法移动。周围也没有其他人，他只能眼睁睁地看着乌鸦们衔起一根根稻草，向远方飞去筑巢，然后又飞返回来。

柳嘉大声哭喊，祈祷风能刮得更猛烈些，将这群乌鸦赶跑。

然而乌鸦们显然知道，稻草人毫无威胁。于是更加肆无忌惮地啄走组成柳嘉身体的稻草。

这样重复着，重复着……渐渐地，稻草身体被啄空了……最后，乌鸦们用利爪将柳嘉推倒，得意地啼叫着飞远了。

"稻草人"柳嘉，仰面躺倒在麦田里。

周围一片沉寂。

只有风吹过麦穗时发出的"沙沙"声,如同麦田对稻草人的哀悼。

柳嘉的意识在渐渐地失去……

他遥望着被夕阳染成红色的天空,父亲和母亲的笑脸在眼前一一浮现。

隐约间,他听见了自己和父母嬉戏打闹的笑声,似乎就在不远处回响,忽远忽近。一家人在麦田里开心地跑啊跑啊……直至一起消失不见……

"爸爸……妈妈……"

柳嘉轻声呢喃着,想要流下眼泪,可惜稻草人是没有眼泪的。

就在柳嘉的意识快要完全陷入黑暗……一个影子突然遮住了灼眼的夕阳。闷雷般的声音突然炸响,柳嘉猛地一个激灵,用力睁开了眼睛。

那令人窒息的红色夕阳和孤寂的麦田都不见了……

此刻,柳嘉仍坐在学校的旧砖墙上,眼泪浸湿了脸颊。

他的身体被柳树的枝条紧紧地缠绕着,活像一个被巨型蜘蛛捕获的猎物。胸口处的帆船项链烫得像一个烧红的小铁球。他低头看去,发现蓝色的帆船吊坠像是蒙上了一层灰,变得脏兮兮的。

围墙下方传来声响,一个身影正站在那里。柳嘉吓了一跳,站在那里的竟然是明德学校的"霸王龙"——易天爵!

易天爵是柳嘉的同班同学。

虽说他们是同龄人，但他的个头却比许多高年级的学长还要高大。

他的皮肤黝黑，脸部轮廓分明，五官的线条硬朗，两撇浓浓的剑眉骄傲地上挑，炯炯有神的双眼，让人感觉他好像时时刻刻都在生气。要论身强体壮，崔牛牛在他面前简直就是一条虚弱的菜青虫。

传闻所有得罪他的人，都不会有好结果。

前阵子，据说他的亲人因为感染幻象病毒，承受了很大的痛苦……因此他最近的心情极差，稍有不愉快就对周围人凶相毕露……

最悲惨的是，他和柳嘉在同一班级，今年调换座位后，他就坐在柳嘉前面。只不过，还没说上几句话而已。

"喂，想找麻烦吗？"

易天爵的声音如同巨石落地时发出的闷响。

柳嘉吓得浑身一颤，要不是被柳枝牢牢捆住，他多半就从围墙上掉下去了。

"易天爵……有什么事吗？"柳嘉战战兢兢地问。

"你不知道这是尖叫墙？"易天爵上下打量着柳嘉，凶神恶煞的表情让柳嘉想起曾经咬过他屁股的哈士奇。

柳嘉害怕地点点头，吞咽了一口唾沫。

"知道还不快滚！等我把你踹下去吗？"易天爵暴躁地大吼。

柳嘉吓得想要立马逃走，可身体被柳条缠绕，根本无法动弹……

易天爵不耐烦地撇了撇嘴："喊，真麻烦。"

他走到围墙边，突然高高跳起，还没等柳嘉回过神，就已经爬到了围墙上，在距离柳树稍远的地方坐下了。他根本不需要柳嘉费尽心思研究出来的"爬墙技巧"。

柳嘉惊讶极了。

易天爵难道看不见那些张牙舞爪的幻象小蛇吗？还是说，他根本就不把那些小蛇放在眼里……她对易天爵突然感到既好奇又佩服。

"喂，别动。"易天爵瞪了柳嘉一眼。

他似乎鼓足勇气，才终于伸出手，抓住了纠缠柳嘉的柳条，用力地咬紧牙尝试把它们折断。

柳嘉看见易天爵的额头上渗出一滴滴冷汗，表情痛苦极了，似乎双手正在被什么尖锐的东西啃咬……

蛇群！柳嘉突然明白了过来——原来易天爵也中了幻象病毒，他看见了那一群狂暴的小蛇！即使是这样，他仍然跳上了围墙，帮助柳嘉脱离困境……

"易天爵——我自己可以——"柳嘉焦急地说。

"闭嘴。"易天爵从牙缝里挤出一个声音，咧起嘴露出尖尖的虎牙，"你给我……安静地坐着。"

柳嘉愣了一下，赶紧乖乖地闭上了嘴巴。

易天爵的五官因为痛苦而扭曲，满脸憋得通红。忽然，他怒喝一声——缠住柳嘉的那根最粗壮的柳枝被扯断了。

易天爵喘着粗气将它扔下了围墙，并且恶狠狠地朝柳枝啐了一口。

这时，柳嘉感觉到帆船项链再一次变得滚烫，蓝色的船帆

变得灰蒙蒙的，就像沾染上了一层灰。

易天爵的表情随之渐渐地恢复了平静，有些惊疑地左顾右盼起来。

"不见了……"易天爵轻声地呢喃自语，疑惑地看了看完好无损的双手。

"那个……谢谢你……"柳嘉小心翼翼地说，语气中充满了感激。

易天爵眉头紧皱地瞪着柳嘉，似乎在思考着什么。过了好一会儿，他发出一个低沉的声音："还不快滚，想挨揍吗？"

柳嘉倒吸一口凉气，赶紧顺着围墙边爬了下去——不得不说，单独和易天爵待在一起，实在太危险了。

第五幕 结束

第六幕
大话精的语文课

易天爵坐在围墙上,直到看见柳嘉安全回到了地面,他才翻转身体,准备从围墙上跳下去。他好奇地打量着围墙下身材瘦小的柳嘉,感觉有些诧异。

今天是他第二十次挑战这堵围墙,和墙上的那群丑陋的青叶蛇幻象搏斗……没想到蛇群幻象突然消失了,他才侥幸爬上来。

可是柳嘉那个小弱鸡,竟然真的翻过了围墙……虽然是在他的帮助下,但柳嘉是依靠自己的力量爬上围墙的……难道他不害怕那些蛇的攻击?

易天爵有些不甘心,但更多的是好奇。

"呱呱——呱——"

正当易天爵准备跳下围墙，一声啼鸣再次响起。

易天爵惊讶地看见，一只体形硕大的乌鸦，挥动长着利爪的翅膀落在了围墙上，五只红眼睛正紧紧地盯着他，仿佛在诉说着一段往事……

"什么鬼东西？"易天爵挥动手臂驱赶乌鸦。

就在这时，他的身后忽然响起了一阵窸窸窣窣的声音。

易天爵困惑地转过头去，竟看见一条巨大的蟒蛇正朝他扑过来！

说时迟那时快，易天爵赶紧匍匐下身体，躲开了巨蟒的攻击。当他慌忙抬起头，朝身后望去时，心脏几乎停止了跳动！

在他身后的那棵柳树上，一条巨大的响尾蛇正攀缘在那里！

它生长着厚厚的绿色鳞片，粗壮而湿滑的身体扭动时发出黏腻的"哗哗"声。响尾蛇有着三个蛇头，吐着蛇信发出兴奋的"嗞嗞"声。暗黄色的三角眼像是在品鉴食物的成色一般，将瞳孔眯成了一条细缝。

三头巨蟒……

这可是易天爵从来没有见到过的可怕幻象！

他屏住了呼吸，寻思着逃跑的方法——忽然，一个蛇头猛地冲了过来，狠狠地咬住了他的左肩！易天爵感到一阵钻心的疼。

不仅如此，另外两个蛇头也敏捷地朝易天爵探过来，用白森森的牙齿抵住了他的腹部和咽喉，接着，用力咬了下去……恐惧与剧痛将易天爵吞噬……当他渐渐恢复意识，校园和柳嘉都消失不见了，在他眼前的是一片荒芜的废墟……

暗红的月光下,周围到处都是房屋的残垣断瓦。

几个旅行者躺在这片废墟中央,面色如石灰一般苍白,没有一丝活力,仿佛他们也是这片废墟的一部分……

一只苍蝇在他们周围环绕,最后落在一个女人身上。

易天爵惊愕地发现,那个女人竟然是他的姑妈!不仅如此,他的姑父不省人事,躺在姑妈身边,似乎晕倒了。

最令他痛心的是,刚刚过完五岁生日的堂弟,正怀抱着玩具狗蜷缩在妈妈的臂弯中,脏兮兮的小脸蛋上还有没干透的泪痕……

缠绕易天爵的响尾蛇消失不见了,可他的痛苦并没有减少分毫。相反,他感觉到撕心裂肺般的疼痛……每往前踏出一步,身体仿佛都在碎裂。

事实上,他的身体的确在碎裂、扭曲和变形——长出乌黑的毛发,关节凸出变形,嘴角裂开露出两排发黄的尖牙,身后还长出了粗壮的尾巴……只是,他并没有在意这一切。

易天爵步履蹒跚地走到家人们的身边,沉重的悲痛令他浑身剧烈地颤抖。

他缓缓地伸出一只手,想要帮姑妈合上她露出恐惧目光的双眼……

忽然间,姑妈一把抓住了他的手臂,沾满泥土的手指划进他黑色的皮毛里。

姑妈僵硬地转过头,怨愤地望着他:"为什么……为什么大家都被困在幻象里,只有你平安无事……我们约好去山区度假,要一起去一起回……你真没用……连自己的家人……哪怕

是弟弟……都保护不了……为什么……"

易天爵的眼泪夺眶而出。

他不知该如何向姑妈解释……幻象病毒摧毁了姑妈全家人的意志和生活,唯独他逃过一劫。

易天爵满腔的悲愤、委屈与自责,最终化成了一声怒吼:"啊——啊——嗷嗷——"

警报声拉响了。

随之而来的是他最不想听到的声音:"发现精神免疫体!立刻抓捕!"

没有更多的时间让易天爵思考了,他脑海里蹦出一个念头:不能被抓住……他要为姑父、姑妈还有堂弟复仇……要完成和亲人们的约定……强烈的自责占据了他的内心。

这时,几颗子弹擦过他的耳畔,也击碎了他最后的一丝犹豫不决。

易天爵当机立断,铆足了劲儿往废墟外逃去。只见他并非用人类的姿势奔跑,而是如同野兽一般狂奔,强韧有力的四肢刨起地面上的泥土,扬起高高的沙尘。

脚步声在他身后穷追不舍,枪声在他耳边不间断地响起。在易天爵的视线中,弹幕一片片向天边穿梭而去。

激烈的枪击声,最后在他和家人探索过的那片山林旁戛然而止。他翻越一座小山,冲入一处洞穴,奔向山脚下的滨海丛林……他不知道自己逃窜了多久,终于渐渐地感觉疲倦了……

山顶上,夜晚的风格外大,摇摇晃晃的灌木丛后,慢慢悠悠地走出一只流浪的山猫。

山猫的眼神同他一样苦闷,慢悠悠地摇着尾巴走到他的身边,用头轻轻蹭了蹭他满是泥泞的双脚,并发出一声轻轻的叫唤。

一瞬间,易天爵狂躁的心安静了下来。这只山猫那无助的神情,像极了他的堂弟……他伸出手,想去抚摸山猫的头。

这时,山猫的叫唤声变得越来越响亮……

"喵呜……"

"……天爵……易天爵!"

易天爵目光一凛,猛地惊醒了过来。

当他的意识重新聚拢,发现自己正坐在学校的围墙上,并且弯下腰向前伸出了一只手臂……而围墙下,柳嘉正在朝他大声地叫喊:"易天爵!易天爵!易——"

"闭嘴,吵死了!"易天爵不耐烦地龇着牙说,声音充满了疲惫。

"需要帮忙吗?"柳嘉站在围墙下,胆怯地向易天爵伸出一只手,"我……可以帮你下来。"

"唵?"易天爵恶狠狠地瞪了柳嘉一眼。柳嘉吓得赶紧缩回了手。

如果让人知道,自己爬围墙还需要柳嘉的帮忙,面子往哪儿搁?易天爵朝柳嘉冷冷地哼了一声,直接从围墙上跳了下来,再拍拍书包,一瘸一拐地从柳嘉的面前走过,消失在食堂的转角处……

柳嘉震惊地看着易天爵的背影。

这堵围墙可有将近两米高呢,他居然直接就跳下来了,难道就不怕摔断自己的骨头吗?看来同学们之间关于易天爵的传闻是真的……

柳嘉突然很佩服自己,刚才居然跟易天爵搭话了。

柳嘉轻轻握了一下仍然在发烫的帆船项链,快步朝教学楼的方向跑去。

当柳嘉赶到教室门口时,他的双脚像灌了铅一样沉重。

教语文课的荷金娜老师正在讲台上整理一沓作业本。

趁荷老师低着头,柳嘉赶紧猫着腰溜进教室,而易天爵已经趴在座位上呼呼大睡了。他的背影看起来就像是跑了一场马拉松一样疲惫。

柳嘉坐在教室靠窗数过来的第三组倒数第四排。

上学期,柳嘉的座位在正数第二排,和他的个头刚好匹配。但学校规定,每个学期学生们的座位都需要重新随机分配,这个学期他的座位被安排在易天爵后面,而易天爵高大的背影挡住了大半个黑板,柳嘉上课也因此受到了很大的影响。

"砰"的一声!

教室里所有人都朝闷响发出的地方——讲台——望了过去,只见荷金娜老师单手叉着腰,末日风暴正在她头顶的上空酝酿。

荷老师身材纤瘦,骨架突出,神经极其敏感。前两天刚含着泪度过了三十岁单身生日,傲慢的黑框眼镜后总是隐约闪烁着脆弱和不安。

不过，荷老师并不知道，此时此刻，她并不是一个人在讲台上。

讲台旁边有位老奶奶正坐在摇椅上……她穿着碎花布裙，戴着老花眼镜，眯缝的双眼让人很难猜测出她到底是醒着还是睡着了。

两年前，荷金娜老师第一次走上讲台时，老奶奶就出现在了那里。

当她对学生发脾气时，老奶奶总会露出一脸和蔼的笑容，像是在劝慰荷金娜老师心平气和，并且帮同学们加油打气。

柳嘉挺喜欢这位老奶奶，尽管她只是一个幻象。

"上周我让你们写一篇《我最刻骨铭心的游记》，描述一个自己去过的地方，结果……"荷老师扶了一下黑框眼镜，气势汹汹地扫视着教室里的学生们，"你们都不把我的要求放在眼里，是吗？"

很明显，荷老师说的不是那些在班上一贯表现比较好的学生们，而是那些平时对待学习不太认真的同学。

荷老师从讲台上抓起一沓看完之后令她感到特别生气的作业本，抽出其中一本翻开，开始严厉地批评这些不求上进的顽皮捣蛋鬼。

"那天晚上，我梦见自己来到了一座孤岛……

"这座岛屿浮在半空中，岛上有两条河，所有建筑都漂浮在河面上。有一只狮子在修理屋顶，五只鸽子在一只大海龟背上开会，三只鸭子在旁边嘎嘎叫，一般这预示有大事即将发生。我的灵魂飘了下去，结果被一座会唱歌的老屋子吞掉了……呼！

呜……我在屋子的肚子里爬起来,看见一个涂脂抹粉、戴着面具的瘦高个女人……

"咦?她好像我们班的荷金娜老师呀!不过,荷金娜老师没她有气质,荷老师上课长期站姿不好,走路有点驼背。另外,她喜欢踮起脚在教室窗外伸长脖子窥视同学们——平时不伸长的时候,脖子上的皱纹就比较严重了,对了,这些描写千万不能让她看到,她的小气是出了名的……"

荷金娜老师还没有把这篇作文念完,班上的同学就已经笑得东倒西歪了。

柳嘉的头低得几乎可以咬到自己球鞋里的脚趾——他既懊恼又委屈——荷金娜老师念的这一篇是他藏起来的做梦日记!崔牛牛!一定是这个害人精搞的鬼!

"嚯……嚯……嚯……"

老奶奶幻象在摇椅上发出慈祥的笑声。

荷金娜老师生气地把柳嘉的作文本扔在讲台上,然后又抽出了一本。

"我最刻骨铭心的游记——《西游记》。那天,我一个人去西湖,决定游个来回。我游啊游啊、游啊游啊……(此处省略)……游啊游啊——游了五百个字,很好!游完我就上岸了!"

荷金娜老师气得脸都绿了,班上又是一阵哄笑。

柳嘉注意到易天爵在座位上换了个很不自然的睡觉姿势。

"一个星期的时间,马尔克斯①写出了《百年孤独》,村上

---

① 马尔克斯:拉丁美洲魔幻现实主义文学的代表人物,1982年诺贝尔文学奖得主。

春树①跑完了两场马拉松,鲍勃·迪伦②得到了诺贝尔奖!你、你们——一篇游记有那么难写吗?柳嘉!你来说说,你到底写了篇什么东西!"

"呼——"

柳嘉一时间不知道该做何反应。

同学们的目光像聚光灯一样朝柳嘉照射过来,他慢慢从座位上站起来,卷翘而浓密的睫毛下,一双清澈的大眼睛充满了紧张和不安。

"我写的是……在一个空中岛屿上的旅行……"

"空中岛屿?我好像是要你们写游记,不是写幻想小说!"

"可是,这是我在梦里去过的地方,在梦里的旅行,就不算旅行吗?"柳嘉困惑地问。

"哈哈哈哈……"

"柳嘉!你乱写作文,丑化老师,还敢顶嘴?"

班上同学笑作一团,荷金娜老师气得脑袋发胀,快把眼镜框撑破了。

"柳嘉!还有写《西游记》的易天爵!放学后别走,来我的办公室,我们好好谈谈!"

哄笑声中,语文课总算勉强可以开始了。

同学们对满脸涨得通红、站在座位旁的柳嘉视而不见,易天爵却像什么都没发生一样,继续趴在课桌上睡觉。

---

①村上春树:日本当代作家,代表作有长篇小说《挪威的森林》。
②鲍勃·迪伦:美国摇滚乐、民谣男歌手,词曲创作人。2016年获得诺贝尔文学奖,成为第一位获得该奖项的音乐家。

从同班开始,班上同学就已经习惯了这样的场景。

柳嘉总是说着稀奇古怪的话,做些奇怪的事情,因此被老师批评。那些同情柳嘉的同学在心里笃定,柳嘉多半是一个精神病患者,而且他们和花木苑小区居民们的判断一样——他多半是受了家庭变故的刺激。

同学们纷纷对柳嘉敬而远之,仿佛不仅仅是幻象病毒,他的"大话精"毛病也会传染。而坐在他前面的易天爵,则被大家暗地里称为"麻烦精"。

所以,每当下课,班上只有他和易天爵的桌子周围空荡荡的,没有同学来和他们说话。

柳嘉总是艳羡地看着其他同学在一起玩闹,而自己孤零零地坐在角落里。

放学后,柳嘉被荷金娜老师"如约"带去了办公室。

至于易天爵，刚放学就消失不见了。

荷金娜老师信誓旦旦地说，与易天爵谈心的时间要翻倍，但柳嘉知道，即使她这样做了，"明德霸王龙"易天爵也不会在一个晚上就洗心革面。

柳嘉的这一天实在是太漫长了，直到天完全黑下来，他才揉着右手五根酸溜溜的指头，垂头丧气地走出明德的校门。

一个戴着尖角帽的眼泪小丑，跟在他身后嘻哈大笑着。

小丑的脸涂着雪白的颜料，眼眶画成了蓝色的星星，一张咧到耳根的大嘴，双手不停抛接着玩具球。

每次柳嘉感到沮丧的时候，这个幻象就会出现。

小丑会把玩具球扔到柳嘉的头上，或是朝他扔废纸团，或是偷偷跟在柳嘉的背后，趁他不注意的时候，突然蹿出来扮个鬼脸，吓得柳嘉尖叫。而小丑则会开心地拍掌："笑喽！笑喽！开心地笑喽！"

事实上，柳嘉的表情比哭还难看……

"嘎！嘎嘎！"

眼泪小丑跟在柳嘉的身后怪笑："小不点！笑一笑吧！和我一起玩球吧！"

柳嘉早已身心俱疲，完全没有心思去搭理眼泪小丑。

"我也想假期去旅行，可是，又有谁会带我去呢？"柳嘉难过地自言自语。

街道上的路灯逐渐点亮起来，那些下午就已经等候在学校门口，准备接孩子放学回家的家长以及大大小小的车辆早已散去，连在校门口卖零食的小贩都已经收了摊……

柳嘉孤零零地走在回家的路上,昏暗的路灯将他瘦小的身影拉得又细又长。

"笑吧!笑吧!我们来玩躲猫猫!"眼泪小丑还在柳嘉身后吵嚷。

突然,柳嘉眼前一黑,身体重心不稳,摔倒在了一个小水坑里。

"嘀嘀——""哗啦——"

刺耳的汽车鸣笛声让柳嘉回过了神。

他发觉,眼泪小丑刚才竟把帽子扣在了他的头上,遮挡住了他的视线。一辆小货车停在距离他不足十米的地方,驾驶员从车窗里探出头,朝柳嘉破口大骂。

"小鬼,走路不长眼!不想活了吗?!"

说完,驾驶员踩下油门,驾驶小货车飞驰而去。车轮碾过路面上的积水,飞溅到柳嘉的脸上和身上。

眼泪小丑伸出舌头,不见了。

柳嘉看着湿漉漉的衣服,无奈地叹了口气:等一会儿到家后,多半又要挨舅妈的责骂了……

他抬起头,望着前方光线暗淡的道路,再往前走两个路口就到家了。

只是那个家里,早已经没有爸爸和妈妈,也没有曾经的快乐和温馨。

柳嘉不想回到那个冰冷的、乱糟糟的屋子里。

可是除此之外,他还有什么地方可以去呢?

几片枯黄的法国梧桐树叶,摇晃着身子坠下,落在柳嘉的

脚边。

柳嘉看着这些比自己手掌还大的落叶，想起父亲的大手。以前每当他难过的时候，父亲总是会用手抚摸他的头，让他感到安心。

一幕幕回忆仿佛就发生在昨天，可是爸爸再也不会回来了。那些快乐的日子，也一去不复返。

柳嘉感到一阵阵难过。

他蹲在地上，捡起了一片落叶，把它想象成父亲宽大的手掌，然后用树叶在自己的头上轻轻地来回摩挲着，就像父亲曾经用手抚摸他的头那样……

可是，树叶单薄脆弱，没有任何温度，根本不能让他感到安心，更加没有办法替代爸爸那双粗糙而又温暖的大手。

柳嘉的眼眶涌满了泪水，心就像被挖了一个洞。

他早已明白——自己永远地失去了那双能遮挡风雨的温暖大手，也已经失去了让他安心的家。

过了许久，柳嘉的心情稍稍

平复了下来。

他用衣袖擦了一把眼泪,从水坑里站起身,沾满泥水的衣服和裤子,紧紧地贴在他的皮肤上,冰冷刺骨。

昏黄的街灯下,道路沉寂而漫长。

他只能一个人,含着热泪,在冷风中瑟瑟发抖地走下去……

第六幕 结束

ACT
07

第七幕

超透小组的邀请函

柳嘉的悲伤并不能让时光倒流。相反，时光继续飞一般流逝着。

很快，11月来临了，湿冷的空气让人感觉像是裹着一件湿漉漉的衣裳。

阴暗的云层遮蔽着米兰市的天空。已经连续下了一周的雨，明德学校就像完全浸泡在了一片偌大的湖水中——喷水池和花坛灌满了雨水，道路上到处都是泥流。黄豆大小的雨点"咚咚"敲打着教室的窗户。教室外的走廊上摆满了湿淋淋的雨伞，就连教室内都弥漫着一股湿衣服和鞋袜被闷久后的臭味。

每到下雨天，教室里都显得格外的拥挤和吵闹。

柳嘉坐在教室里,此时耳朵却完全听不见周围同学们的吵嚷声。

他反反复复地查看着一张纸条——那是从作文本上撕下来的一页纸,上面写着几个歪歪扭扭的字,但看得出写这张纸条的人很认真——

> **邀请函**
>
> 朋友,你孤独吗?你寂寞吗?你害怕了吗?幻象病毒正在米兰市肆虐,严重地影响了热爱学习的我们。
>
> 决定了,邀请不一样的你!新生!战斗!就在本周末晚上7点30分,星桥广场的欢乐屋餐厅,第一届"超能力透视小组",即将举办最新研究成果的发布会。诚邀你参加校园网"超能力透视小组"。
>
> 危机之下,破除幻象,找回自我!
>
> 邀请人:一群默默关注你的人

柳嘉已经很久没有收到过同学的邀约了,更何况还是跟幻象有关!他握着纸条的手心发烫,觉得这个活动很有必要参加……也许可以遇见同类。

运气好的话,困扰自己的麻烦,说不定也能得到解决……至少可以认识几个说得上话的朋友。

父亲去世后,除去探望母亲,柳嘉第一次对一件事情有了许多期待,心情也变好了很多。

突然，教室的后门被推开了，易天爵出现在了那里。

他浑身都湿透了，衣服和裤腿上都沾满泥浆，就像刚在泥潭里打过滚。

教室里安静了一两秒后，同学们又继续笑闹起来，不少人对易天爵悄声议论。然而易天爵完全不顾他人的好奇目光，神情疲惫地走回到自己的课桌前，一言不发地趴着睡着了。

柳嘉隐约察觉，易天爵似乎也在悄悄研究幻象病毒。

上个星期，他再次迟到的时候，发现易天爵又在和"尖叫墙"的蛇群搏斗。

还有一天，他看见易天爵用几支竹竿用力搅拌喷水池里的水。今天他好像去了花坛，跟一株仙人掌过不去……而这几处地方，柳嘉都看见了奇怪的幻象。他猜想，易天爵一次次去挑战那些幻象，大概和他的家人感染了病毒随后发生的意外有关……

柳嘉心里对易天爵产生了一种同病相怜的感觉，只是他不敢表露出来，因为说不定会被呵斥。恰巧最近星桥社区居委会投票决定，周五将在广场上举办社区创意市集！易天爵的事情，柳嘉不自觉地放诸脑后了。

自从米兰市幻象病毒出现以来，市民们生活在压抑的氛围里，多多少少都出现了一些心理问题。

因此，居委会在投票后，决定让大家热闹热闹，丰富业余生活，改善一下精神面貌。活动概念海报张贴在星桥中央广场之后，邻近的居民们全都沸腾了起来，摩拳擦掌等待着周末的到来。

柳嘉也对这个周末期待极了。

这天晚饭过后,表弟崔牛牛突发奇想,决定修改自己在创意市集的"玩具连连看"计划,将摆摊卖旧玩具改为"以物换物"。他准备用断了条腿的机器人模型换套大别墅!甚至连招揽客人的方式都想好了——他要用废纸盒涂装自己,扮演史上最酷的齐天大圣——吹牛悟空高达!

舅舅和舅妈为崔牛牛的新决定感到万分骄傲,因为他们的儿子不但聪明可爱,还有变废为宝的经商天赋!

舅妈甚至开始幻想,崔牛牛靠吹牛换来一幢大别墅,成为坐拥千万粉丝的红人后,记者们上门来采访她时,应该梳什么好看的发型。

柳嘉忍不住想笑。他觉得舅妈说不定也中了幻象病毒,而崔牛牛多半会成为这个世界上最胖的一只猴子吧。

嗯,肥牛突变大力金刚……

柳嘉等到舅舅一家手忙脚乱地出门后,匆忙赶往星桥社区的小广场赴约。

下了近半个多月的雨终于停了下来。暗红色的月亮在夜空高悬,挥洒下来的月光,如一丝丝妖娆的红线。

柳嘉独自一人,站在湿漉漉的小广场上。他这才发现,幻象病毒流行后,自己似乎很久没有来过这里了。

印象中原本设施陈旧的小广场,有着坑洼不平的地面、积满黑泥水的花坛,小商铺周围刺眼的广告灯箱交织成一片混乱绚丽的颜色……

但不知从何时起,这里已经被修葺一新。

路边的树木上挂满了小彩灯,一个三米多高的机器人模型耸立在小广场的正中央,两台大型电动玩具车正在轨道上发出轰鸣,大人和孩子们都争先恐后排队坐上去,体验肾上腺素飙升的快感!

也许是居民们压抑了太久,这天晚上小广场人满为患。

广场外围密密麻麻地拥簇着一圈创意市集小摊,各种形状奇怪的帐篷林立,潮水般的人流在那里穿梭。

附近的居民和小摊贩们,在帐篷下的小桌板上,摆放着五花八门的翻新旧玩具、一些香气四溢的街边美食,或是打磨粗糙的手工艺品、旅行时买回来的纪念物,以及一些非常有年代感的古着等。

柳嘉一眼就看见了挤在人群中的舅舅一家。

舅妈和舅舅为了配合崔牛牛的"玩具换别墅"的大事业,装扮成了唐僧和沙和尚,而崔牛牛就像他所想的一样,胖乎乎的脑袋根本就戴不上紧箍圈,正兴高采烈地举着一根咬过了几口的烤玉米……至于用来换别墅的玩具,多半已经换成玉米了吧……舅舅和舅妈正面面相觑。

"嘿!大话精!"

柳嘉的肩膀突然被人拍了一下。他转过头去,看见隔壁班的贾子龙带着四个男生就站在身后。他和这几个男生并不太熟,但知道他们都不好惹。

"你、你们好……"柳嘉局促地说,想赶紧离开以免横生事端。

"好什么好!"贾子龙摇晃着他的爆炸头玩具假发,站在他

的小伙伴中间，像一个摇滚巨星，"走，我们饿了，吃汉堡去！"

"可是，我约了朋友……"柳嘉赶紧说。

不过他很快就发现自己说错话了，贾子龙和其他几个男生都阴阳怪气地笑了起来。

"大话精，难不成还有其他什么人约你？"贾子龙坏笑着说道。

"难道你们就是……超能力透视小组？"柳嘉顿时有种上当受骗的感觉。

贾子龙一把揽住柳嘉的肩膀，嬉皮笑脸地说："可不就是我们吗？约你一起过周末，是不是很感动？"

"可是……"柳嘉越来越慌了。

"少废话！既然来了，就别磨磨叽叽！跟我们走！"贾子龙说完，揽着柳嘉便朝广场边的欢乐屋餐厅走去。男孩们纷纷坏笑着跟上。柳嘉就像一条落网的鱼，身不由己地一路小跑。

欢乐屋是一家网红餐厅，里面的人比想象中还要多。

柳嘉发现，不少他的"老熟人"竟然也来了，就像知道他今天要在这里和朋友聚会，所以赶来凑热闹似的——

熊猫"高大壮"一家，在为抢夺一根竹子吵吵闹闹；眼泪小丑就在不远处的小舞台上耍杂技，还不时地戏弄一下旁边负责音效的小哥；还有龙猫宫宝一家、小猩猩银泰……就连出现在荷金娜老师课堂上的老奶奶都来了，正坐在一个装饰用的假火炉旁摇着摇椅……

贾子龙一伙在餐厅角落里找到了一张大餐桌，将柳嘉摁在座位上。

"大话精,你一定很好奇,我们'透视研究小组'最近有什么新成果吧?"贾子龙不怀好意地问,怎么看都不像一个正儿八经的幻象研究人员。他挑起一边眉毛,朝旁边那个干瘦得像一根木雕的男生使了个眼色。

"看好了,大话精……""木雕"从腰包里掏出一个塑料袋,将一堆像从垃圾桶里翻出来的东西倒在柳嘉的面前,"这些都是我们小组的最新发明——绝对是超级黑科技!"

柳嘉用力眨巴了一下眼睛,怀疑自己出现了幻觉——桌上分明只有一个墨水瓶、一块破眼镜片,还有几块卷了边的创可贴……这些是黑科技?

"我就知道你不懂,因为这些发明已经超乎了你贫瘠的想象力!"贾子龙突然凑到柳嘉耳边,神秘兮兮地指着墨水瓶悄声说,"这可不是普通的墨水,而是'隐形笔记药水'!你想想,用它在桌子上写下笔记,是不是谁都看不见?"

柳嘉的嘴角抽搐了两下。贾子龙说得确实有道理,估计连用这个墨水写字的人,自己都看不见……

"还有这个,你看看!"贾子龙越说越来劲,活像一个专业的推销员,"这可是放大眼镜——有了它,还怕看不见前排的人在写什么吗?"

柳嘉拿起破旧的镜片在眼前晃了一晃,顿时感到头晕目眩……就算它真的有那么神奇,坐在他前排的是易天爵,他在写什么还是不看也罢……

"老弟,你再看看这个!"贾子龙晃了晃手中的创口贴,用力拍在柳嘉的大腿上,"防抖腿抽筋贴膜——考试的时候,状态不

好的同学，特别容易紧张……众所周知，监考老师都拥有超强的动态视力……只要你拥有了这个'超劲霸王套装'，你的学习成绩肯定可以突飞猛进，在米兰市，你都不可能垫底……"

"那、那你们要卖多少钱呢……"柳嘉知道自己已经跑不掉了，只能祈祷他们的良心还没有完全泯灭。

"这个数。"贾子龙伸出三个手指。

"三、三十？"柳嘉小心翼翼地问。

"开什么玩笑！"贾子龙毫不客气地大声说，"三百！"

"什么？就这些破烂，也要三百吗？"柳嘉吃惊地问。

"嫌贵？知识是无价的！"贾子龙哈哈大笑，靠在沙发上跷起了二郎腿。

"别跟他啰唆，拿来吧！"鸡冠头男生一把从柳嘉上衣口袋里拽出他的钱包，嫌弃地撇撇嘴，"喊，才这么点！"

"行了，先去买几个汉堡套餐！说了大半天，渴死我了！"贾子龙大声嘱咐拿走柳嘉钱包的"木雕"和"鸡冠头"。

"那是我的钱包！"柳嘉愤怒地站起身，却被贾子龙一把拽回座位上。

"喂，大话精，你不是想交朋友吗？你有没有听说过，财聚人散、财散人聚的道理？"刺猬头男生怪笑着说。

"反正你爸死了，遗产多嘛！"鹰钩鼻男生讪讪地笑，"听说你妈妈也感染了幻象病毒，你的'大话精'病该不会是被传染的吧？"

柳嘉的怒火已经从脚底蹿到了头顶，他紧紧捏着拳头，完全忘记了身边的男生们个个都比他高大。他现在只想把他们好

好教训一顿。

分散在餐厅各个角落的幻象们,仿佛感受到了柳嘉的愤怒般,纷纷扭过头,朝他的方向缓步移动了过来。

第七幕 结束

ACT
08

第八幕

绝非偶然的邂逅

"喂。"

一个声音让桌子旁边的所有人都闭上了嘴。

听到这个声音,柳嘉缩起了脖子,怒火瞬间变成了冰川。

"易天爵大哥——"贾子龙收起嚣张的嘴脸,谄媚地把易天爵迎到桌子中央旁边的空位上,"您,您怎么来了?"

"刺猬头"和"鹰钩鼻"也赶紧起身让座。

易天爵瞪着柳嘉。柳嘉跟着毕恭毕敬地站了起来,害怕地暗想着:难道易天爵和贾子龙他们是一伙的?

"哈哈——看看我们发现了什么!大话精的全家……"

"木雕"抱着一堆汉堡,"鸡冠头"挥舞着柳嘉的钱包和一

张照片兴冲冲地走来,但看见易天爵后马上变成了两只相拥冬眠的鹌鹑。

贾子龙不停地对他们使眼色。

易天爵疑惑地扫视了一眼桌边的人:"你们……在研究'幻象病毒'?"

几个男生互相推搡,最后决定由贾子龙做代表发言。

"易天爵大哥,看您说的。"贾子龙说着,用胳膊肘碰了碰旁边的"木雕","我们刚才正在和柳嘉同学交流同学情谊!"

"啊……啊哈哈哈!就是!就是!""木雕"赶紧微笑跟着应和,和贾子龙一左一右地将柳嘉夹在中间,表现出一副很亲密的样子。

其他几个男生也都跟着傻笑起来。

易天爵瞥了一眼桌上的"透视三件套",从口袋里掏出一块橡皮擦,扔在墨水瓶旁边。

"咦?这块橡皮……不是我们上个月卖给侯小辉的'错题消灭器'吗?""鸡冠头"吃惊地说,结果被贾子龙恶狠狠地瞪了一眼。

"哼。我还以为你们真的在研究幻象病毒。"易天爵的眉心皱成了一团火焰的形状,已经到了爆发边缘,"原来,你们只是在做些无耻的事情。"

"易天爵大哥,要研究幻象病毒,应该去书店和图书馆找资料和答案!您说是不是?"

贾子龙把"木雕"怀里的汉堡全堆在易天爵面前:"听说您喜欢吃汉堡,今天请您吃到饱,还打包!哈哈哈!"他说完,朝

其他人使了个"撤退"的眼神。

男生们赶紧小心翼翼地朝餐厅门口移动。柳嘉也缩着脖子,想要尽快离开这个是非之地。

而且他发现,刚才聚拢过来的幻象,也都纷纷散开了……

易天爵面无表情地看着眼前的"汉堡山",突然低吼:"都给我站住。"

贾子龙和其他男生就像被摁了暂停键,赶紧原地立定。柳嘉更是一动也不敢动,一只脚悬停在半空中。

"呃……大哥,您还有什么事吗?"贾子龙困惑地问。

"钱包,还有这些汉堡。"易天爵伸出手,"在你们没有把钱还给他之前,谁也不许离开。"

柳嘉缓缓转过身,惊讶地看着易天爵,心情五味杂陈……

贾子龙一伙挣扎着掏出钱,凑齐了一百六十块钱,连同钱包一起塞进了易天爵的手里。

"欺负弱者，算什么英雄？再对同学做这种事情，后果，你们懂的。"易天爵杀气腾腾地瞪着贾子龙一伙，"滚。"

贾子龙吓得脸都快扭曲了，赶紧和其他男生一起逃了出去。

柳嘉看着易天爵，突然鼻子一阵发酸。父亲去世后，已经很久没有人帮自己出头了……

"谢谢……"

"砰"一声，柳嘉话还没说完，钱包就被用力扔进了他的怀里。柳嘉感觉像是接住了一个全垒打棒球。

易天爵恼火地看着柳嘉，语气严肃低沉："就算被欺负了也不要低声下气。失去的东西，要靠自己拿回来。"

他说完，将柳嘉的全家福照片轻轻放在餐桌上，然后便转过身走进人群中，离开了餐厅。

柳嘉默默地望着易天爵的背影，心中既感动，又难过。

感动他的是易天爵竟然对他仗义相助！

而令人难过的是，正如易天爵所说，自己实在太过软弱无能……连钱包和全家福照片都保护不了……又要如何去保护梦魇中的妈妈呢？

眼泪在眼眶里打转。但是这一次，柳嘉用力擦干了它。

柳嘉握紧钱包快步朝餐厅外走去。他决定鼓起勇气去找易天爵，勇敢地说出自己和幻象有关的经历，如果可能的话，和他一起研究对策——哪怕再次被嘲讽是"大话精"，他也不想退缩。

然而广场上的人实在是太多了，柳嘉根本找不到易天爵的身影。

他突然想起来，贾子龙刚才说研究幻象应该去书店或者图书馆。

在他的记忆中，在小广场的附近就有家旧书店……易天爵会不会去那里呢？柳嘉来不及多想，穿过汹涌的人潮，快步朝旧书店的方向走去。

广场上热闹的人声变得越来越远，道路两边的路灯也越来越暗淡，然而夜空中红月亮的光芒，却也因此显得更浓烈，静静地笼罩着人迹稀少的街道。

忽然，一抹神秘的灯光让柳嘉停下了脚步。

那是一盏暗黄色的灯光，流淌着一种久远的色泽，感觉像来自远古的光亮。

柳嘉朝灯光的深处望去，光亮源自街巷角落一家非常狭小的店铺。

店铺门紧闭，灯光从破旧的玻璃窗里透出来。深褐色的木门上，刻着一些精致的图案和数字，隐约发出微弱的金光。

柳嘉记得这就是那家旧书店，只是今天这家书店似乎有些古怪，比如……这扇门并没有把手，而且"吱呀"一声自动打开了……

柳嘉睁大眼睛好奇地走进去，发现店内只有一扇门那么宽，倚墙立着一排深色木质书架，上面塞满了残破的旧书。一盏老式湖蓝色铁皮吊灯孤零零地从天花板上垂落下来，灯罩不知为何被拉歪了，露出半个光溜溜的白炽灯泡，刚才那抹晃悠悠的灯光就是它发出的。

相比广场上喧闹的气氛,这家旧书店显得格外宁静而又神秘。

柳嘉四下看了看,发现这家旧书店没有招牌,再加上店内古旧的气息和昏黄久远的色泽,看起来就像通往异世界的时空隧道!

更让柳嘉感到讶异的是,在这家旧书店里还有一位和他年纪相仿的客人。

那是一位个子高挑的女孩,皮肤像雪一样晶莹剔透,飘逸的长发直到腰际,手里捧着一本泛黄的旧书,正半眯着星辰般的眼睛聚精会神地翻看着。

白色衣裙将她的身姿衬托得飘逸出尘,纤细的手腕上戴着一串贝壳手链——她看上去就像是安徒生童话里的小美人鱼公主,幻化成了人形站在那里。

她有脚吗?柳嘉下意识地看了看女孩的裙摆……

而女孩像是察觉到了柳嘉的目光,缓缓抬起了视线,有些困惑地朝柳嘉扫视过来,流动的眼波恍若微风中的湖水,一阵冰雪般的冷香在空气中若有若无地绽放、飘浮。

柳嘉骇然从惊讶中清醒过来,发觉女孩一脸冷漠而又警惕地凝视着自己,他一时间变得不知所措,满脸通红。

柳嘉想上前去打个招呼,却怎么也鼓不起勇气,他能感觉到那个女孩并不希望被打扰。

柳嘉的内心还在天人交战,女孩却合上了手里的书本,轻轻放在书架下的藏书台上,然后转身离开了旧书店。

她走时看上去不太高兴,神情郁郁寡欢。

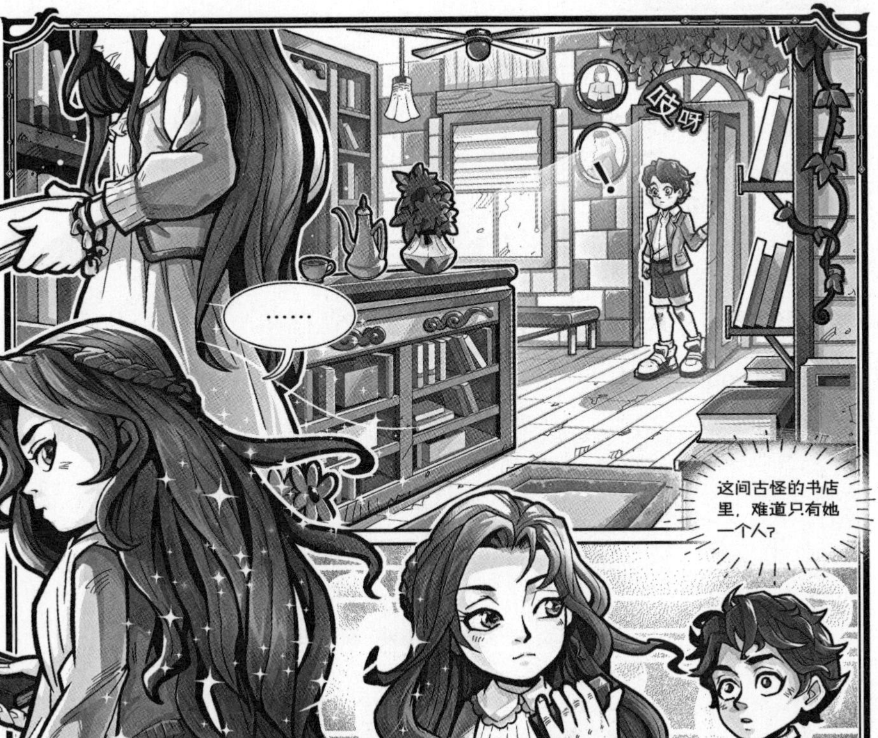

柳嘉惋惜地目送着女孩远去的背影,心里非常好奇。

当女孩消失在人群中,他终于鼓起勇气拿起了那本被女孩放在藏书台上的书,看见破旧的封面上印着几个褪了色的字——

《庄周梦蝶的解析》

——戚梦来博士 著

—— 第八幕 结束 ——

ACT
09

神秘的转学生

  社区的创意市集活动转眼已经过去了一周。

  柳嘉一直没能找到合适机会，和易天爵好好地谈谈与幻象病毒相关的事情……因为每天一下课，易天爵就急匆匆地离开了教室，总是上课铃打响了才会满头大汗地回来，有时候甚至到放学都看不见他的人影。

  老师们对易天爵的行为感到非常失望，相比之下柳嘉说不定还有一丁点儿希望。

  可惜的是，属于柳嘉的这最后的"一丁点儿"希望，也在周一上午彻底破灭了……

  周一的早晨，因为学校前的岔路口出现了一座山峰的幻象，

柳嘉又一次迟到了……而当他灰溜溜地来到"尖叫墙"边时，发现易天爵还在那里翻来覆去，结果他的动静太大，引来了校警。

紧接着，上午的第二堂课是数学随堂测试。

中午课间时，教数学的夏无忌老师特地把柳嘉和易天爵叫到了办公室。他拿着两张试卷，灰白色的光线中，那两张试卷就像两面小白旗。

"柳嘉、易天爵，你们得好好加油！"夏老师把试卷发给两人，叹着气走开了。

同一办公室的班主任云碧华老师身心疲惫地揉着眼角，朝柳嘉和易天爵挥了挥手。

"你们两个拿着试卷，好好反思。别忘了你们今天还要去行政楼值日，那里的树叶对你们日思夜想——"

吃过午饭，柳嘉郁闷地扛着扫帚，和易天爵一起来到行政楼前。

这里种了很多银杏树，树叶都已经变成了金黄色，风吹后落得满地都是，紧紧贴在湿漉漉的水泥地上。除了他和易天爵之外，还有另外三个男生也在垂头丧气地扫落叶。

柳嘉很奇怪，易天爵这次竟然没有开溜。班主任云碧华老师是一位严厉的老太太，易天爵向来对她礼让三分。

除了想和易天爵好好谈谈之外，柳嘉还有一件特别在意的事情。

他在过去几天，又去了几次旧书店。然而书店里的陈设和那天晚上完全不一样！店长是一位头发花白的老爷爷，坐在一堆

破旧的书本和报纸中。他坚定地告诉柳嘉，上周五晚上他根本没有开店，因为他参加广场上的创意市集去了！

柳嘉惊讶极了。难道那个神秘的女孩，也只是一个美丽的幻象吗？

"喂，眼睛看哪里？"易天爵暴躁的声音突然响起。

柳嘉回过神，发现自己正用扫帚扫着易天爵的裤腿。

"大话精又发疯了吗？"旁边几个男生大笑，柳嘉赶紧低下了头。

就在这时，一辆白色的电动汽车不疾不徐地停在了行政办公楼前。教导处黄添德主任满脸笑容地迎了过去，经过柳嘉身边时用力瞪了他一眼。

车门打开，首先下来两个身着防疫服的医务人员，他们利落地从后备厢提出两只简洁的行李箱。

最后从车上下来的，是一位穿着明德校服的女生。

黄主任热情地打招呼，然而那个女生完全没有注意到他，径直走了过去。

黄主任很是尴尬，但还是笑眯眯地带着两位医务人员去行政楼做登记了。

白色的小汽车缓缓地开走，最后只剩下女生独自站在原地，抬头看着银杏树叶在空中翩翩飘飞。

女孩的长发在风中飞扬，她穿着深蓝色的西装，红蓝相间的格子裙，外面套着一件卡其色的短风衣，袖子边稍稍向上挽起，清丽的气质里透着一种超越年龄的成熟与干练。

柳嘉紧张得几乎快把手中的扫帚拧断了，他既怀疑，又害怕

是自己眼花看错了——在他目光的尽头,正是旧书店里遇见过,在看《庄周梦蝶的解析》的那个女孩!

女孩习惯性地扫视四周,目光丝毫没有停顿。

此刻她的注意力,正聚焦在蓝牙耳机里进行的通话上。

"博古医生,我是戚梦紫,已经到达明德校园内。这里的幻象病毒防治情况,目前仍处于控制之中。"

"辛苦了。明德校园出现了三处新的'感染源',最严重的一处是'尖叫墙'。"蓝牙耳机里传出一个带有磁性的男中音。

"收到,我会尽快将三处'感染源'逐一净化。"女孩轻声回答,接着关闭了通话。

正在不远处清扫落叶的男孩们看见女孩,兴奋地悄声议论起来。

女孩淡淡地扫了他们一眼,目光唯独在表情惊讶的柳嘉身上停留了两秒。至于易天爵和其他人,她就像完全没有看见似的。

她看了看手腕上的智能手表，转过身朝学校食堂的方向走去。

柳嘉惊讶地看见，女孩走过的路面上，绽放开一朵朵若隐若现的红色莲花……那竟是淡淡的幻象痕迹！

易天爵似乎也察觉到了不寻常之处，他眉头紧皱，目光紧紧地盯着女孩的背影，直至她消失在拐角处。

上课铃打响了，热闹的校园顿时变得安静，教学楼里传出一阵阵琅琅的读书声。

戚梦萦拿着一个小巧的罗盘，跟随指针所指的方向，独自走到"尖叫墙"边。罗盘的造型是一个船舵，黄铜制的，看起来已经非常古旧了。

当戚梦萦靠近"尖叫墙"时，罗盘的指针飞快地转动起来。

她抬起头朝前方看去，晦暗的光线下，"尖叫墙"附近安静得有些诡异。只有风吹过时，墙边的柳树疯狂摇摆着枝叶发出的"沙沙"声响。

戚梦萦闭上眼睛，轻吸了一口气。

而当她再次睁开双眼时，眼前那些摇摆的柳树枝变成了穷凶极恶的蛇群，正疯狂地张牙舞爪，仿佛想要将她撕成碎片！

看到这可怖的一幕，戚梦萦却只是淡定地收起了罗盘，脸上没有丝毫害怕或是惊讶的表情。

她轻握手中的一瓶紫色药剂，朝着群蛇乱舞的"尖叫墙"走了过去，步履轻盈而优雅。

蛇群在戚梦萦的头顶上疯狂扭动，吐着蛇信。如果它们会说话，多半说出的都是最不堪入耳的恶毒语言。

但戚梦萦根本就不把它们放在眼里，仿佛蛇群幻象只是一群无关痛痒的路边杂草。

她将紫色药剂轻轻洒在旧砖墙上，然后不紧不慢地向后退了几步。

刹那间，一团半透明的紫色火焰从围墙上冲天而起！蛇群幻象在火焰中发出令人头痛欲裂的尖细嘶叫声！

那是一幅难以形容的疯狂画面——蛇群将它们着火的身体用力地在墙面上碰撞，发出来的尖叫声一浪接着一浪，如针尖般刺进耳朵，直抵大脑，仿佛要将人从身体内部撕碎一般！

不仅如此，紫色火焰燃烧殆尽后，渐渐变成了黑色。仿佛有了自己的意识，疯狂摇摆着朝戚梦萦冲过来。

戚梦萦面不改色地挥出左手，戴在她手腕上的金色手环微微震颤，竟将紫色火焰全部吸收进去，手环上的三朵火红莲花刻纹随之被点亮，但很快光芒便消散了……

"尖叫墙"重新安静了下来，那些可怕的蛇群幻象消失不见了。

微风拂过墙面，墙边的好几棵柳树犹如大病初愈的病人一般，轻柔而缓慢地舞动枝条，仿佛在向戚梦萦致谢。

戚梦萦轻扬起嘴角，露出一抹淡淡的笑意。

而此时，在"尖叫墙"的另一边，一个黑色的身影正站在街角的阴暗处，远远地看着重新恢复平静的围墙。

"啧，又出现了一个碍事的家伙，必须报告给黑凰先生。"黑色身影说完，如同最凛冽的夜风，消失在了街角。

柳嘉并不知道"尖叫墙"的幻象已经被净化，该区域彻底

恢复了正常。

他此刻只想大声尖叫——旧书店里的那位神秘女孩，正跟随云碧华老师走上自己班级教室的讲台！

柳嘉难以置信地睁大双眼。

他万万没想到，本以为那女孩只是一个幻象，可她不但突然出现在了明德学校，甚至还走进了他所在的班级！

当女孩站到讲台上时，不仅仅是柳嘉，全班同学都沸腾了起来。就连易天爵都坐直了身体，好奇地打量着她。

"她是谁？"

"太漂亮了吧……"

好奇的议论声就像十万只鸭子在唱歌——柳嘉又想尖叫了。

"各位同学！安静！这位是从红枫市转来我们班的新同学。"云老师用夸张的口吻热情地说，"请你介绍一下自己。"

瞬间教室里鸦雀无声，所有的目光都集中在女孩身上。

女孩淡漠地扫了同学们一眼，仿佛这里坐着的是群无知的小企鹅。

"大家好，我是戚梦萦。星海大学脑科学研究所特别系远程在读生，星华省历史研究社核心会员……"

"星海大学在读生？"

"历史研究员？"

教室里又是一阵沸腾的议论声。柳嘉在心里不停地惊叫着——戚梦萦，名字很美，声音像泉水一样动听，而且……没想到她这么厉害！

一直站在戚梦萦旁边的班长黎敏儿，脸色越来越难看。

在戚梦萦出现之前，黎敏儿是大家公认的班花，不但聪明、漂亮、气质优雅，成绩也非常拔尖。她的母亲是国内一流大学的高才生，父亲是某集团公司的高管。可是如今黎敏儿站在戚梦萦的旁边，顿时变得黯淡无光了！

黎敏儿朝前走了一步，用她当学校活动主持人时才会发出的甜美嗓音，响亮地说："云老师，按照班规，新来的同学都要接受'心灵大考问'，帮助大家更快地增进了解！"

"的确是这样。但是……"云老师有点为难。

"没关系，请问吧。"

戚梦萦的自信就像高耸的珠穆朗玛峰。黎敏儿虽然个头和戚梦萦一样高，气场却明显比她小了一大圈。

教室里的气氛陡然紧张起来，空气里弥漫着火药味。

柳嘉担心地看着戚梦萦，手心因为紧张渗出了汗。

他并不是怀疑和担心戚梦萦的才学，而是从上个学期开始，柳嘉便时不时地看见一朵巨大的喇叭花幻象，就像吸食人体营养的寄生虫一样，藤蔓紧紧地缠绕着黎敏儿。

从那以后，黎敏儿的性格大变，原本活泼开朗的她变得尖酸刻薄，说话喜欢明讥暗讽……柳嘉为戚梦萦忧心不已。

"第一个问题……"黎敏儿问，她白里透红的脸蛋上挂着讥讽的笑容，"戚梦萦同学，你到现在都没有笑一下，是因为觉得自己很漂亮，所以才这么高傲吗？"

班上几个不嫌事多的女生捂着嘴咔咔地笑出声来。

"你的高傲,来自你的外貌吗?"戚梦萦淡淡地问,她的视线根本就没有在黎敏儿脸上聚焦,语气就像在和幼儿园的小朋友谈心。

黎敏儿天生就长着一副笑脸,虽然平时她的笑容总是充满了傲慢和嘲讽,但此刻,她的笑容却像变成了凝固的胶水,满脸变得通红,班上好事的同学则纷纷倒吸一口凉气。

"你为什么转学来明德?"黎敏儿重振旗鼓追问道。

"因为明德的校训——饮水思源。"

"入学考试的成绩如何?"

"A+。全部。"

班上的同学们发出一阵惊呼,要知道明德的入学考试与其说极其的难,倒不如说古怪刁钻、吹毛求疵。所有试卷都是由本校国宝级教授编纂,极尽苛求地审核学生的逻辑能力、知识面、IQ(智商)和EQ(情商)。

"你刚才吹牛说什么星海大学,什么研究社,那么我代表班上的同学考考你。"黎敏儿扬起鼻子冷笑道,"英法百年战争打了多久?"

"一百一十六年。"

"客机上的黑匣子是什么颜色?"

"橙色。"

戚梦萦对答如流,语调如呼吸般从容。

柳嘉在心中为她叫好。

黎敏儿越来越焦躁,嘴唇都咬得发白了。柳嘉惊愕地看见,她身后的那朵喇叭花幻象就像在吸食她的嫉妒与愤怒,花朵随

之缓缓绽放……

不仅如此，绽放的花朵像一张大嘴，花瓣上长满了尖牙般的刺，上面沾着黏答答的液体。

易天爵似乎也感觉到了什么，眉头紧紧地皱了起来，目光在讲台上来回扫视。

"你这辈子做的最丢人的事情是什么？"黎敏儿语速越来越快。

"我在人生终点时，也许能告诉你。"戚梦萦将一只手轻轻地放进口袋里。

"你爸妈做什么工作？"

"无可奉告。"

"无可奉告是因为不可告人吗？"

戚梦萦的目光微微闪动了一下："只是没必要让你知道。"

"看来戚梦萦同学的父母让她羞于启齿！"黎敏儿感觉自己揪住了转学生的小辫子，狂躁地大笑起来。

柳嘉震惊地看见，那朵喇叭花已经完全绽放开了，并且朝黎敏儿越靠越近，似乎打算将她吞食入腹！

"礼尚往来，你能回答我一个问题吗？"戚梦萦仍然波澜不惊地看着她。

"当然。"黎敏儿胸有成竹地说。

"如果答不出来呢？"戚梦萦反问道，她从书包侧边口袋里拿出一瓶矿泉水，"我可以对你做一个小小的惩罚吗？"

黎敏儿有些诧异地看着戚梦萦，突然有些心虚起来，但仍然强撑着用力点头："没问题，你说吧！"

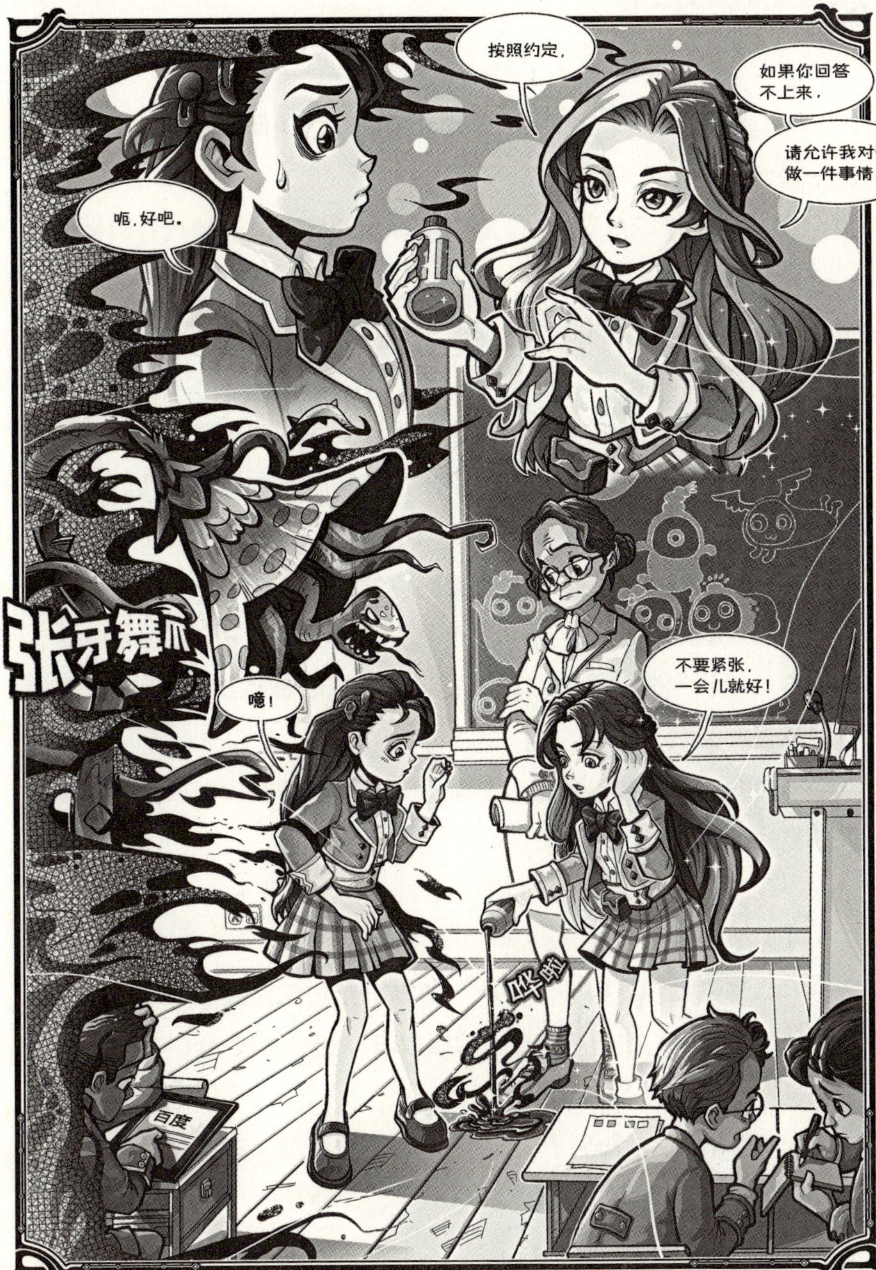

戚梦紫缓缓地说出了谜题。

黎敏儿哑口无言地望着戚梦紫，脸色瞬间由红变白，然后又发紫……

"愿赌服输，对吗？"戚梦紫轻扬起嘴角，云淡风轻的神情让黎敏儿抓狂。

"哼！我愿意接受惩罚！"黎敏儿气急败坏地闭上双眼，决定输人不输阵！

柳嘉和班上的其他同学也都惊讶地睁大眼睛，准备迎接令人唏嘘的一幕——戚梦紫多半是打算将矿泉水从黎敏儿的头上浇下去……以此报复黎敏儿刚才的无礼。

当戚梦紫拧开矿泉水瓶盖时，就连云老师都担忧起来，准备出声制止。然而，大家预想中的火爆画面并没有出现。戚梦紫只是将半瓶矿泉水轻轻倒在了黎敏儿的脚边，并且画了一个奇怪的图案。

令所有人惊讶的是，矿泉水竟然没有朝四周溢出，而是像被什么吸食了似的不见了……

不仅如此，黎敏儿突然一个激灵，像刚刚从梦中惊醒一般，吃惊地左右张望。

柳嘉发现，纠缠着黎敏儿的喇叭花幻象消失了！是因为戚梦紫刚才浇的那半瓶矿泉水的缘故吗？他暗自猜想。

"刚才……发生了什么？"黎敏儿迷茫地揉着头，摇晃着长长的马尾辫坐回原位。

"好了好了，各位同学！"云老师见黎敏儿和戚梦紫的较量

已告一个段落，拍掌示意班上同学们安静下来，"希望大家帮助戚梦萦同学尽快地融入群体。她的座位就在……"

"云老师，我有自己想坐的座位。"戚梦萦轻声说，目光转动，最后落在了柳嘉的身上。

那一瞬间，柳嘉就像突然中了彩票大奖，既不敢相信，又欣喜若狂！

在全班同学的注视中，戚梦萦走下讲台，在柳嘉旁边的空位坐下，一股兰花般清幽的香气朝柳嘉扑面而来。

班上的同学们彻底躁动了。易天爵打了个喷嚏，赶紧把桌子朝与戚梦萦相反的方向挪了一下。

柳嘉感觉自己的心快要从头顶上蹿出去了。

戚梦萦放下书包，向柳嘉伸出一只玉石雕琢般的手："请多关照。"

"请、气——鸣！"

柳嘉紧张得满脸通红，结果不小心咬到了舌头，周围的同学哄堂大笑。

"看呢，大话精又出糗了！"他们嘻嘻哈哈地说。

"他连大话都不会说了！"

接下来的一整个下午，柳嘉都处于意识飘忽的状态。

老师说了些什么，他一个字都听不进去，他的耳朵只听自己的心跳声，而全身上下所有的细胞都在关注着新的同桌——戚梦萦。

班上的同学曾经因为害怕被传染上他的"大话病菌"，没有人愿意和他当同桌，柳嘉现在却觉得这是最大的幸运！

不过他的幸运也成功地点燃了班上男生们嫉妒的火焰……

柳嘉感觉自己都快被烧焦了,能撑下来,真是充满奇迹的一天。

不过,戚梦萦除了最开始的那一个招呼,全天再也没有和柳嘉说过一句话。下午的第二节课结束后,她便背着书包离开了教室。

柳嘉有生以来,第一次感觉放学的时间实在太早。

他现在就开始期待第二天的到来。

第九幕 结束

ACT
10

第十幕

绝命天鹅湖

"就是她，长头发的那个！"

"入学分真有那么高吗？"

"她真的很漂亮呢！"

柳嘉的生活再一次发生了重大转折。

以前的课间休息时间，他就像班上的隐形人，没有人愿意搭理他。而现在，几乎全班同学的注意力，不，或许是全校的——都集中在了他所在的区域。

当然，这是因为他的新同桌——戚梦紫。

黎敏儿虽然不再被喇叭花幻象纠缠，然而对戚梦紫的羡慕与嫉妒丝毫未减。她和班上另外几个女生对这位插班生嗤之以

鼻，觉得围观的人幼稚、愚蠢，不过是图一时的新鲜罢了。对于柳嘉最近恍惚的状态，她们倒是和其他同学的看法一样——一定是乐昏了头。

老师们似乎也对这位新来的转学生好奇极了，上课时频频点名，让戚梦萦回答问题。

戚梦萦对老师们的提问对答如流，课堂几乎成了她的个人才艺秀，而柳嘉和易天爵纷纷凄惨地沦落为"点外卖附赠的餐巾纸"。

老师们每次提问，柳嘉与易天爵的无知，都和戚梦萦的博学形成鲜明对比，这让柳嘉觉得羞愧极了。

易天爵甚至将戚梦萦当成比幻象病毒还可怕的存在，将课桌搬得越来越远。

不仅如此，每当下课后，戚梦萦还会将自己的一些奇怪小玩具，主动地借给班上的同学们。大家都将收到戚梦萦"小礼物"的同学，称之为"幸运儿"。

只有柳嘉察觉到，所有收到戚梦萦的小玩具的同学，或多或少都被幻象纠缠……

对于同学和老师们的狂热，戚梦萦丝毫不以为然。柳嘉猜想，或许她早已经习惯成自然……

戚梦萦平日里总是一副云淡风轻的神情，如同不食人间烟火的仙子，静静地坐在座位上，翻阅着各种内容复杂的书籍，沉浸在自己的世界里。

无论从哪一个角度望过去，戚梦萦都是一幅美不胜收的画。而那些热情的崇拜者或者冷嘲热讽的小人，全成了在"戚梦萦

雪山"下顶礼膜拜、叽喳乱叫的小猴子。

偶尔，柳嘉察觉戚梦萦会淡淡地扫视自己一眼，只是那目光轻盈如风，一晃而过。

柳嘉甚至怀疑，那只是自己的错觉……

一周后，就像黎敏儿所预言的那样，同学们对戚梦萦的热情突然退却了，大家的注意力转移到了最近在网络上发酵的一则新闻上。

一个诡异的传闻开始在学生之间流传。

这天是星期五，上午的最后一节课是历史课，老师一再地盛赞戚梦萦对中国古代史独到的见解，而对说出"历史是梦的预演"的柳嘉则表示不能赞同。

下课后，柳嘉忧郁地来到学校餐厅吃午饭，开始认真考虑以后是不是应该多花点时间在学习上。因为他每次在课堂上被老师点名时，戚梦萦都会投来一个淡漠的眼神，柳嘉感觉就像被火烧着了一样难受。

但他很快又愤愤不平起来："难道历史不是梦的预演？读历史不像是经历了一场前人做过的梦？"柳嘉一边努力吃饭，一边搜肠刮肚编织着种种"自我论证"。

易天爵坐在距离他不远的位置上，嘴里嚼着块排骨，也在愤愤地自言自语："哼，绝不能输给一个刚转学来的女生。"

柳嘉正想找易天爵讨论，如何在戚梦萦面前自我证明的问题……他的注意力却被旁边那桌刻意压低且故作神秘的声音吸引了。

"新闻上说,米兰市感染幻象病毒的人越来越多了呢……好可怕!"隔壁桌的三个女生就像分吃一块奶酪的老鼠,把头凑在一起。

"我姐姐的一个同学就中招了……教授做实验的时候她突然发疯,结果实验室爆炸,炸伤了好多大学生呢!"一个瘦得像竹竿的女生表情夸张地低声惊呼。

"有一个IT(信息技术)工程师也疯了呢,还有一个喜剧演员和两个动画编剧……"头顶扎着一撮小辫子的胖女生在摇头晃脑。

长发女孩不安地撩了一下耳边的头发:"有专家说,感染幻象病毒的人,大多是精神压力过大的人。"

"可是我听说有很多家养的宠物猫狗也突然发疯了,难道它们也是压力过大吗?"胖女孩不依不饶地说。

"总之,我们要相信科学。"长发女孩涨红了脸辩解着。

几个女孩还在争论不休,柳嘉忽然没来由地感到一阵不安。不等他吃完午饭,班主任云老师突然出现在餐厅门口,带来一个让他震惊的消息。

"柳嘉同学,快去医院看看,你妈妈发疯了……"

舅舅崔启明正在外地拜访客户,接到电话后匆忙赶回了米兰市。

当柳嘉和舅舅来到瑞楠医院时,已经是晚上了。

瑞楠医院的位置很偏僻,但因为最近感染幻象病毒的人越来越多,停车场早已经停满了过夜的车辆。舅舅只好在距离医

院两个路口的路边，找了个临时的停车位，然后带着柳嘉在夜色中匆匆赶路。

红月当空，垂落下黯红色的光芒。

街道上每隔很远一段距离，才会有一盏路灯，路上显得孤凄昏暗。

柳嘉和舅舅崔启明在夜色里一前一后地急忙往前走。

他们经过一个仍在营业的便利店门口，心事重重的柳嘉并没有注意到，在便利店门外的阴影处，一个穿着白色实验室长大褂的年轻男子正站在那里。

他的身材并不高大，但却结实挺拔，透露出一股军人的气质。微卷的头发稍稍有些凌乱，眉头微微皱着，目光敏锐的双眼正透过一副银框眼镜，沉默地看着从他面前匆忙走过的柳嘉和崔启明。

柳嘉也没有注意到，在他拐过一个街口时，仍旧还是这个年轻男子，站在一堵贴满了花花绿绿广告纸的围墙边。

年轻男子双手插在了口袋里，注视着他匆匆忙忙的身影。

当柳嘉和舅舅到达瑞楠医院时，他们已经满头大汗。一位胖护士早已经在住院部门口等候，带着心急如焚的他们，赶往崔如意所在的405号病房。

老旧的医院楼道里静悄悄的，模糊的光亮将地板照得愈发昏暗。当他们到达405号病房门外时，一阵梦呓般的哼唱声幽幽地传来……

柳嘉的心猛地揪紧了。

胖护士推开了病房的门。房间里没有开灯,空气冰冷。

柳嘉看见母亲正光脚站在窗前,仰望着窗外,轻哼着一曲轻快的童谣,那是她过去常常唱给柳嘉听的催眠曲。

一个月不见,母亲已经被幻象病毒折磨得形容枯槁。她穿着一条宽大的白色睡裙,乌黑长发混乱纠结地披散着,右手握着一把锋利的剪刀。暗红色的月辉静静洒在崔如意消瘦的身躯上,令她犹如一个午夜的幽影。

"今早突然发狂,已经用剪刀划伤了好几个护士。"胖护士叹了口气,"冯医生刚给她打过针,现在暂时安静下来了……不过还是很危险。"

"小如……"舅舅崔启明在一旁不停地唉声叹气。

"妈妈!"柳嘉轻声呼唤着,声音有些哽咽。他不顾胖护士的阻拦,朝母亲走了过去。可是母亲对他的呼唤没有丝毫的反

应，仍旧看着窗外，轻声哼唱着歌曲。

"妈妈……我来看你了。"柳嘉站在母亲身边，轻声呜咽着。他发现八音盒已经被砸碎，零件散落一地。

母亲终于缓缓地转过头，朝柳嘉看了过来。她的皮肤蜡黄，脸颊深陷，曾经温柔的双眸，此刻空洞无神，干瘦的脸上露出一个不真实的笑容。

"小嘉啊，放学啦？"

柳嘉轻轻地拨开崔如意脸颊上乱糟糟的发丝，眼泪模糊了眼眶。

"小嘉啊，你怎么哭啦？"崔如意用手指轻拭了一下柳嘉湿润的眼角，"被同学欺负了吗？"

柳嘉赶紧用衣袖抹去眼泪，摇摇头。

"小嘉啊，等你写完作业，爸爸妈妈就带你出去玩哟……"

柳嘉把脸深深地埋在崔如意冰冷的手心里，眼泪大颗大颗地落了下来。

"妈妈，爸爸已经去世了……"

"傻孩子，胡说什么呢……爸爸不就在那里吗？"崔如意轻声说着，指了指房间的一个角落。

柳嘉转头看去，角落里除了一张木摇椅，什么都没有……不，那里还有一个身影！

柳嘉浑身的血液突然凝固了，那只五眼乌鸦不知何时飞了进来，正站在那张摇椅上！

"呱——呱呱——"

病房里的光线变得更加暗淡了，温度骤然下降，柳嘉忍不

住打起寒战。

一个女子的诡异笑声在病房里回响，忽远忽近……时有时无……

不仅如此，许多舞者的幻象出现在了病房里……

它们全都化着妖艳的浓妆，身着黑色的衣裙，如鬼魅般疯狂扭动腰肢，手臂像蛇一样彼此纠缠。

柳嘉惊骇地屏住呼吸。

忽然，在他眼角的余光处，闪过了一个黑影！当他转过头去看时，黑影却又出现在了房间的另一处，就像在和他玩躲猫猫一般。

柳嘉在群魔乱舞般的幻象中寻觅……最终，在那扇被月光染成暗红的玻璃窗前，他看清楚了那个黑影——竟是曾在母亲病房里见过的"黑天鹅舞者"幻象！它正踮起脚尖翩翩起舞，诡异妖魅的笑容充满了傲慢与挑衅。

很显然，这间病房里除了柳嘉之外，他的母亲崔如意也看见了这些幻象……她显然受到了极大惊吓，笑容渐渐消失了，身体猛烈地颤抖起来，睁大的眼睛竟瞪得通红。

"是你们……是你们害死了真夜！就是你们！"她大声尖叫着，握紧手中的剪刀，冲上前和周围的幻象拼命。

"哈哈哈……哈哈……"幻象们大声嘲笑。

它们丝毫不躲闪崔如意的攻击，因为那把剪刀对它们毫无用处。

"妈妈！"柳嘉担心地看着疯狂的母亲，然而却找不到机会上前阻拦。

这时，崔如意看见了"黑天鹅"幻象，她大喊着用剪刀猛地刺了过去！

"小如！你做什么！"崔启明舅舅惊慌大叫。他和胖护士此时就站在"黑天鹅"的旁边，和她半透明的身体隐约重叠着。

胖护士尖叫着逃离。崔启明舅舅躲闪不及，伸手抓住了崔如意的手腕。

"还给我！把真夜还给我！"崔如意的眼中只看得见"黑天鹅"。她疯狂地嘶吼，就像一头发狂的母兽。

"小如！醒醒！是我！"

崔启明舅舅吃力地阻挡着崔如意的攻击，但手臂还是被锋利的剪刀划伤。

"我去叫人！"胖护士惊叫着冲出病房。

"妈妈！"柳嘉冲上前，想要阻止母亲的疯狂行为。

忽然间，"黑天鹅"挡在了他的面前。它明明长着和母亲一模一样的美丽脸庞，但眼神却充满了暴戾，并且朝柳嘉露出一个邪恶而妖魅的笑容。

"你哪也不能去，好好地看我们的表演。"

"黑天鹅"飞快地挥动双臂，周围的幻象也都扭动得越来越妖异。

柳嘉惊恐地看见，在那"黑天鹅"的身后，母亲正高举着剪刀，一步步地朝他走了过来！

散落在地上的八音盒零件割破了她的双脚，但崔如意似乎完全感觉不到疼痛……她瞪着布满血丝的眼睛，神情变得越来越暴戾，凌乱的发丝披散在苍白的脸庞前。

"把真夜……还给我……"崔如意大喊一声,挥动剪刀冲向"黑天鹅",同时也刺向了柳嘉!

"黑天鹅"突然消失不见了。

柳嘉本能地侧身躲避,剪刀从他的手臂上划过,柳嘉痛得大声惨叫。

崔如意愣住了,她望着受伤的柳嘉,露出了一个扭曲的笑容:"小嘉啊……你怎么哭啦……爸爸明天就回来啦……"

"妈、妈妈……"柳嘉痛苦地抽泣着,但并不是因为受伤的手,而是心像在滴血般疼痛。

幻象们围成了一个圈,飞快地旋转、起舞。崔如意站在幻象们的中间,木讷地跟着它们在原地转动,就像迷途天鹅般不知所措。

病房的门被用力推开了。

冯医生和值班警卫跟着胖护士匆忙赶来。他们看见病房里的景象吓了一跳，赶紧冲上去抓住崔如意，将她的手臂反扭在背后，并且将剪刀甩在了地上。

崔如意疯狂地挣扎着，想要用牙齿撕咬周围的护士和警卫，直到冯医生动作敏捷地给她打了一针镇静剂，她才终于渐渐地安静了下来。

护士用防护皮带，将她紧紧绑在了病床上。

"咯咯……"崔如意看着天花板轻笑着，再次轻轻地哼起了那首童谣。

第十幕 结束

第十一幕

 与幻象决斗

　　柳嘉不知道自己是怎么被胖护士和舅舅崔启明带出病房的。他感觉自己如同梦游般穿行在走廊上，最后来到了一间狭窄的护理室里。

　　冯医生和胖护士为柳嘉、崔启明舅舅处理伤口。

　　崔启明舅舅心情沉重地叹着气："怎么会这样……这样下去如何是好……"

　　胖护士轻声安慰着他。然而柳嘉完全听不进去他们在说些什么，他仍然沉浸在刚才的恐惧与悲伤中。

　　他很清楚，405号病房里的幻象还没有散去，母亲仍然被它们疯狂地折磨着……

"崔如意女士的病情过于严重,连自己的孩子都已经认不出了……"冯医生为难地说,"警局最近为有暴力倾向的幻象病毒感染者设立了专门的隔离房。崔先生,我们建议您能配合我们报警,将崔如意女士送去警局收容……"

"眼下也只能这样了……"舅舅崔启明唉声叹气地说。

"不!"柳嘉激动地推开胖护士正为他擦拭伤口的手,"你们不能把我妈妈送去那种地方!"

他从一些新闻中了解到,被关进收容所的幻象病毒感染者,意味着被判处了"极刑",大多数都在禁闭中彻底发疯了……

"柳嘉,别胡闹。"舅舅烦躁不安地瞪着柳嘉,"难道你还有别的办法吗?"

"我就是不同意!妈妈绝对不能去那里!"柳嘉已经泣不成声了。护理室里气氛沉重得令人窒息。大人们全都低着头,沉默不语。

柳嘉不停抽泣着。他真希望有人能告诉他,现在该怎么办。他已经失去了爸爸,无法忍受再失去妈妈了……他从未像现在这样疯狂地想念父亲,这样沉重的悲伤,他到底还要承受多少……

忽然,一道亮光划过柳嘉的眼角。他看见那条帆船项链,正安静地挂在他的胸前,微微闪烁着蓝光。

柳嘉用手指摩挲着发烫的帆船吊坠,一道闷雷般的声音突然在他脑海中炸响。

"就算被欺负了也不要低声下气。失去的东西,要靠自己拿回来!"易天爵轻鄙的目光,刺痛了柳嘉的心,也让他清醒了过来。

柳嘉从钱包里拿出和父母的全家福照片,渐渐地,他哀伤

的目光变得坚定，因为颓丧和软弱而弯曲的脊梁，重新挺直了起来。

柳嘉从座位上站起，不顾周围人的阻拦，冲出了护理室，朝母亲的病房跑去。

"我要守护好妈妈……这是我和爸爸的约定！"

此时，在病房对面的高楼上。

从瑞楠医院外便一直观察着柳嘉的年轻医生，缓步走上了天台。

这一刻，月光似乎异常明亮。年轻医生站在天台边缘，白色的实验室长大褂在夜风中衣袂翻飞。他的神情严肃，月光映在他的眼镜镜片上，泛起一片银色的辉光。

"博古医生，疗养院的救护车还有一刻钟左右抵达。"祁莲秘书的声音从蓝牙耳机里传来，"你那边情况如何？"

"还在进程中。"博古医生回答。

"崔如意是柳真夜的妻子，我们有义务救助。但这个孩子的未来……能不能有所转机，就要看他今晚的选择和表现了。"耳机里传来祁莲秘书轻轻的叹息。

"有情况随时联系。"博古医生关闭了通话。

在他的对面，瑞楠医院住院部的大楼一片沉寂，绝大多数病房都已经熄了灯，或是拉紧了窗帘。

他远远地眺望着405号病房，眉头紧皱，喃喃自语："3号实验体……柳嘉……你究竟是灾厄，还是希望？"

这时，405病房的门被用力推开了。博古医生微微调整了一下站姿，神情紧绷地观察着病房内的动静。

正如他所料，柳嘉再次冲进了病房，开始大声呼唤着被捆绑在病床上的母亲，稚气未脱的声音从风中远远传来。

柳嘉朝病床冲过去，却仿佛被一堵看不见的墙阻挡，根本没法前进一步。

博古医生轻轻摁下眼镜框上的一个微型按钮，他眼前那个原本空荡荡的病房，顿时变成了另外一番景象——

病房的窗户后，竟成了一片漆黑的湖面，弥漫着暗红色雾气。

崔如意正静静地躺在湖面上，犹如毫无生气的朽木一般。几个样貌怪异的舞者，正在湖面上翩翩起舞。

舞者们拥有着人形的身体，却都长着乌鸦的头颅，手臂是一对漆黑的翅膀。

它们妖娆的身体被黑色的羽毛覆盖，折射着暗红色的月光，犹如一件燃烧着的诡异的黑色舞裙。

身穿黑天鹅芭蕾舞裙的妖艳舞伶，引领着舞者们的舞步，在崔如意的周围跳跃、旋转。崔如意的身体随之缓缓下沉，渐渐地被湖水吞没……

柳嘉在黑暗的湖水中心急如焚地往前走，高声呼唤着他的母亲。他的大半个身体都被湖水淹没了，乱舞的群魔在"黑天鹅"的命令下，不停地用翅膀将他扇倒，或是用长着尖锐利爪的双足抓他的手臂，甚至用长矛一般尖锐的嘴去啄他……没过一会儿，柳嘉便已经伤痕累累。

博古医生惊愕地看着这令人触目惊心的景象。

他眼看着幼小的柳嘉被一次次击倒后，坠入湖水中，却又一次次顽强地站起来，艰难地将头探出水面，朝快要被湖水完全吞没的母亲走去……这世间似乎没有任何力量能动摇他救回自己母亲的决心。

然而很快地，博古便发觉自己想错了……黑暗的湖面上，突然出现了一个熟悉的人影。

那个人穿着深蓝色的风衣，身影高大挺拔，英俊的侧脸魅力不减当年，目光锐利的眼中饱含沧桑。

"真夜……"

博古医生惊讶地低语，一时间有些出神。他缓缓地摘下眼镜，他眼前的405病房顿时变回原本的模样。

湖泊、柳真夜，还有那些妖魅的舞者……全都消失不见了，只有柳嘉精疲力竭地伫立在房间中央。而当他重新戴上眼镜，病房窗户后的幻象再一次出现，柳真夜正伸展开双臂，热情地朝小柳嘉走了过去。

博古医生已经清醒过来，眼前的柳真夜并不是他的挚友。那只是一个邪恶的幻象，是"黑天鹅"幻化而成的。

"小嘉，我的好孩子。"

幻象模仿柳真夜的声音远远传来，博古医生感到一阵憎恶。

"爸爸……爸爸！"

正如博古医生所预料的那样，柳嘉激动地扑进幻象"柳真夜"的怀里，痛哭流涕起来。

博古医生的内心被触动，3号实验体……毕竟还只是一个孩子。

"小嘉……""柳真夜"低下头温柔地说，"好孩子，放弃妈妈吧，你可以一个人生存下去……"

柳嘉抬起满是伤痕的脸，目光坚定地望着自己的"父亲"。

"不……爸爸，我可以救妈妈。"

"如果你一定要救妈妈，你也会被幻象病毒感染，然后发疯死去。""柳真夜"说着，突然就朝柳嘉冲了过来，紧紧抓住他的肩膀，嘴里还同时发出了一个疯狂的声音，"听话！好孩子！不要再做无谓的挣扎！"

"爸、爸爸……"柳嘉痛苦地喊叫着。

这时，"黑天鹅"显现出了它本来的样貌，朝柳嘉邪恶地媚笑着："你只是个小拖油瓶而已，毫无用处……既然这么想陪着你妈妈，那就成全你。你和那个女人……一起去死吧！"

舞者们的舞步更加疯狂了。柳嘉感到窒息，脸颊涨成了紫红色！

博古医生目光一凛,伸手朝白色实验室长大褂的口袋探去——那里有一把特殊的迷你手枪,可以用此和邪恶幻象一搏!

虽然老院长下达的任务,只是观察3号实验体是否具备被招募的潜质。可他毕竟是挚友的孩子,如今陷入危险,怎能不管不顾!

然而就在博古医生掏出银色的迷你手枪时,他突然看见,几乎因为窒息而昏迷的柳嘉,身体里竟涌出一团浓浓的黑雾!

这团黑雾瞬间在湖面上弥漫,将一切都包裹了起来。

博古医生什么都看不见了,只听见一阵阵撕心裂肺的惨叫声从黑雾中传出,令他汗毛直竖。

那些凄厉的叫声并非来自柳嘉,而是那些舞者。

一团幽蓝的光在黑雾中闪烁着,并且闪烁的频率越来越快。

紧接着,黑雾消散。

黑色的湖水和那群舞者仿佛被雾气吞噬了一般,消失不见了。病房恢复了原来的模样。

柳嘉瘫倒在地面上,虚弱地呼吸着。

在他旁边的地板上,一个帆船项链吊坠正幽幽地闪烁着蓝光,直至光芒黯淡发黑。

"真是强大的能量……"博古医生摘下眼镜,难以置信地低语。

他沉思片刻后,轻轻摁了一下眼镜框上的微型按钮,将柳嘉喷涌出黑雾后,病房里传来的幻象惨叫声的那一段影像记录抹去了。

月光下,博古医生用军人的站姿,直视着405病房中正匆忙赶来的护士和被救助的柳嘉。

"孩子,我绝不会让你走入黑暗中。为了报答你父亲的友情,也为了……和他一样正直善良的你。"

第十一幕 结束

第十二幕
天台山疗养院

  不知道过了多久，柳嘉在一阵轻微的摇晃中苏醒了过来。他睁开眼睛，发现自己正坐在一辆救护车里。

  窗外夜色正浓，那轮红月紧紧地跟随着他们，在这条死寂的道路上洒下一片猩红色的月光。

  车辆的灯光不停撕裂暗红的夜色，将路边的杂草与路牌照亮。柳嘉看见救护车驶入一条名叫"翠云间"的闸道，周围变得越发荒凉。

  一位穿白色研究室制服的年轻医生正一脸严肃地坐在他身边，旁边还有另外几位穿着防疫服的工作人员。

  柳嘉有些惊惶，他不知道自己为什么会在这辆车里，也不

知道这辆车要去向何方，更不知道妈妈此时身在何处……

"你醒了。"一个低沉的声音突然响了起来。

柳嘉转头看着旁边的年轻医生，不安地询问："你们是谁？是把我妈妈送去警局的人吗？"

"我们不会把你妈妈送去警局。别怕。"年轻医生的声音变得轻柔起来，"我们去一个或许能治好你妈妈的地方。"

"能治好妈妈？那是什么地方？"柳嘉惊喜地问。他借着从车窗透进来的暗淡月光，看清楚了挂在年轻医生制服上的铭牌：博古。

"你很快就知道了。"博古医生冲他微微笑了笑，然后转回头不再说话了。

柳嘉的心里有一大堆疑问，可他实在太累了。

刚才在病房中和那些幻象搏斗，耗费了他太多的力气……他缓缓闭上眼睛，再次睡了过去。

当柳嘉再次醒过来时，救护车正穿过一扇爬满绿色藤蔓的高大拱门。他看见拱门旁边的一块深褐色巨石上，刻着几个绿色大字——云间综合疗养医院。

医院里一片宁静，秋虫在轻声呢喃。

车辆沿着一条宽敞的道路继续缓行，两旁的路灯光线柔和。

柳嘉好奇地朝车窗外张望，发现车辆正行驶在一个巨大深坑的上方，沿着一条环绕深坑边缘的道路缓慢前行。

深坑的底部是一片静谧的湖水，在柔和灯光的照耀下，如同一块碧蓝色的翡翠。一幢灯火通明的雄伟建筑从深坑底部拔

地而起,如石雕般附着在深坑一侧的岩壁上,外观看上去很像某种巨型动物的巢穴。

最邻近湖面的地方,有一个独立于主建筑之外的半圆形建筑,有四分之一个足球场大小,从上往下望去如同一弯弦月,静静地浮在水面上。

在湖面的中央,一个银色圆盘般的倒影正随着湖水微微荡漾着波澜……柳嘉抬头寻觅倒影的本体,就在这时,他看到了令他无比惊异的景象……

从柳嘉记事的时候起,便一直跟随着他的红月,此刻竟然变成了耀眼的银白色!皎洁的银月正高悬在深沉的夜空中,静静地绽放光华。

柳嘉激动地趴在车窗上。

他曾经多么期盼,能看到父亲、母亲以及那些正常的孩子所看到的月亮。

在被红月照耀的日子里,他经受了太多的恐惧、嘲笑和苦难。而如今,他终于看到了银月,这是否意味着那些可怕而晦暗的日子要结束了?

他的妈妈真的有救了吗……

柳嘉的眼眶有些湿润……伴随着他激动的心绪,车辆缓缓地停了下来。

"我们到了。"博古医生提醒。

柳嘉揉了揉眼睛,跟着博古医生和几位警察下了车。

他们此时已经到达深坑建筑的入口处。这是个耸立在地面之上的一层楼建筑，位于整个巨型下沉式建筑的最顶层。

他们走到入口处，来到古铜色雕花大门前，博古医生摁下了门铃。

一个温柔的女性人工智能声音从门铃下方的音孔里传来："欢迎来到天台山综合疗养医院，请说出您的姓名和来办事宜。"

"博古。我带了一位来宾，柳嘉。"博古医生说着，回头看了一眼柳嘉。

"身份验证完毕。"女智能声音回答，"来宾请前往安检台，接受眼球虹膜绿色安全码扫描，以及脑部温度识别。安检台位于大厅右侧。感谢您的配合。"

古铜色的雕花大门自动向两边敞开，一阵悠扬的钢琴曲如温柔的水浪迎面而来。

博古医生穿过了大门，柳嘉紧跟在后面，惊讶得嘴巴都合不拢了。

出现在他面前的是一个宽敞的白色大厅，这里美得就像一间高雅的艺术馆。地面是擦得光亮鉴人的深色大理石。上百盏球状云石吊灯，高高低低地从天花板上垂落下来，像满天星辰一般将大厅映照得通透明亮。

大厅中央有一座精致的喷泉，圆形的水池上方有一个悬浮的月球模型，微微发出银白色的温柔暖光。一缕缕清澈的水流从月球模型的空洞中流淌下来，发出"哗啦啦"的水声。

穿着白大褂的医务人员和助理机器人们，在大厅里穿梭忙碌。柳嘉看了看墙壁上的挂钟，一点也感觉不到现在已经临近午夜。

他们有些人怀里抱着一沓厚厚的资料，有些人用智能平板电脑边走边看病患资料，助理机器人托盘造型的手掌上，摆放着各种奇怪的药剂，各自正在赶往目的地。

"往这边走。"博古医生说。

他们避开穿梭的人群，来到位于大厅右侧的白色安检台前。

白色高台的后方，站着一个医生造型的女性智能机器人。如果只看它的脸部，多半会以为它是一位真正的人类女性，但除了人脸之外的其他部位，都是金属构造。

他们走近时，机器人礼貌地微笑起来。

"两位好，请看向左边的虹膜扫描仪。"

柳嘉学着博古医生的模样，转头朝向那个放置在白色高台上的塔形金属仪器。两道柔和的红光分别扫过博古医生和柳嘉的眼睛。

"两位的虹膜健康绿码扫描已通过。现在进行脑温检测。"

机器人拿起一个造型像无顶遮阳帽的头环,递给了博古医生。

"抱歉,我没有头环。"柳嘉询问机器人。

"根据刚才虹膜扫描所显示的信息,您是幻象病毒免疫体质,不需要进行脑温检测。"机器人彬彬有礼地回答。

柳嘉噘起了嘴。

他从小就生活在各种奇怪的幻象和噩梦中。可是每次检查完,医生们都说他没有感染幻象病毒,这个机器人甚至说他是病毒的免疫体……

这个天台山综合疗养医院虽然看起来壮观,也许和其他的医院并没有本质的不同……

柳嘉突然感到有些担忧,这里真的能治好妈妈的病吗……

博古医生没有多说什么,他将头环戴在了头上,头环亮起了一圈绿灯。

"博古医生,您的脑温正常,健康信息已上传同步。两位可通行。"智能机器人说。

"谢谢。"

博古医生拍了拍柳嘉的肩膀,示意他跟上自己。

柳嘉的心情稍许沮丧,刚才看见银月亮时的兴奋也减弱了许多。他拖着脚步跟随博古医生走进位于大厅一侧的电梯等候厅里。

这里至少有十几部电梯,每个电梯门外都站着几个医务人员或是助理机器人,他们看见柳嘉时,纷纷投来了好奇的目光。

柳嘉和博古医生站在了编号为 N93 的电梯门口,隔壁编号为 E69 的电梯门前,站着一个不修边幅的瘦高个年轻医生,头

发油腻腻地贴在头皮上,怀里抱着一个有透气孔的铁罐,里面传出一阵奇怪的声音。

"这么晚,博古医生?"年轻医生神情疲倦地打招呼。

"新病患吗?"博古医生双手搭在身前,严肃地看着铁罐子问道。

"是的。"年轻医生叹了口气,"只是些普通的飞蛾,但感染了幻象病毒后,攻击了一家制鞋厂的工人,导致六人身体麻痹。我们花了八个晚上才终于把它们全部捉住,现在送去检测幻象类型和危险等级。"

"难道不是只有人类才会感染幻象病毒吗?"柳嘉吃惊地张大了嘴。

"当然不是。"年轻医生说,"幻象病毒,也就是 HX-07 病毒的传播,是脑神经核经受引力波感染变异,导致肿瘤化,然后再次变异,肿瘤成为辐射端,然后发射脑电波感染周围的生命体……呃,不过,你是谁?"

他看着满脸迷茫的柳嘉,自己也变得迷茫了起来。

"我是……"

"一位好奇心旺盛的小客人。"博古医生打断了柳嘉的话,并深深地看了他一眼。

柳嘉低下头,安静地闭上了嘴巴。

清脆的铃声响起,他们面前的电梯门打开了。

博古医生轻轻推了柳嘉一下,走进了电梯里。

电梯开始缓缓下降,慢慢地沉入了地下。

很快,柳嘉发现电梯的四壁竟然是透明的。因为当他们向下降落没多久,一道细细的灰绿色的光便出现在了电梯底部,接着这道光芒逐渐扩大……当电梯停下来时,柳嘉吃惊地环顾四周——他们竟然降落在了一片茂密丛林中!

第十二幕 结束

ACT 13

第十三幕

幻象病毒灾难

这里弥漫着灰绿色的浓雾，遍布灌木和野草，一棵棵形态怪异的高大树木，树枝蜿蜒扭曲，在半空中互相纠缠在一起。

灰绿色的浓雾中，这些树木仿若无数疯狂的妖魅，正在厮杀战斗。

"已到达地下一层。本层为幻象病毒一类病患收容层，包括感染初期病患，和高度疑似病例。"大门口出现过的那个女性智能声音，再次响了起来。只是她的介绍，让柳嘉感觉很难与眼前的景象结合在一起。

就在这时，一阵疯狂的犬吠声传来。

柳嘉看见不远处的灌木丛中，一条拉布拉多犬正倒在地上

抽搐翻滚,大声地惨叫狂吠。

它被一大群黑色的马蜂包围着,马蜂们正在疯狂地撕咬着它的皮肉。

拉布拉多猎犬哀号着从地上爬起来,在丛林中疯狂地逃窜。可是无论它如何挣扎、吠叫,甚至将爬满马蜂的身体撞在树干上,都毫无用处。

马蜂群紧紧地盯着它,攻击它,直到它精疲力竭地倒在了地上,也不放过……

柳嘉不忍心再继续看下去了,难过地扭头,闭上了眼睛。

"这是1031号病患。它本是一条尽职尽责的导盲犬,帮助过很多人。但它上个月突然发狂,咬伤了几个路人。"博古医生叹息,"它原本要被安乐死,但我们检查出它感染了幻象病毒,所以接来了这里进行救治。"

"那不是它的错,这片丛林里的马蜂群在咬它……"柳嘉难过地说,"它是在和马蜂搏斗,并不想伤人。"

"你能看见马蜂群……甚至丛林?"博古医生吃惊地问。

"我偶尔能看见一些奇怪的东西,只是没人相信……"柳嘉委屈地回答。

博古医生轻吸了一口气,感到有些难以置信。到目前为止,还没有人能不通过仪器,就看到患者所见的幻象——柳嘉是第一个。

电梯再次下降。柳嘉和博古医生缓缓地沉入丛林的地底。

柳嘉万万没想到,在这片丛林之下的,竟是一座正在坍塌

的城市!

他们从这座几乎变成废墟的"城市"上空缓缓降落。

这里烟尘漫天,空气变成了灰褐色。

大地在他们脚下猛烈地震动,发出巨兽般的轰鸣。地面裂开了一条宽大的裂缝!

屹立在街道两旁的高楼大厦,在剧烈的地震中轰然倒塌,或是拦腰折断……巨大的墙体、钢筋,还有一块块砖石砸落下来……仿佛世界末日到来了一般。

人们在街道上奔逃、惨叫、哭喊……犹如一群走投无路的蚂蚁。警车和救护车的鸣笛声不绝于耳,却也都爱莫能助。不少车辆被从天而降的石块砸中,引发剧烈的爆炸声,火光冲天。

电梯停在了街道边。柳嘉惊恐万状地看着周围惨烈的景象。

"已到达地下二层。本层为幻象病毒二类病患收容处,包括轻度感染者和治愈恢复期患者。"

轻度……柳嘉觉得这个词此时毫无说服力。

他和博古医生才刚刚随着电梯降落在地面上,一块巨大的岩石便从天而降,砸在距离他们不足五米的地方。柳嘉惊吓出了一头冷汗。

就在这时,一辆出租车从街道的一头疯狂飞驰而来。出租车猛地绕过路边熊熊燃烧的报废车辆,或是惊险躲过从天而降的残垣断瓦,不时发出车轮摩擦地面的刺耳声响。

当出租车从柳嘉面前经过时,他发现挡风玻璃早已经被砸碎,司机晕倒了。车后座上有一个小女孩,正搂着洋娃娃,在母亲的怀里瑟瑟发抖……

"这位是 3752 号病人,出租车司机霍师傅。"博古医生说,"他在两个月前感染了幻象病毒,导致一起连环车祸,五死四伤。"

"他想救车后座的小女孩和她的妈妈……"柳嘉望着消失在街道尽头的出租车,担忧地说,"他已经受了很重的伤……"

"那两个幻象,是他已经去世的妻子和女儿。"博古医生的声音变得低沉,"根据我们的研究,精神处于脆弱或疲倦状态的人,更容易感染幻象病毒。"

柳嘉的心被紧紧地揪了起来。

他在心里咬牙切齿地痛骂——可恶的幻象病毒不仅害了他的母亲,还害了这么多无辜的人,包括易天爵的家人……就连善良无辜的小动物,都不放过!只是,对于这一切,他除了抱怨,什么都做不了……

柳嘉心情郁结地叹息了一声。

电梯继续"嗖嗖"地往下降,钻进了城市的地底。

在城市地面之下的,竟是一大片厚重的灰黑色云层。

当电梯载着柳嘉和博古医生,缓缓地穿过云层,一片绵延的雪山赫然出现在他眼前!

柳嘉惊叹地看着脚下这幅壮丽的景象。尤其是雪山上最险峻的那座山峰,是漆黑色的,上面没有一丝生命的迹象,只有皑皑白雪覆盖在嶙峋的黑石上。

那座山峰孤高地耸立在浓云之下,屹立在极寒的冰雾之中,傲视着周围低矮的山崖。

"已到达地下三层。本层为幻象病毒三类病患收容处,包括

中度患者和病情不稳定患者。"人工智能语音说。

人工智能语音刚说完,电梯便缓缓地停在了这座险峰的山腰处。

柳嘉吃惊地看见,一个女性攀登者正独自在这座雪山上攀爬。她穿着笨重的登山服,身边没有伙伴,唯一的攀登工具是把锋利的冰镐。

她孤独地向上攀登,前方的道路变得越来越陡峭,她只好不时地用冰镐敲碎冰块,然后用伤痕累累的双手抓紧岩石,朝着山顶艰难前行……

"她是792号病人,苏登峰,大学生。"博古医生说,"为了能考上研究生,她连续失眠129天,一直在不停地写写画画,遇到解答不出来的难题,就会用钢笔伤害周围的人。"

"这位姐姐已经一个人在这座雪山上爬了这么久……"柳嘉低头看着山腰下那一长串脚印,钦佩地惊叹着,"如果不能治好她的病,那她之前所有的辛苦岂不是白费了?"

"的确如此。"博古医生说,"目前医护人员正在尝试用更激烈的方法对她进行治疗,希望能帮助她尽快痊愈。"

柳嘉对幻象病毒越来越痛恨了……它不但夺走了大家的快乐、希望、生命,甚至还有梦想……这个世界如果失去了这一切,会变得多可怕呢?

万万没想到,电梯还在继续下降。

"难道还有更严重的患者吗?"柳嘉不安地问。

"是的。只不过以你的权限,目前只能到地下四层。"博古医生说,"另外,你的妈妈崔如意,已经被送入了最高级重症隔

离病房。"

柳嘉猛地抬头望着博古医生,眼中闪烁着期望的光。

博古医生微微抬了一下手臂,想要抚摸柳嘉的头,但最终还是作罢了,双手靠在了背后。

过去数十年的军旅生涯让他明白,柳嘉想要挺过接下来的艰难历练,需要的不是温柔抚慰,而是钢铁般坚强的意志。

这时,他们随着电梯穿过雪山的山脚,没入了地下。四周顿时陷入一片黑暗中。

柳嘉四下张望,发现他和博古医生正飘浮在一片深沉的夜空中。夜空星光暗淡,也没有月亮。

而在夜空之下的,是一片荒芜的墓园。

一株株干瘦的树木生长于此,枯萎的树枝犹如鬼魅们的利爪,在半空中伸展开来。

树木下方,荒草萋萋,一座座断裂的墓碑林立在荒草间。一个骨瘦如柴的人影,正穿着黑色的长袍,赤裸双脚在墓园里行走,如同一个黑夜的魅影……

"已到达地下四层。本层为幻象病毒四类病患收容处,包括重度患者和暂时无法进行分类的特殊患者。"人工智能语音介绍。

柳嘉一点也不想站在这片墓园里,尤其是站在这枯瘦的人影旁边。这里阴森森的,黑暗中不时传来奇怪的动物叫声,听起来像孩童的哭喊。

更令柳嘉感到毛骨悚然的是,穿着黑长袍的人——如果他能称得上是人的话——双眼呆滞无光,僵硬的双腿迈着古怪的步

伐，露在长袍外面的双手就像干瘪的枯木，柳嘉害怕得忍不住想大声尖叫！

"他、他是人吗？"柳嘉战战兢兢地问。

"他是4793号病人，王庆龙，以前是个警察。"博古医生说，"他受到重大突发性精神创伤，一直处于梦游的状态。"

王庆龙警察……柳嘉突然想起来，他好像不久前在电视新闻中看见过。

哗啦啦——就在这时，他们头顶上方掠过一片黑影。

柳嘉抬头望去，那竟是一大群黑色的蝙蝠，正扇动着翅膀朝王庆龙的方向飞了过去！

它们全都附着在王庆龙的身上，仿佛和他黑色的长袍融合在了一起……王庆龙丝毫不挣扎，只是他的脚步变得越来越缓慢，最后痛苦地呜咽一声倒在了地上。

柳嘉惊恐地发觉，那些蝙蝠……在攻击王庆龙警察！他突然明白到，比痛苦挣扎更可怕的是，放弃生的希望……

柳嘉朝王庆龙的方向快步走过去，想要赶走那些可怕的蝙蝠——如果不立刻阻止，那位警察恐怕就没命了！

然而他刚往前走几步，身体突然重重地撞在一块透明玻璃上！柳嘉焦急地拍打玻璃，想要吓走蝙蝠。

就在这时，他看见不远处的一块墓碑后方，一只无毛猫正安静地坐在那里。

它有着蓝色和金色的鸳鸯双瞳，望着柳嘉的目光如冰刀般凌厉。柳嘉害怕地打了个寒战，胸口前的帆船项链在微微发烫……眨眼间，那只无毛猫又消失不见了。

"博古医生,你刚才看见墓碑后面那只无毛猫了吗?"柳嘉转头问。

"无毛猫?"博古医生皱紧了眉头,"王庆龙警察所看到的幻象中,并没有猫。"

柳嘉疑惑地抓了抓头发,难道刚才他眼花了吗?

电梯继续缓缓下行,这一次并没有像之前那样很快停下来。

在电梯降落的嗡嗡声中,柳嘉回想刚才看到的一个个惊心动魄的幻象,心情越来越忐忑。

"博古医生……你们真的可以治好我妈妈吗?"柳嘉轻声地问。

按照博古医生刚才的介绍,他的母亲崔如意的病情,比王庆龙还要更加严重……他已经不敢想象,幻象病毒最终会把母亲折磨成什么样子。

"能不能治好你的妈妈,要看你的选择。"博古医生神情严

肃地回答,"这个世界上的能量是守恒的。想要救你妈妈的命,恐怕得有不顾一切的决心。"

柳嘉似懂非懂地眨着眼睛,博古医生显然不是在开玩笑。可是他要如何用自己的生命,去换取母亲的安全呢?

"你愿意这样做吗?"博古医生转头看着柳嘉,声音低沉地说,"如果你愿意,我就带你去见一个人,他能帮你实现心愿。"

柳嘉的眼睛一亮,用力点了点头:"我愿意。请你带我去见那个人。我要救我的妈妈!"

第十三幕 结束

ACT
14

第十四幕

戚梦来博士

电梯缓缓地持续下降。

博古医生听见柳嘉的决定后，只是点了点头，没有再多说什么。

电梯停稳后，门轻轻打开，柳嘉跟着博古医生走到一条走廊上。这里的地面铺着厚厚的深蓝色地毯，走廊左侧的墙体是透明的玻璃，而在玻璃幕墙之外，是那一片位于深坑底部的深蓝色湖水。

月光静静地洒在湖面上，泛着银色的粼粼波光，美丽极了。柳嘉感觉湖水仿佛就在他的脚边轻轻涌动，他隐约还能听见静谧轻缓的水流声。

走廊的尽头是一扇深棕色的旧木门。

博古医生轻轻叩响了门，门内传来一个机械的声音。

"请、进。"

木门自动打开了，博古医生深深地凝视了柳嘉一眼，便转身离开了。

柳嘉明白博古医生目光的深意，接下来一切都要靠他自己了。

他目送博古医生离去，深吸了一口气，鼓起勇气走进了房间里。

房间里安静极了，虽然刚才有人答话，但却看不到人。深邃而宁静的气氛在房间里弥漫。

柳嘉被这样的气氛感染，连走路都变得轻手轻脚，生怕发出过大的声响。

博古医生说过，这里是老院长的接待室，可在柳嘉看来，这里更像一个古老的图书馆。

迎面而来的，是一面巨大的书架墙，上面摆放着各种厚厚的典籍。他借着昏黄的灯光，读着书名。

这些破旧的书脊上，全是些残缺不全、或是褪了色的文字，有些字柳嘉从没见过，他猜想荷金娜老师多半也念不出来。还有些书的书名是一个古怪的图案。

柳嘉觉得，这些书似乎在悄声议论着什么，他隐约听见有一丝若有若无的低语声……仿佛这些书正对他这个无知的闯入者评头论足……

书架旁边的墙壁上挂着一块黑板，上面写满了复杂难懂的数学公式。不仅如此，玻璃陈列柜里那些金灿灿的奖杯、一张环形桌上摆放着的航天器模型……无不令柳嘉目不暇给、流连忘返。

这时，柳嘉感觉到胸前的帆船项链突然发烫……

他朝一旁转过头去，看见了房间角落里一扇不起眼的窄小木门。

雕花的门框看上去已经朽坏了，仿佛随时都会断裂脱落，就连门板都已经被卸下。门框上一块破破烂烂的灰色布帘子，在轻轻地飘动着，尽管空气里没有一丝风。

柳嘉听到了动静，布帘的另一边似有喃喃低语声传来。他脚步轻缓地走了过去，好奇地轻轻掀起布帘。原本只打算偷偷地朝里看一眼，可布帘后的景象让他惊讶极了。最终，他按捺不住好奇心，穿过门框走了进去。

布帘后是一个窄小的房间，有点像一家二手古董店，处处散发着古老、陈旧的气息。

四周靠墙处堆满了各种纹理漂亮的木质家具，桌面上、玻璃橱柜里，各种金属旧物塞得满满当当，还发出各种细微的"咔嚓""叮叮"的声音。

这时，一个低沉的声音像潮水般一阵阵地涌向他的耳畔，仿佛多年未见的老友在激动地打着招呼。柳嘉困惑地到处看，目光最后落在一个高大的人形衣架上。

这个衣架被放置在不起眼的角落里，它穿着笔挺的黑色长外套，深褐色的牛皮单边护肩被擦得锃亮。

一顶墨蓝色镶金边的大盖帽上，挂着一个圆形海鸥徽章，旁边还有各种奇怪的金属仪器。一柄巨大的铜剑挂在旁边，剑柄上有一大一小两个转盘，显示的时钟刻度大小不一，四根指针正由着性子到处乱转。

很快，柳嘉的视线被旁边的一个玻璃柜吸引了过去。

一双机械手套正悬浮在玻璃柜里，缓缓地旋转着。

机械手套左手是黑色，右手是金色，看上去像是用皮革和某种特殊金属制成的，上面有许多精密的罗盘和细小的器具，做工精致极了。

柳嘉走上前去，几乎将整张脸都贴在了玻璃柜上，想看得更仔细些。

他发现玻璃柜上有一个奇怪的机关锁，和父亲曾经送给他的某个解谜玩具有点像！说不定只要能解答出上面的谜题，锁就能打开。

柳嘉兴奋极了，他立刻歪着头，仔细观察起来。

"咔嗒"一声，机关锁打开了。

柳嘉欣喜地打开玻璃柜门，正想伸手去触摸那双手套，突然，一个声音吓得他的魂魄几乎飞到了天花板上。

"先、生，秀琳、给、您、请、安。"

声音听起来有点儿不高兴。

柳嘉转过头，发现一个个头差不多到他肚子处的机械人偶正端着一个茶水托盘站在他的近处。木偶画着戏曲浓妆，穿着红色旗袍，头上戴着大红花旗头，背上一个锈迹斑斑的小铁皮筒正

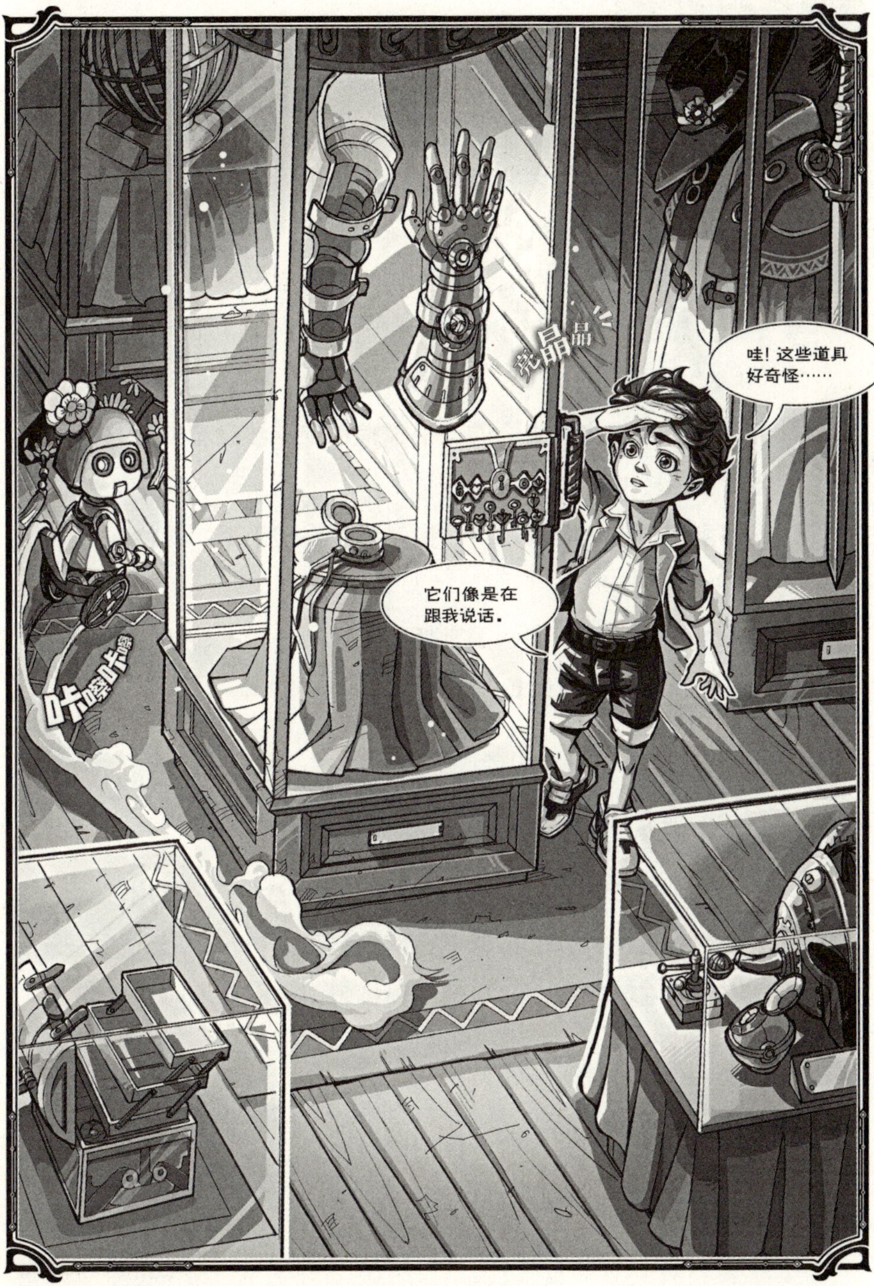

"滋滋"地往外冒着蒸汽。

"您、喝、龙、井、茶、吗？"

机械木偶秀琳问，它每说一个字，用木头拼接的下巴便会发出"咔嗒咔嗒"的声音。

"呃——好的，谢谢。"柳嘉尴尬地回答后，赶紧把玻璃门关上，回想起最初应门的声音，好像就是它。

"您、请、这、边、坐。"

秀琳转身朝房间中央的一组深棕色羊皮沙发滑行，它脚下的两个木轮转得飞快。

柳嘉惊奇地跟着秀琳，慢慢来到沙发边坐下，身体像忽然陷进了一团棉花里。

秀琳机械地给柳嘉倒了半杯淡绿色的茶水。柳嘉注意到秀琳的茶托里还有一只细长的灰白色海螺。

"奏、乐！"

柳嘉刚喝了一小口茶，秀琳突然大叫，吓得他直咳嗽，赶紧用秀琳递来的纸巾擦干净嘴巴。

音乐传来，柳嘉转过头惊讶地发现，沙发旁边的木架上，三个和秀琳打扮相似的木偶正在敲敲打打——左边那个在拨箜篌，中间的在吹排箫，右边的在弹柳琴，它们身后的铁皮筒不停地喷着蒸汽。

"变、形！"

秀琳说完，木偶们的身体向两侧展开，悄悄伸出两只灵巧的金属手臂，叮叮咚咚地跳起舞来。虽然它们的舞姿并不十分优美，可是柳嘉仍然觉得有趣极了。

他伸出手,想要摸一摸这些木偶的头,结果被木架上正在敲扬琴的金属手臂用力地拍中了手背,疼得他嗷嗷直叫唤。

"吱——"

沙发斜对面,一个破破烂烂的碗柜门突然被推开,一位白发苍苍的老人从里面走了出来。他的身材异常高大,挺拔的身姿让人无法和他那苍老的容貌联系在一起,他身后还跟着一个穿着深红色牛角扣呢外套的女孩——竟然是戚梦萦!

正疼得发抖的柳嘉目瞪口呆地看着他们,下巴发出像秀琳一样"咔嗒咔嗒"的声音。

"这件事情没那么简单……"老人正说着,突然看见了像石像一样僵硬地坐在沙发上颤抖的柳嘉。短暂的惊讶后,老人那苍老的脸上露出了一丝和蔼的微笑。

"孩子，你终于来了。"老人缓缓地说。

柳嘉困惑地看了看戚梦紫，又看了看陌生的老人……

戚梦紫表情淡漠地朝柳嘉点点头，然后在他身边缓缓坐下，似乎对他此刻出现在这里一点都不意外。

老人从秀琳手中的茶托上拿起了那只长海螺，轻轻挥了一下，机械木偶们的演奏立刻停了。

"我是这里的院长——戚梦来。你可以称呼我老院长，或是戚爷爷，都行。"老人边说着话，边走到沙发对面的写字台后坐了下来。

"您、您好……我是、是柳嘉。"柳嘉局促地拢了拢膝盖。

"抱歉，让你久等了，博古告诉我的时候，我正在开会，你知道，大人们总是有许多事情要忙……"

柳嘉瞟了一眼碗柜，猜想着是不是还会有几个人从里面走出来。

老人轻轻地笑了，吸了一口海螺，从海螺口飘出的一团银色烟雾在他的面前缭绕——他的脸轮廓分明，皱纹就像刀刻一般。高耸的眉峰下，目光锐利如鹰。满头白发蓬乱地披散着盖住了肩膀，花白的胡子将耳鬓与头发连成了一片，杂乱无章地一直垂落到胸口。

"我不在的时间，秀琳替我好好招待你了吗？"老人问。

柳嘉机械地点点头，秀琳给他添了一点茶。

"它们，是机器人吗？"看着秀琳滑行的背影，柳嘉忍不住问道。

"不完全是，机器只能感应，而它们都有属于自己的感

情……"老人的声音仿若蹚过了漫长时间之河的沙砾。

柳嘉困惑地看向旁边的戚梦萦,正好遇上她的目光,柳嘉就像被火烫了一样,赶紧低下了头。

老院长笑了:"哦,忘了告诉你,你的新同学戚梦萦,是我唯一的外孙女。"

柳嘉的嘴巴张得更大了,目光不停地在戚梦萦和老院长之间徘徊。

戚梦萦冷冷地看着柳嘉:"很奇怪吗?"

柳嘉赶紧死命地摇头。

戚梦来院长喝了一口茶,用灰黑深邃的眼眸看着柳嘉。

"你的情况,我已经了解。你想救你的妈妈,对吗?"

柳嘉愣了一下,然后坚定地点点头。

"可是孩子,你可知道,这个世界上的能量是守恒的。你如果想实现一个心愿,就需要付出相应的代价。"

戚梦来院长的身体开始前倾,目光锐利地向柳嘉逼近,沙哑的声音仿佛带有穿透的魔力一般,让柳嘉的头脑变得昏昏沉沉,海螺的银烟缭绕,柳嘉陷入了眩晕之中……

他眼前的景象开始变得模糊……

紧接着,模糊的景象竟化成了熊熊烈焰,在他的前方猛烈地燃烧。柳嘉缓步后退想要逃跑,然而他的身后也被火焰阻断了去路。更让他感到窒息的是,母亲崔如意竟然就在旁边,靠着一块小岩石陷入了昏睡。

"妈妈!"柳嘉用力地摇动母亲的肩膀,想要将她唤醒。可

母亲没有丝毫的反应,而且呼吸变得越来越微弱了,眉头痛苦地拧在一起……

柳嘉绝望地看着包围住他和母亲的熊熊火海,发觉火海中有一条窄小的过道,还没有被大火吞噬——那也是他们唯一的生存希望。

柳嘉突然用力一咬牙,用尽全身力气将母亲从地上扶起来,然后背在他瘦小的背上。

"妈妈——不管你遇到什么危险,我都要保护你!我带你出去!"他说完,背着母亲,艰难地一步步走向熊熊烈火中……

呼——

一阵风吹过,漫天大火就像被吹灭的烛火般消失不见了。

柳嘉吃惊地睁大眼睛,发觉自己仍然坐在沙发上。

戚梦来院长正笑容和蔼地看着他。戚梦萦的手中多了一把精致的绣花蒲扇,正轻轻地扇着风。

柳嘉紧张得直喘气,额前被冷汗浸湿的发丝,随着戚梦萦用蒲扇扇动的风,轻轻地飘动着。他感觉刚才在幻觉中刮起的风,好像也是这把扇子带来的……

"柳嘉,好孩子。"戚梦来院长感慨地叹了口气,微笑着说,"首先我要告诉你,你的妈妈还有救。"

柳嘉擦了一下额头的汗,欣喜地睁大眼睛。

"不过。"戚梦来院长缓缓地吐出一团白烟,"能不能救她,要看你能否坚持自己的选择。"

柳嘉困惑地眨着眼睛:"我的选择当然是……"

"我知道,孩子。我刚才已经看到了你的决心。"

戚梦来院长目光深邃地望着柳嘉:"只是……在你做决定之前,还有更多的真相,我要让你知晓……"

柳嘉惊讶地瞪大了眼睛。

第十四幕 结束

第十五幕
超感亚音城

柳嘉在老院长安排的一间小客房里休息了一晚。

他已经很久没有睡过这么安稳的觉了,整整一晚上他都没有做梦,早晨没有各种嘈杂的声响吵醒他,也没有闹钟催着他起床去学校。

对了,学校!柳嘉突然清醒过来,猛地从床上坐起。眼前是一间非常简洁舒适的房间,清澈的晨光浅浅地洒在洁白的窗纱上。窗外传来雀鸟欢快的鸣叫声。

这一切都是真实的,不是幻象……柳嘉对此竟然有些不习惯。

他喝完送餐机器人送来的牛奶,戚梦萦便来找他了。

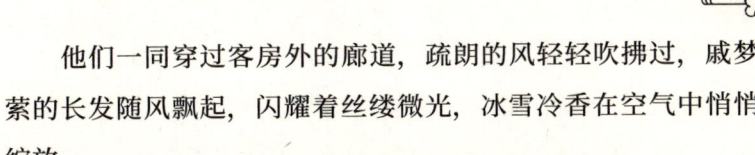

他们一同穿过客房外的廊道，疏朗的风轻轻吹拂过，戚梦萦的长发随风飘起，闪耀着丝缕微光，冰雪冷香在空气中悄悄绽放。

一大早就能见到戚梦萦，柳嘉感觉像在做梦一样。

"已经向云老师请假了。"戚梦萦淡淡地说，

"好的，谢谢你……"柳嘉紧张地回答，脸颊微微发烫。

没过多久，他们再次来到老院长的接待室，大门敞开着——柳嘉走进去时，老院长正在调试一些奇怪的古旧仪器。

其中最奇怪的，莫过于一组用破铜烂铁组装成的奇怪机器，那就像是一堆等待被回收的废品。

这组机器几乎和柳嘉一般高，被放在一张轮椅上。一个生锈的立式台灯罩，像顶帽子在上方摇摇晃晃。

机器的中央是一台可能年纪比老院长还老的黄铜手机，机身锈迹斑斑，屏幕的一角还碎裂了。手机的左边连着手摇唱机和有着闪光灯罩的老式相机，右边则连着一台打字机和小型黑白电视机。

老院长在手机上摁了几个数字键，轮椅后突然响起"丁零哐啷"的声音，手机"滋滋"地冒出了白色蒸汽，接着，这组机器上的灯全亮了，手机屏幕上竟出现了一张戴斗篷的兔子女士的脸。

"请问您有什么需要？"手摇唱机里响起的细小甜腻的女声，让柳嘉吓了一跳，他发现打字机开始自动敲击键盘记录起来，黑白电视画面上的字幕切换成"梅林法师冥想的秘密"。

看到字幕出现，戚梦来院长热情地向手机打招呼。

"噢！你好啊，老友，好久不见。"

"嗯。六十年时间，这不算短啦……听说你病了？"兔子女士撇撇嘴，"邪恶梦魇依然强大，正义联盟的领袖却倒下了……"

兔子女士突然神经质地抽泣起来，唱机里传出揩鼻涕的杂音，电视机里的字幕也变成了"月矽采掘坐标索引"。

"正在恢复，也许过不了多久，就能来看你了……"戚梦来院长安慰她，"我们的牌局永不结束。"

"一言为定。"兔子女士破涕为笑，电视机播放起"深海蓝藻延缓衰老剂提炼方法"。

"这……是搞怪动画片吗？"柳嘉瞪大眼睛问。

戚梦来院长讳莫如深地笑了笑。

戚梦萦一脸鄙视地瞟了柳嘉一眼："安静。"

"老友，今天我想带这两个孩子去永眠墓地。"戚梦来院长欠身向兔子女士介绍柳嘉和戚梦萦。

"一转眼，你已经攻克了魔法影像技术。你的地下基地都修建好了吗……"兔子女士饶有兴致地问。

"不不，还需要很多的时间。魔法影像的完善，需要使用成熟的空间折叠科技，不同于幻象，那只是人脑的潜意识……"戚梦来院长耐心地解释说。

"愿梦境之龙为此赐福！"兔子女士扫了柳嘉和戚梦萦一眼，"孩子们的血统，不是问题，只是……"

戚梦来院长像是预测到了什么，郁闷地叹了一口气。

"天佑勇者，圣洁之焰薪火相传……"兔子女士悠悠地说。

电视上的字幕变化——"传输缓慢，灵符跃迁终止——"

这时打字机发出"嘶嘶"声，轮椅上的一条机械手臂从打字机里抽出一张纸，递给了戚梦来院长。

当院长看完纸上的内容后，这张纸渐渐在空气中化为灰烬。

柳嘉看了戚梦紫一眼，被这神奇的一幕震惊了——

"吱吱——第1005次梦域通信结束。"

照相机对准老院长"咔嚓咔嚓"地响了两声，然后是一阵电子音："非锁定人员靠近！危险！非锁定人员靠近！"

"砰——"房间角落里，一个食品柜的门突然弹开了。

柳嘉这一次没有被吓一跳，被幻象折磨得筋疲力尽的他，也算是见过世面的人……对于这种突然冒出来的奇怪暗门，并不会感到过于惊奇。

只不过，他这份奇怪的自信很快就消失了。从他跟着戚梦紫和戚梦来院长走进食品柜的那一刻起，柳嘉才意识到，自己所看到的那些幻象，以及在梦中去过的奇怪地方……根本不足为奇！

房间里的电子音仍在尽职地不停重复："非锁定人员靠近！危险——"

食品柜门后，灯光突然亮起，柳嘉发现他们竟然正站在一个圆形的电梯里！

天花板和地板都是合金材料制成的，周围是一圈发出金色光芒的透明玻璃，明亮、温暖，却不刺眼。

柳嘉就像准备去梦游仙境的兔子，好奇地东张西望。

这时，在戚梦来院长面前的玻璃上出现了几排蓝色和红色相间的字迹。

"院长先生，很高兴见到您。"一个彬彬有礼的男声突然出现。

"你好，艾力。"戚梦来院长回答。

"我们首先到基地三层，金霹雳先生在等候您。"

"可怜的金霹雳，希望经过上次的爆炸事件后，他的心情好些了。"戚梦来院长皱起了眉头。

"是的，院长先生，金霹雳先生这两天把他的胡子重新织成了辫子，我想他已经好多了。"

这一番对话，让柳嘉如坠云雾之中。但旁边的戚梦萦却非常淡定，看来早已经习以为常。

电梯开始沿着一条黑暗的地下通道快速向下移动，柳嘉感觉到耳膜有些胀疼。没过多久，电梯冲出了黑暗，柳嘉的眼前瞬间变得亮堂起来！

在电梯的玻璃幕墙外，出现了一个巨大的圆柱形空间，而

电梯的通道就像一道长长的金色光柱,位于这个空间的中央。

让柳嘉倍感震惊的是,这个空间竟然是一座投影城市,立体影像中的高楼密密麻麻地林立着,街道上灯火通明,光洁的路面像一条条瀑布垂落而下,电梯的金色光芒像太阳一样照耀着周围黑暗中的城市建筑群——这场景震撼极了!

"欢迎各位来到亚音城。"艾力轻快地说,"由于柳嘉先生没有使用亚音城正式通道的权限,目前我们只能走观光路线。"

柳嘉趴在玻璃上看着周围的一切——无数的高楼、广场、雕像、公园……似真似幻的影像正在他面前一一晃过。他已经震惊得完全说不出话来了。

"现在下降的速度是0.4马赫,请问各位有不适感吗?"当两架外形像回旋镖的飞机从他们旁边往下飞去时,艾力礼貌地询问。

"我很好。"戚梦来院长微笑着回答。

"这是什么地方？巨型幻象城市吗？"柳嘉喃喃地说。

"亚音城，魔法影像科学的地下圣殿。"戚梦萦冷冷地说。

"也是龙巢基地的重要组成部分。"艾力回答。

"龙巢基地？"柳嘉喃喃地问。

"龙巢基地是世界四大秘密基地之一，重点研发世界上最先进的魔法影像、生物技术以及航天科技……"

"但这里不是医院吗？"柳嘉突然有点佩服自己，竟然还记得自己究竟在哪里……

"地表上的建筑确实是——我的孩子。"戚梦来院长回答。

"那您也不是医生了？"柳嘉忽然紧张起来。

"戚梦来院长是世界生命科学院传奇级科学家，三十二年前受邀回国研究超时空引力波共振技术，目前是龙巢基地七位院长之一。"艾力解释。

柳嘉的脑袋晕乎乎的，他很想知道，这一切和救他母亲究竟有什么关系。

"别着急，孩子。"戚梦来院长目光深邃，"我会慢慢地解释清楚。"

电梯停在了正在建设的魔法影像都市——亚音城中一个巨大的半球形钢铁建筑前，这座建筑像绽放的花朵般向外打开了，一条宽大的铁桥从建筑里哗啦啦地伸展出来——连接到电梯时，透明玻璃上突然出现了一扇门。

"龙巢基地三层，'时空裂隙站'到了。"电梯间里的空灵男声艾力说，"在您的访问结束之前，我会在这里等候各位。"

"谢谢你,艾力。"戚梦来院长踏上了电梯门外的铁索桥。

"艾力,我们还会再见面吗?"柳嘉有点依依不舍地问,他非常喜欢这个温文尔雅的人工智能机器人。

"当然,柳嘉先生。"艾力回答,"我们很快就会见面。"

"以后你会有自己的人工智能机器人,如果实力足够的话。"戚梦紫站在电梯外,声音波澜不惊地催促,"该走了。"

柳嘉点点头,赶紧跟着戚梦紫走上了铁索桥。

一路上,柳嘉好奇地张望着亚音城的上空,那是一片渺茫的黑暗——他听见了一种奇怪的声音,像风,又像海浪。当他低头往桥下望去时,突然感觉到一阵眩晕,双腿变成了两根软绵绵的面条——桥下是深不见底的深渊。

"孩子,别一个人站在那里。"

戚梦来洪亮的声音让柳嘉一下子回过神来,他发现戚梦来院长和戚梦紫已经走到铁索桥尽头的一扇巍峨的大门前了。

那是一扇足足有三层楼高的圆形铁门。悬挂于门框顶上的黑铁头像正凝视着门口的三位来访者。它看起来像位来自远古战场的威武大将军,头戴厚重的铁盔,目光如炬的双眼闪烁着蓝光,飘逸的长须令他显得更加威风凛凛。

"请——说出——973号——口——令——"黑铁头像的声音就像在沙地上拖曳的巨石。

"阿嚏——"柳嘉突然打了个喷嚏。

"口令——错误——"黑铁头像的眼睛闪起了红光,"嘟嘟"的刺耳警报声在亚音城里回响。

戚梦紫赶紧忙冲上前,在门旁高悬的宝剑阵中用力拽下

一把。

"紧急制动启动。警——报——解除——"警报消除了,黑铁人像的双眼重新变回蓝色。戚梦来院长走到门边,经过虹膜验证后,笨重的铁门终于向上抬起,几十道蓝色光柱像栅栏般阻挡在他们面前。

"跟我来,孩子们。"

戚梦来院长说完,向前穿过了光柱栅栏。

"抱歉……"柳嘉满脸通红地揉了揉鼻子,"我没想到铁门上的那个黑铁头像,居然还会出谜题……"

"那是黑铁卫,他镇守的这扇铁门叫'西阳关'。"戚梦萦抬头仰望着黑铁头像,仿佛陷入了悠远的回忆般轻声叹息,"西出阳关无故人。关隘的那一边不似人间。"她说着,步伐轻盈地朝前走去。

柳嘉也快步跟了过去。

他没听懂戚梦萦的叹息,不过门后的景象却着实让他再度震惊得合不拢嘴——竟然是一座宽敞却古旧的地铁站台!

第十五幕 结束

ACT 16

第十六幕
时空裂隙站

　　柳嘉已经不再认为，自己见过的那些幻象有多么令人惊奇了。因为从他进入亚音城开始，出现在他眼前的一切无不让他感到震撼。

　　如今在他面前的这个站台，也是如此。

　　站台是用钢铁和木头建成的，可以并排停下数百列轨道列车，厚厚的钢铁天花板上布满了巨大的螺丝钉，像大型手电筒般的吊灯整齐地挂满了天花板，但车站里的光线依然幽暗。

　　站台中央的轨道上停着一列巨大的列车。列车只有一节车厢，车身涂着银白色的金属漆，上半部分是透明玻璃，用环形的钢铁骨架支撑起来；尾部有一对巨大的银色翅膀，让人感觉这列车好像随时都会飞走。

上千名工作人员穿着沾满机油的土黄色工作服，戴着黑乎乎的手套，在列车旁高耸的钢架上忙碌着，发出"咚咚""哐哐"的巨响。

"还需要补充更多的能源——发动机不能正常运转！"

"小心，这个隔板如果断裂——特制的——重做得等一年！"

"时间就是金钱，朋友们——加紧干活！"

"孩子们，我过去和金霹雳先生说几句话，就一小会儿。也许你们可以留在这里参观。"戚梦来院长在嘈杂的声响中吃力地大声说，"不要到处乱跑——虽然这里的工作人员都接到了你们到访的通知，但我想他们不见得有心情为你们解答疑问。"

"我也想去看望金霹雳先生。"戚梦萦尽可能提高音量。

"我想留下来参观站台！"柳嘉恳求地高高举起了一只手。

"好吧，柳嘉，我们很快就会回来。"戚梦来院长点点头，"不过，你可别给那些工作人员添麻烦。"

柳嘉用力点点头。

戚梦来院长带着戚梦萦坐上了一辆悬挂式摆渡车，快速离开了。

柳嘉很庆幸自己没有坐上那辆车——因为摆渡车的车速快得要命，而且在不远处还有一个几乎呈九十度角的陡坡，柳嘉隐约听见了戚梦萦惊愕的尖叫。

柳嘉激动地沿着地铁站台往前走，东张西望。

这个站台的名字非常奇怪，叫"时空裂隙站"，每隔五十米

便有一根粗重的黑铁柱，上面挂着显示不同国家甚至不同星球时间的古铜大钟。在距离银色列车头不远的地方，还有一个黑铁制成的时钟雕像，下面刻着几排字——

> 回不到过去
> 到不了未来
> 驻足在时间的裂隙
> 生存于未知的现在

"别杵在这里碍事，小子！"

柳嘉根本没有办法好好思索这几行字的意思，周围的工作人员像是故意将他赶来赶去，用眼神责备他的无所事事。

柳嘉郁闷地嘟起了嘴，如果非要让他做点事，大概只能帮忙抓站台上的耗子——如果有的话。

"轰隆——"巨型铁门再次打开了，一位老人带着一个小男孩走进地铁站台。

那位老人面容消瘦，神情冷峻，穿着笔挺修身的黑西装，系着黑领带，一头如云般飘逸的白发织成了一股辫子，搭在左侧肩膀上。

他锐利的目光朝柳嘉直射过来时——柳嘉瞬间感觉像掉进了冰窟窿里，寒气从脚后跟蹿上来。

"罗飞院长……"一位体形彪悍的工作人员飞快地经过柳嘉身边，朝老人跑了过去，低声说了些什么。

罗飞院长听完后，似乎因此而大发脾气，在钢铁的敲击声中，柳嘉隐隐约约地听见他在大喊"拒绝""白痴""怎敢"这样一些零零碎碎的词句。

看到彪形大汉不停地点头哈腰，柳嘉对他很是同情。

突然，柳嘉注意到，站在罗飞院长身边的男孩正在注视着自己。

他和自己年纪相仿，浅金色的头发，红蓝色格子衬衫，外面套着浅灰色圆领毛衣，看上去精致整洁。他的眼神盛气凌人，浑身散发着桀骜不驯的气息，就像缩小版的罗飞院长。

过了好一会儿，罗飞院长的咆哮才停了下来，他和彪形大汉往旁边匆匆走远了，离开前男孩和他说了几句话，留了下来。

柳嘉并不太想和这个男孩搭话，可他却径直朝柳嘉走过来。

"你——"柳嘉出于礼貌打招呼，却被打断了。

"3号实验体？"男孩用蓝灰色的大眼睛傲慢地打量着柳嘉，上扬的语调让柳嘉很不舒服。

"3号实验体?"柳嘉疑惑地稍稍歪着头,"那是什么?"

"看来你第一次来。"男孩冷笑着耸了耸肩膀,对柳嘉的无知很是轻鄙。

"第一次。"柳嘉承认,"难道你不是……"

"我常来。"男孩高傲地打断了柳嘉,"这里没什么可看的,这些傻乎乎的蠢蛋,到现在还不能让'时光号'动起来。"

"时光号?"柳嘉困惑地问。

"就是那个。"男孩不屑地用下巴指了一下那个银色列车头,"靠这些蠢蛋,'时光号'永远都没办法穿梭时空。"

"我不认为他们蠢。"柳嘉认真地说,"要尊重努力劳动的人。"

这是柳真夜曾经教导柳嘉的话。

"呵——"男孩就像听见了冷笑话,嘲讽地笑了一声,"以你的智商,实验体编号竟然在我前面。我这么聪明的头脑,都想不出原因。"

柳嘉不高兴地皱起了眉头,完全听不懂男孩在说些什么。

"想干点有趣的事情吗?"男孩坏笑着问。

"没什么兴趣。"柳嘉毫不示弱地说。他很不喜欢这个男孩的态度。

男孩冷哼了一声,走到旁边的一根黑铁柱前。

"知道这是什么吗?"他指着柱子上的小玻璃罩,那里面有一个红色按钮。

"我说过我是第一次来。"柳嘉真的生气了。

"警报器,"男孩冷哼,"红色是一级……"

"那又怎么样?"柳嘉很高兴自己打断了男孩的喋喋不休,

再有一次他们就扯平了。

男孩翘起一边嘴角，眼睛闪烁着小恶魔般的光。

在柳嘉震惊的目光中，他毫不犹豫地揭开了玻璃罩，按下了红色按钮。

"嘟嘟——嘟嘟——红色警报——红色警报——时空裂隙站——红色警报——"

一瞬间，地铁站台全乱了套，刺耳的警报声在站台里不断回响，那些手电筒吊灯疯了一般在天花板上拼命地乱摇，让站台的光线忽明忽暗。

上千名工作人员惊慌失措地叫喊着，有的在紧急疏散，有的在询问警报原因。

柳嘉瞠目结舌地看着这一切，而那个男孩却像刚才只是按了电灯开关一般，轻松地耸了耸肩，径直朝银色的"时光号"走去。

"不跟来看看吗？"半路上他转过头，轻蔑地看向柳嘉。

柳嘉握紧拳头，火冒三丈地跟了过去。也许等会儿他将被戚梦来院长臭骂一顿，但也比承受这个男孩对他轻视的态度要好得多！

趁着站台大乱，男孩和柳嘉溜进了"时光号"。也许是因为还在修理，舱室里混乱不堪，无数根电线和线路板无序地吊在半空中，列车驾驶室中有一个大型操控台，上面大大小小的按钮至少有一百多个。

"这些按钮有什么用？"柳嘉惊讶地看着那些按钮，拼命忍住想全部按一遍的冲动。

"试试不就知道了。"

男孩满不在乎地按下了最大的绿色按钮。"嗡"的巨响声中,"时光号"的车门猛地关闭了,密闭的车厢剧烈震动起来。

"'时光号'已启动,需要时间指令。"传出一个机械的声音。

柳嘉的大脑完全混乱了,却又感到压抑不住的兴奋。

"什么是时间指令?"

"多半是又要按几个键。"男孩语调轻松。

这一次,柳嘉不想再错过机会了,他伸出手指,小心翼翼地按下了一个他觉得最顺眼的红色按钮——"时光号"没有反应。

"胆小鬼。"男孩冷笑一声,像弹钢琴一样在操控台上敲打起来,就像这是他的一台游戏机。

这时车厢震动得更剧烈了,男孩几乎已经没有办法站稳脚,柳嘉直接摔倒在了地板上。

"时间指令——前往平行宇宙编号340:2077年——"

"目的地:火星——能源不足——发动机故障——"

"红色警报——危险——危险——爆炸倒计时——"

机械的声音每说一句话,车厢便震动得更剧烈,红色的警报灯疯狂地闪烁着,爆炸倒计时让柳嘉的脑子嗡嗡作响。

"爆炸?它是在开玩笑吗?!"柳嘉惊恐地问。

"我觉得它说得挺真诚。"男孩坐在地上似笑非笑。

柳嘉觉得他一定是疯了,这个时候竟然还能淡定地开玩笑。

"20——19——18——17——"

在柳嘉的尖叫声中,"时光号"开始进入爆炸倒计时。男孩用手指堵住耳朵,吃惊地看着柳嘉,就像之前柳嘉惊讶地看着他

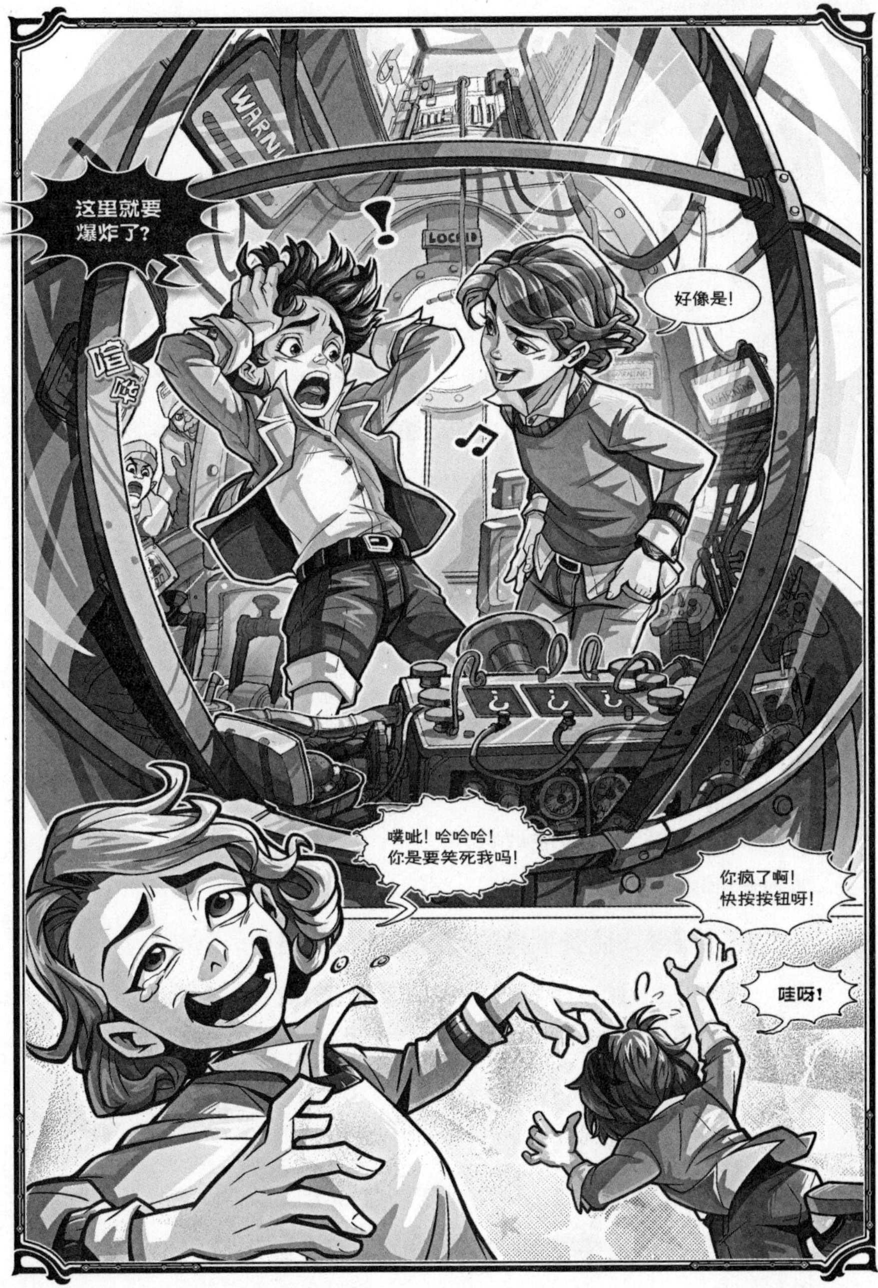

一样。

忽然，男孩的目光落在了柳嘉前方的一个红色盒子上。他在晃动中勉强站起身，走到盒子边，不屑地笑了笑。

"闭嘴，别叫了，不用死了。"

柳嘉目瞪口呆地看着男孩，不明白他的意思。

"这里有警报解除器，不过想让它派上用场，得我出马才行。"一秒钟不到，男孩输入了密码，警报解除器可以启用了。

"你想按按钮吗？"男孩指着警报解除器，得意地看着柳嘉。

而这时爆炸倒计时仍在继续。

"6——5——4——"

"别问了！快按——"柳嘉激动地大叫，他一脚踩到了自己松开的鞋带，身体忽然往前倒了下去，额头重重地撞在了警报解除器的按钮上——警报解除了。

"咻——"男孩吹了个口哨，"这个头槌很精彩。"

就在这时，车厢门突然打开了，倒计时停了下来，机械警报的声音抽搐着不停地数着"2、2、2、2……"听上去就像是对他们的嘲笑。

刚才被罗飞院长训斥的大汉还站在车门外，粗糙的脸像石灰一样惨白。他的身后还站着戚梦来院长、戚梦紫和罗飞院长。他们也都面无血色，像刚从土堆里爬出来似的。

而在他们身后，站台上的工作人员正飞快地围过来，交头接耳地议论着。

"你们两个——笨蛋！"大汉愤怒地大吼着，声音比刚才的"时光号"抖得还要厉害，"你们知道自己在做什么吗？！你们和

'时光号'都差点被炸成了灰——这可不是在开玩笑!"

"好了,胡子白,罗西一定不是故意的,多半是有人唆使。"罗飞院长冷冷地看着柳嘉。

柳嘉还没有从惊吓中回过神,完全没有听见周围在说什么。

"事情没有弄清楚前,先别下定论,罗飞。"戚梦来院长声音低沉地说,"还好是虚惊一场。让孩子们出来吧,他们吓坏了。"

彪形大汉胡子白和另外两个工作人员赶紧把柳嘉和男孩扶下了列车。男孩嫌恶地推开工作人员的手,走到了罗飞院长的身边。

"罗西,我们需要好好谈谈今天的事情。"罗飞院长严肃地低声说完,转身便离开了"时光号",围观的人群赶紧给他让出一条道。

男孩罗西望着面如土色的柳嘉,充满挑衅地微微一笑。

"我很期待,在试炼时见到你。"说完,男孩便跟在罗飞院长身后快步离开了。

柳嘉捂着额头上被警报解除器撞出的大包,失魂落魄地喃喃自语:"什么鬼——我可不想,再见到你……"

第十六幕 结束

第十七幕

启源·狩梦计划

走出"时空裂隙站",穿过铁索桥,再次回到了电梯内……这一路上,柳嘉都低着头,一句话都不敢说。

当他站在下降的电梯里时,就像只沉默的羔羊。

戚梦萦埋怨地瞥了他一眼,想说些什么,最终却什么也没说……

柳嘉能感觉到她在生气,而且是非常生气……

戚梦来院长并没有指责柳嘉,只是淡淡地说,遇事要三思而后行。

柳嘉内疚地点点头,就连十几个比摩天大楼还高的机械水蚊子从亚音城的巨大湖泊上飞过时,他都没敢抬起头兴致勃勃

地多看几眼。

下降的电梯在亚音城一座巨大的花园前停了下来,从电梯里看过去,这个花园就像是一幅立体壁画,被淡紫色的透明发光遮罩与周围隔离开来。

"龙巢基地第五层——DNA生态穹顶到了。"艾力说。

这时,巨大的花园突然分裂成了很多小方格,像拼图一样上下左右移动着,没过多久,一段长长的木桥从中央的一个方形洞口延伸了出来。

电梯门打开了,戚梦来院长严肃地看了一眼柳嘉和戚梦萦:"孩子们,待会儿我会带你们去永眠墓地,至于现在,你们先留在电梯里,等我回来。相信艾力会照顾好你们。"

"这是我的荣幸。"电梯里的空灵男声艾力回答道。

在戚梦萦抗议的眼神和柳嘉失望的目光中,老院长转身离开了电梯。

电梯门再次关闭,戚梦萦失望地长叹了口气,再次冷冷地瞪了一眼柳嘉。

"对不起……"柳嘉喃喃地说。他懊恼极了,因为他刚才的举动,戚梦萦也失去了去参观亚音城的机会。

"不需要道歉。"戚梦萦转头看着电梯外,目光幽冷,"道歉和后悔都不能改变事情的结果,所以没有任何意义。"

柳嘉不知道还能说什么,难过地轻轻抿紧嘴唇。

"戚梦萦同学——柳嘉同学——"艾力打断了戚梦萦和柳嘉之间的紧张气氛,"等待戚梦来院长的这段时间,请允许我简单

地向两位介绍龙巢基地的基本情况。"

柳嘉抬起头，感激地看着玻璃上那几行不断变换、红蓝相间的奇怪字迹——把它想象成艾力的脸。

"谢谢你，艾力。"戚梦萦认真地说，看来她的心情稍稍好了些。

"好的，戚梦萦同学。"艾力回答。

这时，电梯间的透明玻璃突然变成了环形的电子显示屏，上面出现一群戴着安全帽、穿着白色大褂的科学家，他们在一个巨大的坑洞旁探查。

"1968年，我国的一支科研队伍在米兰市郊发现了史前巨坑，几位科学家大胆地提出建设地底城市的设想。"

艾力话音刚落，画面变成了十几位科学家在一张宽大的图纸旁争论的情形，其中有位科学家和戚梦来院长像极了，只不过没有胡子，头发仍然乌黑浓密。

"经过三十二年的努力，龙巢基地于2000年完成了初步规划，共分成十三大区域，完全建成预计在2126年。"

环状的屏幕分成了十三个部分，分别演示十三大区域的设计规划。

柳嘉只来得及看清楚一个地铁站——那是他刚刚去过的时空裂隙站，还有一片茂密的原始丛林、一片混乱的战场，以及一个巨大的机器人，屏幕的画面又改变了……

"永眠墓地位于龙巢基地第十一区，主要研究人类的精神领域。戚梦来院长是这里的第三任负责人。"

屏幕里出现了一张戚梦来院长的照片，在他旁边还有另外两

位科学家的照片,一位看起来比戚梦来院长还要苍老,牙齿都已经掉光了;另外一位相对来说年轻一些,只有四十岁出头,并且是一位女性。

"罗飞院长负责哪一区?"戚梦萦问。

"罗飞院长负责第七区。"艾力回答,"主攻人工智能。"

"这些机器人都是他们研发的吗?"

柳嘉趴在屏幕上,惊讶地看着不停在屏幕上闪过的造型和体形各异的机器人。

"机器人是其中的一部分。"艾力回答,"还包括各种先进的仪器和设备。"

"那罗西呢?他刚才叫我3号实验体,是什么意思?"

"关于罗西先生……"

这时,柳嘉面前的屏幕突然变成了一张巨大的脸,是罗西!柳嘉就像看见了蛇的老鼠,吓得拼命后退。

"罗西先生是罗飞院长的第三位公子,与柳嘉同学同岁,目前是龙巢基地最年轻的预备研究员。"艾力说。

"他已经是这里的预备研究员?!"柳嘉惊讶地问,转头看了看周围的亚音城。戚梦萦也吃惊地瞪大了眼睛。

"罗西先生智商高达180,与爱因斯坦同等级别。"

屏幕上闪过罗西从幼儿园时期至今的照片,照片中的他捧着各种奖杯,对旁边合影者的热情不屑一顾。

"罗西先生两个月时已经开口说话,在数学方面天赋异禀。去年他发明了最新的数学定理——罗西颠倒猜想。另外,他还获得过奥赛杯儿童游泳冠军,会说七国语言。"

柳嘉脸上的表情越来越僵硬——这个罗西真的不是外星人吗?

"对了,罗西刚才叫我是3号实验体,请问是什么意思?"

"抱歉,您当前没有了解实验体相关信息的权限。"艾力遗憾地说。

"罗西是4号实验体。我是7号。"戚梦萦瞟了柳嘉一眼,"都是些倒着活的可怜虫。"她喃喃自语。

电子屏幕突然变回了发光的透明玻璃,戚梦来院长心事重重地从打开的电梯门外走了进来。

"一个接一个的异变,真是让人难以理解……"戚梦来院长低声说着,电梯门在他身后关上了,他飞快地扫视了一眼目瞪口呆的柳嘉和表情复杂的戚梦萦,"看来艾力为你们介绍了不少关于龙巢基地的事情。"

"很精彩。"戚梦萦回答。

电梯开始下降了。

"很高兴你们对此感兴趣。"戚梦来院长点点头,对沮丧的柳嘉露出了一个微笑,"孩子,无须再为刚才的事情自责。但你要记住,人生由无数个选择组合而成,每个选择,都足以改变你的一生。所以遇到任何事情,一定要谨慎。"

柳嘉点点头:"谢谢您,老院长。我记住了。"

"好了,孩子们。"戚梦来院长提高了音量,"我们的目的地已经到了。"

电梯再次停了下来。

"第十一区'永眠墓地'到了。"

电梯门打开时,一座白色的大理石桥已经架在了门口。石桥的另一边是陵园的入口,那是一扇极其恢宏的白色浮雕石门,将近五十米高,形状像一个竹笋。

柳嘉紧跟着老院长和戚梦紫快步走上前。穿过石桥时,他紧张地捏住鼻子,以免又遇见问口令的黑铁守卫。好在白色石门上并没有守卫。

戚梦来院长把一只手放在门上,巨大石门悄无声息地打开了。

"孩子们快跟上。"

柳嘉和戚梦紫赶紧一溜小跑,接下来的景象让他们瞠目结舌。

在石门里的是一个宏伟的大厅,比足球场还大。天花板消失在昏暗的光线里,耀眼的银白色光芒,透过几扇宽敞的落地

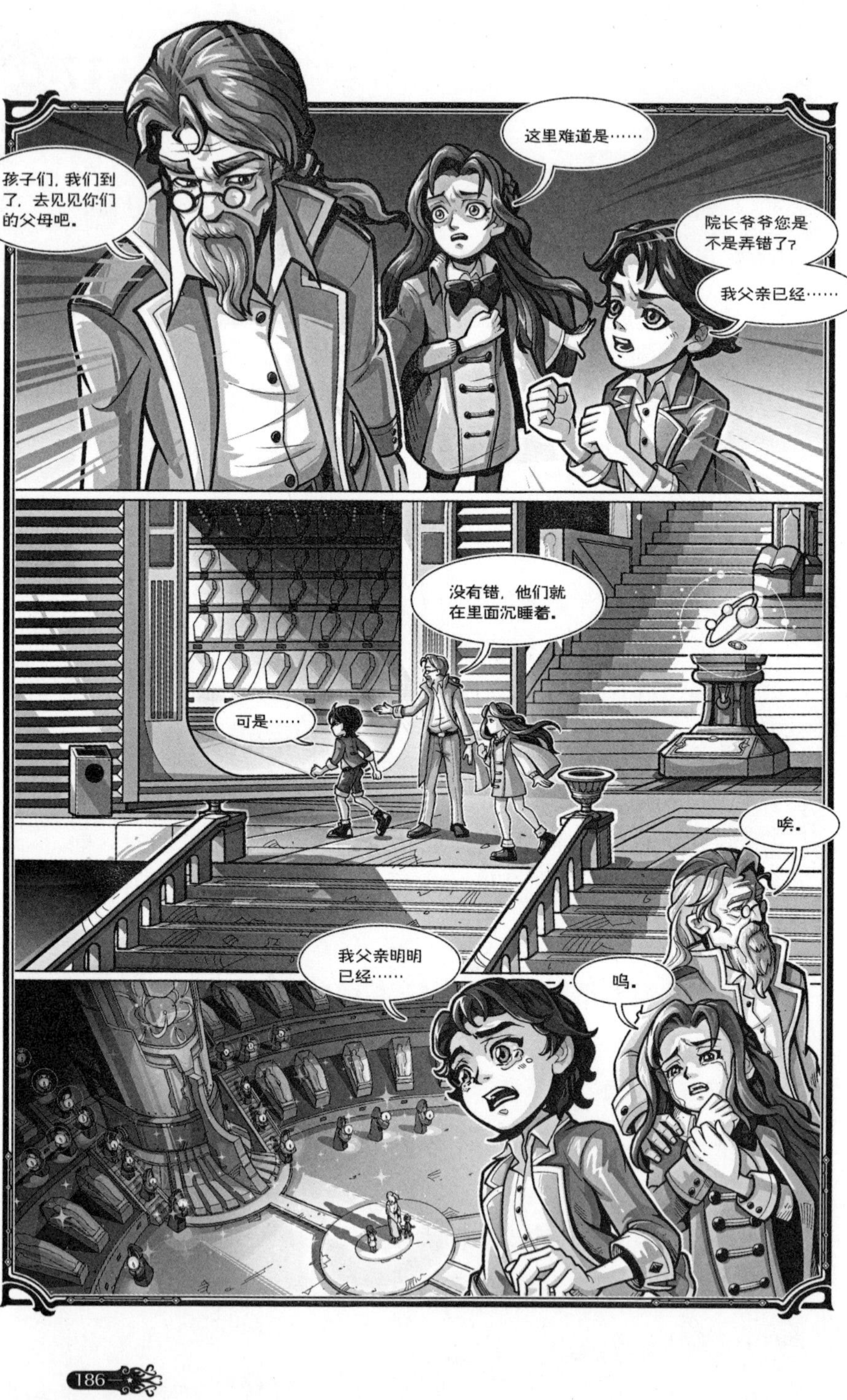

窗洒在地面上,让这里显得肃穆而又神秘。

柳嘉缩着脖子左顾右盼,他总感觉在四周那些黑暗深处,好像有什么人或生灵正在窥探。

他们穿过大厅,沿着一条像看不到尽头的昏暗长廊,来到了一个宏伟的下沉式圆形小厅。

"这里……是什么地方……"柳嘉震惊地问。

眼前这个暗紫色的小厅里,几百具白色石棺整整齐齐地摆放着。

小厅的中央是一个圆形石台,一个发光的银球漂浮在其上。

在石台的周围,上千支白色蜡烛的魔法影像环绕在空中,摇曳的烛光将大厅映照得静谧、安详。

"这里是安息之所,遇难的狩梦人沉睡的地方。"戚梦来院长的目光变得哀伤。

"您的意思是……"戚梦紫的目光晃动起来。

戚梦来院长沉重地点点头:"小紫,你的父母——戚灵珊、星无云,还有柳嘉的父亲——柳真夜,现在就在这里沉睡。"

柳嘉愣了几秒钟,扫视了一圈大厅中白色的石棺。

"您大概弄错了,院长。我爸爸是因为海难去世的,骨灰盒现在还存放在海边的公共墓园里。"

"孩子,那并不是真相。"戚梦来院长目光深沉地看着柳嘉,"今天我带你来,就是想让你了解真实的柳真夜。"

戚梦来院长走下石阶,站在祭坛旁,暗红色的烛光中,他仿佛瞬间苍老了十岁,背影也不再挺拔了。

"这些是聚魂棺。"老院长声音沙哑地说,"正在这里沉睡的

狩梦人,因为遭遇了意外,有可能……再也醒不过来了。"

"狩梦人……是什么?"柳嘉微微皱着眉头,不解地问。

"狩梦人是经过特殊训练后,可以在梦域空间中探索的勇士。"戚梦萦的声音在微微颤抖。

"那梦域空间又是什么?"柳嘉还是不解。

"连接平行宇宙的另一个位面……"戚梦萦幽幽地说。

"光明的尽头即为黑暗……"

"我将一些优秀的学生组织起来,将他们训练成狩梦人,去梦域空间探险,对抗邪恶,一路走来,偶有挫折,多有收获,直到四年前……"老院长的神情变得沉痛起来。

"您刚才说我爸爸在这里……"

柳嘉目不转睛地看着那些聚魂棺,突然间好像明白了什么,震惊地倒吸了一口气:"您的意思是,我爸爸——他也是和你们一样的人?是狩梦人?"

戚梦来院长深深地叹了一口气。

"柳嘉,你的父亲柳真夜,还有小萦的父母,都不是普通海员,他们乘坐的'星夜海鸥号'舰船是能穿梭梦域空间的超级科学结晶,他们是我精心培育的第一代狩梦人。"

"可四年前,我和妈妈在太平间见到了爸爸的……"柳嘉的大脑一片混乱,他感觉自己快要抓狂了。

"那不是真实情况。"戚梦来院长表情凝重地说,"你们在医院看到的遗体,其实是仿制品。狩梦人的存在属于国家特级机密,我们只能用这样的方式来向狩梦人的家属解释……"

柳嘉震惊得说不出话来,胸口里升腾着一团莫名的火焰,让

他焦躁不安。戚梦萦把嘴唇咬得发白,仍然没有忍住,泪水掉落了下来。

戚梦来院长目光沉重地环视了一圈大厅中的白色石棺,接着说:"这里的三百多位狩梦人,都是和你们的父母一起在梦域空间中探索的战友,是龙巢基地的第一代狩梦人——他们是我一生的心血……"

戚梦来院长突然猛烈地咳嗽起来,戚梦萦赶紧上前搀扶住他。这时,两队穿着深灰色拖地长袍、戴着兜帽的机器人偶从大厅的两侧拱门中缓缓走出,它们举着银色烛台,发出潮水在月光下涨落的静谧声响。

"它们……在做什么?"柳嘉吃惊地问。

"它们是守夜人。"戚梦来院长低下头默哀致意,"狩梦人在永眠墓地沉睡,而守夜人吟唱声波坐标,引导迷失在梦域空间中的人们能早日归来。"

"我想……再看看爸爸和妈妈。"戚梦萦拼命地控制着自己颤抖的身体。

"去吧,孩子。"

戚梦来院长自责地闭上眼睛点了点头:"是爷爷对不起你,梦域空间的凶险,远远超乎人类的想象……"

第十八幕

来自梦域的黑匣子

烛光影像幽暗，潮水声波空灵——

戚梦萦的眼角挂着泪，快步走下阶梯，穿梭在聚魂棺间寻找她父母的身影。

柳嘉觉得嘴里发苦，他害怕极了，眼前聚魂棺整齐排列的景象，让他有些无法面对。

几年前他曾经历过一次父亲的死亡，痛彻心扉的感觉记忆犹新，他实在无法再承受一次那样的痛苦。然而他的双脚还是带着他一步步地迈下石阶，朝聚魂棺走了过去。

"爸爸……妈妈……"戚梦萦找到自己父母所在的石棺，她轻声呼唤着，眼泪无声地流淌下来，滑过苍白的脸颊。

柳嘉神情呆滞地沿着墙边走，在那些白色的石棺中寻找着他的父亲，胸口像塞进一块巨大的石头，连呼吸都变得困难。

走近看时，柳嘉才发现这些白色的聚魂棺是用半透明材料制成的，闪耀着一层淡淡的银光。躺在聚魂棺中的狩梦人双目紧闭。他们都穿着银白色的宇航员制服，头上戴着白色的脑波圆环，几个红色的光点在这些白色圆环上闪烁。

忽然，一张熟悉的面孔跃入了柳嘉的眼帘，他的心瞬间像被一只无形的手紧紧握住。

那是他的父亲——柳真夜，正安详地躺在聚魂棺里。

银色的光芒就像朦胧的月色，轻柔地映照在柳真夜英俊的脸上，右边眉骨处那道细长的伤疤似乎变宽了些，头上戴着的白色圆环上，只有三个红点在不停地闪烁，其中一个红点的光亮已经微乎其微。

"爸爸？爸爸——真的是你！爸爸！"

柳嘉激动得泪流满面，他疯狂拍打着聚魂棺大喊，完全没有注意到手掌已经通红。他拼命想把聚魂棺打开，可聚魂棺就像是从地上长出来的，无论他怎么拍都纹丝不动。

"爸爸——求求你快醒醒——看看我！我是柳嘉——"

在柳嘉的痛哭和戚梦萦的抽泣声中，潮水的声波节奏越发激烈了，深沉的悲伤填满了大厅的每一寸空气。戚梦来院长走到柳嘉的身旁，苍老的手轻轻搭在柳嘉不停抽动的肩膀上。

"我很抱歉，孩子们……让你们如此悲伤。"戚梦来院长的声音低沉得像一座古老的时钟，"你们的父母在遇难前，给你们留下了重要的魔法影像，只有在这里才能看到——跟我来。"

柳嘉和戚梦萦泪眼模糊地跟在戚梦来院长身后,走到安息之所的中央石台附近。

老院长按下一处旋钮,不一会儿,在一阵石板摩擦的轰隆声中,两个黑色的圆形石台从地下缓缓升了上来。

石台和课桌一般高,上面各盛放着一个淡黄色光球。

柳嘉看到左边光球里悬浮着一个白色的鹦鹉螺,而另一边则悬浮着一顶黑色的蝴蝶礼帽。

"戴上这副眼镜。"戚梦来院长将两副镶嵌了许多精密机械罗盘的老式防风眼镜分别递给了柳嘉和戚梦萦,"接下来,你们将会看到,你们父母留下的最后记忆。不过,想要看到这两段记忆并不容易,时空乱流中会出现扰乱人心智的幻象,阻止你们进入这两段记忆中。因此,万万要小心,时刻保持清醒。"

柳嘉和戚梦萦默默地对望了一眼。

按照戚梦来院长的示意,柳嘉站到悬浮着白色鹦鹉螺的光球前,等戚梦萦在另一个石台边站定后,他们戴上防风眼镜,把手放在了光球上。

忽然,柳嘉感觉自己像被雷电击中了一般,身体里闪过一道被麻痹的感觉。接着,他感觉自己正坐在一列轰鸣的火车上,飞速穿越一条长长的黑暗隧道,当他的眼前再次出现光亮时,柳嘉惊讶地发现,他竟然站在一条走廊里。

柳嘉记得这条走廊。今天早晨,在离开客房后,他曾尾随着戚梦萦经过这里。但奇怪的是,走廊尽头明明是老院长的接待室,现在却变成了一个三岔路口,通往三个方向的走廊长得看

不见尽头!

柳嘉抓狂地揪住头发，完全不明白眼前究竟发生了什么。他大声呼唤戚梦来院长和戚梦紫，可是无人回应。

一阵空灵的歌声悠悠传来，柳嘉努力地竖起耳朵，他发觉这歌声的曲调熟悉极了——对了，是他的母亲崔如意经常哼唱的那首童谣!

但为什么这时会听见母亲的歌声呢？

柳嘉细细地听，很显然歌声是从中间这条走廊传来的。他壮起胆朝正前方走去，心跳像兔子一样撞击着他的胸口。

走廊边的布置和风景在不断重复——柳嘉埋头疾走——崔如意的歌声逐渐清晰可辨，其中还混杂了轻柔的海浪声。

渐渐地，走廊一侧的墙壁和头顶的天花板消失了，他的眼前出现了一片幽静的大海，一个拖着长长银色鱼尾的女鲛人正坐在不远处的灰色礁石上，她双手捧着一个白色的虎斑鹦鹉螺，在硕大的暗红色圆月下，优雅地唱着歌。

这时女鲛人慢慢地转过头，柳嘉的脑海里一片空白——竟然是他的母亲!

只是"母亲"看起来只有二十来岁，粉雕玉琢的脸上，一双眼睛灿若星辰，嘴唇就像浸润着晨露的玫瑰花瓣，一头乌黑的长发仿若世间最华美的锦缎，耳畔的两个发髻上点缀着白色的海星和小贝壳。

"小嘉，妈妈等你很久了。"女鲛人笑意蒙胧地朝柳嘉招手，银光闪闪的尾巴轻轻拍打着海水。

柳嘉失了魂一般沿着走廊慢慢走进海水里，他丝毫没有察

觉他的膝盖、腰、胸口正在被海水淹没，而当他只剩下脖子和头还露在海面上时，终于站在了"母亲"的面前。

"母亲"的笑意变得更深沉了，长长的睫毛下，目光闪烁着凄冷的忧伤。

"但愿你的灵魂和他一样迷人。""母亲"向柳嘉伸出一只挂满了海螺和贝壳串珠的手，冰冷的指尖在柳嘉的头发和面颊上轻轻划过，"小嘉啊，和妈妈玩一个猜谜游戏好吗？"

柳嘉用力地点了点头，很快猜出了谜底。

"小嘉太棒了！""母亲"开心地用银色尾巴拍着水面，"妈妈要给小嘉奖励——奖励小嘉变成小鱼人，永远和妈妈在一起嬉戏玩乐！小嘉开心吗？"

"万万小心……时刻保持清醒……"戚梦来院长的声音突然掠过他的脑海，如同一阵深沉的风。柳嘉用力摇了摇晕乎乎的头，骤然从刚才的迷糊状态中清醒过来。

"等一下，你……不对，你不是我的妈妈！"柳嘉大声说，"因为妈妈不会希望我只会玩乐，她希望我用心学习，以后成为像爸爸一样勇敢的人！"

"就算你拒绝……也已经没有用了！"女鲛人的微笑变成了冷哼，美丽的脸庞突然变成一颗巨大的黑色鱼头，她张开大大的嘴巴，尖利的牙齿闪着寒光，一双圆眼睛恶狠狠地瞪着柳嘉！

柳嘉被惊吓得叫不出声！他脚下的走廊消失了，身体往下一沉，飞快坠入了大海。不过更让他恐惧的是，当他浮出海面睁开眼睛时——女鲛人化身成的那条巨大的利齿黑鱼，正尖声大笑着从不远处的海面朝他游过来！

柳嘉憋住气,不顾一切地拼命往下潜游,有好几次他的腿差点变成了女鲛人的腹中餐。

柳嘉急中生智地在水中翻滚,就在他体力快要耗尽时,他发现在海底的一大片珊瑚礁中,有一艘巨大的沉船!这艘大木船呈45°角卡在了珊瑚礁里,高大的桅杆上错综复杂地连着粗绳和钢丝,破败的帆布像幽灵一般在海水中漂动。

柳嘉用尽最后的力气朝沉船游了过去,女鲛人粗鲁地摆动尾翼追赶,将躲藏在珊瑚礁中的小鱼们惊得四处逃窜。

柳嘉游到了沉船的底部,女鲛人得意地大笑,完全没有了最初优雅的姿态。

"小不点,这下看你往哪逃!乖乖地当我的盘中餐吧!啊哈哈哈——"

柳嘉惊慌失措地沿着沉船的底部游,忽然他看见一扇破旧的木质舱门,栩栩如生的黄铜雄鹰挂在门上,几行银色的字迹正闪耀着诡异的光——

> 勇武是勇士之矛 懦弱是懦夫之盾
> 7片密匙 拥有3片就能解读回忆
> 叩响圆形同意 叩响方形耍赖
> 若想破解别人的秘密
> 请把你的命运交给我

字迹下方有两个黄金门环,恰巧一个是圆形,一个是方形。

就在这时,女鲛人用力摆动了两下鱼鳍,朝柳嘉猛冲过

来，试图对他发起致命一击！就在她离柳嘉只剩不到一臂的距离时，柳嘉飞快地叩下了圆形的门环。

木门"吱呀"一声打开了，他赶紧钻进去，用力关上门。

"砰——"

女鲛人重重地撞在厚实的门板上，发出一声闷响。

"出来！小混蛋——快滚出来！"她用身体一下一下地撞击木门，气急败坏地大叫。

柳嘉闭上眼背靠在门上，感觉自己大限将至——他虽然暂时躲过了可怕的女鲛人，但缺氧的窒息感几乎让他胸口炸裂！

然而当柳嘉睁开眼睛，他再次惊呆了——出现在他眼前的，并不是他以为的漆黑船舱，而是一个漂亮的小花园，而且他可以正常呼吸了。

这里无疑是柳嘉家后面的小花园，面积虽小，但草地柔软茂密，就像绿色的地毯，上面放着白色的藤编圆桌和扶椅。因为浸泡在了海水里，一两百条小鱼和庭院中的小鸟、蝴蝶一起在空中飞来飞去。

在一棵开着火红花朵的石榴树下，柳嘉看见一个戴着草帽的熟悉身影。当身影转过来，出现在他眼前的竟是笑容灿烂的母亲！

又是女鲛人吗？柳嘉迟疑了片刻。

就在这时，他背后的木门外传来女鲛人疯狂的叫骂声……这就意味着，眼前的母亲并不是女鲛人，也不是幻象，而是父亲最后留下来的记忆碎片……

一幕幕温馨的回忆涌上心头，柳嘉噙着泪。

"小嘉？你怎么站在那里？"母亲温柔地微笑着问。

他正要开口回答，一个小小的身影突然从他身边跑了过去。

"妈妈！你看见我了！"小小的身影扑进了母亲的怀里，柳嘉发现那竟然是年幼时的自己！

"我的小嘉不管在哪里，妈妈都会知道。"母亲的笑容比火红的石榴花还要美。柳嘉发现她飞快地看了自己一眼，然后拉着小柳嘉的手往屋子里走去了，门前成群结队的小鱼赶紧呼啦啦地游开。

柳嘉情不自禁地跟了过去，木门外女鲛人还在继续咆哮，但他管不了那么多了。

他跟在母亲和小柳嘉的身后，走到了餐桌旁。摆满丰盛菜肴的餐桌旁，小柳嘉坐在一个点着蜡烛的生日蛋糕前，他戴着生日尖角帽，脸上乐开了花。父亲和母亲陪在他的身边，正在为他唱生日歌，小鱼在他的身边游来游去。

接着，母亲拿出送给小柳嘉的生日礼物，父亲从背包里掏出那个白色的虎斑鹦鹉螺——这一幕，和柳嘉记忆中六岁生日时的场景一模一样！

"爸爸！妈妈！"柳嘉激动地走上前大声喊着，"我在这里——我是柳嘉！"可是父亲和母亲只是笑吟吟地对着小柳嘉说话，小柳嘉抱怨说想要智能手机当生日礼物……全家人完全把旁边泪流满面的柳嘉当成了空气——

事实上，柳嘉现在的身体的确如同空气——当他向父亲伸出手时，手掌竟然直接从父亲的肩膀穿了过去！

　　柳嘉困惑地看着自己的手，他又在母亲、小柳嘉甚至周围的家具上全都试了一遍，结果都一样。在这里，他似乎仅只是一道周围人看不见的虚影。

　　柳嘉眼睁睁地看着父亲和母亲帮小柳嘉庆祝完生日，墙上的时钟转得飞快，秒针就像风扇叶一样转着圈，很快就到了小柳嘉上床睡觉的时间。父亲、母亲一前一后拉着小柳嘉，来到了二楼的小卧房。

　　这里的布置是他童年时最熟悉的样子，父亲已经讲完了睡前故事，母亲正在给小柳嘉唱催眠曲，小柳嘉心满意足地闭上了眼睛。

　　不一会儿，父亲搂着母亲的肩膀，回到了他们自己的房间。柳嘉跟在他们身后大喊大叫，就像个没人理会的傻瓜。而这时，从父母虚掩的卧室门里，传来了一声轻轻的叹息。

　　"我们什么时候，才能把真相告诉小嘉？"母亲的话让门外

的柳嘉安静了下来，他把耳朵凑近了门。

"我想等他大一些。以小嘉现在的年纪，对这些事情还理解不了。"爸爸声音低沉地说。

"真夜，我很害怕……万一……"

"别担心，小如。"爸爸轻声说，"我会保护好小嘉……"

后面的话柳嘉听不清楚了，这时他的旁边凭空出现了一段破旧的木质楼梯，一群小鱼正朝楼梯上方游去。

这道楼梯显然并不属于柳嘉的家，他好奇地沿着楼梯慢慢往上走，而当他走到三楼——才发现这里竟然是一间热闹宽敞的复古餐厅！

餐厅里流淌着怀旧的音乐声，一个裹着黑斗篷的吉他手不羁地蜷在舞台角落，演奏着一首名为《500 miles》的歌谣，几个观众在默默地随声附和，仔细聆听，隐约还能感觉到机械引擎转动的嗡嗡声。

几个穿着运动制服的狩梦人，正在一面斜长的半透明灰色玻璃幕墙边，挥汗如雨地蹬着运动电单车。不远处的重金属吧台前，一个戴着黑色礼帽的女人在和一个光头老人聊天。

柳嘉困惑地四处打量，突然发现一身戎装的父亲柳真夜和一个面色苍白的高个子男人走过来，一群小鱼好奇地凑在他们身后。

父亲身着一套银灰色的指挥服，上面有许多金属搭扣。高个子男人的左手戴着一只机械臂套，上面镶嵌着许多精妙的齿轮。他们从柳嘉身边走过时，并没有察觉到柳嘉的存在，径直

在吧台前那个女人身边坐了下来。

这里是父亲和朋友们聚会的地方吗?

柳嘉猜想着,悄悄在父亲柳真夜身边的空位上坐下。

"勋伯,一杯咖啡,一杯红茶。"柳真夜爽朗地笑着说。

"好嘞!"勋伯递给他们两个空杯,一只铁皮小松鼠立刻开着一辆高高的茶壶车赶过来给他们倒上。

"你又在喝这种扰乱心智的饮品了。"机械臂男人看了一眼女人手中颜色奇怪的杯子,嘴唇抿成了一条线。

"一杯梦域的寒莲果饮而已,别大惊小怪,星无云。"女人稳稳地把杯子搁在吧台上,一只机械鸟飞快地滚着轮子走过来,给她续杯。

柳嘉发现,这个女人戴着的黑色礼帽和刚才他在安息之所看见的那顶一模一样,再加上她精致的五官、高傲的眼神……她多半就是戚梦萦的母亲——戚灵珊。而旁边那个机械臂男子,大概就是戚梦萦的父亲了。

"灵珊,寒莲果饮只会影响你拔剑的速度。"柳真夜笑着插话,顺便和从旁边经过的几个人打招呼。戚灵珊没有说话,冰山般的表情简直是戚梦萦的翻版。

"灵珊又和女儿吵架了。"星无云叹了口气,柳嘉脑子里出现两座冰山对撞的情境,"女儿的生日会,说好了按时参加……但结果……"

柳真夜尴尬地用手指挠了挠头。

"我儿子柳嘉的学校也在开运动会,我答应他一定会到……"

柳嘉的目光闪动了一下。

"真麻烦……"戚灵珊不满地说,"我有时候怀疑,当初决定做狩梦人,并不是一个明智的选择。"

"我不这样想,灵珊。"星无云优雅地喝了一口咖啡。柳嘉恍惚明白,戚梦萦高雅的气质是从何而来的了。

"孩子们以后会理解我们的。"柳真夜自信地笑着说,"他们会明白,我们为何而战。"

这时,餐厅里的水流突然变得湍急起来,一行刺目的预警标记,浮现在柳嘉头顶的玻璃幕墙上……蓦然,巨大的爆炸声在柳嘉耳边响起,在气浪的冲击下,整个餐厅猛烈地摇晃起来。

柳嘉紧紧地抓住座椅旁的扶手,往头顶看去,发现汹涌的海水在周围激烈涌动,巨大的海鱼在幕墙外擦身而过。几艘船首像是形态狰狞三眼海兽的潜水艇,正朝着柳嘉所在的船疯狂地发射鱼雷炮弹。

一时间,疯狂的叫喊声和炮弹的炸裂声混杂在餐厅内。

柳嘉害怕极了,突然,他听见一声大喊:"真夜!右舵仰角六十五度!船体浮空!那些疯子发现我们了——"

柳嘉惊讶地抬头看去,发现戚灵珊和星无云矫健地攀爬出船顶隔离舱,指挥一群身穿鲨鱼脊制服的狩梦人,朝三眼海兽潜艇举盾还击,并投射许多网状的墨水弹染黑海域。

柳真夜穿过吧台,飞快进入走廊尽头的作战室,指挥船员游击作战。

"爸爸——等等我……"柳嘉慌忙跟紧柳真夜,一路跌跌撞撞走去。

船体继续剧烈震动,发出嘎吱嘎吱的破裂声和哗啦啦的漏

水声。连绵不绝的炮火声在柳嘉耳边闷响,导致他不小心滑倒在船舱地板上,此时,四处响起震耳欲聋的战斗声,柳真夜已经不知去向……柳嘉抬起头,发现一只巨大的水母鼓着漆黑的眼珠,正透过玻璃幕墙,幽幽地凝视着他。

"哇——"柳嘉吓了一大跳,恰好看见柳真夜提着一把机械弓的身影,从左前方人群中掠过,柳嘉慌忙埋头跟了上去。

未料到,船舱另一边,又是另外一番景象……

梦域空间
与幻魔天鹅之忧伤
落幕

敬请期待第2册

欢迎来到龙巢基地
冒险即将启程

> 孩子……你想好了吗?
> 记住,这个世界的能量是守恒的。
> 渴望探究真相,需要比懒惰的人付出更多的努力。如果你确定要加入龙巢基地,以下能力,缺一不可——
>
> **观察力、逻辑力、判断力、想象力、分析力。**

梦域空间 冒险开启

?

机密地带
非锁定人员
不得靠近

初始挑战

请填补完如下的记忆碎片,完成这些将记录你的初始狩梦人积分。(提示答案在217页)

1. 柳嘉能看到的怪异鸟是什么模样?
2. 米兰市正在被什么病毒攻击?
3. 戚梦索在藏书台上留下的书名是什么?
4. 米兰市的地下都市名称?
5. 罗西初次见到柳嘉,叫他什么?
6. 柳嘉在哪里与父亲柳真夜重逢?

计分规则:
没看提示,用时30秒内 +3分 看了提示后答对 +1分
没看提示,用时1分钟内 +2分 没有答对 +0分

提示:

你的终极目标——
狩梦人资格申请表
就在老院长的办公室!

在这一路上,你也许会遭遇前辈们的考验,那就找出正确答案,用实力获得他们的认可吧!

初始得分:
(0-18分)

去往老院长办公室的秘密地图！

永眠墓地是龙巢基地的第7区，专门从事空间跃迁技术的研发。老院长戚梦来的办公室更是隐藏于龙巢基地的腹地，十分隐秘。试着跟随我的引导，在下面坐标图中将路线绘制出来，不要忘记那些特别的图标。（10分）

在下面绘出龙巢基地标志

警告！发现你正进入管制区域！

绘画区域

| 电梯 | 桥 | 守卫 | 走廊 | 隐秘空间 | 标志物 |

●去往老院长办公室的路上，还有什么特别注意之处？给出你的特别提醒。

提示：
隐秘即安全。
（5分）

●如果在你的卧室中，设计一个通往龙巢基地的神秘入口，你会放在哪？

猜想
（5分）

挑战第1关：
（0-20分）

易天爵学长的考验（10分）

鸮的眼睛！
像猫头鹰一样敏锐的观察力？

◎ 难度系数：★★★

新的挑战！

谜题1：暗藏玄机的院子

你刚刚走进云间疗养医院的院子，就被易天爵拦了下来："你想找老院长，先过我这关。"你能找出院子里4处不对劲的地方，通过易学长的考验吗？

→ 提示：

没有梦境任务，
我要赶回家过周末，
你，快点找。

→ 答案：

迎客松不可能出现在图中；名贵花卉的篮子下方；院子里再有"禁狗"的标识，却有一只狗；随便关冬天，水池却在开花。

成为佩珀尔幻象大师！

院子里的幻象是否难住了你？我的好朋友柳嘉就经常受到幻象困扰。在现实中，一些利用光学射线原理的小手段就能骗过我们的眼睛，让一些东西看起来消失或是凭空出现。这些被运用在魔术舞台的"幻觉"把戏，被称为"**佩珀尔幻象**"。

幻象是如何出现的？

①在一个明亮的（观众能直接看到的"舞台"）房间与一个隐秘的房间之间以某个角度放置一大块玻璃。

②玻璃会反射隐秘的房间，请房间保持黑暗，从而制造出"幻象"场景。

③当隐秘房间里的灯光逐渐变亮，照亮整个场景时，作为舞台的房间里的灯光同时变暗，这时，观众就看到了幻象。

一起来玩幻象！（10分）

☐ 准备一段你想播放的视频片段（最好是黑色背景）。
☐ 一部可以播放视频的手机。
☐ 一些透明塑料薄片、透明胶带。

①将透明塑料薄片剪下4个下图的等腰梯形。
②把4个梯形的等腰边用透明胶带连接起来，成为四面梯形状，倒放在手机屏上。
③把房间灯调暗，播放视频，幻象出现！

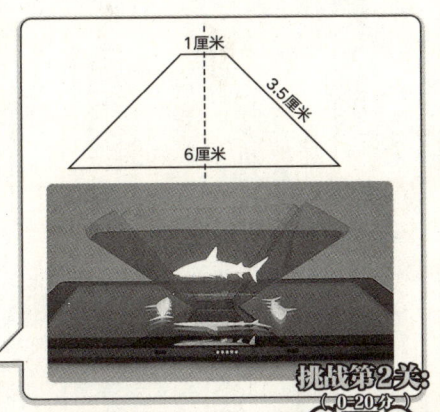

挑战第2关：（0-20分）

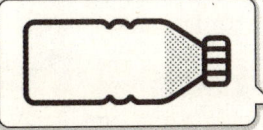

特别提醒：
取下矿泉水瓶阴影标示这一部分，也同样可以展示幻象！

谜题2：梦的启示

罗西学长的考验（5分）

鹫的敏锐！
像狮鹫一样缜密的逻辑力？

◎难度系数：★★★★

你走入一楼大厅，墙上挂着名画《梦》，正在培养艺术兴趣的罗西问道："画框上有道谜题，你能破解吗？只有聪明人才有资格知道接下来去哪。"

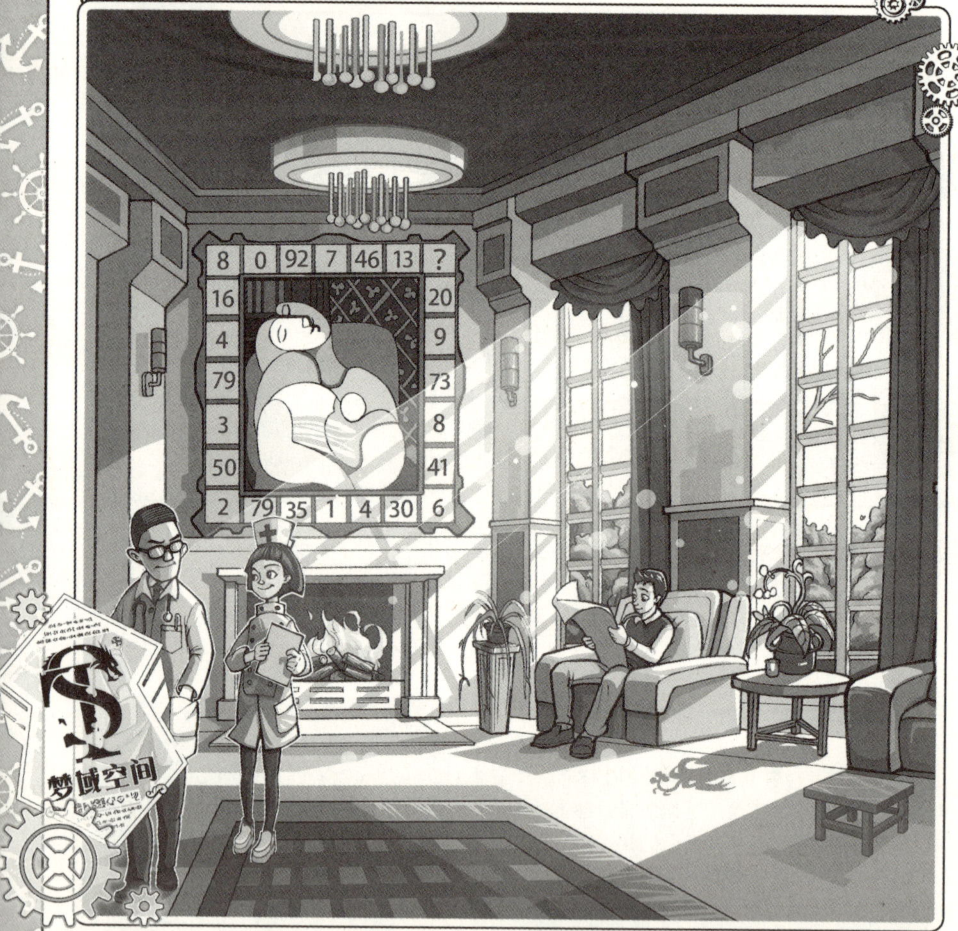

画框数字：
8	0	92	7	46	13	?
16						20
4						9
79						73
3						8
50						41
2	79	35	1	4	30	6

➡ 提示：
一个人的数学水平，通常和智商成正比。
不懂？出门右转是蠢蛋乐园。

答案：
每个数都能看成重复出现的数字0到9，所以答案是5，至5楼吧，那里有新的考验正等着你！

解码天才的密语!

密码留言为了方便信息的传递,所以往往会有隐秘的对照规律。找出其中的规律,往往就能破解这些重要信息。

比如,摩斯电码就是一种神奇的密码,它通过时通时断的信号代码的不同排序,从而表现出不同的英文字母、数字以及标点符号等。

试试"梦"的摩斯电码吧!

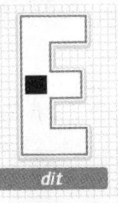

M dah-dah
E dit
N dah-dit
G dah-dah-dit

制作专属密语表!

试着在对应字母里面,画上你给予的特殊符号!
切记别太复杂,会让信息传递变得麻烦。

❶ 用专属密语言写出"梦"。(5分)　❷ 用专属密语言留下你的大名。(5分)

❸ 给你的密友,发送一条专属密语吧。记得把密语表也发给他哟!(5分)

挑战第3关:
0-20分

戚梦萦学姐的考验（5分）

狼的直觉！
像雪狼一样准确的判断力？

◎难度系数：★★★

新的挑战！

谜题3：说谎的警卫

终于抵达5楼，学姐戚梦萦告诉你，面前的两个警卫，一个只说实话，一个只说谎话，只有一次提问的机会，你该如何问出去院长办公室的路？

➡ 提示：

我有一个建议，可以试着和他们聊聊。保持谨慎，积极思考。

答案：

向任意警卫问：" 如果我问另外一个警卫，他会告诉我哪条路是院长办公室的方向呢？" 然后选择回答相反方向的那条路。

测谎高手在这里!

为完成狩梦任务,经常需要找到新的线索。但敌人往往隐藏其中,制造谎言混淆视听。能否辨别谎言,就非常重要!

下面这些小窍门,教你**识破谎言**!

【表情&动作】

❶ 右眼往上看
左眼向上挑,说明在回忆事情。右眼向上挑,说明在创造事情,有可能在撒谎。

❷ 避免眼神接触
说谎时控制眼神接触,会增加心理负担。因此,说谎者说谎时会习惯看向别处。

❸ 摸鼻子
说谎时脸部会变红,鼻子也会发热,甚至还会有一点膨胀。说谎者会不经意地触摸它。

❹ 反常微动作
抿嘴是有压力的表现。说谎时可能会频繁地抿嘴。摆弄手指、下意识地抚摸身体某一部位等微动作,都不可错过。

【语言】

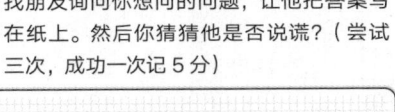

❶ 过度解释
口语变得冗长且正式。听听下面的句子:我没说谎。我可以非常肯定地说我没有、绝对也永远不会说谎。

❷ 避免说"我"
说谎时本能会避开提到自己。

❸ 细节很完美
记忆力再好的人也不可能每次"回忆"都一样。如果有人说起回忆就像背书,那可得当心了。

【一起来玩测谎游戏!】

找朋友询问你想问的问题,让他把答案写在纸上。然后你猜猜他是否说谎?(尝试三次,成功一次记5分)

- ☐ 你怀疑他说谎了吗?
- ☐ 哪些细节说明他在说谎?
- ☐ 你打算追问哪些问题,确定判断?
- ☐ 你的猜测正确吗?
- ☐ 哪些细节误导了你?

挑战第4关:
(0-20分)

狩梦人资格申请表

新的挑战！

你希望被授予的狩梦人称号

在填写申请表前，我们希望你已经完成之前所有的测试，并获得测试结果和自己内心的答案。在此之后，如果你非常想要成为狩梦人，请你认真填写申请表，我们期待你的反馈和你的加入！

狩梦人资格申请表（通过此前狩梦测验之后，请认真填写本表。）

就在今天，龙巢基地第7区永眠墓地，非常荣幸又有一位卓越的勇者即将加入我们的行列。尊敬的勇者 _____ 在刚刚结束的狩梦人测验中，你表现优异：

←您的狩梦人名号

❶ 我的初始能力更偏向于：

初始	第1关	第2关	第3关	第4关	第5关
□记忆力	□想象力	□观察力	□逻辑力	□分析力	□实践力

❷ 我的精神能量更多源于：
□对父母和朋友的爱　□保护动物植物　□伸张正义　□探索未知及秘密

❸ 我成为狩梦人，更想对抗：
□自然灾难　　□战争　　□邪恶　　□疾病　　□其他

❹ 希望拥有不凡的力量：
您想拥有的狩梦人技能叫什么？技能施放效果如何？

❺ 希望狩梦人组织是团结的大家庭
如果你来设计，狩梦人章程会是怎样？

❻ 让我们拥有狩梦人响亮的口号：

独一无二的龙巢基地图腾

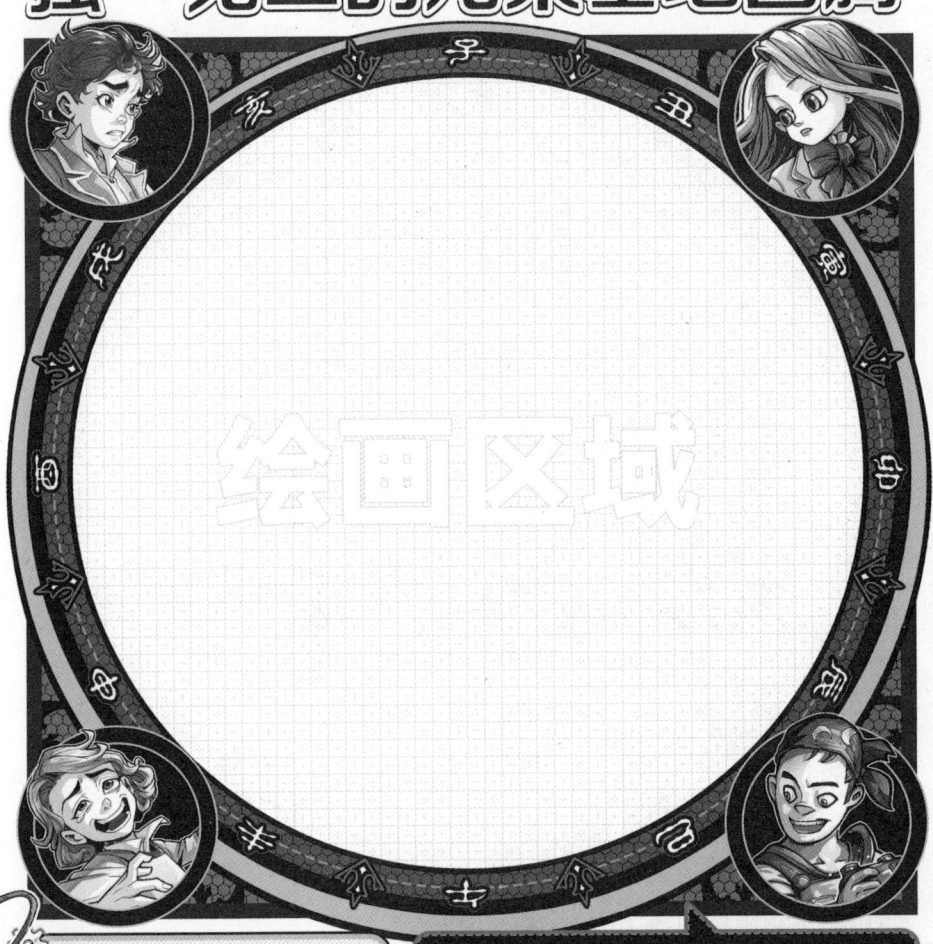

初始推荐答案：
1. 瓦姆乌鸦
2. HX-07 梦幻飞行器
3. 《走国冒险的骑士团》
4. 亚恐地
5. 3 号实验体
6. 永眠冢地

所有看见过龙巢基地图腾的人，都能辨认出图腾中暗藏的甲骨文"梦"的字样。但每个人看到的图腾，都不一样。有人看到金龙拱卫，有人看到黑云蔽日，更有人看到无数奇怪的符号堆叠……

试着结合申请表中提到的要素，画出你心中感知到的龙巢基地图腾吧！

《梦域空间》创作者名单
◎索飞澜工作室◎

制作人	雷 铸
绘制	
彩色绘制	林 勃
原画绘制	楼奕东 / 叶俊人 / 雷 铸
包装设计	
美术设计	雷 鸿
印 务	刘厚松
图片制作	李文耀 / 陆珺卿 / 周 琳
策划统筹	谢 燕
文案助理	王诗慧 / 倪 玥
特别感谢	李晓露 / 刘娇龙 / 赵思颖 / 丁 睿 / 周莎莎

感谢您阅读《梦域空间》，希望能带给您美妙的阅读体验。我们下一集再见！

梦域空间与幻魇天鹅之忧伤

产品经理	刘树东	营销经理	林 芹
	陈佳敏		滑麒义
技术编辑	顾逸飞	执行印制	刘世乐
监 制	何 娜	出品人	王 誉

图书在版编目（CIP）数据

梦域空间与幻魇天鹅之忧伤 / 琴月著；索飞澜绘.
— 昆明：晨光出版社，2022.1
ISBN 978-7-5715-1363-4

Ⅰ.①梦… Ⅱ.①琴… ②索… Ⅲ.①幻想小说－中国－当代 Ⅳ.①I247.5

中国版本图书馆CIP数据核字（2021）第246065号

梦域空间与幻魇天鹅之忧伤
琴月 著　索飞澜 绘

出 版 人	杨旭恒
责任编辑	洪 玥
特约编辑	刘树东 陈佳敏
插　　画	索飞澜
装帧设计	蛙圖文化
责任校对	杨小彤
责任印制	廖颖坤
出版发行	云南出版集团 晨光出版社
地　　址	昆明市环城西路609号新闻出版大楼
邮　　编	650034
电　　话	0871-64186745（发行部）
	0871-64178927（互联网营销部）
法律顾问	云南上首律师事务所 杜晓秋
印　　装	北京世纪恒宇印刷有限公司
经　　销	果麦文化传媒股份有限公司
版　　次	2022年1月第1版
印　　次	2022年1月第1次印刷
书　　号	ISBN 978-7-5715-1363-4
开　　本	880mm×1230mm 1/32
印　　张	7
字　　数	150千
定　　价	39.80元

如发现印装质量问题，影响阅读，请联系 021-64386496 调换。